Troublants mensonges

Garde rapprochée

Prise au piège

AMANDA STEVENS

Troublants mensonges

éditions Harlequin

Titre original : A BABY'S CRY

Ce roman a déjà été publié en mai 1997

HARLEQUIN®
est une marque déposée par le Groupe Harlequin

BLACK ROSE®
est une marque déposée par Harlequin S.A.

Photos de couverture

Paysage : © PANORAMIC IMAGES / ROYALTY FREE / GETTY IMAGES
Couple : © MASTERFILE / ROYALTY FREE

Réalisation graphique couverture : V. ROCH

83-85, boulevard Vincent-Auriol 75646 PARIS CEDEX 13.

Service Lectrices — Tél. : 01 45 82 47 47
www.harlequin.fr

ISBN 978-2-2808-0710-4 — ISSN 1950-2753

Prologue

Taylor laissa échapper un cri de douleur. Les contractions devenaient brusquement plus rapides, plus violentes…

Dehors, le tonnerre grondait, tandis que des torrents de pluie cinglaient les vitres sans relâche. Memphis semblait souffrir, elle aussi en proie à l'un des orages les plus violents de la saison.

— Ce ne sera plus bien long, madame Robinson, chuchota l'infirmière avec un fort accent espagnol. Ne perdez pas courage, continuez à pousser.

— Je n'en peux plus, gémit la jeune femme en s'humectant les lèvres. Je vous en prie…

Tout en tapotant délicatement son front perlé de sueur, l'infirmière lui murmurait des mots d'encouragement.

— Mais si, vous pouvez. Allez… Vous vous en sortez très bien.

Une vague de souffrance submergea de nouveau Taylor, et elle serra les dents pour ne pas hurler le nom de Dillon.

A quoi bon l'appeler, en effet ? Dillon n'était pas là. Il l'avait quittée et ne reviendrait jamais… Il eût été plus sage de l'oublier une fois pour toutes, se dit-elle, d'autant plus qu'aujourd'hui elle avait un mari !

Les larmes lui montèrent aux yeux.

— Où est mon époux ? demanda-t-elle d'une voix étranglée. Pourquoi Brad n'est-il pas là ?

— Calmez-vous. Le Dr Robinson sera bientôt là. La tempête a dû le retarder. Ne vous inquiétez pas. Concentrez-vous plutôt sur votre respiration.

Taylor avait beau s'appliquer, elle sentait que quelque chose ne tournait pas rond. Le travail avait commencé au début de la nuit, et le bébé aurait dû être là depuis longtemps…

Et Brad, où diable était-il ? Il avait été appelé pour une urgence à l'hôpital, mais plusieurs heures s'étaient écoulées, depuis. Pourquoi n'était-il pas encore revenu ?

Jamais elle ne s'était sentie aussi seule, aussi effrayée.

Si seulement on s'était donné la peine de lui expliquer ce qui se passait ! Mais ni la sage-femme ni le médecin ne lui avaient adressé un mot, depuis le début de la soirée. C'était comme si elle n'existait pas. Et, avec ce drap dressé comme un écran devant elle, elle ne voyait rien…

— Qu'est-ce qui ne va pas ? demanda-t-elle à l'infirmière. A quoi sert ce drap ?

— Ce sont les ordres du médecin, madame. Ne vous faites aucun souci.

— Mais je…

Taylor s'apprêtait à protester lorsqu'une nouvelle contraction l'assaillit. Cette fois, la douleur était à son comble. Elle hurla.

L'infirmière quitta précipitamment son chevet et rejoignit ses compagnons derrière l'écran de toile. Des voix s'élevèrent, brusquement affolées.

— Aidez-moi ! cria Taylor, qui cédait à la panique. Mon bébé !

La femme en blanc revint près d'elle et lui saisit la main en serrant très fort.

— Tout va bien, madame Robinson.

La sage-femme les rejoignit enfin.

— Tenez-la, Lara, ordonna-t-elle sans aucune douceur. Nous allons l'endormir.

Au même instant, Taylor sentit qu'on lui enfonçait une aiguille dans le bras. Elle secoua désespérément la tête.

— Non ! Laissez-moi, s'il vous plaît ! Je ne veux pas dormir. Mon bébé…

Pourquoi la laissait-on ainsi dans l'ignorance ?

— Oh, Dillon, viens à mon secours ! supplia-t-elle.

Mais, aussitôt, la pièce se mit à tournoyer, et les voix se turent.

Dans le lointain, elle distingua le cri d'un bébé, et soudain tout devint noir.

1

Neuf ans plus tard…

Un soleil prometteur pointait à l'horizon, tandis que les nuages cotonneux s'accrochaient aux gratte-ciel de Memphis. Une brise légère balayait la ville, laissant flotter derrière elle les capiteux effluves du chèvrefeuille et le parfum âcre du Mississippi.

Quelque part, caché dans les branches du mimosa en fleur qui déployait son ombre sur la tombe fraîchement creusée, un coucou chantait son allégresse. Ces notes cristallines, comparables au doux tintement des cloches, firent jaillir des larmes dans les yeux de Taylor. Des larmes qui, jusqu'ici, avaient refusé de couler, bien qu'elle eût appris la mort de son époux, deux jours plus tôt…

« Pourquoi as-tu fait ça, Brad ? hurla-t-elle tout au fond d'elle-même. Si j'avais su… Mais aurais-je seulement pu t'en empêcher ! »

Elle crut presque l'entendre répondre d'une voix accusatrice :

« Il t'aurait suffi de m'aimer, Taylor… Pendant toutes ces années où nous avons été mariés, tu n'as jamais exprimé la moindre tendresse à mon égard. Il n'y en avait que pour lui ! »

Taylor porta une main tremblante à ses lèvres, et regarda la tombe avec désespoir. Son regard se porta ensuite sur la minuscule dalle voisine, où ces quelques mots étaient incrustés dans le marbre : « Pierre Robinson. A mon fils adoré… »

Une larme roula sur sa joue, qu'elle essuya du revers de la main. Ce n'était pas le moment de perdre son sang-froid. Cette douleur, elle l'avait déjà apprivoisée : elle vivait avec elle depuis neuf longues années, déjà. Alors pourquoi pleurer aujourd'hui la disparition tragique de cet enfant qu'elle n'avait pas même serré dans ses bras ? Non, ce jour était réservé à Brad…

Mais alors qu'elle se tenait à quelques centimètres du trou béant où son mari reposerait pour l'éternité, elle se sentit de nouveau assaillie par la culpabilité.

La culpabilité d'en avoir aimé un autre que lui !

Soudain, elle eut l'impression bizarre d'être observée, comme si Brad lui-même était là, penché au-dessus de son épaule.

Elle tenta en vain d'ignorer cet étrange sentiment, mais les minutes passaient et la sensation persistait. Réprimant un frisson, elle tourna la tête et, du regard, balaya les douzaines de personnes endeuillées qui étaient venues rendre un dernier hommage au Dr Robinson. La plupart avaient été des confrères de Brad. Elle leur sourit tristement ; certains la saluèrent alors d'un signe de tête, tandis que les autres détournaient les yeux.

Son regard fut brusquement attiré par une femme qui se tenait en retrait, sous le couvert des arbres. Grande et mince, tout de noir vêtue, elle avait de longs cheveux auburn qui encadraient un visage pâle et anguleux, bien plus fascinant que beau.

Quelque chose en elle retint l'attention de Taylor. Cette femme ne semblait absolument pas bouleversée. Son visage ne trahissait pas la moindre émotion, au point que Taylor crut un instant qu'elle n'était qu'une passante attirée par une curiosité morbide.

Lorsque, enfin, l'inconnue redressa la tête et que leurs regards se croisèrent, Taylor fut littéralement glacée d'effroi.

Dans les prunelles vertes de cette femme brûlait la haine…

Troublée, Taylor détourna la tête et s'obligea à suivre le service. Mais elle avait toujours la sensation d'être épiée. C'était comme si ces yeux verts lui transperçaient la nuque. Lorsque l'homélie s'acheva enfin, et qu'elle se risqua à jeter un coup d'œil par-dessus son épaule, l'inconnue avait disparu.

Taylor n'eut guère le temps d'y réfléchir plus avant, car le défilé des amis de Brad commença, chacun tenant à lui présenter ses plus sincères condoléances. Le Dr Elliot Wescott et son épouse furent les premiers à s'approcher.

— Nous avons été bouleversés en apprenant la mort de Brad, fit le médecin sans grande conviction. C'était un homme… plein de talent.

Il lui tendit une main glacée, et elle recula instinctivement. Elle n'avait jamais aimé cet homme, même à l'époque où Brad était encore son protégé, et elle, l'une de ses patientes. Elle le jugeait bien trop arrogant : il cherchait toujours à écraser les autres, sous prétexte qu'il était un excellent obstétricien qui avait sauvé la vie de milliers de femmes et d'enfants.

Le bébé de Taylor n'avait malheureusement pas eu la chance de faire partie des rescapés.

Derrière le Dr Elliot Wescott, son épouse, une délicate et ravissante créature, balbutia ses condoléances d'une voix à peine audible.

Malgré elle, Taylor s'écarta légèrement : l'haleine de Lorraine Wescott empestait l'alcool. D'ailleurs, tandis qu'elle s'éloignait vers le parking au bras de son époux, Taylor la vit trébucher. Elle était ivre…

« Pauvre Alisha ! » se dit aussitôt la jeune femme en songeant à leur fille de neuf ans. Rien d'étonnant à ce que cette enfant, qui était une élève de Claymore Academy où Taylor enseignait, connût autant de problèmes. Avec des parents comme les siens, elle ne prenait pas un bon départ dans la vie. Alisha était pourtant une fillette attachante ; elle ne méritait pas un tel sort…

Les gens défilaient inlassablement devant Taylor, et cette journée semblait ne pas vouloir s'achever. Au moment où elle se crut incapable de supporter une seule autre formule de regret, une femme vêtue de noir s'approcha. Elle portait un grand chapeau qui masquait son visage, mais il y avait quelque chose de familier dans son allure.

— Je suis désolée pour votre époux, madame Robinson.

L'inconnue s'exprimait avec un fort accent espagnol. Où diable l'avait-elle déjà rencontrée ? Taylor eut beau chercher, elle ne put se le rappeler.

— Mais sachez, reprit-elle en baissant le ton, que les choses ne sont pas toujours comme on se les imagine.

Sur ces mots, elle lui glissa dans la main un morceau de papier avant de tourner rapidement les talons pour se fondre dans la foule.

Poussée par la curiosité, Taylor ouvrit la main et découvrit une coupure de presse, mais avant même qu'elle pût en lire le titre, quelqu'un lança un juron et, machinalement, elle leva les yeux. Elle aperçut alors Deirdre Robinson, la mère de Brad.

Le cœur de Taylor s'affola : sa belle-mère fonçait droit sur elle, les traits révulsés par la colère. Charles Robinson, son époux, tenta bien de l'arrêter, mais Deirdre se dégagea avec brusquerie.

— Tout cela est arrivé par votre faute, sale petite mijaurée ! hurla-t-elle.

Et, soudain, elle gifla Taylor de toutes ses forces, si bien que la jeune femme en fut déséquilibrée. Elle se ressaisit, néanmoins, et porta les doigts à son visage cramoisi, tandis que Charles agrippait sa femme par le bras et l'obligeait à reculer. Un lourd silence tomba sur l'assemblée.

— Vous auriez pu appuyer vous-même sur la détente ! cria Deirdre en se débattant comme un beau diable. C'est vous qui l'avez tué !

Elle réussit enfin à se libérer et se campa devant Taylor en brandissant les poings. Des mèches grises s'étaient échappées de son catogan, et encadraient son visage émacié, lui donnant un air dément.

— Vous n'avez jamais cessé de penser à cet homme ! poursuivit-elle. Il n'y en avait que pour lui, n'est-ce pas ? Comment auriez-vous pu rendre mon fils heureux ?

Jamais la jeune femme ne s'était sentie aussi démunie.

— Je suis désolée, murmura-t-elle d'une voix étranglée.

Deirdre la fusilla du regard.

— Désolée ? Vous ne connaissez même pas la signification de ce mot. Mais je vous promets que cela va changer. Vous allez l'apprendre !

Et tout à coup, comme privée de ses forces, elle se blottit contre son époux cependant que des sanglots la secouaient tout entière. Charles glissa un bras autour de ses épaules et, sans plus tarder, la guida jusqu'à leur voiture.

Même après que la limousine se fut éloignée, Taylor demeura prostrée, les oreilles vibrant encore des accusations venimeuses de sa belle-mère.

Miranda Walsh, sa mère, s'approcha alors et lui tapota le bras d'un geste apaisant.

— Cette femme est accablée de douleur, ma chérie. Elle

ne sait plus ce qu'elle dit. Essaie de ne pas y attacher trop d'importance.

Taylor hocha la tête, mais elle savait qu'elle n'oublierait jamais la lueur de haine qu'elle avait vue brûler dans les yeux de Deirdre.

Le sergent Dillon Reeves, assis au volant de sa voiture, avait observé d'un air médusé l'altercation entre les deux femmes devant la tombe du Dr Robinson. Depuis quand le beau monde de Memphis oubliait-il les convenances, au point de sortir de ses gonds dans des circonstances aussi mal choisies ?

Dillon tourna la tête et se frotta les yeux. Il n'avait pratiquement pas dormi, ces dernières vingt-quatre heures. Lui et son partenaire avaient, en effet, arpenté la ville entière, en quête d'une piste concernant le meurtre d'une jeune femme dont le corps avait été repêché deux jours plus tôt dans le fleuve.

Et si le lieutenant McCardy ne lui avait pas ordonné d'aller se reposer, il serait retourné à l'instant même chercher des indices. Il n'avait pas besoin de sommeil. Et puis, surtout, il n'avait aucune envie de rentrer chez lui, pour se retrouver dans un appartement désespérément vide.

Pourtant, que cela lui plût ou non, il se devait d'obéir à son supérieur. Surtout depuis la fusillade qui avait eu lieu quatre mois plus tôt, et au cours de laquelle il avait abattu un homme, dans la panique. Une nouvelle bavure, et c'était la suspension pure et simple.

« Alors, qu'est-ce que tu fais ici ? » se demanda-t-il sombrement. Même s'il n'avait aucune envie de regagner son appartement, qu'avait-il besoin de venir traîner du côté du cimetière est, là où avaient lieu les funérailles du Dr Brad Robinson ?

Il avait pourtant d'autres préoccupations que la mort d'un

homme qui, pendant dix ans, avait été l'époux de Taylor… Taylor, qui lui avait juré un amour éternel avant d'aller se réfugier dans les bras de ce médecin… En vérité, elle l'avait abandonné au profit d'un type dont le seul mérite était d'appartenir à son milieu social.

Il y avait dix ans de cela… Et, pourtant, il avait l'impression que c'était hier.

Dillon jura entre ses dents, sans pouvoir détacher son regard du cimetière. S'il voulait être honnête avec lui-même, il devait admettre qu'il était venu ici pour la revoir, pour découvrir ce qu'elle était devenue après toutes ces années.

C'était probablement son côté masochiste qui l'avait poussé à entretenir une relation avec quelqu'un comme elle. Car il ne lui avait pas fallu longtemps pour comprendre que le fils d'un fermier crotté du Mississippi n'avait pas la moindre chance avec une femme telle que Taylor Walsh. D'autant plus que Miranda Walsh, sa mère, avait voix au chapitre…

D'après ce qu'il pouvait voir, Taylor était toujours belle à couper le souffle, toujours aussi désirable et… hors de portée, comme autrefois.

« Les riches sont vraiment des gens à part », songea-t-il avec amertume. Miranda Walsh lui avait appris cette leçon dix ans plus tôt, et il n'était pas près de l'oublier…

2

Deux semaines s'étaient écoulées, et elle passait encore toutes ses soirées à répondre aux nombreux coups de téléphone, ainsi qu'à toutes les cartes de condoléances que le facteur déversait chaque matin dans sa boîte aux lettres. Elle n'en pouvait plus !

Une chance encore qu'elle travaillât... A l'école, entourée de gamins pleins de vie, elle réussissait à oublier la culpabilité qui la rongeait depuis la disparition de Brad.

Pourtant, malgré les accusations de Deirdre Robinson, Taylor savait au plus profond de son être qu'elle n'était pour rien dans cette tragédie. Comment aurait-elle pu empêcher Brad de se suicider ?... Oui, bien sûr, elle aurait pu continuer à vivre avec lui. Mais comme leur union s'était rapidement révélée un véritable cauchemar, mieux valait qu'ils fussent séparés.

« Ainsi va la vie, songea Taylor avec un soupir las, en verrouillant la porte de son bureau. Espérons que Deirdre finira par accepter la disparition de son fils et reprendra, petit à petit, goût à la vie... »

Il était un peu plus de 20 heures, et tout le monde était parti, même M. Thorndike, le directeur de Claymore Academy, qui, d'ordinaire, restait très tard au collège. Les derniers rayons de soleil balayaient le couloir, projetant des ombres effrayantes sur les murs.

Un lourd silence avait envahi les lieux, alors que, quelques heures plus tôt, les rires et les voix des enfants y régnaient en maîtres. L'établissement semblait tout à coup désolé, comme abandonné… Néanmoins, Taylor avait l'étrange sensation de ne pas être seule.

Comme elle s'avançait dans le couloir, elle crut soudain entendre un bruit, derrière elle. Elle s'arrêta aussitôt, et tendit l'oreille. Cela semblait provenir du bureau du directeur. Rassemblant tout son courage, elle alla jeter un coup d'œil.

Le bureau de M. Thorndike était éteint, à l'exception de la veilleuse de sécurité allumée au-dessus de la fenêtre. Tout à coup, Taylor crut apercevoir une ombre derrière la porte de verre.

Sa gorge se noua. Le grincement qu'elle avait entendu n'était donc pas le fruit de son imagination : il y avait quelqu'un dans le bâtiment !

Se sentant gagnée par l'inquiétude, Taylor se hâta vers la sortie. Comme elle avait les bras encombrés de dossiers, elle donna un coup d'épaule dans le battant. Il ne bougea pas. Elle poussa plus fort, mais la porte refusa de céder. Quelqu'un l'avait fermée de l'extérieur. Elle était prisonnière…

Au bord de la panique, elle secoua la poignée, puis tambourina contre le battant. En vain. Elle ne réussirait jamais à l'ouvrir, et il était bien trop tard pour qu'elle eût une chance d'être entendue. Faisant volte-face, elle scruta anxieusement le couloir.

— Il y a quelqu'un ?

Pas de réponse.

Taylor ne savait que faire. Retourner à son bureau et appeler de l'aide ? Cela l'obligerait à repasser devant le bureau de M. Thorndike. Et s'il y avait un voleur dans la pièce, il ne manquerait pas de la voir.

Son cœur battait si fort qu'elle ne prêta pas attention au bruit de pas qui approchait, si bien qu'elle manqua défaillir quand la silhouette d'un jeune garçon émergea soudain de l'ombre.

Taylor laissa échapper un soupir de soulagement et, les jambes flageolantes, s'adossa contre la porte, derrière elle.

— Salut, s'exclama-t-elle avec un sourire. Tu m'as fait une peur bleue. Tu t'es laissé enfermer, toi aussi ?

Le garçon la dévisagea sans répondre. Peut-être lui faisait-elle peur… A moins qu'il ne craignît des réprimandes.

— Tu es nouveau ici ? demanda-t-elle en se penchant vers lui. Je ne me rappelle pas t'avoir déjà vu.

Son jeune vis-à-vis ne disait toujours rien. Il devait avoir environ neuf ans, et il était maigre comme un clou, avec des cheveux raides et noirs et de grands yeux sombres. Des yeux qu'il gardait rivés sur elle…

— David ! Où étais-tu encore passé ?

Taylor sursauta. Stanley Barlow, le concierge de l'école, surgit de la pénombre et posa une main sur l'épaule du jeune garçon. Ce dernier leva la tête et, avec les doigts, se mit à faire des signes. David était sourd et muet ! Voilà pourquoi il ne lui avait pas répondu ; voilà pourquoi, depuis quelques minutes, il la regardait aussi intensément.

Le concierge se tourna vers elle.

— Madame Robinson ? Que faites-vous ici ?

— La porte est fermée, Stanley ; je ne peux pas sortir.

— Je pensais que tout le monde était déjà parti. Il est tard.

— Oui, je sais, mais j'avais quelques bulletins à remplir. Je n'ai pas vu l'heure passer. A propos, je crois avoir aperçu quelqu'un dans le bureau de M. Thorndike.

— Vous avez dû rêver. M. Thorndike est parti très tôt, ce soir : il était à peine 18 heures.

Il ébouriffa gentiment les cheveux du petit garçon.

— Vous ne connaissiez pas David, mon petit-fils ? Il vient de temps en temps me tenir compagnie, ça lui change les idées.

Taylor se tourna vers l'enfant.

« Bonjour, David, fit-elle en s'exprimant avec les mains. Je suis heureuse de te rencontrer. »

Le gamin se dérida comme par enchantement, et son regard s'illumina.

« Vous connaissez le langage des signes ? »

« Un peu. Mais je ne suis pas aussi douée que toi. »

Le sourire de David s'élargit.

— Voyons pourquoi cette porte se bloque, intervint Stanley.

Il dépassa la jeune femme et agita la clenche.

— Bizarre, reprit-il d'un ton grommeleur. En général, on ne la ferme jamais de l'extérieur.

— C'est bien ce que j'ai pensé.

Le concierge donna un coup d'épaule dans la porte, comme s'il espérait la voir s'ouvrir miraculeusement.

— M. Thorndike a dû donner un tour de clé en partant. Venez, madame Robinson, je vais vous ouvrir par-devant.

Il traduisit en signes ce qu'il venait de dire, pour son petit-fils. Ce dernier hocha la tête et, s'approchant de Taylor, lui prit la main. Son grand-père écarquilla les yeux.

— J'en reviens pas ! En général, il est plutôt sauvage quand il ne connaît pas les gens.

« Les étrangers ne savent probablement pas communiquer avec lui », songea Taylor en resserrant l'étreinte de ses doigts sur ceux du petit garçon.

Ils longèrent le couloir en direction du grand hall, et quand ils passèrent devant le bureau du directeur, elle jeta un regard inquiet en direction de la porte de verre. La pièce semblait déserte. Son imagination lui aurait-elle joué un mauvais tour ? A moins que ce ne fût tout bonnement David qu'elle avait aperçu ?

Une fois dans le hall, Stanley sortit un énorme trousseau de clés de sa poche et ouvrit la grande porte. Puis il tint le battant, s'effaçant pour leur céder le passage. Taylor remonta le col de sa veste. Le vent s'était levé, et l'arrivée de la nuit avait rafraîchi l'atmosphère.

— Nous allons vous raccompagner jusqu'à votre voiture, déclara le concierge.

— Oh, ne vous donnez pas tout ce mal pour moi, Stanley ! Je vous ai déjà suffisamment ennuyé ce soir.

— C'est toujours un plaisir d'aider une ravissante dame, n'est-ce pas, David ?

Tout en parlant, il traduisait à l'attention de son petit-fils. David acquiesça d'un signe de tête.

Taylor les gratifia d'un sourire reconnaissant. Après tout, elle se sentirait plus rassurée s'ils étaient avec elle pour traverser le parking. Sans protester davantage, elle emboîta le pas du concierge. Comme ils contournaient le bâtiment, Stanley s'arrêta net.

— Oh, les salopards ! gronda-t-il.

Taylor était occupée à fouiller son sac, en quête de ses clés. Quand elle releva la tête, elle vit que les pneus de sa Volvo grise avaient tous été crevés !

Devant elle, le concierge jurait entre ses dents.

— C'est encore un coup de ces maudits gosses ! Cela fait deux fois en un mois qu'une voiture est saccagée, sur ce parking. Et vous pensez que la police ferait quelque chose ? Ils n'ont même pas daigné se déplacer, la dernière fois.

Il souleva sa casquette et se gratta le front.

— On ferait mieux d'appeler un garage ! Avec un peu de chance, ils pourront vous dépanner tout de suite.

En quelques signes, il enjoignit au jeune garçon de le suivre, et Taylor leur emboîta le pas. Elle aurait aimé croire que ce méfait n'était qu'un acte de vandalisme, purement gratuit, comme le supposait Stanley. Mais, au plus profond de son être, elle savait qu'il n'en était rien.

Elle avait déjà été victime de plusieurs incidents de ce genre, depuis la mort de Brad, comme des coups de téléphone anonymes en pleine nuit qui l'empêchaient de se rendormir… Il y avait aussi une voiture — qui ressemblait étrangement à celle de Deirdre Robinson — garée en permanence près de chez elle…

Comme tous trois s'en retournaient vers le bâtiment administratif pour appeler un garage, un sombre pressentiment s'empara de la jeune femme. Si son instinct ne la trompait pas, si sa belle-mère se trouvait bien derrière tout cela, la haine que cette femme lui vouait était bien plus dangereuse qu'elle ne l'avait d'abord imaginé, et personne ne pouvait dire ce qu'elle serait capable d'inventer la prochaine fois…

Deux heures plus tard, Taylor garait sa voiture devant chez elle, dans la banlieue nord de Memphis. Un instant, elle demeura au volant, craignant presque d'ouvrir la porte de son pavillon et de découvrir que quelqu'un l'y attendait.

Mais quand elle eut enfin le courage de pousser le battant et de franchir le seuil, elle fut rassurée. Rien n'avait bougé : ni les magnifiques aquarelles qui se trouvaient aux murs, ni les clochettes qui tintinnabulaient sous le souffle du vent, ni le vieux piano à queue qu'elle entrevoyait dans le salon.

Ici, le style n'était peut-être pas aussi pur que dans la fastueuse demeure de sa mère, dans Tamarind Street, ni aussi raffiné qu'au ranch qu'elle partageait avec Brad, à Germantown, mais cette petite maison était son havre de paix. Elle l'avait décorée à son goût, sans se soucier des critiques de sa mère, et elle était plutôt satisfaite du résultat.

Elle posa son sac, son manteau et ses clés sur le guéridon de l'entrée, et emporta son courrier jusqu'au salon. Là, elle s'assit à son bureau pour le trier.

Parmi les lettres, il y en avait une sur laquelle les coordonnées de l'expéditeur ne figuraient pas. Pensant qu'il s'agissait d'une énième carte de condoléances, elle l'ouvrit en premier. C'était une coupure de presse !

« Quand on en vient à vous voler votre enfant... »

Tel était le titre de l'article. Et il était souligné en rouge.

Rapidement, elle parcourut le texte. C'était l'histoire pathétique d'un couple d'ouvriers qui attaquait en justice une clinique, l'accusant d'avoir substitué un mort-né à leur bébé pour confier le nourrisson à des parents plus aisés.

Elle eut beau examiner le papier sous toutes les coutures, elle ne trouva pas le moindre indice quant à l'identité de l'expéditeur. Devait-elle lire entre les lignes et comprendre que son bébé, prétendument mort à la naissance, lui avait été volé, lui aussi ? La personne qui lui avait envoyé ce pli était forcément au courant de cette tragédie. Mais de qui pouvait-il bien s'agir ?

Immédiatement, l'inconnue coiffée d'un chapeau à large bord, présente à l'enterrement de Brad, lui revint à la mémoire. Ce jour-là, cette femme lui avait glissé dans la main un article de journal, mais après l'agression de sa belle-mère, Taylor n'y avait plus songé.

Elle se rappelait, cependant, avoir enfoui le papier dans la poche de sa veste de tailleur. Avec un peu de chance, sa femme de ménage ne l'avait pas encore envoyée au pressing. Sans plus tarder, elle gagna sa penderie.

Le bout de journal, plié en quatre, était toujours là !

Cet article, lui, relatait le meurtre d'un homme dont la mort avait été injustement classée comme un suicide. A l'encre rouge, quelqu'un avait annoté dans la marge :

« Les choses paraissent toujours plus sombres avant l'aube… »

Que lui avait donc dit l'inconnue, lors des funérailles de Brad ?

Ah, oui ! « Les choses ne sont pas toujours comme on le croit… » Qu'entendait-elle par là ?…

Taylor retourna à son bureau et plaça les deux articles l'un à côté de l'autre. Un suicide qui serait en réalité un meurtre… Une clinique privée impliquée dans un sinistre trafic d'enfants. Il ne pouvait tout de même pas s'agir d'une mauvaise plaisanterie…

Plus elle y réfléchissait, plus elle y perdait son latin. Et si ces sous-entendus étaient l'œuvre d'un esprit dérangé ? Un jeu visant à la tourmenter et à la déstabiliser ?

A moins qu'il ne s'agît d'un message crypté… Essayait-on de lui dire quelque chose ?

Son cœur se mit à battre la chamade tandis qu'elle étudiait les articles, l'un après l'autre. « C'est impossible ! » songea-t-elle. Son bébé était bien mort à la naissance. Cet extrait de journal n'était qu'une malheureuse coïncidence.

Et pourtant…

Non, elle se refusait à ce genre de spéculation ! Malheureusement, il était trop tard : le doute et l'espoir s'étaient déjà immiscés en elle !

Brad l'avait appelée, le soir où il était mort. Il avait bu, et ses propos étaient totalement incohérents. Toutefois, n'avait-il pas fait allusion à la clinique Wescott, cet établissement privé dirigé par l'auguste Dr Elliot Wescott, spécialiste des grossesses à hauts risques ?

Autrefois, ce médecin avait été le mentor de son ex-époux ; il l'avait même formé pour que Brad pût prendre la relève lorsqu'il partirait à la retraite. Mais, un jour, ils s'étaient violemment querellés, et l'alcoolisme de Brad, ainsi que ses dépressions chroniques avaient fini par ruiner toutes ses chances.

Juste un mois avant de mourir, Brad avait été radié de la profession pour avoir fait une erreur de diagnostic ayant entraîné la mort d'un patient. Cela se passait au Mercy General Hospital et, quelques jours plus tard, Taylor avait entendu son mari accuser le Dr Wescott, directeur de l'établissement, de l'avoir injustement discrédité.

Elle avait cru alors aux divagations d'un homme détruit par l'alcool et rongé par la rancœur, mais, maintenant qu'elle y repensait, un détail étrange lui revenait : des paroles prononcées par Brad à propos de la clinique. « J'en savais trop… »

Quand elle lui avait demandé ce qu'il entendait par là, il avait répondu que c'était sans importance, avant de raccrocher. Le lendemain matin, on l'avait retrouvé mort dans le ranch où ils avaient vécu ensemble autrefois, mort d'une balle tirée en pleine tête. On avait aussitôt conclu au suicide.

D'après ce qu'elle savait, la police n'avait pas procédé à une véritable enquête, sans doute parce que Brad avait déjà attenté à ses jours plusieurs fois. Il souffrait de dépression, et il n'y avait aucune raison de croire à un meurtre.

Mais aujourd'hui…

Taylor jeta un coup d'œil dehors.

Que voulait dire Brad, le soir où il était mort ? Quels étaient donc ces secrets que renfermait la célèbre clinique Westcott ?

Et pourquoi quelqu'un avait-il jugé bon de lui envoyer ces articles, traitant d'abord d'un meurtre maquillé en suicide, puis d'un vol de bébés dans une clinique privée… comme celle dans laquelle elle avait donné naissance à son fils ?

3

De la fenêtre de son appartement, au second étage d'un vieil immeuble, Dillon observait la circulation dans Perkins Road. Plusieurs véhicules de police passèrent à tombeau ouvert, gyrophares hurlants et toutes lumières allumées et, un instant, il fut tenté de descendre dans la rue pour voir ce qui se passait.

Ce soir, il n'était pas en service.

Rejoignant le canapé, il s'y laissa tomber et étendit ses longues jambes sur les coussins. Il avait toute la nuit devant lui. Qu'allait-il bien pouvoir faire ?

Il attendit l'inspiration. Comme rien ne lui venait à l'esprit, il se leva et gagna la cuisine, où il ouvrit machinalement le réfrigérateur. Il y restait un morceau de pizza vieux de plusieurs jours, un bocal de cornichons à moitié vide et une canette de bière…

Une bière, pourquoi pas ? A défaut d'autre chose… Il s'en empara et, d'un coup donné sur le coin de l'évier, il la décapsula.

Il aurait dû rester en ville, une fois le boulot terminé. Habituellement, il s'arrêtait dans un bar près de la gare, après le service, pour grignoter un morceau avant de disputer une partie de billard ou de fléchettes. En fait, n'importe quoi plutôt que rentrer chez lui…

Mais, ce soir, il ne se sentait pas d'humeur à écouter les discussions de flics, ou les mièvreries des filles, au bar. Ce soir, il ne songeait plus qu'à Taylor, la jeune femme aux cheveux blonds et aux yeux saphir ensorcelants.

Une femme qui lui avait jadis brisé le cœur…

Dillon jura entre ses dents. Il refusait de penser à Taylor Walsh, mais, depuis qu'il l'avait aperçue au cimetière, dans l'après-midi, les souvenirs les plus troublants resurgissaient.

« Tu n'es qu'un parfait idiot », se dit-il en traversant le salon pour répondre au coup frappé à la porte d'entrée. Un instant, il imagina qu'un livreur de pizzas s'était trompé d'adresse, mais il savait qu'il n'aurait même pas cette chance-là. Ce devait être Nadine, désœuvrée comme à l'accoutumée, qui venait l'implorer de partager une bouteille de gin.

— Pas ce soir, Nadine, grommela-t-il.

Il ouvrit la porte. Erreur ! Ce n'était pas Nadine, mais Casey, le gamin de l'appartement d'à côté. Comme toujours, il portait des vêtements trois fois trop grands pour lui et une casquette de base-ball enfoncée sur les yeux.

Dillon sentit aussitôt son cœur se serrer. Le petit garçon était trop souvent seul. Sa mère était serveuse dans un bar, en ville, et elle ne rentrait jamais avant l'aube. En général, elle dormait encore quand Casey rentrait de l'école. Dillon allait parfois jouer au basket avec l'enfant, et il lui achetait alors un morceau de pizza. Le gamin était gentil, et Dillon l'aimait bien.

Casey, un sourire aux lèvres, dribbla avec son ballon de basket.

— Hé, Dillon, tu viens faire quelques lancers de panier ? J'ai un nouveau truc à te montrer.

— Une autre fois, Casey. Je suis crevé, ce soir.

Dillon refusa de voir l'expression désappointée qui se peignit sur le visage de l'enfant. Il se sentait coupable, et ça lui déplaisait. Casey tourna les talons, les épaules affaissées et, sans insister, il se dirigea vers la cage d'escalier.

Un juron échappa à Dillon. Décidément, son sentimentalisme le perdrait !

— Hé, Casey !

Le gamin se retourna aussitôt, le regard empli d'espoir.

— Reviens tout à l'heure, on commandera une pizza. D'accord ?

Le visage de l'enfant s'éclaira. Il hocha la tête, avant de brandir son ballon à bout de bras en signe de victoire. L'instant d'après, il disparaissait dans l'escalier.

Pas moins d'une minute plus tard, on frappa de nouveau à la porte. Agacé, Dillon l'ouvrit violemment et cria d'un ton exaspéré :

— J'ai dit plus tard…

Il laissa sa phrase en suspens quand il vit qui se tenait sur le seuil. Il n'en revenait pas. L'espace d'une seconde, il crut même être victime d'une hallucination.

Combien de fois n'avait-il pas rêvé d'ouvrir la porte et de trouver Taylor en face de lui, de pouvoir plonger le regard dans le lac de ses immenses yeux bleus et de l'entendre implorer son pardon ?

Mais, au fond de lui, il pensait qu'il pouvait toujours rêver, que cela n'arriverait jamais, parce que Taylor Walsh avait définitivement quitté sa vie…

Croisant les bras sur sa poitrine, il s'adossa au montant de la porte.

— Cela faisait longtemps…

— Oui, bien longtemps. Je… je n'étais pas certaine que tu te souviendrais de moi.

Qui essayait-elle de duper ? Jamais il n'aurait pu l'oublier, et elle le savait parfaitement. Après ce qu'elle lui avait infligé…

Il répliqua froidement :

— Oh, je me souviens parfaitement de toi ! Seulement, tu es la dernière personne que je m'attendais à voir ici.

Visiblement mal à l'aise, Taylor esquissa un faible sourire.

— C'est aussi le dernier endroit où je pensais venir frapper, mais… j'ai besoin de te parler. Puis-je entrer ?

— Ma porte est toujours ouverte.

Il regretta immédiatement ce ton accusateur, d'autant plus que l'expression embarrassée de Taylor prouvait que le message avait été reçu.

La jeune femme prit tout son temps pour fermer la porte derrière elle et, quand elle se retourna, il ne subsistait aucune trace de gêne sur son visage. Elle pénétra dans le salon et promena un regard curieux autour d'elle, en évitant toutefois de poser les yeux sur lui.

Taylor était plus mince que dans son souvenir, et elle lui sembla aussi plus fragile. Etait-ce à cause de ses cheveux attachés en catogan qui soulignaient la finesse de ses traits ? Non, c'était parce que ses prunelles bleues étaient assombries par quelque chose qui ressemblait fort à de la souffrance.

Elle portait un tailleur rose et, dessous, un chemisier de soie blanc agrémenté d'un rang de perles assorti à ses boucles d'oreilles. Comme toujours, elle était raffinée, légèrement sophistiquée. Trop parfaite pour qu'on ose la toucher… En fin de compte, rien n'avait vraiment changé.

— Alors… c'est ici que tu vis ?

— Oui, fit-il en haussant les épaules. Ce n'est pas un palace, mais je m'y sens bien. Ça ressemble un peu à l'endroit où je vivais autrefois. Mais tu l'as déjà remarqué, je suppose ?

Une ombre de tristesse voila les yeux de la jeune femme. Cette impression de fragilité, de désarroi qui émanait de toute sa personne le troublait malgré lui.

— Comment as-tu trouvé mon adresse ?

— J'ai appelé ta mère. Elle me l'a donnée. J'espère que tu ne m'en veux pas.

— Pourquoi ? Je devrais ?

— Ecoute… Je suis désolée d'arriver comme ça, à l'improviste. Je sais que j'aurais dû téléphoner avant, mais… j'avais peur que tu refuses de me voir.

— Qu'est-ce qui a bien pu te faire penser une chose pareille ?

Si elle nota la pointe de sarcasme dans sa voix, elle choisit en tout cas de n'en rien montrer. Elle s'assit au bord du canapé, les doigts crispés sur son sac à main.

Quand Dillon s'installa en face d'elle, il la vit s'humecter les lèvres. Taylor était nerveuse.

— J'ai appris pour Brad. J'en suis désolé, déclara-t-il pour éviter que le silence s'installe entre eux.

Le visage de la jeune femme se crispa, à tel point qu'il la crut prête à fondre en larmes.

Il aurait dû s'en réjouir. Après tout, à chacun son tour de souffrir… Mais, malgré toute la rancœur qui l'habitait, il n'y parvint pas.

— Ce n'est pas facile pour moi, murmura-t-elle d'une voix presque inaudible.

Elle serra son sac contre elle un peu plus fort.

Dillon la considéra longuement.

— Qu'est-ce qui n'est pas facile ? demanda-t-il finalement.

— De venir ici, de te revoir…

Taylor porta les doigts à ses lèvres tremblantes, comme s'il lui en coûtait de trahir ses émotions. Ce geste lui rappela des souvenirs : elle le faisait déjà, autrefois, lorsqu'elle était bouleversée. Alors, il la prenait dans ses bras et la réconfortait…

« Tu ne la connais plus, se dit-il. D'ailleurs, tu n'as jamais su qui elle était réellement. »

Elle n'avait été qu'une passade, un rêve impossible. Et pourtant…

La femme qui était assise devant lui était bien réelle, et les sentiments qu'elle lui inspirait n'étaient pas sans l'effrayer.

— Pourquoi es-tu venue, Taylor ?

Elle croisa son regard, et se redressa comme si elle rassemblait tout son courage. Elle prit une profonde inspiration.

— J'ai la certitude que Brad a été assassiné, Dillon, et je voudrais que tu m'aides à le prouver.

Il ouvrit de grands yeux.

— Que dis-tu ?

Taylor hocha la tête.

— Je suis convaincue que Brad a été tué, mais personne ne veut me croire. Pas même la police.

— Tu en as déjà parlé à quelqu'un ?

— Oui, au sergent Jackson. C'est lui qui était chargé de l'enquête.

— Alors, c'est à lui que tu dois t'adresser.

— Mais je l'ai fait ! Il a refusé de m'écouter. Il a répondu que ces articles de journaux ne signifiaient rien. Il n'a même pas voulu…

— Attends une minute ! Tu as la preuve que Brad a été tué, et Jackson fait la sourde oreille ? C'est ce que tu es en train de me dire ?

Elle hésita.

— Pas exactement.

Il fronça les sourcils.

— Qu'est-ce que ça signifie ?

Taylor croisa nerveusement les doigts, cherchant à dissimuler les tremblements qui l'agitaient. Cette rencontre était si importante pour elle. Il ne fallait pas la gâcher. Dillon devait la croire. Il était son seul espoir !

— Je n'ai pas encore de preuves concrètes, admit-elle. Mais j'ai le sentiment que…

— Le sentiment ? Si tu savais le nombre de gens qui refusent la vérité à propos d'un suicide… Bien sûr, il est difficile d'accepter qu'un être que l'on aime décide d'en finir avec la vie.

— C'est là que tu te trompes, Dillon. Jusqu'ici, je ne réfutais pas la thèse du suicide. C'était, d'ailleurs, la version à laquelle il m'était le plus facile de croire. Mais plusieurs choses, depuis, m'ont fait réviser mon jugement. Je me suis souvenue de ce que Brad m'avait dit, la nuit où il est mort. Tout concorde, et si tu acceptes de m'écouter un instant, je suis certaine que tu abonderas dans mon sens.

Dillon se renfrogna.

— Je ne suis pas pressé, déclara-t-il finalement. Prends tout ton temps.

Taylor se mordit la lèvre. Elle ne savait par où commencer. Elle n'avait pas imaginé qu'elle serait aussi nerveuse. Mais il la mettait mal à l'aise. Cette manière qu'il avait de se tenir, de dodeliner de la tête quand il l'écoutait…

Cette manière de l'envelopper du regard.

Comme à l'instant…

Ou tout à l'heure, après avoir ouvert la porte, quand il l'avait détaillée des pieds à la tête, sans cacher son mépris.

Pourquoi avait-elle apporté un soin tout particulier à sa tenue vestimentaire ? Elle aurait mieux fait de mettre un jean et des chaussures de tennis, comme tous les jours quand elle allait travailler à l'école.

Enfin… L'important, c'était qu'il accepte de l'écouter.

Brusquement, Dillon se leva comme s'il s'impatientait, et se mit à arpenter la pièce. Taylor en profita pour l'observer à la dérobée. Il avait changé : il lui semblait plus grand que dans son souvenir ; plus grand et, surtout, plus puissant. Ses yeux avaient perdu toute leur insouciance, et cette cicatrice en forme de croissant de lune, sur son arcade sourcilière gauche, lui donnait un air plus dangereux que jamais.

Quand il croisa son regard, elle retint son souffle. La rage silencieuse qui brûlait au fond de ses yeux noirs la fit frissonner. Après tout ce temps, elle avait pensé ou, du moins, espéré que leurs sentiments seraient éteints. Mais la haine que Dillon lui vouait encore aujourd'hui, tout comme les battements effrénés de son propre cœur, lui prouvaient qu'il n'en était rien.

Rien n'avait changé : il la détestait, elle le désirait…

— Alors, qu'est-ce qui te fait penser que ton mari a été tué ? Et pourquoi suis-je le seul à pouvoir t'aider ?

— Parce que tu es policier. Et que tu as toujours eu une soif de justice.

Il s'esclaffa d'un rire sans joie.

— Vraiment ? C'est amusant, je ne me souviens pas de ça.

— Sinon, pourquoi serais-tu entré dans la police ?

Dillon lui adressa un sourire énigmatique.

— En réalité, après avoir quitté l'université de droit, je n'avais guère le choix.

Un instant, Taylor fut tentée de lui demander pourquoi il avait renoncé à ses études, pourquoi il avait quitté la ville aussi brusquement.

Pourquoi il n'avait jamais cru bon de la rappeler…

Bien sûr, cette nuit-là, ils s'étaient violemment querellés, et Taylor n'était pas sans savoir que Dillon avait été blessé dans son amour-propre. Ils s'étaient dit des choses horribles. Pourtant, jamais elle n'aurait pu imaginer qu'il disparaîtrait sans un mot.

Sans un adieu.

Enfin… Ce n'était pas le moment de reparler du passé. Elle n'était pas venue pour qu'ils s'expliquent, pour qu'ils tentent de recoller les morceaux. Elle était là parce qu'elle avait besoin de son aide.

Elle ouvrit son sac à main et en sortit les coupures de presse.

— Pendant l'enterrement de Brad, une femme m'a glissé l'un de ces articles dans la main. Je n'ai pas eu l'occasion de le lire tout de suite. En fait, je l'avais complètement oublié jusqu'à ce que j'en reçoive un autre par la poste, il y a deux jours.

Elle les lui tendit.

Rapidement, Dillon les parcourut avant de lever les yeux.

— Tu connaissais cette femme ?

— Elle m'a semblé familière, mais je serais bien incapable de mettre un nom sur son visage. Il y avait beaucoup de monde, à l'enterrement : des gens de l'hôpital, des amis, des relations de Brad. Je t'avoue ne pas y avoir réfléchi très longtemps. Mais quand j'ai reçu cet autre article, j'en suis venue à me demander s'il n'y avait pas un lien entre eux.

— Pour toi, c'est la même femme qui t'a envoyé le deuxième article ?

Taylor haussa les épaules.

— Peut-être, je n'en sais trop rien.

Dillon n'insista pas. Son visage se rembrunit tandis qu'il étudiait les articles plus en détail.

— As-tu gardé une liste des gens présents à l'enterrement ?

Elle secoua la tête.

— La mère de Brad l'a récupérée, je n'ai pas eu le temps d'y jeter un coup d'œil. Je ne… enfin, ce n'est pas vraiment le moment de la lui réclamer. Elle… me tient pour responsable de la mort de son fils.

Dillon haussa les sourcils d'un air surpris, mais il ne fit aucun commentaire.

— Tu as dit tout à l'heure que tu te souvenais des propos que ton mari t'avait tenus au téléphone, la nuit de sa mort.

Taylor lui relata alors l'étrange conversation qu'elle avait eue avec Brad. Tout en parlant, elle se rendait compte que, à l'époque, elle aurait pu poser davantage de questions, qu'elle aurait dû insister pour savoir ce qu'il entendait par les secrets de la clinique Wescott, mais ce coup de téléphone l'avait excédée.

Brad ne manquait jamais de l'appeler quand il était ivre, et, cette nuit-là, elle n'avait eu qu'une envie : raccrocher. Alors, bien sûr, elle s'était gardée de l'interroger davantage.

— Tu en as discuté avec le sergent Jackson ?

— Oui, mais à ce moment-là, je pensais encore que Brad s'était suicidé.

Dillon passa une main dans ses boucles sombres, sans quitter des yeux les articles. Il portait les cheveux plus courts que par le passé, mais ils étaient toujours aussi épais, et aussi noirs. Combien de femmes y avaient glissé leurs doigts, durant toutes ces années ?

— Ecoute, je reconnais que ces articles sont pour le moins bizarres. Mais ils ne constituent pas une preuve suffisante. Quant à ta conversation avec ton mari... eh bien, il était ivre, n'est-ce pas ?

— C'est également ce que je me suis dit. Pourtant, je n'arrive pas à me défaire de l'impression que quelque chose cloche dans cette histoire. Il a peut-être été tué parce qu'il connaissait trop de choses sur la clinique Wescott. Imagine que le Dr Elliot Wescott ait eu peur que Brad se mette à parler...

Dillon lui adressa un regard incrédule.

— Elliot Wescott aurait assassiné ton mari ?

— Non, je n'accuse personne. Je veux juste connaître la vérité. Je veux savoir ce qui est arrivé à Brad, et ce qui se passe dans cette clinique, si l'on a pu s'y adonner à un trafic d'enfants, comme le relate l'article. Il faut que je le découvre, Dillon. Je n'aurai pas l'esprit en paix tant que je l'ignorerai…

— Cela ne te ramènera pas ton mari.

— Peut-être, mais… J'ai besoin de découvrir ce qui est arrivé à mon bébé, ajouta-t-elle dans un souffle.

— Ton bébé ?

— Oui, il est né à la clinique Wescott. Imagine qu'il ne soit pas mort, cette nuit-là. Imagine qu'on l'ait échangé.

Elle prit une profonde inspiration avant de poursuivre :

— Il aurait neuf ans aujourd'hui. Je ne peux pas rester immobile alors qu'il est peut-être encore en vie. Il faut que je le retrouve. Je suis sa mère.

Le cœur de Dillon se serra. Ainsi, c'était cela ! Il était au courant de ce qui était arrivé à l'enfant de Brad et de Taylor. Sa mère lui en avait parlé dans l'une de ses lettres ; elle lui avait dit que le bébé était mort à la naissance. D'ailleurs, à l'époque, il avait eu grand-peine à ne pas se précipiter auprès de la jeune femme pour la soutenir dans cette terrible épreuve.

Mais c'était alors à son mari de le faire… Malheureusement, à en juger par le visage bouleversé qu'elle avait en cet instant, Brad Robinson n'avait pas dû beaucoup l'épauler.

De toute évidence, elle n'avait pas réussi à faire le deuil de son fils… Mais que pouvait-il pour elle, aujourd'hui ?

Rien, absolument rien…

Il s'approcha de la fenêtre, et jeta un coup d'œil dans la rue.

— Retourne chez toi, Taylor, fit-il sans la regarder. Et essaie d'oublier. Moi, je ne peux pas t'aider.

— Tu ne peux pas, ou tu ne veux pas ?

Il y eut un long silence, et elle reprit dans un murmure :

— Même si cet enfant se trouve être le tien ?

4

Dillon se tourna vers elle et la dévisagea sans un mot.

— Dis quelque chose, fit-elle d'une voix suppliante. Je t'en prie…

Le regard de son compagnon se durcit.

— Que veux-tu que je te dise ?

— Je ne sais pas. Ce que tu ressens, peut-être ?

— Laisse-moi le temps de digérer la nouvelle. D'ailleurs, qui me dit que je dois te croire ? Ce n'est peut-être que l'une de tes maudites ruses destinée à me forcer la main, à m'obliger à mener cette enquête.

— Pour qui me prends-tu ? Je ne pourrais pas mentir au sujet d'une chose aussi importante.

Il eut l'air surpris.

— Tu ne mentirais pas ? Pourtant, cela ne t'a pas gênée de me cacher la vérité, jusqu'ici !

— C'était différent, répondit-elle en contrôlant du mieux qu'elle pouvait le tremblement de sa voix.

S'il y avait bien une chose qu'elle ne souhaitait pas, c'était trahir ses sentiments. Dillon se révélait implacable, sans merci. Des années au service de la police l'avaient immanquablement endurci…

— En quoi était-ce différent, Taylor ? S'il te plaît, expliquele-moi. Je serais curieux de connaître les raisons qui t'ont poussée à me dissimuler que tu étais enceinte de moi.

Elle chercha ses mots avec soin, soucieuse de ne pas envenimer les choses. Si seulement il acceptait de comprendre…

— Je voulais te le dire. Mais nous venions de nous disputer, tu t'en souviens ? Nous avions rompu. Et puis, quand j'ai découvert que j'étais enceinte, tu avais déjà quitté la ville. Je ne savais pas où te joindre.

— Tu aurais pu, si tu l'avais voulu. Ma mère a toujours eu mon adresse.

— Oui, mais… J'imaginais qu'après tout ce qui s'était passé entre nous, tu n'avais pas grande envie que je te retrouve.

Le regard qu'il fixait sur elle était froid et distant. Pourtant, elle devinait sa souffrance. Elle venait de le blesser et, malheureusement, elle ne pouvait rien faire pour se racheter.

— Tu pensais sincèrement que ce bébé ne m'intéresserait pas ? Notre bébé ? Non, Taylor… Tu ne me feras pas avaler ça.

— Je ne voulais pas que tu te sentes pris au piège. J'avais conscience de tous les espoirs que ta famille fondait sur toi, de toutes tes ambitions.

Il laissa échapper un juron.

— Et quand comptais-tu me l'annoncer ?

Elle se mordit la lèvre.

— Je ne sais pas… Après la naissance du bébé, certainement. Mais voilà, lorsqu'il est… mort, je ne voyais plus l'intérêt de t'en parler, de te faire partager ma souffrance.

— Quelle noblesse ! Et Brad Robinson ? Quel rôle jouait-il dans tout cela ?

— C'était juste un ami pour moi.

— Vraiment ?

— Oui. Il m'a expliqué combien il serait difficile pour moi d'élever mon enfant seule, et comme je savais ce que représente le fait de grandir sans père, j'ai finalement accepté de l'épouser.

— Comme ça ? Tout simplement ? Je disparais, et tu te jettes dans les bras du premier venu ? Tu peux être fière de toi !

Taylor sentit tout à coup la moutarde lui monter au nez.

— Comment oses-tu ? protesta-t-elle en se levant d'un bond. Comment peux-tu me juger ainsi ? Tu t'étais évaporé, j'ignorais comment et où te joindre, et surtout si je comptais encore un peu pour toi. Brad, lui, était là quand j'ai eu besoin de lui.

— Encore une petite chose. Savait-il que le bébé était le mien, ou as-tu essayé de le convaincre qu'il en était le père ? Etais-tu déjà avec lui avant notre rupture ?

Il s'en fallut de peu qu'elle ne le giflât. Elle était demeurée fidèle à Dillon, bien après son mariage avec Brad.

Et même quand elle avait réussi à ne plus songer à lui et à leur amour passé, elle avait préféré continuer de faire chambre à part avec son époux. Rien d'étonnant à ce que Brad se fût mis à haïr Dillon…

Elle se dirigea vers la porte, s'apprêtant à quitter cet appartement et à laisser derrière elle les accusations non fondées de Dillon Reeves. Mais qu'elle le voulût ou non, elle avait besoin de son aide. Alors, elle ravala sa fierté, et se tourna vers lui.

— Brad savait que ce bébé était le tien. Il disait… qu'il s'en fichait.

— Mais il ne s'en fichait pas, c'est ça ?

Taylor ferma les yeux.

— En fait, ça l'a rongé jusqu'à son dernier jour…

Dillon devinait sans peine ce que la vie de cette jeune femme avait pu être pendant toutes ces années. L'alcoolisme de Brad, sa jalousie, son orgueil blessé dont elle avait dû se sentir responsable…

Etait-ce pour cela qu'elle était restée si longtemps avec cet homme, même après la mort du bébé ?

Ou existait-il une autre raison ?

Dillon n'était pas sûr de vouloir connaître la réponse, mais, d'un autre côté, il savait qu'il ne supporterait pas de demeurer dans l'ignorance.

— Tu l'aimais ?

Elle croisa son regard avant de détourner la tête. Un soupir lui échappa.

— D'une certaine manière, oui.

Il se prit le visage à deux mains. C'était comme s'il venait de recevoir un coup de poignard en plein cœur. Savoir qu'elle en avait aimé un autre réveillait en lui une jalousie vieille de dix ans. Et cela lui faisait très mal.

— Ne pouvons-nous pas laisser le passé là où il est ? J'ai besoin de ton aide, Dillon. C'est tout ce que je te demande.

— Je sais, mais c'est déjà beaucoup…

Toute la nuit, Dillon se tourna et se retourna dans son lit sans trouver le sommeil, incapable de chasser Taylor de ses pensées, incapable d'oublier ce qu'elle lui avait dit à propos de Brad… et du bébé.

Pour tout arranger, il avait dû décevoir Casey en l'envoyant manger sa pizza seul chez lui, alors que l'enfant réclamait surtout un peu de compagnie.

Mais, après la visite de la jeune femme, il avait eu besoin de solitude pour essayer de remettre un peu d'ordre dans ses idées, ce à quoi il n'était d'ailleurs pas parvenu. Le matin, allongé sur son lit, les yeux rivés au plafond, il avait encore l'esprit sens dessus dessous.

Finalement, il se leva, prit une douche et s'habilla, avant

de boire plusieurs tasses de café bien serré devant la fenêtre de son salon, en regardant le jour se lever sur la ville.

La rencontre avec Taylor s'était mal terminée. Elle n'avait pas réussi à le convaincre. Plus elle avait insisté, plus il s'était buté. Jusqu'au moment où elle avait quitté l'appartement en claquant violemment la porte derrière elle.

Qu'espérait-elle donc, à la fin ? Comment était-il supposé réagir ?

Enfin, que son attitude fût justifiée ou non, il n'était pas particulièrement fier de la manière dont il s'était comporté avec elle. Mais plutôt mourir que le lui avouer ! Il ne voulait plus penser à cette femme ; il ne voulait même pas savoir si elle avait raison.

S'il avait vraiment un enfant quelque part…

« Cesse de délirer ! Ne prends surtout pas les paroles de cette manipulatrice pour argent comptant ! »

Taylor Walsh l'avait déjà trahi, autrefois. Pourquoi aurait-il dû la croire aujourd'hui ? Elle était riche, belle, et savait parfaitement jouer de son charme pour parvenir à ses fins.

Il ne serait plus jamais sa victime.

Après toutes ces années, il ne la laisserait pas s'immiscer dans sa vie.

Dillon ne se débarrasserait pas d'elle aussi facilement ! songea Taylor en regardant le ciel s'empourprer, depuis la fenêtre de son appartement. Elle n'avait guère dormi, la nuit précédente, mais elle ne devait pas être la seule…

Elle savait que, en lui rendant visite, elle s'exposait à un refus. Mais elle ne s'attendait certes pas à lire dans les yeux de cet homme une aussi grande amertume, un aussi grand ressentiment à son égard.

Cela faisait presque dix ans qu'ils ne s'étaient pas revus. Dix ans ! Comment pouvait-il lui en vouloir encore autant ? La haïr à ce point ?

Taylor laissa échapper un juron. Il n'était pas le seul à avoir souffert. Certes, elle avait mal agi, mais elle n'était quand même pas l'unique responsable. Etait-il obligé de disparaître pour ne plus jamais donner de nouvelles ?

Elle prit une profonde inspiration et tenta de se calmer. Depuis le temps, beaucoup d'eau avait coulé sous les ponts. Le passé n'avait nul besoin d'être déterré. Tout ce qui importait aujourd'hui était de retrouver la trace de son bébé.

Son bébé, et celui de Dillon.

« Mais c'est trop me demander », avait répondu l'intéressé.

Ces mots la hantaient encore…

5

Taylor serrait l'enveloppe blanche dans sa main tandis qu'elle se rongeait les sangs dans la salle d'attente du commissariat. Finalement, l'officier de police auquel elle s'était adressée lui dit d'approcher.

— Le sergent Reeves a terminé son service, lui annonça-t-il, mais son collègue est encore là. Il veut bien vous recevoir. Vous voulez lui parler ?

Elle hésita. Elle aurait préféré s'adresser directement à Dillon. En effet, depuis qu'elle était rentrée de l'école, tout à l'heure, et qu'elle avait trouvé dans sa boîte aux lettres un troisième article, elle n'avait plus qu'une envie : rejoindre Dillon.

Et cela en dépit des mots qu'ils avaient échangés la veille au soir… Maintenant, il allait bien être obligé de la croire. Il ne pourrait pas prendre à la légère ce dernier message anonyme.

— Oui, je veux bien, dit-elle enfin en levant les yeux vers l'officier.

— Alors, vous trouverez le sergent Heywood au onzième étage, à la criminelle.

Le sergent Heywood était un homme d'une trentaine d'années, au visage avenant. Il lui désigna le fauteuil devant le bureau et, courtoisement, l'invita à s'asseoir.

— Que puis-je faire pour vous, madame Robinson ?

— Je dois parler de toute urgence au sergent Reeves. Je pensais que, peut-être, vous sauriez où le trouver.

— Il n'est malheureusement plus en service.

— Je le sais, mais c'est… urgent.

— Je peux peut-être vous renseigner à sa place.

Taylor se mordit la lèvre.

— A moins que ce ne soit personnel ? demanda gentiment l'officier.

Elle sentit le rouge lui monter aux joues. Neal Heywood lui sourit.

— Dillon m'a déjà parlé de vous.

La jeune femme eut beaucoup de peine à dissimuler sa surprise. Devait-elle être flattée ? Encore fallait-il savoir ce qu'il avait dit d'elle… Ils ne s'étaient pas quittés en très bons termes, dix ans plus tôt !

Une lueur malicieuse apparut soudain dans les yeux de son interlocuteur.

— Mais ne lui dites pas que je vous en ai parlé. Il ne se rappelle probablement pas les confidences qu'il m'a faites. C'était un soir un peu trop arrosé…

Elle s'efforça de sourire.

— Motus et bouche cousue !

Le sergent se carra dans son fauteuil et croisa les doigts sur sa poitrine.

— Dillon est parti il y a environ une heure. Avez-vous essayé de l'appeler chez lui ?

— Oui. Je suis tombée sur son répondeur.

— Pourquoi ne tenteriez-vous pas votre chance du côté du Riverside ? C'est un bar dans Union Street. Il y va de temps en temps, après le boulot.

Taylor se leva et lui tendit la main.

— Merci pour votre aide, sergent.

— Je vous en prie. Tout le plaisir était pour moi.

Alors qu'elle rejoignait l'ascenseur, elle croisa Lamar Jackson, le sergent chargé de l'enquête sur la mort de Brad. Elle fit semblant de ne pas le remarquer, mais il la rattrapa.

— Madame Robinson ? Que faites-vous ici ?

Le sergent était grand et mince, avec un visage juvénile encadré de cheveux blonds filasses. Il lui souriait, la main posée sur son bras, mais ses yeux gris étaient durs, presque cruels.

Taylor se rappela combien elle s'était sentie mal à l'aise quand il était venu l'interroger chez elle, après la disparition de Brad, et plus tard, lorsqu'elle lui avait rendu visite pour lui parler des coupures de presse. Elle dut se contenir pour ne pas dégager son bras.

Comme s'il décelait son malaise, Jackson s'écarta de lui-même, et son sourire s'évanouit.

— Je vous ai posé une question, madame Robinson. Qu'est-ce qui vous amène ici ? Ne me dites pas que vous avez reçu d'autres lettres anonymes !

Taylor était heureuse d'avoir glissé la lettre dans son sac à main avant de quitter le sergent Heywood. Elle ne se rappelait que trop l'attitude méprisante qu'avait eue Lamar Jackson lorsque, quelques jours plus tôt, elle lui avait montré les articles. Il eût été vain de croire qu'il pouvait l'aider d'une façon quelconque. Et puis, de toute façon, elle ne lui faisait pas confiance.

— Je suis venue voir un ami. Ravie de vous avoir rencontré, sergent.

— Moi de même. Si par hasard vous receviez d'autres lettres anonymes, je vous en prie, faites-le-moi savoir. D'ailleurs, au moindre problème, n'hésitez pas à m'appeler ou à passer.

Il lui jeta un regard qui lui fit froid dans le dos.

— Certainement, répondit-elle avec un sourire forcé.

Comme elle s'éloignait, elle sentit le regard du sergent qui la suivait…

Dillon ne se trouvait pas au bar Riverside. Pas plus qu'au Grill. Taylor était sur le point d'abandonner ses recherches quand, tout à coup, une idée lui traversa l'esprit. Le cimetière ! Pourquoi diable n'y avait-elle pas songé plus tôt ?

Sans plus tarder, elle roula vers le sud de la ville. Il était presque 18 heures, et la circulation était particulièrement dense, en cette fin de semaine. Il lui fallut presque trois quarts d'heure pour traverser Memphis. Finalement, elle put quitter l'autoroute, et s'engouffra dans le boulevard Elvis-Presley jusqu'au cimetière.

Une Firebird vert foncé était garée sur le parking. Taylor laissa sa voiture juste à côté. Elle se dirigea ensuite vers les hauts vantaux en fer forgé. L'air chaud et humide annonçait la pluie. A l'horizon, les nuages sombres s'amoncelaient, et tandis qu'elle se hâtait entre les tombes, elle pensa à l'orage qui allait s'abattre sur la ville d'un instant à l'autre.

Le vent se faufilait entre les branches des arbres, faisant virevolter quelques mèches de cheveux autour de son visage. Distraitement, elle les repoussa, alors qu'elle repérait Dillon devant la tombe de leur enfant.

Elle retint son souffle. Il semblait si seul, si désespéré… Si désorienté. Dans la lumière déclinante du soir, elle nota ses traits crispés, et l'émotion que trahissait son visage tandis qu'il regardait la minuscule tombe, à ses pieds.

Sa gorge se noua. Elle était venue si souvent ici, seule, sans personne avec qui partager sa souffrance, sans personne pour comprendre le mal qui la rongeait depuis des années et la sensation de vide qui refusait de s'en aller, même après tant de temps.

Alors qu'elle observait Dillon figé dans sa douleur, elle se demanda si elle parviendrait à se pardonner un jour ce qu'elle lui avait infligé. Elle avait commis tant d'erreurs. Des erreurs qu'elle regrettait amèrement.

Comme s'il avait deviné sa prière silencieuse, Dillon leva la tête et rencontra son regard. Le mépris qu'elle lut dans ses yeux sombres lui coupa le souffle.

— Que fais-tu ici ? lui demanda-t-il d'une voix dure.

Elle fit un pas vers lui.

— Je suis venue te chercher. Il fallait que je te voie, Dillon.

— Je ne suis pas d'humeur à écouter tes confessions larmoyantes.

Il était froid, distant.

Mais Taylor ne se laissa pas rebuter.

— Je sais ce que tu ressens, fit-elle doucement.

— Vraiment ? Non, je ne crois pas. Tu as eu neuf ans pour accepter la mort de notre bébé. Pas moi…

— Je ne l'ai jamais acceptée, Dillon. J'ai eu beau venir ici des milliers de fois, pleurer sur cette tombe des heures et des heures, j'ai toujours eu la conviction qu'il était encore en vie, quelque part. Je rêve encore de la nuit où j'ai accouché.

Le cœur serré, elle ferma les yeux, se remémorant ces instants terribles vécus dans la salle d'accouchement, avant qu'elle ne perdît connaissance. Elle se rappelait avoir crié le nom de Dillon, avoir imploré son aide. A travers le brouillard infligé par les médicaments, elle avait entendu le cri de son bébé, et s'était battue jusqu'au bout pour rester consciente. Mais les drogues avaient été les plus fortes…

Quand elle s'était réveillée, quelques heures plus tard, elle avait appris que son enfant était mort peu après la naissance. Elle n'avait jamais eu le droit de le voir.

Elle avait alors connu un véritable calvaire. Elle s'était sentie brusquement vide et inutile. Dire qu'elle avait voulu cet enfant de Dillon plus que tout au monde et que, pour finir, elle les avait perdus tous les deux…

Mais, même dans ces heures noires, même quand la souffrance avait menacé de la miner, un espoir était demeuré tout au fond de son être ; elle avait refusé de croire à cette mort.

Refoulant ses larmes, Taylor contempla la petite tombe.

— Durant toutes ces années, j'ai entendu mon enfant crier dans mes cauchemars. Et s'il m'appelait à l'aide, Dillon ? Et s'il était encore sur cette terre, et avait besoin de nous ?

Elle redressa le menton.

— Il est vivant, Dillon. Je le sais.

— Comment peux-tu en être aussi sûre ?

Au fond de ses yeux, qui paraissaient froids, elle crut discerner une lueur d'espoir.

— Comment peux-tu être certaine que ton imagination ne te joue pas des tours ? reprit-il.

— Dillon, je suis parfaitement saine d'esprit, et je sais ce que j'ai à faire. Ce que nous avons à faire. Jusqu'à ce que j'apprenne ce qui s'est réellement passé à la clinique, cette nuit-là, je ne pourrai jamais dormir en paix. Et la seule manière de le découvrir est de savoir pourquoi Brad a été tué.

— Si tu es convaincue que ce qui est arrivé à ton enfant a un lien avec la mort de Brad…

Il l'enveloppa d'un regard dubitatif.

— Imagine qu'il soit impliqué…, ajouta-t-il.

Taylor ouvrit de grands yeux éberlués.

— Mon Dieu ! Comment peux-tu dire une chose pareille ?

— Ce n'est pas lui qui t'a annoncé que le bébé était mort ?

— Si. Mais Brad ne m'aurait jamais enlevé mon bébé ! Il le voulait autant que moi. Il ne le considérait même pas comme le…

— Le mien ?

La voix de Dillon était aussi glaciale que l'air de la nuit.

— C'est bien ce que tu veux dire ?

Taylor frissonna.

— Oui. Tu ne peux pas en vouloir à Brad. Dieu sait qu'il avait des problèmes, souvent à cause de moi, d'ailleurs, mais jamais il ne m'aurait fait du mal. Il… m'aimait.

« Et tu l'aimais… », songea Dillon en la regardant tristement. Comme le crépuscule étendait ses tentacules sur la ville, le passé se refermait sur lui. Les souvenirs resurgissaient au galop.

L'intimité que Taylor et lui avaient autrefois partagée. La passion.

Tant d'amour… gâché.

Voilà que l'amertume s'emparait de lui… Il la repoussa brusquement. Il n'y avait pas de retour possible. Ce qu'ils avaient vécu tous les deux était mort, et ils ne pouvaient rien faire aujourd'hui pour le ressusciter.

Il regarda la tombe, une fois encore. Ce bébé auquel Taylor avait donné naissance, neuf ans plus tôt, était bien son enfant. Son enfant !

Des mois d'attente, à chercher des prénoms… Il aurait dû les vivre. Des heures passées au chevet de Taylor quand elle était sur le point d'accoucher… Il aurait dû être là.

Même la souffrance aurait dû être la sienne, et non pas celle de Brad Robinson !

La colère l'envahit, virulente et aveuglante, au point qu'il crut un instant ne pas pouvoir l'endiguer. Jamais il ne s'était senti à ce point trahi. Et, brusquement, il n'eut plus la force de rester là.

Sans un mot, il tourna les talons et s'éloigna vers la sortie. A l'extérieur des grilles, il y avait un petit parc avec des bancs en marbre. Dillon alla s'y asseoir.

Il entendit Taylor approcher, mais il ne releva pas la tête. Il lui en voulait bien trop…

Elle s'assit à côté de lui, et posa une main sur son bras. Il dut prendre sur lui pour ne pas se dégager brutalement. Il ne voulait pas qu'elle le touche. Il ne voulait pas se rappeler dans quel état son contact le mettait, autrefois.

— Je sais combien tu souffres, et combien tu es en colère contre moi, murmura-t-elle d'une voix apaisante. Tu dois me haïr, et c'est légitime. Mais j'ai fait ce que je croyais juste… pour nous deux.

— Excuse-moi, mais j'ai du mal à avaler la pilule. Tu peux me traiter de vieux jeu si cela te chante, mais je pense que j'avais le droit de savoir que j'allais être père.

— Alors pourquoi es-tu parti si loin ? Tu n'es pas le seul à avoir souffert, à l'époque, Dillon. Moi aussi, j'ai eu mal. Tu n'étais plus là…

— Attends une minute ! J'avais de bonnes raisons de partir comme je l'ai fait, et tu le sais très bien.

— D'accord ! Je suis responsable de ton départ. Tout est ma faute. C'est ce que tu voulais entendre ?

Brusquement, elle éclata en sanglots. Dillon laissa échapper une bordée de jurons. Il refusait de la voir pleurer, de se laisser attendrir. Tant qu'il serait en colère contre elle, il garderait à l'esprit qu'elle l'avait trahi. Et peu importait que la présence de la jeune femme le trouble toujours autant.

Mais, à l'instant où les larmes roulèrent sur les joues de sa compagne, son cœur se serra, et il dut se faire violence pour ne pas la prendre dans ses bras.

— Pourquoi voulais-tu me voir ? demanda-t-il d'une voix rauque.

Taylor redressa la tête. Elle avait recouvré son sang-froid, mais il restait encore une trace humide sur sa joue.

Du revers de la main, elle l'essuya, avant de sortir de son sac à main une enveloppe qu'elle lui tendit.

— J'ai reçu une nouvelle coupure.

Dillon examina l'enveloppe avant de l'ouvrir et de déplier l'article. Il en lut les premiers mots.

« RÉCIT DU PROCÈS DE CES PARENTS À QUI ON AVAIT KIDNAPPÉ L'ENFANT À LA NAISSANCE... »

A la différence des deux premières lettres, aucune remarque n'était griffonnée en marge. Le titre parlait de lui-même.

— Elle a été postée à Memphis, déclara-t-il, songeur. Nous pourrions peut-être retrouver le bureau de poste dans lequel elle a été envoyée.

— Cela pourrait nous aider ?

— Probablement pas.

— Je n'aurais peut-être pas dû la toucher. Y a-t-il encore une chance de trouver des empreintes sur l'enveloppe ?

— De toute façon, ça ne nous avancerait pas à grand-chose. A moins que la personne qui l'a envoyée soit fichée, bien entendu.

Il croisa le regard de Taylor.

— En fait, tout ce que nous pouvons faire, c'est attendre que l'expéditeur se dévoile.

— Mais tu es policier ! Tu pourrais au moins parler au Dr Wescott, et lui tirer les vers du nez pour savoir ce qu'il faisait la nuit où Brad a été tué.

— Non, je ne peux pas. Ce n'est pas mon affaire, Taylor. Je n'ai pas le droit de m'ingérer dans l'enquête d'un collègue. Tu aurais dû donner ce nouvel article à Lamar Jackson.

— Tu sais bien que cela n'aurait rien changé !

Malheureusement, il ne le savait que trop. Lamar Jackson était partisan du moindre effort. Il ne perdrait certainement pas une minute de son précieux temps à se pencher sur des lettres qui ne constituaient pas une preuve en elles-mêmes.

D'ailleurs, Dillon ne comptait plus les fois où, dans le cadre du boulot, ils s'étaient violemment accrochés... S'il n'y avait que des flics comme Lamar, les enquêtes seraient toutes rapidement classées.

— Je vais aller rendre une petite visite à la clinique, déclara-t-il. Quelquefois, il suffit de montrer son insigne pour voir les langues se délier.

— J'y suis déjà allée.

Il la considéra d'un air réprobateur.

— Quand ?

— Il y a deux jours, juste après avoir rendu visite au sergent Jackson. Comme il m'a annoncé sa décision de ne pas rouvrir l'enquête, j'ai décidé d'aller poser moi-même quelques questions.

— Et qu'espérais-tu découvrir ? Tu ne pensais quand même pas que quelqu'un avouerait brusquement avoir substitué ton bébé.

— Non, bien sûr. Mais je croyais... enfin, j'espérais pouvoir jeter un coup d'œil aux dossiers, histoire de connaître le nom des femmes qui ont accouché la même nuit que moi. Il y avait eu un orage terrible, ce soir-là. L'établissement manquait de personnel, et c'était la confusion la plus complète.

» Je me rappelle avoir entendu l'une des infirmières se plaindre que toutes les patientes entraient en travail en même temps. Elle exagérait certainement, mais d'autres bébés sont peut-être nés, cette même nuit. En trouvant le nom des autres parturientes... »

— Et tu n'as pas songé une minute que tu pouvais mettre

ta vie en danger en allant poser toutes ces questions ? Imagine que quelque chose d'illégal se trame vraiment à la clinique, que Brad ait été tué parce qu'il avait découvert un secret…

Elle redressa le menton d'un air de défi, mais c'est d'une voix incertaine qu'elle répondit :

— J'y… j'y ai songé. Mais j'ai aussi pensé que le jeu en valait la chandelle.

— Et si tu avais découvert la preuve que le bébé était vraiment mort cette nuit-là, aurais-tu enfin accepté de le croire ? Et aussi de croire que Brad s'est suicidé ?

— Si c'est ainsi que les choses se sont passées… Mais j'en doute fort. Et toi aussi, d'ailleurs…

6

— Mon Dieu, il fait une chaleur, dehors ! grommela Neal Heywood en pénétrant dans le bureau, le lendemain, en fin d'après-midi.

Il jeta sa veste sur une chaise avant de croiser le regard de Dillon.

— Nous avons arpenté la ville de long en large, reprit-il avant de pousser un long soupir.

— Et j'imagine que vous n'avez rien trouvé.

— Pas le moindre indice. Je commence à me demander si Danny Quinlan n'a pas avalé cette maudite arme, répondit Neal en faisant référence à l'enquête sur laquelle tous deux peinaient depuis plusieurs semaines.

— Non, l'arme est forcément quelque part. Et s'il faut fouiller la ville tout entière pour la retrouver, nous le ferons.

— Facile à dire, pour toi ! Tu as les fesses collées à ton fauteuil, dans un bureau où l'air conditionné marche à plein tube.

Dillon grimaça.

— Ne me le rappelle pas, s'il te plaît ! J'échangerais volontiers ma place contre la tienne, tu le sais très bien !

Il avait eu beaucoup de mal à accepter la sentence du lieutenant McCardy qui l'obligeait à rester consigné au commissariat, derrière un bureau, pendant quatre interminables semaines.

— Dire que tu ne plaisantes même pas ! remarqua son collègue avec un large sourire.

Il roula les manches de sa chemise sur ses avant-bras.

— Alors, sur quoi as-tu planché, aujourd'hui ? reprit-il en jetant un coup d'œil au dossier ouvert sur le bureau de Dillon.

— Oh, j'essaie juste de mettre un peu d'ordre dans la paperasse !

Dillon referma vivement le dossier, mais son collègue avait eu le temps de lire le nom sur la couverture.

— Brad Robinson... Ce ne serait pas par hasard le médecin bon chic bon genre qui s'est zigouillé il y a quelques semaines ? Pourquoi as-tu le nez dans ce dossier ? Je croyais que c'était Lamar qui s'en occupait.

— Mais oui, c'est lui qui s'en occupe. Je jetais simplement un coup d'œil au rapport d'autopsie.

— Pourquoi ?

— Simple curiosité.

— Je te connais, et mon petit doigt me dit que la visite de la veuve Robinson, hier, n'y est pas pour rien.

Il souriait d'un air malicieux.

— Elle est venue ici ?

— Elle ne te l'a pas dit ?

— Non.

Une lueur de triomphe étincela dans les yeux de Neal.

— Alors, elle a finalement réussi à te trouver...

Il se pencha et, sur le ton de la confidence, ajouta :

— Tu veux bien me dire ce qui se passe ? Si Lamar t'attrape avec ce dossier, il va y avoir du grabuge. Il attend la première occasion pour te tomber dessus à bras raccourcis. Et ce n'est certainement pas le moment... Tu n'as pas perdu la tête pour t'immiscer dans son enquête ?...

— Mais je ne m'immisce nulle part ! Je voulais juste m'assurer que la mort de Robinson était bien un suicide.

— Parce que Taylor croit qu'il ne s'agit pas d'un suicide ?

— Taylor ?

Il fusilla son collègue du regard.

— Ah, oui, j'avais oublié de te dire ! Nous avons fait un brin de causette, tous les deux, hier. Après tout ce que tu m'avais raconté sur elle, j'ai eu l'impression de la connaître depuis toujours.

— Je ne t'ai jamais parlé d'elle.

— Eh bien, tu te trompes, mon vieux ! Tu te souviens de la soirée de Donovan ? Des tequilas frappées ?

Dillon gronda entre ses dents. En fait de soirée, il ne se rappelait que la migraine qui avait suivi, le lendemain. Qu'avait-il bien pu raconter à propos de Taylor ?

Neal croisa les pieds sur le bureau.

— Alors, comme ça, elle pense que son mec a été tué ? Comment en est-elle venue à cette conclusion ?

Un instant, Dillon hésita. Il promena un regard autour d'eux avant de répondre :

— Elle a reçu des lettres anonymes, des articles découpés dans des journaux. Le premier relate un meurtre maquillé en suicide, les deux autres parlent de vols de bébés dans une clinique privée.

— Des vols de bébés ?

— Oui. Taylor a eu un enfant, il y a neuf ans. Elle a accouché à la clinique Wescott. Elle pense aujourd'hui que son bébé n'est pas mort à la naissance comme elle l'a toujours cru. Pour elle, son mari aurait appris la vérité, et on l'aurait éliminé pour l'empêcher de parler.

Neal se frotta le menton d'un air songeur.

— Ce ne sont que de simples présomptions, n'est-ce pas ?

— Oui.

— Tu as dit la clinique Wescott... Tu veux parler de la clinique du célèbre Dr Wescott ?

— Exactement.

Neal laissa échapper un long sifflement.

— Eh bien ! Tu ne t'attaques pas à n'importe qui. Ce type a le bras long.

— Tu penses que je ne le sais pas ? Impossible de mener une enquête à la clinique, ça ferait trop de vagues.

— De toute façon, est-ce que ça vaudrait le coup ?

— Taylor est convaincue d'avoir raison, et je commence à me demander s'il ne faudrait pas vérifier tout ça.

— As-tu trouvé quelque chose d'intéressant dans le rapport d'autopsie ?

Dillon haussa les épaules.

— Rien de spécial. La routine. Des examens de toxicologie. On a trouvé des traces importantes de cocaïne et d'alcool dans le sang.

— Il a voulu se donner du courage. Je ne vois rien d'inhabituel à cela.

— Peut-être. Mais une fois drogué, il devenait plus facile de le tuer...

— La victime a-t-elle laissé une lettre ?

— Aucune, mais cela ne prouve rien. De toute manière, je te rappelle que les seuls indices que nous ayons en main, ce sont ces articles que Taylor a reçus.

— Et si quelqu'un s'amusait simplement à jouer avec ses nerfs... Des cinglés, il y en a partout. Imagine que quelqu'un ait appris par les journaux le suicide de son mari et qu'il ait décidé de la harceler...

— Oui, j'y ai déjà pensé.

Neal se pencha vers le bureau et récupéra le dossier qu'il ouvrit et parcourut rapidement.

— A-t-elle des ennemis ?

— Elle a bien fait allusion à sa belle-mère, qui lui reproche la mort de son fils, mais à part ça…

— Eh bien, pourquoi ne pas commencer par là ? Enfin, si c'était ton enquête, bien sûr… Ce qui n'est pas le cas.

— Inutile de le préciser.

— Mais je te connais… Ce détail ne va pas t'arrêter. Depuis combien de temps sommes-nous partenaires ? Ça va faire deux… trois ans, maintenant ? Dommage… Je commençais vraiment à l'apprécier, Reeves.

Taylor s'humecta les lèvres avant de jeter un énième coup d'œil à sa montre. Le Dr Wescott avait presque vingt minutes de retard ! Comme si elle n'était pas déjà suffisamment nerveuse à l'idée de le rencontrer… Officiellement, elle les avait convoqués, lui et son épouse, pour discuter de la scolarité de leur petite fille, Alisha, mais elle n'était pas certaine de pouvoir faire abstraction des soupçons qu'elle nourrissait contre lui.

En effet, comment pourrait-elle regarder cet homme et lui parler de sa fille alors qu'il lui avait peut-être volé son propre enfant ?

Mais lorsqu'elle songea au visage triste d'Alisha, elle parvint à se calmer. Elle ne devait penser qu'à cette petite fille et à son bien-être. Et, pour cela, il fallait que ses parents l'aident.

Alisha connaissait de gros problèmes relationnels.

Personne n'aimait entendre dire que son enfant rencontrait des difficultés à l'école, mais Taylor craignait que le Dr Wescott prît la nouvelle encore plus mal qu'un autre. Brad lui avait dit un jour qu'Elliot Wescott était un perfectionniste, dans son boulot comme dans la vie, et qu'il attendait la même chose de ceux qui l'entouraient. Sa fille ne devait probablement pas faire exception.

Alisha était une enfant calme, et même introvertie. Très souvent, elle se refermait sur elle-même et refusait le dialogue, comme c'était le cas pour les enfants battus ou violentés.

Elle espérait de tout cœur qu'il n'en fût rien. La réputation d'Elliot Wescott en tant que médecin était inébranlable, mais s'il passait ses nerfs sur sa fille, s'il se comportait comme un véritable tyran avec la pauvre Alisha, il ne l'emporterait pas au paradis ! En tant qu'enseignante, elle était tenue de rapporter la moindre suspicion de mauvais traitements aux autorités compétentes. C'était un pas difficile à franchir, mais elle se savait prête à le faire.

— Je ne sais pas ce qui retient Elliot, murmura Lorraine Wescott en franchissant le seuil du bureau.

Elle faisait les cent pas depuis quelques minutes dans le couloir.

— Je lui ai pourtant bien dit 14 heures, reprit-elle.

— Peut-être a-t-il été retenu à l'hôpital, fit Taylor en étudiant soigneusement la femme qui se tenait devant elle. Asseyez-vous, je vous en prie.

Lorraine était luxueusement vêtue d'un tailleur bleu nuit, souligné par l'argent de ses bijoux. Elle était également maquillée avec soin, mais tous ces artifices ne parvenaient pas à dissimuler ses yeux vitreux et ses joues rougies par l'alcool.

Avait-elle bu juste avant de venir ? Ses mains tremblaient légèrement, et quand la porte s'ouvrit brusquement, elle sursauta comme un voleur pris en flagrant délit.

L'imminent Dr Wescott, vêtu de son sempiternel costume trois pièces gris anthracite, traversa la pièce sans même attendre d'y avoir été convié. Par sa seule présence, il écrasait les autres, et leur donnait la détestable impression de n'être rien.

Ses cheveux noirs, argentés sur les tempes, et ses yeux gris comme l'acier rendaient son visage dur, inaccessible. Quelques années plus tôt, elle avait déjà été intimidée par son arrogance, par ce mépris qu'il affichait. Rien n'avait changé : cet homme continuait à l'impressionner. Elle ne l'en détesta que plus encore…

— Que se passe-t-il, madame Robinson ? demanda-t-il d'un ton cinglant. Je suis attendu à la clinique dans exactement…

Il jeta un coup d'œil à sa Rolex en or.

— Trente-deux minutes, acheva-t-il.

— Je serai aussi brève que possible, répondit-elle en contenant sa colère.

Pour l'amour du ciel, il ne s'agissait pas d'un rendez-vous professionnel ! Ils allaient parler d'Alisha. Le cœur de Taylor se serra. Cet homme ne pouvait-il donc pas consacrer plus d'une demi-heure à sa fille ?

Elle s'éclaircit la voix.

— Comme vous le savez grâce aux bulletins de notes que vous recevez régulièrement, votre fille est une excellente élève. Ses résultats, tout comme son attitude en classe, sont irréprochables.

— Dans ce cas, pourquoi nous avoir fait venir ? demanda le Dr Wescott avec agacement.

— Eh bien, voilà… Je m'inquiète pour Alisha. Elle a toujours été calme et timide, effacée même, mais cette attitude ne fait qu'empirer, en ce moment. Votre fille n'a pas d'amis. Elle passe ses récréations seule dans un coin. J'ai bien essayé de lui parler, mais elle a refusé de se confier. Je me demande si elle se comporte de la même façon à la maison.

Lorraine Wescott ouvrit la bouche pour parler, mais Elliot la devança.

— Où est le problème ? Vous êtes en train de nous dire que

notre fille est calme, bien éduquée et studieuse. Des qualités que j'attends d'elle, d'ailleurs… Si Alisha n'a pas le comportement d'un délinquant, c'est bien parce que mon épouse et moi lui avons appris à se tenir.

Il se leva d'un bond et posa sur Taylor un regard dédaigneux.

— Et je dois le dire, votre attitude me surprend beaucoup. C'est peut-être vous qui avez un problème, madame Robinson.

A son tour, elle se mit debout.

— Je suis désolée que vous réagissiez ainsi.

— Je profite de l'occasion, reprit-il, pour vous dire que je n'ai guère apprécié votre intrusion à la clinique, l'autre jour. Vous avez importuné mon personnel en lui posant des questions sur la mort de votre mari. Qu'essayez-vous au juste de prouver, madame Robinson ?

— Rien en particulier, rétorqua-t-elle sans le quitter des yeux. Je cherche simplement la vérité. Et pour votre gouverne, je n'ai parlé qu'à une personne, à la clinique : une infirmière du nom de Doris Rafferty. Vous serez d'ailleurs probablement heureux d'apprendre qu'elle s'est refusée à toute coopération.

— Mme Rafferty est une employée modèle. Elle connaît l'importance du secret médical. Si vous avez d'autres questions au sujet de votre époux, je préférerais que vous veniez m'en parler personnellement.

— Je m'en souviendrai.

— Mais je vous préviens, madame Robinson : quand quelqu'un cherche les ennuis, il finit toujours par les trouver. Vous auriez tout intérêt à en tenir compte.

— Cela ressemble fort à une menace, répliqua Taylor en réprimant un frisson.

— Prenez-le comme vous voudrez.

Sur ces mots, il pivota sur ses talons et se dirigea vers la porte. Il s'arrêta ensuite et, jetant un coup d'œil par-dessus son épaule, il ajouta, à l'adresse de son épouse :

— Lorraine ?

L'intéressée se leva aussitôt.

— Merci de l'intérêt que vous portez à Alisha, finit-elle par murmurer.

Le Dr Wescott se rembrunit un peu plus encore quand il vit sa femme le rejoindre d'une démarche trébuchante. Quand elle fut à sa hauteur, il lui prit le bras et l'entraîna sans un regard derrière lui.

Il était 19 heures passées lorsque Taylor leva enfin les yeux de ses dossiers. Elle avait rencontré plusieurs parents d'élèves, durant l'après-midi, après la houleuse entrevue avec le Dr Wescott, et elle avait pris du retard dans son travail.

Comme elle s'apprêtait à quitter son bureau, le téléphone sonna. Elle courut répondre, et son cœur se mit à battre plus vite lorsqu'elle reconnut la voix de Dillon, à l'autre bout du fil.

— Salut, Taylor. Combien de temps te faut-il pour me retrouver en ville ?

— Laisse-moi vingt minutes.

— Il y a un restaurant dans Front Street qui s'appelle le Pier Twelve. Je t'y attends.

Et sans lui laisser le temps de protester, il raccrocha.

Un quart d'heure plus tard, Taylor garait sa voiture devant le restaurant. Dillon l'attendait à l'intérieur. Il se leva quand elle s'approcha de la table, puis tous deux s'assirent. Une serveuse arriva aussitôt pour prendre la commande. Un café pour Taylor, et une assiette de *chili con carne* avec une bière pour Dillon.

Quand la jeune fille s'éloigna, un silence tomba entre eux.

— Tu es certaine de ne rien vouloir manger ? demanda finalement Dillon.

— Non, je dois retrouver maman pour le dîner.

Dillon ne put s'empêcher de faire la grimace.

— Comment va cette chère Miranda ?

— Elle est très occupée, comme toujours. Tu la connais… Mais je suppose que tu ne m'as pas fait venir ici pour me parler de ma mère. Que voulais-tu me dire ?

Elle s'efforçait de cacher sa nervosité, mais c'était toujours pareil : chaque fois qu'elle rencontrait cet homme, elle perdait toute sa belle assurance.

Au début, elle avait cru que seule la colère de Dillon était responsable de son malaise, mais il n'en était rien. Il y avait quelque chose en lui qui la troublait irrésistiblement.

Il lui inspirait des sentiments contre lesquels elle ne pouvait rien.

Dillon avait toujours été séduisant. Son apparence l'avait subjuguée dès le premier instant, elle devait bien le reconnaître. Aujourd'hui, toutefois, ce n'était plus simplement son physique qui l'attirait, mais tout ce qui émanait de lui…

— Pourquoi m'as-tu appelée ? insista-t-elle, comme il la regardait sans parler.

— J'ai jeté un coup d'œil au rapport d'autopsie de Brad, aujourd'hui.

— Et tu as trouvé quelque chose ?

Dillon secoua la tête.

— Etant donné les circonstances, si j'avais été à la place de l'officier chargé de l'enquête, j'aurais, moi aussi, conclu au suicide. Il n'y a aucune raison de croire qu'il s'agit d'un crime.

— Et les articles ? Comment les expliques-tu ?

— En fait, c'est de cela que je voulais te parler. Tu ne vois personne qui aurait pu te les envoyer ?

Taylor fronça les sourcils.

— Que veux-tu dire par là ?

— As-tu des ennemis ? Un parent d'élève, un petit ami…

— Non, je ne vois pas.

— Et la mère de Brad ? Tu m'as bien dit qu'elle t'accusait d'être responsable de la mort de son fils.

— Oui, admit la jeune femme, qui sentit aussitôt son estomac se nouer.

Elle n'aimait pas le tour que prenait la conversation. Dillon s'écartait du véritable problème.

— Elle m'a fait une scène, le jour des funérailles, mais je suis certaine que cela n'a pas le moindre rapport avec les coupures de journaux.

— T'aurait-elle menacée ?

Taylor hésita.

— Pas vraiment.

— Pas vraiment ? Elle t'a menacée, oui ou non ?

— Il y a bien eu… un ou deux incidents.

— Lesquels ?

— Eh bien, des coups de téléphone en pleine nuit. Et plusieurs fois, en rentrant du travail, j'ai cru reconnaître sa voiture dans la rue.

— Pourquoi ne m'en as-tu pas parlé plus tôt ?

— Je ne pensais pas que ça pouvait être important. Ecoute, j'admets que son attitude me rend nerveuse, depuis quelque temps, mais je ne vois toujours pas le rapport avec les lettres anonymes. Si Deirdre me reproche d'avoir tué son fils, pourquoi m'enverrait-elle un article à propos d'un crime déguisé en suicide ?

— Peut-être faut-il y voir un message.

— Tu veux dire qu'elle m'accuserait d'être la meurtrière ? C'est bien cela ?

— Non, je n'ai rien dit de tel.

— Que fais-tu des deux autres articles ? Qu'est-ce qu'un vol d'enfant a à voir avec Deirdre ?

— Je n'en sais rien. Elle essaie peut-être de te faire du mal. J'ai vu des gens réagir violemment au suicide d'un proche. Ils ne pouvaient pas supporter cette idée, ils avaient besoin d'un bouc émissaire.

— Je vois où tu veux en venir. Tu ne veux pas poursuivre l'enquête, c'est ça ?

— Ce n'est pas moi qui m'en occupe. Combien de fois faut-il que je te le répète ? Je t'ai promis de faire quelques recherches officieusement, c'est tout…

— Et tu as décidé finalement de ne pas me croire.

Il passa une main dans ses cheveux avant de soupirer.

— Là n'est pas le problème. Nous n'avons aucune preuve, Taylor. Rien de concret.

— J'ai compris.

D'un bond, elle fut debout et récupéra son sac à main sur la table.

— Notre enfant est vivant, que tu le veuilles ou non. Il est quelque part, et j'ai bien l'intention de le retrouver. Avec ou sans ton aide.

Sur ce, elle lui tourna le dos et se précipita vers la sortie. Il cria son nom, mais elle continua de courir. Elle devait absolument s'éloigner, se retrouver seule pour remettre un peu d'ordre dans ses idées.

Pourquoi rendait-il les choses encore plus difficiles ? Il ne voyait donc pas qu'elle avait raison ?

Troublants mensonges

Aveuglée par les larmes, Taylor quitta le restaurant et traversa la rue…

C'est alors qu'une voiture surgit de nulle part, tous feux éteints…

7

Taylor, pétrifiée au beau milieu de la chaussée, regardait avec effroi la voiture qui fonçait sur elle.

Elle entendit crier : « Attention ! » mais elle fut incapable de réagir. Son cœur tambourinait dans sa poitrine. Ce ne pouvait être qu'un cauchemar…

Et brusquement, elle sentit une main derrière elle qui la projetait dans l'obscurité… puis elle s'affala sur le trottoir.

« Ouf ! » songea-t-elle en reprenant ses esprits. Il s'en était fallu de peu pour que la voiture la fauche… La mort l'avait frôlée de près. Des pneus crissèrent sur le macadam tandis que le chauffard tournait à gauche et disparaissait dans la nuit.

Avec un soupir de soulagement, Taylor essaya de se remettre debout, mais elle avait encore les jambes en coton.

Elle leva la tête et découvrit Dillon, penché sur elle.

— Aide-moi à me relever, s'il te plaît.

— Laisse-moi d'abord vérifier que tu n'as rien de cassé.

Rapidement, il l'examina, remontant les doigts le long de ses jambes, puis palpa ses bras.

— Tout va bien ! dit-il enfin en s'écartant. On peut dire que tu as eu une sacrée chance. A part quelques égratignures aux coudes et aux genoux, tu n'as rien. Comment te sens-tu ?

— J'ai l'impression d'être passée sous un rouleau compresseur.

Il s'esclaffa.

— Il vaut mieux en rire !

— Tu as raison, répliqua-t-elle, la voix étranglée par l'émotion. Sans toi…

— Chut, fit-il en posant un doigt sur ses lèvres.

— J'ai eu si peur ! Tu sais, c'était comme dans un rêve. Si tu ne m'avais pas poussée, je…

Il haussa les épaules.

— Oublie tout cela. Tu peux t'asseoir ?

Avant même qu'elle essayât, il glissa un bras autour de sa taille et l'aida à se redresser. Elle aurait préféré que ce bras ne fût pas aussi puissant, aussi réconfortant, aussi agréable…

Lorsqu'elle leva les yeux vers son compagnon, les battements de son cœur s'accélérèrent. « Je n'ai pas le droit de réagir ainsi, se dit-elle. Cet homme n'est plus rien pour moi. »

Mais il était si proche, et les souvenirs toujours si vivaces… Autrefois, Dillon était tout pour elle. Aujourd'hui, il lui sauvait la vie. Comment aurait-elle pu rester indifférente à cet homme ?

Plusieurs clients du restaurant étaient sortis sur le trottoir, probablement alertés par les cris de Dillon.

— Quelqu'un a-t-il vu ce qui s'est passé ? demanda-t-il à la ronde.

Un homme se détacha du cercle des badauds.

— Moi, j'ai tout vu. Je sortais de mon camion quand la voiture a tourné dans la rue, tous feux éteints. J'ai fait des signes pour en avertir le conducteur, mais il n'a rien trouvé de mieux à faire que d'accélérer. A ce moment-là, j'ai remarqué que la voiture n'avait pas de plaque minéralogique.

— Vous dites que le chauffeur était un homme ? demanda Dillon. Pourriez-vous le décrire ?

— J'ai parlé d'un conducteur, mais en fait, c'était peut-être une femme. Avec les vitres teintées, on ne voyait rien à l'intérieur.

— Vous sauriez reconnaître la voiture ?

L'homme repoussa sa casquette pour se gratter le front.

— Je dirais que c'était une BMW. Bleu foncé ou peut-être noire.

— Rien d'autre ?

Le routier haussa les épaules.

— Non. C'est arrivé si vite ! On ferait peut-être mieux d'appeler la police ? J'ai comme l'impression que le gars de la voiture voulait bel et bien tuer cette jeune femme.

Il désigna Taylor, qui sentit un frisson glacé lui parcourir le dos.

Dillon repoussa le pan de son blouson pour montrer son insigne accroché à sa ceinture.

— Je suis le sergent Reeves. Quelqu'un aurait-il vu autre chose ?

Comme personne ne bronchait, Dillon prit le nom du routier et demanda à la foule de se disperser.

— Veux-tu que je te conduise à l'hôpital ? proposa-t-il en se tournant vers Taylor.

Elle secoua la tête.

— Non, je te remercie, ça va. Il y a eu plus de peur que de mal.

— Comme tu voudras. Mais laisse-moi au moins te raccompagner chez toi. Tu n'es pas en état de conduire. Je repasserai chercher ta voiture plus tard.

Taylor se laissa convaincre sans trop de peine. Elle se sentait encore bien trop chamboulée pour conduire. Elle avait les genoux et les paumes en feu, et ne songeait plus qu'à se lover dans son canapé, bien au chaud. Dillon la guida jusqu'à sa voiture.

Elle nota son regard réprobateur quand elle se glissa sur le siège avec une grimace de douleur.

— Demain, tu seras pleine de courbatures. Je te préviens : ça va être l'enfer !

Taylor n'eut pas à attendre le lendemain pour connaître l'enfer. Dillon et elle avaient à peine franchi la porte de son pavillon qu'elle se sentait déjà au plus mal. Une migraine lui taraudait les tempes. Tandis que son compagnon préparait du café dans la cuisine, elle s'allongea sur le canapé ; elle n'avait même plus l'énergie nécessaire pour gagner sa salle de bains et nettoyer ses plaies. Recroquevillée contre les coussins, elle claquait des dents.

On avait cherché à la tuer !

Ces mots résonnaient à ses oreilles de façon sinistre. Elle plongea la tête dans ses mains.

Ce soir, quelqu'un avait essayé de l'écraser ! Peut-être ne s'en tiendrait-il pas là… Et la prochaine fois, peut-être n'aurait-elle pas autant de chance.

Des larmes se mirent à couler sur ses joues. La peur qu'elle avait éprouvée en voyant la voiture foncer sur elle la rattrapait brusquement.

Elle tremblait de tout son être. Elle s'empara d'un coussin, et le plaqua contre sa poitrine comme un maigre bouclier capable de chasser l'angoisse qui la rongeait… Car, en réalité, depuis la mort de Brad, la peur ne l'avait pas quittée un seul instant. Le danger était là, à chaque coin de rue, tapi dans l'ombre, n'attendant que le moment propice pour frapper. Sans Dillon… ce soir, elle ne serait plus de ce monde.

Dire que, jusqu'ici, elle n'avait pas songé à faire le lien entre tous ces incidents qui s'étaient succédé depuis la mort de son mari. Une mort qui n'avait rien d'un suicide. Quelqu'un avait éliminé Brad parce qu'il en savait trop.

Et, aujourd'hui, c'était à elle qu'on s'en prenait…

Les pas de Dillon résonnèrent dans le couloir. Elle leva les yeux quand il franchit le seuil, et leurs regards se rencontrèrent.

Après ce qu'elle venait de vivre, elle avait plus que jamais envie de se réfugier dans ses bras, de se blottir contre son torse puissant et de se laisser caresser. Elle dut réunir tout son courage pour ne pas se jeter à son cou.

Elle savait qu'il n'y avait rien à attendre de Dillon, qu'il n'aurait plus jamais un geste de tendresse envers elle. Leur histoire était terminée, et cela depuis des années.

Dillon s'assit dans le fauteuil, le plus loin possible, et la regarda en croisant les doigts.

— Comment te sens-tu ? demanda-t-il enfin.

— Pas trop mal, étant donné les circonstances.

Elle jouait les braves, et pourtant elle n'en menait pas large.

— A part mes mains, ajouta-t-elle en brandissant ses paumes égratignées.

— Tu veux que je les désinfecte ?

Elle secoua la tête.

— Je le ferai moi-même tout à l'heure.

Un lourd silence s'installa alors entre eux. Un silence chargé d'électricité… Elle était on ne peut plus troublée de recevoir Dillon chez elle. De voir son blouson de sport négligemment jeté sur le dossier d'un fauteuil.

— Je peux appeler Miranda, si tu veux, fit-il avec un sourire.

Elle écarquilla les yeux.

— Pourquoi ?

Il haussa les épaules.

— Elle pourrait peut-être venir s'occuper de toi. Tu ne vas quand même pas rester seule, ce soir.

Ainsi, il n'avait nullement l'intention de rester. Au moins, c'était clair…

— Je te remercie, c'est inutile. Je vais aller manger chez elle comme prévu, répondit-elle d'un ton égal, en cachant sa déception. D'ailleurs, il vaudrait mieux que je me dépêche, si je ne veux pas avoir des remarques. Elle ne supporte pas les retards.

— Je vois que rien n'a changé. Quand te décideras-tu enfin à couper le cordon ?

Elle s'apprêtait à rétorquer vertement qu'il se mêlait de ce qui ne le regardait pas, quand il ajouta :

— Désolé. Je n'avais pas à dire cela.

Taylor laissa échapper un soupir agacé. Dillon avait raison : rien ne changeait. Miranda et lui n'avaient jamais pu se supporter et, de toute évidence, les années ne lui avaient pas fait oublier la haine que sa mère lui inspirait.

— Si tu ne veux pas m'accompagner là-bas, déclara-t-elle le plus calmement possible, ce n'est pas grave. Je prendrai un taxi.

— Inutile, je peux t'emmener. Cela ne m'ennuie pas du tout.

Il se carra dans le fauteuil et croisa les jambes avec nonchalance.

— Mais d'abord, j'aimerais que nous parlions de ce qui s'est passé ce soir.

En croisant le regard de la jeune femme, il sentit son cœur bondir dans sa poitrine. Sa rancœur, si soigneusement entretenue, commençait à s'estomper. C'était comme si les dix dernières années s'envolaient…

Cette femme, il l'aimait ! Il n'y pouvait rien. Pourtant, il garderait ses distances, même si cela devait le faire souffrir.

— Est-il possible… que ce ne soit qu'un accident ? demanda Taylor d'une voix tremblante.

Il secoua la tête.

— On ne roule pas tous feux éteints. Ni sans plaques d'immatriculation… Peux-tu me répéter ce que t'a dit Deirdre Robinson, l'autre jour, à l'enterrement ?

— Parce que… parce que tu penses que c'est elle qui conduisait la voiture, tout à l'heure ?

— Je l'ignore. Mais il faut suivre toutes les pistes. Raconte-moi ce que tu sais sur cette femme.

— Comme je te l'ai déjà dit, elle me reproche la mort de Brad. Elle m'a menacée de venger la mémoire de son fils, après l'enterrement, et depuis ce jour-là, j'ai reçu plusieurs appels en pleine nuit. Quand je décrochais, il n'y avait jamais personne. Et puis, plusieurs soirs, en rentrant chez moi, j'ai cru voir sa voiture garée dans la rue…

Elle marqua une pause.

— Ah, j'oubliais ! Il y a quelques jours, quelqu'un s'en est pris à ma voiture, sur le parking de l'école.

— Comment ça ? s'écria-t-il en fronçant les sourcils.

— Les quatre pneus ont été crevés.

— Pourquoi ne me l'as-tu pas dit ?

— Je pensais qu'elle arrêterait, qu'elle finirait par comprendre que ces manœuvres ne lui rendraient pas son fils. Apparemment, je me trompais…

Une lueur d'angoisse apparut dans les yeux de la jeune femme. Dillon aurait voulu mettre fin à cet interrogatoire, et la laisser tranquille, au moins pour ce soir. Elle avait eu son lot d'épreuves pour la journée. Seulement, voilà : sa vie était en danger, et il ne pourrait dormir en paix que lorsqu'il aurait mis la main sur celui ou celle qui se plaisait à harceler Taylor…

— A propos, quel genre de voiture possède Deirdre Robinson ?

— Une BMW. Bleu foncé, si mes souvenirs sont bons…

Dillon profita de ce que Taylor s'était enfermée dans la salle de bains pour céder à sa curiosité et faire le tour du propriétaire. Cette maison, aussi agréable fût-elle, n'avait décidément rien de comparable avec celle dans laquelle elle avait grandi.

Et ce n'est certainement pas ainsi qu'il se la représentait. En fait, chaque fois qu'il avait songé à Taylor, il l'avait imaginée dans une demeure aussi immense que celle de sa mère, dans Tamarind Street. Mais peut-être cette idée l'aidait-elle tout simplement à supporter l'absence de Taylor, en lui rappelant qu'ils n'étaient pas du même monde. Jadis, il s'était comporté comme un parfait idiot. Un idiot suffisamment naïf pour croire qu'il pouvait partager la vie d'une jeune femme telle que Taylor Walsh…

Enfin… Dix années l'avaient aguerri. Aujourd'hui, il savait où était sa place, et il s'en accommodait fort bien. Il n'était pas prêt à recommencer une telle erreur.

Machinalement, il saisit un cadre sur le piano. C'était une photo de Taylor en compagnie d'un groupe d'enfants portant tous l'uniforme de Claymore Academy.

Il connaissait cet institut privé, protégé par de hauts murs de pierre, au cœur même de la ville, cet institut réservé à l'élite.

D'ailleurs, si sa mémoire était bonne, Taylor avait dû y poursuivre elle-même ses études.

— Ce sont les élèves dont je m'occupe, dit-elle, juste derrière lui.

Dillon se retourna et leva les yeux.

Il retint son souffle.

Taylor s'était changée. Elle portait une robe à fleurs aux lignes fluides qui virevolta autour de ses jambes lorsqu'elle avança vers lui. Elle avait défait son chignon, et ses boucles blondes tombaient en cascade chatoyante sur ses épaules.

Elle avait troqué ses escarpins à talons hauts contre de fines sandales beiges.

Dillon ne pouvait détacher les yeux de cette silhouette ô combien féminine. Elle rougit comme si elle était consciente du regard admiratif qu'il posait sur elle. S'approchant, elle lui prit le cadre des mains.

— Ils sont adorables, déclara-t-elle, et je ne sais pas ce que je ferais sans eux.

— Il est difficile de t'imaginer dans une école. Moi qui croyais que tu voulais devenir peintre !

— On n'a pas toujours la vie qu'on aurait voulue. Je rêvais d'être une artiste, tu aurais aimé devenir avocat. Regarde-nous aujourd'hui !

Avec un soupir, elle reposa le cadre sur le piano et s'éloigna de quelques pas, laissant flotter derrière elle les effluves enivrants de son parfum. Le même qu'autrefois.

Dillon serra les poings. Les mots de la jeune femme ravivaient sa douleur. Aujourd'hui, il pourrait être avocat, si le destin — ou plutôt Taylor — n'en avait pas décidé autrement.

S'abstenant de tout commentaire, il s'écarta.

— Je ne vois aucune photo de Brad ! lança-t-il en changeant volontairement de sujet. Te serais-tu empressée de les jeter ?

La jeune femme le considéra d'un air très calme.

— Il n'y en a pas, pour la simple et bonne raison que Brad n'a jamais vécu dans cette maison.

Dillon ne laissa pas paraître son étonnement. Taylor l'observa tandis qu'il faisait les cent pas dans la pièce.

— J'ai entendu dire que Brad et toi étiez séparés, dit-il en s'arrêtant devant elle. C'est vrai ?

— Tes informations sont bonnes. Nous étions légalement séparés depuis deux ans.

— Pourquoi pas divorcés ?

— Les choses… étaient trop compliquées. Brad n'était pas très bien. Il avait du mal à accepter notre rupture, et il m'avait suppliée de lui laisser du temps.

Elle frémit en se remémorant les derniers moments de leur vie commune.

— Je n'ai jamais été l'épouse rêvée pour lui. Je lui devais au moins d'être loyale. D'une certaine manière, je le lui dois encore. C'est aussi pour cela que je veux découvrir ce qui lui est arrivé. Si Brad a été assassiné, il doit être vengé. Je ne supporte pas l'idée que son meurtrier puisse se promener en toute impunité.

— Tu crois toujours qu'Elliot Wescott y est pour quelque chose ?

Taylor hocha la tête d'un air convaincu.

— Plus que jamais. Evidemment, je n'ai pas la moindre preuve, mais j'y ai longuement réfléchi, ces derniers jours. Wescott est un spécialiste très réputé, et à moins de s'inscrire sur une liste d'attente interminable, il est impossible d'obtenir un rendez-vous avec lui. Pourtant, je me souviens qu'il m'a reçue tout de suite. A l'époque, j'ai cru que je devais ce privilège au fait que j'étais la femme de son associé.

Elle se tut quelques secondes avant de reprendre :

— Plus j'y pense, plus je me demande s'il n'avait pas déjà l'intention de me voler mon bébé… Tu vois, il y a quelque chose qui cloche dans cette histoire. Tu ne trouves pas bizarre que ma grossesse se soit parfaitement déroulée jusqu'à mon premier rendez-vous avec lui ? C'est à ce moment-là que les complications sont apparues. Comme s'il avait fabriqué de toutes pièces des problèmes suffisamment graves pour justifier mon admission dans sa clinique.

— Pourquoi un homme comme Wescott prendrait-il de tels risques ? Qu'aurait-il à y gagner, sinon une compensation financière ? Et franchement, je doute qu'il soit dans le besoin... Non, cette thèse ne tient pas ! On ne s'implique pas dans une affaire aussi grave sans motifs sérieux.

— On voit bien que tu ne le connais pas !

Taylor frissonna. Elle gardait encore à l'esprit les menaces qu'il lui avait proférées, à l'école, un peu plus tôt dans la journée.

— C'est, de loin, l'homme le plus détestable que j'aie jamais rencontré. Il est dangereux, Dillon. Et tu sais pourquoi ? Parce qu'il se prend pour Dieu le père. Il s'imagine qu'il a droit de vie ou de mort sur tous ceux qu'il croise sur son chemin. Peut-être pensait-il agir pour mon bien en me volant mon bébé. Peut-être me jugeait-il incapable d'élever un enfant...

Dillon demeurait silencieux.

— Je l'avais convoqué à mon bureau, aujourd'hui, pour lui parler des problèmes que sa fille rencontre à l'école, enchaîna-t-elle. Il sait que je me suis rendue à la clinique et que j'ai interrogé son personnel. Eh bien, il m'a laissé entendre que j'allais au-devant de graves ennuis si je continuais à harceler ses employés, et il m'a conseillé de m'occuper, à l'avenir, de mes affaires. Je ne serais pas surprise d'apprendre que c'est lui qui a cherché à m'écraser, tout à l'heure.

— Il suffit de vérifier la marque de sa voiture.

— Alors... tu acceptes enfin de me croire ?

— J'étais là, ce soir ; j'ai vu la voiture te foncer dessus.

Il serra les poings.

— Je n'attends qu'une chose, reprit-il, mettre la main sur le coupable et m'assurer qu'il croupira en prison pendant des années, qu'il s'agisse de l'honorable Dr Elliot Wescott ou de Deirdre Robinson.

— Et pour le bébé ?

— Quoi ?

— Tu le retrouveras ?

— S'il est toujours en vie, oui.

— Il est en vie, j'en suis sûre. Notre bébé n'a pas pu mourir.

Dillon baissa la tête et regarda ses mains.

— Que se passera-t-il, si nous le retrouvons, Taylor ? Imagine qu'il soit parfaitement heureux là où il vit aujourd'hui. Que feras-tu, dans ce cas ?

— J'espère de tout cœur qu'il est heureux. Qu'est-ce que tu crois ? lança-t-elle, sur la défensive.

— Seras-tu capable de le laisser derrière toi ?

Les prunelles bleues de Taylor s'emplirent de larmes.

— Tout ce que je veux, c'est la vérité. Jamais je ne ferai de tort à notre enfant. Il faut que tu le saches.

Il laissa échapper un profond soupir.

— D'accord, d'accord, je te crois… Allez, viens. Je t'emmène chez ta mère.

— Mais… Et toi, que vas-tu faire ? demanda la jeune femme en le suivant jusqu'à la porte d'entrée.

— Mon boulot de flic. Après tout, c'est ce que tu attends de moi, non ?

Dillon s'engagea dans Tamarind Street et se gara devant la splendide demeure blanche des Walsh. La bâtisse était éclairée *a giorno*, autant à l'intérieur qu'à l'extérieur, et sur l'écrin sombre de la nuit, les carreaux des fenêtres brillaient comme autant de diamants savamment taillés.

Un instant, il considéra cette fastueuse maison, se rappelant combien il s'était senti intimidé et écrasé la première fois qu'il en avait franchi le seuil. Miranda Walsh n'avait d'ailleurs rien fait pour le mettre à l'aise ; au contraire, elle avait affiché à son égard un mépris immédiat.

Après cette première soirée, Dillon avait quitté la demeure avec la même sensation de liberté qu'un prisonnier qui se serait évadé.

Après cela, il s'était arrangé pour ne plus remettre les pieds chez Taylor. Il prétextait des cours à terminer, du travail à faire… Il trouvait toujours une bonne excuse pour ne pas entrer et dire bonjour à la mère de la jeune fille…

— Tu viens ? lui demanda Taylor en l'arrachant à ses sombres pensées.

Il déclina l'invitation. Mais il s'en voulut aussitôt de fuir lâchement le passé et ses souvenirs douloureux. Il avait la même réaction qu'hier, en voulant à tout prix éviter Miranda. Aujourd'hui, pourtant, les choses avaient changé. Ce n'était plus une bourgeoise condescendante qui allait l'intimider !

Haussant les épaules, il ouvrit la portière.

— Après tout, pourquoi pas… Je t'accompagne jusqu'à la porte.

Ce fut la mère de Taylor en personne qui les accueillit, très élégante dans sa tunique et son pantalon de soie blanche.

— Taylor ! s'écria-t-elle, en posant les yeux sur sa fille. Où diable étais-tu donc passée ? Je me suis fait un sang d'encre.

— Désolée, murmura la jeune femme en effleurant la joue de sa mère en guise de baiser.

Miranda se rembrunit en découvrant Dillon.

— Tu te souviens de Dillon Reeves ? fit Taylor dans l'espoir de briser la glace.

Silence. Taylor sourit au fond d'elle-même. Pour la première fois, quelqu'un réussirait-il à laisser sa mère sans voix ?

Mais non ! Miranda recouvra instantanément sa belle assurance.

— Bien sûr ! Je vous en prie, entrez.

Dillon suivit Taylor dans le vestibule, puis jusqu'au salon fastueusement décoré avec ses cloisons lambrissées d'acajou et ses lustres qui chatoyaient, telle une pluie de cristal, leur éclat se répercutant sur les immenses baies vitrées qui donnaient sur un magnifique jardin intérieur et sa fontaine.

L'une des fenêtres était restée entrouverte et laissait passer la douce brise de cette nuit d'été, faisant tintinnabuler les cristaux des lustres.

— Puis-je vous offrir quelque chose à boire… Dillon? proposa Miranda du bout des lèvres, comme si ces mots la rebutaient.

— Je vous remercie, madame Walsh, mais je ne peux pas rester.

— Quel dommage ! fit-elle, alors qu'une expression de soulagement se peignait sur son visage subtilement maquillé. Si vous voulez bien m'excuser un instant, je vais demander à Maria de mettre le couvert pour deux.

Elle quitta la pièce, et Dillon se tourna vers Taylor.

— Quand comptes-tu lui dire ce qui s'est passé ce soir ?

La jeune femme se mordit la lèvre.

— Je ne suis pas sûre d'avoir envie de lui en parler. J'imagine déjà la tête qu'elle fera quand elle apprendra ce que je suis allée faire à la clinique Wescott. Elle sera furieuse. Peut-être l'ignores-tu, mais ma mère fait partie du conseil d'administration. Dès lors que nous commencerons à poser des questions…

— Attends une minute. Que veux-tu dire par «nous» ?

— Eh bien, je pensais que nous irions…

— Je t'interdis d'y retourner, Taylor ! En fait, il vaudrait mieux que tu restes en dehors de cette histoire. Si tes soupçons à propos de Brad se confirmaient, tu serais en danger de mort. Et tu sais que le meurtrier n'aurait aucune peine à te retrouver.

— Tu penses que le Dr Wescott a trempé dans cette affaire ?

— Pour l'instant, nous devons étudier toutes les hypothèses. Tu as posé des questions à la clinique, et ce soir, on a essayé de te tuer. Jusqu'à ce que nous trouvions le responsable, tu dois faire très attention. Je t'en prie, laisse-moi m'en occuper.

— Oh, Dillon, je ne sais pas comment te remercier !

— Ne me remercie pas trop vite. Mon chef sera furieux quand il apprendra que j'ai marché sur les plates-bandes d'un collègue. Il serait bien capable de me démettre de mes fonctions, et alors je ne pourrai plus rien pour toi.

Mais Taylor ne parvenait pas à contenir sa joie. Elle savait que Dillon ferait tout ce qui était en son pouvoir pour mener à bien cette enquête. Ensemble, ils prouveraient que Brad avait été tué, et peut-être même retrouveraient-ils la trace de leur enfant.

Elle le raccompagna jusqu'à la porte. Sur le seuil, il se tourna et demeura un instant à la regarder, comme s'il cherchait sur son visage ce qu'il pourrait bien ajouter. Ou faire. Peut-être l'embrasser… Elle sentit son cœur s'emballer.

Et, tout à coup, elle n'eut plus qu'une envie : qu'il referme les bras autour de sa taille. Que la lueur qui brillait dans ses yeux sombres devienne bien plus qu'une promesse…

Son pouls s'accéléra. Le désir était là. « Tu es en train de commettre une belle erreur ! » se dit-elle. Ils ne devaient pas s'embrasser ! S'il se penchait sur elle et prenait ses lèvres…

elle ne pourrait plus supporter l'idée de l'avoir perdu, et d'avoir gâché ces dix dernières années.

Comme s'il lisait en elle comme dans un livre ouvert, Dillon soupira et s'écarta brusquement.

— Je t'appellerai, fit-il avant de disparaître dans la nuit.

Taylor referma doucement le battant, puis se retourna. Elle vit que sa mère l'observait, depuis l'entrée du salon.

— Qu'est-il venu faire ici ? demanda-t-elle d'un ton plein de dédain.

— Comme je n'avais pas de voiture, il a gentiment proposé de m'accompagner.

Sa mère la regarda comme si elle avait totalement perdu l'esprit.

— Qu'est-il arrivé à ta voiture ? Et comment se fait-il que cet homme soit avec toi ?

— Euh… ma voiture est tombée en panne.

— Qu'est-ce que tu as ? Tu es toute bizarre.

Taylor soupira tout en repoussant une mèche rebelle derrière son oreille.

— C'est une bien longue histoire, maman. Peut-être ferais-tu mieux de t'asseoir.

Elle entraîna Miranda dans le salon, et quand elles furent toutes deux assises, elle lui raconta par le menu ce qui s'était passé depuis l'enterrement de Brad, en omettant toutefois de mentionner l'incident qui s'était produit un peu plus tôt dans la soirée. En effet, Taylor ne voyait pas l'intérêt d'inquiéter inutilement sa mère.

Lorsqu'elle conclut en expliquant qu'elle était allée solliciter l'aide de Dillon, elle vit Miranda se raidir, puis blêmir.

— Mon Dieu, qu'as-tu fait ?

Taylor avait anticipé cette réaction. Elle s'était même préparée à essuyer le mépris de Miranda. Mais la lueur de panique qui traversa les yeux de sa mère la surprit.

— Que veux-tu dire par là, maman ? J'ai fait ce qu'il fallait pour découvrir la vérité. Je pensais que tu approuverais ma décision. Après tout, nous parlons de ton petit-fils.

Miranda devint plus pâle encore. Elle ferma les yeux un instant.

— Nous connaissons déjà la vérité, souffla-t-elle d'une voix presque inaudible. Ton bébé est mort. Ton bébé et celui de Brad. Il est mort la nuit de sa naissance.

— Tu sais comme moi qu'il n'est pas de Brad, mais de Dillon, et cet enfant est en vie. Je le sais, je le sens.

— Tu es bouleversée, ma chérie, rétorqua précipitamment sa mère. La mort de Brad t'a mise sens dessus dessous. Cela a été un choc pour tout le monde…

— Pas pour ceux qui le côtoyaient. Réfléchis, maman. Brad souffrait d'une grave dépression, et buvait depuis longtemps. Plusieurs fois, il a tenté de se suicider, et il venait juste d'être radié de l'ordre des médecins. Comment veux-tu qu'avec tout cela, quelqu'un remette en cause la thèse du suicide ? Non… Il a été on ne peut plus facile pour son meurtrier de maquiller son crime sans craindre d'être inquiété.

— Taylor, je t'en prie ! Tais-toi. Je ne peux pas en supporter davantage.

— Pourquoi ? Qu'est-ce que tu ne supportes pas ? La vérité ? Eh bien, je suis navrée, maman, mais moi, je souffre de ne pas savoir. Je ne peux plus continuer à vivre comme si de rien n'était.

Miranda secoua tristement la tête.

— Tout ce que je vois, c'est que tu te ronges pour rien.

— Une question d'habitude, sans doute, rétorqua Taylor avec amertume.

Sa mère quitta son fauteuil et se mit à arpenter le salon. La soie de son ensemble soupirait à chacun de ses pas.

— Je suis désolée que ton mariage avec Brad se soit achevé

ainsi. Je n'aurais jamais dû te pousser à l'épouser. Mais tu étais si jeune, et surtout si effrayée.

Elle plongea la tête entre ses mains.

— Tu es mon seul enfant, Taylor, fit-elle sans se retourner, et comme toujours, j'ai fait ce que je pensais être le mieux pour toi. Tu me crois, n'est-ce pas ?

— Pourquoi te blâmerais-je, maman ? Tu n'es pas responsable de mes erreurs. Enfin... il est inutile de remuer le passé. Tout ce que je veux, c'est retrouver mon enfant. Cela, tu peux au moins le comprendre.

Quand Miranda se retourna enfin, elle avait le regard voilé et triturait nerveusement son collier de perles.

— Je comprends. J'espère simplement que tu ne le regretteras pas...

8

Le Dr Charles Robinson et son épouse, Deirdre, vivaient dans une somptueuse demeure de style espagnol, ceinturée par de hauts murs de brique, à quelques rues de Tamarind Street. Dillon s'arrêta devant la grille, ouvrit la vitre de sa voiture, et appuya sur le bouton de l'Interphone. Une voix féminine lui demanda aussitôt de se présenter. Quand il déclina son identité, les vantaux s'ouvrirent silencieusement, et Dillon redémarra.

Une employée de maison, vêtue d'une tenue noir et blanc, l'accueillit sur le perron. Dillon lui montra son insigne ainsi que sa carte de police, et lui annonça qu'il voulait parler aux Robinson.

— Un instant, je vous prie, fit-elle en l'invitant à pénétrer dans l'immense vestibule. Je vais voir si on peut vous recevoir.

Quelques secondes plus tard, apparut un homme de haute stature, aux cheveux grisonnants, vêtu d'un élégant complet anthracite.

— En quoi puis-je vous aider, monsieur… ?

— Reeves, sergent de la police criminelle.

— Que voulez-vous ? demanda son hôte d'un ton presque agressif, comme s'il était sur la défensive. Je ne crois pas vous connaître.

Dillon n'avait eu, quant à lui, aucune peine à reconnaître

le Dr Robinson. Lui et sa femme, ainsi que leur fils, Brad, étaient membres du club privé de Memphis à l'époque où, pour payer ses études de droit, il y travaillait comme serveur. Une fois encore, il brandit sa carte.

— Dillon Reeves, murmura M. Robinson en jetant un coup d'œil à son insigne. Ce nom me dit quelque chose...

Un instant, il demeura pensif.

— Ah, oui, cela me revient ! Vous avez été le petit ami de Taylor.

— Vous avez une excellente mémoire, docteur.

Son interlocuteur eut un sourire crispé.

— Que puis-je faire pour vous, monsieur... enfin, sergent Reeves ?

— Votre femme est-elle propriétaire d'une BMW bleu foncé ?

Le Dr Robinson fronça les sourcils, comme s'il ne voyait pas l'intérêt de la question.

— C'est exact. Pourquoi, je vous prie ?

— Nous recherchons une voiture répondant à la description de la vôtre. Le conducteur est impliqué dans une tentative de meurtre.

— Une tentative de meurtre ? Je ne comprends pas.

— Quelqu'un a essayé d'écraser Mlle Taylor Walsh, hier soir. Un témoin a certifié qu'il s'agissait d'une BMW bleu foncé. Si cela ne vous dérange pas, j'aimerais m'entretenir un instant avec votre épouse.

— C'est parfaitement ridicule ! protesta Robinson.

Mais Dillon décela une lueur de panique dans ses yeux.

— Ne vous méprenez pas, docteur. Je ne suis pas ici pour accuser votre femme. Je souhaite seulement lui poser quelques questions.

Le médecin enfonça les mains dans les poches de son

pantalon. Il semblait avoir toutes les peines du monde à garder son calme.

— Je suis désolé ; elle ne peut pas vous recevoir. Elle s'est retirée dans sa chambre. Repassez une autre fois. Ma femme n'est pas… très bien, en ce moment, sergent.

— Je comprends. Y a-t-il une autre personne qui utilise cette voiture ? Un employé, par exemple ?

Robinson réfléchit un instant.

— Je sais que Deirdre la prête de temps en temps à Rosa.

— Rosa ?

— Oui, Rosa Sanchez, la gouvernante.

— Charles ? Quelque chose ne va pas ? demanda une voix faible, du haut de l'escalier.

Dillon leva les yeux et aperçut, sur le palier, une femme enveloppée dans un grand châle, une main crispée sur la rampe de fer forgé.

Comme le Dr Robinson, elle avait les cheveux gris. Mais les siens pendaient tristement le long de son visage émacié. Dillon eut un sursaut de surprise quand leurs regards se croisèrent. Quelques instants plus tôt, il avait cru qu'il s'agissait de la mère du Dr Robinson, tant cette femme lui paraissait vieille et frêle. Mais, en réalité, c'était Deirdre Robinson qui se tenait là-haut. Dieu, qu'elle avait changé en quelques semaines !

— Retourne te coucher, Deirdre ! lui dit son époux d'un ton las. Je m'occupe de ce monsieur.

— Où étiez-vous, la nuit dernière, entre 20 heures et 21 heures ? demanda Dillon en s'adressant à Mme Robinson.

— Je refuse que vous importuniez ma femme, intervint Robinson. Je vous ai déjà dit qu'elle n'allait pas bien.

— Avez-vous utilisé votre voiture, hier soir ? insista Dillon, sans se soucier des protestations du Dr Robinson.

— Je n'ai pas quitté la maison, rétorqua Deirdre d'une voix presque inaudible. N'est-ce pas, Charles ?

Dillon jeta un coup d'œil au mari. Une lueur d'incertitude traversa ses prunelles sombres. Mais il hocha vigoureusement la tête.

— Elle est restée dans sa chambre toute la soirée.

— J'ai discuté avec Taylor Robinson, aujourd'hui. Elle m'a dit que vous l'aviez menacée, le jour de l'enterrement de votre fils, continua Dillon à l'attention de Deirdre.

Ce fut alors comme si Deirdre Robinson perdait le peu de contrôle qui lui restait. Ses doigts se resserrèrent sur la rampe, tandis qu'elle se penchait vers lui, ses yeux lançant des éclairs.

— Cette femme mérite de mourir ! hurla-t-elle. Elle a poussé mon fils à se tuer. Toutes ces années passées à partager le lit de mon pauvre Brad tout en pensant à un autre homme… Vous imaginez ce qu'il a enduré ? Vous rendez-vous compte, au moins, de la souffrance qu'elle a pu lui infliger ?

Elle vacilla, mais se retint à la rampe.

— Sortez de chez moi ! Comment osez-vous venir ici ?

Et elle éclata en sanglots.

Charles Robinson monta alors les marches quatre à quatre, et saisit son épouse par le bras. Elle s'effondra contre lui.

— Si vous avez d'autres questions, lança le médecin à l'intention de Dillon, adressez-vous à notre avocat. En attendant, veuillez quitter cette maison sur-le-champ.

Sur ces mots, il tourna les talons, soulevant son épouse dans ses bras comme s'il s'agissait d'un enfant.

Pour la seconde fois, ce soir-là, Dillon se gara devant la fastueuse demeure, dans Tamarind Street. Sans réfléchir, il quitta sa voiture et s'élança vers le perron. Là, il sonna à la porte. Une fois encore, ce fut Miranda Walsh qui répondit. Elle le regarda un instant sans mot dire, avant de s'effacer pour le laisser passer.

— Il faut que je voie Taylor.

— Elle n'est pas là. Elle a demandé à Carl de la raccompagner jusqu'à sa voiture.

Dillon ne savait pas qui était Carl, mais il supposa qu'il s'agissait du chauffeur de Miranda. Il fit aussitôt demi-tour.

— Une minute ! cria la mère de Taylor. J'ai un mot à vous dire.

Il se retourna.

— Taylor m'a confié ce qu'elle avait l'intention de faire. Je voudrais que vous lui ôtiez cette idée ridicule de la tête. Avez-vous conscience du pétrin dans lequel elle va se mettre ? Comment pouvez-vous l'y encourager ?

— Je ne l'encourage pas. J'ai accepté de l'écouter parce que…

— Parce que vous y avez vu une opportunité ! La belle et jeune veuve. Vulnérable. Riche. Vous arrivez au bon moment, et vous lui dites exactement ce qu'elle a envie d'entendre.

— Attendez ! J'aimerais que les choses soient bien claires, madame Walsh ! Taylor est venue me voir parce qu'elle ne savait pas vers qui se tourner. Personne n'était capable de l'écouter, selon ses propres termes.

Le rouge monta aux joues de Miranda. Ses yeux étaient remplis de rage.

— Nous avions un contrat, monsieur Reeves. A moins que vous ne l'ayez oublié ?

Dillon la jaugea avec répugnance. La voir folle de rage ne l'impressionnait plus. En fait, plus rien en elle ne l'intimidait.

— Je n'ai pas oublié. Et je n'oublierai jamais.

— Alors, restez le plus loin possible de ma fille. Je vous préviens : ne l'encouragez pas à poursuivre cette enquête, sinon je pourrais vous rendre les choses plutôt… difficiles !

Il la fusilla du regard.

— De quoi avez-vous donc si peur, Miranda ? Je ne crois pas que vous vous inquiétiez de savoir si votre fille souffre ou non. Vous faites partie du conseil de la clinique Wescott, et vous redoutez, en fait, ce qu'elle pourrait découvrir si elle poursuivait ses recherches… Je me trompe ?

Il avait visé juste. Le trouble de Miranda en était la preuve.

— Comment osez-vous ?

— Je vous connais un peu. Je vous connais, en tout cas, mieux que votre fille.

Et, sur ces mots, il tourna les talons.

Taylor se tenait devant la fenêtre de sa chambre et fixait l'obscurité, au-dehors. La nuit était calme ; le jardin disparaissait dans l'obscurité, mais elle sentait encore le parfum de roses qui s'en échappait. Des effluves nostalgiques, entêtants, qui lui rappelaient des étés lointains…

Et un amour perdu.

Les souvenirs revenaient au galop. Des voix en colère surgissaient de sa mémoire. Toutes ces années, elle avait entendu cette litanie de mots cruels que Dillon et elle avaient échangés, au cours d'une nuit de cauchemar. Elle avait gardé à l'esprit le regard hanté et malheureux de cet homme.

A l'époque, elle avait cru naïvement que ses paroles ne porteraient pas à conséquence, mais elle avait à peine vingt ans, et elle vivait dans un milieu privilégié où il lui suffisait de claquer les doigts pour obtenir ce qu'elle désirait… Elle n'avait donc pas trouvé particulièrement choquant de lui proposer de le payer pour qu'il reste auprès d'elle, lorsque Dillon l'avait informée qu'il ne l'accompagnerait pas au bal de Noël parce qu'on venait de lui offrir une place de serveur.

Jamais elle ne chasserait de son esprit le regard offensé qu'il lui avait alors jeté. Ils s'aimaient, et pourtant, tout à coup, c'était comme si un gouffre s'était ouvert entre eux.

— Je ne peux pas accepter que tu me traites de cette façon, avait-il rétorqué. Tu crois peut-être que tu peux m'acheter ? Mais tu te prends pour qui ?

Sans plus attendre, il s'était levé et avait enfilé sa veste. Taylor avait bien essayé de le retenir, mais il l'avait repoussée.

— Oh, pour l'amour du ciel, qu'ai-je dit de si affreux, Dillon ? Je veux simplement que nous soyons ensemble ! Je veux que tu m'accompagnes à ce bal.

Dillon l'avait alors considérée froidement.

— Et mes désirs, à moi ? Ils n'ont aucune espèce d'importance ! Si j'avais le choix, je viendrais à ce bal, mais ce n'est malheureusement pas le cas.

Il s'était emparé d'un pull de cachemire qu'elle avait laissé traîner sur le dossier d'une chaise.

— Sais-tu au moins ce que je ressens lorsque je m'aperçois que je ne peux pas t'offrir des vêtements de ce prix ? Non, certainement pas ! Mais dis-toi bien une chose, en tout cas : je n'accepterai jamais un sou de ta part. On ne m'achète pas, Taylor. Ni maintenant ni jamais. Si tu es incapable de le comprendre, alors mieux vaut nous quitter sur-le-champ.

C'est alors que les choses s'étaient envenimées. Il l'avait accusée d'être égoïste et gâtée, et elle avait répliqué qu'il était borné et obtus. Après un échange houleux, elle avait quitté son appartement, claquant la porte comme une furie. Elle savait qu'elle commettait une erreur, mais elle était trop obstinée pour le reconnaître.

Voilà comment Miranda avait pu la convaincre de se rendre à ce bal accompagnée de Brad. Les Robinson et les Walsh étaient des amis de longue date, et Brad avait toujours été un grand frère pour elle. Il était son aîné de huit ans, et finissait son internat au Mercy General Hospital.

Pour l'occasion, elle avait revêtu une nouvelle robe de chez Valentino, et s'était parée du bracelet de diamants que sa mère lui avait offert à Noël. Elle se savait belle.

Mais dès l'instant où elle avait croisé le regard de Dillon en allant commander une coupe de champagne au bar, Taylor n'avait plus éprouvé que de la honte. Il allait devoir travailler pendant des heures, comme il le faisait quotidiennement, pour financer sa dernière année à l'université de droit, tandis que Taylor et ses amis allaient danser tout au long de la nuit.

Pourtant, Dillon avait bien plus de caractère que tous les jeunes gens ici présents. Bien plus d'honneur et d'intégrité que quiconque… Et qu'avait-elle fait ? Elle avait essayé de l'acheter.

A la seconde même où leurs yeux s'étaient rencontrés, elle avait mesuré l'importance de la bêtise qu'elle venait de commettre. Tout à coup, elle n'avait plus supporté la vision de ce bracelet à son bras ni de sa robe en taffetas blanc.

Mais ce qui la dégoûtait le plus, c'était sa propre image, réfléchie à l'infini par les douzaines de miroirs installés autour de la salle.

— Dillon !

Elle avait crié son nom, mais il était trop tard : il avait déjà tourné les talons et quitté la salle. Taylor avait voulu le rattraper, mais Brad l'avait alors retenue par le bras.

— Ne cours pas après lui, Taylor. Il n'en vaut pas la peine.

— Tu te trompes, Brad ! C'est moi qui ne le mérite pas.

Et elle avait pris ses jambes à son cou pour rejoindre Dillon sur le parking.

— Dillon, je t'en prie, attends-moi ! Pardonne-moi pour tout.

Pour toute réponse, il l'avait jaugée froidement.

— Tu ferais mieux de retourner auprès de tes amis. Le beau Brad Robinson doit t'attendre.

— Je m'en fiche. Je ne veux qu'une chose : être avec toi.

D'un air méprisant, il avait secoué la tête.

— Tu as une drôle de manière de me le montrer.

— Dillon, écoute-moi. Brad ne signifie rien pour moi. C'est juste un ami. Je suis venue ici avec lui parce que ma mère me l'a demandé.

Elle avait marqué une pause.

— Et aussi pour te rendre jaloux, avait-elle avoué enfin. Je suis désolée. S'il te plaît, pardonne-moi.

Il avait fermé les yeux un instant.

— Il est trop tard. Regarde-toi, Taylor. Tu as l'air d'une princesse, ce soir. Toi et moi… Cela n'aurait jamais pu marcher.

— Ne dis pas cela ! Je t'aime, Dillon. Je t'en supplie, ne pars pas !

Mais il montait déjà dans sa voiture. Un instant, il l'avait regardée, comme s'il avait été sur le point de changer d'avis. Puis, après avoir claqué la portière, il avait démarré.

Taylor s'était alors effondrée, mais Brad était accouru et avait pris soin d'elle. Il l'avait ramenée à son appartement et l'avait laissée exprimer son chagrin.

Les jours suivants, alors que Dillon semblait avoir disparu de la surface de la Terre, Brad avait été à son côté, toujours prêt à la réconforter.

Quelques semaines plus tard, elle avait découvert qu'elle

était enceinte. Elle avait voulu contacter Dillon. Il avait le droit de savoir qu'elle portait son enfant. Leur enfant…

Mais elle n'avait pas trouvé le courage d'appeler ses parents dans le Mississippi. En effet, ces derniers ne l'avaient jamais appréciée. Ils pensaient qu'elle finirait par gâcher la vie de leur fils.

Dillon était le premier de leurs enfants à se rendre à l'université. Ils étaient extrêmement fiers de lui, et pleins d'ambitions. Taylor avait eu peur qu'ils réagissent mal en apprenant qu'elle était enceinte.

En effet, Dillon était un homme d'honneur ; il aurait insisté pour faire les choses dans les règles. Elle ne doutait pas qu'il l'eût épousée, mais elle savait aussi ce que cela signifiait. Comme il n'aurait jamais accepté l'aide de Miranda, il aurait dû quitter l'université de droit et commencer à travailler pour subvenir à leurs besoins. Ainsi, tous ses rêves auraient été détruits par sa faute.

Un jour, Dillon lui-même aurait fini par le lui reprocher…

Pour la première fois de sa vie, elle avait voulu agir pour le mieux, elle avait voulu songer à quelqu'un d'autre qu'elle. Les semaines s'étaient égrenées, et elle n'avait reçu aucune nouvelle de lui. Elle s'était rongée d'inquiétude. Et si quelque chose lui était arrivé ? S'il était tombé malade ? S'il avait eu un accident ?

Finalement, rassemblant tout son courage, elle avait appelé chez ses parents et était tombée sur son frère aîné, Caleb, qui lui avait dit que Dillon avait quitté Memphis et n'y reviendrait jamais. Jamais…

Elle frissonna et porta une main à sa joue pour essuyer une larme perdue.

Dans cette histoire, elle était la seule à blâmer. Son égoïsme, sa vie surprotégée l'avaient empêchée de comprendre cet homme, son sens de l'honneur, et elle en avait payé les pots cassés.

Un éphémère lui frôla le front, et elle voulut le repousser quand, tout à coup, dans le jardin, elle crut apercevoir une ombre qui se déplaçait. Son cœur s'affola.

Rêvait-elle ou quelqu'un essayait-il de s'introduire chez elle ? Elle tendit l'oreille, mais même la brise s'était tue.

Il n'y avait plus qu'un lourd silence, comme si la nature retenait, elle aussi, son souffle. Le calme précédant la tempête.

« Tu es folle, se dit-elle, il n'y a personne. »

Mais alors qu'elle essayait de se convaincre qu'elle n'avait aucune raison de s'alarmer, les paroles de Dillon lui revinrent à la mémoire.

« Si Brad a vraiment été tué, le véritable meurtrier rôde dans le coin. En posant des questions, tu risques de l'affoler. Il pourrait alors s'en prendre à toi. En fait, il en a peut-être déjà après toi… »

Le téléphone réveilla Taylor au beau milieu de la nuit. Les aiguilles phosphorescentes du réveil indiquaient 2 h 13. Atterrée, elle regarda le combiné, refusant de décrocher, de peur qu'il ne s'agît encore d'un appel anonyme.

Mais comme la sonnerie retentissait une nouvelle fois, quelque chose en elle la poussa à répondre. Il était hors de question de montrer à Deirdre ou à celui qui s'amusait à la harceler qu'elle avait peur.

— Allô ?

— Madame Robinson ? fit une voix féminine à l'autre bout du fil.

— Oui.

— Avez-vous reçu mes messages ?

Le cœur de Taylor manqua chavirer quand elle reconnut un accent espagnol chez son interlocutrice.

— Vos messages ?

— Oui, les coupures de journaux.

— Je les ai reçues.

Elle s'agrippait au combiné comme un noyé à sa bouée.

— Mais je ne suis pas certaine d'en avoir compris la signification, ajouta-t-elle.

— Ne mentez pas, rétorqua la femme avec impatience. Vous avez parfaitement compris. Votre enfant est vivant.

Taylor faillit suffoquer.

— Comment le savez-vous ? Et d'ailleurs, qui êtes-vous ?

— Aucune importance. Je souhaite vous aider.

— Pourquoi ?

— Parce que votre mari a été tué. Il en savait autant que moi. Et je ne veux pas être la prochaine sur la liste.

Les doigts de Taylor tremblaient si fort qu'elle avait grand-peine à tenir le combiné.

— Alors, pourquoi n'allez-vous pas à la police raconter tout ce que vous savez ?

— Parce qu'on ne m'écoutera pas. Vous, ils vous écouteront. Vous êtes quelqu'un d'important. Je compte sur vous pour démêler cette vilaine histoire.

— Qui êtes-vous ? répéta Taylor désespérément. Dites-moi au moins votre nom !

Silence.

— Qui a tué mon mari ?

Silence.

Taylor refoula un sanglot de frustration.

— Je vous en prie ! Dites-moi au moins où est mon enfant.

— Tout près. Plus près que vous ne l'imaginez.
Le cœur de la jeune femme bondit dans sa poitrine.
— Oh, je vous en prie ! Dites-moi s'il va bien…
— Vérifiez les dossiers. Tout est dans les dossiers.
Sur ces mots, elle raccrocha…

9

— Dieu soit loué, tu es là, Dillon !

— Taylor ?

Le combiné plaqué contre son oreille, Dillon se redressa dans son lit et jeta un coup d'œil au réveil. Deux heures et demie ! La panique s'empara de lui. Quelque chose était arrivé !

— Que se passe-t-il, Taylor ? Tu vas bien ?

— Oui, oui… Très bien.

Mais il lui sembla que la voix de la jeune femme tremblait.

— Elle m'a appelée, Dillon, reprit-elle vivement.

— Deirdre Robinson ?

De sa main libre, il saisit son jean au bout du lit.

— Non, la mystérieuse inconnue du cimetière. Celle qui m'a envoyé les coupures de presse.

— Comment sais-tu qu'il s'agit d'elle ?

— Elle me l'a dit… Oh, mon Dieu, Dillon… Notre enfant est vivant.

— Tiens bon ! J'arrive.

Dillon venait à peine de frapper à la porte que Taylor apparut sur le seuil. Elle portait un peignoir satiné bleu assorti à son pyjama de soie. Même sans maquillage et les cheveux ébouriffés, elle restait incroyablement belle.

Elle l'invita à la suivre dans le salon. Ils s'assirent dans le canapé, et Taylor se tourna vers lui, les yeux brillants d'excitation.

— Je n'arrive toujours pas à y croire.

— A quelle heure a-t-elle appelé ? demanda-t-il.

— Il était 2 h 13 exactement. J'ai regardé le réveil.

— J'imagine que tu n'as pas demandé à mettre ton téléphone sur écoute.

Taylor soupira.

— Malheureusement, non. J'avais envisagé de le faire quand j'ai commencé à recevoir des appels en pleine nuit, mais je croyais, alors, qu'il s'agissait de Deirdre, et ça ne m'a pas paru indispensable. Je me demande maintenant si ce n'était pas déjà cette mystérieuse inconnue qui m'appelait... Je donnerais cher pour connaître son identité. Tu te rends compte ? Elle m'a assuré que notre enfant était vivant, Dillon ! Elle a même ajouté qu'il était tout près. Si près que...

— Calme-toi, Taylor. Et raconte-moi en détail ce qu'elle t'a dit. Essaie de ne rien oublier.

Taylor s'exécuta, les sourcils froncés, essayant de se rappeler chacune des paroles de son interlocutrice. Quand elle eut fini, elle posa la main sur le bras de son compagnon.

— Voilà ce que nous attendions ! Après ce qui s'est passé l'autre nuit, et ce soir, ce coup de téléphone... nous avons la preuve qu'il y a bien eu meurtre. Maintenant, ils vont être obligés de rouvrir le dossier sur la mort de Brad.

Il lui rebutait de gâcher sa joie, mais il valait mieux qu'elle ne se fît pas trop d'illusions. Lamar trouverait certainement d'excellentes excuses pour ne pas relancer l'enquête...

— Non, Taylor, nous n'avons aucune preuve, juste des présomptions. Des appels anonymes comme celui-ci, on en reçoit tous les jours, au poste. Et, la plupart du temps, il ne s'agit que de simples canulars.

— Mais… que te faut-il de plus ? Que puis-je faire pour te convaincre ?

— Le problème n'est pas de me convaincre. Il faut regarder la réalité en face, Taylor… Les chances que notre enfant soit en vie sont bien minces.

— Alors pourquoi a-t-on essayé de me tuer, l'autre jour ?

— Je n'en sais rien. Et c'est ce qu'il faut découvrir. Je garde Deirdre Robinson sur ma liste de suspects. Surtout après ce qui s'est passé ce soir.

— Ce soir ?

— Oui. J'ai rendu une petite visite aux Robinson pour essayer de savoir si Deirdre était sortie en voiture, la veille. Elle a démenti, mais même son mari semblait douter de sa bonne foi.

— Cela ne prouve pas que c'était elle qui conduisait la voiture. Et même si c'était le cas, quel rapport y aurait-il entre elle et le coup de téléphone de cette nuit ?

— Et si c'était elle qui t'avait appelée, tout à l'heure ? Elle a très bien pu déguiser sa voix.

— Pourquoi ferait-elle une chose pareille ?

— Elle sait combien la mort de ton bébé t'a fait souffrir ; elle peut chercher à venger son fils en te harcelant.

Exaspérée, Taylor bondit du canapé et se rendit jusqu'à la baie vitrée d'où elle jeta un coup d'œil à la rue déserte.

— Tu parles de mon bébé, mais c'est aussi le tien. Quand je t'écoute, j'ai l'impression que cet enfant n'est rien pour toi. Pourquoi refuses-tu de l'accepter, Dillon ? demanda-t-elle sans se retourner. Tu m'en veux encore ?

— Je ne t'en veux pas. D'ailleurs, je ne t'en ai jamais vraiment voulu. Et pourtant, ça m'aurait soulagé, quelquefois !

Il savait qu'elle souffrait, et il aurait fait n'importe quoi pour apaiser ses tourments, mais il fallait garder les pieds sur terre. En huit ans de service dans la police, il avait vu tellement de gens qui, comme elle, s'accrochaient à de vains espoirs…

Même si l'auteur des lettres et des coups de téléphone anonymes n'était pas Deirdre Robinson, même si leur enfant était en vie, même s'ils le retrouvaient… que se passerait-il ? Taylor aurait-elle le courage de le laisser avec sa famille ? Non, probablement… Ils jouaient avec le feu et, tôt ou tard, ils s'y brûleraient les ailes.

Il se leva à son tour, et rejoignit la jeune femme près de la fenêtre.

Taylor réprima un frisson de plaisir en sentant la présence de Dillon derrière elle. Il ne la touchait pas et, pourtant, elle devinait la chaleur de son corps. Son parfum l'enivrait…

Les souvenirs revenaient au galop. Autrefois, il n'aurait pas hésité un instant : il aurait refermé les bras autour d'elle, il l'aurait attirée contre lui et lui aurait offert son réconfort. Mais le temps avait passé…

Son cœur se serra.

— Je veux que tu prennes bien conscience de la situation, chuchota-t-il derrière elle. Tu ne dois pas vivre dans tes rêves, croire que si nous retrouvons notre enfant, nous vivrons ensuite avec lui. Nous ne pouvons pas…

— Nous ne pouvons pas quoi ?

Elle se retourna brusquement.

— L'arracher à sa famille d'adoption ? C'est ce que tu veux dire ? reprit-elle, les yeux flamboyants. As-tu au moins envisagé le fait qu'il puisse être malheureux ? Qu'il puisse avoir besoin de nous ?

En fait, il ne cessait d'y penser. En particulier, la nuit, quand le sommeil tardait à venir… Mais il se disait aussi que leur enfant pouvait être parfaitement heureux avec ses parents adoptifs.

— Sois réaliste, Taylor. Il y a une chance sur dix mille pour qu'il soit encore en vie.

— Je suis on ne peut plus réaliste, fit-elle d'un ton buté. C'est toi qui ne l'es pas. Cet enfant est vivant, que tu le veuilles ou non.

— Tu ne sais même pas ce que je veux. D'ailleurs, l'as-tu jamais su ?

Le silence tomba entre eux. Leurs regards étaient rivés l'un à l'autre. Les minutes s'égrenaient. Et, tout à coup, avec un juron étouffé, Dillon referma les bras autour de sa taille et l'attira contre lui. Avant qu'elle n'ait pu s'écarter ou protester, il s'empara de sa bouche, pour un baiser féroce qui lui coupa le souffle.

Elle lui résista, mais guère plus d'une seconde. En tentant de le repousser, elle posa les mains sur sa poitrine, et alors, oubliant ses résolutions, elle répondit à son étreinte avec autant de fougue.

Dressée sur la pointe des pieds, elle se lova contre lui, comme si sa place avait toujours été là, comme s'ils n'avaient jamais été séparés.

« Oh, Dieu, cela faisait si longtemps… », songea-t-elle, le cœur battant.

Des sensations oubliées resurgissaient en elle. Elle ferma les yeux et laissa le désir l'envahir. D'un seul baiser, Dillon avait ranimé la passion qui couvait en elle depuis des années. C'était terrible, mais il avait toujours eu ce pouvoir sur elle…

Il glissa les mains dans ses cheveux et la serra encore plus étroitement. Elle sentait leurs cœurs battre à l'unisson. Leurs corps enlacés se redécouvraient…

Jamais elle n'avait éprouvé pareilles sensations avec un autre que Dillon. Jamais elle n'avait été capable de le chasser de sa mémoire, d'effacer les souvenirs de leur passion, même dans les bras d'un autre homme. Dillon était son premier et son seul véritable amour : il était gravé au fond de son être, et cela pour toujours. Dillon, le père de son enfant.

Dillon, l'homme qui l'avait quittée…

Taylor repoussa cette idée, pour se concentrer uniquement sur les émotions qu'il faisait naître en elle. Pourtant, une petite voix intérieure la rappelait à l'ordre. Cet homme l'avait blessée ; elle serait idiote de retomber dans le même piège…

Au moment où elle allait s'écarter, Dillon la relâcha. Taylor recula d'un pas et tenta de recouvrer son souffle.

— C'était… stupide, murmura-t-elle, sans lever les yeux.

— Probablement.

— Je ne sais pas ce qui m'a pris. Je…

— Cela devait arriver. Un instant d'égarement, un moment de nostalgie. Ce n'est pas toujours facile de tirer un trait sur le passé.

— Je… suppose. Mais…

Elle croisa enfin son regard.

— Je ne veux pas souffrir une deuxième fois.

Les yeux de son compagnon se mirent à étinceler de colère.

— Détends-toi. Moi non plus, je ne tiens pas à me casser les dents… Enfin, on ne va quand même pas faire un drame pour un malheureux baiser, Taylor. N'y pensons plus.

— Très bien.

Elle essaya d'ignorer la douleur que ces mots lui infligeaient.

— Tu ferais mieux de partir, maintenant, ajouta-t-elle d'un ton plus ferme.

— Tu as raison. Je t'appellerai demain, dès que j'aurai parlé à mon chef.

— J'attends ton appel.

Elle avait l'habitude : elle l'avait déjà attendu pendant dix ans…

Dès que Dillon arriva au commissariat, le lendemain matin, il alla frapper au bureau de son chef, John McCardy. Le lieutenant était plongé dans un dossier. Il leva les yeux et lui dit d'entrer.

— Vous avez une minute, lieutenant ?

— Ça dépend.

Sans se laisser rebuter par le ton revêche de son supérieur, Dillon se laissa choir dans un fauteuil, derrière le bureau.

— Je voudrais vous parler du suicide de Brad Robinson.

McCardy ouvrit de grands yeux.

— C'est Lamar qui est chargé de l'enquête, non ?

— Je sais bien.

— Pourquoi n'allez-vous pas le voir directement ? J'ai d'autres chats à fouetter, Reeves.

— Eh bien… Etant donné les circonstances, je pensais qu'il valait mieux que je vous parle d'abord.

— Vous avez besoin d'un arbitre, c'est ça ?

Il se carra contre le dossier de son fauteuil et croisa les bras.

— O.K., reprit-il. Je vous écoute.

Dillon lui exposa rapidement la situation, et lui fit part des incidents qui avaient eu lieu ces derniers jours. McCardy semblait perplexe.

— Si j'ai bien compris, fit-il en se penchant vers Dillon, Mme Robinson est convaincue que le Dr Wescott, ce ponte de l'obstétrique, est impliqué dans une affaire de substitution d'enfants au sein même de sa clinique. Il y a neuf ans, il lui aurait même volé son bébé. Le mari aurait tout découvert, et le Dr Wescott lui aurait alors fait éclater la cervelle en prenant soin de maquiller son crime en suicide. C'est bien cela ?

Dillon se frotta nerveusement la nuque.

— Ecoutez, je comprends que cela puisse sembler fou, convint Dillon.

— Fou ? Le mot me paraît faible ! Les seules preuves que Mme Robinson ait à nous offrir sont de malheureuses coupures de presse qu'elle a reçues par courrier, et une série de coups de téléphone anonymes.

— Une femme lui a donné l'un de ces articles au cours des funérailles de son mari. Mme Robinson pense qu'il s'agit de la personne qui l'a appelée la nuit dernière.

— Pourrait-elle l'identifier ?

— Mme Robinson n'a pas bien vu son visage, car elle portait un voile, mais l'inconnue parlait avec un fort accent espagnol. Comme son interlocutrice, au téléphone. Celle-ci lui a dit que Brad Robinson avait été tué parce qu'il en savait trop, et qu'elle-même ne voulait pas être la prochaine victime.

McCardy jouait distraitement avec son crayon.

— Mme Robinson en a-t-elle au moins parlé à Lamar ?

— Bien sûr. Mais… c'était avant qu'on essaie de l'écraser en pleine rue, et qu'elle reçoive cet appel.

— J'ai cru comprendre que vous soupçonniez sa belle-mère d'être au volant de la voiture ?

— C'est une possibilité, mais il y en a d'autres. Réfléchissez un instant. Mme Robinson se rend à la clinique Wescott pour poser des questions sur la mort de son mari, et quelques jours plus tard, quelqu'un essaie de la renverser en voiture. J'ignore s'il s'agit d'une simple coïncidence, mais il serait sage de le vérifier.

McCardy se leva et alla jusqu'à la porte vitrée, qu'il ouvrit, puis il cria à travers l'immense pièce :

— Lamar ! Venez ici une minute !

Ce dernier hocha brièvement la tête avant de s'approcher.

Malgré un air encore juvénile, le sergent Jackson frisait la quarantaine et affichait son expérience avec un air de supériorité qui lui valait la haine cordiale de tous ses collègues.

Il louvoyait entre les bureaux, saluant chacun avec l'allure auguste d'un chef, un sourire aimable sur les lèvres, jusqu'à ce qu'il aperçût Dillon. Il se renfrogna aussitôt. Fermant la porte de verre derrière lui, il s'y adossa, et croisa les bras sur sa poitrine.

Dillon savait qu'il était contraire au code de déontologie de s'ingérer dans l'enquête d'un collègue. Jackson pouvait très bien se sentir vexé en apprenant qu'il s'était adressé à leur supérieur avant même de lui en parler.

Sans faire de détours, McCardy lui rapporta les détails que Dillon venait juste de lui communiquer.

— J'admets que plusieurs points peuvent paraître étranges, conclut-il, mais c'est votre enquête, Lamar. Vous pensez que cela vaut la peine de rouvrir le dossier ?

Jackson fusilla Dillon du regard.

— Mon Dieu, non ! Pas pour si peu…

— On voit bien que ce n'est pas toi qui as failli te faire écraser ! protesta Dillon en s'efforçant d'étouffer la colère qui montait en lui.

— Des chauffards, il y en a partout. Je ne vois pas le rapport avec l'enquête.

— Ce n'était pas un chauffard, Lamar. La personne qui était au volant a bien essayé de tuer Mme Robinson. J'ai la déposition d'un témoin.

— Peut-être, mais ni toi ni ton témoin n'êtes en mesure de donner le numéro de la plaque minéralogique ou une description précise du véhicule. Tout ça n'est pas très sérieux, Reeves !

— La plaque avait été enlevée, expliqua de nouveau Dillon en essayant de ne pas perdre patience. La voiture était d'origine étrangère, probablement une BMW bleu foncé ou noire. Si je n'ai pas eu le temps de bien observer le véhicule, c'est aussi parce que j'étais occupé à sauver la vie de Mme Robinson.

— Je suis sûr qu'elle t'en sera éternellement reconnaissante, dit Lamar d'un ton persiflant.

— Vous avez fait des recherches au sujet de cette voiture, Reeves ? demanda McCardy, ignorant le sarcasme de Jackson.

Dillon acquiesça.

— Deirdre Robinson possède une BMW bleu foncé. La femme du Dr Wescott en a une également.

— Cela ne prouve rien ! lança Lamar. La moitié des médecins de la ville possèdent une BMW. Les autres ont opté pour Mercedes… Ecoute, Reeves, j'ai déjà discuté avec Mme Robinson de ces coupures de presse, et si tu veux mon avis, cette femme est carrément… Enfin, tu vois ce que je veux dire.

Dillon ne le comprenait que trop. Lui-même n'avait pu s'empêcher de penser que Taylor vivait dans ses rêves. Toutefois, il ne pouvait nier le fait que quelqu'un en voulait à sa vie. Elle ne l'avait pas inventé, et la réflexion de son collègue lui déplaisait au plus haut point.

Il prit une profonde inspiration. Inutile de s'énerver, cela ne ferait qu'aggraver les choses.

— Je dis simplement qu'à la lumière de tous ces éléments, on pourrait peut-être jeter un nouveau coup d'œil au dossier.

— Inutile, répliqua Jackson. Le médecin légiste lui-même a conclu à un suicide.

— Peut-être, mais quand l'autopsie a été pratiquée, il était persuadé d'avoir affaire à un suicide. Il n'a peut-être pas cherché dans la bonne direction.

— Attends un peu ! Tu ne serais quand même pas en train de m'accuser d'avoir bâclé l'enquête ? demanda Jackson avec un air de grand mépris. C'est un suicide, Reeves. Un suicide et rien d'autre. On ne compte plus les fois où, avant d'en finir pour de bon, Robinson avait déjà attenté à ses jours en ingurgitant des boîtes entières de somnifères. Il venait de perdre son boulot, sa femme l'avait quitté, il était alcoolique et dépressif. D'après ce que j'ai entendu, cet homme n'était plus qu'une loque.

— Il était donc extrêmement facile de maquiller un crime en suicide, n'est-ce pas ? insista Dillon.

— Pour quel mobile l'aurait-on tué ? intervint le lieutenant.

— D'après la femme qui a appelé Mme Robinson, il en savait trop. Mme Robinson pense que sa mort a un rapport étroit avec la clinique Wescott.

Jackson renifla avec mépris.

— Ça ne colle pas, et tu le sais bien. La réputation du Dr Wescott n'est plus à faire. A l'hôpital, les gens racontent qu'il avait donné plusieurs fois sa chance à Brad Robinson. Il couvrait même ses erreurs, dans les derniers temps.

— Et tu ne t'es pas demandé pourquoi il le faisait ? D'après ce qu'on dit de cet homme, il n'a rien d'un philanthrope. Pourquoi aurait-il risqué sa carrière pour un poivrot ?

— Et toi ? Pourquoi me poses-tu toutes ces questions ? répliqua Lamar en se rebiffant. Qu'est-ce que cela peut bien te faire ?

— Je veux simplement que justice soit faite.

Jackson s'esclaffa d'un rire sans joie.

— Mon œil ! Je connais Mme Robinson. Elle a de quoi faire tourner la tête à…

Dillon le fusilla du regard.

— Occupe-toi de tes oignons, Jackson.

— Et toi, fais bien attention de ne pas marcher sur mes plates-bandes. La prochaine fois que tu as du nouveau sur cette affaire, ne joue pas les délateurs ; viens directement m'en parler ! Me suis-je bien fait comprendre ?

Le lieutenant se leva alors et assena un violent coup de poing sur son bureau.

— Bon, allez, ça va ! Lamar a raison, Dillon. Vous auriez dû lui donner ces informations, et maintenant, laissez-le mener son enquête comme il l'entend.

Jackson eut un sourire triomphant.

— Nous savons tous que Reeves a la fâcheuse manie de fourrer son nez dans les affaires de ses collègues ! remarqua-t-il.

— Si je considère ce que vous m'avez raconté, Dillon, intervint McCardy, je ne vois guère l'intérêt de rouvrir le dossier. La mort de Robinson est un suicide. Cette version me convient. Quant à ces bouts de journaux et ces appels anonymes, ils sont probablement l'œuvre d'un plaisantin. Nous avons bien d'autres choses à faire que de nous préoccuper d'un médecin dont la notoriété n'est plus à établir. Pour ce qui est de la voiture qui a failli renverser Mme Robinson la nuit dernière, Lamar fera ce qu'il faut. Compris, Reeves ?

— Oui, j'ai saisi.

— Alors, le sujet est clos.

Jackson sortit le premier.

— Comment va votre genou ? demanda le lieutenant alors que Dillon s'apprêtait, lui aussi, à quitter le bureau.

— J'ai rendez-vous mercredi chez le kiné. Je ne sens pratiquement plus rien. Ce ne sera bientôt plus qu'un mauvais souvenir.

— Tant mieux.

Dillon hocha la tête et tourna le dos à son supérieur.

Encore une chose, Reeves. Je ne plaisantais pas, tout à l'heure. Laissez tomber pour les Robinson. Ce n'est pas votre affaire. Si quelque chose arrivait, Lamar s'en chargerait. Oubliez tout cela.

— J'ai entendu, lieutenant.

— Et j'espère que vous m'obéirez, Reeves.

Au fil des années, Taylor avait mesuré à quel point ses études en art plastique pouvaient lui être utiles dans sa carrière de conseillère pédagogique à Claymore Academy. C'était fascinant de voir comment, par le biais d'un simple dessin ou d'une peinture, un enfant pouvait révéler ses pensées les plus secrètes.

Du coin de l'œil, Taylor observait la petite Wescott. Alisha était une ravissante fillette avec de longs cheveux blonds et des yeux bleus magnifiques mais toujours tristes…

Elle songea alors à ses parents et soupira : le Dr Wescott, si froid, si distant, et Lorraine sous l'emprise de l'alcool… Ces gens-là ne mesuraient pas leur chance. Ils avaient une fille belle comme le jour, douce et intelligente, et c'est à peine s'ils s'intéressaient à elle… Décidément, la vie était bien injuste !

Elle traversa la pièce et s'agenouilla auprès d'Alisha.

— Je peux regarder ?

Comme la fillette acquiesçait, Taylor prit le dessin et l'étudia soigneusement.

Le sujet était une petite fille, probablement Alisha, postée à la fenêtre dans une pièce déserte. Il n'y avait pas de couleurs, ce qui donnait au dessin une impression de solitude intolérable.

— C'est beau, Alisha, dit-elle enfin, le cœur serré.

Elle désigna du doigt la petite fille qui se tenait devant la fenêtre.

— Qu'est-ce qu'elle regarde ?

Alisha leva la tête.

— Elle attend quelque chose.

— Quoi ?

— Elle ne le sait pas, fit l'enfant en secouant la tête.

Ces mots, tellement chargés de sens, frappèrent Taylor en plein cœur. Combien de fois cette petite fille avait-elle été reléguée dans sa chambre ? Combien d'heures avait-elle passées dans la solitude de cette pièce ?

Des gloussements étouffés l'arrachèrent à ses douloureuses pensées. Faisant volte-face, elle vit Nicholas Baker baisser rapidement la tête pour qu'elle ne le surprenne pas en train de rire.

Nicholas était un enfant indiscipliné, un véritable fauteur de troubles. Se faire remarquer, attirer l'attention, voilà bien tout ce qui l'intéressait... Il était le contraire d'Alisha. Précoce, et malin, il était convoqué au moins une fois par jour dans le bureau du directeur de l'école, l'honorable Quentin Thorndike. Mais, en dépit de ses attitudes provocatrices, ce petit garçon était attachant et incroyablement doué pour les études.

Taylor se leva et, contournant la table, se pencha au-dessus de son épaule.

— Voyons ce que tu as fait, Nicholas.

Elle saisit le dessin. Comme d'habitude, la feuille était couverte de cadavres démantelés. Le petit garçon avait du talent, là n'était pas le problème, mais les sujets de ses dessins inquiétaient sérieusement ses professeurs.

Taylor le soupçonnait d'agir ainsi uniquement pour se distinguer, mais elle devait admettre qu'il avait beaucoup d'imagination pour donner à ses monstrueuses créatures les visages de gens qui l'entouraient.

Le démon au regard vert émeraude et à la langue fourchue ressemblait étrangement à M. Thorndike. Taylor dut se retenir de sourire.

Nicholas et son petit voisin attendaient manifestement sa réaction.

— Très bien, Nicholas, dit simplement Taylor. Je suis impressionnée. Si tu veux bien, je vais le garder.

Le petit garçon la regarda, les yeux écarquillés. Elle devinait son étonnement :

« C'est tout ? Pas de punition ? Pas de convocation des parents ?… »

Taylor dissimula un nouveau sourire.

— Les enfants, déclara-t-elle à la ronde, vous allez ranger vos affaires de dessin. Il est l'heure, la classe est terminée.

Depuis quelques minutes, Dillon se tenait sur le seuil de la classe, observant Taylor tandis qu'elle passait d'un élève à l'autre. Elle semblait parfaitement à l'aise avec eux, prodiguant des conseils, offrant ses sourires les plus charmants. Elle portait un jean et un chemisier blanc tout simples qui soulignaient sa féminité, mettaient en valeur ses longues jambes fuselées, sa taille fine et sa gorge appétissante.

Ses cheveux étaient retenus en une longue queue-de-cheval qui balayait son dos, et elle était à peine maquillée. Dillon fut surpris de la douceur qui émanait de tout son être, et de cette simplicité à laquelle il ne s'attendait pas…

Il la regarda s'agenouiller devant une petite fille blonde et essayer de lui arracher un sourire. Et il ne put s'empêcher de rire quand, profitant de ce qu'elle leur tournait le dos et annonçait que le cours s'achevait, deux garnements se lancèrent dans un concours de grimaces.

Tout à coup, l'un d'entre eux repéra le visiteur.

— Hé ! Qui c'est ce gugusse, là-bas, à l'entrée ?

Taylor se retourna alors et ouvrit de grands yeux. Puis elle s'empressa de rejoindre Dillon.

— Ce vaurien m'a traité de gugusse ! s'étonna-t-il quand la jeune femme l'eut invité à la suivre dans la salle de classe.

Elle se mit à rire.

— Ne le prends pas mal. Nicholas est comme ça avec tout le monde, répondit-elle en jouant distraitement avec sa chaîne en or.

Tout à coup, elle lui parut nerveuse. Songeait-elle encore au baiser qu'ils avaient échangé ?

Lui, en tout cas, il ne pensait plus qu'à cela. Son regard glissa sur ses lèvres charnues, et il se rappela combien elles lui avaient semblé douces et sensuelles.

— A quelle heure finis-tu ? demanda-t-il en s'éclaircissant la voix.

Taylor jeta un coup d'œil à sa montre.

— Dans cinq minutes. Tu peux m'attendre ?

Comme il hochait la tête en signe d'assentiment, elle ajouta :

— Installe-toi à mon bureau. J'attends qu'ils aient rangé leurs affaires et je les ramène dans leur classe.

Lorsque Dillon pénétra dans la salle, derrière Taylor, il se sentit tout à coup intimidé. Il regarda ces visages d'enfants, tous ces yeux fixés sur lui, pleins de curiosité. Avait-il eu un jour leur âge ? Il ne s'en souvenait plus. C'était trop loin…

Peut-être était-il trop vieux, après tout…

Taylor, elle, paraissait toujours aussi jeune. Comme si elle avait été préservée, alors qu'il n'en était rien. L'argent n'avait même pas fait son bonheur.

Dillon vit Taylor s'approcher de la petite fille blonde et se pencher vers elle pour lui murmurer quelques mots à l'oreille. Le visage de l'enfant s'éclaira aussitôt d'un large sourire. C'était comme un rayon de soleil… Qu'est-ce que Taylor avait bien pu lui raconter pour la métamorphoser à ce point ?

Ces enfants l'adoraient, incontestablement. Même le garnement aux cheveux bruns frisés qui tirait sur sa manche, réclamant, lui aussi, son attention. Quand elle se tourna enfin vers lui, il désigna Dillon et prononça quelques mots que celui-ci ne put comprendre parce qu'il était trop loin. Taylor leva alors les yeux vers lui, et rougit légèrement.

Après qu'ils eurent tous rangé leurs affaires, et quitté la pièce derrière la jeune femme, la classe sombra dans un silence presque irréel. Machinalement, Dillon saisit le premier dessin de la pile posée sur le bureau, et l'examina.

Absorbé par la violence des représentations, il n'entendit pas Taylor revenir.

— Tu as vu ? lui dit-elle. Ce gosse a une sacrée imagination !

— Qui sont donc ses parents ? Des meurtriers ?

— Je crois qu'il vit avec sa grand-mère.

En effet, elle avait découvert que les parents de Nicholas n'habitaient pas la région quand elle avait appelé, inquiète de ne pas obtenir de réponse à la lettre qu'elle leur avait envoyée en leur demandant de passer la voir. La grand-mère avait refusé de lui rendre visite, mais Taylor ne désespérait pas de la faire changer d'avis.

— Comment s'appelle-t-il ?

— Nicholas Baker.

— Tu connais son problème ?

— J'ai bien une petite idée sur la question, mais vas-y, je t'en prie, dis-moi ce que tu en penses.

Dillon haussa les épaules.

— C'est simple. Claymore Academy est un établissement privé réservé à l'élite. A en juger par les vêtements que ce gamin porte, il vient d'un milieu modeste. Dieu seul sait comment ils ont réussi à l'inscrire ici. Il se sent écrasé par les autres, inférieur, et il a d'autant plus besoin de se faire remarquer.

— Tu m'impressionnes. Tu n'as pourtant vu Nicholas que quelques minutes !

— Je connais son problème, c'est tout. Je sais ce qu'on ressent quand on est différent. Cela nous pousse à faire des choses qu'on ne ferait pas autrement.

Qu'essayait-il de lui dire ? Voulait-il lui expliquer pourquoi il était parti sans un mot, dix ans plus tôt ? Etait-ce leur différence sociale qui les avait séparés ?

Taylor avait de la peine à y croire. Dillon n'était pas du genre à fuir ses problèmes.

Et, pourtant, il avait quitté la ville.

— Qui est cette petite fille blonde avec qui tu discutais tout à l'heure ? demanda-t-il comme s'il désirait tout à coup changer de sujet.

— Elle s'appelle Alisha Wescott. C'est la fille du Dr Wescott.

Il haussa les sourcils, mais ne fit aucun commentaire.

— Alisha souffre d'une trop grande solitude, ajouta Taylor. Ses parents ne s'occupent pas d'elle…

Elle se mordit la lèvre avant de poursuivre :

— Quand je vois tous ces enfants malheureux… quand je pense à toutes ces années au cours desquelles nous avons été privés du nôtre, je ne peux pas m'empêcher d'en vouloir à la vie. Ces parents ne connaissent pas leur bonheur.

Dillon savait parfaitement ce qu'elle voulait dire. Il connaissait le problème avec Casey, son petit voisin. L'indifférence de sa mère le rendait furieux. Comment pouvait-elle ignorer à ce point ses responsabilités ? Pourquoi ne prenait-elle jamais le temps de parler ou de jouer avec lui ?

— Et si tu me racontais comment ça s'est passé au bureau, aujourd'hui, Dillon ? Est-ce que l'enquête va être reprise ?

— Non.

Elle lui adressa un regard incrédule.

— Non ? Mais… Que fait-on pour la voiture qui a failli m'écraser, l'autre soir ? Et le coup de téléphone que j'ai reçu cette nuit ? La femme a affirmé que Brad avait été tué. Tu leur as dit tout cela ?

— Je n'ai rien oublié. Mais, sans preuve concrète, on ne rouvrira pas le dossier. Il y a trop d'affaires à éclaircir, et pas suffisamment de policiers pour s'en occuper.

— Alors, le meurtrier de Brad ne sera jamais inquiété ?

— Je n'ai pas dit cela.

— C'est pourtant clair. A moins que tu n'aies une autre suggestion à faire…

Il la considéra un instant avant de répondre :

— Nous allons devoir nous débrouiller tout seuls. Si tu es toujours d'accord pour m'aider, bien sûr.

— Je ferais n'importe quoi.

— C'est bien ce qui me fait peur.

Dillon laissa échapper un soupir.

— Ecoute, Taylor, nous prenons de gros risques. Nous mènerons l'enquête de manière officieuse, ce qui signifie que nous n'aurons pas accès aux informations dont nous aurons besoin, et que mes supérieurs devront tout ignorer de nos démarches.

Taylor demeura silencieuse un instant.

— Ça veut dire que tu risques de te faire taper sur les doigts. C'est bien ça ?

Il détourna les yeux.

— Ne t'inquiète pas pour ça. Je m'en arrange.

Mais Taylor ne l'entendait pas ainsi. C'était quand même elle qui l'avait entraîné dans cette histoire. Elle ne voulait pas qu'il eût des problèmes à cause d'elle.

Pour sa part, si elle devait sacrifier sa carrière pour découvrir la vérité, elle le ferait, et plutôt deux fois qu'une, car tout ce qui importait pour elle, c'était de retrouver son enfant. Mais elle ne pouvait pas l'imposer à Dillon…

Elle leva les yeux vers lui. Une émotion les étreignit tous les deux.

— Je te dis de ne pas t'inquiéter, répéta-t-il presque tendrement.

— D'après la femme qui m'a appelée, notre enfant serait tout près, Dillon. Ce qui signifie probablement qu'il est toujours à Memphis.

— Il ou elle. Ils t'ont dit que c'était un garçon, mais ils ont très bien pu te mentir aussi sur ce point.

Une fille, songea Taylor. Son enfant pouvait être une fille…

La vision des yeux bleus et des cheveux blonds d'Alisha lui vint aussitôt à l'esprit. La petite fille avait neuf ans : l'âge qu'aurait son enfant… Le Dr Wescott avait mis au monde son bébé… Et si…

Elle porta une main tremblante à son front. Elle devait absolument cesser de divaguer, Dillon avait raison : il fallait être réaliste. Mais il y avait tant de coïncidences, tant d'espoirs en jeu…

— Qu'y a-t-il ? demanda son compagnon.

— Rien.

Elle secoua la tête, repoussant ce flot de pensées saugrenues.

— Je me souviens juste de ce que la femme a dit. Elle m'a demandé de vérifier les dossiers. Tout est dans les dossiers, a-t-elle répété.

— Dans ce cas, nous allons rendre une petite visite à la clinique Wescott…

10

La clinique Wescott, une bâtisse de deux étages, en brique rouge, agrémentée de fenêtres à petits carreaux, se dressait au beau milieu d'un magnifique parc de plusieurs hectares.

Quelques lettres gravées dans du marbre, à l'entrée, indiquaient le nom de l'établissement. Une allée bordée d'érables menait au perron de la clinique.

Si plusieurs femmes enceintes ne s'étaient pas promenées sur la pelouse ou à l'ombre des acacias, on aurait pu se croire dans une résidence privée.

Des marches, également en brique rouge, donnaient sur un immense porche soutenu par des colonnes de stuc et agrémenté de grandes jarres débordant de géraniums écarlates.

« Ce n'est certainement pas l'idée qu'on se fait d'un établissement de soins… » songea Dillon en ouvrant la porte de verre de l'entrée, avant de pénétrer dans le fastueux vestibule tout blanc.

Une femme derrière son comptoir parlait au téléphone. Lorsqu'elle aperçut Dillon, elle lui adressa son plus charmant sourire et lui fit signe qu'elle serait à lui dans un instant.

Dillon en profita pour jeter un coup d'œil autour de lui, résistant à l'envie de pousser un sifflement admiratif. L'endroit était chaleureux et accueillant, avec son mobilier ultramoderne et le soleil qui se déversait à grands flots à travers les larges baies vitrées.

Des aquarelles étaient suspendues aux murs délicatement rosés, et sur les tables basses étaient disposés de somptueux bouquets de roses qui diffusaient leurs délicats effluves.

— Puis-je vous aider ? demanda la réceptionniste en raccrochant le téléphone.

— J'aimerais parler au directeur de l'établissement.

La femme fronça les sourcils.

— Et pourquoi, je vous prie ?

Il brandit alors son insigne et sa carte.

— Sergent Reeves.

— Oh, mon Dieu !

Elle porta une main à sa gorge, apparemment impressionnée, au point de coopérer sans poser de questions.

— Je vais voir si elle peut vous recevoir.

Quelques instants plus tard, Dillon fut introduit dans la salle d'attente d'Allison St. James, la directrice. La secrétaire lui proposa un café, qu'il refusa, avant de s'éclipser.

Distraitement, Dillon se mit à feuilleter un magazine. La femme enceinte qui servait de modèle ressemblait un peu à Taylor : des cheveux blonds, un teint parfait et des yeux bleus. Elle souriait d'un air radieux.

Et Taylor ? Comment était-elle pendant sa grossesse ? Se sentait-elle heureuse ? Ou avait-elle été effrayée à l'idée d'affronter seule sa maternité ? Etait-ce la raison pour laquelle elle avait précipitamment épousé Brad Robinson ?

« Qui essaies-tu de duper ? » se demanda-t-il, furieux contre lui-même.

Taylor lui avait dit un jour qu'elle avait aimé Brad. C'était pour cette seule raison qu'elle avait accepté d'être sa femme.

Il n'y avait rien d'autre à imaginer.

— Sergent Reeves ? Vous pouvez entrer.

Il posa son magazine et se leva. La secrétaire lui ouvrit la porte, l'invitant à pénétrer à l'intérieur du bureau.

Allison St. James, la directrice de la clinique, était bien différente de ce qu'il s'était imaginé. Elle était plus jeune, et surtout bien frêle. Dans son tailleur gris anthracite, avec ses cheveux noirs tirés en arrière et ses lunettes en écaille perchées sur le nez, elle lui fit songer à une fillette qui se serait déguisée en adulte.

Mais il n'y avait rien d'enfantin dans le regard qu'elle lui jeta lorsqu'il entra et prit place derrière son bureau. Elle l'étudia attentivement, sans cacher sa curiosité. Son regard glissa sur sa main gauche, sans alliance et, quand elle releva enfin la tête, une lueur d'intérêt brillait dans ses prunelles mordorées.

Elle se pencha vers lui, par-dessus le bureau.

— Alors… Sergent, quel est le but de cette visite ?

— La mort du Dr Brad Robinson.

— J'ai cru comprendre qu'il s'était suicidé.

— L'enquête suit son cours. J'imagine que vous ferez tout ce qui est en votre pouvoir pour collaborer avec nos services.

Au contraire de la réceptionniste, qui avait été visiblement impressionnée par son identité, Allison St. James, elle, ne l'était pas. Elle se carra contre le dossier de son fauteuil et le gratifia d'un sourire mielleux.

— Je collaborerai s'il le faut, rétorqua-t-elle d'un ton ironique. J'ai toujours pris au sérieux mes devoirs civiques.

Elle flirtait ouvertement avec lui, et Dillon était bien résolu à profiter de la situation. A son tour, il l'observa, laissant errer son regard sur son décolleté provocant.

Leurs yeux se croisèrent enfin, et elle s'éclaircit la voix, tout en se débarrassant de ses lunettes, qu'elle fit tournoyer dans sa main.

— Que voulez-vous exactement ? demanda-t-elle d'une voix subtilement rauque avant de s'humecter les lèvres.

Dillon sourit.

— Pour tout vous avouer, il faudrait que je jette un coup d'œil aux dossiers de vos patients. La femme du Dr Robinson a été admise ici il y a neuf ans. Elle a eu un bébé en juin de cette année-là. J'ai besoin de connaître le nom de toutes celles qui ont accouché durant cette même nuit. Vous gardez bien les dossiers ?

Allison lui rendit son sourire.

— Bien sûr ! Tout est sur ordinateur. Le Dr Wescott est un maniaque des détails, et il insiste pour que tous les dossiers de la clinique soient parfaitement à jour. Malheureusement, ces données sont strictement confidentielles, je ne peux laisser personne y accéder sans un mandat en bonne et due forme. Même vous, sergent Reeves.

— Appelez-moi Dillon.

— J'aimerais vous aider… Dillon. Sincèrement. Mais j'ai les mains liées.

Elle haussa les épaules.

— Toute personne qui pénètre dans la salle des dossiers doit signer un registre à l'entrée et à la sortie. Je ne pourrais pas vous laisser y entrer, même si je le voulais.

— Vous connaissez bien le Dr Wescott ?

Les prunelles mordorées d'Allison s'assombrirent aussitôt.

— C'est le propriétaire de la clinique.

— Depuis combien de temps travaillez-vous pour lui ?

— Moins d'un an.

— Et votre prédécesseur ?

— Il n'est resté ici qu'un an et demi.

— Savez-vous pourquoi il est parti ?

— Incompatibilité d'humeur, si j'en crois les bruits de couloir. Le Dr Wescott n'est pas quelqu'un de facile. Il est très exigeant.

— Etes-vous au courant des raisons qui ont poussé le Dr Brad Robinson à quitter la clinique ?

— C'était il y a longtemps. Bien avant que j'arrive.

— Vous n'avez jamais entendu de rumeurs sur son départ ? C'est pourtant un petit établissement.

— Et les gens aiment parler. Oui, je le sais.

Elle eut un nouveau sourire, mais cette fois la suspicion brillait au fond de ses yeux.

— Vous enquêtez vraiment sur la mort du Dr Robinson ?

— Pour quelle autre raison serais-je ici ?

Elle le considéra un long moment avant de répondre :

— Mme Robinson est venue, il y a de cela quelques jours. Je ne lui ai pas parlé moi-même, mais il semble qu'elle ait posé des questions sur son enfant, et non sur feu son époux.

Allison décroisa les jambes et se pencha en avant.

— Qu'êtes-vous venu chercher, sergent ?

Dillon hésita, ne sachant ce qu'il devait révéler à cette femme. Il y avait quelque chose en elle qui lui déplaisait. Ce n'était pas simplement le fait qu'elle fût bien jeune pour se trouver à un poste aussi important, non, c'était cette lueur dans ses yeux. Cette lueur, comment dire… presque affolée.

— Comment puis-je vous aider, si vous ne me dites pas ce que vous voulez vraiment ? Soyez honnête, Dillon.

Un instant, ils se mesurèrent du regard.

— D'accord, lâcha enfin Dillon. On a affirmé à Taylor Robinson que son bébé était mort à la naissance, mais, depuis le décès de son mari, elle a reçu plusieurs messages anonymes qui laissent supposer que l'enfant est encore en vie.

Allison parut décontenancée par la nouvelle, comme si elle s'attendait à tout, sauf à cela.

— Vous voulez dire… qu'elle pense que son bébé lui a été volé ? Ici, à la clinique ?

Il acquiesça.

— Volé ou substitué. Mme Robinson était sous anesthésie générale ; elle n'a rien vu de son accouchement. Et elle n'a jamais posé les yeux sur son bébé.

Cette fois, Allison parut réellement bouleversée.

— Mon Dieu ! Pauvre femme ! Rien d'étonnant à ce qu'elle m'ait semblé aussi désespérée, l'autre jour. J'imagine ce qu'elle a dû ressentir.

— Je croyais que vous ne l'aviez pas rencontrée.

Allison se troubla légèrement.

— Je… je ne lui ai pas parlé. Je l'ai simplement vue dans l'entrée. J'ai demandé à une infirmière qui elle était, et elle m'a dit qu'il s'agissait de la veuve du Dr Robinson.

— Vous comprenez, maintenant, pourquoi il est important pour nous de consulter les dossiers ?

— Mais si c'est une enquête officielle, pourquoi ne revenez-vous pas avec un mandat de perquisition ?

— Ce n'est pas aussi simple que vous l'imaginez.

— Je vois. Si j'appelle votre supérieur au poste de police…

— Je connaîtrai de sérieux ennuis.

— Qui est Mme Robinson pour vous ?

— Une amie.

Allison St. James eut un sourire entendu.

— Bien sûr. Tout le monde aimerait avoir un ami comme vous, sergent Reeves. Mais j'ai bien peur de ne rien pouvoir faire pour vous sans mandat.

— Et les dossiers des employés ? Si, au moins, je pouvais connaître le nom des infirmières qui travaillaient à la clinique ce soir-là.

Elle haussa les épaules avec impuissance.

— C'est le même problème, malheureusement. Ces dossiers sont confidentiels.

Dillon se leva alors et lui tendit une carte de visite.

— Si vous pensez pouvoir m'aider de quelque manière que ce soit, je vous en prie, appelez-moi. Je suis chez moi le soir.

Allison laissa ses doigts courir sur le papier glacé. Puis elle bondit sur ses pieds.

— Peut-être pourrions-nous en discuter plus tranquillement, un soir, autour d'un bon dîner, sergent.

Au moment où Dillon se demandait comment se sortir de ce mauvais pas sans froisser son interlocutrice, quelqu'un frappa à la porte et l'ouvrit sans même attendre d'y avoir été convié. Un homme grand, aux cheveux sombres, élégamment vêtu, les considéra du pas de la porte.

— Docteur Wescott, dit enfin Allison St. James en redressant les épaules.

Un instant, Dillon crut qu'elle allait saluer son supérieur à la manière des militaires.

Une femme en uniforme blanc amidonné se tenait derrière le Dr Wescott. Elle avait environ quarante-cinq ans, les cheveux grisonnants, des yeux bleu délavé et des lèvres pincées.

— Que se passe-t-il ici, mademoiselle St. James ? demanda le médecin d'un ton peu amène. Doris m'a prévenu que la police était là.

Allison perdait de sa belle assurance. Elle désigna Dillon d'une main tremblante.

— Voici le sergent Reeves, de la police criminelle de Memphis. Il enquête sur la mort du Dr Robinson.

Le médecin fusilla Dillon du regard.

— Je croyais que l'enquête était close.

— Elle est simplement suspendue, corrigea Dillon, en attente de nouveaux éléments.

Le Dr Wescott ne cacha pas son scepticisme.

— Et quels sont ces nouveaux éléments ?

— Je crains de ne pouvoir divulguer ces informations.

— Et qu'est-ce qui vous fait penser que mon personnel ou moi-même souhaitons collaborer avec vous ?

Dillon haussa les épaules.

— Rien. Si ce n'est que Brad Robinson a travaillé ici. J'ai cru comprendre que vous étiez son mentor. J'imagine que vous voudrez que justice soit faite.

— Je pense que justice a d'ores et déjà été faite.

— Mme Robinson pense, au contraire, que ce n'est pas te cas.

— Cette femme n'a pas toute sa tête. Comment quelqu'un de sensé pourrait-il ajouter foi aux bêtises qu'elle se plaît à clamer sur les toits ?

— Vous lui avez donc parlé ?

— Oui. Et cela n'a fait que confirmer mes soupçons. Elle n'est pas en état de s'occuper d'enfants, et jusqu'à ce qu'elle accepte de recevoir une aide psychologique, il vaudrait mieux qu'elle soit relevée de ses fonctions, à Claymore Academy. Maintenant, si vous voulez bien nous excuser, j'aimerais pouvoir échanger quelques mots en privé avec Mlle St. James.

Dillon coula un regard en direction de la directrice. Elle était pétrifiée.

— Je vais vous reconduire jusqu'à la sortie, sergent, lança l'infirmière dans son dos.

Il la suivit et, sur le pas de la porte, il se retourna.

— A bientôt.

Mais ni le Dr Wescott ni Allison St. James ne lui prêtèrent attention.

Dans le couloir, Dillon déchiffra le nom sur le badge de l'infirmière. Doris K. Rafferty.

— Depuis combien de temps travaillez-vous ici, madame Rafferty ?

— Depuis suffisamment longtemps.

— Donc vous étiez déjà là il y a neuf ans ? La nuit où l'épouse du Dr Robinson a accouché ?

Les traits de son interlocutrice se durcirent, et ses yeux lancèrent des éclairs.

— Vous travaillez pour elle, n'est-ce pas ?

— Je ne suis pas un détective privé, si c'est ce que vous pensez.

— Je lui avais bien dit qu'elle lui chercherait des ennuis. Je le lui ai dit au moment même où elle a franchi le seuil de la clinique.

— Qui ?

Doris Rafferty parut aussitôt se ressaisir. Elle étudia Dillon longuement.

— Après tant d'années, j'ignore pourquoi elle est revenue harceler le Dr Wescott. Son bébé est mort, cette nuit-là. On ne pouvait rien faire pour lui.

— Ainsi, vous étiez de garde, quand c'est arrivé ?

— Tout le monde est au courant de ce qui s'est passé. Les certificats de naissance et de décès ont été dûment remplis par les autorités compétentes.

— Je les ai vus, mais ils ne prouvent rien, n'est-ce pas ? Ce soir-là, il y avait un violent orage sur Memphis. La clinique manquait de personnel. Dans la panique, il était facile de substituer deux bébés.

Doris plissa les yeux et parut se concentrer.

— Dites-lui qu'en insistant, elle ne gagnera rien, si ce n'est une souffrance supplémentaire. Il pourrait facilement la faire renvoyer. Comme vous, d'ailleurs. Le Dr Wescott a le bras long ; il connaît beaucoup de gens influents en ville.

— Vous êtes l'une des plus fidèles collaboratrices du Dr Wescott, n'est-ce pas, Doris ? Vous êtes parfaitement loyale envers lui.

Elle redressa le menton dans un geste de défi.

— Cet homme est un saint. Mme Robinson devrait être à ses pieds, après tout ce qu'il a fait pour elle. Elle a eu des complications, vous l'a-t-elle dit ? Elle aurait pu mourir. Si les médecins n'avaient pas été là, elle ne serait plus de ce monde, comme son bébé.

Dillon réprima un frisson d'effroi. Taylor ne lui avait pas confié que, cette nuit-là, elle avait failli mourir. Il l'imaginait souffrant le martyre, seule et se battant pour échapper à la mort.

Puis se réveillant pour apprendre que son enfant n'avait pas survécu…

Pour la première fois, il prit conscience de l'épreuve par laquelle elle était passée…

Doris le laissa sur le seuil. Dillon mit ses lunettes de soleil et balaya le parc du regard. Décidément, cet endroit était idyllique.

Et, pourtant, il y avait quelque chose d'effrayant dans ce décor paradisiaque. Une sensation d'oppression que même le soleil généreux et l'élégance de la bâtisse ne parvenaient pas à chasser.

Il se rendait compte seulement maintenant à quel point ce lieu l'avait rendu nerveux. Et, brusquement, alors qu'il franchissait la fastueuse entrée de la clinique, il éprouva un profond soulagement, comme toutes les fois où il avait quitté la maison des Walsh, dans Tamarind Street.

Rapidement, il traversa le parking jusqu'à sa voiture. Avant de se glisser au volant, il jeta un dernier coup d'œil à la somptueuse façade. Il crut alors distinguer une ombre, à l'une des fenêtres du deuxième étage. Quelqu'un était-il en train de l'observer ?

En tout cas, cette personne ne tenait pas à être vue… Un frisson lui parcourut le dos tandis que des yeux invisibles continuaient de le fixer.

*
* *

— Il est revenu ! hurla le petit Nicholas Baker en désignant Dillon, qui se tenait sur le seuil de la classe.

Taylor jeta un coup d'œil par-dessus son épaule. Comme la veille, Dillon se tenait sur le pas de la porte, la regardant avec une telle intensité que son cœur se mit à battre la chamade.

— Vous faites une drôle de tête, mademoiselle, dit Nicholas d'un air suspicieux. Qui c'est, ce type ?

— Ce n'est pas un type… C'est un policier.

Le petit garçon parut impressionné.

— Pourquoi il vient à l'école ?

— Il est ici dans le cadre d'une enquête officielle.

Des exclamations étonnées, puis admiratives fusèrent immédiatement à travers la classe. Nicholas essayait de cacher ses émotions, mais Taylor le devinait aussi excité que ses petits camarades.

— Il est armé ? demanda-t-il, poussé par la curiosité.

— J'espère que non.

Assise devant Nicholas, Alisha ne quittait plus le visiteur du regard, comme hypnotisée par sa présence. Et, au plus grand étonnement de Taylor, la petite fille esquissa un sourire. Jamais elle ne l'avait vue réagir aussi rapidement, et surtout aussi positivement avec un étranger, mais elle devait bien admettre que Dillon n'était pas comme tout le monde, et qu'il savait subjuguer ceux qu'il rencontrait sur sa route, elle la première.

Réprimant un soupir, Taylor traversa la pièce et entraîna Dillon dans le couloir.

— Tu te souviens d'une dénommée Jillian Forster ? demanda-t-il sans autre préambule. Elle travaillait comme médecin à la clinique quand tu as accouché.

Ce nom lui était familier. Mais elle eut beau chercher dans

sa mémoire, elle ne put se rappeler le visage de cette femme, ni qui elle était. Elle secoua la tête.

— Je ne m'en souviens pas.

— D'après ce que j'ai appris, elle et Brad étaient amis. Elle faisait partie de l'équipe du Mercy General Hospital quand il a été renvoyé, et elle a défendu sa cause auprès du conseil, jusqu'à affronter le plus puissant de ses confrères.

— Wescott ?

— Tu avais raison à son sujet. C'est lui qui a porté des accusations sur Brad et qui l'a traîné devant le conseil. C'est sur son témoignage que ton mari a été suspendu.

Taylor acquiesça.

— Je n'en suis pas surprise. Brad m'en avait parlé.

Elle songea alors à sa dernière conversation avec son mari, et se rappela avec quelle virulence il avait agoni d'insultes celui qui, autrefois, avait été son protecteur. Qu'est-ce qui les avait séparés ? Pourquoi Wescott s'était-il brusquement retourné contre Brad ?

— Et qu'est-ce que le Dr Forster a à voir dans cette histoire ?

— Elle pourrait nous éclairer sur la relation qui existait entre Brad et le Dr Wescott et, pourquoi pas, nous révéler ce qui s'est vraiment passé. Elle était peut-être de service la nuit où tu as accouché.

— Tu lui as parlé ?

— C'est pour cette raison que je suis ici. Elle refuse de me rencontrer. En fait, je n'arrive pas à dépasser la barrière de la réceptionniste. Je voudrais que tu appelles et que tu prennes un rendez-vous.

— En me faisant passer pour une patiente ? N'est-ce pas malhonnête ?

— Tu veux des réponses, oui ou non ?

Taylor le considéra longuement.

— C'est ainsi que tu mènes toutes tes enquêtes ?

— Quand c'est nécessaire. J'ai appris, il y a bien longtemps déjà, qu'on n'obtient pas tout, en respectant les règles. Mais ne te fais pas de souci, Taylor. La vérité, je la découvrirai, coûte que coûte. N'est-ce pas pour cette raison que tu es venue me trouver ?

Elle se posait cette question depuis quelques jours. Etait-ce parce qu'elle avait besoin de son aide qu'elle était allée frapper à sa porte ? Pour qu'il fît le jour sur cette ténébreuse affaire ?

Ou y avait-il une autre raison ? Un motif qu'elle refusait de s'avouer ? Simplement, le revoir…

Cette pensée la fit frissonner tandis qu'elle tournait les talons et entrait dans la classe pour disperser ses élèves.

Comme prévu, la réceptionniste du Dr Forster se montra tout à fait arrangeante. Un rendez-vous avait été annulé, et elle proposa à Taylor de venir l'après-midi même.

Dès que la jeune femme eut achevé ses cours, elle rejoignit Dillon, et ils se rendirent dans Union Avenue, au cabinet du Dr Forster, dans l'ouest de la ville.

Taylor remplit rapidement un dossier, et Dillon et elle furent bientôt invités à patienter dans la salle de consultation. La secrétaire médicale les laissa seuls, et Taylor s'installa dans un fauteuil, cependant que Dillon se mettait à arpenter la pièce.

Exactement comme deux parents soucieux d'avoir un enfant…

Taylor ne put s'empêcher de se rappeler toutes les fois où elle s'était retrouvée dans une salle comme celle-ci, à l'époque où elle était enceinte. Elle ne se souvenait que trop bien du jour où elle avait entendu battre le cœur de son bébé, et de celui où elle l'avait vu bouger dans son ventre, au cours de l'échographie.

Comment cela se serait-il passé, si Dillon avait été à ses côtés, partageant le bonheur de cette prochaine naissance ?

Brad s'était, certes, montré attentionné et patient. Mais il n'avait jamais pu remplacer Dillon. Et la grossesse n'avait fait qu'accentuer cet état de fait…

Au bout de sept mois, le Dr Wescott lui avait annoncé d'éventuelles complications. Il lui avait recommandé le repos complet, de préférence à la clinique Wescott, où des spécialistes pourraient la surveiller vingt-quatre heures sur vingt-quatre.

Taylor avait été consternée par la nouvelle ; elle était persuadée d'être responsable de ce problème. Elle avait tellement peur qu'il arrive quelque chose à son bébé qu'elle avait accepté sans rechigner d'être hospitalisée.

A présent, alors qu'elle promenait un regard sur cette pièce désespérément blanche et stérile, elle se demandait si ce n'était pas en acceptant cette admission qu'elle avait commis une grossière erreur…

Elle leva les yeux vers Dillon.

— Je suis désolée. J'aurais aimé que les choses se passent différemment, à l'époque…

— Moi aussi.

Il était inutile d'en dire plus. Taylor sentait bien que son compagnon éprouvait la même chose qu'elle. Si la timidité ne l'avait pas retenue, elle se serait jetée dans ses bras et aurait laissé libre cours à son chagrin.

— Comment est-ce arrivé ? demanda-t-elle d'une voix étranglée. Pourquoi avons-nous tout gâché ?

Le regard de Dillon se fit soudain distant.

— Nous avons laissé les choses se faire.

Ces mots étaient comme de sombres tentacules qui se

refermèrent sur Taylor. Telles les images d'un film, les dix dernières années défilèrent dans son esprit : le jour où elle avait découvert que Dillon avait quitté la ville, son mariage précipité avec un homme qu'elle n'aimait pas, la mort de son bébé, les problèmes qui avaient suivi entre Brad et elle, sa plongée dans l'alcool, les médicaments, la dépression, les menaces…

Et, pis que tout, une solitude torturante.

Taylor s'était convaincue qu'elle faisait le bon choix pour le bébé en épousant Brad. Un enfant a besoin d'un père. Elle s'était félicitée de ne pas avoir piégé Dillon en lui annonçant sa grossesse, en exigeant un mariage qui aurait brisé tous ses rêves, toutes ses ambitions.

Mais, tandis qu'elle le regardait, en cet instant, le poids de ses erreurs la frappait brusquement. Elle avait changé le cours de leurs vies, et cela, de manière irrémédiable.

Dillon consulta sa montre.

— Je me demande ce qui peut la retenir.

A peine avait-il prononcé ces mots que la porte s'ouvrit sur une femme en blanc qui tenait à la main le dossier de Taylor.

Le Dr Jillian Forster devait avoir une trentaine d'années. Elle était grande et mince, avec des cheveux auburn et de magnifiques yeux verts en amande. Elle n'était pas belle à proprement parler, mais il émanait de tout son être un sentiment de supériorité et d'assurance.

Taylor ouvrit de grands yeux en la découvrant. Non, elle ne se trompait pas ! Le Dr Jillian Forster était la femme qu'elle avait aperçue aux funérailles de Brad. La femme qui n'avait cessé de l'observer durant la cérémonie…

Le médecin l'avait également reconnue, et son visage se ferma. Rapidement, elle jeta un coup d'œil au nom qui figurait sur le dossier.

— Mme Reeves ?

— En fait, elle s'appelle Robinson, intervint Dillon. Taylor Robinson.

Jillian Forster fusilla Taylor du regard, avant de la détailler de pied en cap.

— Je suis désolée de vous avoir donné un faux nom. Mais je craignais que vous refusiez de me recevoir.

— J'imagine que vous n'êtes pas ici parce que vous êtes enceinte.

— Non, en effet.

La femme jeta le dossier de Taylor sur la table.

— Comprenez bien, madame Robinson. Je suis quelqu'un de fort occupé. Je n'ai pas de temps pour les petits jeux.

— Ce n'est pas un jeu, je vous assure. Je voudrais que vous me parliez de Brad. Je veux comprendre pourquoi il a été renvoyé du Mercy General.

— Pourquoi le saurais-je ?

— Parce que vous étiez là, et que vous avez défendu Brad auprès du conseil d'administration.

Les yeux du médecin s'assombrirent.

— Vous étiez son épouse, fit-elle d'un ton plein de ressentiment. Il a dû vous raconter ce qui s'était passé.

— Il m'a seulement dit que le Dr Wescott l'avait accusé de s'être trompé dans un diagnostic, et qu'il avait exigé que Brad fût radié.

Jillian s'assit sur le bord de son bureau et se frotta les yeux. Elle laissa échapper un long soupir.

— C'est vrai. L'accusation provenait du Dr Wescott. A l'hôpital, c'est lui qui fait la pluie et le beau temps. Dès qu'il a réussi à convaincre le conseil que Brad n'était plus digne de confiance, on s'est empressé de le mettre à la porte.

— Le Dr Wescott avait-il des raisons sérieuses d'agir ainsi ? demanda Dillon.

Sa voix fit sursauter le médecin, comme si elle avait oublié sa présence. Elle fronça les sourcils.

— C'est vous le policier qui a appelé plusieurs fois ce matin ? lança-t-elle froidement. J'aurais dû m'en douter.

— Pourquoi avez-vous refusé de me répondre ?

— Je n'en voyais pas l'utilité. Comme je vous l'ai précisé, je suis une femme occupée, et j'ai déjà dit à la police tout ce que je savais sur la mort de Brad. Je n'ai rien à ajouter.

— J'aimerais juste avoir votre opinion sur la question. Wescott avait-il des motifs sérieux pour exiger le renvoi du Dr Robinson ?

Un instant, Taylor crut que Jillian Forster allait refuser de répondre.

— Brad avait des problèmes.

Elle adressa à Taylor un regard noir.

— Tout le monde le savait. Mais c'était un bon médecin. Jamais il n'aurait laissé sa vie privée interférer dans son travail.

Le ton du Dr Forster se fit brusquement amer.

— Seulement, voilà. Les hôpitaux sont comme des petites villes. Les rumeurs circulent inlassablement. Les gens se sont plu à raconter qu'il consommait de la cocaïne. Toutefois, on n'a jamais rien pu prouver.

Taylor savait que c'était faux, mais elle se retint d'émettre le moindre commentaire à ce sujet.

— Savez-vous pourquoi Brad et le Dr Wescott s'étaient fâchés, à l'époque où mon mari travaillait encore à la clinique ?

— Ce n'est pas parce que Brad était un collègue qu'il se confiait à moi !

— Vous et le Dr Robinson étiez un peu plus que des collègues, n'est-ce pas ? intervint Dillon.

La réaction de Jillian Forster surprit Taylor par son extrême violence. Elle jeta le masque, laissant apparaître sur son visage un flot d'émotions.

— Je ne vois pas ce que vous sous-entendez, répliqua-t-elle, tout à coup sur la défensive.

— On dit, à l'hôpital, que vous étiez amis. Des amis très proches. Et cela depuis des années.

Il aurait pu tout aussi bien employer le mot « amants »...

Le médecin rougit aussitôt. Ses doigts se mirent à trembler, alors qu'elle récupérait le dossier de Taylor et se levait d'un bond.

— Je ne vois pas où vous voulez en venir. J'ai dit tout ce que je savais à la police. Et maintenant, si vous voulez bien m'excuser, j'ai des patientes à voir.

— Une dernière question, insista Dillon tandis qu'elle se dirigeait vers la porte. Vous étiez de garde à la clinique Wescott quand Mme Robinson a donné naissance à son bébé ? C'était il y a neuf ans. Le 3 juin, exactement.

Jillian Forster s'arrêta sur le seuil, et leur jeta à tous deux un regard hostile.

— Vous ne pouvez pas me demander de m'en souvenir. J'ai vu des milliers de patientes, depuis cette nuit-là.

— Non, admit Dillon, je ne peux pas vous demander un tel effort de mémoire. A moins, bien sûr, que le Dr Robinson et vous soyez déjà... amis, à l'époque.

— Sortez d'ici tout de suite ! s'écria le médecin. Et ne revenez jamais.

— Elle ment, affirma Taylor en sirotant son café en compagnie de Dillon, au bar de l'hôtel Peabody. Si elle ne se souvient pas qu'elle était de service au moment où j'ai accouché, comment peut-elle savoir que cela se passait la nuit ?

— Ah, tu l'as noté, toi aussi ! Bon réflexe ! A propos, tu t'en es sortie haut la main.

Taylor eut un faible sourire.

— J'étais pourtant nerveuse, surtout quand la secrétaire m'a posé toutes ces questions. Je n'avais jamais fait une chose pareille.

— Quoi ? Mentir ?

— Nous n'avons pas exactement menti. Nous avons juste omis…

— Allons…

— O.K., nous avons menti. Mais cela a payé. Nous avons découvert que le Dr Forster mentait, elle aussi.

— Elle a été plutôt avare de renseignements.

— Comme toi, d'ailleurs.

Dillon leva les yeux vers Taylor.

— Que veux-tu dire ?

— Tu avais oublié de me préciser que Brad et Jillian étaient amants.

— Parce que ce n'était qu'un pressentiment. D'après ce que j'avais glané à l'hôpital, j'en étais arrivé à cette conclusion. J'ai voulu en avoir la confirmation. Je…

Il détourna le regard.

— O.K., je ne savais pas comment te l'annoncer.

— Brad et moi étions séparés depuis presque deux ans.

— Je le sais.

— Ce qu'il faisait ne m'intéressait pas.

— D'accord.

Ce fut au tour de Taylor de baisser la tête.

— Ce que tu veux me dire, c'est que cette relation durait depuis bien plus longtemps que cela, qu'ils étaient peut-être même amants à l'époque où j'étais enceinte, c'est cela ?

— Possible, mais je n'en ai pas la certitude. Comment réagirais-tu, si c'était le cas ?

— Je n'en sais rien.

Elle repoussa une mèche rebelle derrière son oreille, sans redresser la tête.

— Si c'était vrai, je serais furieuse en pensant à toutes ces années gâchées à me culpabiliser. Toutes ces fois où je m'en suis voulu de ne pas l'aimer comme il le souhaitait, comme une femme aime son mari…

Elle effleura ses lèvres du bout de ses doigts tremblants.

— Je me suis sentie responsable lorsqu'il a sombré dans l'alcool, lorsqu'il a montré quelques faiblesses, alors que tout cela ne me concernait peut-être pas.

De toute évidence, cette confession lui coûtait. Elle avait dû vivre des années de tourment pour en venir à une telle conclusion.

Il aurait aimé la prendre dans ses bras pour la réconforter, mais ils étaient dans un endroit public, et une table les séparait. il lui saisit la main par-dessus la table.

Au moment même où leurs doigts se touchèrent, il prit conscience de son erreur car une vague de désir s'empara de lui.

Et il n'en voulait pas… Tant qu'il vivrait, il voulait se rappeler le mal qu'elle lui avait fait. C'est ainsi que les souvenirs resurgirent dans son esprit.

L'espace d'une seconde, il se retrouva au volant de sa voiture garée devant l'appartement de Brad Robinson, alors que Taylor sortait de l'immeuble, au petit matin, au bras du jeune médecin.

Il revit Brad glisser un bras possessif autour des épaules de la jeune femme et l'attirer contre lui. Un instant, Taylor avait niché sa tête contre son épaule. Puis ils avaient rejoint la Porsche de Brad et ils étaient partis ensemble.

Dillon, lui, était resté prostré dans sa vieille guimbarde, maudissant sa stupidité. Oui, maudissant sa stupidité…

Balayant ses torturantes réminiscences, il reporta son attention sur Taylor et se répéta qu'il serait d'autant plus idiot d'oublier que la jeune femme avait autrefois préféré les bras du jeune médecin aux siens.

Il serait idiot de croire que les différences qui les séparaient jadis avaient disparu avec les années.

Furieux, il retira vivement sa main. Taylor se crispa, mais recouvra très vite son masque impassible.

— Il faut que je retourne travailler, déclara-t-elle en jetant un coup d'œil à sa montre.

— Ce soir ?

— Les fins de trimestre sont toujours chargées. J'ai des bulletins à remplir et des dossiers à compléter.

Dillon laissa quelques billets sur la table avant de se lever.

— Je n'aime pas te savoir seule à l'école, surtout le soir.

— Je ne serai pas seule. En ce moment, il y a beaucoup de professeurs qui restent tard.

— N'empêche que je n'aime pas cela. Quand tu t'en iras, demande au moins à un collègue de te raccompagner jusqu'à ta voiture. Tu dois être prudente, Taylor. Quelqu'un a déjà essayé de te tuer, il n'y a aucune raison pour qu'il ne recommence pas.

Quelques heures plus tard, Carrie Hutton, l'un des professeurs du primaire, passa la tête dans l'embrasure de la porte.

— Debbie et moi sortons une heure pour manger une pizza. Tu veux venir avec nous ?

Taylor regarda sa montre. 21 heures ! Le temps passait décidément bien vite.

— Je te remercie, mais il me reste quelques dossiers à finir.

Carrie haussa les épaules.

— Comme tu veux. Mais tu vas être pratiquement seule ici. Il n'y a plus que M. Thorndike et toi. Tous les autres sont partis. Ne reste pas trop longtemps dans le coin, O.K. ? L'endroit n'est pas très sûr.

— Je fais au plus vite.

Quand Carrie fut partie, le bureau lui sembla tout à coup bien silencieux. Une sensation de malaise s'empara d'elle, et les paroles de Dillon lui revinrent à la mémoire.

« Quelqu'un a déjà essayé de te tuer… »

Et s'il avait raison ?

En dépit de son trouble, elle s'obligea à terminer ses dossiers. A 21 h 30, elle avait achevé son travail ; les documents étaient fin prêts pour le courrier du lendemain matin.

Elle se leva et s'étira, avant de récupérer son sac à main et de quitter son bureau, non sans avoir pris le soin de fermer derrière elle.

Il y avait de la lumière dans le bureau de M. Thorndike et, même si elle ne pouvait l'apercevoir à travers la vitre de verre marguerite de la porte, elle était rassurée de le savoir encore là. Comme elle dépassait son bureau, elle ne put toutefois s'empêcher de penser à la nuit où sa voiture avait été détériorée sur le parking.

Enfin, ce soir, elle n'était pas seule, et elle n'avait pas entendu le moindre bruit suspect ni entrevu d'ombres sinistres se déplaçant dans les bureaux… Tout semblait normal.

Taylor se dirigea vers la sortie. Un escalier, sur sa gauche, menait jusqu'aux classes du deuxième étage, et derrière cet escalier, il y avait une porte qui donnait sur d'autres marches. Cette porte était toujours verrouillée pour empêcher des élèves de s'aventurer vers la chaufferie.

Comme Taylor approchait de la sortie, elle nota que la porte était ouverte mais qu'il n'y avait pas de lumière dans la cage d'escalier.

Devait-elle fermer le battant ? Elle hésita. Et si Stanley était descendu ? S'il était tombé et s'était fait mal ? Ou, pis encore, si un élève s'y était risqué ?

L'image du petit-fils de Stanley lui traversa alors l'esprit. Peut-être était-ce lui qui avait laissé la porte ouverte. Il pouvait très bien avoir glissé dans l'escalier et, bien sûr, il ne pouvait pas crier.

Comme Taylor tergiversait, ne sachant que faire, un bruit s'éleva en contrebas. Un gémissement étouffé qui la fit frissonner.

Elle tendit l'oreille. Le bruit se répéta et, là, son sang se glaça dans ses veines tandis qu'elle reconnaissait ce bruit.

C'étaient les pleurs d'un enfant…

11

Un bébé pleurait au sous-sol !

Mais… comment était-ce possible ? Comment un bébé avait-il pu échouer dans la chaufferie ?

Quelqu'un l'y avait abandonné. Elle imaginait déjà les gros titres dans les journaux du lendemain :

« Un bébé retrouvé dans la chaufferie
de l'école de Claymore ! »

Tout en s'efforçant de calmer les battements effrénés de son cœur, elle tendit l'oreille. Les pleurs avaient redoublé. Taylor eut un frisson en imaginant cet enfant seul dans le noir.

Devait-elle rebrousser chemin et demander de l'aide auprès de M. Thorndike ? Non, le temps pressait ! Le bébé hurlait à pleins poumons, et ses plaintes désespérées montaient jusqu'à elle, lui déchirant les tympans. Ces cris… ces cris ressemblaient à ceux qui scandaient ses cauchemars…

Rassemblant son courage, elle fit un pas vers la première marche et chercha l'interrupteur à tâtons. Elle le trouva enfin. Une faible lueur repoussa alors les ténèbres, sans toutefois éclairer la chaufferie en contrebas. Il devait y avoir une autre lumière au sous-sol…

Le cœur battant, elle s'engouffra dans l'escalier, mais, au beau milieu de sa descente, la lumière s'éteignit tout à coup.

Taylor crispa les doigts sur la rampe tandis que l'obscurité se refermait sur elle. Les pleurs s'élevaient toujours, mais ils prirent soudain une étrange tonalité. Taylor fut saisie d'un sombre pressentiment.

Gagnée par la peur, elle se retourna et prit le chemin de la sortie. Mieux valait demander de l'aide auprès du directeur. Quelque chose n'allait pas…

Il faisait si sombre qu'elle ne voyait rien. Mais, tout à coup, en haut de l'escalier, elle aperçut une silhouette, une silhouette qui s'approchait d'elle, lentement…

Elle se mit alors à hurler et, dans la panique, voulut reculer. A cause de ses maudits escarpins à talons, elle perdit l'équilibre, tomba en arrière, et finit par s'affaler sur le ciment de la chaufferie, le bras écrasé sous son poids. Elle voulut se redresser. Impossible ! Une douleur fulgurante lui traversa le poignet, et elle se laissa retomber.

Epouvantée, elle hurla de nouveau. La silhouette, vêtue de noir, émergea de l'ombre, et des mains se refermèrent autour de son cou pour la serrer, la serrer, la serrer…

Encore sonnée par sa chute, Taylor n'avait même plus la force de se défendre. Mais la peur de mourir lui rendit brusquement son énergie et, relevant la tête, elle mordit son agresseur en plein visage. Un visage dissimulé par une cagoule. Elle se débattit alors comme un beau diable, donnant des coups de pied et de poing. Son agresseur laissa échapper un cri de douleur et, ragaillardie, elle tapa avec plus de rage encore. Un coup assené en plein visage, et elle envoya l'inconnu trébucher quelques mètres plus loin.

Ce dernier, loin d'être hors d'état de nuire, revint presque aussitôt à la charge. Taylor avait reculé, si bien qu'elle se retrouva acculée contre une étagère. Alors qu'elle se voyait déjà perdue, sa main se referma sur une barre de fer qui traînait derrière elle. Sans perdre un instant, elle frappa de toutes ses forces dans les jambes de son agresseur.

Cette fois, il n'y eut pas de cri, mais Taylor devina la rage qui s'était emparée de l'inconnu. Il referma aussitôt les doigts sur sa gorge, la secoua tandis qu'elle lâchait la barre, lui arracha ses vêtements avec fureur.

Il la jeta ensuite sur le sol, et s'apprêtait à la taper de nouveau, quand des pas résonnèrent dans l'escalier. La lumière s'alluma comme par enchantement et, par-dessus l'épaule du tueur, Taylor aperçut un enfant, le visage paniqué, les yeux affolés.

David ! Il était inutile d'essayer de l'appeler, de lui demander d'alerter son grand-père. Il ne pouvait pas l'entendre.

« Oh, mon Dieu, faites qu'il ne descende pas… », implora-t-elle en silence.

Le petit garçon hésita un instant, puis il prit ses jambes à son cou et disparut dans le couloir. L'agresseur, quant à lui, reprenait son souffle. Taylor voulut crier, mais aucun son ne dépassa la barrière de ses lèvres. Et soudain, comme s'il craignait que le petit garçon n'ameute tout le quartier, l'inconnu se redressa et s'évanouit dans les ténèbres.

Allongée sur le sol, n'osant plus bouger, elle entendit une porte s'ouvrir derrière elle, et sentit sur son visage un souffle d'air froid. Le battant se referma aussitôt dans un grincement sinistre.

— Vous avez eu de la chance, remarqua le médecin, penché au-dessus de Taylor.

La jeune femme était installée sur un lit, dans la salle d'urgences du Mercy General Hospital, son bras encore paralysé par l'anesthésie. Elle jeta un coup d'œil à son poignet plâtré.

— Dire que j'étais fière de ne m'être jamais rien cassé…

— Il y a un début à tout, dit le jeune interne sur le ton de la plaisanterie, avant de quitter la pièce en refermant doucement la porte derrière lui.

Taylor renversa la tête et ferma les yeux. Elle laissait la torpeur s'emparer d'elle quand, brusquement... quelqu'un entra. Au prix d'un vaillant effort, Taylor se redressa. Une femme vêtue d'une robe verte se tenait au pied du lit, examinant les courbes sur le tableau. Comme si elle sentait le regard de Taylor posé sur elle, elle leva les yeux.

Taylor la reconnut aussitôt.

— Que faites-vous ici, docteur Forster ?

Le médecin lui adressa un sourire énigmatique.

— Je me trouvais par hasard aux urgences quand vous avez été transportée ici.

Un instant, elle considéra Taylor d'un regard parfaitement insondable.

— Vous avez mal ? demanda-t-elle finalement.

— Non, pas pour l'instant.

— Ne désespérez pas...

Un sourire glacial étira ses lèvres.

— Dès que l'effet des médicaments sera dissipé, vous souffrirez le martyre.

Elle s'apprêtait à ajouter quelque chose, mais la porte s'ouvrit de nouveau, et Dillon fit son apparition. Alors, le Dr Forster quitta la pièce.

Dillon lui décocha un regard étonné.

— Qu'est-ce qu'elle fiche ici ? demanda-t-il en se tournant enfin vers Taylor.

— Je n'en ai pas la moindre idée. Elle m'a simplement dit que j'aurais mal quand les médicaments ne feront plus leur effet.

— Ma foi, c'est fort sympathique de sa part de te prévenir, commenta Dillon d'un ton ironique, en s'approchant du lit.

Taylor ne put s'empêcher de sourire. Dillon lui donnait l'impression d'être venu à l'hôpital dans la panique. Il portait un vieux jean élimé jusqu'à la corde, troué aux genoux, un T-shirt pas repassé, et il était pieds nus dans ses chaussures.

— Décidément, je ne peux pas te laisser une minute seule, lança-t-il en s'asseyant au bord du lit.

La tendresse qui brillait dans ses yeux sombres démentait le ton réprobateur de sa voix. Taylor sentit les larmes lui monter aux yeux.

— Je suis tombée dans un escalier, déclara-t-elle avec légèreté.

Mais la sensation d'euphorie provoquée par les médicaments s'estompait déjà. Une larme roula sur sa joue. D'un geste agacé, elle l'essuya. D'autres suivirent sans qu'elle ne pût rien faire pour les retenir. Elle leva les yeux vers Dillon.

— Il a bien failli me tuer.

Et soudain, sans comprendre comment, elle se retrouva dans ses bras, blottie contre lui. Il glissa les doigts dans ses cheveux et lui murmura des mots de réconfort.

— Chut, tout va bien maintenant. Je suis là.

— Je… sais… mais…

— Chut, ne dis plus rien. Je te promets qu'on ne te fera plus jamais de mal.

Et Taylor le crut. Jamais elle ne s'était sentie autant en sécurité que dans ses bras. Elle aurait voulu y rester toujours…

— Comment as-tu fait pour me retrouver ? demanda-t-elle bientôt en levant vers lui un visage ravagé par les larmes.

— Neal était encore au poste quand on a reçu un appel de l'école. Il m'a téléphoné aussitôt.

Il lui tendit un mouchoir, et elle effaça la trace de ses larmes sur ses joues.

— Si tu m'expliquais enfin ce qui s'est passé ? demanda-t-il.

— Ce serait plutôt à moi de poser la question, tu ne crois pas, Reeves ? fit une voix impatiente, derrière Dillon.

La jeune femme tourna la tête en direction de la porte et vit le sergent Jackson pénétrer dans la pièce. Il les dévisagea tour à tour d'un air peu aimable.

— Qu'est-ce que tu fais ici, Reeves ?

— Mme Robinson est une amie, répondit Dillon froidement. Ça te pose un problème ?

— Non. Mais je suis certain que le lieutenant jugerait ce détail intéressant. Surtout après tout le foin que tu as fait autour de la mort de Robinson.

Taylor soupira. Pourquoi le sergent Jackson n'était-il pas resté tranquillement chez lui, ce soir ? Elle n'était pas d'humeur à écouter ses sempiternels sermons.

— Je suis désolé de vous importuner, madame Robinson, mais j'ai quelques questions à vous poser, annonça-t-il en sortant son calepin de la poche de son imperméable. Commençons par le début. Que faisiez-vous à Claymore à 21 h 30, un jeudi soir ?

La manière dont il formula sa question donnait l'impression qu'il la soupçonnait de quelque méfait. Elle jeta un coup d'œil en direction de Dillon, qui arpentait la pièce d'un pas nerveux. Apparemment, la question ne lui plaisait pas, à lui non plus.

Elle soupira.

— C'est la fin du trimestre, expliqua-t-elle d'un ton las. Il y a toujours des dossiers à remplir.

— Et vous n'aviez pas peur à l'idée de vous retrouver seule dans ce bâtiment, la nuit tombée ?

— Je n'étais pas seule. M. Thorndike, le directeur, était encore dans son bureau, et j'imagine que le concierge, Stanley Barlow, faisait, comme tous les soirs, une ronde dans les couloirs.

Le sergent Jackson prit un mouchoir en papier sur la table de nuit pour essuyer son front perlé de sueur. Comment faisait-il pour avoir chaud quand elle était littéralement transie ? se demanda-t-elle.

— On a déjà essayé de vous tuer, lança-t-il d'un ton dubitatif. Une voiture aurait tenté de vous écraser, c'est bien cela ?

— Où veux-tu en venir, Jackson ? l'interrompit Dillon brutalement.

Son collègue haussa les épaules.

— Je veux simplement que les choses soient claires. Quand vous avez quitté votre bureau à l'école, ce soir, avez-vous prévenu quelqu'un de l'endroit où vous vous rendiez ?

Taylor secoua la tête.

— Non. M. Thorndike n'aime guère être dérangé, et je n'ai pas vu le concierge.

— Alors, vous êtes partie sans rien dire à personne ?

— Je m'apprêtais à partir, rectifia-t-elle, lorsque j'ai constaté que la porte de la chaufferie était restée ouverte. D'habitude, elle est toujours fermée. J'ai eu peur qu'un enfant y soit tombé.

— Alors, vous avez décidé d'aller jeter un coup d'œil ?

— Non, ça ne s'est pas passé de cette façon. Je voulais prévenir M. Thorndike, mais… j'ai entendu du bruit.

Elle passa une main tremblante dans ses cheveux.

— Ecoutez, sergent Jackson, j'ai déjà raconté tout cela à vos collègues, il y a moins d'une heure. Faut-il vraiment que je recommence ?

Le sergent lui adressa un regard totalement dénué d'indulgence.

— J'en ai bien peur, oui. Qu'avez-vous entendu ?

Taylor hésita. Elle regarda en direction de Dillon.

— J'ai entendu quelqu'un pleurer.

— Vous voulez dire une femme ? Un enfant ?

— Un bébé. J'ai entendu un bébé pleurer.

Une lueur d'incrédulité traversa les prunelles sombres de Dillon et, un instant, Taylor crut qu'il mettait ses paroles en doute, et elle s'en alarma. Si Dillon ne la croyait pas, quelle chance avait-elle de convaincre le sergent Jackson ?

— Vous avez entendu un bébé... pleurer dans la chaufferie ? demanda ce dernier sans cacher son scepticisme.

— C'est bien ce que j'ai dit.

Jackson échangea un regard avec Dillon.

— D'accord. Et que s'est-il passé ensuite ?

Taylor relata l'agression dans ses moindres détails. Quand elle eut fini, le sergent Jackson rangea son calepin et son crayon dans sa poche.

— Tu peux sortir une minute, Reeves ? pria-t-il en gagnant la porte.

— Je reviens tout de suite, Taylor, fit Dillon avec un sourire réconfortant.

Elle hocha la tête, et ses paupières s'alourdirent. Si seulement elle pouvait effacer de sa mémoire les visions cauchemardesques de l'attaque... Elle se moquait bien, après tout, qu'on la crût ou non. Elle savait, elle, ce qui s'était passé ce soir. Elle savait que quelqu'un l'avait attirée dans la chaufferie et avait tenté de la tuer. Si David n'était pas arrivé et n'avait pas effrayé l'agresseur, elle ne serait peut-être plus de ce monde.

Elle devait la vie à cet enfant et, quand elle sortirait de l'hôpital, elle n'oublierait pas de l'en remercier.

Dans le couloir, à côté de la chambre de Taylor, Jackson s'adossa contre le mur.

— Tu crois à ces sornettes, Reeves ?

Il renifla avec mépris.

— Un bébé qui pleure dans une chaufferie. Allons, bon…

— Explique-toi clairement. Tu la traites comme si c'était elle la suspecte. Jusqu'à preuve du contraire, quelqu'un a essayé de la tuer, Jackson. Qu'est-ce qu'il faut pour te convaincre ? Retrouver son corps à la morgue ?

— Réfléchis un instant avec ta tête plutôt qu'avec…

Le regard outré que lui jeta une infirmière qui passait devant eux le fit taire un instant. Il lui adressa un clin d'œil goguenard avant de poursuivre à voix basse :

— Le directeur dont elle a parlé : Thorndike. Il travaillait dans son bureau. Il a bien entendu Mme Robinson passer dans le couloir, mais rien d'autre. Pas de pleurs de bébé, en tout cas.

— Et alors ?

— Pareil pour le concierge. Il faisait sa ronde, comme chaque soir, et il n'a rien vu ni entendu de suspect. Si son petit-fils n'avait pas vu Mme Robinson descendre au sous-sol, personne n'aurait su qu'elle était encore là. Personne n'a entendu de bébé crier, excepté ta protégée, qui se trouve justement être obsédée par la mort de son enfant. Cela ne te semble pas curieux ?

— Et que fais-tu de son poignet cassé ? demanda Dillon. Tu penses peut-être qu'il s'agit du fruit de son imagination ?

Le sergent haussa les épaules.

— Oh, je ne nie pas qu'elle se soit cassé le poignet ! J'ai discuté avec le médecin ; elle a admis elle-même qu'elle était tombée dans l'escalier. Tu vois bien, personne ne l'a poussée.

— On l'a attaquée après. Elle te l'a dit.

— Et, comme par miracle, cette personne a pris la fuite sans que le concierge ni son petit-fils, qui se tenaient en haut de l'escalier, ne la voient.

— Il doit bien y avoir une sortie vers l'extérieur, dans la chaufferie.

Jackson sourit.

— Il y en a une, mais elle est toujours fermée. Elle l'était, d'ailleurs, quand je m'y suis rendu cette nuit. Personne n'a pu sortir par là.

L'air de triomphe qu'affichait Jackson excita encore la colère de Dillon. S'il ne s'était pas retenu, il aurait envoyé son poing dans la figure de cet impudent. Mais perdre son sang-froid, prendre le risque de recevoir un blâme, n'aurait pas servi la cause de Taylor.

Il se frotta le menton.

— Elle ne ment pas, Jackson.

— Comment peux-tu être aussi affirmatif ? Tu étais là quand elle a reçu ces prétendus coups de téléphone ? Tu as écouté la conversation ? Non, alors…

Les yeux gris de Jackson lançaient maintenant des éclairs.

— As-tu vu sa belle-mère la suivre ? Cela ne te semble pas bizarre que quelqu'un qui reçoit autant d'appels ne fasse rien ? Elle aurait dû en parler, faire mettre sa ligne sur écoute ! Mais Mme Robinson s'est contentée de pleurnicher. Pourquoi ?

— Sa voiture a été détériorée, à l'école, il y a quelques jours. Elle n'en a pas fait tout un drame. Et, pourtant, le concierge et son petit-fils sont là pour témoigner.

— Si tu veux mon avis, le vieux Stanley n'a plus toute sa tête. Quant à son petit-fils, il est évident qu'il aime beaucoup Mme Robinson. Il dirait et ferait n'importe quoi pour elle…

Dillon plongea les mains dans ses poches, et réprima un juron.

— Tu oublies un petit détail : j'étais là quand elle a failli être écrasée par une voiture, l'autre soir. Irais-tu jusqu'à prétendre que je mens, moi aussi ?

— Je n'en sais rien. Tu serais peut-être capable de faire ça pour elle… Cette femme est une mythomane, Reeves. Son mari s'est suicidé et, de toute évidence, elle se reproche sa mort.

— Comment oses-tu dire ça ?

— Si j'ai un conseil à te donner, Reeves, c'est de garder tes distances avec cette femme. Elle ne t'apportera que des ennuis. De gros ennuis. Maintenant, ne dis pas que je ne t'avais pas prévenu !

Taylor fut autorisée à quitter l'hôpital un peu plus tard dans la nuit, et Dillon la raccompagna chez elle. Il l'aida à sortir de la voiture et la soutint jusqu'au porche.

— Attends-moi, fit-il en ouvrant la porte d'entrée.

Il revint quelques minutes plus tard, après avoir fait le tour du propriétaire pour s'assurer que tout allait bien.

— Tout est en ordre, déclara-t-il avec un sourire.

— Pas de monstre dans les toilettes ? Quel soulagement ! dit-elle pour plaisanter.

— C'est inutile de faire comme si rien ne s'était passé, Taylor.

La jeune femme croisa son regard et, un instant, le considéra en silence.

— Ce serait difficile, répondit-elle d'une voix tremblante, même si je le voulais.

— Nous ferions mieux d'en discuter maintenant. Tu viens ?

Elle le suivit jusqu'au salon et s'assit sur le canapé, avec une grimace de douleur. Tout à coup, elle se sentait vidée de toutes ses forces.

— J'ai déjà dit tout ce que je savais, expliqua-t-elle avec un soupir. Aux policiers qui sont venus à l'école, puis au sergent Jackson. Tu étais là, tu as tout entendu. Je n'ai pas envie d'en reparler.

— Ça ne servirait à rien, en effet. Je pense seulement aux pleurs que tu as entendus…

— C'etaient ceux d'un bébé.

— Exactement. Quelqu'un savait comment t'attirer dans la chaufferie. Quelqu'un savait que tu ne serais pas capable d'ignorer de tels cris. Il nous reste à découvrir de qui il s'agit.

— Alors… tu me crois ?

Dillon s'arreta net.

— Bien sûr ! Il m'a suffi de te regarder, quand je suis entré dans ta chambre d'hôpital, tout à l'heure. Je te crois, Taylor.

Elle detourna les yeux.

— Je sais que le sergent Jackson me prend pour une mythomane. Cela se voit. Il pense que je lui raconte des histoires depuis le début.

— Jackson est un imbécile, doublé d'un incompétent. Moins il en fait, mieux c'est. Il ne veut même pas envisager la réouverture du dossier.

— Mais d'où venaient ces pleurs ? Je ne les ai pas imaginés ! Je n'arrête pas de me poser la question. Les policiers ont fouillé tout le sous-sol, mais ils n'ont rien trouvé.

— J'y ai également songé. Tu m'as dit qu'une fois que tu avais commencé à descendre les marches, le bruit était devenu bizarre. Ce que tu as entendu devait être un enregistrement. Le tueur a mis le magnétophone en marche quand il t'a entendue quitter ton bureau.

— Oui, cela pourrait tout expliquer ! Je commençais à me demander si je ne perdais pas la tête.

— Ne pense jamais cela. C'est exactement ce qu'on veut te faire croire.

— Mais qui ?

— Si seulement je le savais…

— Qu'allons-nous faire, maintenant ?

Dillon s'assit dans le fauteuil, en face d'elle.

— Jackson ne peut pas ignorer l'agression. D'ailleurs, je vais mettre le lieutenant au courant. Toutefois, je crains qu'il ne donne pas son feu vert pour mener une enquête sur la clinique. Wescott est quelqu'un d'extrêmement influent dans cette ville.

— Mais c'est notre principal suspect ! Il faut se renseigner sur lui.

— Nous ne pouvons pas le faire sans raison valable.

— Mais quand aurons-nous une raison valable ?

— Laisse-moi m'en occuper.

— Mais…

— Ecoute-moi, Taylor, l'interrompit-il. Il va falloir faire très attention, dorénavant. Tu vas me laisser agir. Et je te promets de faire tout ce qui sera en mon pouvoir pour découvrir ce qu'il est advenu de notre enfant.

Les yeux de Taylor s'emplirent de larmes.

— Notre enfant. Oh, Dillon…

— S'il est encore en vie, je le retrouverai.

— Puis-je te poser une question ? Si je t'avais dit, à l'époque, que j'étais enceinte, serais-tu revenu ?

— Tu sais bien quels étaient mes sentiments pour toi. Je serais revenu, bien sûr.

Sa voix s'était faite amère et dure.

— Après tout ce que nous avions vécu, comment as-tu pu croire le contraire ? Comment as-tu pu te jeter dans les bras d'un autre ?

Taylor porta une main à sa gorge. La colère qui s'était emparée de Dillon l'effrayait, tout à coup.

— Je voulais te parler du bébé, mais…

— Je ne parle pas du bébé. Mais de toi et de Robinson.

Il resserra l'étreinte de ses doigts sur le bras du fauteuil.

— Tu as quitté mon lit pour aller te glisser dans celui de cet homme, poursuivit-il. Tu m'appartenais, et pourtant tu as permis à cet arrogant de te caresser. Tu m'as trahi.

Taylor manqua suffoquer sous le coup de l'accusation.

— De quoi parles-tu ? Je ne t'ai jamais trahi. Je n'ai jamais couché avec Brad. En tout cas, pas avant que nous ne soyons mariés. Et encore…

— Je t'ai vue !

Il baissa la tête.

— J'étais là, reprit-il d'une voix lasse. J'attendais devant son appartement, le lendemain matin, après le bal. Je t'ai vue partir avec lui. Tu venais de passer la nuit dans ses bras.

— Ce n'est pas ce que tu crois ! J'étais bouleversée, après notre dispute. Dès que je t'ai vu, au bal, j'ai su que j'avais commis une erreur en te parlant aussi méchamment. Je ne pensais qu'à une chose : passer ma vie auprès de toi. Mais tu m'as dit, alors, qu'il était trop tard, que nous n'avions rien à faire ensemble. J'ai cru que je t'avais perdu pour de bon, et Brad… m'a réconfortée. J'ai passé la nuit à pleurer sur son canapé.

— Et tu voudrais que j'avale cela ? Alors que, deux mois plus tard, tu étais mariée avec lui ?

— C'est la stricte vérité ! affirma-t-elle avec colère.

Son cœur se brisait pour la seconde fois ; elle avait envie de hurler…

— C'est pour cela que tu es parti, n'est-ce pas ? Tu as cru que…

La vérité éclatait au grand jour, pour elle comme pour lui. Toutes ces années, Dillon avait imaginé qu'elle l'avait trahi. Peut-être s'était-il mépris…

Une vague de regrets le submergea, balayant la rancœur qu'il avait cultivée pendant toutes ces années.

— Comment as-tu pu…

La voix de la jeune femme se brisa tandis que les larmes roulaient sur ses joues.

— Comment as-tu pu imaginer que je te remplacerais ? Pourquoi ne m'as-tu pas demandé d'explications ?

— Parce que je n'en voyais pas la nécessité.

Il comprenait ses erreurs, la tromperie dont il avait été la victime, les menaces. Comment Miranda Walsh l'avait manipulé…

En croisant le regard de Taylor, il vit la colère et la souffrance dans ses yeux, et il sut qu'il allait devoir lui avouer la vérité. Sans doute était-il temps pour elle d'apprendre ce dont sa mère avait été capable pour les séparer…

Mais, en voyant une larme couler sur sa joue, il ne put s'y résoudre. Elle ne l'aimerait pas davantage, s'il brisait la relation qu'elle avait avec sa mère. Taylor avait perdu son bébé puis son époux. Il ne pouvait pas lui voler sa mère…

A quoi bon d'ailleurs ? Le passé ne demandait qu'à être oublié. Et Miranda avait de bonnes raisons de vouloir pour sa fille un chemin plus conforme aux traditions familiales…

12

Plus on se dirigeait vers l'est de Memphis, plus les propriétés devenaient fastueuses… Manœuvrant son volant prudemment, tant elle était gênée par son poignet cassé, Taylor s'engouffra dans Poplar Avenue, tournant ainsi le dos à Claymore.

En dépit des objections de Dillon, elle avait insisté pour retourner travailler. A part quelques ecchymoses et courbatures dues à sa chute, elle ne se sentait pas trop mal.

Enfin, c'était une façon de parler. Comment pouvait-on se sentir bien quand quelqu'un avait essayé à plusieurs reprises de vous tuer et n'allait sans doute pas hésiter à recommencer ?

Sans compter qu'elle venait d'apprendre, après toutes ces années, pourquoi Dillon avait quitté la ville ! Si seulement il avait essayé de discuter avec elle, de lui parler de ses soupçons à propos de Brad, leur destin aurait peut-être été différent…

Jamais elle n'aurait dû le provoquer en arrivant au bal en compagnie de Brad, vêtue d'une robe presque indécente et couverte de bijoux. Elle avait fait preuve de bien peu de diplomatie, mais seule la colère l'avait poussée à se comporter ainsi. « Fille de riche, pourrie jusqu'à la moelle ! » avait-il hurlé, cette nuit-là. Jamais ces mots ne l'avaient blessée autant qu'aujourd'hui…

Elle soupira tandis qu'elle s'arrêtait à un feu. Ce matin, après une nuit blanche passée à se tourner et se retourner dans son lit, elle avait pris la résolution de chasser les souvenirs trop douloureux. En dix ans, de l'eau avait coulé sous les ponts, et elle ne pouvait rien faire pour réparer ses erreurs.

Le feu passa au vert, et elle tourna à gauche, suivant à la lettre les instructions que Lorraine Wescott lui avait données, après lui avoir demandé de venir la voir pour discuter d'Alisha. « Pas à l'école », avait insisté la mère de la petite fille. Taylor avait fini par accepter de se rendre chez les Wescott. Le Dr Wescott ne serait pas là ; il était de garde à la clinique. Elles pourraient donc discuter en toute tranquillité.

Une grille en fer forgé frappée de l'initiale W marquait l'entrée du domaine des Wescott. Une caméra de sécurité accueillit Taylor avec sa lumière rouge, tandis qu'une voix métallique l'invitait à entrer. Après un instant d'hésitation, les vantaux s'ouvrirent lentement.

Taylor redémarra et roula vers l'immense demeure au bout du parc, un parc jalonné de magnifiques sculptures et de fontaines fleuries. Comme elle s'engageait dans l'allée principale, elle fut éblouie par la lumière du soleil couchant qui enflammait les nombreuses fenêtres de la somptueuse bâtisse.

Taylor avait été élevée dans un univers de luxe ; ce genre d'endroit ne l'impressionnait pas. Elle dut reconnaître, néanmoins, que le manoir des Wescott était tout simplement beau à couper le souffle.

Un instant, elle demeura derrière son volant, à admirer ce véritable palais, essayant d'imaginer ce que pouvait bien ressentir une petite fille qui avait grandi dans cet univers de rêve.

Taylor ne se souvenait que trop de sa propre enfance, et de la façon dont elle s'était sentie écrasée par tant de splendeur.

La porte d'entrée en chêne massif s'ouvrit au moment même où elle effleura la sonnette. Un jeune homme aux cheveux de jais, engoncé dans sa livrée, s'effaça, l'invitant à entrer.

— Mme Wescott vous attend, déclara-t-il avant de tourner les talons.

La jeune femme le suivit à travers le spacieux vestibule en marbre, jusqu'à un petit salon illuminé par un soleil rougeoyant qui donnait sur le magnifique jardin. Le domestique lui enjoignit de s'asseoir sur le canapé, puis se retira.

Quelques minutes plus tard, Lorraine Wescott faisait son entrée. Elle portait un bel ensemble de soie grège, rehaussé de magnifiques bijoux. Elle avait chaussé des sandales dorées. Quant à ses cheveux, ils étaient tirés sur la nuque en un chignon bas qui mettait en valeur le fin ovale de son visage.

Elle prit place en face de Taylor, dans un fauteuil de précieux brocart, et croisa les mains sur ses genoux. Ses yeux s'agrandirent lorsqu'elle aperçut le poignet plâtré de sa visiteuse.

— Que vous est-il arrivé ?

— J'ai eu un léger accident, répondit Taylor d'un ton évasif.

Le serviteur au visage de marbre apparut en silence sur le pas de la porte.

— Vous voulez boire quelque chose ? demanda Lorraine. Un thé, peut-être ?

— Rien, je vous remercie.

Le serviteur croisa alors le regard de la maîtresse de maison.

— Pour moi, comme d'habitude, déclara-t-elle.

Elle se tourna vers Taylor en haussant les épaules, comme pour s'excuser.

— J'espère que vous ne m'en voudrez pas de prendre un cocktail. J'ai bien besoin d'un petit remontant.

De toute évidence, Lorraine n'en était pas à son premier verre. Elle avait dû commencer la journée avec un Bloody Mary en guise de petit déjeuner, poursuivre par quelques apéritifs, du vin pendant le déjeuner, et maintenant, à 17 heures, elle était prête pour un scotch.

Taylor connaissait ce scénario. Pendant des années, elle avait vu Brad détruire de la même manière sa vie et leur couple, non content d'avoir déjà gâché sa carrière.

— Je suis désolée de vous avoir fait venir jusqu'ici, mais je n'avais guère envie de passer à votre bureau, fit Lorraine en acceptant le verre que lui tendait son domestique. Je… ne me sens pas très bien, en ce moment.

— Je comprends. Mais ne vous faites aucun souci. Je suis ravie de vous rendre visite.

Son hôtesse prit une grande gorgée de whisky.

— Je suis certaine que vous savez pourquoi je vous ai demandé de passer. J'aimerais vous parler de… ma fille.

Taylor hocha lentement la tête.

— Les choses sont plutôt difficiles pour Alisha, poursuivit Lorraine.

— Que voulez-vous dire ?

— Elliot et moi avons eu cet enfant sur le tard. J'avais presque quarante-deux ans quand elle est née, et Elliot, cinquante. D'ailleurs, j'étais sur le point de renoncer à tout espoir d'avoir un jour un bébé. Les médecins en étaient tous venus à la conclusion que je n'en aurais jamais, quand c'est… arrivé. C'était comme un miracle.

Elle prit une nouvelle gorgée de scotch. Dans le silence qui suivit, Taylor entendit les cubes de glace s'entrechoquer contre le cristal.

— Je pensais qu'à notre âge, nous n'aurions aucun problème pour élever un enfant. Mais Elliot fait passer sa carrière avant tout le reste, et cela depuis toujours. Lorsque Alisha est née, j'ai espéré que les choses changeraient, qu'il passerait plus de temps à la maison, avec sa famille, mais je me trompais. Je sais maintenant qu'il n'a vu dans cet enfant qu'un moyen de me distraire. Un moyen d'avoir la paix.

Elle haussa les épaules comme si ce qu'elle disait importait peu, mais ses doigts tremblaient légèrement.

— Je crains fort que ses absences répétées n'aient porté préjudice à Alisha.

Se penchant en avant, Taylor répondit :

— Madame Wescott, je suis sûre que vous savez à quel point Alisha est malheureuse. Si rien ne change, ses problèmes ne feront qu'empirer. Elle risque de s'effacer encore davantage et de sombrer dans une dépression. Et cela, nous ne le voulons pour rien au monde.

— L'intérêt que vous portez à ma fille est plus que troublant, madame Robinson ! fit une voix masculine, sur le seuil du salon.

Lorraine sursauta, renversant dans sa hâte le contenu de son verre sur sa tunique. Elle avait un regard horrifié quand elle leva les yeux vers Elliot.

— Pour l'amour du ciel, Lorraine ! dit-il avec mépris.

Le domestique apparut alors comme par enchantement sur le pas de la porte.

— Apportez une serviette pour ma femme, Matthew. Elle a eu un léger accident. Une fois encore.

Tandis que Lorraine Wescott regardait d'un air atterré la tache sur son vêtement, son époux croisa le regard de Taylor.

— Je n'apprécie guère que vous veniez ici et que vous bouleversiez ma femme. Je pensais avoir été suffisamment clair, l'autre jour.

— Oui, vous l'avez été.

— Alors, que faites-vous ici ?

Taylor jeta un bref coup d'œil en direction de son hôtesse, qui secoua imperceptiblement la tête, comme pour la supplier de se taire, de ne pas la dénoncer.

— Eh bien ? insista le Dr Wescott. Pourquoi êtes-vous ici, madame Robinson ?

— Je m'inquiète pour Alisha. Docteur Wescott, vous ne vous souciez pas du bonheur de votre fille ? Vous n'aimeriez pas qu'elle ait des amis, une enfance normale ?

Le Dr Wescott traversa la pièce et vint se placer derrière sa femme.

— Regardez autour de vous, madame Robinson, et dites-moi comment il est possible que ma fille ait un problème. Elle a tout ce dont un enfant a besoin.

— Mais un enfant a besoin de bien plus que cela. Il lui faut de l'attention. De l'amour. En trouve-t-elle ici, dans ce... musée ?

Le médecin avait manifestement du mal à contenir sa colère.

— Vous ne comprenez décidément rien. Mais je vous préviens, si vous continuez à nous harceler, vous finirez par le regretter.

Taylor eut la sombre impression qu'il ne faisait plus simplement référence à sa fille. Elle se leva, refusant toutefois de se laisser intimider.

— En qualité d'enseignante, je suis tenue par la loi de rapporter tout comportement abusif aux autorités compétentes.

Lorraine Wescott faillit suffoquer, mais Taylor gardait les yeux rivés sur l'obstétricien. Pour la première fois, sa façade glaciale se fendilla, laissant apparaître une once d'émotion, La fureur qui luisait dans ses yeux noirs était effrayante. En cette minute, il semblait prêt à tout, même à tuer.

— Sortez !

— Je m'en vais. Mais je reviendrai, docteur Wescott. Je n'abandonne jamais lorsque le bien-être d'un enfant est en jeu.

— Alors, vous allez au-devant de gros ennuis, madame Robinson.

Son regard s'attarda sur son poignet plâtré.

— Plus encore que vous ne l'imaginez, ajouta-t-il d'un ton menaçant.

— Tu as passé la nuit avec elle ? demanda Neal. Tu es fou !

Dillon jeta un regard inquiet autour de lui.

— Chut, tais-toi, souffla-t-il. Ce n'est pas ce que tu crois.

— Alors explique-moi, fit Neal d'un ton réprobateur. Ecoute, Dillon, j'ai essayé de t'accorder le bénéfice du doute parce que je sais que Taylor Robinson et toi avez eu une aventure, autrefois. Je sais aussi que tu tiens encore beaucoup à elle aujourd'hui…

Il leva la main lorsque Dillon ouvrit la bouche pour protester.

— Ne nie pas. C'est écrit sur ton visage. Mais je commence à m'inquiéter sérieusement pour tes facultés mentales.

— Je te le répète, ce n'est pas ce que tu crois, fit Dillon en se renversant contre le dossier de son fauteuil. Quelqu'un a essayé de la tuer, hier soir. Qu'étais-je supposé faire ? La laisser seule ?

— Ce n'est pas ton enquête, et Taylor Robinson n'est pas ton problème.

Dillon jura entre ses dents.

— Je suis fatigué d'entendre toujours le même refrain. Nous savons parfaitement que Lamar ne bougera pas le petit doigt, dans cette affaire. Il est convaincu que Taylor ment, ou du moins qu'elle perd la tête. Il refuse de croire qu'on cherche à la supprimer.

— Et tu n'as jamais pensé qu'il pouvait avoir raison ?

Un lourd silence s'ensuivit. Dillon décocha à son collègue un regard mauvais.

— Je n'en espérais pas tant de toi.

Neal se pencha en avant.

— J'essaie simplement d'envisager toutes les hypothèses. L'histoire que tu m'as racontée à propos de cette substitution d'enfants à la clinique Wescott... Il faut quand même que je te dise, Dillon : plus j'y pense, plus cela me semble invraisemblable. Tu crois vraiment que le Dr Elliot Wescott aurait dérobé l'enfant de Taylor à la naissance ? Pourquoi diable aurait-il fait cela ?

— Je n'en sais rien.

Dillon secoua la tête.

— Je n'en sais fichtre rien, répéta Dillon, mais une chose est sûre : il faut que je découvre la vérité.

— Pour Taylor ?

— Pour moi également.

Il prit une profonde inspiration avant d'ajouter :

— Le bébé auquel elle a donné naissance il y a neuf ans était le mien, Neal.

— Le tien ?

Dillon acquiesça.

— Je viens juste de l'apprendre. Si ce bébé n'est pas mort, comme on a voulu le faire croire à Taylor...

Neal le regardait, éberlué.

— Tu pourrais avoir un enfant, quelque part...

— Exactement.

— Je comprends mieux pourquoi tu t'accroches à cette affaire.

Dillon ne répondit pas.

— Cela m'ennuie de te poser cette question, reprit Neal, mais est-ce que tu peux faire confiance à cette femme ?

— Que veux-tu dire par là ?

— Ecoute, tout n'a pas été rose entre Taylor et toi, n'est-ce pas ? Elle t'a laissé tomber pour un autre, c'est bien ce que tu m'as raconté ?

— Elle avait des circonstances atténuantes, affirma Dillon, sur la défensive.

— C'est possible. N'empêche que tu ne l'as pas vue pendant près de dix ans. Tu ne la connais plus, Dillon. Tu n'as aucune raison de risquer ta carrière pour elle.

— Ce n'est pas seulement pour elle…

— Allez, ne mens pas ! Tu fais tout ça pour ses beaux yeux, et nous le savons tous les deux. Si Lamar découvre la vérité, il ne manquera pas de te faire enlever ton insigne. S'ingérer dans une enquête, c'est une chose, mais le faire pour des raisons personnelles en est une autre. Tu ferais mieux de regarder où tu mets les pieds.

— C'est bien mon intention.

Neal se leva et considéra un instant Dillon.

— J'espère qu'elle en vaut la peine, mon pote.

— Bonjour, Maria ! lança Taylor lorsque la domestique de sa mère lui eut ouvert la porte.

Les yeux de la femme se posèrent sur son poignet plâtré, et son sourire s'évanouit.

— Que s'est-il passé ? Vous allez bien ?

L'inquiétude de la gouvernante lui réchauffa le cœur. Maria travaillait au service de Miranda depuis toujours, lui semblait-il. Elle faisait partie de la famille, et Taylor ne comptait plus les fois où la domestique s'était rangée de son côté.

Elle tapota le bras de Maria, dans un geste qui se voulait réconfortant, avant de se diriger vers le salon.

— Je vais bien. J'ai juste eu un petit accident. Ma mère est là ?

Maria referma la porte d'entrée derrière Taylor. Elle avait le regard voilé quand elle répondit enfin :

— Elle est ici, mais elle… reçoit.

— Oh !

La jeune femme jeta un coup d'œil en direction du salon d'où lui parvenaient des voix étouffées.

— J'attendrai, alors. Il te reste peut-être des biscuits au chocolat dans la cuisine ?

Maria sourit, sans toutefois se détendre. Elle ne cessait de jeter des coups d'œil nerveux en direction du salon. Taylor reconnut la voix de sa mère, puis elle perçut celle d'un homme. Une voix masculine qu'elle crut également identifier…

— Qui est avec Miranda ?

Maria baissa la tête sans répondre.

— Tu l'ignores ? Ce n'est pas grave. Je vais aller voir moi-même.

Et, sans plus tarder, elle se dirigea vers le salon. Sa mère, vêtue d'un ensemble en laine noir égayé de perles de culture, était assise sur le canapé, les jambes repliées sous elle, un verre de vin à la main, tandis que… Charles Robinson lui faisait face, confortablement installé dans un fauteuil. Taylor considéra la scène avec stupéfaction.

Quand Miranda l'aperçut sur le seuil, elle se leva d'un bond, et posa son verre sur la table basse.

— Taylor ! Je ne t'attendais pas…

La jeune femme pénétra dans la pièce.

— Désolée de vous interrompre.

— Ma chérie ! s'écria Miranda sur un ton alarmé quand elle vit le bras de sa fille plâtré. Que t'est-il arrivé ?

— Ce n'est pas important. Nous en discuterons plus tard.

Charles Robinson se leva à son tour et lui fit face. Ses prunelles grises étaient glaciales. Il l'observa un instant, avant de hocher la tête.

— Bonjour, Taylor.

— Charles, je suis surprise de vous trouver ici.

— Je ne vois pas pourquoi, intervint Miranda. Nos familles ont toujours été amies. Il n'y a aucune raison pour que cela ne dure pas.

— Sa femme m'accuse d'avoir tué leur fils, dit Taylor d'un ton cinglant. Cela devrait suffire pour couper les ponts, tu ne crois pas, maman ?

— Deirdre a du mal à accepter la mort de Brad, comme tu peux certainement l'imaginer, déclara le Dr Robinson doucement. Elle n'est plus tout à fait elle-même, depuis l'enterrement. J'espère simplement qu'un jour elle et toi pourrez de nouveau vous entendre. Ne serait-ce qu'en mémoire de Brad.

Taylor en doutait fort. Elle ne se rappelait que trop la haine qui brillait dans les yeux de Deirdre, lors des funérailles.

Un instant, elle fut tentée de demander à Charles Robinson où se trouvait son épouse, la veille au soir. Mais cela n'aurait servi à rien. Son agresseur était un homme ; elle en était certaine.

— Je vais vous laisser, déclara le médecin.

Il gratifia son hôtesse d'un léger baiser sur la joue, puis se dirigea vers la sortie.

— J'ai été heureux de vous revoir, Miranda... Prends soin de ton bras, Taylor.

— Je n'y manquerai pas, murmura-t-elle, songeuse, en le regardant s'éloigner.

Charles Robinson était encore un homme fort attirant. Grand, élégant et aussi agile qu'un athlète. Si Brad avait vécu, aurait-il ressemblé à son père, dans trente ans ? Ou l'alcool l'aurait-il détruit ?

Miranda secoua tristement la tête, tandis que la porte d'entrée se refermait derrière le Dr Robinson.

— Pauvre homme ! D'abord son fils, et maintenant…

— Quoi ?

Miranda reprit sa place sur le canapé et tendit la main à Taylor pour qu'elle vînt l'y rejoindre.

— Deirdre a été admise au service psychiatrique du Mercy General.

Taylor ouvrit de grands yeux.

— Quand ?

— La nuit dernière, ou plutôt ce matin très tôt. De toute évidence, elle a eu une crise pendant la nuit. Elle avait disparu, et personne n'a pu dire où elle était. Charles a sillonné les rues avec sa voiture pendant des heures, sans succès. Quand, enfin, elle a réapparu à la maison, elle était comme une bête furieuse. Elle s'en est prise à Charles. Et il a dû lui administrer un sédatif pour pouvoir l'emmener à l'hôpital.

Taylor se laissa aller contre le coussin, essayant d'enregistrer tout ce que venait de dire sa mère. Etait-ce Deirdre qui l'avait attaquée, la nuit dernière ? Elle avait eu la certitude qu'il s'agissait d'un homme, mais Miranda venait de préciser que Deirdre était comme une bête furieuse.

— Est-ce la raison pour laquelle Charles est venu te rendre visite ? Voulait-il te parler de Deirdre ?

— Bien sûr ! Sinon, pourquoi serait-il venu ?

Pourtant, Taylor avait été saisie par l'intimité qui semblait régner entre Charles et sa mère quand elle était entrée, tout à l'heure.

— Et maintenant, si tu me disais ce qui est arrivé à ton bras ? demanda Miranda en changeant brusquement de sujet.

— J'ai été attaquée dans la chaufferie de Claymore. Quelqu'un a essayé de me tuer.

Sa mère porta une main à sa gorge.

— Non ! souffla-t-elle d'une voix blanche. Oh, mon Dieu, non ! Etais-tu… enfin, as-tu…

— Je vais bien, maman. Mon agresseur s'est enfui avant de me faire vraiment du mal. Je me suis cassé le poignet en tombant dans l'escalier.

Miranda blêmit, comme si elle souffrait, elle aussi.

— Ma pauvre chérie ! La police a-t-elle une idée de l'identité de l'agresseur ?

Taylor secoua la tête.

— Même la police refuse de me croire. Il n'y a que Dillon…

Cette seule allusion hérissa Miranda.

— Qu'a-t-il à voir là-dedans ?

— Il pense, comme moi, que ce geste est en rapport avec notre enquête à la clinique Wescott.

— Mon Dieu ! C'est bien ce que je craignais.

Miranda se leva et marcha jusqu'à la fenêtre.

— Je savais qu'il t'arriverait des ennuis, si tu continuais à poser des questions.

Taylor rejoignit sa mère, et l'obligea à lui faire face.

— Que veux-tu dire par là ? J'ai l'impression que tu me caches quelque chose.

Miranda se mordit la lèvre.

— Non, absolument pas. Seulement, je ne vois pas l'intérêt pour toi de fouiller dans le passé. N'avons-nous pas assez souffert ? Le pauvre Brad, et aujourd'hui Deirdre…

— Laisse-les en dehors de tout cela. Je te parle de toi, maman. Pourquoi as-tu si peur que je découvre la vérité ?

— J'ai peur pour toi. Tu as bien failli être tuée. Je n'aurais jamais dû laisser les choses aller jusque-là.

— Ecoute, maman, tu m'en as dit à la fois trop et pas assez. Explique-toi, maintenant, je t'en prie !

Miranda se tourna de nouveau vers la fenêtre.

— Elliot Wescott m'a appelée, juste après ton passage à la clinique. Il m'a dit que si tu t'acharnais, tu risquais…

— Je risquais quoi ?

— Nous le regretterions.

— Il t'a menacée ?

— Pas directement. Il devait penser à mon siège au conseil.

— Pourquoi ne m'en as-tu pas parlé plus tôt, maman ?

— Parce que je voulais que tu renonces à tout cela, moi aussi. Ne t'approche plus de cet homme. Il ne t'apportera rien de bon. Il ne pourra que te faire souffrir.

— Dillon est le seul qui me croit. Il est le seul à me soutenir dans cette épreuve !

— Parce qu'il a une idée derrière la tête ! cria Miranda en l'agrippant par les épaules. Ecoute-moi, ma chérie. Je connais cet homme. Je sais exactement ce qu'il veut. Penses-y. Tu es jeune, belle et riche. Pourquoi ne t'aiderait-il pas ?

Taylor se dégagea avec brusquerie.

— Décidément, tu n'as rien compris.

— Tu es encore amoureuse de lui, n'est-ce pas ? Je le vois dans tes yeux. Oh, ma chérie, je t'en prie ! Dillon Reeves t'a déjà quittée une fois. Dès qu'il aura obtenu ce qu'il désire, il recommencera !

Même après un bain chaud et deux cachets contre la douleur, Taylor ne put s'endormir, ce soir-là. Elle avait les nerfs à fleur de peau, et il y avait de quoi. Quelqu'un l'avait attirée dans l'obscurité de la chaufferie pour l'éliminer…

Toutefois, ce n'était pas la seule raison de son insomnie. Dillon était à quelques mètres d'elle, dans la chambre d'amis, de l'autre côté de la cloison…

Il l'attendait quand elle était rentrée de chez sa mère, et il avait insisté pour dormir là une nuit encore. Taylor aurait dû décliner sa proposition, mais une partie d'elle-même savait qu'il était trop tard pour revenir en arrière. Il était trop tard depuis le jour où elle était allée frapper à sa porte.

Brusquement, la porte de la chambre d'amis s'ouvrit et elle entendit Dillon gagner la salle de bains, puis l'eau de la douche se mit à couler. Elle demeura allongée, les yeux fixés au plafond, tout en imaginant l'eau ruisselant sur son corps nu…

Elle prit une profonde inspiration et tenta de calmer les battements effrénés de son cœur. Il serait si simple d'aller se glisser dans son lit et d'attendre qu'il revienne de la salle de bains. Il était peu probable qu'il la repousse. Pendant quelques heures, ils oublieraient tout, mais qu'adviendrait-il ensuite ? Se contenterait-elle d'une seule nuit d'amour ? Ou désirait-elle plus ?

Cette nuit ne ferait-elle que lui rappeler ce qu'elle avait perdu à jamais ?

Dillon s'appuyait contre le mur de la douche tandis que l'eau glacée coulait sur sa peau. Il avait une sainte horreur des douches froides, mais il n'avait pas trouvé d'autre remède pour effacer le désir que Taylor lui inspirait.

Si seulement il pouvait la chasser définitivement de son esprit… Mais inutile de rêver : jamais il ne l'oublierait. Même quand il avait cru qu'elle l'avait trahi, il avait continué à penser à elle. Son image le hantait jour et nuit.

Et il la désirait encore aujourd'hui.

« Je ne t'ai jamais trahi. Je n'ai jamais couché avec Brad. En tout cas, pas avant le mariage. »

Dillon donna un violent coup de poing dans un carreau de faïence. Si seulement sa fierté ne l'avait pas éloigné d'elle, ils seraient encore ensemble aujourd'hui. Lui, Taylor et leur enfant… comme une véritable famille.

Mais il ne lui avait pas fait confiance. Il n'avait pas cru en leur amour, et il était parti, ruminant pendant dix ans leur bonheur perdu et sa solitude désespérante.

Il repoussa les mèches rebelles qui flottaient sur son front, tandis que les paroles de Lamar Jackson lui revenaient à la mémoire.

« Cette femme est une source d'ennuis, Reeves. De graves ennuis. Je t'aurai prévenu. »

Puis Neal avait pris le relais :

« Es-tu prêt à gâcher ta carrière pour elle ? »

Il ferma les yeux. Etait-il réellement prêt à tout risquer, à tout perdre ?…

13

— Sergent Reeves ?

Dillon coinça le combiné contre son oreille et récupéra un dossier sur son bureau.

— C'est Allison St. James, sergent Vous vous souvenez de moi ?

— Cheveux foncés, de grands yeux mordorés et des jambes interminables ?

A l'autre bout du fil, la femme s'esclaffa.

— Bravo ! Vous avez une excellente mémoire. Dommage que votre cœur soit déjà pris…

— Comment le savez-vous ?

— Il suffit de vous regarder. Vous êtes amoureux.

Le silence tomba entre eux. Puis Allison St. James se remit à rire.

— Ai-je touché le point sensible ?

— Pas du tout. Que puis-je pour vous, mademoiselle St. James ?

— Allison, je vous en prie ! Et, en l'occurrence, c'est moi qui peux quelque chose pour vous. J'ai une information qui devrait vous intéresser.

— De quoi s'agit-il ? demanda Dillon prudemment.

— Ne soyez pas suspicieux.

— On me paie pour l'être. Je suis flic, rappelez-vous !

— J'essaie simplement de vous aider.

— Et pourquoi le feriez-vous ?

Il y eut une pause, et Allison déclara :

— Disons que j'ai mes raisons. Vous voulez l'information, oui ou non ?

— Je vous écoute. Qu'avez-vous découvert ?

— Le nom de l'infirmière qui travaillait à la clinique, ou plus précisément qui était de service la nuit où Mme Robinson a accouché.

Dillon sentit son cœur bondir dans sa poitrine. Il saisit un crayon sur son bureau.

— Qui est-ce ?

— Elle s'appelle Lara Mendoza. Elle est entrée à la clinique quelques semaines avant la venue de Mme Robinson et l'a quittée un ou deux mois plus tard. Les gens semblent n'avoir retenu d'elle que son fort accent espagnol.

Cet après-midi-là, Quentin Thorndike convoqua Taylor dans son bureau. Le directeur de Claymore Academy était un homme d'une cinquantaine d'années, maigre comme un clou, taciturne et avare de sourires. Mais, aujourd'hui, il semblait encore plus renfrogné qu'à l'ordinaire, quand la jeune femme entra dans la pièce et ferma la porte derrière elle.

— Asseyez-vous, madame Robinson.

D'un geste du menton, il désigna la chaise devant son bureau.

Taylor s'exécuta, l'estomac noué. M. Thorndike ôta ses lunettes cerclées de fer et les posa devant lui. Puis il croisa les bras, et la considéra un bon moment. La jeune femme prit peur. Etait-ce ce que ressentait Nicholas Baker quand il se retrouvait devant celui qu'il appelait le « vieux Thorndike » ?

— Vous devez vous demander pourquoi je vous ai fait venir, déclara-t-il enfin d'un ton peu amène. J'ai reçu un coup de téléphone pour le moins troublant, ce matin. Il vous concernait, madame Robinson.

— Vraiment ?

Elle s'efforçait de garder une voix calme et assurée, mais déjà elle présageait le pire.

— Oui, malheureusement. Il semble que le Dr Wescott et son épouse n'apprécient guère la manière dont vous vous occupez de leur fille. M. Wescott a même été jusqu'à vous accuser de harceler sa femme et d'inventer des histoires abracadabrantes sur sa fille.

Ulcérée, la jeune femme bondit sur ses pieds.

— C'est faux ! Tout ce que j'ai fait…

— Asseyez-vous, madame Robinson.

Elle prit une profonde inspiration et reprit sa place sur la chaise.

— Je n'ai fait qu'exprimer mon inquiétude concernant Alisha. Son comportement…

— Qui est exemplaire, d'après ses professeurs.

— Euh, oui… Il est vrai qu'elle n'a jamais eu de problème de discipline. J'ai simplement évoqué sa timidité excessive, son effacement par rapport aux autres enfants. Elle n'a pas d'amis, et semble incapable de nouer des contacts avec ses camarades de classe…

— J'ai cru comprendre que ses résultats étaient excellents.

M. Thorndike ajusta ses lunettes sur son nez et jeta un coup d'œil au dossier ouvert devant lui.

— Alisha est brillante, c'est vrai, admit Taylor.

— Dans ce cas, j'avoue ne pas comprendre. Où est le problème ?

Il leva vers elle des yeux interrogateurs.

— Je viens de vous le dire, fit-elle tout en s'efforçant de garder son sang-froid.

Pourquoi chacun refusait-il d'admettre que le comportement de la petite fille n'était pas normal ? Pourquoi personne ne semblait s'en préoccuper ? Etait-elle la seule à sentir l'angoisse d'Alisha ?

Ses propres pensées l'arrêtèrent. Et s'il y avait un lien entre elle et Alisha ?

Non, c'était impossible ! Alisha ne pouvait pas être sa fille.

Pourtant, les coïncidences étaient frappantes. Alisha et l'enfant auquel elle avait donné la vie étaient du même âge. Le Dr Wescott était le médecin qui la suivait à l'époque, et c'était lui qui avait procédé à l'accouchement. La petite fille était blonde et, de toute évidence, il existait une certaine forme de complicité entre elles. Quelque chose que Taylor n'avait d'ailleurs jamais pu expliquer…

Mais ce qui troublait surtout la jeune femme, c'était ce que lui avait dit Lorraine Wescott : « J'étais sur le point d'abandonner tout espoir d'avoir un jour un enfant. Les médecins étaient unanimes pour dire que c'était impossible, et puis… c'est arrivé. C'était comme un miracle… »

« Ça suffit ! » se dit-elle. Elle ne pouvait se laisser aller à de telles supputations. Dillon lui avait bien recommandé de garder les pieds sur terre.

Au prix d'un gros effort, elle balaya cette idée saugrenue et tenta de se concentrer sur ce que disait M. Thorndike.

Celui-ci ôta ses lunettes et se frotta distraitement le nez.

— Les résultats d'Alisha sont plus que satisfaisants, et sa conduite en classe est au-dessus de tout reproche. J'ai bien peur d'abonder dans le sens du Dr Wescott. Le problème, dans cette histoire, c'est vous, madame Robinson.

Taylor ouvrit de grands yeux, stupéfaite de ce qu'elle entendait.

— Vous voudriez que je présente mes excuses aux Wescott ?

— J'ai bien peur qu'il soit trop tard pour cela, répondit son interlocuteur avec un soupir résigné. Ils enlèvent leur fille de Claymore. Le Dr Wescott a même ajouté qu'il ne s'en tiendrait pas là, si vous vous obstiniez à l'ennuyer.

— Comment cela ? C'est une menace ? Je n'en crois pas mes oreilles ! Je ne suis quand même pas la personne à incriminer, dans cette affaire !

Le directeur ne sembla guère ému par son accès de colère. Il la laissa achever avant de reprendre d'un ton condescendant :

— Vous avez fini ?

Non, elle était loin d'en avoir fini… Si Elliott Wescott croyait pouvoir se débarrasser d'elle à coup de menaces, il se trompait. Même si Alisha n'était qu'une élève parmi d'autres, Taylor se devait de se battre pour elle. Il lui fallait s'assurer que la petite fille évoluait bien dans un milieu sain et protégé.

— Claymore ne peut se permettre un scandale, continuait déjà M. Thorndike. Saisissez-vous ce que je vous dis, madame Robinson ?

— Non, pas vraiment. Etes-vous en train de me mettre à la porte ?

Elle avait le cœur serré en prononçant ces mots. Ses élèves étaient tout pour elle. L'idée de ne plus jamais les revoir lui était parfaitement insupportable.

— Non, je ne vous demande pas votre démission, mais… Alisha quittera l'école à la fin du trimestre. Faites en sorte de ne plus vous approcher d'elle, ou de ses parents. Est-ce bien clair ?

— Parfaitement. C'est tout ?

— Pour l'instant, oui.

Comme Taylor quittait le bureau du directeur, elle songeait à Alisha et au lien qui les unissait peut-être toutes les deux. La petite fille comprendrait-elle pourquoi on la retirait de l'école ? En voudrait-elle à Taylor ?

Cette idée bouleversait la jeune femme. La petite fille, qui, déjà, ne pouvait compter sur personne, allait bientôt se retrouver encore plus seule…

Les larmes lui montèrent aux yeux. Comment pouvait-on attacher aussi peu d'importance au bonheur d'une enfant aussi adorable qu'Alisha ? Si seulement elle était sa fille…

« Elle ne l'est pas ! » se répéta-t-elle en silence, tandis qu'elle rejoignait son bureau, hantée par le doux visage d'Alisha, ses cheveux blonds et ses grands yeux bleus craintifs.

A l'instant même où Taylor franchit le seuil, ce soir-là, Dillon sut qu'il s'était passé quelque chose de grave. Elle avait les yeux gonflés et rougis, comme si elle avait pleuré.

— Qu'y a-t-il ? demanda Dillon en la rejoignant.

— C'est Alisha Wescott. Elle est…

L'émotion lui noua la gorge, l'empêchant de poursuivre pendant un instant.

— Le Dr Wescott la retire de Claymore le trimestre prochain, acheva-t-elle finalement d'une voix étranglée. A cause de moi.

— Comment est-ce arrivé ?

— Il a appelé l'école… Il a prétendu que j'inventais des histoires sur sa fille et que je harcelais sa femme. Il a menacé de me faire renvoyer si je ne les laissais pas tranquilles.

Elle porta une main tremblante à son front.

— Je n'ose pas imaginer ce qu'Alisha va ressentir en apprenant la nouvelle.

— Ce n'est pas ta faute. Tu en as conscience, au moins ?

— Je voulais juste l'aider, mais Alisha ne le comprendra jamais. Elle pensera que je la laisse tomber, que je me fiche d'elle. Dire qu'elle n'a personne vers qui se tourner…

Les larmes roulaient maintenant sur ses joues. Emu, Dillon la prit dans ses bras. Elle se blottit contre lui, sans même chercher à résister.

— Tu t'inquiètes toujours autant pour tes élèves ? demanda-t-il doucement.

Elle hocha la tête.

— Je sais que c'est une erreur. Je devrais adopter une attitude beaucoup plus professionnelle, comme le Dr Wescott ou M. Thorndike, mais…

« Dieu l'en préserve… », songea Dillon. Il ne fallait surtout pas qu'elle change. Elle était Taylor.

Sa Taylor.

Dillon tenta de chasser cette idée de son esprit, mais en vain. Elle était sa Taylor, et il avait toujours pensé à elle de cette façon, même à l'époque où ils ne se voyaient plus. Même après qu'elle eut épousé un autre homme…

Il passa une main dans ses boucles blondes, savourant la douce soie de ses cheveux, et ferma les yeux, se laissant enivrer par le parfum fleuri qui émanait de tout son être.

Son geste n'avait été qu'une tentative pour la réconforter mais, brusquement, les émotions prirent le dessus sur la raison. Il resserra son étreinte, cependant que ses lèvres effleuraient ses cheveux. Elle ne fit aucun geste pour se lover contre lui, mais il entendit son cœur battre plus vite. Les minutes s'écoulaient ; ils restèrent là sans bouger…

Et puis Taylor leva la tête.

Ses yeux brillaient d'un éclat particulier. Dillon se sentit fondre. Il glissa une main jusqu'à sa joue puis dans ses cheveux et le long de sa nuque. Elle frissonnait sous ses doigts.

« Que suis-je en train de faire ? se demanda-t-il, furieux contre lui-même. Pourquoi suis-je incapable de lui résister ? »

Soudain, tout cela n'eut plus la moindre importance. Rien d'autre ne comptait que le regard tendre qu'elle posait sur lui.

— Dillon ?

Sa voix tremblait d'une émotion mal contenue. Elle lui offrit ses lèvres.

Alors, doucement, il se pencha et s'empara de sa bouche. Son cœur bondit dans sa poitrine… Enfin, il redécouvrait le bonheur !

Et c'était si bon…

Taylor frissonna. La force de ce baiser lui coupa le souffle. Elle avait su, dès l'instant où elle avait revu Dillon, qu'elle brûlait encore de désir pour lui.

« Comme tu l'aimes ! » chuchota une petite voix au fond de son cœur.

Non, elle refusait de prononcer le mot, même à voix basse ! Elle avait trop souffert.

Les mains de Dillon caressaient ses cheveux, se faufilaient jusqu'à sa nuque, tandis que leur baiser se prolongeait. Son cœur battait la chamade ; l'émotion était plus violente que tout ce qu'elle avait connu jusqu'ici. Plus profonde. Elle se sentait étourdie, subjuguée, sans forces.

Et elle devait bien l'admettre : elle se sentait amoureuse, et aimée.

Dillon redressa bientôt la tête, et elle posa la joue contre son épaule.

— Je ne sais pas quoi dire, souffla-t-il d'une voix rauque.

Taylor le considéra en silence. Les yeux sombres de Dillon la regardaient tendrement.

— Peut-être parce que les mots sont inutiles…, répondit-elle enfin.

— Peut-être pas.

Comme elle s'apprêtait à reculer, il l'attira plus étroitement encore contre lui.

— Je t'en prie, pas encore ! Cela faisait si longtemps…

— Comment les choses ont-elles pu en arriver là entre nous, Dillon ? Nous avions pourtant tout…

— Chut ! Ne parlons plus du passé… Taylor, je ne veux pas discuter, je veux juste profiter de cet instant.

Elle eut un sourire heureux.

— Moi aussi.

Et jamais elle n'avait été plus sincère…

Une heure plus tard, le passé reprenait ses droits.

Taylor se trouvait à côté de Dillon, dans sa voiture, et ils franchissaient le pont Hernando DeSoto pour pénétrer dans l'Arkansas. Derrière eux, les lumières étincelaient le long de Riverside Drive, projetant des paillettes d'or sur la surface des flots tandis que, devant eux, se dressait la ville de West Memphis, à la lisière des champs de coton et de soja, cousine pauvre et éloignée de la grande et prestigieuse dame trônant de l'autre côté de la rivière.

Avec un soupir, Taylor se tourna vers Dillon, et étudia son profil dans la faible lumière de la nuit. Il avait les lèvres serrées, les traits crispés, comme si les tendres moments qu'ils venaient de partager n'existaient déjà plus. A moins qu'il ne les eût relégués dans les profondeurs de sa mémoire avant de s'élancer vers le but qu'ils chérissaient tous les deux depuis des jours et des jours. Une piste, enfin ! Dillon avait reçu un coup de téléphone d'Allison St. James, dans la journée. Elle lui avait donné le nom de l'infirmière présente à la clinique, le jour de l'accouchement. Il s'agissait d'une certaine Lara Mendoza, une femme d'origine espagnole…

Comme ils quittaient l'autoroute et s'enfonçaient dans le quartier sud de la ville, Taylor sentit un frisson d'excitation l'envahir. Ils allaient bientôt apprendre ce qui s'était réellement passé la nuit où leur bébé était né…

— Je sais à quoi tu penses, déclara Dillon. Mais ne te fais pas trop d'illusions. Cette femme ne nous apprendra peut-être rien que nous ne sachions déjà.

Taylor acquiesça.

— Je le sais. Mais tu as de l'espoir, toi aussi, sinon tu ne m'aurais pas demandé de t'accompagner. Je me trompe ?

— Si c'est elle qui t'a envoyé ces coupures de presse, si c'est elle qui t'a appelée, elle détient certainement des informations. Et elle te les donnera plus facilement à toi qu'à un flic de Memphis.

— J'espère que tu as raison.

Elle alluma la veilleuse du plafonnier pour repérer l'adresse exacte de Lara Mendoza sur la carte, et donna les instructions à son compagnon. Puis elle regarda le paysage défiler par la fenêtre, et les lumières s'estomper alors qu'ils s'éloignaient du centre de la ville.

Lara Mendoza vivait dans un lotissement à l'air mal famé qui s'était érigé au beau milieu des champs de coton.

Ils trouvèrent rapidement la rue qu'ils cherchaient, et Dillon ralentit pour essayer de lire les noms sur les boîtes aux lettres rouillées. Certaines étaient cachées derrière des tas de détritus, ce qui rendait la tâche d'autant plus difficile, mais ils découvrirent finalement la maison de Lara au bout de l'impasse.

Dillon se gara quelques mètres plus loin, et ils sortirent tous les deux. Comme le reste du lotissement, la maison avait un air négligé. L'allée qui menait à la porte d'entrée était envahie par les mauvaises herbes, et les parterres de fleurs n'étaient plus qu'un enchevêtrement de chardons et de liserons. Les rideaux étaient tirés, mais laissaient entrevoir un rai de lumière au rez-de-chaussée.

Dillon jeta un coup d'œil à l'intérieur de la boîte aux lettres. Il en sortit deux magazines. Un journal de Miami, ainsi que le *New York Times*. Il les examina un instant, puis les remit en place et sonna à la porte.

— Peut-être n'est-elle pas là, dit Taylor en jetant un coup d'œil inquiet autour d'eux.

Des voix s'élevèrent dans la rue, une portière claqua et un chien se mit à hurler. Brusquement, le voisinage lui parut effrayant. Taylor frissonna malgré la chaleur.

Dillon insista. Toujours pas de réponse. Il tambourina à la porte. Rien.

— Je vais faire le tour, déclara-t-il en se tournant vers elle.

— Je viens avec toi.

Ils contournèrent la maison, jusqu'au jardin qui était plongé dans l'obscurité… On apercevait toutefois les silhouettes des acacias qui longeaient la barrière, une table et des chaises sous le couvert d'un arbre immense. L'une des chaises était renversée, comme si quelqu'un avait buté dedans.

La nuit semblait tout à coup trop calme. Taylor promena un regard craintif autour d'elle. Pas un souffle d'air, pas une trace de la lune dans le ciel, rien qui pût briser le lourd et menaçant silence qui pesait sur les lieux.

Et, soudain, dans les buissons, à quelques pas d'eux, un bruit de brindilles attira leur attention. Au même instant, un objet siffla, tout près de l'oreille de Taylor. Derrière elle, un pot en terre explosa.

Avant qu'elle n'ait eu le temps de réagir, le sifflement se répéta, et une autre jarre éclata. Puis une autre.

— Couche-toi ! ordonna Dillon en la plaquant sur le sol, à l'abri d'un muret. Ne bouge plus.

Il sortit son arme de son blouson, et Taylor retint son souffle. Quelqu'un leur tirait dessus avec un silencieux… quelqu'un essayait de les tuer !

Pelotonnée derrière le muret, elle scruta l'obscurité, à la recherche de leur assaillant. La fenêtre au-dessus de sa tête éclata soudain en mille morceaux, faisant pleuvoir sur eux des morceaux de verre acérés. Elle se mit à hurler. Dillon jura…

Et il tira. La balle fendit l'air, dans un sifflement sinistre. Taylor plongea la tête entre ses mains. Après quelques secondes, comme plus un bruit ne s'élevait, elle se hasarda à lever les yeux. Le sang battait à ses tempes.

— Il est parti ? demanda-t-elle dans un murmure tremblant.

— Il a sauté la barrière. Je vais essayer de le retrouver.

La jeune femme avait beau fouiller les ténèbres, elle ne vit rien. Et, tout à coup, une silhouette sombre apparut entre les arbres.

Dillon ne perdit pas un instant. Il courut derrière elle, bondissant à son tour au-dessus de la barrière, et laissant échapper un cri de douleur quand il retomba de l'autre côté.

Taylor s'adossa alors contre le muret en essayant de contrôler les tremblements de tout son être.

On avait encore cherché à les tuer. Et l'agresseur rôdait dans le coin, il était peut-être même tapi dans l'ombre, en train d'attendre Dillon.

*
* *

Dillon s'élança au-dessus de la barrière et serra les dents quand, en retombant sur ses pieds, il sentit une douleur fulgurante lui traverser le genou. Une vieille douleur qui choisissait l'instant propice pour se réveiller ! Serrant les dents, il essaya de ne plus penser qu'à la silhouette, à quelques mètres devant lui, qui se faufilait dans l'obscurité.

Dans sa hâte, le tueur renversa une poubelle, et les chiens se mirent à hurler à la mort dans tout le voisinage. Les lumières s'allumèrent sous les porches des maisons. Dillon entendit quelqu'un crier :

— C'est toi, Josie ? Ne t'approche pas ou je t'envoie un pruneau en pleine tête !

Dillon ignora la menace et continua son chemin. Il se retrouva bientôt devant un nouvel obstacle. Son genou allait-il supporter un second saut ? Il préférait ne pas tenter le diable.

— Stop ! Police ! cria-t-il.

L'inconnu s'arrêta, juste pour lui tirer dessus, puis il reprit sa course.

— Nom d'un chien ! gronda Dillon en esquivant le coup, avant d'enjamber prudemment la barrière.

Il réprima un cri de douleur quand il posa le pied sur le sol, de l'autre côté, et continua courageusement. Ce n'était pas un genou qui allait l'empêcher de rattraper l'homme car, à la lueur des lampadaires, il était maintenant sûr qu'il s'agissait bien d'un homme. Il portait des vêtements sombres, et avait la tête dissimulée sous la capuche de son sweat-shirt. Il était grand, fin et, de toute évidence, en parfaite santé. Toutefois, il avait ralenti l'allure, comme s'il commençait à s'essouffler. Leurs pas retentissaient sur le macadam.

— Police ! hurla de nouveau Dillon, sans grand espoir d'obtenir un résultat.

Il ne devait à aucun prétexte utiliser son arme, il le savait…

Ils avaient traversé l'allée principale et l'inconnu se dirigeait à présent vers un jardin. Une autre barrière s'élevait devant le tueur qui eut, cette fois, de la peine à l'escalader. Il demeura un instant en équilibre dessus, avant de sauter de l'autre côté.

Il perdait de l'avance, et Dillon comptait bien en profiter…

Comme il abordait l'obstacle à son tour, il prit une profonde inspiration et s'élança, mais, après cet ultime effort, ses jambes refusèrent de le porter davantage, et il s'écroula sur les pavés, transpercé par une souffrance insupportable. Il jura et se tordit de douleur. Quelques secondes plus tard, il entendit une portière claquer et le bruit d'une voiture qui démarrait puis s'éloignait dans la nuit.

Lorsque Taylor vit revenir Dillon dans le jardin de Lara Mendoza en traînant péniblement la jambe, elle se leva d'un bond et courut à sa rencontre.

— Mon Dieu, tu es blessé ! Qu'est-il arrivé ?

Elle glissa un bras autour de sa taille et l'aida à gagner la maison.

— Ça va. C'est juste une vieille douleur qui s'est réveillée. Le type a réussi à s'enfuir.

— Je ne savais pas quoi faire, fit Taylor en se mordant la lèvre. Je me demandais s'il fallait appeler la police…

— Nous verrons cela plus tard. Allons d'abord jeter un coup d'œil à l'intérieur.

— Tu es sûr que ça va aller ? demanda-t-elle avec anxiété. Il ne faut pas que tu ailles à l'hôpital ?

— Plus tard. J'aimerais discuter avec Lara Mendoza, et lui tirer les vers du nez. Nous apprendrons peut-être qui s'est amusé à nous canarder.

— Comment a-t-il su que nous étions ici ?

— Je n'en sais fichtrement rien. Mais je peux t'assurer que je le découvrirai.

La porte de derrière était restée grande ouverte, comme si quelqu'un était parti précipitamment. Dillon sortit son arme.

— Je n'aime pas ça, murmura Taylor en jetant un regard inquiet derrière elle.

Elle était morte de peur.

— Ça arrive parfois dans les films. Tu entres, et quelqu'un t'attend à l'intérieur.

Dillon lui tapota l'épaule d'un geste qui se voulait rassurant.

— Ne t'inquiète pas, je suis là.

Il franchit le seuil.

— Police ! hurla-t-il. Il y a quelqu'un ?

Taylor lui emboîta le pas. La cuisine était plongée dans l'obscurité, mais comme ils se dirigeaient vers le salon contigu, ils aperçurent une petite lampe allumée qui diffusait sa faible lumière dans la pièce. Le tapis était usé jusqu'à la trame, et ses couleurs fanées. Une tapisserie gris sale ornait les murs.

Il y avait un bar en Formica dans un coin du salon, et une télé qui continuait de diffuser son programme comme si de rien n'était. Dillon s'en approcha et l'éteignit.

Bien que le mobilier eût connu de meilleurs jours, Taylor nota la présence de quelques meubles de valeur.

Mais le plus surprenant, c'étaient les piles de journaux amoncelés contre le mur. Taylor en prit un au hasard et sentit son cœur s'emballer lorsqu'elle découvrit quelques articles découpés dans les premières pages de ce magazine national, et entourés de rouge.

— Regarde, dit-elle à l'adresse de Dillon, mais ce dernier avait déjà disparu dans la pièce voisine.

Taylor reposa le journal sur la pile.

— Dillon ?

— Je suis là.

Elle se dirigea jusqu'à l'étroit vestibule et s'approcha de la pièce où Dillon se tenait agenouillé sur le lino, comme s'il examinait quelque chose.

Il lui jeta un bref coup d'œil par-dessus son épaule.

— N'approche pas, Taylor.

— Que se passe-t-il ?

Sans tenir compte de son ordre, elle avança. Et alors… elle porta une main à sa bouche, et son cœur s'arrêta de battre un instant.

Une femme gisait sur le sol, les jambes tordues bizarrement, ses cheveux noirs éparpillés autour de son visage cireux, les yeux révulsés. Sur sa poitrine se dessinait un grand cercle rouge. Le sang avait toutefois cessé de couler.

— Mon Dieu ! murmura Taylor.

— Ne reste pas là. Nous ne pouvons rien faire pour cette malheureuse.

— Elle est… morte ?

Un frisson traversa Taylor et, un instant, elle fut submergée par une violente nausée. Elle voulut rebrousser chemin, mais elle ne pouvait pas bouger. En dépit de la terreur qui l'assaillait, quelque chose l'empêchait de détourner le regard de ce cadavre sanguinolent.

Elle examina minutieusement le visage de la victime, et soudain… les souvenirs lui revinrent.

Plusieurs heures s'écoulèrent avant qu'ils ne puissent quitter West Memphis. La police vint, puis le médecin légiste, et ils furent assaillis de questions. Taylor était prostrée dans le canapé, tandis que les enquêteurs passaient la maison au peigne fin.

Au début, les officiers se montrèrent plutôt hostiles à l'égard de Dillon — un sergent de la grande ville qui s'ingérait dans leur juridiction —, mais ils changèrent rapidement d'attitude en l'écoutant parler. Il émanait de lui une assurance qui forçait le respect de tous, et Taylor vit plusieurs fois l'enquêteur lui demander son avis.

Alors, un sentiment de fierté s'empara d'elle. Elle, qui avait toujours éprouvé du regret et de la culpabilité en apprenant qu'il avait abandonné ses études de droit, pensant qu'il avait embrassé la carrière de policier par dépit, elle découvrait qu'il n'en était rien. Dillon était un excellent flic, et son métier semblait le passionner.

— Nous aurons bientôt terminé, lui dit-il d'un ton réconfortant.

Il jeta ensuite un coup d'œil en direction du corps, derrière lui, que l'on avait emballé dans un immense sac et porté jusqu'à la porte d'entrée.

Taylor frissonna.

— Je n'arrive pas à croire qu'elle est morte. Elle était notre seule piste.

— Au moins, nous savons à quoi nous en tenir. Si quelqu'un l'a tuée pour l'empêcher de parler, il a pu faire la même chose avec Brad.

Taylor ouvrit de grands yeux.

— Toi aussi, tu crois qu'il a été tué ?

— Je ne jurerais pas du contraire. Tu as dit que Lara Mendoza était l'une des infirmières qui se trouvaient en salle d'accouchement avec toi, la nuit où ton bébé est mort. C'est également elle qui t'a envoyé ces coupures de presse, et qui t'a téléphoné. Elle savait quelque chose, et elle a certainement voulu t'en parler.

— Mais pourquoi ne s'est-elle pas rendue tout simplement à la police, si elle pensait que Brad avait été assassiné ? Et si elle savait qu'on m'avait subtilisé le bébé, pourquoi a-t-elle attendu dix ans avant de me contacter ?

Dillon haussa les épaules.

— La mort de Brad a dû la paniquer. Elle a su aussitôt qu'il s'agissait d'un crime, et elle a eu peur de connaître le même sort. A moins qu'elle ait exercé un chantage pendant toutes ces années, et que sa victime ait décidé un jour de ne plus payer. A mon avis, elle avait besoin d'argent.

— J'avais remarqué, c'est vrai. Mais garder un secret aussi lourd pendant si longtemps, et se résoudre tout à coup à parler… Je trouve cela plutôt bizarre.

— C'est peut-être simplement un problème de conscience. Enfin, nous ne le saurons jamais. Ce dont nous sommes sûrs, maintenant, c'est d'être sur la bonne piste.

Brad et Lara Mendoza travaillaient tous les deux à la clinique, et ils avaient été tués…

Taylor eut un frisson de peur. Deux personnes liées à son histoire étaient mortes. Serait-elle la prochaine sur la liste ?

— Tu penses que la mort de Lara va permettre de reprendre l'enquête ?

— Nous n'allons pas tarder à le savoir.

En effet, Dillon ne pourrait pas cacher longtemps au lieutenant McCardy sa participation dans cette affaire. Bien sûr, Lamar Jackson serait toujours chargé du dossier mais, cette fois, au moins, il ne pourrait pas se dérober.

Une chose était certaine : Dillon n'aurait aucun droit de regard sur l'enquête. Il devrait, d'ailleurs, se considérer comme chanceux si on ne le suspendait pas.

Il ne dit rien de tout cela à Taylor. Elle avait eu son lot d'épreuves pour la nuit.

— Allez, viens. Je te ramène chez toi.

Elle se laissa docilement conduire jusqu'à la voiture. Si seulement ils étaient restés tranquillement chez elle, tout à l'heure, et s'ils avaient continué de s'embrasser…

Mais, en quelques heures, leur vie avait irrémédiablement changé. On leur avait tiré dessus, ils avaient croisé la mort de près, sans compter qu'ils étaient les premiers suspects dans le meurtre de Lara Mendoza.

Et Dillon avait le pressentiment qu'ils n'étaient pas au bout de leurs peines…

14

Le lendemain, Taylor se gara devant la demeure des Wescott. Quand elle avait appris qu'Alisha ne viendrait pas à l'école, ce jour-là, sans que ses parents eussent jugé bon de la prévenir, elle avait paniqué. Etait-il arrivé quelque chose à l'enfant ? Et si le Dr Wescott s'était vengé sur sa fille à cause d'elle ?

En dépit des mises en garde du Dr Wescott — ou peut-être, justement, à cause d'elles —, Taylor était venue jusqu'ici, après ses cours. A sa grande surprise, Lorraine Wescott avait accepté de la rencontrer, quand elle l'avait appelée au téléphone... Elle avança sa voiture jusqu'aux lourdes grilles, et comme celles-ci s'ouvraient devant elle, elle s'enfonça dans l'allée qui menait au perron. Là, un jeune homme vêtu d'une livrée noire se précipita à sa rencontre et la conduisit jusqu'au salon.

Lorraine s'y trouvait déjà, un verre de punch à la main. Elle voulut se lever quand Taylor entra, mais les forces lui manquèrent. Elle retomba lourdement sur les coussins tandis qu'une mèche blonde s'échappait de son chignon.

L'espace d'une minute, son regard se durcit tandis qu'elle considérait Taylor.

— Je savais que vous reviendriez. J'ai dit à Elliot que vous n'étiez pas du genre à renoncer facilement.

Je dois reconnaître que tu avais raison, ma chérie.

Décidément, le Dr Wescott avait le chic pour apparaître

au moment où l'on s'y attendait le moins ! Lorraine et Taylor sursautèrent toutes les deux au son de sa voix.

Apparemment, il venait juste d'arriver. Matthew surgit derrière lui et le débarrassa de sa mallette. Le Dr Wescott renvoya son domestique avant de se tourner vers Taylor.

— Vous n'abandonnerez donc jamais, madame Robinson ? Que faut-il que je fasse pour que vous n'approchiez plus ma fille ?

— Je ne vois pas pourquoi vous voulez l'éloigner de moi, objecta Taylor. Je m'inquiète pour elle, et vous le savez. Je ne comprends pas en quoi je vous fais peur.

— En quoi ?

Il s'esclaffa d'un rire sans joie.

— Vous débarquez chez moi, vous bouleversez ma femme et ma fille… Vous êtes une nuisance à mes yeux, madame Robinson. Ni plus ni moins qu'une nuisance…

— Alisha n'était pas en cours, aujourd'hui, fit Taylor sans perdre contenance. Elle va bien ?

— Cela ne vous regarde pas.

Avant que Taylor ait pu lui répondre, elle entrevit une ombre dans l'embrasure de la porte. Et, soudain, Alisha avança jusqu'au seuil. La jeune femme se leva aussitôt et lui sourit.

— Salut, Alisha. Je m'inquiétais pour toi.

La petite fille jeta un coup d'œil craintif en direction de son père avant de s'approcher de Taylor.

— Dis adieu à Mme Robinson, ordonna froidement le Dr Wescott. Tu ne la reverras plus jamais.

— Adieu, murmura Alisha d'une voix étranglée, les yeux rivés sur ceux de Taylor.

— Adieu, Alisha.

La jeune femme sentit sa gorge se nouer. Elle dut rassembler tout son courage pour ne pas prendre l'enfant dans ses bras et l'emmener loin de ce mausolée sinistre et glacial.

Au lieu de cela, elle coula un regard en direction de Lorraine Wescott, espérant trouver en elle une alliée. Mais Lorraine, plongée dans les vapeurs de l'alcool, ne la voyait plus.

— Retourne dans ta chambre, maintenant, Alisha ! ordonna son père.

La petite fille tourna docilement les talons et s'éloigna. Cependant, sur le pas de la porte, elle s'arrêta et fit volte-face.

— Alisha ! cria Wescott.

Ignorant la féroce injonction de son père, elle courut vers Taylor. Celle-ci réagit sans réfléchir : elle ouvrit les bras, et Alisha s'y réfugia.

— Ne m'oubliez pas, murmura la petite fille, les yeux embués de larmes. Je vous en prie, ne m'oubliez pas !

— Jamais, promit Taylor en resserrant son étreinte, tandis que des larmes roulaient sur ses joues.

Le commissariat était en effervescence, comme à chaque changement d'équipes, mais le lieutenant McCardy réussit finalement à repérer Dillon avant qu'il ne s'en aille.

Il ouvrit la porte de son bureau et hurla à travers la pièce :

— Reeves ! Ici, tout de suite !

Des regards curieux suivirent Dillon tandis qu'il traversait les bureaux jusqu'à l'antre du lieutenant. Les événements de la nuit dernière s'étaient répandus comme une traînée de poudre à travers tout le département et, à présent, chacun attendait avec impatience de connaître la punition que Dillon allait recevoir.

Il prit place derrière le bureau de son chef, et croisa les bras.

Au bout de quelques secondes, le lieutenant daigna enfin lever les yeux de son dossier.

— Vous pouvez me dire ce qui s'est passé hier soir, Reeves ?

— Tout est inscrit dans le rapport, lieutenant.

— J'en doute… Diable, qu'est-ce qui vous est encore passé par la tête ?

— Une personne qui travaille à la clinique Wescott m'a refilé un tuyau, hier. Elle m'a donné le nom d'une infirmière en service la nuit où Taylor Robinson a accouché. Elle m'a dit que cette femme — Lara Mendoza — parlait avec un fort accent espagnol. J'ai aussitôt pensé qu'il pouvait s'agir de l'inconnue qui avait envoyé les coupures de presse à Mme Robinson et qui lui avait téléphoné, lui jurant que Brad Robinson avait été assassiné.

McCardy l'enveloppait d'un regard furibond.

— N'ai-je pas été suffisamment clair, la dernière fois où nous en avons discuté, Reeves ?

— Si, parfaitement, mais quand elle a appelé, hier…

— Vous auriez dû en référer aussitôt à Lamar. Je vous rappelle qu'ici il existe une procédure, et que personne n'est autorisé à l'enfreindre. Même pas vous. Cette fois, je refuse de vous couvrir, Reeves.

Dillon lui adressa un regard affolé.

— Que voulez-vous dire ?

— Vous me comprenez parfaitement. J'ai reçu des pressions de l'extérieur. Des plaintes ont été déposées contre vous.

— Par qui ? Wescott ?

— Je n'en sais fichtrement rien. Ce dont je suis sûr, c'est que vous vous êtes mis dans un sacré pétrin. Vous vous êtes attaqué à du beau monde, cette fois.

— Vous êtes en train de me dire que quelqu'un d'influent

manipule le département. Je ne pensais pas que vous mangiez de ce pain-là, lieutenant.

McCardy secoua tristement la tête.

— Je n'ai pas le choix. Nous devons tous jouer le jeu, Dillon. Vous aussi.

— Alors, quel est le verdict ? Je suis passible du tribunal disciplinaire, ou vous me reléguez à la circulation ?

Le lieutenant laissa échapper un soupir.

— J'ai bien peur que ce ne soit plus grave.

Plus grave qu'une suspension ? Brusquement, il eut peur. McCardy glissa un papier officiel sous ses yeux, et Dillon y déchiffra des mots tels que « dommages irréparables » et « comportement inqualifiable »...

Il leva les yeux vers son supérieur, visiblement stupéfait, puis il reprit sa lecture. Quand il eut terminé, il était atterré.

— Ce doit être une erreur.

Le lieutenant secoua la tête. Il ne pouvait même plus soutenir le regard de Dillon.

— Non, je ne crois pas.

— Je suis renvoyé, c'est bien ça ?

McCardy prit un air gêné.

— Disons plutôt qu'il s'agit d'une retraite anticipée à la suite de dommages corporels subis pendant le service. Estimez-vous heureux. Au moins, vous bénéficierez d'une pension. Si vous aviez été suspendu...

— Laissez-moi au moins vous donner ma version des faits, interrompit Dillon d'un ton amer.

— Je suis désolé que nous en soyons arrivés là. Vous êtes un bon flic, Reeves. Un sacré bon sergent. Mais, cette fois, vous vous en êtes pris à la mauvaise personne. Ça arrive, malheureusement...

— Je ne peux pas accepter votre décision.

Dillon se leva d'un bond et se pencha au-dessus du bureau de son chef.

— Je n'en ai pas fini, loin de là ! Vous pouvez d'ores et déjà prévenir l'auteur de ce rapport que je n'abandonnerai pas. J'irai jusqu'au bout ; je trouverai qui est derrière tout ça, et quand je l'aurai découvert, je…

— Quand vous l'aurez découvert, Reeves, nous serons peut-être en train de repêcher votre corps dans le fleuve.

Le téléphone sonnait lorsque Dillon rejoignit son appartement, cette même nuit. Il posa sur la table du salon le carton contenant ses affaires personnelles qu'il avait rapportées du bureau, et décrocha le combiné.

— Allô ?

— Neal vient juste d'appeler ; il m'a dit ce qui s'était passé, déclara Taylor à l'autre bout du fil.

— Les nouvelles vont vite.

La jeune femme marqua une légère hésitation.

— Dillon, je suis désolée.

— C'est inutile. Tu n'y es pour rien.

— Si je ne t'avais pas entraîné dans cette histoire…

— Tais-toi, je t'en prie !

— Je veux te voir, Dillon. Peux-tu venir à la maison ?

Il hésita un instant.

— Je ne pense pas que ce soit une bonne idée, répondit-il finalement. J'ai bien peur de ne pas être d'une agréable compagnie, ce soir.

— Dans ce cas, nous ne parlerons pas. Je préparerai le dîner, et nous regarderons la télé… Je ne veux pas te laisser seul, ce soir.

Il poussa un long soupir.

— D'accord. J'arrive.

— Dillon ?

— Oui ?

Il y eut une autre pause, puis Taylor murmura :

— Dépêche-toi.

Ces mots agirent comme un déclic. L'instant d'après, il enfilait son blouson et claquait la porte de son appartement.

Elle l'accueillit sur le pas de la porte, vêtue d'une longue robe à fleurs et d'un gilet court qui épousait merveilleusement ses formes. Dillon la dévora des yeux et l'attira dans ses bras.

— Dieu, que j'en avais besoin ! murmura-t-il. Je ne mesurais même pas à quel point…

— Moi non plus, répondit Taylor dans un souffle. J'ignore comment j'ai pu survivre dix ans sans tes bras autour de moi.

Dillon éprouvait le même sentiment. Il lui était difficile d'imaginer qu'un autre que lui l'avait étreinte de cette façon… Il ferma les yeux, balayant ces visions qui le tourmentaient. Il ne voulait plus songer qu'à l'instant présent, qu'à ce corps étroitement pressé contre le sien.

— Tu veux en parler ? demanda-t-elle doucement.

— Non, je veux simplement t'embrasser. T'embrasser jusqu'à…

Elle ne lui laissa pas le temps d'achever sa phrase. Elle lui noua les bras autour du cou, et Dillon sentit son cœur s'emballer tandis qu'elle lui offrait ses lèvres. Leurs langues se rencontrèrent en un doux et impérieux combat, et elle poussa un soupir de bien-être.

— J'attendais cet instant depuis si longtemps, murmura-t-il contre sa bouche tremblante.

— Dillon…

— C'était inévitable, Taylor. Nous le savons tous les deux.

Au lieu de répondre, elle tendit le corps vers lui.

Il avait l'impression que ses tempes allaient exploser. Il ne pouvait croire que l'instant dont il avait tant rêvé était enfin là. Taylor avait fait partie de son passé, et voilà que, brusquement, elle était là, dans ses bras, l'embrassant avec une ardeur qui n'avait d'égale que la sienne.

Il avait toujours brûlé pour cette jeune femme, même si, pendant longtemps, il avait refusé de l'admettre…

Il fit pleuvoir une pluie de baisers sur la nuque offerte de sa compagne, et elle frissonna, blottissant son visage dans le creux de son épaule. De ses doigts enfiévrés, elle s'acharna sur les boutons de sa chemise. Comme elle effleurait son torse, il crut que son cœur allait exploser. Quand elle repoussa les pans de sa chemise, il pensa devenir fou et, d'un geste impatient, acheva de se déshabiller.

Il s'empara de nouveau de ses lèvres, cependant que leurs corps se pressaient l'un contre l'autre, en proie tous deux à une frénésie de désir. Dillon s'écarta pour lui ôter ses vêtements, et la poussa jusqu'au mur. Puis il prit son visage à deux mains, tandis qu'il scellait sa bouche d'un baiser aussi désespéré que passionné. Ses doigts explorèrent la chute de ses reins, avant de remonter jusqu'à sa gorge palpitante. Elle laissa échapper une plainte qui ne fit qu'exacerber l'envie qu'il avait d'elle.

Un instant, il recula, savourant le plaisir de la voir alanguie, abandonnée, les yeux clos, lui offrant ses lèvres gourmandes.

— Dès l'instant où tu es entrée dans mon appartement, avoua-t-il, le souffle court, je n'ai plus rêvé que de t'embrasser. J'avais beau me dire que…

— Je sais, souffla-t-elle en se lovant contre lui. Je te désire, moi aussi, mais j'avais si peur…

Elle se cambra vers lui, l'invitant à caresser ses seins aux pointes durcies. Puis sa bouche prit le relais de ses doigts, et Taylor crut mourir. Des vagues de plaisir déferlaient en elle, et les seuls mots auxquels elle songea en cette minute étaient ceux qu'elle avait prononcés au téléphone, un peu plus tôt. « Dépêche-toi. »

Rapidement, il acheva de déboutonner sa longue robe qui tomba sur le sol en une corolle de soie. Elle s'agrippa à ses épaules lorsqu'il se pencha et traça des arabesques de feu sur sa gorge, puis s'aventura jusqu'à son ventre. Il se redressa enfin et captura sa bouche, la poussant jusqu'aux portes de la folie.

Taylor s'attaqua alors aux boutons de son jean. Ses longs doigts tremblaient, et Dillon dut l'aider à le débarrasser de son pantalon. Puis il la souleva dans ses bras et la pénétra tandis qu'elle refermait ses jambes autour de lui.

Il avait le regard fixé sur elle, tandis que leurs deux corps se mouvaient. Brusquement, vaincue par la force du désir, elle ferma les yeux et laissa la passion l'envahir, la submerger et l'emporter…

Un peu plus tard, ils avaient regagné sa chambre. Ils reposaient à présent sur le lit, tendrement enlacés. Le soir avait laissé place à une nuit romantique, constellée d'étoiles. Une brise légère soulevait les rideaux de la fenêtre.

Taylor était blottie contre lui. Il avait un bras autour de ses épaules et, du bout des doigts, lui caressait la pointe des seins. Se penchant vers elle, il enfouit son visage dans ses épaisses boucles blondes, humant l'enivrant parfum qui en émanait, se rappelant avec délice chaque instant de leurs ébats passionnés. Il mesurait enfin le désir qu'il nourrissait pour cette femme. Ce désir qui, brusquement, l'enflamma de nouveau…

Mais, au lieu de la réveiller, il repoussa les draps et s'assit au bord du lit. Les rayons de la lune caressaient l'oreiller, nimbant d'une pluie d'argent le visage de Taylor. Elle ressemblait à une poupée de porcelaine, si belle à contempler, mais trop fragile pour qu'on y touche, trop précieuse pour qu'on songe à la posséder.

Surtout un homme comme lui…

D'un bond, il fut debout et gagna la fenêtre, fixant l'obscurité au-dehors. Il avait pensé que, en lui faisant l'amour, il exorciserait ses démons, il se prouverait qu'il n'y avait plus rien entre eux, que leur amour n'avait survécu qu'à coups d'illusions !

Mais il avait ressenti, en la tenant ce soir dans ses bras, bien plus de plaisir qu'il ne l'avait imaginé. Autrefois, il avait toujours l'impression de tenir contre lui une princesse tout droit sortie d'un conte de fées, une créature de rêve qu'il ne pourrait jamais vraiment posséder. Mais ce soir, au gré de leurs étreintes, elle avait été femme, simplement femme.

Et c'était bien là que résidait le danger…

S'il se mettait à croire qu'il y avait peut-être un avenir pour eux deux, il risquait de souffrir inutilement.

Il était un homme sans promesses. Après avoir abandonné l'école de droit, voilà maintenant qu'il se retrouvait sans travail. Il n'avait plus rien à lui offrir, et il était temps d'affronter la réalité : jamais il ne pourrait lui procurer la vie luxueuse qu'elle avait toujours connue. Il ne retomberait pas dans ce piège…

Se penchant contre le montant de la fenêtre, il ferma les yeux, frappé par une douleur incommensurable. Décidément, chaque fois que Taylor Walsh faisait irruption dans sa vie, les ennuis débarquaient, eux aussi. Il ne l'en blâmait pas ;

c'était lui qui avait décidé de l'aider. Mais il ne pouvait que se rappeler les mots qu'il lui avait dits, autrefois. « Toi et moi… nous n'avons rien, absolument rien en commun. »

En effet, ils venaient de deux mondes diamétralement opposés, et il en avait suffisamment fait les frais…

Les yeux rivés sur les arbres qui dansaient dans la brise, sous le regard complice de la lune, Dillon se laissait de nouveau envahir par le passé.

Il revoyait comme si c'était hier le visage méprisant de Miranda Walsh, qui lui ordonnait de quitter la ville et de s'éloigner de sa fille, faute de quoi elle s'arrangerait pour ruiner toutes ses chances de devenir un jour avocat, puis mettrait toute sa famille sur la paille.

Et Dillon avait su qu'elle ne mentait pas. Miranda faisait partie du conseil d'administration de la National Bank, l'établissement bancaire où son père avait un compte depuis des années. Un seul coup de fil, et Earl Reeves se retrouverait sans le moindre crédit possible, incapable de payer ses dettes, et même d'acheter de quoi manger.

Si, à cette époque, Taylor ne l'avait pas trahi, Dillon aurait peut-être affronté courageusement cette femme diabolique. Mais, après avoir vu sa fille dans les bras de Brad Robinson, le lendemain du bal, il avait compris qu'il ne lui servirait à rien de se battre.

Miranda avait gagné : Dillon avait effectivement quitté la ville. Il avait cru alors qu'il ne croiserait plus jamais Taylor sur son chemin. Et puis, un jour, elle était réapparue sur le seuil de sa porte, pour lui révéler qu'elle avait porté son enfant.

Un enfant qu'ils ne pourraient peut-être jamais approcher…

Combien de temps resta-t-il à la fenêtre, perdu dans les méandres du passé ?… Brusquement, il entendit Taylor bouger. Il se retourna, la gorge nouée. Elle semblait si douce, si vulnérable, les cheveux éparpillés sur l'oreiller dans un abandon délicieusement féminin, les épaules nues…

— J'ai fait un rêve merveilleux, déclara-t-elle avec un sourire.

— Quel rêve ?

— J'ai rêvé de nous deux et… d'une petite fille. Notre petite fille. Nous étions tous les trois ensemble, et nous étions heureux.

— Mais ce n'était qu'un rêve.

Le sourire de sa compagne s'évanouit aussitôt.

— Que se passe-t-il, Dillon ? Pourquoi t'es-tu levé ?

Il haussa les épaules. Il ne voulait pas lui faire de mal et, pourtant, il ne pouvait plus reculer le moment de lui dire…

Elle s'installa contre les oreillers, remontant le drap sur sa poitrine dans un geste de pudeur.

— Tu regrettes déjà, n'est-ce pas ? souffla-t-elle d'une voix étranglée.

— Non. Cette nuit a été merveilleuse. Tu as été merveilleuse. C'est juste que…

— Tu m'en veux toujours de ne pas t'avoir parlé plus tôt de notre enfant, c'est ça ?

Elle s'exprimait à présent d'une voix froide, dénuée de tout sentiment. Et, pourtant, ses yeux traduisaient la souffrance qui la rongeait.

— C'est bien plus compliqué que cela. Je crains qu'il ne soit trop tard. Le passé nous rattrape déjà.

— Je vois.

Les larmes jaillirent de ses yeux. Elle remonta les genoux contre son menton.

— Pardonne-moi, Taylor… Mais je pense que nous faisons une erreur.

— Que veux-tu dire par là ?

— Je pense à ton rêve. Tu ne comprends donc pas que ce

ne sont que des illusions ? Toi, moi et le bébé… Rien n'est vrai. Nous ne serons peut-être jamais réunis. En tout cas, pas comme tu le désires… Même si cet enfant est encore en vie, il a une famille.

— Nous en avons déjà discuté.

— Je le sais. Mais j'ai vu ton regard quand tu as parlé de ton rêve. Et je me demande si tu seras capable de laisser cet enfant là où il se trouve, s'il est heureux.

Bien sûr, Taylor voulut l'assurer que ses sentiments n'avaient pas changé. Que tout ce qu'elle voulait, c'était la vérité. Savoir si leur enfant allait bien. S'il était heureux. Mais à force d'y réfléchir…

Elle n'était plus tout à fait certaine de pouvoir laisser cet enfant derrière elle. Et pourquoi devrait-elle le faire, d'ailleurs ? C'était le sien !

— Tu es persuadé qu'il est entre de bonnes mains, qu'il connaît le bonheur avec ses parents adoptifs, mais si ce n'était pas le cas ? S'il était négligé, délaissé ?

— Et s'il ne l'était pas ? Que ferais-tu ?

Il s'assit sur le bord du lit, et la saisit par les bras.

— Que ferais-tu ?

Les larmes roulèrent sur les joues de Taylor quand elle croisa le regard de son compagnon.

— Je n'en sais rien, murmura-t-elle. Honnêtement, je n'en sais rien.

— Alors, tu dois réfléchir aux conséquences. Nous devons y penser tous les deux. Arracher un enfant à la seule famille qu'il connaisse, l'entraîner dans une bataille juridique dont il sortira forcément meurtri…

— Qu'y a-t-il de mal à vouloir prendre son enfant dans ses bras ? A vouloir l'embrasser, le cajoler, le chérir ? Pourquoi devrais-je y renoncer ? On me l'a volé. N'ai-je donc aucun droit à tes yeux ?

— Si tu me demandes de t'aider à séparer cet enfant de sa famille, c'est non, Taylor. Je ne pourrai pas.

— Alors, c'est ici que nos routes se séparent… Je me trompe ?

15

Taylor avait encore la gorge nouée lorsqu'elle se rendit au collège, le lendemain matin. Elle se répétait qu'elle se moquait bien de ce que Dillon pouvait dire… Elle trouverait son enfant, avec ou sans son aide. Et, bientôt, elle le serrerait dans ses bras.

Pourtant, une petite voix, au plus profond d'elle-même, lui soufflait que Dillon avait raison : le bien-être de cet enfant était tout ce qui importait. Mais elle était aussi sa mère ! Jamais elle n'avait voulu l'abandonner. On leur avait volé neuf ans d'amour à tous les deux. Taylor refusait de perdre une minute de plus.

Le téléphone sonnait quand elle rentra chez elle, après sa journée de cours. Rapidement, elle posa son sac et ses clés sur le guéridon, dans l'entrée, et se précipita sur le téléphone.

— Allô ?

— C'est Dillon.

Un long silence s'ensuivit, durant lequel Taylor entendit son cœur battre jusque dans ses oreilles.

— Taylor ? Tu es là ?

Elle s'humecta les lèvres.

— Oui. Que veux-tu, Dillon ?

Il demeura silencieux, comme si l'amertume de sa voix lui avait fait perdre l'usage de la parole.

— J'ai une autre piste, finit-il par répondre. Je passe te chercher.

— Mais que…

Dillon avait déjà raccroché.

Une demi-heure plus tard, ils se garaient sur le parking de la clinique Wescott. Taylor jeta un coup d'œil à l'immense bâtisse de brique rouge, empourprée par la lumière du soleil qui achevait sa course dans le ciel, et une myriade de souvenirs lui revint alors à la mémoire.

Brad l'avait amenée ici, par un bel après-midi. A l'époque, elle s'angoissait pour l'enfant qu'elle portait, tout comme elle regrettait de n'être pas avec Dillon plutôt qu'avec son mari.

Aujourd'hui, Dillon était avec elle, mais pour d'autres raisons. Depuis la nuit dernière, c'était comme si un gouffre s'était creusé entre eux, un gouffre que Taylor craignait de ne jamais plus pouvoir franchir.

Quand leurs regards se croisèrent, elle lut une immense tristesse dans ses yeux sombres, cette même tristesse qui la rongeait, elle aussi. Si seulement il la prenait dans ses bras pour la rassurer… Mais elle savait qu'il n'en ferait rien.

Sans un mot, ils quittèrent la voiture et montèrent les marches qui menaient au perron. Allison St. James les reçut dans le luxueux vestibule avant de les inviter à la suivre dans son bureau. Là, elle ferma soigneusement la porte derrière eux et tira le verrou. Puis elle décrocha son téléphone et demanda à sa secrétaire de ne la déranger sous aucun prétexte.

Ensuite, elle s'installa dans son fauteuil et posa les yeux sur Dillon, qui avait pris place derrière le bureau.

Taylor surprit le regard qu'ils échangèrent et en éprouva une pointe de jalousie. Allison St. James était une belle femme aux cheveux de jais, au teint de magnolia et aux yeux mordorés. Des yeux qu'elle ne semblait pouvoir détacher de Dillon…

Taylor s'assit à son tour, et Allison parut alors se souvenir de sa présence.

— Madame Robinson, je ne pense pas que nous nous soyons déjà rencontrées.

Elle se pencha, et les deux femmes échangèrent une poignée de main.

— Dillon, je suppose que vous vous demandez pourquoi je vous ai appelé, fit-elle en se renversant dans son fauteuil.

Il semblait parfaitement à l'aise lorsqu'il croisa les jambes avec nonchalance.

— Vous m'avez dit détenir des informations susceptibles de nous intéresser.

Taylor serra les poings. Le sourire enjôleur qu'Allison venait d'adresser à Dillon la faisait bouillir.

— C'est le cas, répondit la directrice. Ce que j'ai à vous confier valait le déplacement.

Elle ouvrit un tiroir de son bureau, et en sortit un dossier qu'elle tendit à Dillon.

— Voici la liste des patientes qui ont été admises à la clinique Wescott quelques jours avant et après la date en question.

Dillon saisit le dossier, mais ne l'ouvrit pas.

— Pourquoi faites-vous cela, mademoiselle St. James ?

Allison haussa les épaules.

Mais, brusquement, son expression changea. Ses yeux se voilèrent, tandis qu'une souffrance infinie se peignait sur son visage.

— J'ai eu un bébé qui est mort, lui aussi. Mais, dans mon

cas, il n'y avait pas d'erreur. J'étais là quand ça s'est passé. Je le tenais dans mes bras…

Sa voix se brisa, et elle détourna le regard.

— Mon mari et moi, nous nous sommes séparés peu de temps après. J'aurais fait n'importe quoi pour que nous ayons une seconde chance, mais il n'y avait pas d'espoir, tandis que pour vous…

« Pour vous… » Ces mots résonnèrent aux oreilles de Taylor. Allison se raidit, comme si elle repoussait ses douloureux souvenirs.

— D'après les registres, deux autres femmes ont accouché la même nuit que vous. Melanie Baker et Sara McHenry. Chacune d'entre elles a eu un magnifique garçon en parfaite santé.

Dillon se tourna vers Taylor.

— Est-ce que ces noms évoquent quelque chose pour toi ?

Taylor réfléchit un instant.

— Baker est un nom plutôt répandu dans la région. Quant à McHenry… Cela ne me dit rien. Enfin, j'ai peut-être oublié ; il y a presque dix ans, maintenant.

— Les numéros de sécurité sociale de ces deux femmes sont conservés dans les archives, déclara Allison. Il ne devrait pas être difficile de retrouver leurs traces. J'ai également vérifié la liste des employés. En dehors de Lara Mendoza, il y avait une sage-femme de garde, ce soir-là : Doris Rafferty.

Dillon ouvrit de grands yeux.

— Je l'ai rencontrée la première fois que je suis venue ici. Elle m'a raccompagné jusqu'à la sortie.

Allison hocha la tête.

— C'était bien elle.

— J'ai l'impression qu'elle est prête à n'importe quoi

pour le Dr Wescott, remarqua Dillon. S'il lui demandait de le couvrir…

— Elle le ferait, c'est évident, acheva Allison à sa place. Enfin, venons-en au plus important. Par acquit de conscience, j'ai remonté un peu plus loin dans les dossiers, et j'ai découvert que Lorraine Wescott avait été admise à la clinique la même semaine que vous, madame Robinson. Elle a eu une petite fille deux jours avant votre accouchement, et elle se trouvait encore à la clinique la nuit où vous avez eu votre enfant.

Stupéfiée, Taylor se tourna vers Dillon.

— Dillon…

Il rencontra son regard.

— J'ai peur de ce que je vais dire, murmura Taylor d'une voix pleine d'émotion.

— Alors, ne dis rien. Nous n'avons aucune preuve.

— Je n'en ai pas besoin.

De ses doigts tremblants, elle repoussa une mèche derrière son oreille.

— J'y ai souvent pensé, mais je me disais que c'était impossible. Pourtant, tu nous as vues toutes les deux, Dillon. Il a toujours existé un lien particulier entre Alisha et moi. Je n'ai jamais compris pourquoi. Jusqu'à aujourd'hui…

Dillon se leva et se mit à arpenter la pièce.

— Je pourrais dire la même chose du petit garçon qui vit sur le même palier que moi. Il a besoin de moi, lui aussi, mais cela ne signifie pas qu'il est mon fils. Il faut garder les yeux bien ouverts, Taylor. Nous ne devons pas tirer des plans sur la comète.

— En ce qui te concerne, ça ne risque pas d'arriver, j'en suis certaine !

*
* *

Doris Rafferty vivait dans Parkway Village, dans l'est de Memphis, pas très loin de l'appartement de Dillon. La maison devait avoir une quinzaine d'années, mais la pelouse était bien entretenue, et les volets venaient d'être repeints. Un panier de basket avait été installé au-dessus du garage, et il y avait un skate-board dans l'allée.

Comme Taylor et Dillon approchaient de la porte d'entrée, quelqu'un les interpella dans la rue. Ils se tournèrent d'un même mouvement pour voir un jeune garçon zigzaguer entre les voitures ; il frôla même celle de Dillon d'un cheveu.

Il s'arrêta en dérapant sur les gravillons, et Taylor se pétrifia.

— Nicholas ?

Le petit garçon descendit de vélo et parut surpris, lui aussi.

— Pourquoi êtes-vous là, madame Robinson ? J'ai fait une bêtise ? Vous êtes venus m'arrêter ?

Il brandit ses poings fermés, comme s'il s'apprêtait à affronter l'ennemi. Taylor ne put s'empêcher d'admirer son courage.

— Non, rassure-toi. Nous sommes là pour parler à ta grand-mère. Elle est à la maison ?

Le regard de Nicholas passa de Taylor à Dillon, tandis qu'il se raidissait. Il était plus que jamais sur la défensive.

— Elle n'aime pas beaucoup qu'on vienne la déranger le jour où elle est en congé. Elle a besoin de se reposer.

Taylor se pencha et posa les mains sur les épaules du petit garçon.

— Je comprends. Ta grand-mère travaille dur, n'est-ce pas ? Mais nous avons vraiment besoin de lui parler. Elle s'appelle Doris, n'est-ce pas ? Doris Rafferty ?

— Oui, c'est ça.

Nicholas parut brusquement effrayé.

— Qu'est-ce que vous lui voulez ? Elle n'a pas d'ennuis, au moins ?

Taylor secoua la tête.

— Non. Dillon et moi, nous voulons simplement lui poser quelques questions. Je te le promets, Nicholas. Je ne ferais rien qui puisse faire souffrir ta grand-mère. Tu me crois, n'est-ce pas ?

Il hésita un moment avant de hocher la tête.

— O.K., je vais la chercher.

Il ouvrit la porte, et leur fit signe d'entrer dans le vestibule.

— Attendez-moi, j'arrive, déclara-t-il avant de s'élancer dans l'escalier.

Après quelques instants, il réapparut sur le palier, roulant des yeux affolés.

— Venez vite ! Grand-mère ne va pas bien. Je n'arrive pas à la réveiller.

Dillon monta les marches quatre à quatre, suivi de Taylor. Quand ils poussèrent la porte de la chambre, la jeune femme manqua suffoquer.

Doris Rafferty était allongée sur le lit, encore vêtue. Son visage n'avait plus de couleur, et ses traits étaient creusés.

Elle avait une main qui pendait dans le vide. Sur la table de nuit, un flacon de pilules était renversé.

Nicholas courut au chevet de sa grand-mère et s'agenouilla.

— Grand-mère, cria-t-il, ne meurs pas, grand-mère !

Dillon le rejoignit et tâta le pouls de la vieille dame. Puis il se pencha et écouta son cœur. Il se releva enfin et, d'une voix blanche, dit à Taylor :

— Appelle les secours !

La jeune femme s'exécuta aussitôt, glissant un bras autour

des épaules du petit garçon pour l'entraîner hors de la pièce. Il lui résista, mais Taylor déclara d'un ton ferme :

— Laisse-le faire son boulot, Nicholas, Laisse-le aider ta grand-mère.

Doris avait les yeux fermés, et ne donnait aucun signe de vie. Mais Dillon ne se laissa pas décourager. Il continua à lui faire du bouche-à-bouche jusqu'à ce que les sirènes retentissent au-dehors.

En un tour de main, les services de secours prirent le relais, plaquant sur le visage de Doris un masque à oxygène avant de la glisser sur une civière. Quelques secondes plus tard, l'ambulance redémarrait dans un concert de sirènes hurlantes.

Nicholas s'accrochait à Taylor comme un noyé à une bouée, retenant ses larmes à grand-peine.

— Où l'emmène-t-on ? demanda la jeune femme à Dillon, qui venait à leur rencontre.

— Au Mercy General Hospital.

— Je veux aller avec elle ! hurla le petit garçon.

Taylor s'agenouilla devant lui et lui dit en le regardant droit dans les yeux :

— Ta grand-mère est entre de bonnes mains ; il faut laisser les médecins s'occuper d'elle.

— Emmenez-moi à l'hôpital, je veux être avec elle.

— Nous irons plus tard. Pour le moment, dis-moi qui je dois appeler. Tu ne peux pas rester seul ici.

— Il n'y a personne.

Il lui tourna le dos, certainement pour cacher les larmes qui roulaient sur ses joues.

— Je n'ai plus que grand-mère, reprit-il d'une voix étranglée.

Taylor échangea un regard avec Dillon. Ce dernier hésita, puis posa une main sur l'épaule du petit garçon.

— Où sont tes parents ?

Nicholas s'essuya le visage du revers de la main.

— Ma mère est morte, et mon vieux est parti avant ma naissance. Je n'ai plus que grand-mère.

— O.K. Je connais quelqu'un qui pourra rester avec toi ce soir, le temps que j'aille avec Taylor voir ta grand-mère à l'hôpital. Mon ami a un garçon de ton âge… Tu aimes le basket ? Il sera heureux d'avoir un petit copain pour jouer avec lui.

Dillon les laissa dans la cuisine pour aller téléphoner. Quand il revint, Taylor lui jeta un regard anxieux.

— Tout est arrangé. Neal m'a dit qu'on pouvait l'amener quand on voulait.

— Qui est Neal ? demanda Nicholas d'un ton suspicieux.

— C'était mon collègue.

— Il est policier, comme toi ?

Dillon grimaça un sourire.

— Oui.

— Est-ce qu'il… Est-ce qu'il peut faire ce que tu as fait là-haut, tout à l'heure ?

— Tu veux dire du bouche-à-bouche ?

— Oui, fit le petit garçon en enveloppant Dillon d'un regard admiratif. Je n'aime pas les policiers, mais… toi, tu n'es pas si mal que ça.

— Merci.

Dillon tendit la main, et Nicholas lui frappa dans la paume. Taylor en eut la gorge nouée. Elle voyait bien les efforts que le petit garçon faisait pour cacher sa peur. Brusquement, elle eut envie de le serrer dans ses bras, de le réconforter, mais elle savait que ce n'était pas le moment de le faire craquer. Il n'avait certainement pas envie de pleurer devant Dillon.

Comme s'il devinait ses pensées, il redressa les épaules.

— Quand est-ce que je pourrai aller à l'hôpital ?

— Bientôt. Pour l'instant, Taylor et moi allons rester auprès de ta grand-mère. Dès que nous aurons des nouvelles, nous t'appellerons. Tu as ma parole.

Nicholas hocha la tête d'un air grave. Il regardait Dillon et, cette fois, il n'essayait même plus de dissimuler son angoisse.

— Si grand-mère meurt…

Il déglutit avec peine, et Taylor, émue, passa un bras autour de ses épaules.

— Si grand-mère meurt, qu'est-ce qui va m'arriver ?

Aux urgences du Mercy General Hospital, c'était l'effervescence, comme toujours. Taylor et Dillon apprirent que Doris Rafferty était encore inconsciente, et que son état était critique.

— Devons-nous appeler Nicholas ? demanda Taylor, en acceptant la tasse de café que lui tendait Dillon.

— Attendons d'en savoir un peu plus. Ce n'est pas la peine de l'inquiéter inutilement.

— Je n'en croyais pas mes yeux, tout à l'heure, quand j'ai vu Nicholas. J'ignorais que Doris Rafferty était sa grand-mère. Quand je lui ai parlé au téléphone, il y a quelques semaines, elle m'a dit qu'elle s'appelait Baker, Kay Baker, et elle a ajouté que les parents du petit n'étaient pas dans la région. Pourquoi m'a-t-elle menti ?

— Je n'en ai pas la moindre idée. Et je crois que nous allons devoir attendre qu'elle reprenne conscience pour le savoir.

Mais Doris ne reprenait pas conscience. Elle souffrait d'un grave problème cardiaque, et les diagnostics n'étaient guère rassurants.

Après plusieurs heures, Dillon prit la jeune femme par le bras.

— Il vaut mieux que tu rentres. Cela ne sert à rien que nous restions ici tous les deux.

Mais Taylor refusa de s'en aller.

— Je reste. Si elle reprend connaissance, je veux être là.

— Comme tu voudras. Je vais essayer de trouver un médecin, fit Dillon avec un soupir résigné. Il nous en dira peut-être plus. Tu viens ?

— Non, vas-y seul. Je vais en profiter pour appeler Neal, et voir comment va Nicholas.

Quand Dillon se fut éloigné, Taylor se dirigea vers les Publiphone, et composa le numéro du policier. Plusieurs sonneries se succédèrent ; on tardait à répondre. Et, tout à coup, quelqu'un posa une main sur son épaule.

Croyant qu'il s'agissait de Dillon, elle se retourna.

— Alors, tu…

Un médecin portant un masque et une coiffe profondément enfoncée sur la tête la considérait méchamment. Il avait les yeux gris. Prise de panique, elle tenta de s'échapper, mais l'homme l'attrapa et l'attira contre lui. Sa main se referma sur sa bouche, et elle sentit la piqûre d'une aiguille dans son bras.

16

— Mon bébé ! Qu'est-ce qu'il a ? Il ne va pas mourir, n'est-ce pas ?

— Tout va bien, fit Lara Mendoza de sa voix chantante. Tout est O.K.

Une autre femme en blouse blanche apparut au chevet du lit.

— Tenez-la ! dit Doris Rafferty à Lara.

Et, soudain, Taylor sentit qu'on lui enfonçait une aiguille dans le bras.

— Non ! hurla-t-elle, prise de panique. Je ne veux pas dormir. Mon bébé… Oh, Dillon, aide-moi !

Dans le lointain, elle entendit un bébé crier, puis des gens qui parlaient près d'elle.

La voix d'une femme s'éleva, anxieuse et bouleversée :

— Et si quelqu'un découvre ce que nous avons fait ce soir ?…

— Personne ne le saura, rétorqua une autre voix, masculine cette fois, et étrangement familière. Nous avons effacé toutes les traces. Même les registres ont été modifiés. Qui irait nous dénoncer ? Doris ? Elle a eu ce qu'elle voulait. Lara ? Elle a reçu suffisamment d'argent pour perdre la mémoire. Il ne reste donc plus que nous deux, ma chérie…

*
* *

Comme le rêve s'estompait, les paupières de Taylor papillonnèrent. La première chose dont elle prit conscience fut cette odeur d'éther qui flottait dans la chambre. Une chambre d'hôpital. Alors qu'elle reprenait peu à peu ses esprits, elle sentit de nouveau la terreur l'envahir. Des images lui revenaient. La cabine téléphonique, le médecin, la piqûre d'une aiguille dans le bras…

Que lui avait-on fait ?

Elle voulut se relever, mais elle était trop faible. La pièce se mit à tournoyer, et elle ferma les yeux pour échapper à cette sensation d'étourdissement qui s'emparait d'elle. Quand elle ouvrit de nouveau les paupières, elle comprit que ce n'étaient pas les murs qui bougeaient ; on la déplaçait sur un chariot, le long d'un immense couloir.

Elle voulut parler, mais les mots refusèrent de dépasser ses lèvres.

— N'essayez pas de crier, fit un homme derrière elle, d'une voix menaçante.

Une voix qui lui parut familière… Où diable l'avait-elle déjà entendue ?

Taylor redressa légèrement la tête. Devant elle, les portes d'un ascenseur s'ouvrirent, et elle fut poussée à l'intérieur. Un autre médecin, vêtu, lui aussi, d'un masque, se pencha au-dessus d'elle. La sonnette retentit, et l'ascenseur se mit en branle.

Curieusement, la peur s'en allait. Taylor avait l'impression de flotter entre rêve et réalité. Elle devait être droguée. Elle s'aperçut néanmoins que les deux médecins avaient les yeux fixés sur elle. Des yeux gris, des yeux verts. Un homme et une femme.

Lentement, l'homme au regard métallique ôta son masque. Lamar Jackson !

— On peut dire que vous êtes une dure à cuire, déclara-t-il d'un ton persifleur.

— Pourquoi ? parvint-elle à demander.

Il haussa les épaules et se tourna vers sa compagne.

— Elle vous le dira mieux que moi.

— Idiot ! gronda la femme entre ses dents. Tais-toi !

— Pourquoi ? demanda Jackson. Dans quelques minutes, elle ne sera plus là.

L'inconnue retira vivement son masque, et Taylor manqua alors suffoquer. Le Dr Forster fixait sur elle un regard glacial.

— Oui, répondit-elle avec fiel, dans quelques minutes, tout sera terminé. Définitivement.

Elle prit une seringue dans la poche de sa blouse et la leva devant ses yeux pour en vérifier le contenu. Une perle de produit gicla au bout de l'aiguille.

Taylor était terrorisée. Comment était-ce possible ? Le sergent Jackson et le Dr Forster s'apprêtaient à la tuer. Mais pourquoi ? Pourquoi ?

— Oui, répéta Jillian en sortant de la poche de sa blouse un revolver muni d'un silencieux.

Lentement, elle pointa le canon de son arme en direction … du sergent Jackson.

— Dans quelques minutes, reprit-elle, tout sera terminé, et personne n'en saura jamais rien.

Elle appuya sur la détente.

— Mais qu'est-ce que…

Jackson regarda, incrédule, le cercle rouge s'agrandir sur sa blouse. Puis, peu à peu, son regard se voila.

— Tu me disais pourtant… que… tu m'aimais…

Sa voix se brisa dans un râle sourd.

Le Dr Foster eut alors un rire sans joie.

— Et tu as été assez naïf pour le croire. Pauvre abruti !

Le médecin reporta son attention sur Taylor.

— Et maintenant, à votre tour. J'attends ce moment depuis trop longtemps, continua-t-elle.

— Pourquoi faites-vous cela ?

— Parce que vous étiez trop près de la vérité ! Vous et votre sale détective. Si vous vous étiez mêlée de vos affaires… Brad vous a volé votre enfant, pauvre folle ! Toutes ces années, vous avez été mariée à votre bourreau, vous avez partagé son lit.

Taylor ferma les paupières. Les voix retentissaient de nouveau dans son esprit, déchirant le voile des années.

« Nous avons effacé toutes les traces… Il ne reste plus que nous deux, ma chérie… »

Ainsi, c'était la voix de Brad qu'elle avait entendue en sortant de l'anesthésie. Taylor avait cru qu'elle rêvait. Quand elle avait ouvert les yeux, son époux était penché au-dessus d'elle, le visage crispé d'inquiétude.

Ce n'était qu'un leurre !

— Il ne pouvait pas supporter l'idée, d'élever l'enfant de Dillon Reeves. Il pensait qu'en se débarrassant du bébé, vous oublieriez plus facilement ce détective de malheur, et que vous réussiriez à l'aimer. Mais on ne peut pas obliger quelqu'un à vous aimer, n'est-ce pas ? ajouta-t-elle avec amertume. Je sais de quoi je parle, croyez-moi.

— Vous l'avez… aidé ?

— Je l'aimais. Je pensais que, de cette façon, il finirait par s'attacher à moi. C'est moi qui ai donné naissance à votre bébé, cette nuit-là, et non le Dr Wescott, comme vous l'avez toujours cru. Il y avait cinq personnes dans la salle d'accouchement. Brad, Lara Mendoza, Doris Rafferty, vous et moi. Vous connaissez les raisons qui ont poussé Brad à agir ainsi. Lara, elle, voulait de l'argent. Doris s'intéressait au bébé. En effet, sa fille venait d'accoucher d'un enfant mort-né. Doris était submergée de chagrin, et elle se faisait du souci pour sa fille. Elle pensait que jamais elle ne s'en remettrait. Alors, elle lui a donné votre bébé.

— Vous voulez dire que le petit-fils de Doris…

— C'est votre fils, oui.

Taylor n'en croyait pas ses oreilles. Nicholas Baker était son enfant !

— Malheureusement, Brad a été rongé par les remords, continua le Dr Forster. Il n'a jamais réussi à vivre en paix avec sa conscience ; il ne pensait plus qu'à vous révéler la vérité. Je ne pouvais pas le laisser faire. Hors de question que je mette ma carrière en jeu. Il ne me restait plus que cinq ans à attendre pour devenir chef du personnel, ici, dans cette clinique. Avez-vous idée de ce que cela représente ?

Elle esquissa un sourire rêveur.

— De l'argent, mais aussi un pouvoir infini et du prestige. Tout cela pour moi…

— Vous avez tué Lara Mendoza ?

Elle acquiesça, visiblement fière de ses exploits.

— Après la mort de Brad, Lara a commencé à avoir peur. L'argent n'a pas réussi à la calmer. Maintenant, le problème est résolu : ils sont morts tous les deux. Quant à Doris, je m'en suis occupée aussi. Il ne reste plus que vous, madame Robinson.

Elle lui adressa un regard haineux. Taylor sentit en elle la colère l'emporter sur la peur.

— Vous êtes complètement folle. Mais ne croyez pas que vous allez vous en sortir aussi facilement !

— Détrompez-vous. Tout le monde pense que Brad s'est suicidé. Lara Mendoza est la victime d'un désaxé. Et Doris… elle a le cœur fragile.

— Vous allez la tuer ?

— Oui, mais personne n'arrivera à le prouver.

Taylor promena un regard autour d'elle, cherchant une arme pour se défendre. Elle vit la seringue que le médecin avait posée sur le brancard. Discrètement, elle avança la main pour la saisir.

Les portes de l'ascenseur s'ouvrirent à cet instant, et le Dr Forster relâcha son attention pour jeter un bref coup d'œil dans le couloir. Taylor en profita pour saisir la seringue et la plonger dans le dos de Jillian, qui se retourna en poussant un cri et qui, dans la panique, laissa tomber son arme. Le revolver rebondit sur le sol, hors de portée de Taylor.

Le Dr Forster tomba à genoux, en se tordant pour essayer d'ôter la seringue. Taylor ne perdit pas de temps à rattraper le silencieux. Elle bondit du brancard et s'élança vers le couloir.

Aussitôt, le ronronnement des machines l'assaillit. Elles étaient au sous-sol, dans les profondeurs de l'hôpital. Le bruit d'une puissante turbine lui martelait les tempes. Le Dr Forster avait choisi avec soin l'endroit où elle devait commettre son crime. Ici, personne n'aurait pu entendre sa victime crier.

Prise de panique, Taylor prit ses jambes à son cou et courut droit devant elle, à la recherche d'une sortie. Une balle ricocha sur un tuyau, quelques centimètres au-dessus de sa tête. Elle poussa un hurlement, et se jeta derrière un pilier.

Coulant un regard apeuré en direction de l'ascenseur, elle vit le Dr Forster avancer vers elle d'une démarche vacillante, les doigts crispés sur son revolver. Jillian l'aperçut et tira une deuxième balle qui alla se ficher dans le mur, derrière elle.

Taylor balaya l'endroit du regard. A sa droite, à moitié cachées par une cloison d'acier, des marches s'élançaient à l'assaut des immenses cuves, jusqu'à une étroite coursive. Elle n'avait guère le choix ; il lui fallait échapper à sa poursuivante. Sans plus réfléchir, elle se précipita vers l'escalier dérobé tandis qu'une nouvelle balle sifflait. Sans même prendre le temps de jeter un coup d'œil derrière elle, elle gravit les marches quatre à quatre, s'aidant des mains pour avancer plus vite. C'est alors qu'elle ressentit une vive douleur dans le poignet, à laquelle elle refusa de prêter attention. Ce n'était pas le moment de perdre du temps, en effet, car elle sentait la présence du Dr Forster dans son dos. Réprimant un frisson d'effroi, elle coula un regard par-dessus son épaule. Le médecin avait déjà atteint l'escalier et, posément, il la visait avec son arme.

Elle appuya sur la détente.

Mais rien. Plus de balle.

Poussant un cri de frustration, le Dr Forster jeta le revolver avant de reporter son attention sur Taylor. Elle monta les marches une à une, franchissant peu à peu la distance qui les séparait.

Taylor s'efforça de chasser la torpeur dans laquelle la plongeaient les médicaments, et reprit son ascension. Mais plus elle montait, plus le vertige l'assaillait, l'étourdissait… Un instant, elle s'arrêta, ne sachant plus quelle direction prendre. La coursive se séparait, lui offrant plusieurs alternatives à travers les méandres des gigantesques turbines. En face d'elle, il y avait une porte surmontée d'une lumière rouge indiquant « sortie ».

Taylor s'y précipita. Le grondement des moteurs, à quelque trente mètres au-dessous d'elle, faisait vibrer le grillage sous ses pieds.

Des pas retentirent tout à coup derrière elle ; le Dr Forster ne semblait pas vouloir lâcher prise. Taylor voulut courir, mais les vibrations de ce chemin de sentinelle, ajouté au vertige qui refusait de se dissiper, l'en empêchèrent. Elle vacilla et, quand elle s'agrippa à la rambarde pour recouvrer son équilibre, il était trop tard : sa poursuivante l'avait rattrapée.

Jillian fondit sur elle, la renversant sur le sol. Taylor voulut se débattre mais, soudain, elle se sentit glisser sur le côté. A tâtons, elle tenta de trouver un appui. Ses doigts se refermèrent sur un angle de la coursive auquel elle s'accrocha comme un noyé à sa bouée. Une douleur fulgurante lui traversa le poignet, mais elle serra les dents. Il fallait absolument qu'elle tînt bon. Elle ne voulait pas aller s'écraser en contrebas…

Au-dessus de sa tête, le Dr Forster se relevait. Ses cheveux auburn s'étaient échappés de sa coiffe et balayaient ses épaules comme une pluie de sang, tandis qu'elle fixait sur Taylor un regard meurtrier.

— Il n'y en avait que pour vous, cracha-t-elle d'un ton venimeux. J'ai tout fait pour lui, mais il ne pensait qu'à vous ! Eh bien, allez le rejoindre, maintenant !

Le médecin leva le pied et le posa lentement sur la main de Taylor. La jeune femme hurla de douleur, et ses doigts, écrasés sous le talon du Dr Forster, perdirent leur appui. Elle se retrouva suspendue au-dessus du vide, accrochée uniquement par sa main gauche.

Son poignet la faisait souffrir le martyre. Elle était à bout de forces. Lentement, sa main glissa le long du métal.

— Taylor ! Tiens bon !

La voix de Dillon lui parvint à travers un brouillard de souffrance, à travers les ténèbres qui se refermaient sur elle. Comme le policier gagnait la coursive, le Dr Forster prit peur et courut vers la sortie.

— Tiens bon ! répéta Dillon en courant vers Taylor.

Bientôt, il fut à genoux, et lui tendit la main.

— Je ne peux pas, geignit Taylor. Je ne peux plus…

Elle capitulait, acceptant la mort, lorsque Dillon lui agrippa le poignet. Un hurlement de douleur lui échappa, mais, en un tour de main, il la hissa sur la coursive et la prit dans ses bras.

— Comment m'as-tu retrouvée ? demanda-t-elle en blottissant son visage contre l'épaule de son sauveur.

— Je te le dirai plus tard. Il faut d'abord sortir d'ici.

— Oh ! Dillon, il faut que je te dise… Nicholas est notre fils.

— Je le sais. Doris a repris connaissance et m'a tout confessé. Et, maintenant, détends-toi et laisse-moi t'emporter loin d'ici.

La jeune femme sentait ses paupières s'alourdir quand, tout à coup, une lumière vive derrière eux la fit sursauter. Ses yeux s'agrandirent, horrifiés, tandis qu'une silhouette sortait de l'ombre.

— Dillon, attention !

Le Dr Forster courait vers eux, en brandissant une barre de fer au-dessus de sa tête. Dillon fit volte-face, s'apprêtant à parer le coup, mais rien ne vint. Au-delà des rugissements des turbines, un coup de feu avait éclaté. Puis un autre. Le médecin poussa un cri d'horreur avant de basculer par-dessus la rambarde, et tomber dans les mâchoires béantes des machines, une cinquantaine de mètres plus bas.

Comme Taylor se redressait, soutenue par Dillon, elle jeta un coup d'œil en contrebas. Le sergent Jackson, appuyé contre un pilier, baissait lentement son arme.

Taylor fut envoyée en salle d'urgences, où elle retrouva le jeune interne au visage constellé de taches de rousseur, qui lui avait soigné le poignet. Dillon resta à son chevet, cependant qu'on lui ôtait son plâtre. En dépit des protestations des médecins, il avait refusé de s'éloigner.

Quand le plâtre fut enlevé, la douleur s'estompa quelque peu. Mais Taylor en avait encore gros sur le cœur.

— Dillon…

— Tu n'es pas obligée de parler tout de suite, si tu ne t'en sens pas capable…

Elle secoua la tête.

— Non, il faut que je te dise. Ce soir, quand j'ai découvert que Nicholas était notre fils, j'ai regretté de ne pas pouvoir le prendre dans mes bras tout de suite, et lui dire que j'étais sa mère. C'est ce que je voulais. Je le voulais plus que tout au monde…

— J'imagine, oui.

— Mais, à ce moment-là, j'ai pensé à un passage de la Bible, dans lequel deux femmes revendiquent la maternité d'un même enfant. La véritable mère l'aimait suffisamment pour renoncer à lui, et c'est ce que j'ai l'intention de faire. Je ne peux pas arracher ce petit garçon à Doris. Elle est la seule famille qu'il ait, je ne peux pas la lui enlever.

Dillon lui prit la main, doucement.

— Taylor, il faut que je te dise quelque chose.

« Oh, non ! songea Taylor, le cœur brisé. Nous y voilà ! Tout est fini : il me quitte… »

— Doris Rafferty est morte cette nuit. Nicholas n'a plus de famille ; il va avoir besoin de nous. De nous deux.

— Mais…

— Chut ! Plus tard. Tu dois te reposer, maintenant. J'ai encore plein de choses à te dire, mais ça attendra. Ce sont les ordres du médecin.

— Dis-moi une seule chose.

Il l'enveloppa d'un regard tendre.

— Est-ce que tu m'aimes, Dillon ?

— Oui, et pour toujours…

Taylor ouvrit les paupières et promena un regard autour d'elle.

— Dillon ?

— Il va revenir, fit Miranda en s'approchant. Ne t'inquiète pas. Il n'est pas parti bien loin.

Il n'y avait aucune trace d'amertume dans sa voix, Taylor ne manqua pas d'en être surprise. Miranda se pencha au-dessus d'elle et passa une main dans ses cheveux.

— Je me suis trompée sur son compte, admit-elle. Je me suis trompée sur beaucoup de choses.

— Maman…

— Non, laisse-moi finir. Il faut que tu saches la vérité. Il est temps que je t'avoue mes fautes.

Elle prit une profonde inspiration, comme si cette confession lui coûtait.

— Je ne sais pas par où commencer, dit-elle enfin, en se mordant la lèvre. Enfin, voilà… Je me suis arrangée pour que Dillon te voie devant l'appartement de Brad, le lendemain du bal. Je lui ai dit où te trouver parce que je savais qu'il en tirerait de fausses conclusions. Mais pour m'assurer qu'il s'en irait, je… je l'ai menacé.

Taylor sentit son cœur chavirer. Ses yeux s'écarquillèrent d'horreur.

— Qu'as-tu fait ?

— Je lui ai dit que s'il ne quittait pas la ville, je m'arrangerais pour qu'il ne finisse jamais ses études de droit. J'ai ajouté que sa famille paierait les pots cassés ; j'avais l'intention d'interdire au banquier d'accorder à son père les prêts qu'il avait demandés.

— Mon Dieu ! Maman… Mais pourquoi ?

Miranda avait les yeux pleins de larmes.

— Il me faisait peur, Taylor. Il était capable de t'arracher à moi.

— Toutes ces années, murmura la jeune femme d'une voix blanche, tu m'as laissée croire que Dillon m'avait quittée. Comment as-tu pu faire une chose pareille ?

— Je l'ai fait pour toi. En tout cas, c'est ce que je me disais. Je savais que tu n'aimais pas Brad. Pas comme tu aimais

Dillon, en tout cas. Pas comme moi, j'avais aimé ton père. Brad était la solution rêvée. Jamais il ne s'interposerait entre nous, jamais il ne t'enlèverait à moi… Oh ! Taylor, pourras-tu un jour me pardonner ?

Comment l'aurait-elle pu ? Toutes ces années gâchées… La colère, la souffrance, la culpabilité ! Et les mensonges…

— Dillon m'a tout raconté, ce soir, ajouta sa mère. Il m'a même dit pour Nicholas.

— Dillon t'a appelée ?

Miranda acquiesça. Les larmes roulaient sur ses joues.

— Il m'a pardonnée, Taylor. J'espère qu'un jour, tu en seras capable, toi aussi.

Quand Taylor se réveilla, Dillon était assis à son chevet. Il se leva aussitôt et, se penchant vers elle, effleura ses lèvres d'un baiser.

— Pourras-tu oublier que je ne t'ai pas fait confiance ? souffla-t-elle. J'aurais dû savoir que tu n'aurais jamais quitté la ville sans véritable raison.

— Tu as parlé à Miranda, n'est-ce pas ?

— Pourquoi ne m'as-tu rien dit ?

Il détourna les yeux et haussa les épaules.

— Tu avais déjà tant perdu. Ton bébé, ton mari. Je ne voulais pas être responsable d'une rupture avec ta mère.

— J'ai été si égoïste, Dillon. Si stupide. Je t'ai reproché d'être parti, alors que…

Elle secoua tristement la tête.

— Quand je pense à tout ce temps…

— Chut, fit-il en posant un doigt sur ses lèvres. Oublie tout ça. L'avenir est devant nous. Notre avenir.

— Ce qui veut dire que tu me pardonnes ?

— Nous avons fait des erreurs, toi comme moi, et nous l'avons payé très cher. Il est temps, maintenant, de tout reprendre de zéro…

— Je te promets d'être une bonne épouse, Dillon, et de te rendre heureux. Si tu le veux, bien sûr…

Il lui sourit tendrement.

— Tu me rends déjà heureux. A propos, je ne t'ai pas posé la question… Comment te sens-tu ?

— Je me sens déjà beaucoup mieux. Apparemment, c'était la nuit de toutes les révélations.

Dillon eut un sourire mystérieux.

— Tu ne te doutes pas à quel point. Tu as eu un autre visiteur pendant que tu dormais.

— Qui ?

— Le Dr Robinson. Il avait des confessions à te faire. C'est sa femme qui a crevé tes pneus, et qui a essayé de t'écraser, l'autre soir. Il s'est finalement décidé à la faire soigner à l'hôpital.

— Ainsi, Deirdre était derrière tout cela ?

— Oui. Et quand, ensuite, tu as rapporté ces incidents à Lamar, il s'en est servi contre toi.

Taylor secoua la tête d'un air incrédule.

— Je ne comprends toujours pas ce qui l'a poussé à protéger le Dr Forster.

— Il l'a dit lui-même. Il était prêt à tout pour elle.

— Au point de tuer… Comme elle a été capable de me voler mon bébé pour Brad. Est-ce ça, l'amour, Dillon ?

— Non, c'est de la folie… Si tu te sens mieux, que dirais-tu d'aller chercher notre fils ?

— J'ai un peu peur de sa réaction quand il apprendra la nouvelle.

— Moi aussi.

— Il risque d'être bouleversé pour sa grand-mère.

— Nous serons là pour le soutenir.

— Et s'il ne veut pas de nous ?

— Alors, nous devrons faire preuve de patience. L'important, c'est que nous soyons soudés. Tous les trois.

Taylor sourit.

— Je t'aime tant, Dillon.

— Pas autant que moi, ma chérie…

Épilogue

Un an plus tard…

Taylor hurlait de douleur. Les contractions étaient de plus en plus rapprochées, et de plus en plus douloureuses.

— C'est presque fini, madame Reeves, dit l'infirmière d'un ton rassurant. Continuez à pousser.

— Oh, je vous en prie ! protesta Taylor d'une voix affaiblie.

Elle s'humecta les lèvres.

— S'il vous plaît, je n'en peux… plus.

— Mais si. Vous vous débrouillez très bien.

Une vague de souffrance submergea la jeune femme, et elle cria le nom de Dillon.

— Je suis là, répondit-il en lui prenant la main. Nicholas est dans le couloir, avec Miranda. Il m'a demandé de te dire de te dépêcher. Il a un rendez-vous, ce soir.

— Un rendez-vous ? Il n'est pas un peu jeune pour ça ?

— Dis-le à Alisha. Lorraine les emmène à la patinoire.

Depuis que Lorraine Wescott avait quitté son époux et suivait un programme de désintoxication, ce n'était plus la même femme. Elle et sa fille s'étaient littéralement métamorphosées. Alisha et Nicholas, tous deux de retour à Claymore, s'entendaient comme deux larrons en foire ; ils étaient devenus inséparables.

Avant de mourir, Doris avait tout confessé à Dillon. Elle lui avait expliqué que sa fille était morte peu après la naissance de Nicholas, et qu'elle avait dû prendre en charge l'éducation du petit garçon.

Rongée par la culpabilité, Doris avait tenté de se racheter en gâtant Nicholas, en lui donnant tout ce qu'elle pouvait. Elle avait travaillé sans compter pour gagner suffisamment d'argent et envoyer le petit garçon à l'école de Claymore, où le Dr Wescott, son employeur et ami depuis des années, avait réussi à l'inscrire.

Mais rien n'avait réussi à balayer la culpabilité, jusqu'au moment où elle avait libéré sa conscience, sur son lit de mort. Elle avait ensuite fermé les yeux, et s'était laissé emporter…

— Hé, encore un petit effort, madame Reeves, gronda Dillon gentiment. Continue de respirer.

— Facile à dire ! Tu crois être plus fort que tout le monde, maintenant que tu as fini ton école de droit et que tu es inscrit au barreau ?

— Il était temps ! Je ne supportais plus que ma femme m'entretienne.

— Comme si tu m'avais permis de le faire…

Ils venaient de traverser des moments difficiles, Nicholas, Dillon et elle. Mais cela en valait la peine. Aujourd'hui, ils formaient une véritable famille, tous les trois. Tout ce dont elle avait rêvé. Elle et Dillon s'étaient finalement retrouvés ; ils avaient un fils, et auraient bientôt une fille.

— Elle vient, annonça le médecin. Poussez encore une fois, madame Reeves…

Et, dans un brouillard de douleur et de joie, de rires et de pleurs, Taylor entendit enfin le cri d'un bébé…

JACKIE MANNING

Garde rapprochée

éditions Harlequin

Titre original : TOUGH AS NAILS

Traduction française de ELISABETH BENARBANE

Ce roman a déjà été publié sous le même titre
en octobre 2004

83/85 boulevard Vincent-Auriol 75646 PARIS CEDEX 13.
Service Lectrices — Tél. : 01 45 82 47 47
www.harlequin.fr

1

Brianna Kent bondit brusquement de son lit. Elle n'avait pas rêvé. Le bruit qu'elle venait d'entendre provenait bien de son appartement. Quelqu'un était entré chez elle. D'une main tremblante, elle balaya une mèche rebelle avant de se figer, tout entière à l'écoute du moindre craquement. Rien, sinon le battement sourd de son propre cœur. Et un silence chargé d'angoisse. Il fallait qu'elle se décide. A moins qu'elle ne passe le reste de la nuit à attendre, plantée au pied de son lit, que l'intrus se manifeste.

Un minimum de bon sens s'imposait. A part un dingue, ou bien un professionnel, personne ne se risquerait à braver le système de surveillance de l'immeuble. Chaque fenêtre, chaque porte était sous alarme, sans compter les caméras vidéo qui couvraient chaque couloir. Inutile de paniquer. Brianna connaissait suffisamment les vertus de l'autosuggestion pour en faire bon usage. Les vertus de l'action, aussi. Puisque, de toute façon, elle ne parviendrait pas à se rendormir, elle n'avait qu'à faire le tour de l'appartement. Histoire d'être complètement rassurée. Elle enfila son peignoir et ouvrit le tiroir de sa table de chevet. Le poids du Beretta 9 mm dans sa main la réconforta. Les armes lui avaient toujours fait horreur, mais elle savait s'en servir. Le diplôme de l'académie de tir de Brooklyn, roulé au fond du tiroir, en attestait.

Elle entrouvrit la porte et passa la tête dans l'encadrement. A l'autre bout du couloir, le salon était éclairé. Ses muscles, instinctivement, se tendirent et elle ravala sa salive, serrant le poing sur la crosse froide du revolver. Quelqu'un était donc entré…

Elle se redressa soudain. Quelle idiote elle faisait ! Il fallait qu'elle soit particulièrement sur les nerfs ces temps-ci pour s'être monté un film pareil ! Sa tante Nora devait prendre un avion à Kennedy Airport le lendemain et, comme à son habitude, elle lui avait demandé de l'héberger pour la nuit. Brianna rengaina l'arme dans la poche de son peignoir et se passa une main fébrile sur le visage. Elle se souvenait maintenant avoir volontairement laissé la lumière du salon allumée, la veille au soir, au cas où sa tante se réveillerait. Nora était insomniaque depuis des années et angoissait terriblement de se retrouver dans l'obscurité, surtout quand elle n'était pas chez elle. Sans doute s'était-elle levée pour se faire une tisane. C'était donc là l'intrus que Brianna avait cru entendre ! Elle soupira et se dirigea vers la cuisine. Evidemment, à force de gamberger comme elle le faisait depuis bientôt trois semaines, elle allait finir par débloquer complètement !

Elle traversait distraitement le vestibule quand ses yeux furent attirés par un objet insolite, posé sur la moquette. Une enveloppe qu'on avait visiblement glissée sous sa porte. Une enveloppe de papier kraft. Parfaitement identique aux trois précédentes. Sauf que les autres lui avaient été remises au bureau. Son sang se glaça dans ses veines. Ainsi, *il* connaissait son adresse… D'instinct, elle empoigna son revolver. Quelqu'un était bel et bien monté jusqu'à son appartement sans se faire remarquer. Un coup d'œil à la chaîne de sûreté de la porte d'entrée la rassura. Personne n'avait pénétré chez elle. Et le mystérieux facteur ignorait sans doute l'existence des caméras vidéo postées à chaque étage ; un simple coup de fil à la sécurité et elle obtiendrait les images de son passage. Elle remit le Beretta dans sa poche et décrocha le téléphone mural.

— Service de sécurité, Collins à l'appareil, marmonna à l'autre bout une voix masculine, un peu endormie.

— Ici le docteur Kent, appartement 2304, répliqua Brianna sans rien cacher de son impatience. Quelqu'un vient de déposer une enveloppe chez moi. J'aimerais visionner les bandes, depuis minuit environ. Vous pouvez me les faire parvenir ?

— Eh bien…, hésita l'agent. C'est-à-dire… nous avons eu un petit problème, docteur. Il se trouve que toutes nos caméras sont tombées en panne il y a un peu plus d'une heure. Un ennui électrique, apparemment. Notre équipe s'attelle à la tâche et ça sera bientôt réparé. Malheureusement nous ne…

— Vous voulez dire que vous n'avez aucune image ?! s'exclama Brianna. Y compris de l'extérieur ?

— Je le crains, en effet. C'est la première fois qu'un truc pareil arrive. J'en référerai à Ed Jenkins dès qu'il prendra son service. En attendant, j'ai peur de ne vous être d'aucune aide.

— C'est aussi mon avis, rétorqua sèchement la jeune femme. Je passerai voir votre responsable avant de partir travailler. La copropriété vous paie assez cher pour se croire à l'abri de ce style de défaillances !

Elle raccrocha rageusement le combiné en ravalant un juron. Elle avait cru un instant tenir son mystérieux correspondant et voilà qu'il lui échappait. Pis encore, il y avait de grandes probabilités pour qu'*il* soit à l'origine de la panne. Elle hésita un instant sur l'attitude à adopter. Le mieux, certainement, était d'alerter sans attendre le lieutenant Jeffries, au commissariat central. Elle avait promis de le tenir au courant dans le cas où elle recevrait une nouvelle enveloppe. Mais, à cette heure de la nuit, il y avait peu de chance pour qu'elle tombe sur lui…

— Ça va, ma chérie ?

Nora ! Sa tante, les yeux embués de sommeil, se tenait appuyée dans l'encadrement de la porte de la cuisine et la regardait avec étonnement.

— Tu es blanche comme un linge et... mais, tu trembles ?

— Tout va bien, s'empressa de couper Brianna. J'avais cru distinguer un bruit suspect mais je me suis trompée. Je viens d'appeler la sécurité ; tout est en ordre.

— Tu es sûre ? enchérit Nora, les sourcils froncés. Excuse-moi, mais j'étais juste à côté et… j'ai entendu ta conversation…

L'appartement n'était pas si grand. Et puis la jeune femme était si nerveuse qu'elle n'avait pas pris garde à baisser la voix.

— C'est cette enveloppe, je suppose, qui te préoccupe ? reprit sa tante en se penchant pour la ramasser.

— N'y touche surtout pas ! intervint Brianna. Il y a peut-être des empreintes.

— Des empreintes ? s'exclama Nora, médusée. Mais… Vas-tu me dire, à la fin, ce qui se passe ici ? Les caméras de surveillance qui tombent en panne, une pièce à conviction, je suis peut-être naïve, ma petite, mais j'ai le sens des réalités. Tu es en danger ? On te veut du mal ?

S'il y avait une chose que Brianna aurait voulu éviter, c'était bien de mêler sa tante à toute cette histoire. Elle la savait suffisamment tenace pour ne pas jeter l'éponge avant d'avoir obtenu les informations qu'elle escomptait. Elle n'avait aucune envie de lui confier quoi que ce soit. Elle-même ignorait tout, d'ailleurs, des motivations de son correspondant…

— Ne t'inquiète pas, nous n'avons rien à craindre, avança-t-elle avec un rien d'impatience. L'équipe de nuit répare le système de surveillance en ce moment même.

— Et cette enveloppe ? Tu ne veux pas voir ce qu'elle contient ?

Brianna secoua la tête. Elle ne savait que trop à quoi s'en tenir.

— Ce ne peut être qu'une mauvaise blague, affirma-t-elle d'un air détaché. Je la déposerai tout à l'heure au commissariat, en allant travailler ; ils se chargeront eux-mêmes de démasquer le petit plaisantin.

Un coup d'œil à sa tante suffit à la convaincre que sa désinvolture n'avait pas pris.

— Pardonne-moi, allégua en effet cette dernière, tu ne m'enlèveras pas de l'idée que la situation est plus critique que tu veux me le laisser croire.

La jeune femme poussa un profond soupir. A quoi bon résister davantage ? Nora ne la lâcherait pas, de toute façon…

— Allons boire un lait chaud, dit-elle en prenant sa tante par l'épaule et je vais t'expliquer ce que je sais.

Elle fit un pas vers la cuisine avant de sentir Nora se raidir brusquement.

— Mais tu as un… ! Mon Dieu, quelle horreur ! s'écria la vieille femme, les yeux rivés sur le Beretta, dont le poids déformait ostensiblement la poche du peignoir.

— Ce n'est rien. Je… je dormais à poings fermés quand le bruit m'a réveillée et j'ai… paniqué, voilà tout. Pardonne-moi si je t'ai effrayée.

Mais Nora avait blêmi et l'anxiété se peignait maintenant sur son visage. La vision du revolver avait considérablement ajouté au dramatique de la situation. Sans compter qu'à bientôt 3 heures du matin, son sang-froid était sans doute un peu émoussé.

Brianna laissa sa tante dans la cuisine pour aller ranger le Beretta. Inutile d'assombrir outre mesure l'atmosphère. Lorsqu'elle revint dans la pièce, elle trouva Nora appuyée contre le plan de travail, les bras croisés sur la poitrine, attendant que le lait frémisse. Combien de fois la jeune femme l'avait-elle vue dans cette posture, quand elle lui préparait un goûter à son retour de l'école ou bien lui faisait chauffer un chocolat au lait après une promenade au parc ? Brianna était toute jeune quand sa mère était morte et Nora, la sœur de son père, s'était tout de suite impliquée dans leur vie quotidienne. Elle s'était rendue indispensable, choyant sa nièce comme sa propre fille.

Brianna adorait sa tante et c'était toujours avec plaisir qu'elle la recevait chez elle. Mais, aujourd'hui, la situation était sensiblement différente. Tant que la police n'aurait pas mis la main sur celui qui la harcelait, elle ne voulait pas prendre le moindre risque. Ni pour elle ni pour ses proches. Et mettre Nora dans la confidence en constituait un. Au moins parce que la brave femme ne manquerait pas de se ronger les sangs et d'en perdre le sommeil. Elle vint s'asseoir devant le bar et, s'y accoudant, prit sa tête entre ses mains. Impossible, pourtant, d'esquiver l'interrogatoire. Sa tante venait de prendre place devant elle après avoir posé sur la table deux mugs de lait fumant.

— O.K., commença-t-elle, je vais tout te dire. Ces deux dernières semaines, j'ai reçu au bureau trois enveloppes identiques à celle-là. Elles contenaient chacune une photo de moi, la première, prise dans le parking du boulot, la deuxième, dans un restaurant où je passais la soirée avec une dizaine d'amis ; nous fêtions l'anniversaire de Marcie. La troisième enfin m'est parvenue lundi dernier. On m'y voit en compagnie d'un collègue avec qui j'étais allée boire un verre. Ne me demande pas quel est le lien entre tout ça, il m'échappe complètement.

— Une chose est sûre, en tous les cas, certifia Nora en hochant la tête, un cinglé t'a prise pour cible !

Brianna demeura un instant silencieuse. Elle avait abouti aux mêmes conclusions, mais à quoi bon enfoncer le clou ? Nora se ferait un sang d'encre, voilà tout ce qu'elle y gagnerait. Autant rester évasive.

— Peut-être, se contenta-t-elle d'avancer. Mais j'ai pris

mes dispositions. La police est au courant et suit l'affaire de près. Quant à moi, j'ai des rudiments de karaté et un calibre plus que dissuasif. Sans compter que l'immeuble est un des plus sûrs de tout Manhattan.

— Sauf lorsque les caméras sont hors service, rétorqua son interlocutrice en se levant. Tu as affaire à un malade, ma chérie. Un type qui, pour je ne sais quelle raison, fait une fixation sur toi. Ils montrent parfois des cas comme ça à la télévision. Ces gens-là sont prêts à tout et ils ne manquent généralement pas de talent ! Je te parie que c'est ton livreur d'enveloppes qui a saboté le système de surveillance.

Elle se dirigea d'un pas décidé vers le couloir.

— Où vas-tu comme ça ? s'exclama Brianna en la retenant par le bras.

— Défaire mes valises ! Je reste près de toi. Tant que cette affaire ne sera pas tirée au clair, en tout cas. Je verrai ma sœur plus tard, ça n'a aucune importance.

— Mais il n'en est pas question ! s'insurgea la jeune femme. J'apprécie ton geste, Nora, mais, franchement, je ne pense pas que ta présence changera quoi que ce soit à l'affaire. Au contraire, je me connais, elle me causera une inquiétude supplémentaire. Et, en ce moment, je n'en ai vraiment pas besoin ! Pars comme prévu. Je t'assure, c'est mieux ainsi.

La vieille dame réfléchit un instant puis releva les yeux.

— Soit, dit-elle, mais à une condition.

— Dis toujours…

— Je veux que tu contactes SafeNet. C'est une agence installée sur la 6e, près de Madison. Leur spécialité, c'est la protection civile, le gardiennage, ce genre de choses. Promets-moi que tu les appelleras…

— SafeNet ? Comment connais-tu ces gens-là ?

Nora affecta soudain un air distant et détourna les yeux.

— Disons que je suis avec intérêt la carrière de son responsable depuis sa sortie du lycée.

Rien d'étonnant à cela. Nora Harris avait toujours été proche de ses étudiants. Aujourd'hui encore, elle restait en contact avec la plupart d'entre eux. Une manière, sans doute, de pallier le fait qu'elle n'avait jamais eu d'enfant.

— Un ancien élève ?

— Tout juste, confirma-t-elle. C'était un gamin plutôt mal parti dans la vie. Et puis il a grandi et l'adolescent turbulent qu'il était est devenu un homme respectable, un être tout à fait charmant et, accessoirement…

Elle s'interrompit et fixa Brianna avec une étrange intensité.

— … ton mari ! acheva-t-elle, esquissant un demi-sourire.

— J'ignorais que Michael était de nouveau en ville, parvint-elle tout de même à articuler, en tâchant d'affecter la plus parfaite indifférence.

La dernière fois qu'elle avait eu des nouvelles de son ex, il se trouvait en Irak.

— Il a quitté les forces spéciales depuis plus de deux ans, maintenant, l'informa Nora.

Ainsi donc, sa tante était restée en contact avec Mike pendant tout ce temps ? Et dans le plus grand secret. Il est vrai qu'elle avait pris Michael sous son aile, et ce bien avant que Brianna ne le rencontre ; comme bon nombre de gosses en difficulté, il s'était élevé seul, ou presque, et était voué, à plus ou moins brève échéance, à vivre dans la rue. Nora et son mari, Robert, lui avaient ouvert les bras. Qu'ils le considèrent, encore aujourd'hui, comme leur fils au point de prendre régulièrement de ses nouvelles n'avait rien d'étonnant, mais tout de même !

— Tu sais, Mike a changé en sept ans, ajouta prudemment la vieille femme.

— Certaines choses ne changent jamais, décréta Brianna. Quoi qu'il en soit, je préférerais ne pas le croiser. La ville est suffisamment grande, je crois, pour m'épargner ce désagrément.

— Mais pourtant, je pense qu'il pourrait t'aider…

— Je n'ai aucune envie de parler de Mike, trancha-t-elle. Le sujet est clos.

Nora sembla marquer le coup puis revint s'asseoir.

— J'ignorais que tes sentiments pour Michael étaient toujours aussi vifs, risqua-t-elle, les yeux baissés.

— Mes sentiments pour… ? Mais c'est insensé ! Je n'ai plus aucun sentiment pour lui, tu m'entends, aucun ! Dois-je te rappeler que, depuis notre divorce, j'ai vécu avec Jordan et…

— Six mois, en effet, intervint Nora avec un rien d'ironie. Puisque tu n'éprouves plus rien pour ton ex-mari, raison de plus pour faire appel à lui. Je ne vois vraiment pas pourquoi tu tiens tellement à l'éviter.

Sa tante venait de marquer un point. Il fallait pourtant que Brianna trouve le moyen de la détourner de ce projet délirant. Elle n'avait aucune envie de se retrouver face à son ex.

— Peut-être ne tient-il pas à me voir, lui ! lança-t-elle. Y as-tu pensé ? En s'engageant dans l'armée, il a été plus que clair. Il a fait en sorte de s'éloigner de moi définitivement.

— Je ne te parle pas du passé, reprit la vieille femme d'une voix douce, mais de la situation présente. Je doute que le type qui t'envoie ces photos te veuille du bien. Tu sais comme moi que Mike te recevra. Et qu'il fera tout pour t'aider.

— Peut-être, mais je n'ai aucune envie de le revoir dans ma vie.

— Tout ce que je te demande, c'est de lui expliquer la

situation et de lui montrer les clichés. Je suis sûre qu'il pourra te mettre en relation avec des gens compétents.

Décidément, sa tante était obstinée.

— Je vais y réfléchir, concéda-t-elle.

— N'essaie pas de gagner du temps, ma petite fille ! Je ne me contenterai pas d'une réponse évasive. Soit tu acceptes de voir Mike, soit j'annule mon voyage à Denver.

Brianna poussa un soupir de découragement. Evidemment, sa tante voulait bien faire. Mais elle n'avait aucune idée de ce qu'impliquait pour elle le fait de revoir Michael Landis. Elle avait tant donné d'elle-même dans cette relation. Il avait été son premier amour. Peut-être même le seul homme qu'elle ait jamais aimé. Mais jamais il n'avait cru en leur mariage. Il avait tout sabordé, avec une telle brutalité qu'elle avait bien cru ne jamais s'en remettre. Sept ans avaient beau avoir passé, elle se connaissait suffisamment pour savoir que les cicatrices ne tarderaient pas à se rouvrir.

— Ce n'est pas si facile ! s'insurgea-t-elle, hors d'elle. Si tu savais avec quelle froideur, avec quelle indifférence Michael a signé le formulaire de divorce ! Il est sorti du bureau du juge sans un mot, sans un regard. A croire que notre mariage n'avait aucune valeur pour lui ! Jamais il ne m'a témoigné le moindre regret, la moindre envie de nous donner une seconde chance. Non, je ne me sens pas la force d'affronter de nouveau son regard, même si le temps a passé.

— Peut-être Michael n'a-t-il pas eu le cran de se heurter à ton père… Harrison désapprouvait votre union, il me semble.

— Et il avait bien raison ! En bon Landis, Mike a déserté le navire à la première occasion. Telle mère, tel fils, voilà ce que mon père a toujours dit. J'ai compris à mes dépens à quel point il avait raison.

— Tu n'as jamais eu la version de Mike sur tout ça, soupira

Nora. Je sais qu'il s'est montré très dur à l'époque, mais je veux croire qu'il avait ses raisons. Même si je les ignore.

— De toute manière, il est trop tard, maintenant. Il n'est plus temps de s'expliquer. J'ai essayé, je t'assure, de parler avec lui, de comprendre. Ne me demande pas l'impossible. Je ne le contacterai pas. Je me suis très bien débrouillée sans lui jusque-là, je continuerai.

— Dans ce cas, je reste. Il est hors de question que je te laisse seule aux prises avec un dingue.

— Voyons, Nora, sois raisonnable. Ne me complique pas les choses…

— C'est toi qui joues les insensées ! Un simple rendez-vous ne va pas bouleverser le cours de ta vie. Ni de la sienne, d'ailleurs. Si vous n'avez plus rien à vous dire, eh bien vous gagnerez un temps précieux dans l'affaire qui te préoccupe !

Brianna avait beau lutter contre l'idée, il fallait qu'elle se rende à l'évidence : sa tante avait eu raison de sa patience comme de son sens de la repartie.

— Je suis certaine que Mike me conseillera d'aller voir ailleurs, allégua-t-elle enfin.

— Tu n'as donc rien à craindre !

La vieille dame se haussa sur la pointe des pieds et déposa un baiser sur la joue de sa nièce.

— A demain, ma chérie, dit-elle, un sourire aux lèvres. Je vais essayer de dormir un peu pour être dispose avant mon départ… puisque je peux partir, maintenant que je sais que tu vas appeler Michael !

Brianna soupira. Elle pouvait comprendre que sa tante espère ces retrouvailles, mais le chantage qu'elle avait exercé était plutôt malvenu. Parce que le photographe anonyme s'était débrouillé pour connaître le lieu de travail de sa victime, son domicile aussi, et qu'il n'aurait aucun mal à identifier ses proches. La menace était on ne peut plus sérieuse. Nora avait gagné d'avance. Si, pour s'assurer que sa tante serait hors de portée de ce cinglé, elle devait appeler Mike, eh bien elle le ferait !

Michael Landis était assis devant son écran d'ordinateur, un téléphone coincé contre l'épaule.

— Ta sœur est craquante en mariée, Liam ! s'exclama-t-il en regardant les photos que son ami venait de lui faire parvenir par mail. Tu lui as dit combien j'étais désolé de ne pas avoir pu me libérer ?

— T'inquiète, répondit son interlocuteur, au bout du fil. Elle sait que tu t'es dévoué pour garder la boutique afin de permettre à son grand frère de la mener à l'autel.

Mike sourit. Liam O'Shea, son associé depuis bientôt six ans, était aussi une des personnes qui comptait le plus pour lui. En bon Irlandais, il avait un sens aigu de la famille. Il faut dire que les O'Shea formaient un véritable clan. Quand les six sœurs de Liam déboulaient dans la maison familiale pour le week-end, l'ambiance n'était pas mélancolique. Michael aurait donné beaucoup pour avoir la chance de grandir dans une famille comme celle-là…

— En fait, c'est drôle, mais je n'arrive pas à croire que ma sœurette est mariée, confia Liam en riant. Je ne l'ai pas vue grandir. Le temps passe, mon vieux. Je me dis qu'il faudrait qu'on pense à se caser, nous aussi.

— Désolé, mec, mais je ne suis pas pressé de me faire passer la corde au cou ! Méfie-toi, tu files un mauvais coton.

— T'as sûrement raison, concéda O'Shea en riant. N'empêche que Caitlin t'avait trouvé la femme idéale. C'est du moins ce qu'elle m'a dit quand je l'ai avertie que tu ne serais pas de la fête. Une institutrice, je crois.

— Tu remercieras bien ta sœur, mais, en matière de femme, je ne recherche pas la perfection. Je la fuis même, si tu vois ce que je veux dire.

Il agrandit une photo sur laquelle Liam posait au bras d'une ravissante brune.

— Dis-moi, reprit-il, on dirait que Cait n'avait pas pensé qu'à moi. Elle t'a dégoté une perle, apparemment. Qui est-ce ?

— Ben… l'institutrice. J'aurais trouvé dommage qu'elle vienne pour rien, tu comprends.

— Tu as fait ta B.A., c'est ça ?

— Mouais, tu connais mon altruisme naturel. Au fait, ça te dirait de venir chez nous pour le week-end ? Ma mère adorerait te voir et l'oncle Davy a programmé une sortie en mer. Viens avec Jake.

— C'est tentant, mais je crains que ce ne soit pas possible. Figure-toi que ce vieux Jake est à l'hôpital de Miami. Allergie aux méduses. D'après ce que j'ai compris, il s'est fait piquer en prenant un bain de minuit avec deux créatures de rêve, tu vois le genre.

— Ça veut dire qu'avec Clete et Russell en Arabie Saoudite, tu te retrouves seul au bureau. Tu veux que je rapplique ?

— C'est bon. On n'a rien de prévu avant la semaine prochaine. Je devrais pouvoir faire front. Par contre, tu peux nous prendre deux billets pour le match des Yankees.

— C'est comme si c'était fait !

Mike tourna les yeux vers sa secrétaire, qui venait d'entrer dans le bureau. Elle avait l'air préoccupée.

— Faut que je te laisse, Liam. Je te rappelle.

Il raccrocha et sourit à Bailey.

— Quand tu fronces les sourcils comme ça, on dirait vraiment ton père, dit-il.

— J'imagine que je dois prendre ça comme un compliment ?

La jeune femme leva les yeux vers la photo accrochée au-dessus du bureau de Mike. On y voyait les six membres du commando « Black Fever » au coude à coude, le visage maculé de boue, dans un coin de la jungle colombienne. Le cliché avait été pris six semaines avant que le père de Bailey, le sergent-chef Stewart Thomas, se fasse tuer dans une embuscade. Depuis, les cinq rescapés s'étaient associés pour créer SafeNet et veillaient sur Bailey comme sur leur propre fille.

— Chaque fois que je regarde cette photo, fit cette dernière avec mélancolie, je bénis le ciel d'avoir donné à mon père d'aussi fidèles compagnons de route.

— Stewart était notre père à tous, on lui devait bien ça, affirma Mike en baissant les paupières. Tu voulais quelque chose ? reprit-il après un temps.

— Euh… oui, excuse-moi, fit Bailey en déposant un dossier devant lui. Tu as une cliente. Elle n'a pas rempli le formulaire d'inscription. D'après elle, ce n'est pas nécessaire parce que tu vas refuser de t'occuper de son cas.

— Ah, oui ? Et pourquoi donc ?

— Je n'en sais fichtre rien. Mais à ta place, je la recevrais. Elle est carrément canon et…

— Tu ne vas pas t'y mettre, toi aussi ! Pourquoi faut-il que tout le monde s'occupe de me caser en ce moment ? Je suis assez grand pour gérer seul ma vie amoureuse. Sors de là ! Au fait, Miss Monde a un nom ?

— Tu n'as qu'à lire le dossier que je t'ai remis. J'ai préparé une chemise, au cas où. Le nom est inscrit dessus. Brianna Kent, je crois, déclara Bailey avant de fermer la porte derrière elle.

Brianna Kent ? Mike fixa le dossier, hébété, avant de porter la main vers la poche de sa chemise pour en sortir un paquet de cigarettes. Mais il avait arrêté de fumer depuis deux ans… Brianna ? Peut-être était-ce un homonyme ? Que pouvait donc lui vouloir son ex ? Après toutes ces années ? Une chose était certaine, il n'avait pas envie de la revoir maintenant. Il aurait préféré avoir le temps de se faire à l'idée. Il allait appuyer sur l'Interphone pour annuler le rendez-vous quand la voix de Bailey retentit dans l'appareil.

— Mike, je la fais entrer, oui ou non ?

C'était ridicule de reculer. Après tout, elle avait bien fait la démarche de venir jusqu'à lui, il devait être capable, lui aussi, de se retrouver face à elle sans trembler.

— Je l'attends, déclara-t-il avant de prendre une profonde inspiration.

2

Brianna n'avait pas changé. Elancée, féline, presque provocante. Un mélange paradoxal d'ingénuité et de détermination dans le regard. Le type même de la femme indépendante et volontaire qu'il redoutait tant.

— Salut, Michael.

Cette voix suave, sensuelle même, l'avait toujours mis dans tous ses états. L'espace d'un instant, ses certitudes volèrent en éclats. Comme si le passé, tout à coup resurgi, avait repris ses droits. Pourtant, il se croyait à l'abri de ce genre de nostalgie. Leur rupture avait été suffisamment brutale, d'ailleurs, pour qu'il n'ait cultivé aucun regret.

— Bonjour, Brianna, répondit-il, s'efforçant d'affecter un ton distant et simplement professionnel.

Il avait eu raison de craindre de la revoir. Elle n'avait encore rien dit mais, déjà, il se sentait fondre. Comme si, d'un simple regard, elle le réduisait à sa merci. Il avait pourtant, ces dernières années, affronté des périls autrement plus conséquents... Mais Brianna Kent était une ensorceleuse, une femme dont on ne se défait jamais vraiment.

Il lui fit signe de s'asseoir en face de lui, de l'autre côté du bureau, et l'observa un instant en silence. Le soleil qui filtrait par la fenêtre conférait à sa chevelure blonde des reflets mordorés. Lorsqu'il l'avait connue, elle avait les cheveux très longs et souvent déliés. Aujourd'hui, ils lui arrivaient aux épaules. Une coiffure plus moderne. Plus austère aussi.

Il eut la vague impression que la partie qui allait se jouer s'annonçait serrée. En fait, il marchait sur un fil : d'un côté, le boulot pour lequel, vraisemblablement, son ex s'apprêtait à le solliciter ; de l'autre, le désir qu'elle provoquait chez lui. Michael le savait : au moindre faux pas de sa part, elle tournerait les talons. S'il voulait se montrer à la hauteur de la réputation que SafeNet s'était taillée auprès des autorités les plus compétentes du pays, il allait devoir éteindre en lui ces restes de passion qui ne demandaient qu'à se rallumer. Les contrôler tout du moins.

— Merci de me recevoir, dit-elle en posant les yeux sur lui.

Sa voix ne trahissait pas la moindre émotion ; cependant, il remarqua qu'elle serrait la bandoulière de son sac et jetait de brefs regards çà et là, comme pour se donner une contenance. Nervosité ? Réserve, tout au plus. Et quoi de plus normal ? Après sept ans de silence, leurs retrouvailles ne pouvaient qu'être contraintes.

— Nora m'a appris que tu allais bien, ajouta-t-elle avec la même impassibilité. J'en suis heureuse pour toi.

Michael retrouvait bien là le savoir-vivre des Kent ! Brianna avait fréquenté les meilleures écoles. Dans son monde, on savait se montrer poli sans davantage d'implication. Une forme achevée d'hypocrisie, tout un art en somme. Parce que, dans le fond, Brianna se fichait pas mal de sa santé ou de ses affaires. Elle s'efforçait de tenir un commerce agréable, pour le but sans doute de parvenir plus facilement à ses fins. C'était ce qu'elle voulait ? O.K. Au jeu des civilités, il n'était pas mauvais non plus.

— Tu as l'air en pleine forme, toi aussi. Tu as vu Nora récemment ? Comment va-t-elle ?

— Elle est partie pour Denver ce matin. Elle va passer deux ou trois semaines chez sa sœur.

Brianna sourit et son regard se teinta d'une nuance plus chaleureuse. Michael se cala dans son siège.

— Brianna, dit-il avec un rien d'impatience, si nous arrêtions là les mondanités et que nous en venions aux faits ? J'imagine que tu n'es pas venue me rendre une visite de courtoisie ?

— En effet.

Elle fixa sur lui ses yeux émeraude, cherchant visiblement ses mots.

— Je vais te dire ce qui m'amène, déclara-t-elle en sortant une grosse enveloppe de papier kraft de son sac. Tu sais que je suis psychologue maintenant ?

Michael hocha la tête. Grâce à Nora, la tante de Brianna, il avait suivi le parcours de son ex-femme : des études brillantes, un doctorat sur les violences conjugales décroché avec mention, puis le cabinet qu'elle avait ouvert à Manhattan. Il avait même eu vent de sa liaison avec un chirurgien-plasticien de Londres. Et de sa rupture, peu de temps après. Il s'était surpris à s'en réjouir.

— La plupart de mes patients, continua-t-elle, sont des femmes ou des adolescentes qui me sont envoyées par les services sociaux. Violences familiales diverses, attitude suicidaire, anorexie…

Elle déposa l'enveloppe sur le bureau, d'une main légèrement tremblante.

— Ces deux dernières semaines, j'ai reçu quatre enveloppes anonymes, chacune contenant une photo.

Mike sortit les clichés. En noir et blanc, format 10x18, papier brillant.

— Il n'y en a que trois, fit-il remarquer.

— J'ai laissé la dernière que j'ai trouvée sous ma porte

la nuit dernière au commissariat central en venant ici. Au lieutenant Jeffries, plus exactement.

Assurément, son ex était nerveuse. Inquiète, même. Son regard évitait soigneusement de se poser sur les photographies, comme si elle refusait d'en admettre la réalité.

— Jeffries ? Oui, je le connais, dit Michael. Je suppose qu'il l'a envoyée au labo pour les empreintes ?

— Oui, mais ce sera sans doute inutile. L'expertise des autres photos n'a strictement rien donné.

Landis hocha la tête et étudia attentivement les épreuves. Le photographe devait se trouver assez loin de sa cible et utiliser un bon téléobjectif. Du matériel de qualité.

— C'est ta voiture ? questionna-t-il en pointant du doigt le 4x4 qu'on voyait sur la première photo.

— Oui. Je loue un emplacement à l'année dans le parking en face de mon cabinet.

Rien à espérer de ce côté-là. Mike connaissait ces sous-sols d'immeubles aménagés en aires de stationnement. N'importe qui pouvait y avoir accès, ne serait-ce qu'en empruntant l'ascenseur. La deuxième photo n'était guère plus significative. Un restaurant bondé. Brianna, cette fois encore, était au centre de l'image. Elle riait, entourée d'un cercle presque exclusivement féminin. Sur la table, on distinguait un énorme gâteau à la crème surmonté de trois énormes bougies.

— Nous fêtions l'anniversaire de Marcie, une de mes collègues de l'hôpital, expliqua Brianna. C'était un samedi, il y a tout juste dix jours. L'enveloppe est arrivée sous ma porte le lundi qui a suivi.

Mais le regard de Mike venait de se poser sur le troisième cliché. Dans un bar à l'ambiance tamisée, Brianna buvait un verre de vin en compagnie d'un grand brun barbu, plutôt bien fait de sa personne.

— Ton petit ami ? risqua-t-il en essayant de se persuader

qu'il ne dérogeait en rien à la procédure classique d'investigation.

— Pas du tout. C'est Larry Cunningham, un collègue.

— Psychologue, lui aussi ?

— Oui, nous sommes plusieurs à partager le cabinet, acquiesça Brianna.

Mike mourait d'envie de lui faire préciser la nature de leurs relations, mais il se reprit. C'était justement là le terrain glissant sur lequel il valait mieux qu'il ne s'engage pas. Il finirait bien par en savoir plus, de toute façon.

— Et la quatrième photo ? demanda-t-il en alignant les documents devant lui.

— Elle a été prise au supermarché, en face de chez moi, dit la jeune femme en haussant les épaules en signe d'incompréhension. Au rayon fruits et légumes, pour être précis !

Elle haussa les épaules en signe d'incompréhension et la tension qui s'était peinte jusqu'alors sur son visage parut se dissiper pour laisser place au rire. Il faut dire que la situation avait une touche de cocasserie.

Mais Michael remarqua qu'elle se rembrunit aussi vite.

— Franchement, Michael, je ne vois aucun lien entre tous ces clichés. J'ai l'impression qu'*il* veut juste s'amuser. Ou bien me faire flipper en me montrant qu'il connaît mon emploi du temps.

— As-tu envisagé que ton paparazzi puisse être une femme ?

— Pas vraiment, non. Ça me paraît très improbable.

— Pourquoi ? Tu soupçonnes quelqu'un en particulier ?

— On ne peut pas dire ça. J'ai surtout l'intuition qu'une femme qui chercherait à nuire à quelqu'un s'y prendrait autrement. Et de plus, j'ai pensé à Billy Ray Bennett. C'est un ex-taulard, un hyperviolent qui maltraitait systématiquement ses compagnes. Il m'en veut parce que j'ai aidé une de ses petites amies à se défaire de son emprise. C'était une de mes patientes. Aujourd'hui, elle vit dans un autre Etat.

— Ce type te tient pour responsable ?

— C'est classique. Pour les gens qui battent leur femme, il est plus facile de penser que leur problème vient des autres plutôt que d'en accepter la responsabilité. Ils se posent en éternelles victimes et présentent même leur comportement, aussi abusif soit-il, comme une juste compensation. Une vengeance, en quelque sorte.

— Bennett est une piste, déclara Mike en ouvrant son ordinateur de poche pour y prendre des notes. Qui d'autre ?

— Je ne vois pas, répondit Brianna, tendue de nouveau.

Elle était déstabilisée, manifestement. Spontanément, Michael eut envie de la serrer dans ses bras. Il n'y avait rien de plus anxiogène que de se sentir la proie d'un maniaque. Même chez une brillante psychologue, habituée à explorer les méandres de l'esprit humain.

Il soupira, se souvenant comme il lui était si simple de la réconforter, jadis… Mais l'époque était révolue où il pouvait apaiser ses craintes d'une simple étreinte. Aujourd'hui, elle ne s'adressait pas à son ex-mari mais à un expert en protection civile, un gros bras capable d'agir sans état d'âme. Il se devait donc de se comporter avec elle comme avec n'importe quel client.

— Tu es prête pour les formalités d'usage ?

— Quelles formalités ?

— Le questionnaire habituel : adresse, téléphone…, ce genre de choses.

— Dois-je en déduire que tu prends l'affaire en main ?

— Si tu préfères ne pas t'en remettre à moi — ce que je comprendrais très bien —, je peux mettre un de mes collaborateurs sur le coup.

— Oh… non, ce n'est pas ça, protesta Brianna. Je suis un peu surprise, c'est tout.

— Surprise ? Tu croyais peut-être que j'allais refuser ? Pourquoi es-tu venue, alors, si tu doutais de moi ?

— Pour tout te dire…

Sa voix était si faible qu'il dut vraiment tendre l'oreille pour entendre.

— … Nora était chez moi, cette nuit, quand j'ai découvert la quatrième enveloppe. Tu imagines son émotion quand je lui ai appris que ce n'était pas la première que j'avais reçue. C'est elle qui m'a forcée à te contacter. Elle refusait même de quitter New York si je ne prenais pas rendez-vous auprès de ton agence. Tu sais comme elle peut être bornée, parfois.

Autant qu'il s'en souvienne, c'était d'ailleurs un trait de famille ! Ainsi, Brianna n'était venue vers lui que sur l'insistance de sa tante. Evidemment, comment aurait-il pu en être autrement ? Il se reprocha de s'être un instant figuré que sa démarche pût être spontanée. Le passé était bel et bien mort, et il fallait s'en réjouir. C'était sans doute le prix à payer pour leur tranquillité à tous les deux.

— Mais pour répondre à ta question, ajouta-t-elle, comme si elle avait lu dans ses pensées, faire appel à toi ne me pose aucun problème. Je m'étais en revanche imaginé que tu n'aimerais peut-être pas me revoir. Enfin, le passé appartient au passé, comme on dit. Je trouve plutôt mieux qu'on puisse envisager de collaborer sans arrière-pensée, en toute confiance donc.

Ouais, c'était facile à dire, songea Mike en baissant les paupières. En même temps, elle l'avait coincé. Il était bien forcé d'admettre qu'elle avait raison, maintenant. Et après tout, ce qu'elle exprimait là était la voix de la sagesse. Il n'y avait aucune raison pour qu'il ne réussisse pas à mettre de côté tous ces souvenirs qui, souvent, depuis sept ans, revenaient le hanter. Elle y parvenait bien, elle…

— Entièrement de ton avis, concéda-t-il avec un sourire contrit. Puisqu'on est d'accord, Bailey va te donner un formulaire à partir duquel nous constituerons ton dossier. Si tu n'y vois pas d'inconvénient, je vais te demander de retourner au secrétariat. J'ai quelques coups de fil à passer en attendant. On fait le point dès que tu as fini.

Lorsqu'elle se leva, Michael eut comme un flash. L'impression de revivre un de ces moments fugaces qui s'étaient inscrits en lui de manière indéfectible. C'était la première fois qu'il l'avait croisée. Il avait dix-neuf ans alors et travaillait comme caddie au club de golf du cap Hope. Dès qu'elle avait paru, tous les regards s'étaient tournés vers elle. Elle sortait du club-house et se dirigeait en riant vers le premier tee, entourée de trois golfeurs. Entièrement vêtue de blanc, elle semblait inconsciente du désir qu'elle suscitait chez les hommes. Elle était simplement gaie, émouvante dans sa candeur d'enfant gâtée.

— C'est Brianna Kent, avait précisé le Dr Parker, pour qui Michael servait de caddie. La fille d'Harrison Kent.

— Des industries Kent ?

— Celui-là même. Autant dire que n'approche pas d'elle qui veut. S'il te prenait ne serait-ce que l'envie de lui parler, ce n'est pas seulement ton job que tu perdrais, fiston.

Et le vieil homme ne croyait pas si bien dire ! Non seulement Mike avait été viré, mais il avait perdu Brianna. Et peut-être même son âme.

Elle était sortie du bureau maintenant, mais son parfum flottait encore dans l'air. Une vraie torture. Michael ferma les yeux et se força à refouler ses souvenirs. Il fallait qu'il soit complètement dingue pour avoir accepté cette affaire !

Mais il ne faisait aucun doute que Brianna courait un réel danger. On en voulait à sa vie, il aurait pu le parier. Même si les clichés paraissaient plutôt anodins pour l'instant, ils présentaient un caractère obsessionnel et suggéraient une organisation méthodique chez le voyeur ; ce qui ne laissait rien présager de bon. Il était presque convaincu d'avoir affaire à un psychopathe. Restait à déterminer pourquoi ce cinglé avait pris Brianna pour cible et ce qu'il cherchait exactement. Dans ce genre de circonstances, il était le meilleur. C'était une raison suffisante pour prendre en charge l'enquête, quelles qu'en soient pour lui les implications affectives. Il se devait d'être à la hauteur.

Brianna remplit les trois feuillets du questionnaire en quelques minutes. Quand elle eut atteint le bas de la dernière page, elle leva les yeux et marqua un temps avant d'inscrire sa réponse. Tout était allé si vite…

Elle avait besoin de temporiser un peu. De rassembler ses esprits. Son entrevue avec Mike l'avait profondément remuée et elle en tremblait encore. Son écriture, d'habitude fluide et régulière, manquait d'assurance. Nul doute que l'œil expert de Michael saurait lire là la marque de l'agitation dont elle était la proie. Et ça, elle préférait l'éviter. En fait, elle espérait surtout lui avoir donné l'image d'une femme responsable, capable de faire face seule à l'adversité. L'idée d'avoir pu paraître vulnérable lui répugnait. Pourtant, elle ne se faisait guère d'illusion. D'abord, elle avait les nerfs à vif depuis près de trois semaines et ça se voyait. Et puis Michael avait toujours aimé jouer les protecteurs avec elle. Une qualité qu'elle avait beaucoup appréciée par le passé, d'ailleurs…

Elle s'était préparée à ces retrouvailles, mais elle se rendait compte qu'elle était bouleversée. Il avait suffi que leurs regards se croisent. L'espace d'une seconde, elle avait revu leurs baisers torrides, et tous les bons moments qu'ils avaient passés ensemble, leur première rencontre aussi. Bien qu'aujourd'hui elle ait du mal à l'admettre, il l'avait totalement subjuguée, alors. De là à ce que l'histoire se reproduise…

La fatigue, sûrement, devait y être pour beaucoup. Mais quelle femme resterait indifférente devant Michael Landis ? C'était un homme mûr aujourd'hui, dont émanait une force, une assurance, un sex-appeal tout à fait irrésistible. Fort heureusement, elle n'était plus la jeune fille naïve de jadis. L'enfant gâtée attirée par le mauvais garçon. La vie lui avait appris à se défendre. L'exercice de son métier de psychologue aussi. Combien de gens, en consultation, faisaient état de leur difficulté à se défaire des pièges du désir ? Combien, en se confiant au *diktat* de l'amour, sacrifiaient jusqu'à leur dignité ? Une fois déjà, Brianna s'était fait avoir et elle n'était pas du tout disposée à recommencer.

Et surtout pas avec le même homme.

Rester sur la défensive, garder ses distances, c'était la seule attitude à adopter. D'autant que Mike n'était pas du genre à renoncer facilement. Il y a sept ans, personne n'aurait misé un dollar sur leur mariage. La fille d'Harrison Kent, un des hommes les plus puissants de la ville, épouser un fils d'alcoolique des bas quartiers ? Inconcevable. Pourtant, Michael avait bravé les commentaires les plus insultants, il était allé jusqu'au bout. Pourquoi ? Sans doute plus par fierté que par amour. Aujourd'hui, il avait paru s'en tenir au strict professionnalisme avec elle, mais Brianna restait méfiante. Si d'aventure il se mettait en tête de la reconquérir, elle savait que Michael s'avérerait un adversaire redoutable. Plus tenace sans doute que le voyeur aux photos.

Son engagement dans les forces spéciales en disait long sur son caractère. Brianna avait été frappée par la photographie placardée au-dessus du bureau de Mike. Le visage maculé de boue, l'uniforme déchiré, une mitrailleuse au poing, il semblait tout droit sorti d'un film de guerre. Mais la jungle qui l'entourait était bien réelle et les factions terroristes qu'il poursuivait avec son groupe devaient l'être tout autant. On sentait d'ailleurs le lien indéfectible qui unissait les soldats, sur l'image. Les compagnons de Mike, ses amis sans doute. Peut-être même les associés dont il lui avait parlé tout à l'heure. Ainsi, il y avait des gens qui comptaient pour lui. Sans doute par dépit, Brianna avait longtemps considéré que son ex-mari était définitivement inapte aux sentiments, voire à la vie en société. Peut-être s'était-elle trompée.

Elle se massa la nuque pour tenter de se détendre. Inutile de se torturer davantage. Elle avait un problème de taille à résoudre, Mike pouvait l'y aider, point. Quand tout cela serait rentré dans l'ordre, ils se diraient au revoir et sa vie reprendrait son cours paisible. Elle se pencha de nouveau vers le questionnaire, acheva d'en remplir les rubriques et entra dans le bureau de la secrétaire.

Mike termina sa conversation avec le lieutenant Jeffries et vint se planter devant la fenêtre. Situés au vingt et unième étage, ses bureaux offraient une vue imprenable sur le ruban discontinu des voitures qui, pare-chocs contre pare-chocs, traversaient péniblement le centre de Manhattan. Parmi ces millions de gens, un type se promenait avec un appareil photo. Epiant Brianna, la traquant comme un chien de chasse. Attendant son heure. Pour quel but ?

D'après ce que Jeffries lui avait dit, l'entreprise qui avait installé le dispositif de sécurité de l'immeuble où vivait Brianna était une des meilleures de la ville. Ed Jenkins, son manager, n'avait d'ailleurs rien caché de son inquiétude à la police. C'était la première fois qu'ils avaient affaire à une panne de ce genre. A l'en croire, les caméras de surveillance s'étaient arrêtées de fonctionner à 23 h 54. L'équipe d'intervention technique avait eu du mal à identifier le problème. En fait, on avait connecté à leur système informatique un dispositif de déclenchement et d'arrêt à distance des caméras. Du matériel sophistiqué et qui nécessitait des connaissances pointues. Certainement pas l'œuvre de Billy Ray Bennett, le mari violent dont lui avait parlé Brianna. Ce gars-là était sans doute une brute, mais pas suffisamment intelligent pour pirater les bécanes d'une entreprise comme Citywatch.

Mike s'efforçait de raisonner avec ordre et méthode, selon son habitude. Le peu d'informations qu'il avait sur le voyeur lui rappelait le cas d'un *serial killer* dont la presse avait retracé l'histoire, trois ans auparavant. Un universitaire spécialisé dans l'étude des comportements anxiogènes et des moyens de défense psychiques, qui choisissait ses victimes au hasard dans la foule, les traquait pendant des jours en les soumettant à des situations de plus en plus angoissantes jusqu'à les conduire au suicide. Jouissance sadique, scénarisation ultracontrôlée, c'est à ce genre de détails qu'on reconnaissait les criminels psychopathes. Le photographe de Brianna semblait réunir quelques-unes de ces qualités…

Michael avait été ému de voir que Brianna, même si elle avait eu beau jouer les stoïques devant lui, était terrifiée. Il aurait donné cher pour pouvoir balayer ses craintes d'un revers de la main. Vu les circonstances, le moins qu'il pouvait faire, c'était de tout mettre en œuvre pour la protéger. Et d'agir avec elle en ami. Le passé était définitivement mort, inutile de revenir là-dessus. Elle le lui avait clairement signifié, d'ailleurs. En gardant ses distances, il lui évitait tout bouleversement supplémentaire. Et s'épargnait du même coup un douloureux examen de conscience.

Brianna avait toujours su garder la tête froide. Il l'admirait pour ça, jadis. Jusqu'à ce qu'il réalise que le désastre de leur mariage ne l'avait pas le moins du monde affectée. Comme si elle s'était faite à l'idée dès le départ. Il sentit son estomac se nouer.

« Typiquement le genre de souvenir à refouler », se dit-il en retournant s'asseoir à son bureau. Il se força à regarder de nouveau les photos, cherchant à y découvrir un détail nouveau, un indice qui dessinerait un semblant de piste. Malheureusement, rien, dans le parking, le restaurant ou le bar, ne lui semblait anormal. Des lieux publics, d'une neutralité parfaite. La seule chose qu'on pouvait dire, c'est que, de photo en photo, le voyeur approchait l'intimité de sa victime. Il se rapprochait également de son domicile. Jusqu'à mettre hors service un système de sécurité ultraperfectionné. Il était évident qu'il aimait prendre des risques. Si on peut passer inaperçu dans un bar ou un restaurant bondé, trouver un recoin sombre ou se planquer dans un parking souterrain, il est plus difficile de sortir un téléobjectif dans un supermarché sans alerter l'attention des vigiles. Peut-être que ça l'excitait. De même que d'entrer dans un bâtiment truffé de caméras vidéo. Ce type était un pervers, ça ne faisait aucun doute.

Mike se passa la main sur le front. Ils avaient peu de temps. D'expérience, il savait que le type ne se satisferait pas longtemps de gentilles menaces. Il passerait bientôt à l'action. Parce que, à n'en pas douter, il savait déjà que Brianna avait contacté SafeNet et prenait sûrement la chose comme une provocation. Si Brianna était d'accord, il allait se mettre au travail sans attendre. D'abord, inspecter son appartement et son cabinet professionnel. Il était quasi certain d'y découvrir des micros. Quoi de plus efficace quand on veut être au courant des faits et gestes de quelqu'un ? Ensuite, il faudrait trouver un moyen de repérer le traqueur. Quitte à l'appâter en jouant sur son terrain. Ils avaient peu de temps.

On frappa à la porte et son ex-femme, d'un pas décidé, vint s'asseoir devant son bureau.

— Ta secrétaire m'a dit que je pouvais entrer.

Elle lui tendit le questionnaire et attendit.

— Je viens de contacter le lieutenant Jeffries, dit Michael en jetant un œil distrait sur le document. Le service scientifique de la police est submergé de boulot. Impossible de savoir si, oui ou non, il y a des empreintes sur ton enveloppe. Du moins, pas avant un bon bout de temps. J'ai proposé d'envoyer la photo au laboratoire avec lequel je travaille d'habitude. Si tu es d'accord évidemment.

— Pas de problème.

— Jeffries a besoin d'une autorisation écrite, précisa Michael en sortant une feuille d'un dossier. Si tu la signes tout de suite, je pourrai la lui faxer.

— Parfait.

Brianna parcourut rapidement les termes de l'accord et parapha la page.

— J'aimerais que les choses soient claires entre nous, Michael, ajouta-t-elle en le regardant droit dans les yeux. Si je t'ai contacté, c'est uniquement pour tes compétences professionnelles. Je ne veux surtout pas qu'il y ait d'ambiguïté là-dessus. Nous travaillons ensemble, soit. Cela n'implique nullement que nous fassions la moindre allusion au passé. J'espère que nous sommes d'accord.

Mike se sentit piqué au vif. Pour qui le prenait-elle ? Il n'était plus l'ado émerveillé qu'elle avait séduit sept ans auparavant. Il n'avait pas plus qu'elle envie d'évoquer leur vie commune, pas besoin non plus qu'on lui rappelle les limites à ne pas franchir. Elle voulait des relations de travail ? Pas de problème. Il allait lui en fournir !

— Tout est oublié en ce qui me concerne, déclara-t-il froidement.

— Parfait, dit-elle, un léger tremblement dans la voix. Qu'est-ce que tu proposes ? On commence par quoi ?

— Mes tarifs, si tu veux bien, dit-il en s'installant devant son ordinateur, les sourcils froncés. Mes services ne sont pas donnés, j'espère qu'on t'a prévenue. J'ai recours à un matériel de pointe et je ne compte pas mon temps. Deux critères essentiels, tu t'en doutes.

— Pas de problème. Fais le nécessaire et je te paierai bien.

Landis acquiesça. Il n'avait pas prévu d'être aussi brutal, mais les allégations de son ex-femme lui avaient porté sur les nerfs.

— Il faut d'abord que je voie ton appartement et ton cabinet, reprit-il. En fonction de la configuration des pièces, et des moyens déployés par ton voyeur, je te donnerai un prix. Tout va être mis en place pour veiller à ta sécurité, sois-en certaine.

— J'ai toute confiance en toi, Mike, répéta-t-elle d'une voix appuyée. La seule chose, c'est que j'aimerais être informée de ce que tu comptes entreprendre. Et te donner mon aval. Ça te va ?

Landis soupira. Elle n'avait aucune idée de ce qu'elle lui demandait. Mais bon, puisqu'elle voulait croire que rien ne pouvait échapper à son contrôle… La réalité la persuaderait suffisamment vite de son erreur, de toute façon.

— Très bien, promit-il. Bon, ne perdons pas de temps. J'ai besoin d'une liste de tes patientes, ainsi que de…

— Désolée, Michael, mais ça, je ne peux pas. C'est strictement confidentiel.

Il leva le nez de son écran et découvrit, médusé, le regard défiant que Brianna avait posé sur lui. Que voulait-elle, au juste ? L'assister dans son enquête ou bien lui jouer la scène du médecin intègre ?

— Ecoute, Brianna, je connais comme toi la déontologie de ta profession. Mais tes patients sont des suspects potentiels. Tu l'as toi-même suggéré tout à l'heure.

— Je les connais tous très bien. Je te l'ai dit, la plupart sont des femmes battues. Aucune n'a la moindre raison de me harceler.

— Tu me vois pourtant obligé d'insister.

— Dans ce cas, je vais soumettre mon fichier au Dr Cunningham. Il est spécialisé en psychologie criminelle. S'il découvre le profil d'un psychopathe parmi mes patients, alors nous verrons.

— Il s'agit du Cunningham de la photo ?

— Oui.

— Bon, acquiesça Michael. Mais préviens-moi quand il te livrera son analyse. J'aimerais autant être là.

— Mike ! Je te le répète : c'est confidentiel.

Il n'insista pas. Il en savait assez pour le moment et n'aurait de toute manière aucun mal à se procurer ce qui l'intéressait.

— Soit. Je vais donc commencer par visiter ton cabinet et ton appartement. Nous pourrions avoir besoin d'y installer des dispositifs d'écoute et je dois prendre quelques mesures.

— Mais…

— Si tu n'y vois pas d'inconvénient, bien sûr. En fait, je préférerais ne pas perdre de temps. Je compte aussi inspecter ta voiture, vérifier les téléphones dont tu te sers…

— Attends, je ne suis pas sûre de comprendre. Tu penses qu'on m'a mise… sur écoute ? C'est complètement dingue !

— Celui qui te harcèle connaît ton emploi du temps. Ces photos sont la preuve qu'il sait d'avance où tu te trouves, et à quelle heure. Sans compter qu'on a affaire à un expert en informatique. Inutile de se voiler la face. Si nous voulons obtenir des résultats, il faut qu'on se montre plus malins que lui. Et ça n'est pas gagné, crois-moi.

— Bien, acquiesça Brianna d'une voix blanche. Si tu penses qu'il faut en passer par là…

— Tu n'as pas été victime d'un cambriolage récemment ? demanda-t-il en parcourant le questionnaire. Pas d'interférences radio ou télé ? Tu n'as reçu aucun cadeau à composantes électroniques, type réveil, lecteur CD…

— J'ai déjà répondu, il me semble, coupa Brianna en soupirant.

Mike leva un instant les yeux. Elle était prête à craquer. Pourtant, elle n'était sans doute qu'au début de ses peines. Quant à lui, il privilégiait l'efficacité. Pas le temps de s'attendrir. D'autant qu'on ne l'y avait pas convié !

— C'est très important, Brianna, expliqua-t-il patiemment. Les cadeaux constituent souvent un excellent moyen d'infiltration. Tu fais une réception, il y a plein de gens, on t'offre des tonnes de paquets. Tu ne sais pas toujours qui t'a offert quoi. Et sans que tu t'en doutes, tu introduis toi-même un mouchard chez toi. Tu es certaine de ne rien avoir oublié ?

— Eh bien… j'ai reçu des fleurs, des trucs pour mon anniversaire. Rien d'extraordinaire, déclara la jeune femme en haussant les épaules.

— Je veux une liste de tous les cadeaux qu'on a pu te faire disons… ces douze derniers mois.

Voyant qu'elle commençait à froncer les sourcils, il s'empressa d'ajouter :

— Encore une fois, si ce n'était pas important, je ne te le demanderais pas.

— Excuse-moi, se reprit-elle en se massant la nuque. Je sais que je ne rends pas les choses faciles. Disons que j'ai du mal à me faire à l'idée que quelqu'un puisse sérieusement m'en vouloir. Au point d'avoir déployé tout cet arsenal dont tu parles.

— Rien de plus normal.

Mike reporta toute son attention sur le formulaire. Brianna déclarait encore n'avoir reçu chez elle aucun entrepreneur. Ni à son cabinet. Bien.

Il avait d'autres questions, mais Brianna n'était visiblement pas prête à s'y soumettre. Il valait mieux lui laisser le temps de comprendre l'intérêt de ces informations pour pouvoir piéger celui qui la menaçait. Et puis il avait besoin de renseignements plus concrets. Observer les lieux qu'elle fréquentait, évaluer précisément la stratégie du traqueur. Il pourrait toujours revenir à son interrogatoire dans quelques heures.

— Je vais installer des dispositifs de sécurité dans le hall de ton immeuble et…

— Mais le bâtiment est déjà truffé de caméras !

— Nos systèmes sont indétectables. Tu es prête ? s'enquit-il en se levant. Tu veux passer à ton cabinet d'abord ?

— Ça ne peut pas attendre jusqu'à demain ? J'ai des rendez-vous jusqu'à 16 heures et ensuite des tonnes de rapports à boucler.

— J'inspecterai donc ton bureau en attendant que tu en aies terminé. Nous irons chez toi ensuite. Si ton type est aussi doué que je le crois, je vais avoir du pain sur la planche.

— Inutile de m'attendre, souffla Brianna avec exaspération. Je vais te laisser ma clé. Tu n'auras qu'à la déposer à ma secrétaire quand tu en auras fini chez moi.

— Il t'arrive souvent de remettre ta clé à ta secrétaire ? Tu ne l'as pas stipulé sur le questionnaire.

— Souvent… non, mais…

— Elle l'a eue entre les mains ou non ? C'est l'un ou l'autre.

— J'ai oublié de le préciser, ça te va ? Oui, ça lui arrive de me dépanner.

De toute évidence, Michael comprit que Brianna perdait contenance. Peut-être même regrettait-elle d'être venue.

Jusque-là, elle pouvait encore se raconter des histoires, prendre cette affaire d'enveloppes à la légère. Mais elle l'avait provoqué et il avait répondu. En professionnel. Il pensait que la situation était sérieuse et il lui avait dit. Sans ménagement particulier. En professionnel. Aucune affectivité, aucune compassion particulière.

C'était bien ce qu'elle voulait, non ? Les années qu'il avait passées dans les forces spéciales l'avaient peut-être rendu cynique. Réaliste en tout cas. Son mariage raté aussi, sans doute. Bien sûr, il n'appréciait pas particulièrement de la sentir si vulnérable ; quand elle était entrée dans son bureau, tout à l'heure, il s'était même imaginé la prendre dans ses bras, comme au bon vieux temps. Mais puisque ce n'était ni possible ni même souhaitable…

— Ecoute, Michael, reprit-elle après un temps, d'une voix légèrement agacée. Je trouve ton interrogatoire un rien excessif. Je n'imagine pas être victime d'un complot dans lequel baigneraient mes collaborateurs. Je connais suffisamment bien les mécanismes de la paranoïa pour éviter d'y sombrer. La seule chose dont j'ai besoin, c'est de pouvoir mettre un visage sur le voyeur qui s'est mis en tête de me suivre. Un bon système de surveillance vidéo devrait suffire. Ensuite, je l'attaque en justice et on n'en parle plus !

— J'ai peur que ce ne soit pas si simple, malheureusement… Mais si ça t'amuse d'y croire. Tu sais, je ne suis pas psychologue, mais j'imagine assez bien que, dans la situation où tu te trouves, ton anxiété te pousse à nier l'évidence. La politique de l'autruche, en quelque sorte.

— Je n'ai pas peur de ce cinglé. On n'est pas dans la jungle, mais à New York ! C'est toi qui exagères tout.

— La ville est certainement pire qu'une jungle, répondit-il.

Il resta un instant silencieux et étudia le visage de son

ex-femme. Derrière ses traits déterminés, elle tremblait, il aurait pu le jurer. Quel orgueil ! Sans doute ne supportait-elle pas l'idée qu'il pût la prendre en pitié ou, pis encore, qu'il lût dans ses pensées.

— O.K., je meurs de trouille ! s'exclama-t-elle enfin. Tu es satisfait ?

— C'est un sentiment on ne peut plus normal. Ce qui compte, c'est de savoir la dépasser. Et d'agir.

Il ferma son ordinateur, le glissa dans sa poche puis s'empara d'un attaché-case dans le dernier tiroir de son bureau.

— On prend un taxi jusqu'à ton cabinet ?

Brianna s'engouffra dans la voiture et se cala contre la porte. Le plus loin possible de Mike. La tête contre la vitre, elle observait au-dehors la foule qui déambulait en tous sens sur les trottoirs. Jamais New York ne lui avait paru aussi hostile, aussi sauvage. Ni plus ni moins qu'une jungle, Michael avait raison. Et, parmi cette faune protéiforme, tapie dans l'ombre, une bête guettait, prête à sauter sur sa proie. Et cette proie, c'était elle ! Surtout, ne pas craquer, ne pas perdre le contrôle. Le plus difficile en fait, c'était d'accepter de servir de cible, d'attendre sans savoir quelle défense adopter. Elle souffrait mal cet aveu d'impuissance auquel la contraignait son agresseur. D'ordinaire, avec ses patients, c'était elle qui menait le jeu, elle qui dirigeait l'entretien pour obtenir de l'autre ce qui l'intéressait. Mais, pour l'heure, le mystérieux photographe avait les cartes en mains. Et elle n'avait aucune idée de l'endroit où il escomptait la conduire. En y réfléchissant, elle comprenait mieux, maintenant, pourquoi Mike désirait étudier le profil de chacun de ses malades. La personne qui la harcelait avait sans doute une connaissance assez fine de la manière dont elle travaillait pour avoir ainsi retourné la situation à son avantage. Peut-être était-ce un névrosé qui n'avait pas supporté la thérapie. Mais elle avait traité si peu d'hommes depuis que le cabinet était ouvert…

Elle ferma un instant les paupières. Si, au moins, elle parvenait à se débarrasser de cette horrible migraine… Un coup d'œil rapide vers Michael la convainquit de rester silencieuse. Elle n'avait aucune envie d'entamer avec lui une conversation qui, dans l'habitacle resserré de la voiture, menaçait de suivre une pente sur laquelle ni l'un ni l'autre n'avait envie de s'engager. Si elle avait pris les devants en mettant d'emblée les choses au point, il fallait bien reconnaître que Michael n'avait jamais cédé à la moindre nostalgie. Plus encore, il s'était montré ferme, presque froid. Enfin, elle aurait eu mauvais jeu de venir lui reprocher quoi que ce soit. Pourvu qu'il la débarrasse de ce sinistre voyeur, c'est tout ce qui lui importait.

Brianna tourna de nouveau les yeux vers la rue, plus distraitement cette fois. Pourquoi fallait-il que son ex-mari lui fasse autant d'effet ? Comme si elle n'avait pas suffisamment de problèmes en ce moment… Même si elle se sentait plus en sécurité depuis qu'elle savait l'affaire entre ses mains, elle se demandait encore si elle avait fait le bon choix. Inévitablement, ils auraient à se voir souvent, dans les jours, dans les semaines qui allaient suivre. Le supporterait-elle ? Parviendrait-elle à refouler les souvenirs qui, déjà, l'assaillaient ? Rien de moins sûr. Devant cet homme, elle se sentait comme à nu. C'était comme s'il lisait en elle, s'il pénétrait la moindre de ses pensées. Il en avait d'ailleurs toujours été ainsi.

Tandis que le taxi s'engageait sur la 72e Rue, laissant derrière eux l'agitation de Lexington, elle revit cette petite ville du Maine où, adolescente, elle venait passer ses vacances avec son père. Elle était étudiante alors, mais n'avait pas besoin de se trouver un job d'été. Elle passait des journées entières à flâner entre la piscine de la villa familiale et les terrains de golf de Yarmouth. C'était là qu'elle avait rencontré Mike pour la première fois. Il s'était fait embaucher comme caddie pour la saison. Le reste de l'année, il travaillait dans une des usines Kent, au nord de Portland. C'était un employé de son père, en somme.

D'habitude, elle ne prêtait aucune attention particulière aux porteurs de clubs de golf qui les accompagnaient, elle et ses amis, sur le parcours. Mais quelque chose dans le regard de Mike, dans son allure sauvage, indomptée, l'avait attirée. Mieux, fascinée. Elle s'était renseignée pour savoir où il habitait et, un après-midi de juin, s'était décidée à lui rendre visite. Il faisait une chaleur étouffante, la tête lui tournait un peu. A mesure qu'elle s'enfonçait dans la banlieue délabrée, elle concevait le caractère irréversible de sa démarche. C'était comme si, s'éloignant de son monde pour pénétrer au plus profond de ces terres inconnues, elle scellait sa destinée.

Elle avait préparé un alibi, au cas où il s'étonnerait de la voir. Sa tante Nora dirigeait une association d'aide aux enfants défavorisés et cherchait un maître-nageur. Elle venait lui proposer le job, rien de plus. Au fond, elle espérait ne pas tomber sur lui. Qu'il soit sorti ou bien qu'elle se soit trompée d'adresse. Mais, dans le même temps, elle se sentait happée par la route, attirée inexorablement vers ce jeune homme dont elle ignorait tout.

Les Landis louaient un petit pavillon dans Mill Street, le quartier ouvrier construit par l'usine dans les années quarante. Elle avait garé sa voiture à quelques mètres de la porte, puis coupé le moteur. Mike, couché sur le sol, réparait une vieille Chevrolet, sans doute celle de son père. Il avait dû reconnaître l'Aston Martin de Brianna. Il s'était extrait de dessous la voiture pour aller l'accueillir, le torse nu ruisselant de sueur, un vieux jean un peu lâche tombant sur sa taille. De lui émanait une beauté tout animale. Elle se souvenait encore, près de dix ans après, de leur conversation, ce jour-là.

— J'avais une course à faire, avait-elle annoncé, avec le plus de détachement possible. Pour ma tante…

Les bras croisés sur la poitrine, Mike l'avait regardée avec un sourire en coin.

— Vous passiez dans le quartier, quoi !

— Exactement.

Envolé, son bel alibi ! A peine le jeune homme l'avait-il toisée qu'elle avait perdu toute contenance.

— Je dois aller à l'imprimerie, avait-elle ajouté. Elle n'est qu'à deux pâtés de maisons d'ici. C'était l'occasion.

— L'occasion ? avait-il lancé froidement. Et on peut savoir ce que vous me voulez ?

Elle avait cru s'évanouir. Evidemment, elle aurait dû l'appeler d'abord, elle aurait dû trouver un autre moyen. Elle n'aurait jamais dû venir, en fait.

— Ma tante m'envoie vous demander si vous seriez intéressé par un poste de maître-nageur. Le job n'est pas mal payé et vous n'auriez qu'une semaine par mois à faire.

— J'ai vu votre tante samedi dernier. Je lui ai dit que j'acceptais.

— Oh…

Elle s'enfonçait, c'était lamentable.

— J'ai vu votre nom sur la liste, mais Nora ne m'a pas dit que…

— C'est une affaire réglée, coupa-t-il. Votre oncle et votre tante ont fait beaucoup pour moi. Je leur dois bien ça. Allez-vous me dire, maintenant, ce que vous êtes venue faire par ici ?

Elle était acculée. Il avait lu en elle alors même qu'elle se débattait avec ses propres désirs.

— Je vous l'ai dit, avait-elle allégué en tournant les talons. Ma tante aura oublié de me prévenir.

— Vous mentez, lui avait-il asséné, tout en lui barrant la route.

— Je… J'étais curieuse, c'est tout.

— De moi ?

— Oui.

— Et pourquoi ? Vos amis golfeurs ne vous ont donc pas renseignée ? Qu'est-ce que vous voulez savoir ? Que mon père est un poivrot ? Que ma mère nous a abandonnés quand j'avais deux ans ? Que je suis un voyou ? On a bien dû vous dire de garder vos distances avec moi.

— Je me moque de ce qu'on raconte. J'aime me faire ma propre opinion.

— Voilà qui est fait alors ?

— Peut-être.

— A moins que vous n'agissiez que dans l'espoir de provoquer votre père. Parce que, si c'est le cas, sachez que ce genre de minauderies ne m'intéresse pas du tout. Je ne vais pas risquer mon job à l'usine du papa de mademoiselle, simplement parce que mademoiselle a décidé de prouver à son paternel qu'elle est une grande fille qui, à dix-huit ans, entend voler de ses propres ailes.

Brianna était restée une seconde sans voix avant de protester avec véhémence :

— Je le sais très bien, mais ce n'est pas de cela qu'il s'agit. Je trouve gonflé que vous vous imaginiez que j'ai des vues sur vous. Si vous croyez que j'ai traversé ce quartier minable pour vous… pour que…

Avant qu'elle ait pu protester, il l'avait attirée à lui. Elle aurait dû s'enfuir, le gifler même. Au lieu de ça, quand il avait posé ses lèvres sur les siennes, elle s'était mise à trembler de plaisir, comme jamais auparavant.

— Voilà pourquoi vous êtes venue, avait-il déclaré en se dégageant. Vous et moi, on le sait.

Il avait parlé d'une voix rauque, le souffle court. Et puis il s'était éloigné, sans un mot de plus. La laissant là, seule, humiliée. Et vibrante de désir.

Dès le premier instant, leur relation était partie de travers. Sans doute parce qu'elle était la fille d'Harrison Kent, quand Mike n'était qu'un de ses ouvriers. Parce qu'elle avait eu la chance de grandir dans l'insouciance pendant que Mike devait se battre, chaque jour, pour survivre. Parce qu'une fille comme elle ne rencontre pas un type comme lui. Peu importait la raison. Michael, dès le départ, avait douté de la sincérité de son amour.

— … et tes rapports ?

La voix de Michael la tira de ses réflexions.

— Quels rapports ?

Il la scrutait avec attention, et son visage, comme toujours, ne laissait percer aucune émotion.

— La montagne de rapports dont tu m'as parlé tout à l'heure. Tu ne pourrais pas les rédiger chez toi ?

— Ah ! si, si, bien sûr.

Une fois encore, elle eut la désagréable impression d'être prise en flagrant délit. Gênée, elle se détourna de nouveau. Le taxi venait de s'arrêter devant la porte de son cabinet.

3

Michael émit un petit sifflement appréciatif. Brianna avait plutôt bien choisi son lieu d'exercice : un immeuble de standing dans Upper East Side. Dans le quartier de son enfance, à Portland, il ne se souvenait pas qu'il y ait eu le moindre psychiatre. Tout juste un médecin, aussi imbibé que ses patients. Pourtant, dans son quartier, il y en avait, des femmes battues, des filles violées, à la rue…

Mais c'étaient les riches qu'on soignait, eux qu'on défendait, eux qui avaient droit à la sécurité, au confort, au bonheur. Il laissa Brianna s'engouffrer par la porte vitrée et la suivit dans le grand hall fleuri de plantes et d'arbustes. Brianna était un bon thérapeute, il n'en doutait pas. Non plus qu'il ne doutait de son désir d'aider ses semblables, sans différence de classe. Mais son éducation l'avait tout de même portée à préférer les beaux quartiers. Un réflexe, en somme. C'était peut-être à ce genre de réflexes d'ailleurs que tenait l'échec de leur mariage.

Enfin, dans l'affaire qui les occupait, mieux valait qu'elle travaille dans l'Upper Manhattan. Il aurait été plus difficile d'assurer sa protection sur le Bowery ou bien dans Brooklyn. Il jeta un rapide coup d'œil alentour. Un ballet incessant d'hommes d'affaires et de femmes en tailleur dont les talons résonnaient sur le sol en marbre gris. Deux ascenseurs pour desservir les trente-cinq étages du building. Pas de portier. Un jeu d'enfant pour un détraqué de se fondre parmi la foule, de sortir un silencieux, de descendre quelqu'un et de s'éclipser sans alerter personne.

Michael serra le poing autour de sa mallette et rejoignit Brianna dans l'ascenseur.

— Bon, je vais te laisser découvrir les lieux le temps de mes consultations, proposa Brianna. Dans mon cabinet, je ne crains rien. Aussi, tu peux prendre les mesures dont tu as besoin et m'attendre. A moins que tu ne veuilles inspecter seul mon appartement ; je peux te laisser les clés.

— Je sais, tu me l'as déjà dit. Mais puisque nous sommes ici, j'aimerais jeter un œil à ton bureau. Histoire d'évaluer par moi-même si oui ou non, tu es en sécurité.

Elle haussa les épaules. Mais Michael n'avait nullement l'intention de s'en remettre à l'humeur de son ex. Il connaissait la procédure et comptait bien la suivre à la lettre, que cela lui plaise ou non.

L'ascenseur s'arrêta enfin au quatorzième et la porte s'ouvrit sur un grand barbu d'une trentaine d'années. Larry Cunningham. C'était le type de la photo, aucun doute. Avec son blazer de tweed et son pantalon de velours côtelé, il avait plus l'air d'un étudiant de troisième cycle que d'un psychologue. Quoi qu'il en soit, son visage s'illumina littéralement lorsqu'il aperçut Brianna.

— Où étais-tu ? s'enquit-il, tout sourire. Je t'ai attendue pour déjeuner.

Il se rendit alors compte que la jeune femme était accompagnée et se renfrogna ostensiblement. Mike nota même chez lui une nervosité excessive, presque puérile. Décidément, ce type ne lui revenait pas. Et pas seulement parce qu'il supposait que Cunningham avait des vues sur son ex-femme.

— Je… j'avais un rendez-vous, expliqua-t-elle, hésitante. Je n'arrive que maintenant.

Elle s'engagea prestement dans le couloir, tout en fouillant dans son sac. Pas de doute, elle était mal à l'aise. Mike lui emboîta le pas, tandis que Cunningham revenait à la charge.

— J'espérais qu'on pourrait passer un moment ensemble, insista ce dernier.

— Ça ne peut pas attendre, Larry ? demanda-t-elle en sortant un imposant trousseau de clés. Je suis déjà très en retard.

Elle s'arrêta devant une porte de verre dépoli sur laquelle son nom était inscrit en lettres dorées.

— Je te présente Michael Landis, reprit-elle à l'adresse de son collègue.

« Présentations sommaires, parfait », songea Mike. Il valait mieux que personne, pour l'instant, ne l'identifie. Ni comme l'ancien mari de Brianna ni comme le patron d'une agence de sécurité. Après tout, il pouvait passer pour un patient du Dr Kent. Cunningham le salua d'un bref hochement de tête avant de lancer :

— Bon, je te laisse. On se voit demain ! Tu n'oublies pas notre dîner ?

Ainsi donc, ils se voyaient en dehors du boulot ?

Michael sourit. Visiblement, son ex ne lui avait pas tout dit sur le beau Larry.

— C'est un dîner de travail, précisa-t-elle dès que ce dernier fut hors de vue. Un congrès de psychologues. Il y aura des dizaines de personnes.

— Mais je ne t'ai rien demandé, ironisa-t-il.

C'était donc ça. Elle était gênée qu'il puisse l'imaginer dans les bras d'un autre ! Elle n'avait peut-être pas tort, d'ailleurs ; la chose ne le laissait pas totalement indifférent. Mais de là à la conforter dans cette idée… Elle le voulait distant, il le serait. De toute façon, il n'était nullement en droit de s'immiscer dans sa vie privée, et n'avait aucune envie de se torturer pour savoir qui elle fréquentait. A moins, bien sûr, que cela interfère dans son enquête.

Brianna lui fit signe d'entrer dans une grande salle d'attente meublée de deux fauteuils et d'une table basse de bois sombre. L'ambiance y était plutôt feutrée, rassurante même. On s'y sentait à l'aise. Mais le regard professionnel de Mike était suffisamment aiguisé pour ne pas s'arrêter sur ce genre d'impression. L'ameublement, la décoration, constituaient surtout des planques idéales pour du matériel d'écoute. Sans parler des conduits d'aération.

Il avait du pain sur la planche. Peut-être avait-il préjugé de la diligence du voyeur, mais il voulait en avoir le cœur net. Ne négliger aucune éventualité, c'était une des clés du succès dans ce genre d'affaire.

— On dirait que ton copain Larry est un rien possessif, déclara-t-il en prenant place sur l'un des deux fauteuils.

— Tu te trompes complètement. Nous nous connaissons depuis longtemps, lui et moi. Nous sommes de vieux amis, rien d'autre.

Peut-être, mais Cunningham se satisfaisait-il d'une simple amitié ? Pas sûr. Landis aurait même parié le contraire. Si Brianna était sincère, il était manifeste qu'elle ne plaçait pas en leur relation les mêmes attentes que son collègue. De quoi produire bien des frustrations…

— Que vas-tu faire pendant mes consultations ? s'enquit-elle en jetant un regard suspicieux vers la mallette.

Il hésita. Il n'avait rien à lui cacher, mais si le cabinet était réellement sur écoute, mieux valait opter pour la prudence.

— Prendre des notes.

Devant la mine interloquée de la jeune femme, il mit un doigt sur ses lèvres et indiqua le plafond d'un geste significatif.

— Comme prévu, ajouta-t-il pour la rassurer.

— O.K., je vais consulter mes messages, déclara Brianna en pénétrant dans son bureau. Si tu as besoin de quoi que ce soit, appelle-moi.

Dès qu'il fut seul, Mike posa son attaché-case sur la petite table ovale et l'ouvrit. Avant toute chose, dresser un plan des lieux. Si, comme il l'imaginait, ils avaient affaire à un spécialiste, on pouvait craindre qu'il se soit arrangé pour quadriller l'ensemble du cabinet. Dès que Brianna en aurait terminé avec ses consultations, il vérifierait les téléphones. A la place du traqueur, c'est là qu'il aurait installé ses micros. On en trouvait d'excellents sur Internet, qui réagissaient à la voix ou même au simple déclenchement de la sonnerie. Quant au reste des meubles et des objets, Liam, son associé, se chargerait de les passer au crible. Si seulement il avait pu le joindre avant qu'il ne parte pêcher en mer. A une heure près, il aurait invité son associé à annuler son week-end et à rappliquer à New York pour l'aider. Enfin, il avait laissé un message à sa sœur, qui lui avait assuré que Liam rappellerait dans la soirée.

Il se concentra d'abord sur les abords du building. 72e Rue, à mi-chemin entre York Avenue et Roosevelt Drive. De part et d'autre, deux buildings à peu près semblables. Des bureaux, vraisemblablement. En face, une série d'immeubles plus anciens et le parking. Derrière, un accès sur la rivière. Landis considéra un instant son croquis et y inscrivit quelques commentaires. La rue était peu passante et allait en s'étrécissant. Des ruelles semblaient déboucher sur des arrière-cours qu'il lui faudrait visiter. Il prit une nouvelle page et fit le tour de la salle d'attente, portant au fur et à mesure sur son schéma les ouvertures, les communications, les meubles ainsi qu'une évaluation approximative des dimensions. Ce faisant, il repensait aux paroles d'Ed Jenkins, le P.-D.G. de la société de vidéosurveillance. Pour saboter un système d'exploitation comme celui de Citywatch, le gars devait être particulièrement doué. Rapide aussi. En imaginant qu'il se soit fait passer pour un patient, il aurait eu tout loisir, en s'asseyant dans la salle d'attente, de faire les repérages élémentaires que Mike effectuait en ce moment. C'était même ce qui le dérangeait. L'impression de marcher dans les pas du voyeur, avec une longueur de retard.

Quant à Brianna, Landis se demandait comment elle réagirait s'il découvrait les traces d'un piratage. L'idée que son traqueur ait pu s'introduire chez elle la paniquerait. C'était une réaction classique, d'ailleurs, après un cambriolage par exemple. Beaucoup de gens avaient le sentiment qu'en pénétrant à leur insu dans leur intérieur on avait attenté à leur intimité ; de là s'ensuivaient souvent des accès de paranoïa. La thérapeute Brianna Kent était peut-être armée contre ce genre de pathologie, mais qu'en était-il de la jeune femme elle-même ? Dépouillée de l'attirail théorique grâce auquel elle passait au crible les névroses de ses patients, saurait-elle faire face ? Mike soupira. Jusque-là, il l'avait plutôt considérée comme une femme de tête, déterminée et pleine de sang-froid. Mais sa vie était en danger…

Sans doute l'attitude de son ex dépendrait-elle de sa capacité à lui à circonscrire les opérations et à réduire le champ d'action de son traqueur. La situation présente lui rappelait un peu l'une de ses premières missions dans les forces spéciales, pendant laquelle, d'ailleurs, s'était forgée l'amitié indéfectible qui le liait à ses associés. Il avait passé près de deux semaines à jouer au chat et à la souris, au fin fond de la jungle colombienne, avec un tueur à gages commandité par un baron de la drogue. Au bout de deux jours sans dormir, ils avaient fini par ne plus savoir qui pistait qui. C'était comme si le tueur leur laissait exprès des indices pour les conduire dans ses propres pas et maîtriser par là même leur mouvement. Si bien que, très vite, c'était eux qui s'étaient sentis traqués et à la merci de leur proie. A vivre vingt-quatre heures sur vingt-quatre dans la peur, en sachant qu'il pouvait prendre une balle à n'importe quel moment, Landis avait acquis une maîtrise de soi dont il ne se serait jamais cru capable. Une forme de vigilance aussi, et des facultés d'anticipation pour retourner la situation à son avantage au moment même où l'autre croyait le réduire à merci. C'est ainsi qu'ils avaient réussi à prendre le tueur à son propre piège et c'est ainsi qu'il espérait déjouer les plans du photographe.

Lorsqu'il leva la tête de son carnet, Brianna se tenait dans l'embrasure de la porte, les bras croisés, et l'observait avec attention. Tout à ses pensées, il ne l'avait pas entendue venir.

— Le bureau de ma secrétaire est contigu au mien et à celui de Larry, informa-t-elle.

— Où as-tu trouvé les photos ?

— Sous la porte vitrée de l'entrée.

— Donc le type n'a pas la clé, conclut Mike.

— Il ne manquerait plus que cela ! s'exclama son ex en souriant.

Au moins était-il parvenu à la dérider. Malheureusement, il craignait que ce qu'elle avait pris pour une boutade tourne bientôt à l'aigre.

— Bon, j'ai deux patientes à voir, reprit-elle en jetant un œil à sa montre. La première ne devrait pas tarder. Tu ne veux vraiment pas revenir à 16 heures ?

— Ne t'inquiète pas pour moi, j'ai de quoi m'occuper.

— Tu veux un café ?

— Non, merci, répondit-il en désignant les magazines posés sur la table. Avec un peu de chance, je vais trouver un *Playboy* !

— Franchement, dans un cabinet professionnel, ce ne serait pas du meilleur goût !

Brianna sourit avant de refermer la porte de son bureau derrière elle.

Michael remarqua que Brianna paraissait se détendre un peu. Sans doute le fait d'être dans son univers familier. Ici, elle endossait la panoplie du spécialiste, c'est à elle qu'on venait demander de l'aide. Normal qu'elle se sente plus forte.

Il s'assit dans un des fauteuils et parcourut une ou deux revues. Des abonnements, à l'adresse du cabinet. Brianna ne rapportait pas ici ses revues personnelles. Ce n'était donc pas par ce biais que le traqueur avait localisé son appartement.

Il s'apprêtait à poursuivre sa visite lorsqu'une jeune fille entra. Leurs regards se croisèrent et Mike crut un instant qu'elle allait crier. Elle vint s'asseoir cependant. Le plus loin possible de lui. Nul doute, il l'effrayait. De peur d'ajouter au malaise de l'adolescente, il se tint immobile et fit mine de se plonger dans la lecture d'un nouveau magazine tout en l'observant du coin de l'œil. Les cheveux teints en vert, dressés sur la tête, des tatouages sur les poignets et le dessus des mains, des piercings un peu partout, c'était le profil type de la marginale. Il se demandait bien ce que Brianna pouvait offrir à cette enfant, elle qu'on avait toujours surprotégée et qui s'était du même coup épargné la fameuse crise d'adolescence. A peine avait-elle cherché à provoquer son père en sortant avec un mauvais garçon. Pas de quoi fouetter un chat…

La porte s'ouvrit bientôt et Brianna apparut, souriante.

— Entrez, Kristin.

L'adolescente s'exécuta en silence et Mike la regarda s'éloigner, la démarche pesante, le visage fermé. Il resta un instant sans bouger, tendant l'oreille. Aucun son ne filtrait. Le cabinet, selon toute apparence, était correctement insonorisé. Aucun risque d'indiscrétion. C'était d'ailleurs le moins qu'on pouvait attendre. Brianna le lui avait suffisamment rappelé : elle veillait avant tout à la confidentialité de ses entretiens.

Il se leva et sortit un appareil photo de sa mallette, puis prit plusieurs clichés de la pièce et du couloir, s'attachant surtout à garder une trace du mode de circulation à l'intérieur du cabinet. Ainsi photographia-t-il chaque porte depuis la salle d'attente. Le bureau du Dr Suzanne Neils, psychanalyste. Celui de Lawrence N. Cunningham, docteur en psychologie comportementale. Les collègues de Brianna possédaient-ils un jeu de clés de son bureau ? Possible. La jeune femme le lui avait dit : ici, elle se sentait en confiance. Assez d'ailleurs pour prêter les clés de son appartement à sa secrétaire. Ce qui faisait trois personnes suffisamment proches d'elle pour avoir accès aux informations dont le traqueur avait fait usage. Les associés de Brianna constituaient donc des suspects potentiels.

Une heure s'était écoulée quand l'adolescente réapparut, suivie de Brianna.

— A la semaine prochaine, lança cette dernière d'une voix douce.

Kristin s'éloigna sans un mot, les épaules rentrées et le regard bas.

— Ma patiente suivante a appelé pour annuler notre rendez-vous, continua Brianna à son intention. Il y a une cafétéria au premier. On prend un thé ?

— Avec plaisir, répondit-il en fermant sa mallette. Mais avant, j'aimerais jeter un œil à ton cabinet. Histoire d'avoir l'esprit tranquille.

Il sortit de sa poche un appareil de détection basse fréquence particulièrement efficace dans le repérage des émetteurs-récepteurs. Si Brianna était sur écoute, il le saurait immédiatement.

— Suis-moi, dit-il. A mon avis, ça va t'intéresser.

Il se dirigea droit vers le poste téléphonique et le soumit à son sonar. Bientôt, le voyant de signalisation se mit à clignoter. Il dévissa le combiné et en inspecta soigneusement l'intérieur.

Il l'aurait parié ! A l'aide d'une pince, il dégagea un petit disque de métal gris, un peu plus petit qu'une pièce de dix cents et le déposa sur le bureau tandis que Brianna, visiblement secouée, se penchait pour l'examiner.

— C'est un mouchard ? articula-t-elle d'une voix presque inaudible.

Mike acquiesça. Les genoux tremblants, elle s'effondra sur sa chaise, les yeux rivés sur l'objet, presque hagarde. Elle était en danger. Son traqueur n'était pas un plaisantin qui avait voulu lui faire une bonne farce. C'était un type organisé. Un coriace. Où voulait-il en venir ? Mystère. Mais il avait déployé tout un arsenal de moyens extrêmement sophistiqués pour piéger sa victime. Michael s'efforça de sourire tout en posant un doigt sur ses lèvres. Puis il déchira un bout de papier et griffonna rapidement quelques mots qu'il lui fit passer : « Sortons de là. »

Pendant que Michael froissait le billet et refermait sa mallette, Brianna tâcha de se ressaisir. Que s'était-il donc passé pour qu'elle en arrive là ? Pourquoi en voulait-on comme ça à sa vie ? Qui avait-elle bien pu blesser au point que quelqu'un cherche ainsi à lui nuire ? Elle vit Michael remettre le combiné en place puis lui faire signe de se lever. Elle prit son sac et s'éloigna vers le couloir sans demander son reste. Elle avait peur, oui. Mais, plus encore, elle sentait poindre en elle une colère sourde, proche de la révolte.

Ainsi, quelqu'un avait surpris toutes ses conversations téléphoniques, y compris les plus sensibles, celles qu'elle entretenait avec certains de ses patients ! Depuis quand ? C'était intolérable. Pour quel but, sinon celui de profiter de la vulnérabilité de l'autre, pouvait-on chercher à accéder aux désordres psychiques de quelqu'un ? Ce type était dingue. Dingue et dangereux. Dieu merci, elle n'était pas seule pour faire face. Il y avait la police, d'abord. Et puis Michael, qui semblait maîtriser la situation. Elle ferma la porte du cabinet à double tour et s'engagea avec lui vers les ascenseurs.

Elle avait d'abord cru à un farceur. Un type qui s'amusait à ses dépens. Puis, avec les nouvelles photos, elle avait commencé à prendre l'affaire plus au sérieux. Le voyeur ne l'avait sans doute pas choisie au hasard. Il devait avoir, pour la traquer ainsi, une motivation spéciale. Fantasme ? Vengeance ? Elle s'était rappelé Billy Ray Bennett, parce que la personnalité perverse et violente de ce voyou l'avait marquée, à l'époque. Mais, maintenant, elle ne savait plus que penser. Le photographe était sans doute plus intelligent, plus organisé aussi que Billy. Plus dangereux, donc. Mais, étrangement, la révolte prenant en partie le dessus sur la peur, elle se sentait prête à tout pour coincer ce salaud qui lui pourrissait l'existence depuis quelques semaines. Y compris à jouer les appâts.

L'ascenseur commença à descendre et elle se tourna vers Mike. Elle avait besoin de parler, qu'il lui donne son point de vue sur la situation. Mais ce dernier lui fit signe de se taire. Attitude somme toute logique. Puisque l'individu avait été capable d'installer un micro dans son téléphone, il avait pu en faire de même un peu partout dans le bâtiment. Elle demeura donc silencieuse, s'efforçant du même coup de mettre de l'ordre dans ses idées. D'assembler les pièces du puzzle. Une chose était sans équivoque : le type qui la harcelait connaissait ses moindres faits et gestes. Lorsqu'il avait pris les photos, il n'avait pas eu besoin de la guetter pendant des heures ni de la suivre. Il savait d'avance où elle serait, et à quel moment.

Elle se souvenait, maintenant. La semaine dernière, elle avait appelé depuis son cabinet l'entreprise qui devait changer les serrures de son appartement et, par téléphone, leur avait donné son adresse personnelle. Quatre jours plus tard, on glissait une photo sous sa porte. Il n'y avait là aucune coïncidence. Michael, en détectant le mouchard, lui en avait donné la preuve la plus irréfutable. Elle frémit. Combien de coups de fil avait-elle pu donner depuis qu'elle était sur écoute ? Et qui avait-elle bien pu appeler ? Elle avait l'impression d'avoir commis, sans le savoir, une kyrielle d'impairs, dont — comble de l'absurde — elle n'avait gardé aucun souvenir.

Soudain, son sang se figea dans ses veines.

Ce matin, elle avait appelé SafeNet ! Le pervers savait donc que Michael était sur l'affaire. A l'idée qu'elle avait, par ignorance, embringué son ex-mari dans cette sale histoire, lui prit soudain l'envie de s'enfuir, loin, de disparaître.

— Tu as toujours envie d'une tasse de thé ? demanda Michael quand ils furent dans le hall. Je suggérerais plutôt quelque chose de plus fort.

— Je veux juste sortir d'ici, murmura-t-elle en fermant les yeux.

— Je connais un endroit tranquille sur la IIe Avenue où nous pourrons parler sans craindre d'être surpris. Suis-moi. Et ne t'en fais pas. Ça va aller.

Si seulement il pouvait dire vrai ! Mais elle avait toujours eu le sens des réalités. Et elle sentait qu'au contraire les ennuis commençaient. L'air du dehors était lourd, une foule dense fourmillait dans les rues. Brianna, l'esprit agité, se laissa entraîner vers une borne de taxis. Elle tremblait maintenant et elle aurait sans doute manqué s'évanouir, sans le bras de Mike sur lequel elle prenait appui.

— Il faut que je te dise quelque chose, articula-t-elle péniblement dès qu'ils furent dans le taxi. Avant de venir à ton agence, ce matin, je t'ai téléphoné. Il sait que j'ai fait appel à SafeNet. Tu es en danger autant que moi à présent.

— Calme-toi. Ça fait partie de mon travail, de toute façon.

— Et mes patients ? Qui sait jusqu'à quel point j'ai compromis le secret médical ? J'ai l'impression de les avoir trahis.

Mike lui prit la main.

— Tu ne pouvais pas savoir, Bria.

Sa voix grave, posée, eut quelque chose de profondément rassurant. Sans parler du diminutif qu'il venait d'employer spontanément et qu'il était le seul à avoir jamais utilisé.

Brianna eut un instant l'impression que le temps n'avait rien effacé, qu'ils étaient toujours aussi proches. Que quelque chose de leur relation passée vivait encore, contre quoi personne ne pouvait rien. Leurs deux destins liés l'un à l'autre représentaient une force, en somme.

Instinctivement, elle se blottit contre son épaule et ferma les paupières. Bien évidemment, ce réconfort serait de courte durée. Elle avait elle-même prié Mike de ne pas chercher à raviver des sentiments éteints. Mais, pour l'heure, se laisser ainsi aller lui faisait du bien. En sept ans, elle s'était si souvent sentie seule, vulnérable. Elle avait bien le droit de se reposer un peu sur quelqu'un. Ne serait-ce qu'un instant. Ensuite, elle reprendrait son rôle de femme active et sûre d'elle, tenace dans l'adversité et toujours prête à faire face, avec sang-froid.

Le taxi ralentit après une bonne demi-heure de course, et Brianna releva doucement la tête, l'esprit embué. Elle sortit un mouchoir de son sac et le passa sous ses yeux.

— D'accord, dit-elle, ça va aller. Pas de problème.

— Je crains que les choses ne soient pires que tu les imagines, répondit prudemment Landis.

— C'est-à-dire ?

— Le mouchard que j'ai trouvé ne surprend pas seulement les conversations téléphoniques.

La voix de Michael était toujours aussi calme, mais elle voyait les muscles de sa mâchoire se tendre et se détendre en rythme.

— Je ne comprends pas, Mike.

— J'ignore la portée de l'émetteur tant que le labo ne l'aura pas analysé, mais une chose est sûre, c'est qu'il fonctionne même lorsque le combiné est raccroché.

Brianna sentit son sang se glacer.

— Tu veux dire que toutes mes séances ont été entendues ?

— Et probablement enregistrées, confirma Mike.

— Mais comment… comment est-ce possible ?

— Tu veux dire, techniquement ? Dans les films, on voit toujours un type dans une camionnette postée tout près du lieu piraté, un casque sur les oreilles, qui écoute une conversation. Dans notre cas, c'est plus compliqué. Non seulement les capteurs d'aujourd'hui sont extrêmement fins, mais les émetteurs, par la transposition numérique, ont une portée infinie. On peut récupérer l'information à des kilomètres. Et sans aucun parasitage.

Brianna fixait Mike avec incrédulité. Etre ainsi l'objet d'une attention aussi minutieuse lui paraissait totalement surréaliste.

— Nous mettrons la main sur ce type, Brianna, je te le promets.

— Mais… Es-tu certain de ce que tu avances ? Si les choses se sont passées comme tu le prétends, *il* a déjà enregistré un nombre incalculable d'informations. S'il les utilise, tu imagines un peu les conséquences ?

— J'avoue que, pour l'instant, j'ai du mal à cerner les motivations de notre homme. Je comprends néanmoins que tu sois inquiète. Tes patients, j'imagine, te confient non seulement des choses très intimes, mais font aussi état de leurs faiblesses, de leurs failles. On pourrait imaginer que ton voyeur se serve de ce qu'il entend pour leur nuire par la suite. Ainsi, les photos n'auraient pas d'autre but que de détourner tout le monde de ses réelles intentions en laissant penser que *tu* es sa cible.

— C'est une possibilité, en effet, murmura Brianna en baissant les yeux. Ce serait un procédé ignoble, mais après tout… Ce que je ne parviens pas à admettre, c'est qu'on puisse déployer des moyens aussi sophistiqués, dignes des services de contre-espionnage, pour obtenir une information à laquelle on pourrait accéder bien plus facilement. En volant mes dossiers, par exemple.

— C'est une question intéressante, en effet. Dis-toi seulement que ce matériel, s'il est relativement délicat à installer, est devenu banal. Beaucoup d'organismes y ont recours. SafeNet, entre autres. De toute façon, tant que nous n'aurons pas établi le profil de ton voyeur et compris ses intentions, nous devrons nous contenter de conjectures. Ce qui m'importe avant toute chose, c'est de dépister et de désamorcer son système d'écoute. Ensuite, on avisera. On peut s'attendre à ce qu'il se manifeste de nouveau très bientôt.

Mike tâchait de montrer une parfaite sérénité mais il était nerveux. Et Brianna partageait son inquiétude. Le problème principal, pour l'heure, c'était l'anonymat complet dans lequel se retranchait le photographe. Il ne donnait aucun indice sur son identité et paraissait agir gratuitement. Autrement dit, il n'offrait rien à quoi on pût se raccrocher. Puisqu'il était parfaitement invisible, sans origine ni fin, il pouvait être partout. N'importe qui. Un passant dans la rue, un agent d'entretien du métro, un chauffeur de taxi. Sa méthode était redoutable. Sans doute la plus propice à alimenter les pires paranoïas. Il était une menace permanente, un œil qui voit tout, un être impalpable capable de s'infiltrer dans l'esprit de ses proies pour les conduire à leur perte.

— Je me demande si je n'aurais pas préféré ignorer tout ça, prononça Brianna en réprimant un frisson.

— Je ne tiens pas à t'effrayer. Mais je crois que plus tu en sauras, mieux tu pourras te protéger. Il est important de connaître son ennemi, si on veut pouvoir s'en défendre.

— Tu as sans doute raison, soupira-t-elle, littéralement accablée.

Les choses avaient le mérite d'être claires sur un point. Elle allait devoir livrer bataille, qu'elle en ait envie ou non. Inutile, donc, de continuer à se voiler la face. Elle s'était laissé duper jusque-là, mais elle allait se reprendre. Son adversaire ne savait pas encore à qui il avait affaire !

Il tapait frénétiquement sur les touches du clavier comme pour extirper la fureur qui battait en lui. Ils l'avaient vraiment cru assez négligent pour prétendre lui cacher leurs manigances ? Pour qui le prenait-elle ?

Elle croyait qu'il lui suffirait d'engager un crétin de chez SafeNet pour être en sécurité ? Eh bien elle allait voir ! O.K., ils avaient mis la main sur un micro. Et alors ? La belle affaire ! Il avait plus d'un tour dans son sac.

Il éteignit l'ordinateur et entra dans la chambre noire. Il lui réservait une surprise de choix. Le prochain cliché valait son pesant d'or. Il était sûr qu'elle allait apprécier.

Dommage qu'il n'ait pas pu voir le visage de cette garce quand elle avait découvert le mouchard. Ça devait valoir le détour. Ah, on devenait moins sûre de soi, docteur !

Il aurait bientôt ce qu'il voulait. Bientôt, tout serait fini. Il rit en l'imaginant, la bouche déformée par la terreur, le suppliant de lui laisser la vie sauve.

Et Landis arrivait à point nommé. C'était encore mieux que prévu. En s'arrangeant bien, la police accuserait ce crétin du meurtre. Le plan parfait ! Oui, à présent qu'il y songeait, ce petit contretemps allait lui servir.

Il décrocha le téléphone et composa le numéro qu'il connaissait maintenant par cœur.

4

De l'extérieur, le Clancy's Club ressemblait à n'importe quel bar de la IIe Avenue. Devanture étroite, entrée légèrement en contrebas, enseigne rétro. Mais, en pénétrant dans l'établissement, Brianna eut la sensation que Michael n'avait pas choisi cet endroit au hasard. L'éclairage tamisé, les murs couverts de lambris à mi-hauteur lui conféraient une atmosphère pour le moins feutrée. Un lieu idéal pour des rendez-vous discrets. Elle en éprouva immédiatement une sorte de malaise.

La place était déserte et, pourtant, on se sentait observé. Etrange. Intrigant, surtout. Sans doute ce bar appartenait-il au monde nébuleux et interlope dans lequel évoluait son ex-mari depuis son retour à la vie civile.

La salle était divisée en box, dans lesquels deux banquettes de cuir cramoisi se faisaient face, de part et d'autre d'une table basse. Mike l'entraîna vers le fond et se glissa à côté d'elle. Instinctivement, elle posa son sac entre eux. Tout à l'heure, dans le taxi, elle s'était laissé aller. Un moment de faiblesse, sans plus. Elle avait à cœur de le lui signifier sans délai, histoire de ne pas entretenir l'ambiguïté. D'autant que tout, autour d'eux, confinait à l'équivoque. S'il remarqua sa tactique, Michael n'en dit rien. Il s'empara seulement du sac, qu'il posa, avec sa mallette, à leurs pieds.

Les spots disposés çà et là au plafond tombaient en rais,

découpant l'espace de manière subtile, ajoutant au romantisme de l'endroit. Brianna frissonna. Pourquoi n'y avait-il pas d'autres clients ? Se retrouver seule en compagnie de Michael, dans un club désert, l'angoissait littéralement. Sans parler du barman, un homme d'une quarantaine d'années aux cheveux très courts, grisonnants sur les tempes, curieux, lui aussi. Son teint halé contrastait étrangement avec sa profession. A moins d'être adepte des solariums, il n'avait aucune chance de prendre des couleurs au fond de son bar. Quant à sa musculature imposante, elle rappelait à s'y méprendre la photo qui trônait dans le bureau de Mike. Peut-être était-ce un ancien des forces spéciales, reconverti en serveur de cocktail ? Quoi qu'il en soit, Brianna commençait à trouver l'ambiance plus que pesante.

Elle observa un instant le visage impassible de Mike. Pourquoi restait-il silencieux ? Qu'espérait-il en l'amenant ici ? Il fallait qu'elle perce à jour ses intentions.

— Intéressant, ce bar, dit-elle en fixant les prunelles bleues de son compagnon. C'est un club privé ?

— Très perspicace, madame, répondit-il avec un sourire qui creusa ses fossettes.

— Et tu en es membre, je suppose ?

— Des vétérans des forces spéciales ont fondé le Clancy's. Je fais en effet partie du cercle. C'est un endroit sûr à New York.

Ainsi, elle avait vu juste. Il y avait bel et bien une connivence entre Mike et le barman. Et l'étrangeté de l'endroit, qui l'avait d'emblée frappée, tenait sans doute au fait que, bien qu'il n'y ait aucun autre client dans le bar, personne n'était venu prendre leur commande. Comme si le débit de boissons n'était pas la destination du lieu.

— L'atmosphère est un peu particulière, risqua-t-elle.

— Oui, ce n'est pas un bar traditionnel. Plutôt une sorte

de base stratégique, plaisanta Mike. Bon, qu'as-tu l'intention de faire, maintenant ?

— Dans l'immédiat ? Commander un verre ! J'ai besoin de me détendre un peu.

— Ben ! lança Michael à l'adresse du barman. Comme d'habitude pour moi et…

— Un verre de chablis, précisa Brianna.

Le barman acquiesça en refermant le journal qu'il était en train de lire, descendit de son tabouret et fila derrière le comptoir.

— La première chose à faire, reprit Mike, est de passer chez toi. Tu prépares un sac pour deux ou trois jours, le temps que je procède à un balayage. On te trouvera un endroit où loger.

— Un balayage ?

— Electronique. Une recherche systématique de tout appareil susceptible d'avoir été introduit chez toi. Micros, caméras, ce genre de choses.

— Une caméra ? Comment quelqu'un aurait-il pu…

Elle ne termina pas sa phrase. Depuis quelques heures, elle avait appris à ne plus s'étonner de rien. Fini l'insouciance. Elle était traquée par un malade, qui n'était visiblement pas du genre à lésiner sur les moyens.

— C'est une simple précaution, assura Michael tandis que Ben posait sur la table le verre de vin blanc frais et une bouteille de bière mexicaine. Tout sera mis en œuvre pour ta sécurité, Brianna. Merci, Ben.

— De rien, Mike, répondit le barman en retournant sur son tabouret.

La porte s'ouvrit alors sur deux officiers de police. Ils saluèrent Michael de loin et s'installèrent au bar.

— Les flics qui ne sont pas en service aiment bien venir prendre un verre ici, expliqua-t-il devant la surprise de

Brianna. On les accueille en amis et on échange quelques informations.

Brianna resta silencieuse, songeuse. Jamais, jusqu'à peu, elle ne s'était intéressée aux forces de l'ordre. Pour elle, la sécurité allait de soi. Comme la plupart de ses concitoyens, elle menait une vie tranquille, sans considération particulière pour ceux qui, précisément, veillaient à sa quiétude. Elle découvrait maintenant un monde dont elle ignorait tout. Un monde parallèle, caché. Un monde de l'ombre. Mais un monde actif, toujours en éveil, dressé comme un rempart invisible entre le crime et les citoyens ordinaires. Un monde avec ses personnages, ses lieux, ses modes de circulation, son langage.

— Et Ben ? s'enquit-elle après un temps. Est-il vraiment barman, ou bien a-t-il d'autres… casquettes ?

— Il est en *free lance*, en quelque sorte. C'est un ancien marine qui a travaillé longtemps pour le FBI. Aujourd'hui, il recrute des gars en fonction des missions qui se présentent : filatures, recherche d'informations, interventions spéciales. Il s'est fait tout un réseau dans le milieu. C'est un type fiable, auquel SafeNet fait souvent appel.

— Ouais, il tient une agence pour l'emploi, en somme ?

— On peut dire ça, en effet.

Elle aurait aimé qu'il en dise davantage, mais Mike s'en tint là, avalant sa bière par rasades. Elle se mit à siroter son verre de vin, affectant de son mieux une certaine distraction. Dans le monde que fréquentait son ex-mari, on n'était pas bavard. Règle élémentaire de prudence. Et puis elle ne voulait pas non plus paraître curieuse. Elle avait l'habitude de poser des questions, à cause de son métier l'amenant à sonder le passé de ses patients, à les inciter à une forme particulière de confidence. Mais Michael Landis n'était pas un de ses patients. Sa vie personnelle, les liens qu'il avait tissés avec les agents du gouvernement, ses amitiés, tout cela lui appartenait en propre et, s'il n'avait pas envie de lui en parler, elle n'avait aucune raison de l'y pousser. Ça ne la regardait pas. Même si elle trouvait ça un peu dommage.

Elle aurait aimé parler avec lui, combler en quelque sorte le vide de ces sept années d'absence. Mais il ne le souhaitait sans doute pas. Et c'était plus raisonnable. Malgré tout ce temps, elle se sentait toujours fragile. Pénétrer plus avant dans la vie de Michael risquait de réveiller en elle des désirs incontrôlés, des projections hors de propos. Mieux valait s'en tenir au strict minimum avec lui, c'est-à-dire aux nécessités de l'enquête. Quand il aurait mis la main sur le traqueur, Mike sortirait de nouveau de sa vie. Il s'en retournerait à d'autres préoccupations.

— Tu m'as l'air bien sombre, émit ce dernier d'une voix grave. A quoi songes-tu ?

Elle réfléchit un instant. La question était toute simple, mais la réponse, complexe. Tant de choses s'entrechoquaient dans son esprit…

— A mes patients, finit-elle par déclarer. Je n'arrive pas à admettre que la confidentialité de mes entretiens ait pu être rompue. Il faut parfois des mois pour instaurer une relation de confiance avec un dépressif. S'ils viennent à savoir qu'un voyeur les a écoutés, enregistrés, pire, a pris du plaisir au récit de leurs souffrances, certains ne s'en remettront pas, j'en suis sûre. C'est une réelle prise de risque de se mettre à nu comme ils le font dans mon cabinet. Et je suis souvent leur dernier recours.

— Rien ne dit qu'ils le sauront. Si on suppose que c'est à toi et à toi seule qu'en veut ton photographe, tes patients n'auront aucun retour.

— Oui, mais comment en être sûr ? Je crois qu'il serait préférable que je ferme le cabinet quelque temps.

— Je ne sais pas. Il faut éviter les décisions hâtives ou

spectaculaires, tout ce qui laisserait à penser à ton traqueur qu'il t'a déstabilisée.

— Tu te souviens de la jeune fille de tout à l'heure ? Celle qui est venue consulter à mon cabinet ?

— Déguisée en créature d'Halloween ?

Brianna lui lança un regard noir.

— Il n'y a vraiment pas de quoi rire, dit-elle. Kristin m'inquiète beaucoup et je ne suis pas certaine d'avoir pu lui être d'aucune aide aujourd'hui. Je crains qu'elle ne…

— … commette l'irréparable ?

Elle acquiesça lentement. Elle ne savait pas pourquoi elle avait abordé ce sujet. Sans doute un effet de ses propres angoisses. C'était comme si, en découvrant le mouchard dans son téléphone, c'était le fondement même de sa pratique, sa capacité à soigner ses patients qui s'était à ses yeux désagrégée. Elle les avait trahis, elle ne leur était d'aucun secours, elle ne méritait plus d'exercer. Souvent, quand elle avait affaire à des cas très avancés de dépression, elle ressortait de ses entretiens avec un sentiment profond d'impuissance. Mais, là, c'était bien pire. Elle se sentait directement responsable. Elle avait mis ses patients en danger.

Kristin était sans doute, de ses malades du moment, la plus fragile. Elle venait de lui annoncer qu'elle était enceinte. Le père, un type sans morale qui l'avait initiée à la drogue alors qu'elle n'avait que treize ans, l'avait mise à la porte quand il avait appris la nouvelle. Malgré cela, elle continuait à l'aimer, désespérément. Trois mois plus tôt, elle s'était tranché les veines après l'avoir surpris avec une autre femme. Comment surmonterait-elle son indifférence, maintenant qu'elle attendait son enfant ? Une chose était sûre : elle était incapable d'assumer seule cette maternité.

— Si tu veux en parler…

— Merci, Mike. Je suis inquiète, c'est vrai, mais il n'y a rien que je puisse te dire.

— Confidentialité, c'est ça ? Soit, mais ne t'accable pas outre mesure. Tu fais bien ton boulot, j'en suis sûr. Quant à ta patiente, tu ne peux la prendre en charge à longueur de journée. Je ne pense pas que ton voyeur s'en prendra à elle. Et, malheureusement, si elle décide d'attenter à ses jours, tu n'y peux pas grand-chose.

Elle avait oublié à quel point Michael lisait en elle comme à livre ouvert et savait ce qu'elle voulait entendre. Du moins tant qu'il restait extérieur au problème soulevé.

En tout état de cause, elle se félicitait d'avoir suivi le conseil de Nora en faisant appel à lui. Le revoir n'était pas simple. Mais au moins se sentait-elle en sécurité maintenant. D'autant qu'il avait gagné en assurance, en maturité et que cette confiance avait quelque chose de contagieux.

— J'aimerais que les choses soient aussi simples que tu le dis, allégua-t-elle en soupirant. Tu sais, la culpabilité est un sentiment dont on ne se défait pas facilement…

— Essaie de prendre sur toi, dit Michael en reposant son verre. Analysons la situation, veux-tu ? Que savons-nous du voyeur ? C'est un type organisé qui a à sa disposition un matériel performant, qu'il manipule avec un certain talent. Depuis trois semaines à peu près, il te fait parvenir des photographies. On peut raisonnablement imaginer qu'il a piraté ton cabinet il y a un mois, peut-être davantage. Ainsi a-t-il recueilli un certain nombre d'informations, sur ton emploi du temps par exemple, sur tes patients… de sorte qu'il a su, en toute occasion, où te trouver.

— J'ai appelé un serrurier depuis mon cabinet, intervint Brianna. Il y a quinze jours. Je leur ai donné mon adresse…

— Voilà l'occasion qu'il attendait pour savoir où tu habitais.

Il enregistre l'information et s'empresse de visiter ton immeuble. En effet, pour parasiter le système de surveillance, il a d'abord fallu qu'il voie de ses yeux le matériel auquel il avait affaire. C'est une chose qui m'intrigue, d'ailleurs. D'après Ed Jenkins, la panne survenue hier soir était inédite. On doit en déduire qu'elle correspond à la seule intrusion du traqueur, la nuit dernière : il pirate le système, entre dans l'immeuble, monte jusqu'à ton appartement et glisse l'enveloppe sous ta porte. Mais que dire alors de ses premières visites ? Logiquement, elles ont dû être filmées.

— Pas s'il est venu la journée, précisa Brianna. Les caméras ne sont en service qu'à partir de 20 heures. Avant, il y a seulement deux portiers à l'entrée. Jenkins est dans son bureau et visionne les bandes de la nuit, recueille les plaintes, etc.

— Voilà une information capitale. Ça veut donc dire que notre voyeur a pu entrer à sa guise dans l'immeuble, sans pirater le système, pendant deux bonnes semaines. Peut-être même a-t-il pu visiter ton appartement.

— Normalement, les portiers ne laissent pas entrer n'importe qui. A moins qu'ils ne connaissent le visiteur, il faut décliner son identité et justifier sa venue.

Mike sortit son ordinateur de poche et prit quelques notes.

— On ne peut donc pas exclure que ton traqueur soit un de tes proches. Un visage familier pour les portiers. Peut-être même a-t-il une clé de ton appartement.

— Je te l'ai déjà dit, seule ma secrétaire en a parfois été en possession.

— Je n'exclus aucun suspect, déclara-t-il sans ciller. Pas plus ta secrétaire que tes collègues. Ni un de tes patients. On sait que notre homme a pénétré dans ton cabinet puisqu'il y a installé un micro. Il y est sans doute venu plusieurs fois.

Il aurait très bien pu profiter d'un moment d'absence de ta secrétaire pour lui subtiliser tes clés et en faire un double.

Brianna allait protester mais elle se retint. Aussi désagréable que pussent être ses allégations, elles relevaient d'une méthode d'investigation indiscutable, objective.

— Bien, dit-il après un temps. Plusieurs questions restent en suspens. Et d'abord, pourquoi a-t-il choisi de venir la nuit pour glisser cette enveloppe ? Il aurait aussi bien pu le faire dans la journée et s'épargner un piratage délicat.

— Peut-être voulait-il me faire peur… Je veux dire… En pénétrant la nuit dans l'immeuble, il me défie. Il me montre qu'il peut s'approcher de moi, venir jusqu'à ma porte, à l'insu de tous. C'est une manière de me signifier combien il me tient à sa merci, non ? C'est un processus psychologique assez banal, somme toute. Pour montrer à l'autre à quel point on lui est supérieur, pour le persuader qu'on ne le craint pas, quoi de mieux que de ridiculiser son système de défense. Il se met sous les griffes du tigre, il prend le risque de braver un système de sécurité ultrasophistiqué pour faire la preuve de son absolue maîtrise. Du genre : « Je n'ai pas peur de toi parce que, pour moi, tes armes sont inopérantes. »

— Brillante analyse, sourit Mike. Si je te suis bien, les photographies ont sans doute la même fonction : « Regarde comme je peux m'approcher de toi sans craindre qu'on m'arrête. Ta vie n'a aucun secret pour moi… » ?

— Oui, et aussi : « Je suis invisible, je suis partout, tu ne me vois pas, mais moi, je vois tout de toi. » C'est un délire de maîtrise absolue. Une manière de se substituer à Dieu.

— Peut-être prétend-il te soumettre à son jugement. Il serait une sorte de bras divin, un justicier, quelque chose comme ça.

— Je ne suis pas une sainte, certainement, mais je ne vois

vraiment pas pourquoi je devrais subir le moindre châtiment, essaya de plaisanter Brianna.

— C'est ce qu'il va nous falloir découvrir. J'attends beaucoup de l'analyse de tes dossiers médicaux. Je sais qu'ils sont confidentiels, mais j'aurais nettement préféré ne pas devoir m'en remettre au point de vue de Cunningham. D'autant qu'il constitue, lui aussi, un suspect.

— J'ai toute confiance en Larry, coupa sèchement Brianna. Jamais il ne chercherait à me faire du mal. Quant à mes dossiers, j'en ai une connaissance parfaite.

— Si le moindre élément te revient, je ne sais pas, moi… un entretien qui se serait mal passé avec un de tes patients, un type que tu n'aurais vu qu'une fois, il faudrait m'en parler.

— Promis, Mike.

— Bon. Autre problème. On peut raisonnablement imaginer que ton traqueur a eu accès à ton appartement. Je vais mettre Liam, un de mes associés, sur le coup.

— Je croyais que tu voulais t'occuper du… balayage ?

— C'était ma première idée, mais j'ai mieux à faire pour l'instant. Et plus urgent. Liam O'Shea est spécialiste du matériel d'écoute et des piratages informatiques. Il ira plus vite que moi. Quand il aura passé ton appartement au peigne fin, il y installera notre propre système de surveillance.

Brianna hocha la tête. La logistique qui se mettait en place, les conjectures de Mike, ses émotions des dernières heures, tout tournait dans sa tête et lui faisait l'effet d'un vertige. Décidément, elle n'était plus maître chez elle !

— Il va falloir que j'y aille, marmonna-t-elle, un peu embarrassée, après avoir regardé sa montre. J'ai un boulot monstrueux. Fais ce qui te semble le plus approprié.

— Tes rapports, c'est ça ? J'appelle Liam, donne-moi une seconde. Ensuite, on passe à ton cabinet, tu récupères les dossiers dont tu as besoin.

Il sortit son téléphone portable et composa un numéro.

— Bailey ? Il faudrait que tu bipes Liam. Qu'il m'appelle au Q.G. dans une heure.

— Le Q.G. ? s'enquit Brianna dès qu'il eut raccroché.

— C'est un endroit sûr dans Brooklyn. C'est là que tu vas loger.

— Je ne peux vraiment pas rester chez moi ?

— Tant que Liam n'aura pas passé ton appartement au crible et vérifié ton téléphone et ton ordinateur, tu seras plus en sécurité avec moi.

— Avec toi ? Il n'en est pas question. Je préfère aller à l'hôtel.

Brianna se pencha pour ramasser son sac. Mike allait trop loin. S'il était légitime de prendre des précautions, il était hors de question qu'elle vive vingt-quatre heures sur vingt-quatre à ses côtés. Elle était stoïque, mais tout de même. Partager un appartement avec son ex était au-dessus de ses forces.

— C'est plus risqué mais si tu y tiens… Nous prendrons deux chambres voisines.

— Ecoute, Mike, je te suis très reconnaissante de ce que tu fais pour moi, mais je tiens à mon indépendance.

— Il ne s'agit pas de ta vie privée mais de ta sécurité, Bria ! Notre Q.G. est certainement l'endroit le plus sûr de la ville. Et le plus confortable. La plupart de nos clients, hommes politiques, ambassadeurs, acteurs ou simples quidams, y ont séjourné. Là-bas, tu n'auras absolument rien à craindre. Ça te permettra de te détendre et de te reposer. Tu ne seras pas sans cesse sur tes gardes. Tu en as besoin, non ?

Elle marqua un temps avant de répondre. Elle n'avait pas beaucoup dormi ces temps derniers, et la perspective d'une longue nuit de sommeil la tentait.

— Ce n'est pas là que tu loges, toi ?

— Si, répondit Mike en souriant. Mais il y a de la place. Tu ne te rendras même pas compte de ma présence.

Elle soupira. De toute façon, il était vain de résister davantage. Elle s'en était remise à Michael et il y avait fort à parier qu'il ne compromettrait pas la bonne conduite de son travail pour des considérations d'ordre affectif. Il avait engagé sa responsabilité et il prendrait toutes les garanties pour ne pas contrevenir aux termes de leur contrat.

— D'accord, dit-elle. Mais à une condition. Si ça ne me convient pas, j'irai m'installer à l'hôtel.

— Parfait. C'est toi qui décides !

— Oui, c'est moi qui décide, répéta Brianna comme pour s'en persuader.

Il venait de poser sa main sur la sienne. Une main rassurante, protectrice, amicale. Amicale ? Le contact de sa peau était électrisant ! D'une telle sensualité ! Et il venait de la persuader d'habiter sous le même toit que lui pendant deux ou trois jours... Comment avait-elle pu accepter ? Elle s'était pourtant juré de rester sur ses gardes ! Elle se dégagea doucement et avala une dernière gorgée de vin pour se donner une contenance. Mike ferma son ordinateur de poche, saisit sa mallette et se leva. Brianna l'observa un instant avant de le suivre. Où tout cela la mènerait-il ? Voilà bien une question à laquelle elle était incapable de répondre.

Ils firent d'abord un crochet jusqu'au cabinet où la jeune femme rassembla quelques dossiers et s'éclipsa sans donner la moindre consigne à sa secrétaire. D'après Michael, plus elle saurait se montrer évasive, et plus efficace s'avérerait la planque. Ils s'arrêtèrent ensuite à son appartement, dont Mike fit un plan sommaire pendant qu'elle faisait son sac. Elle récupéra son courrier et en profita pour changer la cassette de son répondeur sans toutefois prendre le temps d'en écouter l'ancienne. Si les lieux étaient sur écoute, mieux valait qu'elle attende d'être en sûreté pour la consulter.

Il était plus de 18 heures lorsque le taxi les déposa devant une élégante maison de quatre étages en brique rouge à Fulton Mall, dans Brooklyn. Un vestige du gothique victorien parfaitement restauré, qui contrastait sensiblement avec les immeubles délabrés faisant face au square. En même temps, c'était le charme de Brooklyn, de faire se côtoyer des maisons vétustes, des entrepôts et des demeures quasi aristocratiques sans la moindre transition. Géraniums aux fenêtres, pétunias à l'entrée, le lieu n'avait en tout cas rien du blockhaus auquel Brianna se serait attendue.

— C'est ça, le Q.G. ! s'exclama-t-elle, incapable de cacher sa surprise. Je m'attendais à quelque chose de plus… je ne sais pas… de plus dissuasif. Miradors, barreaux aux fenêtres, vigiles armés jusqu'aux dents, ce genre de choses…

— Ne te fie pas aux apparences, déclara Michael, un sourire aux lèvres. C'est une vraie forteresse.

Chargé du sac de la jeune femme et de son attaché-case, il la précéda sous le porche et ouvrit la porte d'entrée à l'aide d'une carte magnétique. Au fond du hall, un ascenseur d'aspect vieillot menait aux étages. La grille en fer forgé grinça lorsque Michael la referma derrière eux, mais, contre toute attente, l'ascenseur se hissa sans la moindre secousse jusqu'au troisième étage, où ils descendirent.

— Voilà l'appartement des visiteurs, se contenta-t-il d'expliquer en déposant ses bagages.

La pièce dans laquelle ouvrait directement l'ascenseur était immense, garnie sur tout un pan de mur d'une bibliothèque de bois sombre. En face, de larges fenêtres laissaient entrer la lumière mordorée de la fin de journée. Des canapés et des fauteuils de cuir foncé venaient accentuer l'impression de chaleur et de confort qui se dégageait du lieu. Brianna était étonnée de retrouver ici des ingrédients du confort bourgeois auquel son enfance l'avait accoutumée. Chez les Kent en effet, on appréciait le style colonial et néoclassique, les tentures pourpres et les tapis épais, bref, un mélange subtil de bon goût et d'ostentation dont elle n'aurait jamais soupçonné qu'il puisse plaire à Michael. Seule une table au plateau de verre et une toile abstraite faisaient contraste, renvoyant à une modernité à laquelle elle le savait plus sensible. Après tout, même s'il occupait les lieux quand il était en service, rien ne prouvait que ce fût là sa résidence principale. Peut-être même n'était-il pour rien dans la déco.

— Impressionnant, reconnut-elle en se tournant vers lui.

Malgré elle, elle ne pouvait s'empêcher de revenir au passé. Et quoi que représente exactement cet endroit aux yeux de son ex-mari, il était du moins le signe d'une incontestable réussite. Ce fils d'alcoolique, élevé dans les faubourgs crasseux de Portland, abandonné par sa mère quand il était tout enfant, n'était certainement pas prédestiné à fréquenter les beaux quartiers.

— Tu veux dire que j'ai fait du chemin depuis Mill Street ? argua-t-il en enlevant sa veste, comme s'il avait lu dans ses pensées.

— C'est incontestable, en effet, et j'en suis heureuse pour toi, avoua-t-elle en jetant un regard par la fenêtre.

L'immeuble bénéficiait d'une vue imprenable sur le pont de Brooklyn.

— Cette maison n'est pas vraiment la mienne, précisa Michael. J'y loge quand je suis en ville, entre deux missions, mais je ne m'y sens pas vraiment chez moi. Elle est la propriété de SafeNet et répond à tous les critères de sécurité que recherchent nos clients. C'est tout ce qui compte, d'ailleurs. La décoration n'est en somme qu'une sorte de paravent. L'image lisse du lieu sans histoire. Dans le quartier, les gens pensent que de jeunes yuppies se partagent les étages, et nous ne faisons rien pour les détromper, bien au contraire.

Brianna fit quelques pas dans la pièce et découvrit une lithographie dont elle crut reconnaître l'auteur. Elle avait vu certaines de ses œuvres exposées dans une galerie New Age du Village, l'hiver précédent.

— Tu as un Smithson ? Tu connais ce peintre ?

Elle se maudit immédiatement d'avoir posé la question. Que pouvaient lui importer les intérêts artistiques de Michael Landis ? Non plus que sa vie privée, d'ailleurs. Il fallait impérativement qu'elle cesse de poser des questions idiotes, si elle ne voulait pas risquer l'enlisement ! Se retrouver à loger sous le même toit que son ex constituait un écueil suffisant pour qu'elle évite de raviver la moindre familiarité entre eux. D'autant que Mike paraissait se prêter de bon gré à son interrogatoire.

— J'aime assez ce qu'il fait, bien que je n'aie pas tout vu. C'est surtout Russell, un de mes associés, qui en est fan. En fait, un ami m'a invité à un vernissage, il y a deux ans, à Beaver Creek. Smithson n'était pas du tout connu alors et il a accepté de prendre un verre avec nous. C'était plutôt sympa.

— Beaver Creek, dans le Colorado ?

— C'est ça, acquiesça Mike. J'ai une maison, là-bas. Tu sais comme j'aime la montagne.

Mike avait toujours été attiré, en effet, par la solitude des paysages arides et des sommets neigeux. Il en avait rêvé, tout jeune, et était devenu un des piliers du club d'escalade du lycée, avec lequel il avait remporté bon nombre de concours. L'oncle de Brianna, le mari de Nora, était d'ailleurs son supporteur numéro un.

— Mon job me prend beaucoup de temps, ajouta-t-il. Mais quand j'en ai la possibilité, je vais m'y ressourcer.

Brianna voyait parfaitement à quoi il faisait référence. Ce partage du temps ne lui était pas étranger. Quand ils vivaient ensemble, déjà, Mike faisait passer son travail avant tout. A l'époque, il bossait à l'usine et, le soir, il louait ses services à un de ses amis qui tenait un bar dans le centre. Brianna, elle, était étudiante mais pas sans ressources. D'abord, parce que son père lui donnait un pécule conséquent tous les mois. Mais aussi parce qu'elle avait hérité de sa mère une somme d'argent on ne peut plus confortable. Seulement jamais Michael n'avait accepté qu'elle y ait recours. Non plus qu'il n'aurait admis d'en utiliser le moindre cent pour entreprendre lui-même des études. Il ne voulait pas de cet argent. Il préférait travailler jour et nuit, quitte à la laisser seule dans leur studio, plutôt que de rien devoir aux Kent. Brianna le comprenait maintenant, c'était pour lui une question d'honneur. Pour que personne ne puisse le soupçonner d'avoir épousé la fille dans le dessein de grappiller la fortune du père. Elle n'oubliait pas que, à l'époque, tout le monde ou presque le regardait comme un voyou. A part Nora et Robert, personne ne lui faisait confiance.

Elle se demandait parfois si, elle aussi, elle n'avait pas eu tendance à le renvoyer systématiquement à son milieu comme à une tare héréditaire. En tout cas à faire reposer sur ses origines sociales le fondement même de leurs incompréhensions.

Comme chaque fois, l'évocation du passé lui laissait dans la bouche un goût amer. A quoi bon revenir sur un échec ? Ils avaient essayé. Ça n'avait pas marché. Ils avaient fait leur vie l'un sans l'autre après leur divorce et s'étaient plutôt pas mal débrouillés. Point, à la ligne.

Mike venait de retirer quelques livres de l'une des étagères de la bibliothèque. Un petit boîtier numérique apparut, inséré dans le panneau du fond.

— Voilà, dit-il en composant un code. Les accès à l'appartement, y compris l'ascenseur, sont verrouillés. Si le moindre mouvement est détecté aux abords du bâtiment, les caméras se mettront en marche, ainsi qu'une alarme directement reliée au centre de contrôle, situé au premier étage.

Il lui tendit une télécommande tout en lui indiquant un petit meuble en noyer, contre le mur opposé.

— Appuie sur le bouton rouge et ouvre les yeux.

La jeune femme s'exécuta. Les portes du meuble s'escamotèrent, laissant place à une série d'écrans. Chacun correspondait à une caméra de contrôle. Six à l'extérieur, qui balayaient le tour de la maison. Deux dans le hall d'entrée.

— Les caméras extérieures sont équipées d'un capteur infrarouge et d'un guidage directionnel, expliqua-t-il. Elles réagissent au mouvement. Le bouton blanc maintenant.

Il se tenait tout près d'elle, si bien qu'elle pouvait sentir son eau de toilette boisée, et la chaleur de son souffle glisser dans le creux de son cou. Inutile de se voiler la face. Elle ressentait un trouble irrésistible. Au point de la détourner complètement de l'exposé qu'il mettait, pourtant, beaucoup de sérieux à lui faire. Elle était humaine, après tout. Ce n'était pas de sa faute si Mike dégageait un tel sex-appeal ! Elle prit une inspiration et tâcha de se concentrer sur les écrans. Sa sécurité en dépendait et c'était bien, pour l'heure, tout ce qui comptait. La seule chose aussi, qui justifiait sa présence dans cette résidence de Brooklyn.

Cette fois apparurent sur les écrans des vues de l'intérieur. Couloirs, chambres, salles de bains.

— Tu travailles pour la CIA ? plaisanta-t-elle.

— Ça m'est arrivé, répondit-il sans ciller. Ce que tu vois là n'est qu'une partie de l'installation. Tu as trois séries de visionnage, soit vingt-quatre caméras au total. Non seulement ton appartement est balisé, mais tous les couloirs, les accès et les pièces contiguës. Comme tu peux le constater, nous n'avons rien laissé au hasard. L'important, c'est que nos clients se sentent en sécurité.

— Je ne vois rien à redire, c'est parfait. Et qu'est-ce que c'est, ça ? dit-elle en pointant du doigt une sculpture métallique plutôt étrange.

— Une antenne satellite. Emetteur-récepteur. C'est ce qui nous permet de garantir l'inviolabilité de notre réseau. C'est un peu compliqué, mais ça fonctionne, c'est tout ce qui importe.

— Etonnant, vraiment.

Il fallait absolument qu'elle trouve quelque chose à dire. Insensiblement, Mike s'était rapproché d'elle. Comme si, dans l'intimité de cet appartement, et malgré l'affaire qui les préoccupait l'un et l'autre, le passé remontait insidieusement à la surface.

Michael ressentait-il, comme elle, ce magnétisme ? Luttait-il, comme elle, pour en faire abstraction ou bien s'en accommodait-il au point de chercher à précipiter les choses ? Impossible à dire. Sinon que, en la frôlant ainsi, il jouait avec le feu.

Se concentrer sur l'essentiel. Sa sécurité, sa tranquillité, l'anonymat pendant quelques jours. Manhattan, de l'autre côté de la rivière, et la foule dans laquelle se cachait un malade qui avait décidé de s'en prendre à elle.

— N'aie pas peur, Bria, l'entendit-elle prononcer.

Mike était juste derrière elle et lui avait posé ses mains sur les épaules. Elle ferma un instant les paupières. Assurément, il la protégeait. Tout son être en était conscient. D'une conscience presque sensuelle. Physiquement, d'abord, Michael était du genre impressionnant. Dissuasif donc. Et puis il avait ce charisme, cette manière d'envisager l'existence avec une placidité imperturbable. Son expérience des guérillas l'avait encore aguerri, c'était évident. Aussi longtemps qu'il resterait près d'elle, Brianna savait qu'il ne lui arriverait rien. Non, elle n'avait pas peur, si ce n'était d'elle-même en ce moment. Les paumes de Mike lui massaient doucement les épaules et la nuque, et elle frissonna d'un plaisir ancien, profondément inscrit en elle, souvenir des caresses qu'ils échangeaient autrefois. Si elle se retournait pour lui faire face, que lirait-elle dans ses yeux bleus ? Subissait-il, lui aussi, les résurgences du passé ?

Quoi qu'il en soit, il fallait qu'elle rompe le charme. D'abord, pour se préserver. Depuis Jordan, elle s'était tenue à l'écart de la gent masculine. Se donner à fond dans son boulot comblait toutes ses attentes et la laissait en paix. Elle avait tous les jours l'occasion de constater, auprès de ses patients, combien les relations passionnelles induisaient de détresse, de souffrance et de destruction pour préférer s'en abstenir. En tout cas, pour supporter le manque sans désagrément. Mais depuis que Michael Landis avait reparu dans sa vie, son beau système s'écroulait. A peine quelques heures avaient suffi ! Elle avait pourtant bonne mémoire. Elle était assez mûre pour ne pas croire une seconde fois à une idylle impossible. Hors de question qu'elle souffre comme elle avait souffert après leur rupture. Elle était troublée, mais pas folle au point de s'abandonner à des sensations aussi éphémères qu'illusoires.

— Merci, Mike, dit-elle d'une voix qu'elle voulait assurée. Je me sens mieux, maintenant. Détendue.

Mais lorsqu'il la fit doucement pivoter vers lui, elle lut dans son regard clair un écho à ses propres désirs.

— Je ne pense pas que…

— Arrête de penser, coupa-t-il en posant ses lèvres sur les siennes.

5

Elle l'avait laissé l'embrasser ! Les mains enfouies dans ses cheveux, elle lui rendait même son baiser avec une ardeur inattendue. Il l'attira à lui et sentit contre son torse les seins fermes et voluptueux de la jeune femme. Le souvenir était trop intense, trop puissant. Comme une déferlante. Combien de fois, jadis, l'avait-il ainsi tenue entre ses bras ? Le temps, d'une certaine manière, avait fait son office, lui permettant de se construire une existence loin de Brianna. Sans elle.

Mais certaines sensations étaient restées intactes. Comme s'ils n'avaient jamais cessé de s'appartenir l'un à l'autre, de vivre l'un pour l'autre. Emporté par la sensualité qu'il croyait retrouver entre eux, il la souleva de terre comme il le faisait autrefois, l'invitant à nouer ses jambes autour de sa taille. Mais, au lieu de l'accompagner, il la sentit qui s'écartait, lentement mais avec fermeté.

Il l'observa un instant, tout en s'efforçant de reprendre pied. Depuis qu'elle était entrée dans son bureau ce matin, il ne s'était pas passé une minute sans qu'il ait envie de la prendre dans ses bras. Un désir d'adolescent ! Brianna exerçait sur lui un magnétisme qu'il était incapable de juguler. Ni même d'esquiver. Il s'était pourtant juré de ne pas tout mélanger. Comment avait-il pu croire qu'en l'embrassant il romprait le charme, il ferait taire le souvenir… Bien au contraire, la réalité lui présentait un visage tout aussi enchanteur.

— Tout cela ne nous mènera nulle part, murmura Brianna en replaçant, d'une main tremblante, une mèche de cheveux derrière l'oreille.

Il ne savait que penser. Ni que répliquer. Y avait-il quelque chose à dire, d'ailleurs, que leurs yeux ne se disent déjà ? Tous deux brûlaient du même désir, tous deux luttaient farouchement pour y résister. C'était sans doute en cela que résidait tout le tragique de leur vie commune. Une profonde complicité, alliée à une incapacité totale à se livrer l'un à l'autre, à se faire confiance. L'amour éperdu, la peur au ventre. Peur d'être déçus, blessés, floués. Une fois, déjà, Mike avait préféré s'enfuir.

— Tu m'attires, continua-t-elle. Je l'admets, c'est déjà beaucoup. Mais ne m'en demande pas plus.

— Je n'ai rien dit.

— C'est vrai, tu n'as jamais été très loquace, dans ce genre de situation. Eh bien laisse-moi tirer les conclusions qui s'imposent. Ce qui s'est passé n'aurait simplement pas dû arriver. Il est grand temps que nous nous comportions en adultes. Avec un peu de lucidité. Car si on y réfléchit, il n'y a rien d'étonnant à ce que tu m'aies embrassée. Simple projection du désir de protection. Un cas d'école.

— Je trouve un peu présomptueux de votre part, *docteur* Kent, de me dire ce que je ressens.

Il l'étudiait maintenant avec un sourire amusé. Malgré un masque de circonstance, une certaine hauteur dans la voix, ses mains tremblaient légèrement et ses yeux se montraient un peu fuyants.

— Amener les gens à comprendre ce qu'ils ressentent est ma spécialité.

— Garde donc tes théories d'analyste pour tes patients, d'accord ? lança-t-il avec plus d'aplomb qu'il ne l'aurait voulu.

Je sais ce que j'éprouve, je sais pourquoi je l'éprouve, et je l'assume. La vérité ne m'effraie pas. Le problème, c'est qu'on ne peut pas en dire autant de toi.

— Tu insinues que je refoule mes véritables sentiments ?

— C'est ça.

La jeune femme ferma les yeux, poussa un soupir.

— Inutile de discuter davantage, dit-elle sur le ton qu'elle devait employer avec ses patients les plus difficiles. Puisque nous ne pouvons nous en tenir à des relations strictement professionnelles, je n'ai plus qu'à engager quelqu'un d'autre.

— Tu m'as embrassé, toi aussi. N'essaie pas de le nier, déclara Mike tandis qu'elle tournait les talons. C'est un peu facile de me renvoyer à ma libido sous prétexte que tu n'assumes pas la tienne.

Touché dans le mille ! Toute psychologue qu'elle était, Brianna n'en demeurait pas moins une femme aux prises, comme tout le monde, avec les contradictions de sa sensibilité. Et tiraillée entre des aspirations quasi instinctives et les limites que leur fixait son amour-propre.

Elle s'arrêta net, resta un instant silencieuse avant de se retourner. Ses yeux brillaient d'une colère à peine contenue.

— Tu te trompes sur un point essentiel, Mike. Je ne nie pas que tu sois attirant et que tu me fasses un certain effet. Mais je ne coucherai pas avec toi, ni maintenant ni jamais. J'ai déjà donné, et je n'ai pas l'intention de commettre deux fois la même erreur.

Il avait eu suffisamment de mal à la convaincre de s'installer ici quelques jours, ce n'était pas le moment de mettre tout en l'air. Encore un peu et il perdrait de vue le sens même de leurs retrouvailles. Elle était venue le trouver pour qu'il la débarrasse d'un cinglé, rien d'autre. Il n'avait qu'à s'en tenir à sa mission.

— Je vais te montrer ta chambre, dit-il. Comme tu le disais

fort bien toi-même ce matin, il est de loin préférable qu'on s'en tienne aux termes de notre contrat. Je m'excuse de m'être laissé aller. Je te promets que ça ne se reproduira plus.

La tension était palpable dans la pièce. Comme si un mur invisible s'était érigé entre eux.

Michael n'en revenait pas. La femme d'autrefois était incapable de cacher ses sentiments. Celle d'aujourd'hui semblait maîtresse d'elle-même. Plus désabusée aussi. Bien. Elle avait raison sur un point : il s'était fait un devoir de la protéger. Pour le reste, sa théorie ne valait pas un clou. L'attirance qu'il éprouvait pour elle était la même qu'il y a sept ans. Mais lui aussi avait mûri. Lui aussi savait jouer l'indifférence, éluder les situations embarrassantes, faire comme si de rien n'était. Il ne dérogerait plus à la stricte procédure.

— Par ici, dit-il en empoignant sa valise.

Elle le suivit, encore sous le choc de ce qui venait de se produire. Elle avait beau jouer les blasées, il lui fallait se rendre à l'évidence : se retrouver dans les bras de Michael Landis n'était pas seulement la conséquence d'une journée éreintante, non plus que d'un moment d'absence. C'était sans doute ce à quoi elle aspirait depuis des années ! Tout à l'heure, en sentant ses lèvres se poser sur les siennes, elle s'était littéralement abandonnée. Encore un peu et elle aurait commis l'irréparable… Comme si le passé ne lui avait pas servi de leçon. Comme si elle ignorait la dose d'engagement qu'implique nécessairement toute relation charnelle. Comme si elle avait oublié qu'elle n'était plus prête à cela. Heureusement, la petite voix de sa conscience l'avait alertée à temps. Mais devait-elle pour autant se croire à l'abri ? Ses désirs n'auraient-ils pas bientôt raison de son bon sens ?

Elle n'avait pas le choix, pourtant. Elle devait continuer à le voir. Au moins tant qu'elle ignorerait l'identité de celui qui avait décidé de s'en prendre à sa tranquillité.

Elle avait besoin de lui.

Un frisson lui parcourut l'échine tandis que Michael poussait une lourde porte, à droite du couloir.

— J'espère que ça te conviendra, déclara-t-il en la laissant entrer.

Un lit démesuré, encadré de deux baies vitrées. A l'horizon, le pont de Brooklyn déployait sa majesté sous un ciel oranger. Somptueux.

— Toutes les vitres du bâtiment sont à l'épreuve des balles, expliqua-t-il. De l'extérieur, elles sont complètement opaques.

— La vue est incroyable. Ce serait dommage de devoir mettre des rideaux.

— Tu verras, la nuit, c'est magnifique.

La nuit... Ils allaient passer la nuit sous le même toit, pour la première fois depuis leur divorce. Mais ils ne formaient plus un couple. Une femme traquée, vulnérable, d'un côté ; un garde du corps, de l'autre. Et ce lit qui invitait à l'amour... Décidément, aussi fermes que soient ses intentions quand Mike se tenait à bonne distance, elles fondaient dès qu'il se rapprochait d'elle ou lui adressait la parole.

— La salle de bains et le dressing sont par là, précisa-t-il en indiquant une porte tout au fond de la pièce.

— Où est ta chambre ? s'enquit-elle timidement.

Il sortit et ouvrit la porte d'en face.

— Ici.

Elle jeta un regard furtif vers le lit défait, refoulant immédiatement les fantasmes que cela lui suggérait et passa une main tremblante dans ses cheveux. Que lui arrivait-il ? Sans doute l'accumulation de fatigue. Elle avait peu dormi ces derniers jours et, le stress aidant, elle n'était plus elle-même. Tout à l'heure, seule dans sa chambre, elle terminerait de rédiger ses rapports, puis s'offrirait une bonne nuit de sommeil. Et, demain, elle y verrait plus clair. Surtout, elle aurait l'énergie suffisante pour se prendre en main et décider en toute conscience d'une conduite à adopter.

Savoir Michael de l'autre côté du couloir n'était pas sans l'inquiéter. Au moins était-il idéalement placé pour veiller sur elle. Quant au reste… Elle avait su se montrer ferme, tout à l'heure. Assez peut-être pour qu'il ne tente rien d'ici à quelque temps. Tout juste assez pour qu'elle-même se dissuade d'imaginer une suite à leur baiser.

Au fond, elle n'avait qu'une certitude : le type qui la harcelait ne viendrait pas la chercher ici. D'abord, il n'avait aucun moyen de la localiser. De plus, même s'il s'avisait de rôder autour du bâtiment, il se ferait immédiatement repérer. Enfin, ils occupaient le troisième étage. D'après Michael, il y avait au premier une équipe de surveillance qui examinait les alertes données par les caméras. Un rempart de plus, en somme.

— Je crois que tu avais raison, prononça-t-elle enfin d'une voix apaisée. Je serai bien, ici.

— Je vais faire du café, annonça-t-il depuis le seuil de la pièce. Tu devrais peut-être prendre un bon bain chaud. Je serai dans la cuisine, si tu as besoin de moi. Elle se trouve à l'autre bout du couloir.

— Je ne bois pas de café, merci. Je vais prendre une douche rapide et puis interroger mon répondeur. Il faut que je me mette au boulot.

— Fais comme chez toi.

— Il faut aussi que j'appelle Larry Cunningham. Il doit venir me prendre demain soir, pour notre dîner. Je n'ai même pas l'adresse d'ici. Si je ne la lui donne pas, il va se pointer chez moi et…

— Il est hors de question que tu donnes ton adresse à Cunningham. Ni à qui que ce soit d'autre, d'ailleurs. Il en va de ta sécurité.

Mike avait croisé les bras sur sa poitrine et affichait un air déterminé.

— Mais c'est ridicule ! Je suis sûre de Larry, soupira-t-elle. On peut lui faire confiance, crois-moi. Et Simone, ma secrétaire ? Il faut bien qu'elle sache où me joindre, elle aussi…

— Tant que nous n'avons pas vérifié la ligne téléphonique de Cunningham, ni toutes celles de ton cabinet, on ne prendra aucun risque. Tout ce que tes proches et tes relations de travail ont besoin de savoir, c'est que tu te trouves en lieu sûr. Ils peuvent te joindre sur ton téléphone portable, s'ils le souhaitent.

— C'est vrai. Excuse-moi, je n'y avais pas pensé.

— Je préférerais que tu annules ce dîner de travail, demain, ajouta-t-il. J'imagine qu'il va y avoir beaucoup de monde. En plus, il n'est pas difficile de savoir que tu y seras. Autant dire que tu prends des risques en y allant.

— Impossible. D'abord parce que le Pr Braddy, de l'université de Yale, va faire une allocution et que je tiens à l'entendre. Ensuite, parce qu'en plus de clôturer un congrès de psychologues, ce dîner a pour but de recueillir des fonds pour mon association d'assistance aux femmes battues. Le maire sera là, ainsi que les personnalités qui nous soutiennent depuis le début. Ils comptent sur moi. Même si, aujourd'hui, d'autres psys et des juristes font vivre l'association, j'en ai été à l'initiative et ma présence compte, quand on veut mobiliser les gens. Si tout se passe bien, les bénéfices d'une telle manifestation doivent faire vivre le centre pendant un an.

— Alors, je te servirai d'escorte.

— Mais puisque Larry m'accompagne ! En plus, tu t'y ennuierais terriblement. Les discours sans fin, je ne crois pas que ce soit trop ton genre…

— Tu penses me connaître par cœur, hein ?

La question irrita Brianna. Pourquoi fallait-il qu'il rapporte tout à eux, aux ressentiments qu'ils avaient pu éprouver à la fin de leur mariage désastreux ? Il allait être de plus en plus difficile d'avoir avec lui une conversation, s'il considérait chacune de ses allégations comme une allusion à leur vie d'avant. Si chaque mot était chargé du poids des reproches mal digérés et des anciennes disputes.

Elle se tut un instant, histoire de temporiser. Au fond, il avait raison sur un point. Il avait changé, il n'était plus l'homme qu'elle avait connu. Comment pouvait-elle savoir aujourd'hui ce qui l'ennuyait ou non ?

— Désolée, Michael. J'ai été maladroite. Je voulais juste te faire comprendre que je n'ai nullement besoin d'un chaperon. Je doute fort que mon photographe, aussi tenace soit-il, aille jusqu'à payer mille dollars l'entrée, simplement pour me tirer le portrait !

— Mille dollars ! s'exclama Mike. Tu veux ma ruine ! Encore une chance que je sois en mission recommandée. Tu n'oublies pas les termes de notre contrat, Bria ? Je t'avais bien dit que mes services n'étaient pas gratuits. Mais je te le promets : tu en auras pour ton argent.

Elle souriait. Enfin.

Michael se félicita d'avoir à peu près sauvé la situation. Dès le premier instant il avait su qu'avec Brianna il marchait sur un fil. Jusqu'à quand garderait-il l'équilibre ?

— D'accord, mais je préviendrai Larry, déclara-t-elle.

— N'oublie pas une chose, affirma-t-il en lui rendant son sourire. Où que tu te trouves, je ne serai jamais loin de toi. Et je ne te perdrai pas de vue.

Il n'avait pas l'intention de l'effrayer, mais sachant que Cunningham et la secrétaire de Brianna avaient tous deux accès aux dossiers de ses patients comme aux clés de son appartement, il les considérait comme suspects jusqu'à preuve du contraire. C'est pourquoi il préférait qu'elle ne leur communique aucune information sur son lieu de résidence. D'autre part, le fait que Cunningham figure sur l'un des clichés que Brianna avait reçus ne l'innocentait pas pour autant. Rien de plus simple que de payer quelqu'un pour ce genre de travail. De plus, en sa qualité de spécialiste en psychopathologie criminelle, ce Cunningham en savait long sur les méthodes d'intimidation, la construction de scénarios, la manipulation mentale. On avait déjà vu des cas de psychiatres réputés qui basculent dans la pathologie même que leur profession les amène quotidiennement à combattre. Plus encore, le Dr Cunningham était plutôt bien placé pour recevoir les confidences de la jeune femme et se tenir au courant de ses faits et gestes. Peut-être même était-il amoureux d'elle. Peut-être l'avait-elle éconduit.

Plus Mike y pensait, plus il prenait cette piste au sérieux, dût-il choquer Brianna.

— Appelle ton collègue et dis-lui que c'est nous qui passerons le prendre en taxi.

En plus, il lui fallait bien admettre qu'il éprouvait pour ce beau brun un semblant de jalousie. Aussi la perspective de la tête que ferait Cunningham en les voyant arriver tous les deux le réjouissait-elle par avance.

— Je te propose un compromis, suggéra Brianna, comme si elle le devinait. Je vais proposer à Larry de nous rejoindre sur place.

— Très bien. Ça se passe où, au fait ?

— Au Plazza.

Mike croisa son regard le temps d'un éclair, mais il n'eut aucun mal à déchiffrer sa pensée. Elle craignait sans doute qu'il n'ait rien d'autre à se mettre qu'un jean élimé et qu'un vieux blouson de cuir.

— La cravate est de circonstance, précisa-t-elle en effet.

— Pas de problème, je devrais en trouver une dans un fond de placard.

Il ferma la porte derrière lui, un sourire satisfait sur les lèvres.

Le lendemain, Brianna hésita un instant avant d'allumer les écrans de contrôle. Les caméras postées à l'extérieur du bâtiment ne laissaient rien passer de l'activité de la rue. Ici, un homme en jogging vert sortait prendre son courrier sous les aboiements du chien du voisin. Là, des adolescentes en rollers dévalaient l'avenue en riant. Une jeune femme poussait un landau vers le parc. C'était un samedi ordinaire, chacun vaquait à ses occupations, tranquilles, insouciants. Pourtant, leurs moindres gestes étaient filmés. Ces gens devaient voir en Mike un voisin paisible, alors qu'en réalité sa maison était aussi imprenable que le Pentagone.

On ne pouvait donc jamais se fier aux apparences. De même que la demeure victorienne recelait un système de surveillance digne d'une tour de contrôle, de même ces badauds sur les trottoirs recelaient peut-être de dangereux criminels, des psychopathes pervers et sanguinaires, guettant leur proie.

Brianna frissonna. Jamais l'idée ne lui avait traversé l'esprit avec autant d'acuité. Peut-être l'homme qui la harcelait, la fréquentait-il tous les jours. Peut-être qu'ils se croisaient, au drugstore, en bas de son immeuble, dans l'ascenseur du boulot. Peut-être même le connaissait-elle très bien au point de lui faire confiance, de s'en être fait un ami…

Mon Dieu, elle était en train de devenir complètement parano ! songea-t-elle en regardant sa montre. Que pouvait bien faire Mike ? A l'heure qu'il était, il aurait déjà dû être rentré. Il était sorti faire des courses pour le déjeuner il y avait bientôt une heure. Il lui avait bien proposé de l'accompagner, mais, avec cette chaleur, elle avait préféré rester à l'intérieur de l'appartement, la climatisation diffusait une brise fraîche tout à fait reposante. Et puis elle aimait mieux être seule. Mettre de la distance entre Michael et elle.

Ce matin, en prenant le petit déjeuner en tête à tête avec lui, elle avait un instant cru qu'elle ne tiendrait pas. Tout était tellement semblable, et pourtant tellement différent. Autrefois, quand Mike rentrait de l'usine, à l'aube, elle se levait et ils déjeunaient ensemble tandis que la ville dormait encore. Parfois même, ils faisaient l'amour, sans se parler. Et puis Michael se levait, remplissait un grand bol de céréales qu'il engloutissait goulûment et ils recommençaient, jusqu'à ce qu'il tombe de sommeil.

Brianna avait senti tous ces souvenirs l'assaillir avec une violence telle qu'elle avait été incapable de rien avaler. Et, maintenant, elle faisait les cent pas devant les baies vitrées, se maudissant d'être aussi vulnérable. Ses émotions, systématiquement, prenaient le pas sur son légendaire sang-froid. Ça ne lui ressemblait pas du tout et ça lui faisait peur. Il avait suffi d'un baiser pour qu'il la mette à nu. C'était du moins ce qu'elle ressentait. Et l'impression était tenace.

En attendant, il fallait absolument qu'elle s'occupe l'esprit. Tourner en rond en attendant qu'il revienne, alors même qu'elle avait souhaité le voir s'éloigner, la mettait hors d'elle. Elle revint dans sa chambre et s'assit devant le bureau, décidée à terminer ses rapports. Ensuite, elle se préparerait pour la soirée.

Il agita la fiole de morphine devant ses yeux tandis que le téléphone sonnait à l'autre bout de la ligne. Bientôt, très bientôt, elle lui appartiendrait. Dans quelques heures à peine, elle tomberait dans ses filets. Et, avec un peu de chance, elle attirerait Landis dans sa chute.

— Cabinet de Brianna Kent, ne quittez pas, répondit une voix féminine avant de le mettre en attente.

Et merde ! Il avait horreur qu'on le rembarre ainsi. Pendu comme un vulgaire poisson à l'hameçon. Sous le coup de la colère, il faillit raccrocher. Mais son plan était trop parfait, et il touchait au but. Tant pis, s'il avait affaire à des idiots qui n'avaient aucune idée de sa valeur. Il fallait qu'il tienne bon. Pour le Bien, pour la Vérité. S'il ne le faisait pas, qui se chargerait de la Mission ?

Il se repassait la marche à suivre, pour s'encourager à patienter, tandis que, dans le téléphone, un synthétiseur jouait sur un mode suraigu quelques mesures de l*a Walkyrie*. Quel goût déplorable ! Dès qu'elle apprendrait que son imbécile de protégée venait de faire une tentative de suicide, la garce se précipiterait à son chevet.

— Pardon de vous avoir fait attendre, reprit la voix. Que puis-je faire pour vous ?

Il avait de la chance. Ce n'était pas Simone Twardzak, la secrétaire habituelle. Autrement, elle aurait pu se rendre compte que celui qui appelait n'avait pas du tout la voix du Dr Raynard.

— Docteur Raynard à l'appareil, annonça-t-il d'un ton rauque. Je dois absolument joindre Mme Kent. Une de ses patientes, Kristin McFarland, vient d'être admise en réanimation à l'hôpital St. Luke, où j'exerce. Elle s'est taillé les veines et demande à parler à sa psychologue. Pouvez-vous faire passer ce message à votre patronne et lui demander de faire vite ?

— Certainement, docteur. Si vous avez quelques minutes, je peux vous la biper. Vous lui expliquerez vous-même ce qu'il en est.

— Je n'ai pas le temps, ma petite.

— Très bien, cela n'a pas d'importance. Je vais la prévenir, toutes affaires cessantes. Doit-elle vous rappeler ?

— Inutile, je la verrai à son arrivée.

Il raccrocha avant d'avoir à subir davantage de fadaises. Dieu, qu'il avait horreur des incompétents !

Il était à peu près 17 heures, Brianna venait de finir de s'habiller quand son portable sonna. Seules sa tante et Simone, sa secrétaire, connaissaient son numéro. Nora lui avait laissé un message la veille pour l'informer qu'elle était bien arrivée chez sa sœur à Denver. Elle l'avait tout de suite rappelée pour la rassurer, lui apprendre qu'elle avait contacté Mike et se trouvait dans un endroit sûr. Elle avait volontairement omis de préciser que son ex-mari s'y trouvait également. Sa tante était un rien fleur bleue et elle aurait tôt fait de s'imaginer un retour de flammes. Quoi de plus normal que la vieille dame ait conçu une vision idyllique du couple grâce à son juge de mari ? On ne pouvait guère imaginer mariage plus réussi que le leur…

La sonnerie du téléphone cessa, puis reprit. Elle hésita. Et si c'était le dingue ? Puisqu'il semblait tout connaître d'elle, il avait aussi bien pu se procurer son numéro de mobile. Elle finit tout de même par décrocher, laissant à son interlocuteur le privilège de parler le premier.

— Brianna ? C'est Simone.

La jeune femme poussa un soupir de soulagement.

— J'espère que je ne vous dérange pas. En fait, je viens de vous biper mais sans succès. Comme ça ne répond pas chez vous depuis ce matin…

— C'est normal, ma ligne est en dérangement. Je ne sais pas combien de temps ça va durer, mais pour l'heure, le meilleur moyen de me joindre est d'appeler sur mon portable. Que se passe-t-il ?

— Un message du Dr Raynard, de l'hôpital St. Luke. Kristin McFarland vient d'y être admise après une tentative de suicide.

— Oh, non ! Et comment va-t-elle ?

— Ce n'est pas moi qui ai pris le message mais Sandy, la nouvelle secrétaire du Dr Neils. J'étais en pause quand le Dr Raynard a appelé, il n'y a pas plus d'un quart d'heure. Apparemment, il n'a rien dit. Simplement qu'elle demandait à vous voir.

— J'étais sûre que quelque chose allait arriver. Savez-vous si le bébé va bien ?

— Le Dr Raynard n'a rien précisé. D'après Sandy, il avait l'air pressé.

— Bon, répondit Brianna, en jetant un coup d'œil à sa montre.

En partant immédiatement, elle aurait le temps de passer à l'hôpital avant de se rendre au Plazza.

— Je pars tout de suite.

— Bien. J'espère que tout ira bien.

Elle fourra son téléphone dans son sac et courut jusqu'à la chambre de Mike. La porte était entrouverte et elle entendait l'eau couler dans la douche.

— Mike ? appela-t-elle.

Pas de réponse. S'il fallait qu'elle attende qu'il ait terminé, puis qu'il s'habille, elle perdrait un temps précieux.

Je ne te perdrai pas de vue, lui avait-il assuré. Tant pis. Elle ne pouvait pas laisser Kristin seule dans un moment pareil. Elle griffonna quelques mots pour lui expliquer la situation et lui demander de la rejoindre directement au Plazza. Elle serait parfaitement en sécurité à St. Luke. D'autant qu'elle connaissait le Dr Raynard, et tout le personnel. Cette jeune fille avait besoin d'elle ; il n'y avait pas une minute à perdre.

*
* *

— Et merde !

Mike froissa la note que Brianna avait laissée sur son lit et bondit hors de la chambre. Il jurait encore deux minutes plus tard en hélant un taxi. Comme tous les samedis soir, les artères de la ville étaient saturées. Même la voie express était encombrée de voitures roulant au pas. Excédé, Mike ouvrit sa fenêtre et s'adressa à un officier de police qui tentait tant bien que mal de réguler la circulation.

— Que se passe-t-il ?

— Un camion de fuel s'est renversé en travers de la route, juste avant le pont. Le temps de nettoyer, on ne pourra pas rétablir le trafic avant une bonne heure.

Le chauffeur de taxi jura à son tour dans un dialecte cambodgien que Mike connaissait bien.

Tout était sa faute. Il aurait dû savoir que Brianna ne respecterait pas les règles qu'il avait fixées. Il donna un billet au chauffeur, et bondit hors de la voiture.

Ses mains tremblèrent de plaisir lorsqu'il vit la belle blonde débarquer devant l'hôpital St. Luke. Dans moins de deux minutes, elle serait au service de réanimation. Comme prévu, la garce avait accouru au secours des pseudo-nécessiteux. Une grande âme, la bourgeoise ! Lorsqu'il entrerait dans l'ascenseur avec elle, elle serait sûrement hors d'haleine. Et avant qu'elle ait le temps de reprendre son souffle, il lui aurait injecté la morphine. Elle se débattrait peut-être un peu, mais ça ne l'inquiétait pas. Vu la dose qu'il lui avait préparée, elle ne ferait pas longtemps la maligne. Il n'aurait plus ensuite qu'à la conduire au sous-sol. Direction, la morgue. Il sourit en songeant combien elle serait impuissante. Voilà ce qu'on écopait à mettre des innocents derrière les barreaux. Dommage qu'il ne puisse pas la laisser vivre un peu. Juste assez pour lire la terreur dans ses yeux quand elle comprendrait qui il était, et que, pour elle, il était trop tard. Définitivement trop tard. Mais il faudrait qu'il se passe de ce plaisir. Le temps pressait.

6

Brianna traversa le hall de l'hôpital en courant. Ses talons aiguilles claquaient sur le carrelage blanc, avec un rythme de métronome. Sa montre indiquait 18 h 25. D'après ses calculs, il ne s'était pas écoulé plus d'une heure et demie depuis que le Dr Raynard avait laissé un message. C'était tout ce qu'elle avait pu faire. En fin d'après-midi, les embouteillages rendaient la circulation quasi impossible dans New York, et venir jusqu'ici lui avait pris près d'une heure. De deux choses l'une : ou bien l'état de Kristin était critique et elle était encore en réa, ou bien on l'avait déjà transférée dans le service psychiatrique de l'hôpital. Dans les deux cas, consulter le Dr Raynard s'imposait. Elle voulait connaître son diagnostic avant de voir l'adolescente. D'autant qu'elle n'avait pas beaucoup de temps avant sa soirée. Pas le temps donc de s'entretenir longuement avec elle. Le docteur avait peut-être quelques lumières sur les circonstances dans lesquelles la jeune fille était passée à l'acte, ce qui permettrait d'éviter les préambules.

Elle avait presque atteint les ascenseurs lorsqu'un homme, vêtu de l'uniforme vert des infirmiers, vint à sa rencontre. Brianna s'arrêta net, comme il la hélait. Il y avait quelque chose d'étrange dans la manière dont cet individu avait soudain surgi dans son champ de vision. Il était grand, carré même ; ses épais cheveux noirs et sa barbe drue lui donnaient un air assez original. Comme s'il était brusquement sorti de derrière un paravent. Il fixait sur elle des yeux noisette, bizarrement écarquillés. Un hurluberlu, sans doute, se dit Brianna. Ou bien un type un peu surmené.

— Brianna Kent ?

L'homme avait un ventre rebondi, ce qui achevait de lui donner une allure tout à fait singulière. Non seulement ce personnage semblait tout droit sorti d'un roman de Lewis Carroll, mais il détonnait avec l'univers plutôt normé de l'hôpital. Le plus surprenant, c'est qu'il paraissait la connaître. L'espace d'un instant, elle eut l'étrange impression d'être passée de l'autre côté du miroir. Elle avait si peu dormi, ces temps-ci. Et subi tant de perturbations, aussi…

— Oui, confirma-t-elle, prudente.

— Le Dr Raynard m'envoie vous dire que Kristin McFarland vient d'être conduite dans sa chambre. Si vous voulez bien me suivre.

Déjà, il s'était retourné pour appeler un ascenseur. Brianna se sentit immédiatement soulagée. Kristin était hors de danger. Du moins sur le plan physique.

— Où est le Dr Raynard ? s'enquit-elle en emboîtant le pas à l'infirmier.

— Aux urgences. Il y a eu un carambolage sur la voie express et les blessés affluent sans discontinuer depuis trois quarts d'heure. Il m'a dit qu'il essaierait de vous rejoindre dès qu'il serait plus disponible.

La jeune femme hésita un instant. L'accès au service des urgences était juste au bout du hall. Y faire un crochet ne lui prendrait que quelques instants. Et puis le petit ami de Kristin, bien qu'il semble s'être désintéressé d'elle, pouvait très bien y avoir accouru. Si tel était le cas, c'était pour elle l'occasion rêvée d'avoir un petit entretien avec lui.

— J'arrive tout de suite, dit-elle. Je dois voir mon collègue d'abord et…

— C'est impossible, trancha l'homme, d'une voix subitement autoritaire. Je vous l'ai dit, il montera tout à l'heure.

Surprise, Brianna l'observa de plus près. Si ce n'était l'uniforme, rien ne prouvait qu'il fasse bien partie du personnel soignant de l'hôpital. Mais avant qu'elle eût le temps de déchiffrer le badge qu'il arborait sur sa blouse, l'individu entrait dans l'ascenseur et l'invitait ardemment à le suivre. Elle remarqua ses chaussures en cuir. D'ordinaire, le personnel, habitué à arpenter les longs couloirs, utilisait des baskets ou des souliers souples, à semelles de crêpe.

— Je n'ai pas compris votre nom. Vous êtes médecin ? s'enquit-elle.

— Non.

Sa première impression ne l'avait donc pas trompée. Un collègue se serait présenté à elle, ne serait-ce que par courtoisie. Le moins qu'on pouvait dire de cet homme, c'est qu'il n'était guère communicatif.

— Quel est le numéro de chambre de Kristin ?

Il avait posé la main devant la cellule de la porte, retenant l'ascenseur pour qu'elle entre. Un nouveau détail la frappa, insolite, lui aussi : il portait un stéthoscope autour du cou. Ne venait-il pas de lui dire qu'il n'était pas médecin ?

— Vous n'étiez pas obligé de m'accompagner, reprit-elle en pénétrant enfin dans l'ascenseur. Je connais très bien l'hôpital. Dites-moi dans quelle chambre se trouve ma patiente, et vous pourrez retourner à vos activités.

— Je monte, de toute façon, répondit-il en appuyant sur l'une des touches.

La porte allait se refermer quand Brianna, apercevant soudain une infirmière, la bloqua de la main. Comme si son instinct lui commandait de s'éloigner de lui.

— A quel étage allons-nous ? questionna-t-elle d'un ton de voix appuyé.

— Madame Kent ! s'exclama l'aide-soignante depuis le hall. Retenez l'ascenseur une seconde, s'il vous plaît !

La psychologue reconnut Karen, une grande rousse qui travaillait au service radiologie. Souvent, elle avait eu affaire à elle quand elle escortait des femmes qui venaient d'être battues par leurs maris. Karen se montrait toujours très douce, rassurante. Aujourd'hui, elle poussait une vieille dame en fauteuil roulant.

— Merci, dit la jeune fille en poussant sa patiente à l'intérieur. Ces ascenseurs sont si lents. Je n'avais pas envie d'attendre le suivant. C'est que nous sommes pressées, n'est-ce pas, madame Cavanaugh ?

La vieille dame lui sourit tandis qu'elle appuyait sur le bouton du troisième étage.

— Vous allez au huitième je suppose, en psychiatrie ? reprit-elle.

Brianna nota alors que le bouton du sixième était allumé. Et le huitième éteint.

— Où se trouve ma patiente ? répéta-t-elle en se retournant vers l'infirmier.

— J'ai reçu l'ordre de ne rien dire, répondit-il en jetant un regard mauvais à Karen. Enfin, de ne commettre aucune indiscrétion. Je vous en ferai part quand nous serons seuls.

Karen ouvrit de grands yeux et le dévisagea, sans rien cacher de sa surprise.

— Je ne fais que suivre la procédure, reprit-il d'une voix glaciale. Ce qui ne semble guère être votre cas.

— Je vous demande pardon ? dit Karen, outrée.

— Votre badge est à l'envers, mademoiselle.

— Et alors ? Quelle importance ? rétorqua l'aide-soignante.

Il vaut bien le vôtre ! Si vous croyez que les patients s'arrêtent à ce genre de considérations !

Brianna put alors lire le nom du soignant : Leonard Braewood. Dès qu'elle aurait vu Kristin, elle ne manquerait pas de signaler son comportement au Dr Raynard. Son agressivité était complètement hors de propos. Et d'autant plus inexcusable qu'il se trouvait en présence d'une malade.

L'ascenseur avait atteint le troisième étage. La porte s'ouvrit et, sans réfléchir, Brianna s'engouffra derrière Karen. Le plus simple était qu'elle se rende au plus vite au service psychiatrie. Là, on la renseignerait clairement.

— Je finirai par l'escalier, lança-t-elle à l'adresse de Braewood. Je vous rejoins au huitième.

— Quel sale type ! marmonna Karen, assez fort pour que Brianna l'entende.

Les deux femmes se sourirent, puis l'aide-soignante s'éloigna dans l'aile ouest. Lorsque Brianna se retourna, Braewood, le visage rouge, retenait encore la porte de l'ascenseur.

— Madame Kent, je suis censé vous conduire jusqu'à votre patiente. Que dira le Dr Raynard, s'il apprend que vous m'avez fait faux bond en cours de route ?

— Vous n'êtes pas obligé de le lui dire, déclara Brianna en s'éloignant vers l'escalier. Il a certainement d'autres chats à fouetter.

A l'allure où montaient les ascenseurs, elle serait au huitième avant l'infirmier. Le temps, elle l'espérait, de tirer cette affaire au clair. Peut-être même de faire appeler Raynard.

Quelques instants plus tard, elle était à l'accueil du service psychiatrie. Rita, l'infirmière principale, leva les yeux de son ordinateur pour l'accueillir.

— Bonjour, madame Kent. Vous venez consulter une patiente ?

— Dans quelle chambre se trouve Kristin McFarland ?

— Voyons…

Tandis que l'infirmière vérifiait les admissions, Brianna regarda sa montre. 19 h 3. Mike devait être en route pour le Plazza. Avec un peu de chance, elle pourrait quitter l'hôpital vers 19 h 30 et arriverait à temps pour le discours d'ouverture prévu à 20 h 30.

— Je suis désolée, docteur Kent. Y a-t-il un autre nom sous lequel votre patiente est susceptible de s'être présentée ?

— Non, répondit Brianna, étonnée. Kristin a été admise par le Dr Raynard il y a presque deux heures.

Elle commençait à regretter de ne pas avoir suivi Braewood. Si on le lui avait envoyé, il y avait sûrement une raison. Sans doute n'y avait-il plus de chambres libres en psychiatrie et on avait été contraint d'installer Kristin à un autre étage. Parfois, l'information ne circulait pas très bien entre les services. Si elle n'était pas si impatiente… Mais aussi, le temps pressait. Pour Kristin, d'abord. Et puis l'heure de la conférence approchait.

— Passez-moi le téléphone, Rita, dit-elle. Je vais contacter les urgences. Ils me diront où elle se trouve.

Rita lui passa le combiné tout en composant le numéro.

Dès qu'elle fut en ligne avec l'accueil, Brianna expliqua rapidement la situation.

— Désolée, lui répondit la secrétaire. Aucune personne répondant au nom de Kristin McFarland n'a été enregistrée.

— Pourriez-vous me passer le Dr Raynard ? Je sais qu'il est très occupé mais…

— C'est son jour de repos. Aujourd'hui, c'est le Dr Davis qui est de garde. Je vous le passe ?

— Euh… oui, merci.

Que se passait-il donc ? Cette histoire commençait à prendre une drôle de tournure.

— Bonsoir, Brianna, entendit-elle à l'autre bout du fil.

— Bonsoir, Tom. Dis-moi, une de mes patientes, Kristin McFarland, a été admise il y a environ deux heures. Tentative de suicide. Impossible de savoir où elle a été transférée.

— Tu es sûre qu'elle est à St. Luke ? Non seulement je n'ai personne sous ce nom, mais je n'ai pris en charge aucune T.S. ce soir. En fait, c'est même bizarrement calme ici pour un samedi.

— Calme ? Et les victimes de l'accident de la voie express ?

— Quel accident ? Le camion renversé ? Ils en ont parlé à la radio, mais il ne semble pas y avoir de blessés.

La jeune femme sentit le sol se dérober sous ses pieds.

Qui était Leonard Braewood ?

— Apparemment, il y a une erreur, bredouilla-t-elle avec tout le courage qui lui restait. Pardon de t'avoir dérangé.

Elle tendit le combiné à Rita et prit une profonde inspiration. Il fallait qu'elle joigne Kristin chez elle. Histoire de s'assurer qu'elle allait bien. Ensuite, elle réfléchirait à…

Un bip annonça l'arrivée de l'ascenseur. Tremblante, elle fixa la porte qui s'ouvrit bientôt sur… Leonard Braewood !

Elle soutint son regard pendant quelques secondes. Assez pour que l'un comme l'autre sachent à quoi s'en tenir. Elle savait. Et il savait qu'elle savait. Tout faisait sens, maintenant. *Il* lui avait tendu un piège. Avant qu'elle ait le temps de donner l'alerte, la porte se refermait et l'ascenseur entamait sa descente.

Sans perdre un instant, la jeune femme fouilla dans son sac, en sortit son portable et la carte de visite que Mike lui avait donnée.

— Landis ? entendit-elle prononcer avant même la première sonnerie.

— Mike ! Ecoute, je… je suis à l'hôpital St. Luke, au huitième étage, en psychiatrie. *Il* est là !

— Brianna, tout va bien ?

— Oui, oui.

C'était beaucoup dire. Ses mains tremblaient et son cœur battait à tout rompre.

— Il porte une blouse d'infirmier et un badge au nom de Leonard Braewood, reprit-elle d'un trait. C'est un grand brun, barbu, plutôt costaud, le ventre proéminent. En ce moment, je pense qu'il est encore dans l'ascenseur. Attends, je regarde l'indicateur de sa progression. On dirait qu'il s'est arrêté au sixième.

— O.K., tu n'es pas seule ? Je veux dire, il y a du monde autour de toi ?

— Oui, je suis à l'accueil du service.

— Bien, reste où tu es. Je suis dans le hall, j'arrive !

— Tu es à l'hôpital ? s'exclama la jeune femme en se passant la main dans les cheveux. Mais comment ?

— Tu m'as laissé un mot, non ? Bon, j'alerte le poste de sécurité, on va l'avoir. Ne bouge surtout pas.

Mike montait les marches quatre à quatre. Une fois encore, son instinct ne l'avait pas trahi. A l'instant où il avait lu le mot de Brianna, il avait senti le danger. Une sorte de sixième sens qui l'avait, bien des fois, tiré d'embarras. Arrivé au huitième, il se précipita dans le couloir. Personne.

— Mike !

Brianna sortait du poste des infirmières et courait vers lui.

— Jamais je n'ai été aussi heureuse de te voir, dit-elle en se jetant dans ses bras.

Son corps était secoué de tremblements. Il la conduisit vers la salle d'attente et s'assit près d'elle.

— Raconte-moi ce qui s'est passé, dit-il en écartant sur son front une mèche blonde.

Elle lui relata tout, depuis son arrivée jusqu'au moment où elle avait compris que Braewood n'était autre que le photographe.

Michael frémit rétrospectivement. Dire que, l'espace d'une minute, il l'avait tenue à sa portée. Et si l'aide-soignante n'avait pas été pressée, Dieu sait ce qui serait arrivé ! Mike n'en revenait pas. Comment un homme étranger à l'hôpital était-il parvenu à infiltrer le personnel soignant sans que personne ne s'en rende compte ?

— Tu dis que tu n'avais jamais vu ce type ?

— J'en suis certaine. Et Karen ne paraissait pas le connaître non plus. Peut-être s'est-il fait embaucher récemment ?

— Je vais vérifier son identité auprès du secrétariat de l'hôpital, décréta Mike en sortant son téléphone cellulaire. Mais je suis prêt à parier que le nom inscrit sur son badge est un faux.

— Au moins savons-nous à quoi il ressemble.

— Monsieur Landis ? héla Rita depuis son comptoir. J'ai un appel pour vous.

Michael la rejoignit en deux enjambées et prit le combiné qu'on lui tendait.

— Landis à l'appareil.

— Ici, Erikson, de la sécurité. Mes gars ont visité le sixième étage, sans succès. Aucun signe de votre homme. Il n'y a plus de malades depuis la semaine dernière dans cette aile, juste quelques ouvriers. Les patients sont tous dans la nouvelle extension, l'aile Jefferson. A mon avis, votre type a quitté l'ascenseur au sixième pour rejoindre les sous-sols par l'escalier.

— Je n'ai croisé personne en montant, déclara Mike. Il y a plusieurs cages d'escalier ?

— Non. A part bien sûr les escaliers de secours, mais ils sont situés aux extrémités du bâtiment. Ça m'étonnerait qu'il soit passé par là. Il faut croire qu'il est toujours au sixième, alors. Je vais aller y faire un tour moi-même.

— Vos hommes bloquent toutes les issues du rez-de-chaussée ?

— Oui. Nous avons également prévenu les gardiens du parking. Je ne vois pas comment il pourrait nous échapper.

— Assurez-vous que vos hommes vérifient le badge de chacun des employés qu'ils croisent. Du sixième au rez-de-chaussée. L'individu que nous recherchons est particulièrement malin.

De toute évidence, Braewood avait préparé son coup depuis longtemps. Et il devait connaître chaque recoin de l'hôpital. En particulier, le service psychiatrie. Peut-être avait-il travaillé ici. Ou pis : avait-il pu y être interné ?

— Je vous tiens au courant, termina Erikson avant de raccrocher.

— Ils ne l'ont toujours pas trouvé ? s'enquit Brianna.

— C'est une question de temps, l'assura Michael.

— J'ai essayé de joindre Kristin, mais elle ne répond pas. Et elle n'a pas de répondeur.

— Ne t'en fais pas. D'après ce que tu m'as dit, elle n'a jamais contacté les urgences. C'était un coup monté. Ton voyeur savait ce qu'il faisait en choisissant cette jeune fille comme appât. N'oublie pas qu'il a infiltré ton cabinet et qu'il a appris beaucoup de choses sur tes patients. Non seulement il connaît les tendances suicidaires de Kristin, mais il a bien dû sentir combien son sort te préoccupe. Il était sûr que tu accourrais dès que tu apprendrais la nouvelle.

— C'est affreux, Mike. Je me sens manipulée comme une marionnette par ce malade. Il ne me laissera donc jamais en paix ?

La jeune femme était au bord de la crise nerveuse. Mike aurait aimé rejoindre l'équipe d'Erikson, juste pour constater par lui-même que tout avait été pris en compte, mais il ne pouvait pas l'abandonner pour l'instant. Elle ne supporterait pas de se retrouver seule et potentiellement sous l'emprise de son traqueur.

— Je connais Erikson, allégua-t-il en s'efforçant de se montrer rassurant. C'est un homme compétent. Il fait pour le mieux. Tu seras bientôt délivrée, je te le jure.

— Je voudrais sortir d'ici, dit-elle. J'étouffe. Sans compter que j'ai l'impression qu'*il* va surgir à n'importe quel moment.

— Si tu as le courage de passer au commissariat, j'aimerais que tu décrives Braewood à l'un de leurs portraitistes. Ça pourrait nous être utile.

— Entendu. Mais il faudrait peut-être que je prévienne Larry que nous n'assisterons pas au dîner, finalement. Le temps que je fasse ma déposition…

— Ça devrait être rapide.

— Alors allons-y, déclara Brianna en relevant la tête d'un air décidé.

Mike appela l'ascenseur. Juste avant que la porte ne s'ouvre, l'indicateur d'étage sonna, faisant sursauter Brianna. Il serra les poings. Non seulement il allait trouver le salaud qui s'amusait à la terroriser, mais il lui ferait payer très cher sa petite plaisanterie.

Un technicien se tenait devant eux, à côté d'un chariot roulant recouvert d'une bâche verte. D'un geste brusque, Landis la souleva, portant la main à son 33 automatique. Ce n'était que du matériel informatique. Fausse alerte.

— Eh, mec, tu fais quoi ? s'offusqua l'homme.

— Simple vérification. Désolé.

— T'aurais pu demander, quand même !

Le gars remit la bâche en place et poussa son chariot dans le couloir après avoir jeté à Mike un regard soupçonneux.

Il fallut moins d'une heure au détective Sanchez pour prendre la déposition de Brianna, puis établir avec un dessinateur le portrait-robot de Braewood. Il était tout juste 20 heures quand Landis et elle montèrent dans un taxi, en direction du Plazza Hotel. Si ça roulait correctement, ils seraient à l'heure au dîner de bienfaisance.

Mike se tourna vers elle. Elle était tout bonnement ravissante. Comme si l'épreuve qu'elle venait de subir avait glissé sur elle sans laisser la moindre trace. Il admira son caractère résolu.

— Dans le cadre de nos rapports strictement professionnels bien sûr, puis-je me permettre de suggérer que tu es absolument resplendissante ? déclara-t-il, un sourire aux lèvres.

— Non, mais je te remercie quand même, répondit la jeune femme en lui rendant son sourire. Tu es correct, toi aussi. En fait, le smoking ne te va pas si mal.

— Tu plaisantes ? C'est la première fois qu'on me sort un truc pareil ! Fais-moi penser à regarder dans une glace en rentrant. Je ne voudrais pas rater l'événement !

Brianna éclata de rire. Puis fondit en larmes.

— Excuse-moi, bredouilla-t-elle entre deux sanglots. C'est juste le contrecoup. Quand je pense que j'étais dans le même ascenseur que ce type... qu'il aurait pu me toucher... Je ne peux pas te dire le choc que ça m'a fait quand j'ai compris...

Mike se contenta de poser sa main sur la sienne en signe de réconfort. C'était une cliente comme les autres, se répétait-il. Tout au plus, une amie. Et puis la serrer dans ses bras ne réglerait pas tout. S'il voulait vraiment la protéger, il devait s'arranger pour qu'elle n'échappe plus à sa vigilance. Le danger était réel, et les mesures à prendre se devaient d'être concrètes. D'autant qu'on n'avait pas réussi à mettre la main sur le mystérieux infirmier. Erikson, qu'il avait appelé en sortant du commissariat, n'avait pas d'explications convaincantes à fournir. Mais les faits étaient là : l'individu leur avait glissé entre les doigts.

— Je t'assure que ça n'arrivera plus, dit-il comme pour s'en convaincre lui-même. A condition que tu respectes nos conventions et que tu ne t'avises plus de sortir sans escorte.

— Je ne me rendais pas compte, Mike, murmura-t-elle en séchant ses pleurs. En fait, je refusais de prendre la menace au sérieux. La politique de l'autruche, comme tu le disais si bien hier matin.

— C'est une réaction normale, Bria. Quand on a peur, on préfère souvent se voiler la face. Si, par hasard, on avait rêvé… si rien de tout cela n'était vrai…, voilà ce qu'on se dit. Et puis la réalité finit par s'imposer.

— La réalité ? Je ne sais pas. Tout est flou pour moi, je te jure. Par exemple, qu'est-ce qui peut nous assurer que Leonard Braewood est l'homme que nous recherchons ? Après tout, je suis peut-être tombée sur un autre malade, ou un ex de Kristin.

— On n'est sûr de rien, en effet. On a trop peu d'éléments, et rien de bien tangible. On ne peut pas exclure, par exemple, que tu aies affaire à une bande organisée. Auquel cas, ce n'est plus un homme, mais plusieurs qu'on devrait chercher. Je ne tire aucune conclusion pour l'instant. Disons que j'observe, j'essaie d'établir des liens. J'espère y voir plus clair très bientôt. J'ai eu Liam au téléphone cet après-midi ; il est à New York. Dès demain, il inspectera ton appartement. Et lundi, ton cabinet.

— Je te donnerai un double de mes clés.

— Il n'en a pas besoin.

— Mais l'entrée de l'immeuble est protégée par un digicode !

— Je sais.

— Bon. J'imagine que je ne dois m'étonner de rien. Et il lui faudra du temps pour tout contrôler ?

— On sera fixé dans la journée.

— Je ne sais pas ce que j'aurais fait sans toi, Mike, avoua Brianna, qui semblait peu à peu reprendre ses esprits. Tu te rends compte que ce type sait tout de moi ? Si tu avais vu son regard… Il me hait, c'est évident.

— Essaie de ne pas y penser pour le moment. Tu as surtout besoin de repos. Demain, grasse matinée.

— Impossible, je travaille au centre d'accueil des femmes battues le dimanche. J'y serais en ce moment même, s'il n'y avait pas ce dîner.

— Tu ne peux pas te faire remplacer ? Faire une entorse à ton emploi du temps serait peut-être judicieux.

— Parce qu'*il* le connaît, c'est ça ?

Mike se contenta de hocher la tête. Visiblement, Brianna prenait maintenant toute la mesure de la situation. Parfait. Ils gagneraient un temps précieux et s'épargneraient peut-être de nouvelles erreurs.

— J'ai beaucoup de consultations, le lundi. Tu crois que ton associé en aura pour longtemps au cabinet ?

— Tout dépend de ce qu'il va trouver. Mais tu peux toujours recevoir tes patients dans les locaux de SafeNet en attendant.

— Je préférerais éviter. Certains sont très fragiles. La confiance compte pour beaucoup dans la relation qu'ils entretiennent avec leur thérapeute. Et le lieu familier du cabinet fait partie du jeu.

— Nous en reparlerons. Encore une fois, le problème essentiel réside dans le fait que ton traqueur connaît tes habitudes, qu'il sait où t'atteindre, en quelque sorte. Si nous voulons déjouer ses plans, il faut le surprendre. Créer de l'imprévu.

— Je croyais qu'au contraire le mieux était de ne rien changer. De manière à ne pas alimenter son sentiment de surpuissance.

— C'est ce que je pensais d'abord. Mais, depuis, la situation a changé. On peut supposer qu'en passant à l'action, il a franchi un nouveau cap. Il sait que maintenant, tu ne peux l'ignorer. Que tu as peur de lui. Je ne serais pas surpris que tu ne reçoives plus de photos. Autrement dit, on doit s'attendre à ce qu'il abandonne définitivement le mode de l'intimidation pour passer aux choses sérieuses.

Michael aurait préféré ne pas prononcer cette dernière phrase. Il n'avait aucune envie d'effrayer Brianna davantage ; elle avait eu sa dose pour la journée. Pourtant, il sentait l'étau se resserrer autour d'elle de manière préoccupante. D'après Liam, qui s'était déjà chargé d'examiner la voiture de Brianna dans la matinée, un dispositif ultrasophistiqué de pistage à distance avait été placé dans le pare-chocs arrière.

Leonard Braewood, ou un autre, n'était pas un doux dingue. C'était un type dangereux, méthodique et déterminé. Plus les indices s'accumulaient, plus l'impression qu'il avait ressentie en observant les photos se confirmait. Ils avaient affaire à un psychopathe particulièrement intelligent, capable d'anticiper la moindre de leur réaction. Il avait tissé sa toile autour de sa victime et attendait le moment le plus opportun pour passer à l'action.

Une question le traversa soudain : si l'infirmier barbu et le photographe ne faisaient qu'un, on pouvait en déduire que le premier passage à l'acte du traqueur avait été un fiasco. Comment allait-il supporter cet échec ? Lui qui semblait déployer une telle volonté de maîtrise, qui paraissait si sûr de lui — au point de s'immiscer dans un hôpital, de pénétrer dans l'immeuble de Brianna — qui affectionnait de conduire le jeu, avait manqué se faire prendre. En tout cas, sa victime n'avait pas été longue à le démasquer. Sans doute était-il déjà furieux. Sans doute préparait-il déjà une vengeance ?

En même temps, Michael ne pouvait pas croire qu'il s'agisse là d'un effet du hasard. Si ce pervers s'était, d'une certaine manière, fait reconnaître, c'est qu'il le voulait bien. Il montait d'un degré dans le défi : « Tu pourrais m'attraper, tu sais qui je suis, mais tu es impuissante face à moi. Parce que j'ai la faculté d'apparaître et de disparaître à ma fantaisie. » Plutôt que de la colère, son échec le réjouissait peut-être puisqu'il l'avait orchestré avec le même soin que le reste. Aussi était-on autorisé à penser qu'il n'avait pas l'intention de tuer Brianna, ni même de l'enlever, mais simplement de lui faire peur. De s'assurer qu'elle avait bien pris en compte ses menaces. Le tout était de savoir quand il passerait à l'étape suivante…

Mike ne dit plus un mot jusqu'au Plazza. Par la fenêtre, il regardait filer les néons des devantures, tandis que les sirènes des voitures de police rythmaient de loin en loin la rumeur incessante de la ville. New York, en cette fin de journée, commençait à bouillir. Les restaurants, bientôt, déverseraient leur flot de fêtards sur les trottoirs, les boîtes et les clubs se rempliraient de figures hallucinées, les junkies s'enfonceraient un peu plus dans la moiteur pestilentielle de leur désertion. Des milliers de gens frotteraient leur solitude à celle de leurs semblables avant de s'en retourner à la nuit, à l'insignifiance, à l'oubli. Et dans ce cortège, un homme, seul, veillait. Un prédateur.

Sixième étage. Des hommes en bleu de travail devant l'ascenseur. Eviter leurs regards et se diriger vers la réserve.

Jouer fin. L'accueil était désert. Normal, on avait déménagé tous les éclopés la semaine dernière. Une sacrée veine. Entrer dans la réserve. Jouer fin. Il alluma la lumière et verrouilla la porte. De l'une des étagères, il fit glisser un carton. Derrière, le sac, avec ses vêtements. Faire vite. Etre le plus malin. Le stéthoscope, le badge, la perruque, la barbe, les lentilles de contact. Puis il enleva la chemise, les épaulettes, le coussin sur le ventre. Adieu, Leonard Braewood !

Nouvelle peau, nouveau personnage. Comme c'était facile. Apparaître. Disparaître. Un vrai magicien. Les autres étaient vraiment trop bêtes. Il entrouvrit la porte. Personne en vue. Parfait.

La soutane frottait désagréablement contre ses mollets tandis qu'il avançait d'un bon pas vers l'ascenseur. Poids plume, le curé. Pas comme ce gros lourdaud de Braewood. Deux poids, deux mesures !

Vraiment, il s'épatait. Ne pas sourire. Un curé ne sourit pas.

— Bonjour, mon père.

Il ne l'avait pas vu, celui-là. Un chauve. Sans doute un ouvrier qui attendait comme lui l'ascenseur.

— Bonjour, mon fils, répondit-il d'un ton mielleux à souhait.

Il avait contrefait l'accent irlandais. Un prêtre irlandais, quoi de plus convaincant ? Avec un beau sourire de prêtre irlandais en prime. Du travail de professionnel !

La porte de l'ascenseur s'ouvrit. Deux employés de la sécurité. Ceux-là, il les reconnaissait au premier coup d'œil. Des balourds, rougeauds et prétentieux. Il avait envie de leur rire au nez. D'après son badge, le plus vieux s'appelait Rafe Erikson. Le chef, sûrement.

— Pardonnez-moi, mon père. Auriez-vous par hasard croisé

un infirmier barbu, plutôt corpulent, un mètre quatre-vingts environ ?

— A vrai dire, mon fils, je n'ai pas fait très attention, répondit-il, affable. Je suis venu rendre visite à un ami, mais il semblerait qu'il ait déménagé dans le nouveau bâtiment. Je cherche mon chemin.

— Donc vous n'avez vu personne ? marmonna le vigile.

— Je le crains, mon fils.

Pas fortiche, cet Erikson ! C'était un jeu d'enfant de se payer sa tête.

Voilà qu'Erikson interrogeait le type chauve, maintenant.

— Moi non plus, j'ai pas vu votre type. Des médecins, des infirmiers, il en passe tout le temps, alors vous savez. Et puis, j'ai pas que ça à faire, moi, de regarder les couloirs. Paraît qu'on doit avoir tout déménagé avant ce soir, alors…

— Bon, dit Erikson en sortant de l'ascenseur. On vous laisse.

Des cloportes, songea-t-il en entrant dans l'ascenseur. Rien que des cloportes. Ils pouvaient bien s'agiter, Braewood était loin !

La rage qu'il avait d'abord éprouvée lorsque la garce lui avait échappé avait laissé place à une joie enfantine. Elle avait compris qui était le maître du jeu. Qui en fixait les règles. Et elle tremblait, il l'avait lu dans son regard.

Il en éprouva une jouissance inouïe.

Il avait commis une petite erreur en opérant sur le terrain de cette traînée. Même s'il connaissait l'hôpital par cœur, elle fricotait avec tout le monde, ici. Elle avait trop d'alliés. La prochaine fois, il faudrait qu'il soit plus prudent. Pourquoi pas un rendez-vous en tête à tête, chère madame Kent ?

Le temps qu'elle comprenne d'où vient le danger, il serait trop tard.

7

On servait le dessert lorsque Brianna et Mike arrivèrent dans la salle de réception du Plazza.

— Que t'est-il arrivé ? s'enquit Larry Cunningham tandis qu'ils prenaient place à sa table. J'ai cru que tu ne viendrais plus.

— Rien de grave, murmura Brianna tout en saluant de la tête plusieurs de ses confrères. Un petit contretemps.

— Tu as raté l'intervention du Pr. Braddy. Passionnant, comme d'habitude. Vraiment, Brianna, depuis quelques jours, je ne te reconnais plus. J'ai essayé de t'appeler chez toi toute la soirée d'hier. Tu ne réponds plus au téléphone ?

— Je t'expliquerai plus tard, répondit-elle, évasive. Si tu veux me joindre en ce moment, le plus simple est que tu appelles sur mon portable. Je pense être au cabinet lundi matin, si tu veux, on pourra parler un peu.

— Comment ça, tu *penses* ? Qu'est-ce que tu me caches ? Ça a quelque chose à voir avec lui ? demanda-t-il à voix basse, en désignant Mike d'un mouvement de tête, en face d'eux.

Brianna hésita une seconde. Depuis quelque temps, Larry avait le don de l'irriter. Elle avait pourtant toujours été claire avec lui : pas question de mélanger travail et vie privée. Elle appréciait Larry en tant que praticien, elle aimait discuter avec lui du cas de certains patients, mais leur relation pour elle s'arrêtait là. Cependant, son collègue ne paraissait pas vraiment s'accommoder de cette distance. Plus encore, elle avait la nette impression que si elle n'avait pas d'emblée posé des limites, il aurait déjà tenté sa chance avec elle. Il avait tendance, à mesure que le temps passait, à devenir indiscret ; il l'interrogeait souvent sur ses activités, il insistait pour qu'ils se voient.

Elle se mordit la lèvre. Peut-être n'aurait-elle pas dû accepter de le voir en dehors du boulot. Il leur était arrivé de boire un verre ensemble, deux ou trois fois ; elle avait bien remarqué qu'il y prenait un plaisir tout particulier. Sans doute ces quelques occasions avaient-elles alimenté une ambiguïté qui n'avait pas lieu d'être.

— Ce n'est ni le moment ni l'endroit pour en discuter, répliqua-t-elle froidement.

Son collègue avala nerveusement une gorgée de vin puis, se calant sur sa chaise, fit mine de s'intéresser au discours qu'Helen Warren, la présidente de l'association, était en train de prononcer.

Brianna se serait vraiment bien passée de ce genre de scène. D'autant qu'elle n'avait aucune envie que Mike se fasse des idées. Gênée, elle tourna les yeux vers lui. Son visage était parfaitement impassible, il paraissait absorbé par les mots de l'oratrice. Cependant, elle était prête à parier qu'il avait tout entendu de leur échange. Et elle le sentait, son ex-mari n'avait aucune estime pour Larry. Il lui avait déjà prouvé combien l'attitude de son collègue lui paraissait déplacée. Au point même de le soupçonner d'être celui qui la traquait. Intuition ou simple jalousie ?

De toute façon, si Mike se mettait à fouiller un peu dans sa vie privée — ce que son enquête l'amènerait à faire tôt ou tard —, il saurait bientôt qu'elle n'avait plus eu de relation sérieuse depuis leur divorce.

Et lui, avait-il quelqu'un dans sa vie ? Sans doute. Il n'y avait qu'à voir l'attitude des femmes quand il entrait quelque part... Elles étaient comme électrisées. Impossible qu'il soit resté seul toutes ces années.

Elle avala sa salive, essayant de se concentrer sur le discours d'Helen, qui rappelait les avancées en matière de protection des mères obtenues par l'association. Rien à faire, elle ne parvenait pas à canaliser son attention.

Elle regarda sa montre. 21 h 5. Braewood était loin, maintenant. Comment avait-il fait pour passer entre les mailles du filet ? Tout à coup, une angoisse la prit. Et s'il était là, dans l'assistance ?

Elle sursauta lorsqu'un serveur vint la débarrasser de son dessert, auquel elle n'avait pas touché. Des applaudissements fusèrent, pour saluer la fin du discours d'Helen et le début de celui du maire. Elle parcourut des yeux l'assistance. Des stars de cinéma, quelques sportifs aussi, venus soutenir l'association. Des centaines de têtes, toutes tournées vers l'orateur.

Et si Leonard Braewood était l'une d'elles ?

Un tremblement la parcourut. Après tout, ce malade connaissait tout d'elle, il n'ignorait sans doute pas qu'elle devait participer à ce dîner. Dans cette foule, il passerait totalement inaperçu... Une fraction de seconde, elle eut l'envie presque irrépressible de se lever et de quitter les lieux. De fuir jusqu'à la forteresse de Mike et de s'y tapir.

Elle tourna les yeux vers Michael. Il échangeait quelques mots avec Lisa Caleb. En plus d'être une pédopsychiatre réputée, la jeune femme passait également pour une séductrice invétérée. Il était évident que Mike avait éveillé sa curiosité. Il faut dire qu'en smoking son ex avait un charme supplémentaire. Un côté James Bond que les femmes devaient trouver irrésistible. C'était la première fois que Brianna le voyait dans ce genre de costume. Jamais il ne quittait son look baroudeur, jean élimé,

T-shirt et blouson de cuir. Même pour leur mariage, il avait réussi à esquiver la cravate d'usage. Une panoplie ridicule, disait-il à l'époque.

En pensant à leur mariage, Brianna se demanda une nouvelle fois pourquoi leur relation avait mal tourné. Et si vite…

Mike, selon toute apparence, avait accepté leur divorce sans mot dire. Jamais il n'avait essayé de la dissuader de le quitter. C'est du moins ce qu'elle avait pensé à l'époque. Mais aujourd'hui, grâce à son expérience de thérapeute, les choses lui paraissaient plus floues. Certaines personnes s'avéraient incapables de dévoiler à leur conjoint le fond de leur pensée, d'autres, quand les choses tournaient mal, s'attribuaient une responsabilité telle dans l'affaire qu'ils s'interdisaient la moindre démarche, de peur de froisser l'autre davantage. Sans doute Mike s'était-il lui même dénié le droit à la parole ; puisque sa femme ne voulait plus de lui, c'est qu'il avait commis des erreurs. Inutile, donc, de chercher à se justifier, encore moins à la reconquérir…

Brianna connaissait suffisamment Michael pour ne pas exclure cette hypothèse. C'était un homme meurtri, qui s'était très tôt protégé en gardant pour lui ses sentiments. Il était tout jeune quand sa mère l'avait abandonné ; il en avait sans doute éprouvé une énorme culpabilité qui, malgré les années, ne s'était pas estompée tout à fait. Et puis cette expérience ne l'avait guère porté à croire au mariage, au couple…

Peut-être aurait-il fallu qu'ils se donnent le temps, l'un et l'autre, de goûter à la situation, de comprendre qu'elle valait peut-être la peine pour espérer chasser tous ces vieux fantômes.

Un tonnerre d'applaudissements la tira de ses pensées. Elle se tourna vers le podium, surprise de n'avoir pas entendu un traître mot de l'allocution du maire.

— A présent, annonça ce dernier, je vais avoir l'honneur

de remettre le prix spécial accordé chaque année par l'association à une personnalité qui s'est illustrée dans le combat pour la défense des femmes. Je dois dire que, cette année, je suis particulièrement touché de la mission qui m'est confiée. C'est en effet une femme exceptionnelle que nous récompensons. Une femme qui s'est vouée sans compter à la cause des malheureuses, des humiliées, des exclues, que produit chaque jour notre société machiste. Non seulement, dans son travail quotidien, elle accompagne des femmes en souffrance, mais elle est également la fondatrice du Centre d'accueil pour femmes battues de notre ville. Mesdames et messieurs, je suis heureux et fier de décerner ce prix à Mme Brianna Kent !

Brianna se leva, saluant l'assemblée d'un léger mouvement de tête, alors qu'éclataient les applaudissements qui l'accompagnèrent jusqu'à l'estrade, tandis qu'une nuée de photographes immortalisaient l'événement.

Mike ne la quittait pas des yeux. La surprise qu'il avait d'abord éprouvée avait laissé place à l'admiration. Et même à une certaine fierté. Il comprenait à présent pourquoi elle tenait tant à participer à ce dîner. Elle savait qu'elle y recevrait un prix mais s'était bien gardée de l'en prévenir. Par pudeur, vraisemblablement. Quoi qu'il en soit, il était heureux d'être là. Heureux de la savoir heureuse, de participer à sa joie. Tout simplement.

Debout devant le micro, dans sa robe noire qui épousait élégamment ses courbes, elle donnait l'image d'une femme sensuelle, chaleureuse, à la distinction naturelle. D'autant que ses cheveux remontés en un chignon flou, et son maquillage discret lui conféraient un air presque juvénile.

Dire que, moins de deux heures plus tôt, elle s'était retrouvée face à un cinglé ! C'était vraiment une femme exceptionnelle. Il l'avait longtemps considérée comme une enfant gâtée, à qui la vie avait toujours souri et qui croyait aux bons sentiments.

Mais il se trompait. D'abord, Brianna, comme lui, et même si les circonstances étaient sensiblement différentes, avait perdu sa mère toute jeune. Ce manque-là, cette souffrance l'avait sans doute rendue sensible à celle des autres. Non seulement elle avait appris à comprendre la douleur, mais elle s'était résolue à y remédier. Modestement. A son échelle. Bref, elle avait une vraie générosité, un altruisme sans concession. En outre, son caractère s'était affirmé, endurci. De l'adolescente surprotégée qu'elle était quand il l'avait connue, elle était devenue une femme déterminée, solide. Capable de surmonter sa peur et de paraître en public alors même qu'un fou la poursuivait. Ce sang-froid, cette dignité forçaient le respect.

En la regardant ainsi remercier la présidente de l'association et sourire à l'assemblée, il sentit la rage l'envahir. Quelqu'un, dehors, rêvait de la voir morte. Peut-être même prendrait-il du plaisir à son agonie, comme il semblait en prendre à la faire trembler de peur.

Qui pouvait-il bien être ? Leonard Braewood ? Sûrement un nom d'emprunt. Mike en était convaincu : on pouvait interroger les fichiers fédéraux, ce nom ne donnerait rien. Un ancien patient ? Brianna était suffisamment professionnelle pour déceler une pathologie en entretien. De plus, si elle avait rencontré Braewood dans son cabinet, elle s'en serait sans doute souvenue. Non, il fallait chercher ailleurs. A moins que le traqueur n'ait qu'un lien indirect avec ses patients. Un ami, un mari, un frère… Il y avait tellement de possibilités. En tout cas, c'était une chose à laquelle elle ne faisait sans doute pas assez attention. N'avait-elle pas eu des soucis avec un certain Billy Ray Bennett ?

A force de tourner dans son esprit les quelques éléments qu'il possédait, il commençait à entrevoir des pistes. Celle du psychopathe, d'abord. Ensuite, le matériel utilisé par le traqueur incitait à penser qu'il avait une expérience particulière de l'espionnage. Avait-il appartenu à la police, était-ce un ancien militaire ? C'était une possibilité. Enfin, il semblait bien connaître l'hôpital St. Luke. Peut-être y avait-il été interné, ou bien avait-il fait partie du personnel médical…

Si, au moins, ils avaient disposé d'un peu de temps… Le mieux était peut-être qu'il contacte Cindy Nichols, le profileur du FBI avec qui il avait l'habitude de travailler ; elle n'avait pas sa pareille pour établir des portraits types et faire parler les indices. Il l'avait vue, une fois, dessiner avec exactitude, en moins de deux jours, le visage d'un meurtrier que les agents fédéraux poursuivaient en vain depuis des mois. Si Brianna acceptait de collaborer, elle pourrait au moins faire le point sur l'entourage de ses patients.

— Vous connaissez Brianna depuis longtemps ?

Larry Cunningham s'était penché au-dessus de la table et le scrutait avec curiosité. Apparemment, Brianna ne lui avait rien dit. Pas même qu'ils avaient été mariés.

— Oui, répondit-il, laconique.

— Depuis la fac ?

— Avant.

— Avant ? répéta Cunningham d'un air dépité. Vous n'êtes donc pas un de ses patients…

— Pas encore, dit Michael en souriant.

Sa tentative pour détendre l'atmosphère échoua lamentablement. Cunningham n'appréciait visiblement pas son humour. Il aimait Brianna, ça ne faisait aucun doute. Seulement, ses sentiments n'étaient pas payés en retour et cette frustration lui devenait de plus en plus pénible à vivre. La tête qu'il avait faite tout à l'heure en les voyant arriver en disait long sur ses états d'âme.

Grand, barbu… Pouvait-il être Braewood ? Non, ce n'était pas possible. Brianna travaillait tous les jours avec lui ; elle l'aurait reconnu. Pourtant…

— Etes-vous retourné à votre cabinet hier après-midi ? demanda Michael d'un air détaché, désireux d'en apprendre davantage sur le psychiatre.

— Non. Je ne prends jamais de consultations le vendredi. J'enseigne à Princeton.

— Pourtant, nous vous avons croisé…

— J'ai annulé mes cours, hier. Une conférence à préparer. Et puis je voulais m'entretenir avec Brianna. D'un sujet qui ne regarde que nous. Pourquoi toutes ces questions ? Vous êtes flic ou quoi ?

— Je dois prendre ça pour un compliment ? ironisa Mike en sirotant son verre de vin.

Décidément, ce type ne lui revenait pas. Cette arrogance qu'il lui témoignait, surtout, lui tapait sur les nerfs. Comme si Brianna lui appartenait ! Il se désintéressa de lui pour regarder Brianna, qui, de sa voix grave qui l'enchantait, dessinait les grandes lignes des actions à venir du centre d'accueil dont elle avait la charge. L'audience l'écoutait, hypnotisée, vanter les mérites de l'engagement et rappeler à tous les devoirs élémentaires d'un citoyen responsable, dans une société où régnaient en maîtres l'arbitraire, l'injustice, la violence. Le contraste entre ces paroles militantes et la composition de l'assemblée avait quelque chose de troublant.

Michael avait toujours abhorré ces soirées de bienfaisance. Les plus riches venaient s'y montrer, s'assuraient que leurs portraits seraient bien le lendemain dans les pages spécialisées des magazines people, se délestaient de quelques milliers de dollars et s'achetaient ainsi une bonne conscience. Mais jamais ils ne côtoyaient la misère ; pas un d'entre eux n'aurait accepté de passer ne serait-ce qu'une journée dans les quartiers déshérités, là où se jouaient pour de vrai la violence et l'injustice dont ils s'offusquaient. Mais Brianna le lui avait dit ; des associations comme la sienne avaient besoin de cette charité.

Même si elle ne se faisait aucune illusion sur l'engagement réel des privilégiés, elle était prête à utiliser tous les moyens pour faire vivre son centre et aider des femmes en détresse. Après tout, elle avait sans doute raison.

Brianna, en descendant de l'estrade, ne put s'empêcher de jeter un regard vers Michael. De tous les applaudissements qu'elle recevait, les siens la touchaient le plus. Ils avaient tant peiné à se comprendre, jadis. Elle avait besoin qu'il approuve ses projets, qu'il soit fier d'elle. Déjà une foule de gens se pressaient autour d'elle pour la féliciter. Elle serrait les mains, répondait aux sourires, échangeait quelques paroles aimables avec tel ou tel confrère. Bref, elle jouait le jeu des mondanités du mieux qu'elle le pouvait. Non qu'elle attribue à ce genre de cérémonie un prestige exceptionnel ; mais elle était simplement heureuse que son travail soit reconnu et qu'on l'encourage, d'une manière ou d'une autre, à le poursuivre. Après son divorce, elle avait tellement douté d'elle-même…

Quand elle eut atteint sa table, Simone, sa secrétaire, s'avança vers elle et essuya une larme d'émotion.

— Toutes mes félicitations.

— Merci, Simone. Tu es venue seule ?

— Oui, David avait un dîner d'affaires. Il n'a pas pu se libérer.

Brianna présenta brièvement Simone à Mike, alors que ses collègues se pressaient autour d'elle en signe d'amitié. Ce bain de foule, après ses émotions de l'après-midi, commençait à lui tourner la tête. Elle se sentit vaciller et elle allait perdre l'équilibre quand elle sentit un bras solide se refermer sur sa taille.

— Sortons d'ici, Mike, parvint-elle à lui murmurer à l'oreille entre deux poignées de main.

Lisa Caleb, un sourire radieux sur les lèvres, venait d'apparaître à son côté pour la congratuler :

— Tu ne peux pas imaginer comme je suis contente pour toi, Brianna.

La pédopsychiatre lança simultanément un regard vers Michael, conférant à sa phrase un double sens quelque peu coquin.

— Merci, Lisa, répondit-elle en éclatant de rire.

— Appelle-moi quand tu pourras. Je passerai sans doute chez Larry dans les jours qui viennent. Il m'a promis une partie de tennis. Entre voisins, on se rend des petites visites, n'est-ce pas ? ajouta-t-elle, taquine, à l'adresse de Cunningham.

Quelle dragueuse ! Lisa ne changerait jamais. Brianna promit à son amie de la contacter bientôt et suivit Mike, qui, fendant la foule, l'escortait loin de la salle de réception. Devant l'hôtel, une foule de curieux s'était attroupée devant une limousine blanche qui attendait, tous feux éteints. Un chauffeur en livrée en sortit et ouvrit la portière.

Surprise, Brianna se tourna vers Michael, l'air interrogatif.

— Tu as bien mérité un peu de réconfort, non ? déclara-t-il en l'invitant à monter.

— Mike, tu te rends compte qu'avec le prix de la location, on pourrait faire vivre l'association pendant un mois ? Sans parler de la facture que tu vas me présenter à la fin !

— Ne t'occupe pas de ça, répliqua-t-il en riant. Je n'ai pas l'intention de te facturer ce petit extra.

L'attention était délicate.

— Merci, dit-elle en s'installant dans la voiture. Mais, surtout, ne recommence jamais ça.

— J'en prends bonne note.

Enfin un peu de calme. Elle avait pensé un instant que cette journée cauchemardesque ne prendrait jamais fin. Elle posa son trophée sur la banquette et se laissa glisser contre le cuir épais et odorant du siège en poussant un profond soupir.

Michael ferma la fenêtre de séparation entre l'avant et l'arrière, les isolant du chauffeur.

— Finalement, je suis contente que tu sois venu ce soir, déclara Brianna.

— Parce qu'*il* aurait pu être là ?

Elle observa, songeuse, le flux des voitures. A l'intérieur de la limousine, le temps semblait s'être arrêté. C'était comme si rien, du monde extérieur, ne pouvait plus les atteindre.

— Pas seulement, répondit-elle enfin. La récompense que j'ai reçue est importante pour moi. C'était agréable de partager ce moment avec quelqu'un qui… qui sait combien ce genre d'engagement compte.

Elle avait été sur le point de déraper : *quelqu'un qui compte beaucoup pour moi*, voilà ce qu'elle était prête à dire. Dieu merci, elle s'était ressaisie à temps. L'émotion qu'elle sentait l'envahir avait plutôt tendance à l'effrayer. A croire qu'il en serait toujours ainsi dès qu'elle se retrouverait seule à seul avec son ex. Enfin, cette fois, elle avait évité le pire. Du moins se croyait-elle tirée d'affaire quand un air se fit entendre dans la voiture, qu'elle n'avait pas écouté depuis une éternité.

Blue Moon, « leur » chanson. Michael venait d'ouvrir le bar et en sortait une bouteille de champagne, ainsi que deux flûtes.

— Peux-tu me dire ce qui se passe, Mike ?

— Pardon ?

— Si jamais il s'agit d'un préambule amoureux, je te conseille d'arrêter tout de suite.

— Je ne comprends pas.

— La musique, le champagne…

Pour toute réponse, il émit un petit rire qui acheva de l'irriter.

— Le champagne est livré avec la voiture, expliqua-t-il enfin. Quant au choix de la musique, je n'y suis pour rien. Si tu as une réclamation à formuler, il faut t'adresser au chauffeur. Allez, Bria, détends-toi. Laisse-moi un peu te dorloter. Après la journée que tu as passée…

Il avait pris sa main.

— Il y a une grande différence entre réconforter quelqu'un et lui chanter la sérénade, Mike, dit-elle un peu sèchement.

— Bria, je n'essaie pas de te séduire. Crois-moi.

Se pouvait-il qu'il soit à ce point ignorant de l'effet qu'il produisait ? Peut-être. En tout cas, il donnait l'impression d'être sincère. Après tout, le coup du champagne ne venait pas de lui. Quant à la musique, il pouvait s'agir d'un hasard. Après tout, ils n'étaient pas les seuls fans d'Elvis…

Pourquoi fallait-il qu'elle soit à ce point soupçonneuse ? Pourquoi interprétait-elle chacun de ses gestes comme une tentative d'approche ? La réponse s'imposait d'elle-même : parce qu'elle n'attendait rien d'autre de lui ! C'était bien là tout le problème. Ce qu'elle redoutait le plus était aussi ce qu'elle désirait le plus ardemment.

— Pardonne-moi, Mike, je ne suis plus tout à fait moi-même en ce moment.

— Qui pourrait t'en blâmer ? Tu es passée par un véritable enfer aujourd'hui. Mais justement, profite de la soirée. Tu n'as plus rien à craindre, maintenant.

La jeune femme posa la tête contre le dossier et ferma les yeux. En effet, elle était épuisée. Sa rencontre avec ce cinglé, d'abord. Mais aussi de devoir lutter sans cesse contre elle-même. Contre la puissance d'attrait que Michael exerçait sur elle. Il assurait sa sécurité, certes, mais que savait-il du réel danger qu'elle encourait à passer tout son temps en sa présence ? La mélodie, lente, doucereuse, la ramenait à des souvenirs brûlants. Et combien douloureux, désormais. Elle aurait dû avoir le courage de demander au chauffeur de changer de station de radio, mais à quoi bon ? Si ce n'était pas la musique, quelque chose, un rien, une inflexion de la voix, un parfum, ferait renaître le passé pour la tourmenter. Mike, lui, paraissait si impassible… Pourtant, elle savait qu'il n'avait rien oublié, lui non plus. Et qu'il n'était pas plus qu'elle en mesure de révoquer l'émotion qui l'assaillait depuis leurs retrouvailles. Sinon, pourquoi l'aurait-il embrassée ?

— A quoi penses-tu ? lui demanda-t-il en plongeant ses prunelles claires dans les siennes.

— A rien de particulier, mentit-elle. Et toi ?

— Ce doit être la musique. Je… je nous revoyais, jadis…

— La mémoire sensorielle est étonnante, trancha Brianna, de peur qu'il n'aille plus loin. Juste après l'odorat, l'ouïe est un excellent catalyseur.

Elle s'interrompit. La terminologie médicale sonnait pour le moins curieusement dans l'ambiance feutrée de la voiture.

— Désolée pour l'analyse clinique, se reprit-elle en riant. Ça manque un peu de poésie.

— Je note qu'avec moi, tu affectionnes particulièrement ce genre de discours.

— A quoi t'attendais-tu ? Je suis psychologue après tout.

— Et aussi une femme, accessoirement.

— Ce qui veut dire ? Oh, non, laisse tomber ! Je n'ai aucune envie de te suivre sur ce terrain.

Détournant la tête, Michael se mit à fredonner le refrain de *Blue Moon*, faisant mine de s'absorber dans la contemplation des rues.

— Et arrête de chanter !

— Quoi, tu n'aimes pas cette chanson ? Je crois me souvenir d'une époque où tu l'adorais, pourtant.

— Rien n'est immuable.

— Mmm. Je crois aussi, comme tu le disais tout à l'heure, que certains souvenirs sont indélébiles. Nous avons eu des bons moments, Bria. Je ne vois pas pourquoi il faudrait tout rejeter en bloc.

Ce que Mike venait de dire était la sagesse même. Mais elle n'était pas sage, c'était bien le problème.

— Tu aimes toujours danser ? reprit-il, un sourire au coin des lèvres.

— Qu'est-ce que ça peut te faire ?

— Nous étions plutôt doués, toi et moi, continua-t-il, imperturbable. Tu sais, j'ai toujours le trophée que nous avions gagné dans ce petit club de l'hôtel Ankor, tu te souviens ?

— Pas du tout.

— Mais si ! J'avais obtenu du manager de l'hôtel qu'en échange de mes services le soir du nouvel an, nous ayons droit à une chambre gratuite pour le week-end.

Comment aurait-elle pu oublier ? Mike lui avait offert ces deux jours comme cadeau de Noël. Deux nuits et un jour exactement, dans le plus bel hôtel de Portland. Ils étaient arrivés le vendredi soir, excités comme deux adolescents. Et ils n'avaient pratiquement pas quitté leur chambre du week-end, sinon pour dîner dans le restaurant de l'hôtel et danser sur des airs de jazz ancien, dans le club attenant. Ils n'étaient mariés que depuis quelques semaines, ils croyaient tenir le bonheur…

— J'en ai fini avec le passé, Mike.

— Tu étais si belle… Presque autant qu'aujourd'hui.

A quoi jouait-il ? Elle sentait les larmes monter. Encore un mot et elle allait craquer ! C'était peut-être ce qu'il voulait.

— Arrête, s'il te plaît, parvint-elle à imposer. Je suis fatiguée et je veux qu'on me laisse tranquille. Si tu prétends me protéger, je t'en prie, Mike, cesse de me tourmenter avec ces souvenirs. Quand je pense que Braewood a réussi à s'enfuir…

— Je contacterai Erikson demain. Histoire d'avoir ses

conclusions. Nous avons dû passer à côté d'un détail. Le tout est de savoir lequel.

— Comment a-t-il pu s'échapper ? Tous les accès étaient bouclés !

— Comment a-t-il posé un mouchard sur ton téléphone ? Comment connaît-il tout de toi ? Brianna, arrête d'y penser pour ce soir, tu veux ? Demain matin, nous en reparlerons. Je dois voir Liam pour mettre au point une stratégie. En attendant, sors-toi ça de la tête.

— Plus facile à dire qu'à faire, déclara-t-elle en se massant les tempes.

Mike avait passé la main derrière sa nuque et lui massait doucement les épaules. Elle ferma les yeux, s'efforçant de décompresser.

— Cunningham n'a pas eu l'air de s'amuser ce soir, remarqua Michael.

— Ah bon ?

— Apparemment, ma présence l'intriguait beaucoup.

— Tu as sans doute éveillé sa curiosité, mais il ne posera pas de questions, je le connais.

Elle rouvrit les yeux en l'entendant pouffer.

— Je peux savoir ce qui te fait rire ? s'exclama-t-elle en se dégageant.

Avant qu'elle ait eu le temps de faire ouf, les lèvres de Mike écrasaient les siennes. Elle aurait dû le repousser, mais l'idée ne la traversa même pas. Au fond, elle n'attendait peut-être rien d'autre depuis des heures. Rien, non plus, ne l'effrayait autant que sa faiblesse de sentiment. Mais ainsi en allait-il de leur relation. Ils n'avaient pu vivre ensemble, ils ne seraient non plus jamais indifférents l'un à l'autre. Il fallait sans doute s'arranger de cette ambiguïté. Et veiller qu'elle ne les entraîne pas trop loin. En ce moment, quoi qu'il en soit, aucune place au monde ne lui semblait plus enviable.

— Soyons raisonnables, murmura-t-elle en se dégageant doucement.

— Pardonne-moi, répondit-il en laissant son bras autour de ses épaules. Mais je crois que je n'ai jamais cessé de penser à toi. C'est plus fort que moi…

— Tu me désires, c'est tout naturel. Mais…

— Des histoires d'hormones, c'est ça ? Docteur, vous faites bien peu de cas de mes sentiments.

Ses yeux brillaient dans l'obscurité, et sa voix dénotait de l'irritation. Elle l'avait blessé.

— Ecoute, Mike, inutile de nous emporter. Nos retrouvailles ont réveillé le passé, c'est normal. Mais nous savons, l'un comme l'autre, qu'il serait vain de vouloir tenter le sort de nouveau. Alors, autant nous en tenir là.

— Le message est clair. Tu peux me faire confiance, je me le tiendrai pour dit.

Elle tourna la tête vers la fenêtre. Rien n'était moins sûr. C'était déjà ce qu'il lui avait promis la veille. La veille ? Il n'y avait que quelques heures qu'ils étaient ensemble et ils n'arrivaient déjà plus à se contrôler. Voilà qui augurait mal de l'avenir…

— Je peux goûter tes légumes ? demanda Mike en ouvrant la dernière barquette.

Juste après que la limousine les eut déposés devant le Q.G., ils s'étaient rendu compte qu'ils mouraient de faim. Fort heureusement, il y avait un traiteur chinois au coin de la rue qui vendait de délicieux currys.

— Je t'en prie, dit Brianna en entrant dans la cuisine, une serviette nouée autour de ses cheveux mouillés.

Elle avait pris une douche et portait à présent un T-shirt et un short. Pieds nus et sans maquillage, elle était aussi belle que plus tôt dans la soirée, où sa tenue et sa coiffure l'avaient transformée en jeune femme sophistiquée.

— Ça sent divinement bon, dit-elle en dévorant des yeux les plats alignés sur le comptoir. Je ne me souviens pas d'avoir jamais eu aussi faim.

Elle prit avec ses doigts un morceau de champignon sauté et le dévora avant de tourner le regard vers les placards.

— Où est la vaisselle ?

— Désolé, il n'y en a pas.

— Quoi ? Pas d'assiettes ni de couverts ?

— Je vis seul ici, expliqua Mike. Je mange toujours dehors. C'est la même chose dans les autres appartements, d'ailleurs. En général, nos hôtes de passage se font livrer ou bien sont conviés à des repas d'affaires.

Brianna posa une main sur la porte du frigo.

— Et là-dedans, tu fais des cultures bactériologiques, je suppose ?

— Ouvre, conseilla Mike en éclatant de rire.

Elle découvrit un stock de pellicules photographiques. Des dizaines.

— Je les développe moi-même, expliqua-t-il. C'est un hobby.

— J'ignorais. On peut dire que tu ne manques pas de ressources, avoua-t-elle, visiblement amusée, en refermant la porte.

— Mange pendant que c'est chaud.

— Heureusement que le restaurant a fourni des baguettes, dit-elle en se jetant littéralement sur les plats.

Mike se sentit soulagé de voir que la douche semblait l'avoir un peu détendue, mais il craignait qu'au moindre mot elle ne craque. C'est pourquoi il avait décidé d'éviter tout sujet qui les ramène à l'affaire. Tout autant qu'à leur passé commun. Selon toute apparence, elle n'était pas prête à en parler. Lui non plus, d'ailleurs. Il avait essayé, tout à l'heure, dans la voiture, mais avait accumulé maladresse sur maladresse.

— Et toi, tu cuisines ? demanda-t-il pour rompre le silence qui s'était installé.

— Décongeler des plats tout préparés, ça compte ? répondit-elle en avalant une bouchée de porc.

— Pourtant, tu avais pris des cours, à l'époque.

Et voilà ! Deux mots avaient suffi à faire resurgir le passé. Il n'y avait donc pas moyen de s'en libérer ? Comment aurait-ce été possible ? Il avait aimé cette femme, plus que personne au monde. Il était naturel qu'il cherche à savoir ce qu'elle était devenue. Et pour cela, il ne pouvait se rattacher qu'à la courte période où il avait partagé son quotidien. Heureusement, le sujet de la cuisine était plutôt cocasse. Au début de leur mariage, Brianna s'était mise en tête de suivre des cours de cordon-bleu. Cela devait correspondre à l'image qu'elle se faisait de l'épouse modèle. Lorsqu'il était rentré un soir, elle avait préparé tout un repas, depuis l'entrée jusqu'au dessert, avait dressé le couvert et l'attendait, fièrement plantée devant la cuisinière. D'abord, il avait été touché de l'attention. Mais, quand il avait vu la tête des plats, son enthousiasme était vite retombé. Pis encore, il n'avait pu se retenir de rire. Bien sûr, elle avait pris la mouche, pour la forme. Et puis elle avait tout jeté à la poubelle, écroulée de rire, elle aussi, avant de préparer des pâtes.

Ensuite, ils avaient fait l'amour…

— Je n'en ai jamais plus ressenti la nécessité, lui déclara froidement Brianna en reposant sa barquette de porc sauté sur le comptoir.

— Brianna, il va bien falloir qu'on en parle, tôt ou tard.

— Parler de quoi ?

— Du passé. On ne peut pas faire comme si de rien n'était.

— Je croyais que nous étions d'accord, Mike, pour rester sur le terrain d'une relation de travail, rien de plus.

— Tu vois bien que ce n'est pas possible ! Quelque chose nous lie, Bria, que tu le veuilles ou non. Notre passé commun, d'abord. Et le baiser que nous avons échangé dans la limousine était bien réel. Ce n'est pas seulement une résurgence, non plus qu'un afflux d'hormones incontrôlé.

— Peut-être. Et alors ? Je ne nie pas tout cela. Seulement je sais que notre relation est sans avenir. C'est comme ça, c'est tout. Je n'ai aucune envie de souffrir de nouveau.

— Comment peux-tu être aussi sûre de toi ? Tu ne me connais pas, et pourtant tu passes ton temps à me juger. J'ai changé, autant que toi. Admets que nous pourrions essayer de nous retrouver plutôt que de nous retrancher derrière des décrets irrévocables.

— Certains signes ne trompent pas. Je ne crois pas que tu sois fondamentalement différent de l'homme que j'ai connu.

— Ah, oui ?

— Regarde autour de toi, Mike ! Il y a autant de vie dans cet appartement que dans un avion de combat ! Tu ne te poses jamais assez longtemps quelque part pour acheter un morceau de pain !

Elle ferma les yeux et prit une profonde inspiration. Lorsqu'elle reprit, ce fut d'une voix radoucie.

— Tu as raison sur un point cependant : je n'ai pas le droit de te juger. Ce que tu es et la façon dont tu vis ne me regardent pas.

— Jure-moi que tu n'as pas envie de passer la nuit avec moi et je n'insisterai plus.

— Mike…, répondit-elle, gênée.

— Jure-le-moi.

— D'accord, si tu veux. Je n'ai aucune envie de…

— Regarde-moi dans les yeux.

— Je suis fatiguée, murmura-t-elle sans lever les paupières. Je vais me coucher. Seule.

8

Dès son réveil, Brianna décida de se prendre en main. Lever aux aurores, footing. Ensuite, elle passerait au centre d'accueil comme tous les dimanches. Si elle voulait rester un tant soit peu maîtresse de ses émotions, il fallait impérativement qu'elle s'occupe l'esprit. Surtout après ce qui s'était passé la veille. Sans un ultime sursaut de bon sens, elle se serait retrouvée dans son lit !

Il était à peine 5 heures quand elle s'apprêta à sortir courir. Rien de tel que le jogging pour se vider la tête. Elle était devant l'ascenseur quand un bruit de pas la surprit. Mike ! Rasé de près, vêtu d'un short et d'un débardeur, il avait l'air en pleine forme. Jouait-il les gardes du corps ou bien avait-il l'intention de reprendre leur conversation là où ils l'avaient laissée la veille ? C'était à peine croyable. Quoi qu'elle fasse, il était dit qu'elle ne serait pas tranquille !

— Ça t'ennuie si je t'accompagne ? demanda-t-il en esquissant un sourire timide.

— Parce que j'ai le choix ?

Elle reçut un haussement d'épaules pour toute réponse.

— Comment savais-tu que j'allais courir ? reprit-elle en nouant hâtivement ses cheveux.

— Hier, au petit déjeuner, tu as dit que ça te manquait.

Tu ne croyais tout de même pas que j'allais te laisser sortir seule ?

— J'espère seulement que tu tiendras le rythme ! plaisanta-t-elle, éludant la question.

— Un défi ? J'adore ça ! Je connais un petit coin sympa où nous pourrions déjeuner, après. Enfin… si tu aimes toujours autant les gaufres.

— Ça me va.

Avait-il seulement idée de la souffrance qu'elle éprouvait chaque fois qu'il évoquait leur passé ? Même les choses les plus infimes la mettaient à la torture. Non seulement elle n'avait rien oublié, mais ses souvenirs, intacts, avaient, avec le temps, gagné en intensité. Un effet probable de la nostalgie.

Pourtant, elle ne craquerait pas. Tandis qu'ils commençaient à courir, elle se concentra sur sa respiration. Pas évident quand l'après-rasage de Michael éveillait en elle des idées peu recommandables. Non, elle ne craquerait pas. Reprendre avec lui une relation amoureuse n'avait strictement aucun sens. Michael se berçait d'illusions quand il disait l'aimer. Il était seul en ce moment, elle avait débarqué brusquement et réveillé en lui des émotions anciennes. Pas de quoi bâtir là-dessus un avenir solide. Il suffirait qu'ils passent à l'acte pour que tout recommence comme avant : les disputes, les déceptions, les déchirures. Contrairement à ce qu'il avait évoqué, ils n'étaient pas faits l'un pour l'autre.

Elle accéléra le rythme, bien décidée à se vider complètement la tête. Elle était tellement obsédée par la présence de Mike qu'elle en aurait presque oublié Braewood.

Quelques blocs plus loin, elle s'arrêta pour reprendre haleine. Elle avait peut-être un peu forcé la cadence. Quelques pas derrière elle, Michael fit halte à son tour sans paraître le moins du monde essoufflé.

— Tu as de l'entraînement, déclara-t-elle en buvant une gorgée d'eau. Tu cours tous les jours ?

— Sans exception. En général, je fais une séance de musculation juste après, en arrivant au bureau. Le Q.G. est plutôt bien équipé. Piscine, sauna, salle de gym, nous n'avons rien laissé au hasard. Dans notre boulot, c'est impératif. Par contre, en ce qui te concerne, je crois qu'il vaudrait mieux rompre avec tes habitudes. Le temps qu'on mette la main sur Braewood. Il est évident qu'un emploi du temps bien réglé lui facilite considérablement la tâche. Par exemple, tu m'as dit consacrer tes week-ends au centre d'accueil. Je ne saurais trop te suggérer de ne pas y aller en ce moment.

— J'y ai pensé. Je crois avoir été une proie facile.

— Tu as affaire à un type coriace, qui ne t'a pas laissé une grande marge de manœuvre. Je ne t'ai rien dit hier, parce que je ne voulais pas en rajouter. Mais Liam a inspecté ta voiture et il a trouvé un sonar dans le pare-chocs. Un moyen de te suivre à la trace.

— Mon Dieu ! Je n'arrive pas à croire qu'on puisse déployer autant de moyens pour m'atteindre. Je ne suis pas un chef d'Etat !

Mike sembla réfléchir à ce qu'elle venait de dire.

— En effet, finit-il par déclarer avec un air de mystère. Mais nous tenons peut-être quelque chose…

— Que veux-tu dire ?

— Compte tenu des techniques utilisées par Braewood, j'avais déjà imaginé qu'il puisse avoir été soldat. Mais ta remarque m'ouvre une perspective nouvelle. Il est vrai qu'en matière de contre-espionnage, on ne lésine jamais sur les moyens.

— Tu penses à la CIA ?

— Parfaitement. On pourrait peut-être leur demander s'ils n'ont jamais eu un Braewood dans leur rang. Encore que je ne croie pas que ce nom nous mènera où que ce soit. On pourrait aussi consulter leurs registres et comparer les photos à ton portrait-robot…

— Mais j'imagine que ce genre d'information est confidentiel, non ?

— L'intérêt avec SafeNet, c'est que nous avons des contacts partout. Même au plus haut niveau de l'Etat.

Brianna hocha la tête.

— On repart ? Je crois que tu avais fait un pari, non ?

Debout sur la terrasse du Q.G., qui servait accessoirement d'héliport, Brianna admirait les rives de l'East River qui brillait sous le soleil. Un flot continu de voitures s'écoulait sur le pont de Brooklyn. Les toits, les cheminées, les anciennes citernes, la ville entière lui paraissait enchanteresse. C'est qu'aussi, en ce moment précis, elle ne risquait rien. Elle était comme hors du monde. Soudain, derrière elle, le téléphone de Mike sonna. Elle sursauta et se retourna vivement.

Assis sur un transat dans le patio, Mike, tapait un rapport, son ordinateur sur les genoux. Il décrocha et fronça les sourcils, sans prononcer un mot. Que se passait-il ?

— C'est Liam qui appelait de chez toi, l'informa-t-il à voix basse en mettant sa main sur le combiné. Il a quasiment fini son inspection. Rien à signaler.

Elle s'étonna de n'en éprouver aucun soulagement.

— A quoi bon mettre des micros dans mon appartement ? Surveiller mon bureau et pister ma voiture suffit amplement !

Jamais elle n'avait ainsi cédé au cynisme. Mais la situation lui portait sur les nerfs. Si au moins elle parvenait à comprendre ce qu'on lui voulait. En fait, elle n'était même plus certaine d'être une cible.

Le rire grave de Mike vint interrompre ses pensées. Le téléphone coincé contre son épaule, il tapait quelque chose sur son ordinateur. Après leur jogging, il s'était douché et avait passé un jean et un polo noir. Le même que celui qu'il portait le jeudi précédent, quand elle avait fait irruption dans son bureau. Il y avait à peine trois jours… Et c'était comme s'ils vivaient ensemble, comme s'ils ne s'étaient jamais quittés.

« Le soleil commence à me taper sur la tête », songea-t-elle tout à coup en saisissant la pile de dossiers qu'elle avait posée sur un tabouret.

Elle vint s'asseoir sous le parasol, face à Michael, sortit son enregistreur de poche et ouvrit une chemise cartonnée.

— J'ai un autre coup de fil à passer, dit Mike dès qu'il eut raccroché. Si je te dérange, je peux descendre dans le salon.

— Ce n'est pas la peine. Je n'ai que quelques notes à prendre pour demain. Je dois témoigner au tribunal pour une femme à qui le mari veut retirer la garde de ses enfants.

— Tu fais souvent ce genre de choses ?

— Ça m'arrive. Ce n'est pas ce que je préfère, d'ailleurs. Mais la justice requiert souvent l'avis d'un psychologue dans ce genre d'affaires. Dis-moi, si Liam n'a rien trouvé chez moi, je pourrais peut-être passer y récupérer deux ou trois affaires ?

— Pas de problème. Je t'y conduis tout de suite, si tu veux. On n'a qu'à prendre la voiture. Et après j'avais en tête de faire un petit tour.

— Où ça ?

— Dans le New Jersey. J'aimerais rendre visite à ton collègue, le Dr Cunningham. J'ai entendu dire qu'il avait une propriété du côté de Bloomfield.

— Larry ? Qu'y a-t-il de si important pour le déranger un dimanche après-midi ?

— Je veux lui poser quelques questions, deux ou trois choses à éclaircir. Ça me semble plus amical de le faire chez lui.

— Tu veux dire que s'il est détendu, il laissera peut-être échapper une information intéressante ?

— Toi, tu vois le mal partout !

Ils échangèrent un regard complice avant d'éclater de rire.

— Qu'est-ce que tu attends de Larry, au juste ?

— Si ça peut te rassurer, je ne pense pas que ton ami soit notre homme. Disons qu'il n'a pas été très clair jusqu'à présent. Je voudrais juste m'assurer que je ne me suis pas trompé sur son compte.

— Arrête de l'appeler mon ami, comme s'il y avait un sous-entendu. Je t'ai déjà dit qu'il n'y avait rien entre nous.

— Je te crois, dit-il en fermant son ordinateur.

— Je vais l'appeler. A moins que tu ne préfères débarquer à l'improviste. Je crois qu'il est temps que je le mette au courant. Il avait l'air inquiet, hier.

— Bonne idée. Je vais essayer une dernière fois de joindre Erikson.

Brianna eut un geste de découragement. Si Erikson détenait une information capitale, il y a belle lurette qu'il aurait appelé. Elle allait tourner les talons quand Michael lui fit signe de rester et lui passa une oreillette qui lui permettait d'écouter la conversation en même temps que lui.

— Erickson ? Landis à l'appareil.

— Landis ! J'allais justement vous contacter. On m'a transmis votre message et…

— Vous avez un indice ? demanda Mike sans y croire.

— Rien de décisif, avoua le chef de la sécurité. Mais disons qu'une chose m'intrigue.

— Allez-y.

— Voyez-vous, je n'arrête pas d'y repenser depuis ce matin. Quand j'ai débarqué au sixième étage, il y avait un prêtre et un déménageur devant l'ascenseur. L'ouvrier, un dénommé Gary Hershall, m'a dit que le prêtre venait juste d'arriver lorsque je suis tombé sur eux.

— Et alors ?

— Hershall a trouvé bizarre que le curé cherche un patient dans une aile vide depuis plus d'une semaine. Même si, d'après lui, la signalisation a été mal faite. Ce qui, par ailleurs, n'est pas le cas.

— Il était peut-être perdu.

— C'est bien ce qu'il a prétendu.

— Mais vous ne le croyez pas.

— Eh bien… j'en doute.

— Et à quoi ressemblait-il ?

— Un grand type. Fluet. Très amical au demeurant. Avec un léger accent irlandais. Il a raconté qu'il s'était égaré en venant rendre visite à un ami.

— C'est tout à fait possible. Vous avez pris son nom ?

— Le père Patrick Halloran, de la paroisse St. Michael. Cette histoire m'a tellement trotté dans la tête que, ce matin, je suis allé me rendre compte par moi-même. Vous comprenez, je ne pouvais pas rester avec ce doute.

— Et alors ? Il y a un problème ?

— Un problème ? Je pense bien ! Il n'y a aucun prêtre de ce nom à St. Michael.

— Pourquoi ce curé aurait-il donné un faux nom ? demanda Brianna tandis qu'ils roulaient vers son appartement.

— Avant toute chose, je vais vérifier moi-même dans la

banque de données. Il se peut qu'Erikson ait mal orthographié son nom. Ou qu'il ait mal entendu.

— Allons, Mike, ne me prends pas pour une idiote. Tu ne crois pas un mot de ce que tu viens de dire.

— Je suis très sérieux, au contraire. Mon intuition est une chose, mais il nous faut avant tout des faits irréfutables. Même si ça doit nous prendre un certain temps.

Il se tourna vers elle pour la regarder et ajouta :

— Je sais que la patience n'a jamais été ton fort, mais il va falloir t'y faire !

La réflexion la prit par surprise, heurtant une corde sensible. Elle ne se trompait pas, c'était de leur mariage qu'il parlait. Et pour cause. Elle n'avait pas atermoyé avant de demander le divorce…

— C'est peut-être ce qui nous distingue, toi et moi, lui fit-elle remarquer, acide. Je ne gaspille pas mon temps à défendre des causes perdues.

Mike encaissa le coup en silence, les yeux fixés sur la route.

— Pardonne-moi, dit-elle en posant sa main sur la sienne. Je suis excédée, c'est tout. Mes mots ont dépassé ma pensée.

— Pas la peine de t'excuser, tu as parfaitement raison, déclara-t-il avec un sourire forcé. Quoi qu'il en soit, je vais consulter les fichiers. Nous reparlerons de cet Halloran demain. D'ici là, la police aura dressé son portrait-robot d'après la description d'Erikson et du déménageur. On y verra sans doute un peu plus clair. Inutile de se torturer davantage pour l'instant.

— Je veux bien essayer, mais je n'ai pas ta capacité d'abstraction. Je l'ai vu, Mike. J'ai vu ses yeux pleins de haine.

Michael crispa ses mains sur le volant. Il essayait de faire bonne figure face à Brianna, mais il était véritablement inquiet. Si le prêtre et Braewood ne faisaient qu'un, comme c'était vraisemblable, l'affaire prenait définitivement une tournure sérieuse. Ça voulait dire, entre autres, que le type était particulièrement bien renseigné. Qu'il préparait son coup depuis longtemps. D'abord, on pouvait supposer qu'il savait que le sixième étage de l'hôpital avait été évacué. C'est pourquoi il avait choisi ce niveau pour y dissimuler un déguisement. De quoi couvrir sa fuite en cas de problème. Une soutane, la couverture parfaite ! Qui irait soupçonner un prêtre ?

Cet homme était très intelligent. Pervers même. Michael était sûr qu'il n'avait pas choisi cette tenue seulement par souci d'efficacité. S'il jouait les justiciers, endosser la panoplie d'un homme de Dieu devait le réjouir au plus haut point.

Un tas d'anciens militaires ou d'agents spéciaux à la retraite pouvaient mettre la main sur du matériel d'écoute dernier cri et déjouer un système de sécurité ultraperfectionné. Mais attirer Brianna dans un lieu qui lui était familier, dans lequel elle connaissait tout le monde, puis se débarrasser aussi facilement des agents de sécurité, c'était autre chose. Il fallait un esprit brillant. Et sacrément tordu.

— On va s'en sortir, Mike ? murmura Brianna.

— Evidemment.

Brianna pensait qu'il était le spécialiste des causes perdues ? Il espérait que, cette fois, elle se trompait.

Il tourna dans la rue où se trouvait l'appartement de Brianna et s'arrêta devant la porte d'entrée.

— Ça devrait être suffisant, décréta-t-elle en sortant un tailleur de sa penderie.

— Tu veux que je t'aide ? proposa Mike.

— Merci, non.

— Prends un maillot de bain. Je t'ai parlé de la piscine du Q.G. ? Elle se trouve au sous-sol.

— Génial ! s'exclama Brianna en bouclant sa valise après avoir ajouté un Bikini.

— Et ça ? s'enquit Landis en montrant une nuisette en dentelle posée sur un cintre dans la penderie. Tu pourrais aussi en avoir besoin.

Il plissait les yeux de manière suggestive, un sourire aux lèvres.

Brianna se mit à rire et répliqua :

— J'ai bien mieux !

Elle décrocha d'un cintre une chemise de nuit à longues manches, de coton blanc, pas suggestive pour un sou…

— Heureusement que tu m'y as fait penser, j'ai failli l'oublier. C'est ma préférée !

Il s'empara de la pince et retira la photo de la solution. Lentement. A la lueur rouge de la lampe, il observa le visage de l'adolescente. Ce qu'on pouvait faire avec un bon téléobjectif !

Quelle créature monstrueuse ! Des piercings sur le nez, du rouge à lèvres noir, comment pouvait-on avoir un goût aussi exécrable ? Sans parler de la teinture verte dans ses cheveux dressés. Exactement le genre de dégénérés que la garce aimait prendre sous son aile.

Un frisson de plaisir lui parcourut l'échine en pensant à la tête qu'elle ferait en découvrant le cliché. Ses yeux s'agrandiraient d'horreur, son sang quitterait ses veines. Peut-être même qu'un cri lui échapperait. Dieu, que ce serait bon !

Elle se croyait en sécurité depuis que Landis la suivait partout, comme un bon toutou ? Peut-être. Mais ni lui ni elle ne pourraient protéger tout son troupeau. En imaginant une de ses ouailles en danger, la garce arrêterait de se croire plus maligne… pour se jeter aveuglément dans la gueule du loup !

Il éclata d'un rire dément.

9

— Tu ne m'as pas vraiment répondu, tout à l'heure. Si Larry ne fait pas partie des suspects, pourquoi vouloir l'interroger ?

La voiture filait droit vers le nord, en direction de Bloomfield, New Jersey. Brianna cachait mal sa nervosité les yeux cachés derrière les verres fumés de ses lunettes de soleil.

— Disons qu'il m'a donné de fausses informations. J'aimerais comprendre à quoi il joue. Et puis je me dis qu'il sera peut-être plus à l'aise quand tu lui auras expliqué ta situation. Un détail important pourrait lui revenir. Vous travaillez ensemble, non ?

— En effet, il est au cabinet aussi souvent que moi. Tu penses qu'il aurait pu croiser notre homme ?

— C'est une éventualité. Disons qu'il m'a manifesté jusque-là une telle hostilité que je n'ai pas pu obtenir de lui la moindre information valable. Tu vois une raison à ce comportement, toi ?

— Ecoute, Mike, soupira la jeune femme. Ne te fais pas plus bête que tu ne l'es. Tu sais très bien qu'il n'y a rien entre Larry et moi.

— Ça, c'est ton point de vue. Peut-être ton collègue n'a-t-il pas le même. Je vais être franc avec toi. Je pense qu'il t'aime et que, pour cela, il serait prêt à tout pour rester à ton côté.

Ce qui fait de lui un pion facile à manipuler. Je veux juste lui faire comprendre quel danger tu cours pour qu'il ne commette pas d'impair.

Michael espérait avoir été suffisamment convaincant. Il devait, pour l'instant, se contenter de parler à demi-mot, pour être sûr de rester maître du jeu quand ils seraient devant Cunningham. Il n'avait aucune envie que Brianna s'interpose. Ce qu'il voulait, c'était avant tout effrayer le psychiatre pour qu'il cesse son petit manège.

— Encore une fois, je ne fais pas de lui un coupable, ajouta-t-il. Je veux simplement m'assurer qu'on ne l'utilise pas à son insu pour obtenir des informations sur toi.

— Je vois.

Apparemment satisfaite, elle se concentra sur les dossiers qu'elle avait posés sur ses genoux. Sans doute avait-elle apporté de quoi travailler sur la route pour éviter toute discussion. Il faut dire que l'habitacle étroit de la voiture favorisait une intimité pour le moins dangereuse…

Il repensa à leur retour de la soirée en limousine. Leur baiser torride. Et le désastre qui s'était ensuivi.

A vouloir à tout prix ressusciter le passé, il courait droit à sa perte. « Délire obsessionnel », « attitude compulsive », il entendait déjà la psychologue rendre son verdict.

Pourtant, depuis ce matin, tout concourait à le mystifier. Leur footing d'abord, et puis ce moment qu'ils avaient passé sur la terrasse, enfin ce trajet en voiture. Rien ne les distinguait d'un couple marié. Etait-il fou de croire que tout, entre eux, n'était pas mort ?

Il observa Brianna à la dérobée tandis qu'elle regardait par la fenêtre, songeuse. De ses cheveux remontés en chignon, quelques mèches s'échappaient, encadrant son visage juvénile. Si son caractère avait gagné en maturité, ses traits, eux, n'avaient rien perdu de leur fraîcheur adolescente.

— Je n'y avais jamais pensé avant, émit-elle doucement. Mais le fait que je ne connaisse pas Braewood ne signifie pas qu'il en est de même pour mon entourage. Mon Dieu, Mike, tu crois qu'il pourrait vouloir nuire à l'un de mes proches ?

Michael ne répondit pas tout de suite. Il lui fallait choisir ses mots, s'il ne voulait pas qu'elle panique. En même temps, il avait toujours été honnête avec elle. Et, en l'occurrence, il était prêt à parier que ce Braewood n'en voulait qu'à une personne et une seule : Brianna Kent.

— Je ne peux rien assurer pour l'instant. J'attends que Liam m'ait donné le résultat de sa recherche. On se verra tous les trois demain matin, à la première heure. Il sera temps alors de spéculer sur ton traqueur.

— Demain ? Je ne pourrai pas être là ; je suis au tribunal toute la matinée. Je te l'avais dit, non ?

— Ah, oui, c'est vrai. Pas de problème. Liam m'enverra son rapport sur la ligne Harpo.

— Qu'est-ce que c'est encore que cet engin ?

— Une ligne téléphonique cent pour cent fiable. Réseau de la Défense.

— Je vois. Mais tu sais, tu peux m'attendre à ton bureau. Le tribunal est sous bonne garde et je connais tout le monde, là-bas. Inutile de m'accompagner.

— Comme à l'hôpital ?

Il regretta immédiatement son ironie. Brianna sursauta avant de se pétrifier.

— Je viendrai avec toi, se reprit-il dans l'espoir de détendre l'atmosphère. Après tout, je ne vois pas pourquoi je me priverais ! C'est un bon moyen de gonfler ta facture.

— Sérieusement, dit-elle en souriant, j'apprécie ce que tu fais pour moi. Mais j'ai l'impression que je ne pourrai plus jamais vivre comme avant. Qu'il faudra toujours que je sois sous escorte, que j'évite certains lieux… C'est terrible, tu sais ?

Oui, il comprenait cela. Mais il ne pouvait rien y faire.

Le portable de Brianna se mit à sonner. La jeune femme décrocha.

— Merci, John, dit-elle après un long silence. J'espère que ça va aller. A plus tard.

Elle raccrocha et rangea son téléphone dans son sac.

— C'était l'avocat de ma patiente, informa-t-elle. Le report qu'il avait demandé vient de lui être accordé. L'audience est repoussée. Je suis libre, demain.

— Parfait. Nous verrons donc Liam ensemble. Dès que tu m'auras donné ton feu vert, nous installerons l'équipement de surveillance dont nous avons parlé.

— Combien de temps cela prendra-t-il ?

— Ça peut être fait dans la journée.

— Très bien. Je devais être au tribunal demain, ce qui fait que je n'ai pas pris de rendez-vous. La place sera libre. Mais dis-moi, comment peut-on être sûr que Braewood ne reviendra pas poser un micro dans mon cabinet ou mon appartement ? Après tout, tant qu'il n'a pas atteint son objectif, il a toujours besoin de connaître tous mes faits et gestes.

— C'est une éventualité, en effet. C'est pourquoi nous allons mettre en place un détecteur qui sera activé en permanence. Si quoi que ce soit d'anormal survient, il sonnera.

— Tout semble tellement facile avec toi.

— Je te rappelle que c'est mon boulot.

Il était près de 16 heures lorsqu'ils arrivèrent devant la villa de Cunningham, dissimulée derrière un épais massif d'arbustes taillés au carré. Landis se gara à côté d'un coupé BMW flambant neuf. Sitôt le contact éteint, Brianna sortit de la voiture et se dirigea vers la maison. Apparemment, elle connaissait bien les lieux. Mike, lui, prit son temps et, les mains dans les poches, commença par faire une rapide inspection. La haute palissade devait vraisemblablement cacher une piscine. De même que le court de tennis, qu'il apercevait un peu plus loin, faisait sans doute partie de la propriété. Les affaires du psychiatre ne devaient pas être trop mauvaises…

— Tu viens faire une partie ?

Cunningham venait d'apparaître au détour d'un petit chemin ombragé. Il se dirigeait vers Brianna, immobile devant la porte d'entrée. Entièrement vêtu de blanc, une raquette à la main, il avait tout de l'aristocrate oisif qu'incarnait si bien Cary Grant dans les comédies de Cukor. Lorsque Mike avait rencontré Brianna, c'est ce genre de types qu'elle fréquentait. Version adolescents boutonneux.

— Bonjour, monsieur Landis, déclara le psy en l'apercevant.

Le moins qu'on pouvait dire, c'est qu'il n'avait pas l'air franchement ravi de le voir. Il s'attendait sûrement à ce que sa collègue soit seule. Il avait tellement insisté pour obtenir d'elle un entretien ces jours-ci. De toute évidence, il ne tarda pas à comprendre que leur venue n'avait rien d'une visite de courtoisie. Assurément, il cachait mal ses sentiments. Ça jouait d'ailleurs en sa faveur. Il était peut-être intelligent mais n'avait pas la faculté de dissimulation de celui que Mike recherchait.

— Vous vous connaissez, je crois ? fit Larry tandis que Lisa Caleb, raquette et balles en main, faisait son apparition.

Elle embrassa chaleureusement Brianna avant de tendre la main à Mike, un sourire enjôleur sur les lèvres.

— Nous nous sommes rencontrés hier soir, précisa la jeune femme d'un ton de voix appuyé. Monsieur est un ami à toi, à ce que je vois ?

— En effet, éluda Brianna. Désolés d'avoir interrompu

votre partie. Nous aurions dû vous prévenir plus tôt de notre visite.

— Ne t'en fais pas pour ça ! s'exclama Lisa. Un des avantages d'être la voisine de Larry, c'est que je peux débouler n'importe quand. Nous aurons bien d'autres occasions de faire quelques échanges. Brianna, je suis sûre qu'avec Larry, vous avez beaucoup de choses à vous dire. Pendant ce temps, je me ferai un plaisir de faire visiter la propriété à Mike.

— A vrai dire, c'est moi qui comptais m'entretenir avec M. Cunningham, intervint Michael.

Le sourire de la jeune femme s'évanouit immédiatement. Peut-être avait-il manqué de tact, mais il n'avait pas de temps à perdre en mondanités.

— Lisa, tu veux bien me chercher un scotch ? demanda Larry. Vous boirez quelque chose ?

— Rien, merci, répondirent presque en chœur Michael et Brianna.

Lisa Caleb entra dans la maison tandis que Cunningham les invitait à le suivre. Ils passèrent entre les palissades que Mike avait repérées à son arrivée, sous une arche de verdure qui débouchait sur une immense terrasse, à l'arrière de la maison. Là, des transats et des tables basses invitaient au *farniente* autour d'un immense bassin.

Michael s'installa à côté de Brianna tandis que Larry choisissait un fauteuil en face d'eux.

— Alors, que me voulez-vous, au juste ? demanda-t-il à en croisant les bras sur sa poitrine.

— C'est à moi de commencer, intervint Brianna.

Mike ne quitta pas Larry des yeux tandis que la jeune femme racontait comment elle avait reçu des photos d'un expéditeur anonyme, comment aussi on avait retrouvé un mouchard sur son téléphone et sous le pare-chocs de sa voiture. Elle termina en évoquant l'incident de la veille, à l'hôpital.

— Qui est donc ce Braewood ? s'enquit immédiatement Cunningham.

— Nous l'ignorons pour le moment, intervint Mike.

— Il faut contacter la police, déclara Larry en rapprochant son fauteuil de celui de sa collègue. Ne le prenez pas mal, monsieur Landis, je suis sûr que vous êtes animé des meilleures intentions. Mais c'est un travail pour le FBI. Pourquoi ne pas m'en avoir parlé plus tôt, Brianna ?

— Je ne savais pas trop comment te présenter la chose. Et puis, au départ, j'ai cru que c'était une blague. Quelqu'un qui voulait juste m'effrayer, je ne sais pas… Je n'imaginais pas que les événements prendraient cette tournure. Quant à Mike, je ne peux pas être entre de meilleures mains, crois-moi. Il dirige l'agence SafeNet, à Madison. C'est une boîte réputée qui travaille en collaboration étroite avec les services de police.

— Après l'épisode de l'hôpital, tu me permettras de douter de son efficacité.

— Tu te trompes, Larry. Je ne sais pas ce que j'aurais fait sans ses services.

Cunningham resta un moment silencieux, comme absorbé dans ses pensées. Il n'était visiblement pas prêt à céder sa place.

— Je n'en reviens pas, s'exclama-t-il enfin. A te voir hier au Plazza, jamais je n'aurais imaginé qu'il t'était arrivé un truc pareil à peine deux heures auparavant. Et si ça se trouve, *il* était dans l'assistance !

— Larry, s'il te plaît, n'en rajoute pas.

Selon toute apparence, Cunningham n'avait rien à voir dans cette affaire, Michael en était presque convaincu. Même si sa réaction manquait cruellement de finesse, elle était sincère.

— Pardonne-moi, ajouta-t-il en posant sa main sur celle de la jeune femme. Je ne voulais pas t'effrayer. Tu sais que tu peux compter sur moi. Je ferai tout ce qui est en mon pouvoir pour t'aider.

Brianna retira doucement sa main et se tourna vers Mike.

— Si tu veux m'aider, accepte de répondre aux questions de Mike.

— Quel genre de questions ? Vous croyez que je sais quelque chose ?

— Pourquoi pas ? Tu as pu voir ou entendre quelque chose qui t'a paru sans importance sur le moment mais qui pourrait s'avérer décisif.

— Comme quoi, par exemple ? interrogea-t-il, visiblement sur la défensive.

— Je ne vous soupçonne pas, Cunningham, intervint une nouvelle fois Michael. Il y a juste deux ou trois choses que j'aimerais aborder avec vous.

— Tout ceci est ridicule. J'ai l'impression de me retrouver dans une mauvaise série B. Ecoute, Brianna, laisse-moi t'accompagner au commissariat. Je me sentirais beaucoup mieux si…

— J'ai déjà vu la police, Larry. Pour le moment, ils ont trop peu d'éléments pour agir. Glisser des photos sous une porte n'a rien d'illégal. Pas de quoi ouvrir un dossier. Sans compter qu'ils sont complètement débordés. Ils ont recueilli nos dépositions et le commissaire Jeffries suit l'affaire. Mike le tient au courant de ses avancées. Avec SafeNet, nous progresserons beaucoup plus rapidement. Et rassure-toi. Je suis sous escorte jour et nuit.

— Où habites-tu ?

— Ça, je ne peux pas te le dire.

— Tu ne me fais pas confiance ?

— Ce n'est pas ça, Larry. Mike, tu veux bien lui expliquer ?

— Le principe n° 1, en matière de protection, c'est de divulguer le moins de renseignements possible. Disons que vous ne risquerez pas de donner une information que vous ne possédez pas. C'est aussi simple que ça.

— Mais, c'est ridicule ! Je…

— Ah, vous voilà !

Lisa Caleb venait d'apparaître, un plateau entre les mains.

— Mike, proposa Brianna en se levant, pourquoi ne termines-tu pas cette conversation avec Larry pendant que Lisa me montre le jardin ?

Sans attendre la réponse, elle prit son amie par le bras et l'entraîna vers le parc. Dès que les deux femmes furent hors de vue, Landis vint s'asseoir à côté de Cunningham et se pencha vers lui, menaçant.

— Ecoutez, mon vieux, commença-t-il d'une voix glaciale. Si vous voulez l'aider, il va falloir vous montrer un peu plus coopératif. Parce que, si vous continuez votre petit jeu, c'est la police qui se chargera de vous interroger.

— Je ne vois pas de quoi vous voulez parler, répondit Cunningham, qui perdait peu à peu de l'assurance. Mais permettez-moi de vous dire que vos méthodes sont parfaitement incorrectes.

— Je vous conseille de changer de ton, Cunningham. Votre fric ne m'impressionne pas. Pas plus qu'il ne vous offrira les faveurs de Brianna. Pouvez-vous me dire pourquoi vous avez prétendu donner un cours à Princeton tous les vendredis ? J'ai fait ma petite enquête et il s'avère que vous m'avez menti.

Le psychiatre blêmit. Il était au pied du mur. Fini, le numéro de l'universitaire offusqué. Il allait devoir vider son sac.

— J'avais mes raisons…

— Vous croyez que je vais me contenter de ce genre de réponse ? Allez, soyez sérieux. Et tant que vous y êtes, expliquez-moi donc ce que vous faisiez dans le parking de Brianna samedi matin ? Un de mes associés vous y a vu aux environs de 10 heures.

Cunningham se racla la gorge, avala une gorgée de scotch puis soupira.

— D'accord, je vais tout vous expliquer. J'étais inquiet pour Brianna. Depuis quelque temps, je voyais bien que quelque chose n'allait pas. Je ne travaille pas le vendredi après-midi. Je suis donc passé au cabinet en espérant pouvoir lui parler et je vous ai vus, tous les deux. Pour être franc, votre tête ne m'est pas revenue. J'ai pensé qu'elle avait peut-être des ennuis, que vous la harceliez, un truc comme ça. Elle avait l'air tellement nerveuse.

Il finit son verre d'un trait avant de reprendre.

— J'ai appelé toute la soirée chez elle. Pas de réponse. Alors, samedi matin, je suis allé à son appartement. J'ai sonné. Personne. Je suis descendu au parking pour voir si sa voiture était encore là. Quand j'ai vu le 4x4, je dois avouer que j'ai paniqué. J'ai cru qu'on l'avait enlevée. J'ai même pensé appeler la police. Mais en y réfléchissant, je me suis dit qu'on me prendrait sûrement pour un idiot. Une femme qui ne passe pas la nuit chez elle n'a pas nécessairement été kidnappée, vous voyez ce que je veux dire. Ce n'est qu'en la voyant paraître au dîner de l'association que j'ai été rassuré…

— Je vous crois, dit Mike. Maintenant, laissez-moi vous expliquer quelque chose. Brianna est aux prises avec un type dangereux. Prêt à tout pour arriver à ses fins. Nous devons donc faire preuve d'une extrême vigilance. C'est pourquoi je vous demanderai à l'avenir de ne pas la suivre ni de chercher à la joindre, si elle ne vous le demande pas.

— Mais…

— Je ne veux prendre aucun risque. Vous connaissez sa situation. On peut très bien imaginer que le détraqué se serve de vous pour parvenir jusqu'à elle. S'il vous sait pendu à ses basques, il n'aura qu'à vous suivre, ou bien à vous mettre sur écoute pour savoir où elle se trouve. Il va donc falloir adopter une attitude un peu plus responsable, compris ? Je n'ai aucune envie que vos soupirs amoureux mettent en péril la vie de mon ex-femme !

— Ce *sex symbol* est ton ex ?

Lisa, les yeux écarquillés, un sourire jusqu'aux oreilles, regardait Brianna avec étonnement. De toute évidence, elle avait cru qu'ils sortaient ensemble. Apprendre que c'était de l'histoire ancienne lui ouvrait des perspectives…

— Il est célibataire, alors ?

— Je n'en ai pas la moindre idée, avoua Brianna.

Elle essayait désespérément de faire taire la jalousie qui lui nouait l'estomac, chaque fois qu'une femme tombait en pâmoison devant Mike. Ce qui arrivait, en fait, chaque fois qu'il en croisait une ! Avec Lisa, c'était un peu différent : pour peu qu'il ait des biceps développés, le premier homme venu faisait l'affaire.

Son amie lui portait dangereusement sur les nerfs. Elle jeta un regard par-dessus la haie et aperçut Michael et Larry en pleine discussion. Malheureusement, le vent lui était contraire. Elle aurait tout donné pour entendre ce qu'ils disaient.

— Les hommes comme lui ont toutes les femmes qu'ils désirent, continuait Lisa en se servant un nouveau verre. Tu ne veux vraiment rien boire ?

— Non, merci. Excuse-moi, il faut que j'y aille.

Brianna, n'en pouvant plus, se leva d'un bond. Elle prit l'allée centrale et fit en sorte que les deux hommes la remarquent.

— On y va ? demanda-t-elle à Mike quand elle fut au bord de la piscine.

Le visage de Michael, comme à son habitude, ne reflétait aucune émotion particulière. On ne pouvait pas en dire autant de Larry. Elle l'avait rarement vu plus pâle. Presque défait. Qu'est-ce que Michael avait bien pu lui dire pour qu'il soit dans un état pareil ?

— Vous pourrez toujours terminer votre conversation mardi, enchérit-elle, pressée de savoir ce qu'ils s'étaient dit. Tu seras au cabinet, Larry ?

— Bien sûr. A part le lundi et le jeudi où je donne mes cours, je suis là, tu le sais bien.

— A bientôt, assura Mike en serrant la main de Cunningham. Et n'oubliez pas. Faites ce que je vous ai dit et tout se passera bien.

— Alors ? s'empressa-t-elle de demander quand ils furent en voiture.

— J'ai ma réponse, se contenta d'affirmer Mike. Ton collègue n'est pas un criminel. Mais je le soupçonne d'avoir commis des gaffes, ces derniers temps. Qui ont pu aider notre homme. Crois-moi, moins il en saura sur toi, mieux ça vaudra. Parce que non seulement il a accès à ton bureau, mais il y a des chances pour qu'il ait aussi la clé de ton appartement.

— Non, Mike. Je te l'ai dit, Simone Twardzak et ma tante Nora sont les seules personnes à pouvoir entrer chez moi…

— Vous avez la même secrétaire, Cunningham et toi. Si Simone garde ta clé dans son bureau, rien n'est plus facile pour lui d'en avoir fait discrètement un double.

— Larry n'est pas du genre à avoir des idées pareilles…

— Qu'en sais-tu ? Ce type est fou de toi ! Dieu sait ce qui a pu lui passer par la tête ! Il a pu faire un double de tes clés sans avoir vraiment l'intention de s'en servir. Comme ça. En tout cas, s'il l'a fait, cela veut dire qu'il a aussi pu la perdre. Et ton détraqué la récupérer.

— Larry t'a-t-il dit qu'il avait mes clés ?

— Non, mais il a été clair quant à ses sentiments pour toi. Ça l'a mis suffisamment mal à l'aise pour qu'il n'ait pu me cacher ce détail peu glorieux…

Mike sourit d'un air qu'elle trouva un peu suffisant. C'était horripilant ! Elle ne parviendrait pas à savoir ce que les deux hommes s'étaient dit. Sans doute Mike cherchait-il à l'épargner. Il se pouvait bien qu'il soit jaloux. D'où son humeur massacrante, chaque fois qu'il approchait de Cunningham. Après tout, elle aussi était bien irritée par le comportement insistant de Lisa…

Décidément, leur relation n'allait jamais sans accroc. Peut-être Mike avait-il raison quand il évoquait la nécessité de parler du passé. Encore fallait-il qu'il se prête vraiment au jeu. Qu'il n'esquive pas, comme il savait si bien le faire.

— Je ne sais pas pourquoi tu gardes toujours pour toi une partie de la vérité, risqua-t-elle.

— J'essaie juste de t'éviter des ennuis, crois-moi, murmura-t-il en la fixant intensément. Personne plus que moi n'a à cœur de te savoir heureuse.

— Regarde la route, lui conseilla-t-elle, troublée.

— Il y a un restaurant de fruits de mer à la prochaine sortie. Ça te dirait de t'y arrêter ?

Elle soupira. Elle avait faim. Elle se sentait lasse. Une pause lui ferait du bien. Ne penser à rien. Déguster des fruits de mer en compagnie… d'un ami ? D'un homme qu'elle aimait toujours ? Peu importait.

— C'est parti, déclara-t-elle, s'efforçant de retrouver sa bonne humeur.

10

— Rien à signaler de spécial pour celui-là, déclara O'Shea en sortant de sa poche un sachet en plastique contenant un objet métallique de la taille d'un minilecteur CD.

Il le posa sur la table, devant Brianna, incrédule.

— Je l'ai envoyé au labo. Pas l'ombre d'une empreinte, évidemment, continua l'Irlandais.

Ce matin, Mike, Liam et Brianna s'étaient donné rendez-vous dans un petit café à côté du Q.G. Il n'était que 7 heures quand ils s'étaient retrouvés, Mike tenant à faire, sans traîner, un point complet de la situation avec son associé de manière à être opérationnel dès 9 heures, heure à laquelle, d'ordinaire, Brianna commençait ses consultations. Même si elle n'avait pris aucun rendez-vous pour aujourd'hui, il était naturel qu'elle se rende à son cabinet. O'Shea devait y installer un système de surveillance, en se faisant passer pour un patient, de manière à ne pas attirer l'attention.

— Ça a l'air d'un vulgaire bout de métal, remarqua Brianna en observant l'objet que Liam avait trouvé sous son pare-chocs.

— Détrompe-toi, Bria, intervint Mike. Grâce à ce petit miracle de technologie, ton agresseur peut te localiser à tout instant. Il dispose d'un récepteur électronique qui convertit les signaux en informations contextuelles. Autrement dit, il lui suffit d'allumer un ordinateur portable connecté au système pour suivre tous tes déplacements sur une carte. La CIA utilise ce genre de jouet tout à fait couramment.

— Mon Dieu, s'exclama Brianna, prise de panique. Mais c'est une déclaration de guerre…

— On peut le prendre comme ça, en effet. Mais rassure-toi, c'est de l'histoire ancienne à présent. Liam a passé au crible ton appartement, ta voiture et ton cabinet. Tout est nickel.

— Je peux retourner travailler dès aujourd'hui ?

— Rien ne s'y oppose. Liam va t'accompagner. Tu le présenteras comme un nouveau patient pour l'introduire dans ton cabinet. Il doit y installer l'appareil de détection dont je t'ai parlé. On ne sait jamais. Si notre homme s'avise d'y pénétrer de nouveau…

— On peut l'envisager, en effet, enchérit O'Shea. Depuis plusieurs semaines, plusieurs mois peut-être, il vous suit à la trace. Et tout à coup, plus rien. Aucun signal. Tout son dispositif par terre. Sans doute aura-t-il du mal à supporter la situation. D'autant qu'il n'a apparemment pas d'autres moyens de se renseigner sur vos faits et gestes. Et puis je crois comprendre qu'il a une personnalité un peu… délirante. Il ne tolérera pas d'être battu sur son propre terrain.

— Evoquer ce malade me fait froid dans le dos, avoua Brianna en réprimant un frisson. Pardonnez-moi, Liam, je dois vous paraître un peu froide. Je ne crois pas vous avoir remercié du mal que vous vous donnez pour moi. Mike m'a dit que vous aviez dû écourter un week-end plutôt festif… Je vous en suis vraiment reconnaissante.

— Bah, y a pas de quoi, répondit l'Irlandais en riant. C'était le mariage de ma plus jeune sœur. C'est devenu un rituel, maintenant. Chaque fois que l'une de mes sœurs se marie, les autres essaient de me caser ! Et j'ai six sœurs ! Autant dire que vous m'avez plutôt tiré d'embarras !

Son rire était contagieux et rasséréna un peu la jeune femme. Elle aurait aimé aborder la situation avec l'assurance de ses deux interlocuteurs, mais elle n'avait pas leur expérience de l'adversité. Loin de là.

— Bailey doit être arrivée, maintenant, avertit Michael. Tu devrais la rejoindre au Q.G. Elle te montrera nos installations. Un peu de gym t'aiderait à te détendre.

— Tu as raison. Je file.

— Nous serons dans mon bureau, au premier étage, ajouta-t-il. On fait le point, on boucle le rapport et on t'accompagne au cabinet.

— Ça marche, conclut Brianna. Encore merci, ajouta-t-elle à l'adresse de Liam avant de sortir du café.

Elle secoua son parapluie et l'accrocha au portemanteau du hall d'entrée. Il tombait une pluie battante et, bien qu'elle n'ait que deux rues à traverser, elle était complètement trempée. Une agréable odeur de café parvint à ses narines lorsqu'elle ouvrit la porte de droite, qui menait au standard. La jeune secrétaire l'accueillit avec un sourire chaleureux.

— Bonjour, Brianna. Mike n'est pas avec vous ?

— Vous êtes Bailey, je suppose ? Michael est au Durgan's Bar avec M. O'Shea, en train d'échafauder des plans. J'ai préféré les laisser entre eux, d'autant que je ne leur suis pas d'une grande aide. Ils ne vont pas tarder, de toute façon.

— Un fax d'Erikson est arrivé pour eux. Aucun indice nouveau, je le crains. Une tasse de café ?

— Avec plaisir.

Bailey disparut pour revenir avec deux tasses fumantes. Elle en tendit une à Brianna.

— Neutraliser Braewood ne va pas être facile, mais Mike y parviendra, j'en suis certaine.

— Espérons-le, Bailey. Votre optimisme est réconfortant.

J'avoue que j'en ai un peu manqué, ces temps-ci. Mike m'a dit qu'il y avait une salle de sports ici. Où se trouve-t-elle ?

— En bas, je vais vous montrer. Nous disposons également d'un terrain de squash et d'une piscine.

Brianna suivit la jeune femme jusqu'à l'ascenseur. Elles descendirent de deux niveaux et arrivèrent devant une lourde porte de bronze, sans poignée ni serrure. Bailey composa un code sur un petit clavier numérique qu'elle portait à la ceinture et la porte s'ouvrit en même temps qu'une lumière tamisée s'allumait dans la salle.

— Incroyable ! C'est un vrai club de gym ! La ville n'en manque pas, pourtant. Pourquoi en avoir installé un ici ?

— Nos clients apprécient de trouver chez nous un confort digne des grands hôtels qu'ils fréquentent, sécurité en plus. Il y a trois appartements comme le vôtre dans le Q.G. On y accueille souvent des vedettes ou bien des hommes politiques étrangers dont le gouvernement nous confie la protection. Vous concevrez aisément que ces personnalités ne puissent envisager de paraître dans des lieux publics. A moins de prendre de grands risques.

La porte venait de se refermer silencieusement derrière elles.

— De plus, les membres de SafeNet passent beaucoup de temps ici. Etant donné leur boulot, ils ont intérêt à se maintenir en forme.

Comment avait-elle pu oublier ? Mike et ses équipiers avaient tous appartenu aux forces spéciales. Quoi de plus normal qu'ils se considèrent toujours comme des soldats, qu'ils tiennent à une discipline de fer et à un entraînement quotidien ? Ils se devaient d'être toujours prêts à intervenir, et dans les meilleures conditions.

Brianna frissonna. Cette ambiance martiale la glaçait quelque peu.

— La piscine est par là, indiqua Bailey.

— Je crois que je commencerai en douceur, dit Brianna en montrant un vélo. Histoire d'évacuer le stress tranquillement.

— La pièce est climatisée, expliqua la secrétaire. Et grâce à un système de capteurs, sa température tient compte de la vôtre. Pas mal, non ?

— Incroyable, assura Brianna en suivant son guide parmi les rameurs et divers steppeurs jusqu'à une nouvelle porte.

— J'adore cette ambiance, avoua la jeune femme en composant un nouveau code sur sa ceinture. Ici, les vestiaires, les douches et le Jacuzzi. Derrière, le sauna.

— Je suis complètement perdue, déclara la psychologue, qui ne plaisantait qu'à moitié.

— Perdue ? Impossible.

Bailey indiqua un panneau fixé sur un des murs.

— Vous en trouverez un dans chaque salle, exposa-t-elle. Non seulement, comme vous le voyez, c'est un indicateur de position, mais il enregistre une série de paramètres qui vous permettent de reconstituer tout votre parcours. Un fil d'Ariane électronique, en quelque sorte. Appuyez sur ce bouton, vous verrez.

Brianna s'exécuta et une figure se dessina sur le sol. Le chemin qu'elles avaient emprunté y était tracé en vert fluorescent. Si une autre personne était passée dans les lieux, elles l'auraient immédiatement repérée.

— J'ai du mal à y croire !

— De tous les associés, je crois bien que c'est Mike qui affectionne le plus ces gadgets. Et regardez ça, dit la secrétaire en actionnant un nouveau bouton.

Immédiatement, une musique rythmée se fit entendre, parfaite pour accompagner des exercices physiques.

— J'adorerais vivre ici, confia Bailey. Mais je dois m'occuper de ma mère.

Malgré ses manières affables et sa jeunesse, il y avait chez Bailey une sorte de mélancolie.

— Votre patron vous en voudrait-il si nous nous entraînions un peu ensemble ? lui demanda Brianna, espérant un peu de compagnie.

— Aucunement, car je peux continuer à travailler ici.

Elle composa un nouveau code et un panneau coulissant s'ouvrit sur le mur, dévoilant une série d'écrans de contrôle. Le hall d'entrée, le standard, les bureaux de chacun des associés ; l'ensemble du bâtiment était quadrillé. Si quelqu'un entrait, elles en seraient immédiatement averties.

— Alors, qu'en pensez-vous ?

— C'est complètement dingue !

Mike étira ses jambes sous le bureau, finit de lire le rapport de Liam, puis leva la tête vers son associé.

— Tu crois que notre détraqué habite en ville ?

— J'en mettrais ma main à couper. Le mouchard que j'ai trouvé sous le pare-chocs de la voiture n'a une portée que de dix kilomètres environ. Bien sûr, il peut toujours disposer d'un récepteur mobile, installé dans une camionnette par exemple.

— Il y a peu de chance. Stationner est une vraie galère à Manhattan. Sans parler de suivre une voiture dans le flot de circulation.

— Peut-être qu'il vit près de chez elle ?

— Ou bien il a piraté un récepteur déjà en fonction, comme celui d'une voiture de police ou d'un véhicule municipal ?

— Tu crois que c'est un flic ?

— Vu ses méthodes, je serais plutôt porté à penser qu'il s'agit d'un ancien militaire ayant travaillé peut-être comme espion. Le matériel utilisé, très sophistiqué, requiert une grande expertise. On peut raisonnablement imaginer qu'il a reçu une formation aux techniques d'espionnage, voire qu'il a bossé pour une antenne de la CIA. Sans parler de la rigueur dans l'élaboration du plan, la manière de tendre ses filets…

— Tu as contacté Cindy Nichols ? Elle fait des merveilles en matière de profilage.

— Je l'ai appelée. J'avais l'intention de lui demander de venir, mais elle est débordée de boulot. On a discuté et elle m'a donné quelques tuyaux intéressants. D'abord, elle pense qu'on a affaire à un type superorganisé, qui n'agit pas au hasard ou sous le coup de l'impulsion. On peut donc exclure de nos suspects les maris violents, les amants jaloux et les paumés auxquels Brianna a indirectement affaire, par l'intermédiaire des femmes battues qu'elle défend. D'après Cindy, ce genre d'individus passe à l'acte de manière compulsive ou réactive. Lorsqu'ils se sentent agressés, ils frappent. Sauf cas exceptionnel, on ne rencontre pas chez eux le goût pour la préméditation.

— Cela permet de réduire notre champ d'investigation, conclut Liam en prenant des notes.

— Ça ne veut pas dire pour autant que notre homme n'ait aucun rapport avec les patients de Brianna. Par ailleurs, il n'a d'autre moyen d'obtenir les informations qui l'intéressent que par écoute. Ce dernier point nous permet d'exclure les proches de Brianna, ou quiconque pourrait recueillir directement les informations. Dernier élément : son profil psychologique. Pour Cindy, nous avons affaire à un maniaque pervers, quelqu'un qui tire un certain plaisir à voir souffrir son adversaire. Peut-être est-il moins important pour lui de le tuer que de jouir de cette souffrance.

— Un mec qui prendrait son pied à terroriser les autres ? Juste pour les humilier, les obliger à reconnaître qui est leur maître ?

— En quelque sorte. Ça ne te rappelle rien ?

— La torture mentale, les troupes spéciales d'intervention de Song Be, les chefs de village qu'on poussait à dénoncer leurs enfants... Oui, bien sûr, certains types, particulièrement zélés, sont même passés en cour martiale.

— On tient peut-être une piste solide. Il faudrait que tu cherches à établir la liste des vétérans du Viêt-nam ayant appartenu à ces fameux commandos. Stevenson, au Département d'Etat, devrait te trouver ça.

— On va avoir un paquet de noms !

— J'imagine bien, soupira Mike. Mais c'est un début. Avec un peu de chance, notre détraqué a commis une erreur. N'oublions pas que nous avons deux noms suspects : Leonard Braewood et Patrick Halloran. Peut-être l'un d'entre eux figurera sur tes listes.

— On peut toujours rêver...

— Ouais, je ne suis pas plus convaincu que toi. Mais, par expérience, je sais qu'un criminel finit toujours par laisser une signature. D'autant plus s'il s'agit d'un cérébral. Ces types sont tellement contents d'eux-mêmes qu'ils ont besoin, à un moment ou à un autre, qu'on reconnaisse leur mérite.

— Peut-être. C'est tout ce que t'a suggéré Cindy Nichols ?

— Il y a aussi la piste de l'hôpital. Si on a la preuve que le prêtre et Braewood ne font qu'un, on sera sûr que notre détraqué connaît très bien St. Luke. Il ne serait même pas impossible qu'il y ait fait un séjour...

— En psychiatrie ? Pourquoi pas ! Parce qu'à l'évidence, ce mec est complètement barge ! Pour résumer, je cherche un ancien du Viêt-nam, membre actif de la CIA, qui aurait été interné en hôpital psychiatrique ces dix dernières années ?

— C'est ça, vieux. Tu penses que tu vas t'en sortir ?

— Ça devrait aller. Et la piste des taulards ? On garde ?

— C'est en effet un bon moyen pour se procurer du matériel au noir. On va examiner de près les dossiers de Brianna. Je sais qu'elle travaille parfois en lien avec la justice. Peut-être qu'on pourrait tomber sur un détail intéressant. La question qui reste en suspens, c'est le mobile. Pourquoi un ancien du Viêt-nam s'en prendrait-il à un docteur en psychologie new-yorkais qui était à peine né au moment des événements ?

— Il a pu être marié, battre sa femme…

— On va chercher à savoir si, parmi les femmes que Brianna a aidées, il n'y en aurait pas dont le mari est passé devant les tribunaux. La vengeance, ça reste un grand classique.

Michael se leva et alla se planter devant la fenêtre.

— Je t'avouerais que cette affaire me préoccupe beaucoup, dit-il d'une voix stressée. D'abord, parce qu'il est toujours difficile de cerner un individu isolé. Surtout dans une jungle comme New York. Mais aussi parce que… enfin, cette histoire a pour moi une dimension affective non négligeable et…

— C'est elle qui t'a quitté ?

— Quoi ?

— Ecoute, Mike, déclara Liam, un sourire aux lèvres. On se connaît depuis un bail, toi et moi. Je ne pose pas beaucoup de questions mais j'observe. Surtout quand il s'agit de mes amis. Tu es accro à cette femme, ça crève les yeux ! D'ailleurs, j'ai toujours su, même quand on pataugeait dans la jungle colombienne, qu'il y avait quelqu'un dans ta vie. Je ne sais pas, une intuition. Quelqu'un que tu n'arrivais pas à t'enlever de la tête. Tu veux que je te dise ? Je pense même que c'est pour ça que tu étais allé t'enfoncer dans ce bourbier. Pour essayer d'oublier.

Michael marqua le coup. Jamais il n'aurait cru être aussi lisible. Ni que Liam soit aussi fin psychologue !

— Peut-être, finit-il par maugréer. Mais quoi qu'il en soit, c'est de l'histoire ancienne. Pour elle, du moins.

— Je serais prêt à parier le contraire ! Il suffit de vous voir ensemble pour comprendre qu'il y a quelque chose entre vous. Un truc électrique ! En fusion même !

— Arrêter de délirer, O'Shea…

Mike n'eut pas le temps de terminer. On frappait à la porte. Brianna passa la tête dans l'encadrement.

— Bailey est en ligne. Elle vous fait dire qu'un coursier est là avec un pli pour vous, Liam. Il faudrait que vous descendiez signer le reçu.

— Merci, Brianna, fit l'Irlandais avant de s'adresser à son associé. Je reviens tout de suite… avec un extincteur !

— Un extincteur ? répéta Brianna dès qu'il fut sorti.

— Ne fais pas attention. Le problème avec Liam, c'est qu'il se croit drôle.

— Je le trouve charmant, déclara-t-elle en venant s'asseoir près de la fenêtre. J'adore son accent irlandais. Et puis il a l'air, je ne sais pas… d'humeur égale.

Mike la considéra un instant, heureux de la trouver d'humeur plus légère. Quant à l'allusion de Liam, il préféra éluder le sujet. Car, à bien y réfléchir, O'Shea venait de formuler ce que lui-même n'arrivait pas à s'avouer depuis sept ans : il aimait Brianna, il n'avait jamais aimé qu'elle.

— Tu t'es bien dépensée ? demanda-t-il, en guise de diversion.

— Ça m'a fait un bien fou ! Sans compter que Bailey m'a fait visiter vos installations. Ce Q.G. est un vrai palace, en plus d'être une forteresse ! Enfin, le coursier est arrivé. D'après Bailey, l'enveloppe vient du commissariat du district. Sûrement du nouveau sur Braewood.

— Espérons, soupira Mike. Il est temps qu'on avance un peu.

La jeune femme se leva et, se plaçant derrière lui, se mit à lui masser la nuque.

— Ne t'inquiète pas, murmura-t-elle. Je suis certaine que vous allez me tirer d'affaire. Je me sens bien, ici. Protégée. Et je vais me montrer plus vigilante que je ne l'ai été jusqu'à présent. Bailey croit en toi, elle me l'a dit.

— Bailey ? Elle nous croit invincibles !

— J'ai confiance en toi, Mike, dit-elle en s'écartant pour lui faire face.

Elle le regarda un instant dans les yeux, comme si elle avait voulu lui transmettre un peu de ses certitudes. Mais Michael ne s'y trompa pas. Si elle se montrait déterminée, c'était surtout pour l'encourager. Il savait qu'au fond d'elle-même se logeait une terrible angoisse, dont rien, sinon la capture de Braewood, ne pourrait la délivrer.

— Attention ! Je vais entrer ! lança Liam, de l'autre côté de la porte.

— Quel numéro, celui-là !

Mike ne put réprimer un sourire tandis que Brianna retournait s'asseoir.

— Les portraits-robots ? s'enquit Michael en indiquant l'enveloppe que rapportait son ami.

— Bingo !

O'Shea disposa les feuillets sur le bureau et posa l'index sur l'un d'entre eux : le visage d'un homme d'une cinquantaine d'années, aux cheveux gris coupés très courts.

— Ça vous rappelle quelqu'un, Brianna ?

— Absolument pas. Qui est-ce ?

— C'est le prêtre, d'après la description qu'Erikson a faite à la police. Et voici le même homme décrit par le déménageur.

— Non, vraiment, je n'ai jamais vu cette personne.

Le troisième dessin représentait Leonard Braewood, l'infirmier, tel que Brianna l'avait décrit. Chacun demeura un instant silencieux, concentré sur les trois portraits, faisant des va-et-vient de l'un à l'autre.

— Inutile, murmura Mike. Ce n'est pas le même homme.

— Il semblerait en effet que ce prêtre n'ait rien à voir avec votre infirmier, confirma Liam. La question, dans ce cas, est de savoir par où Braewood a bien pu s'enfuir… Il ne s'est tout de même pas volatilisé !

— Ça ne colle pas, répliqua Mike en hochant la tête. Il est impossible qu'il ait quitté l'hôpital sans changer d'apparence. Son signalement était suffisamment clair et le dispositif de bouclage des lieux a très bien fonctionné. Qu'en penses-tu, Brianna ? Tu trouves qu'ils se ressemblent ?

— A première vue, non, murmura-t-elle, concentrée sur les deux visages. Mais…

— Oui ? questionna Liam.

— Ce que je vais vous dire peut sembler paradoxal, mais je pense que leur dissemblance apparente prêche pour notre théorie, exposa-t-elle.

— Explique-toi, dit Mike.

— Puisqu'il voulait m'approcher sans éveiller mes soupçons, Braewood devait prendre un visage, disons… ordinaire. Mais il y a différents types de masques. Une perruque brune, une barbe, des lentilles de contact, des boules de coton dans les joues, que sais-je, moi ? Il n'est pas difficile de contrefaire un visage. En tout cas, plus on revêt de postiches et plus on aura l'air différent au naturel. C'est l'évidence. Ce qui me frappe, c'est l'hyperpilosité de l'un et le côté quasi imberbe de l'autre.

— C'est intéressant.

— Maintenant, regardez la forme du front, l'écartement des yeux. Il y a indubitablement des similitudes.

— Dites-moi, Brianna, s'exclama Liam, vous ne chercheriez pas un job en ce moment ? On embauche chez SafeNet !

— Et que fais-tu de leur physique ? intervint Mike, les sourcils froncés.

— Mon infirmier était plutôt replet, le prêtre maigre. Même principe. Il n'est guère compliqué de se confectionner un faux ventre, des rembourrages multiples, d'utiliser des semelles compensées.

— C'est une hypothèse, concéda Mike, songeur.

— Tu prétendais que ce type est malin, fit observer Brianna. S'il peut manipuler un attirail électronique digne de la Nasa, on peut supposer qu'il ne lésinerait pas sur un peu de maquillage.

— D'autant que ce genre de pratique est courante chez les agents du contre-espionnage, suggéra Liam. C'est à ce prix qu'ils parviennent à infiltrer les réseaux ennemis. Je suis d'avis de considérer que Braewood et Halloran ne font qu'un. De toute manière, ces deux noms sont des pseudos ; il n'y a aucun Braewood dans le personnel soignant de St. Luke, ni de Halloran à St. Michael ni dans aucune paroisse de la ville. Je vais lancer les recherches dont on parlait tout à l'heure, Mike. C'est une piste.

— De quoi s'agit-il ? s'enquit Brianna.

— On pense à un ancien militaire, peut-être un engagé du Viêt-nam, dit Liam.

Michael lança un regard noir à son associé. Inutile d'en dire trop. Il ne voulait pas affoler Brianna. De plus, c'était la règle : en matière de sécurité, l'ignorance était souvent le meilleur des garants. Dans la mesure, bien sûr, où les gardes du corps savaient, eux, où ils allaient.

— J'ai aussi un résultat d'expertise concernant les photos, reprit Liam. Rien à en tirer. Le type utilise un papier ordinaire, qu'on trouve chez n'importe quel revendeur.

Il poussa un soupir avant de reprendre.

— Sans vouloir insister, la piste du passé militaire paraît valable. Ça n'évoque rien de spécial pour vous, Brianna ?

— *A priori*, non, mais je vais y réfléchir.

— Il a pu travailler pour le FBI ou la CIA, ajouta Mike.

— En tout cas, en matière de surveillance, il connaît son affaire, confirma Liam.

— Je n'ai jamais fréquenté ces gens-là, dit Brianna. Et je n'ai pas souvenir d'avoir reçu une femme de militaire. Mais je consulterai mes dossiers. On ne sait jamais.

Michael fit quelques pas dans la pièce, la mine sombre. Les pièces du puzzle s'assemblaient petit à petit, mais ils étaient loin du compte. D'abord, parce qu'il restait d'énormes trous à combler. Ensuite, parce que le profil qu'ils avaient élaboré ne reposait que sur des conjectures. Autrement dit, ils pouvaient totalement faire fausse route…

— Et le déménageur, Gary Hershall ? s'enquit-il. On a des infos sur lui Il entassait des caisses devant les ascenseurs du sixième quand il a vu paraître le prêtre. C'est là qu'Erikson les a trouvés. D'après sa déposition, il a travaillé ce jour-là de 10 à 16 heures.

— On a une photo de lui ? demanda Brianna. Comment peut-on être sûr que ce n'est pas Braewood ?

— Jeffries l'a convoqué ce matin, précisa Liam. Ils l'ont pris en photo, mesuré, rien ne correspond. Hershall doit faire un mètre soixante tout au plus et il est chauve. Et puis je me suis renseigné sur lui. Ce type est *clean*, pas de doute là-dessus.

— Pourtant, ça pouvait coller, argua Mike. Car si personne n'a vu sortir Braewood, c'est peut-être, justement, parce qu'il n'est *pas* sorti. Dans ce cas, Hershall constituerait le suspect idéal : travaillant à St. Luke, il peut avoir accès au registre des médecins, savoir qui dirige le service psychiatrie, quels psychologues extérieurs interviennent. Il sait, en outre, que le sixième étage est l'endroit parfait si on ne veut pas être dérangé. Il se déguise, descend dans le hall, attend Brianna. Et puis son plan tourne mal. Il revient au sixième — on sait que l'ascenseur dans lequel Braewood se trouvait s'y est arrêté —, il se change de nouveau, retrouve son visage ordinaire et fait mine de reprendre son travail. Pour détourner les soupçons, il profite de l'arrivée inopinée du prêtre et joue la surprise.

— C'est assez convaincant, admit Liam. Mais tu oublies une chose. C'est le prêtre qui a donné un faux nom à Erikson, pas Hershall. J'ai vérifié ; ce type est bien répertorié comme agent d'entretien de St. Luke sous ce nom, il a une assurance santé, un loyer, etc.

— Il est vrai que l'attitude du curé est problématique, intervint Brianna. Jamais un vrai prêtre ne s'amuserait à falsifier son identité.

— Bon, acquiesça Mike en dépliant un plan. Admettons que Braewood et Halloran ne fassent qu'un. Voyons si nous pouvons localiser sa planque.

Il étala sur la table le plan de l'hôpital St. Luke étage par étage qu'Erikson lui avait faxé à sa demande. Il ne leur fallut que quelques instants pour identifier le lieu propice.

— Là, juste à côté de la salle de repos des infirmières. Cette réserve, dit-il.

— On peut imaginer qu'il s'y est changé, ajouta Liam. Il y cache un sac avec tout son fourbi et une panoplie de rechange, au cas où son plan tourne mal. Il est sûr que personne ne viendra le déranger puisque l'étage est vide. Aucune infirmière ne passe par là. Si les choses se sont bien passées ainsi, notre homme se distingue par sa prévoyance.

— Qualité première chez un agent double, enchérit Mike. Il revêt une soutane, change de lentilles, et sort le plus tranquillement du monde. Pendant qu'Erikson cherche un employé de l'hôpital, gras et barbu, il a tout le temps de déguerpir sans attirer l'attention.

— Portait-il un sac de voyage, ou quelque chose comme ça ? demanda Brianna.

— Personne ne l'a signalé, dit Liam en feuilletant ses notes. Mais je reposerai la question à Erikson.

— C'est un homme tourmenté, ajouta la psychologue, qui n'avait pas quitté les portraits-robots des yeux. J'ai lu de la haine dans son regard. Et une sorte de rage. Si nous savions ce qui le ronge, nous ferions un grand pas.

— Je t'arrête tout de suite, Brianna, intervint Michael. Ne t'avise pas de vouloir guérir ce type. Il ne t'a d'ailleurs pas demandé ton aide puisqu'il cherche à te nuire.

— Tu sais, certains patients commencent leur thérapie en déversant toute leur agressivité sur leur analyste, c'est bien connu.

— Ce mec est timbré. Et dangereux. Il n'a rien d'un dépressif qui aurait simplement mal vécu son œdipe !

Michael jura intérieurement.

Pourquoi avait-il dit ça ? La situation lui échappait totalement. Jamais il n'avait à ce point confondu boulot et sentiments.

— Si vous voulez bien m'excuser, déclara froidement Brianna. Je vais voir si je peux être utile à Bailey.

— Qu'est-ce qui t'a pris, mon vieux ? dit Liam, une fois que la jeune femme fut sortie. Tu manques un peu d'objectivité ces temps-ci.

— Je la connais, Liam. Si elle se met en tête d'aider ce type, on est fichus. Elle va d'abord relativiser, chercher les causes de son problème, et bientôt, elle fera de lui une victime. Je ne récuse pas la validité d'une telle démarche, mais dans le cas qui nous occupe, tu imagines comme moi ce qu'elle aurait de désastreux. Je tiens à ce que Brianna soit bien consciente du danger qu'elle encourt. C'est elle qui est visée, c'est elle, la victime.

— Ne sous-estime pas l'intelligence de ton ex-femme, Mike. Elle sait très bien à qui elle a affaire. Elle l'a vu de suffisamment près, il me semble.

— Justement. Il se rapproche et c'est bien ce qui m'inquiète. Pour être franc, Liam, j'ai peur de ne pas savoir la protéger. A l'hôpital, on est passés tout près de la catastrophe.

— C'est parce que tu voudrais tout maîtriser. Il y a certaines choses qui nous échappent, il faut l'admettre. Il faut s'organiser pour en restreindre le champ. La bonne vieille méthode, quoi ! Bon, qu'est-ce qu'on fait maintenant ?

Michael lui sourit. Une fois de plus, son associé s'avérait un vrai soutien. Un ami.

— D'abord, tu installes un verrou électronique dans son appartement et son cabinet. En plus, j'aimerais que tu poses une caméra. Dans son bureau.

— Tu crois qu'elle va accepter ? Les médecins sont tenus au secret professionnel, non ? Enregistrer des entretiens à l'insu des patients me paraît contraire à la déontologie. Ça risque de nous coûter notre licence.

— On va s'assurer que la loi nous protège. Avec le rapport que tu as pondu, obtenir un ordre signé du juge ne devrait pas poser de problème. Le lieutenant Mercer nous doit une ou deux faveurs. Vois s'il peut hâter les choses.

— Qu'attends-tu de la caméra ?

— Notre homme a perdu tout contact avec Brianna. Il doit commencer à craquer à l'heure qu'il est. S'il ne sait pas où elle dort, il sait en revanche où elle travaille. Et quelque chose me dit que c'est là qu'il frappera la prochaine fois.

— O.K., je m'occupe de Mercer.

— Choisis la position optimale pour la surveillance. Il

nous faut avoir une vue d'ensemble du cabinet ainsi qu'un plan sur la porte d'entrée.

— T'inquiète, je connais mon boulot. Mais toi, il va falloir prévenir ton ex, mon vieux !

— Je le ferai. Le moment venu.

11

— Mes mots ont dépassé ma pensée, s'excusa Mike, confus.

Assise dans un fauteuil, dans la salle d'attente, Brianna sirotait un café. Elle l'étudia un instant avant de poser sa tasse.

— Je crois, au contraire, que tu n'as jamais été plus sincère.

— Je respecte ton travail, continua-t-il. Je ne pensais pas ce que j'ai dit, je te le jure. Je voulais juste te faire comprendre que…

— Inutile de te justifier, Mike. Nous avons déjà eu ce genre de conversation. Il y a à peu près sept ans, si ma mémoire est bonne.

— Merde, Bria, je flippe totalement !

Brianna lui jeta un regard étonné.

— Oui, j'ai peur, reprit-il. Tu n'imagines pas ce qui m'a traversé l'esprit quand tu m'as appelé de l'hôpital. Quand je pense que tu t'es retrouvée seule avec *lui* dans l'ascenseur… J'étais tellement impuissant… S'il t'était arrivé quoi que ce soit, je ne sais pas ce que j'aurais été capable de faire. Et, depuis, je tourne le problème dans tous les sens, mais en vain. Je ne suis pas sûr d'être à la hauteur…

Etait-ce possible ? Pour la première fois depuis qu'ils se connaissaient, Michael doutait. De lui, de sa capacité à maîtriser la situation, de la marche à suivre. Plus encore, il faisait état de son indécision. Dévoiler ses sentiments n'était pourtant pas son fort. Avait-il à ce point changé qu'il soit capable, aujourd'hui, de reconnaître ses failles ?

— Michael, dit-elle dans un souffle. Je crois vraiment qu'il faut qu'on se parle.

Il acquiesça d'un signe de tête et regarda sa montre.

— Allons déjeuner.

A ce moment-là, Liam sortit du cabinet. Il avait fini l'installation des détecteurs plus vite que prévu.

— Nous allons au Clancy's, lui dit Mike. Qu'est-ce que tu fais ?

— Je repasse au bureau. Je ne voudrais pas perdre de temps. J'ai du pain sur la planche !

— Tu me tiens au courant dès que tu as quelque chose ?

Ils descendirent tous les trois par l'ascenseur.

A peine vingt minutes plus tard, Brianna et Mike étaient assis face à face à une table du Clancy's Club. Ben vint prendre leur commande et s'éclipsa dans les cuisines.

Brianna déplia sa serviette sur ses genoux et resta un instant silencieuse. Perplexe plutôt. En fait, elle était sous le choc. Mike venait d'admettre qu'il n'était pas aussi invulnérable qu'il voulait le laisser paraître. C'était un vrai changement ! Combien de fois, jadis, avait-elle attendu qu'il s'ouvre ainsi à elle, qu'il brise la carapace derrière laquelle il faisait taire sa sensibilité ? Dès qu'elle avait essayé d'aborder avec lui un problème qui lui tenait à cœur, il se taisait. Mutisme complet. Comme s'il avait craint, en exprimant ne serait-ce qu'un début de sentiment, de passer pour un faible ou bien de se faire manipuler. Mike s'était élevé seul, dans la rue, et il en avait intégré les lois. Dans ce monde-là, il fallait choisir son camp : celui des prédateurs ou bien celui des victimes. Et si on voulait survivre, on devait veiller à rester sur ses gardes. Prêt à parer les coups, prêt à les rendre.

Elle l'observa un instant, hésitant à engager la conversation. Elle le sentait les nerfs tellement à fleur de peau qu'elle craignait de le froisser au moindre mot. Le mieux, au fond, était d'attendre qu'il prenne la parole le premier.

— Je suis vraiment fier de ce que tu fais pour les autres, Bria, prononça-t-il enfin en lui prenant la main. Je connais peu de gens qui seraient capables d'un tel dévouement. Si j'ai eu l'air de dévaluer ton travail, excuse-moi.

Il avait l'air sincère. Emu, même.

— Tu sais, en y réfléchissant, je me dis qu'on a choisi une voie similaire, toi et moi, avança-t-elle. Avec tes associés, tu déploies toute ta science pour protéger tes semblables de menaces qui pèsent sur eux. De mon côté, je m'escrime surtout à mettre mes patients à l'abri d'eux-mêmes. Je les aide à reprendre confiance, à se battre, à retrouver un semblant de dignité.

— Nous n'avons pas eu la même enfance, Bria. Et pourtant, nous nous ressemblons. Je l'ai toujours pensé. Peut-être notre mère nous a-t-elle manqué. Peut-être avons-nous à cœur de guérir chez les autres ce qui nous a fait souffrir...

Brianna baissa les paupières. Jamais Michael ne lui avait parlé ainsi. Avec autant de délicatesse. De justesse aussi.

— C'est possible, confia-t-elle à son tour, troublée. Il est toujours complexe de discerner, dans le tissu de nos premières déterminations, ce qui a motivé nos choix les plus essentiels. Mais y réfléchir est certainement un moyen d'apprendre à se connaître.

— C'est sans doute pour cela que tu t'intéresses à la psychologie de celui qui te poursuit. Et je comprends ta motivation. En théorie, même, je l'approuve. Mais la situation m'inquiète et je ne voudrais surtout pas que tu perdes de vue la dangerosité de ce type.

— Je ne suis pas naïve au point de minimiser un risque que j'ai eu moi-même moyen d'apprécier. Depuis que la première photo a passé la porte de mon cabinet, je ne vis plus. Nous sommes dans le même camp, Mike. Moi aussi, je veux voir cet homme hors d'état de nuire.

— Tu me pardonnes pour tout à l'heure ?

— Je ne sais pas, il faut que j'y réfléchisse, dit-elle en manière de plaisanterie.

Mais, en levant les yeux, Brianna fut surprise de la gravité peinte sur le visage de Michael.

— Bien sûr, s'empressa-t-elle de corriger.

En fait, elle ne savait plus trop quoi penser. Evidemment, elle se réjouissait de voir Michael baisser sa garde et se livrer à elle comme jamais il ne l'avait fait. Mais aussi, son désarroi la désemparait. Question d'habitude, sans doute. Mike, autrefois, assurait. Elle le lui reprochait souvent parce qu'il ne laissait pas grande place au dialogue ; en même temps, elle avait sans doute pris le pli de se reposer sur lui. De s'en remettre à ses décisions, à ses certitudes.

Elle comprenait maintenant combien elle avait fait reposer sur lui la responsabilité entière de leur vie de couple. Il avait été à l'initiative de leur mariage, de leur divorce. Elle n'avait fait que se plier à ses décrets. Mais, devant l'aveu qu'il venait de lui faire, aussi minime soit-il au demeurant, elle prenait conscience de son erreur. Mike avait ses fêlures, lui aussi, et il était prêt à le reconnaître. Elle s'était fait l'image d'un homme dur qui refoulait ses sentiments plutôt que de les reconnaître, mais qu'en était-il d'elle-même ?

Ne s'arrangeait-elle pas pour qu'on lui tourne le dos ? N'avait-elle pas encouragé chez lui une tendance au mutisme et à la désertion pour s'épargner à elle-même le risque inhérent à tout engagement véritable ? Elle s'était toujours dit qu'il l'avait poussée au divorce, qu'il l'avait quittée sans remords, mais qu'avait-elle fait pour le retenir ? Son choix de vie, depuis lors, était révélateur. Elle avait préféré fuir le bonheur, rester seule, plutôt que de s'impliquer dans une relation qu'elle préjugeait décevante.

— Je crois que je n'ai pas très faim, murmura-t-elle, les larmes aux yeux, en reposant sa fourchette sur le bord de son assiette.

Sans le regarder, elle prit son sac, se leva et se dirigea vers les toilettes. Il fallait qu'elle se ressaisisse. Et pour cela, elle avait besoin d'être seule.

Elle revint quelques minutes plus tard, sous le regard inquiet de Mike, qui parlait dans son téléphone portable. Sans doute aurait-il été préférable qu'elle s'explique, mais elle n'avait aucune envie de s'appesantir sur des questions qui la mettaient à la torture.

— Du nouveau ? lui demanda-t-elle dès qu'il eut raccroché.

— Tu savais que le portier de ton immeuble a un casier judiciaire ?

— Non, je l'ignorais. Mais tout le monde a droit à l'erreur. Que cet homme ait un casier ne fait pas de lui un criminel. Quand, à seize ans, tu t'es retrouvé devant un juge, tu as eu la chance qu'on ne voie en toi qu'un adolescent en crise. Autrement, tu en aurais un, toi aussi.

— Je n'ai pas oublié ce que ton oncle Robert a fait pour moi, Brianna. Je suis tout à fait d'accord avec toi sur le principe. Mais mon boulot m'oblige à vérifier ce genre d'information.

— M. Farentino est un homme sans histoire, et que tout le monde apprécie pour sa courtoisie et sa gentillesse. Par ailleurs, nous n'avons que peu de contacts. Nous nous croisons tous les matins, voilà tout. Si tu dois t'interroger sur toutes les personnes que je suis amenée à rencontrer, tu n'as pas fini.

— Je te l'ai déjà dit, je n'exclus aucune piste. Je préfère avoir perdu mon temps en investigations inutiles plutôt que d'avoir négligé un détail crucial.

La jeune femme haussa les épaules tandis qu'il se penchait vers elle, les sourcils froncés. Visiblement, il n'était pas d'humeur à rire.

— Bailey m'a également informé que l'ex-mari de ta secrétaire a eu des petits ennuis avec la justice. Tu le savais ?

— Bien sûr, c'est même la raison de leur divorce. Mike, je connais Simone Twardzak depuis bientôt cinq ans. Quand je l'ai rencontrée, elle sortait d'un enfer. Son ex buvait, trempait dans toutes sortes de magouilles et, occasionnellement, la frappait.

— C'est pour cela qu'il s'est retrouvé en taule ?

— Tu veux dire qu'il aurait été inquiété à la suite de mon intervention ? Eh bien non. Il est tombé pour une autre raison. Trafic de stupéfiants, je crois. Quoi qu'il en soit, Simone a su saisir l'occasion pour se libérer de son emprise. Elle est entrée comme bénévole dans l'association, elle a entrepris une thérapie et retrouvé confiance en elle. C'est une femme bien, tu sais, que j'ai embauchée pour son courage et son sérieux. Et je n'ai jusqu'alors pas eu à m'en plaindre. Aujourd'hui, elle vit avec un homme charmant, lituanien, comme elle. Il aime les chats, l'opéra, et la cuisine slave. C'est tout ce que je sais de lui. Tu vois, pas de quoi s'alarmer !

— Tu ne l'as jamais rencontré ? Comment se nomme-t-il ?

— Ecoute, Mike, je comprends que tu ne laisses aucune piste de côté, mais franchement, je ne vois pas ce que ce type aurait à me reprocher…

— J'ai une théorie personnelle. Elle vaut ce qu'elle vaut,

mais jusqu'à maintenant, j'ai plutôt eu à m'en féliciter. Je crois que les gens qui, dans leur couple, entrent dans des processus de soumission, qui sont prêts à aliéner leur volonté jusqu'à perdre toute dignité, ceux-là ont une faille profonde, une fragilité qui en fait des proies faciles pour les manipulateurs. Il y a une réciprocité de fonction entre le bourreau et sa victime, je pense que la psychologue que tu es ne me contredira pas. Ainsi constate-t-on que souvent ces mêmes personnes retombent dans des schémas identiques. En l'occurrence, et malgré les apparences, il se pourrait que Simone soit attirée par un certain type d'homme, dominateur, pervers, voire violent. Encore une fois, j'espère me tromper. Mais si je suis dans le vrai…

— La pauvre a tant lutté pour s'en sortir, et maintenant qu'elle entrevoit le bout du tunnel, il faudrait que… non, c'est impossible !

— Tu connais le nom de son petit ami ? la coupa Michael.

— Je sais seulement qu'il se prénomme David et qu'il a une bonne situation, répondit-elle d'une voix blanche.

— Je me débrouillerai avec ça. Ne t'en fais pas une montagne. Peut-être cette piste ne nous mènera-t-elle à rien. Si le gars est *clean*, ce que je souhaite, on n'en reparlera plus. Mais dans le cas contraire… Il se trouve que ta secrétaire est la personne qui détient le plus d'informations sur toi. Sans parler de tes clés, qu'il t'est arrivé de lui confier. Je ne pense pas qu'elle soit dans le coup, encore qu'il serait prématuré de l'exclure. Mais on a très bien pu se servir d'elle.

Brianna soupira. Il avait raison, sur le fond. Mais soupçonner Simone… C'était comme si toutes les pièces de son univers s'effondraient les unes après les autres. Elle ne pouvait plus s'appuyer sur rien. Ni compter sur personne.

— Il faut impérativement tenir ta secrétaire à l'écart de nos plans, reprit Michael. Si elle t'interroge sur le changement des verrous, tu n'auras qu'à laisser entendre qu'un de tes collègues en a pris l'initiative.

Sans doute Michael avait-il l'impression de progresser dans son enquête. Pour sa part, elle ne savait plus où se tourner. En fait, ce qu'elle aurait voulu, c'était ne plus penser à rien. S'endormir et se réveiller une fois le cauchemar fini.

— Je ne sais pas si j'arriverais à reprendre sereinement un ascenseur, murmura Brianna tandis qu'ils montaient les étages jusqu'à son cabinet. Chaque fois, je revois le visage de Braewood. Ses yeux haineux, vicieux même. Je crois que je vais finir par prendre l'escalier.

— Tant que tu n'es pas seule, tu n'as rien à craindre, assura Mike avec un sourire.

— Je sais, mais c'est plus fort que moi. J'ai l'impression qu'il va surgir de nulle part et me sauter dessus. Si au moins je savais ce qu'il me veut…

— On va l'avoir, je te le promets. Liam est en train de croiser toutes les informations. J'ai le sentiment que quelque chose de concret va ressortir de ses recherches.

Quand les portes s'ouvrirent, Mike ne put réprimer un sursaut. Simone Twardzak était là, devant l'ascenseur, en compagnie d'un homme élégant, la cinquantaine, athlétique malgré ses tempes grisonnantes. Tandis qu'ils s'approchaient d'eux, le type les salua d'un sourire amical tout en remettant en place ses lunettes.

— Tu me rejoins au café, en bas de la rue ? proposa-t-il à la secrétaire avant de reporter son attention sur Brianna et Mike.

— Brianna ! s'exclama Simone. Je vous croyais au tribunal.

— L'audience a été reportée, expliqua Brianna. Je suis venue tout de même pour mettre à jour certains dossiers. Et puis j'ai reçu un patient, ce matin…

— Oh, voici David Malden, mon ami, s'excusa la secrétaire. Il passait juste me dire bonjour. David, voici le Dr Brianna Kent et son ami Mike Landis.

— Heureuse de vous rencontrer, déclara Brianna, Simone m'a souvent parlé de vous.

— En termes élogieux, j'espère ? plaisanta Malden. Toutes mes félicitations pour le prix que vous avez reçu. Je regrette de ne pas avoir pu me rendre à la cérémonie. Le travail, vous savez ce que c'est…

— Oui, David est directeur financier chez Pierce, Alcott et Barney, intervint Simone, une note de fierté dans la voix. Il était dernièrement à Chicago pour superviser la fusion de deux grands groupes industriels.

David baissa les paupières, visiblement gêné d'être ainsi mis en avant.

— J'étais venu inviter Simone à dîner, dit-il pour faire diversion. Je vais aller boire un café le temps qu'elle ait terminé son travail.

— Et si je vous libérais ? proposa Brianna en regardant sa montre. Je n'attends pas de patients, et la retranscription que je vous ai demandée peut attendre demain.

— Oh, merci, Brianna, répondit Simone sans dissimuler sa joie. J'y vais, alors ? Eh bien, passez une bonne soirée, tous les deux.

Une minute plus tard, Brianna et Michael s'installaient dans le cabinet de la jeune femme. Elle avait finalement accepté de faire le point avec lui sur ses patients. Histoire de régler une fois pour toutes la question. Et peut-être de trouver un suspect, et surtout un mobile.

Tandis que Michael prenait place dans l'un des fauteuils, elle ouvrit une armoire et en sortit certains dossiers. Lorsqu'elle eut terminé, il y en avait une vingtaine, qu'elle posa sur son bureau.

— Voilà. Toutes ces patientes ont eu à souffrir de violence conjugale. Quatre d'entre elles ont décidé de quitter la ville et de vivre sous une nouvelle identité. Mais d'autres ont eu moins de chance…

— Je t'interromps une seconde, fit Mike, pensif. Tu ne trouves pas bizarre qu'on ait croisé ta secrétaire et son mec alors même qu'on venait de parler d'eux ? Tu m'as bien dit que tu ne l'avais jamais vu ?

— En effet. Tu crois aux signes du ciel, maintenant ? plaisanta-t-elle en ouvrant une des chemises cartonnées.

— Je sais, c'est idiot, mais j'ai toujours été sensible à ce genre de coïncidences. D'autant que j'ai vaguement l'impression d'avoir déjà vu ce type quelque part… Pour le reste, tu as raison. Simone a l'air heureuse.

— Ce David m'a fait la meilleure impression. C'est un homme sérieux, sur lequel on doit pouvoir compter.

— A quoi reconnais-tu ce genre de qualités ? demanda Michael avec un brin d'ironie.

— Je ne sais pas, une intuition. Son allure générale, disons.

— Attention, madame la psychologue, à ne pas vous laisser aveugler par les apparences. Malden a l'air parfaitement sociable, affable même. Ça ne préjuge en rien de sa personnalité.

— Tu vas te renseigner sur lui ?

— Je vais donner son nom à Liam, en effet. On ne sait jamais.

— Prudence, c'est ça ?

Michael sourit. Depuis qu'ils s'étaient parlé, et même si leur conversation était restée embryonnaire, il se sentait mieux. C'était comme si une sorte de connivence s'était installée entre eux, qui l'avait regonflé. Il avait besoin de sentir que Brianna lui faisait confiance pour continuer. Surtout que tout, dans cette affaire, semblait ne tenir qu'à un fil.

Brianna lut à voix haute un des feuillets, interrompant le cours de ses réflexions :

« Margaret Norman, assassinée par son mari alors même qu'elle s'apprêtait à le quitter. N'aurait pas dû retourner au domicile conjugal. Son mari : ego surdimensionné, blessure narcissique profonde, violent chronique. »

— Ce sont des notes que tu as prises ? Ça fait froid dans le dos.

— En effet. Tu sais, des histoires comme celle-là, il en arrive tous les jours. C'est pour cette raison que nous avons créé le centre d'accueil. Dans l'espoir que les femmes se tournent vers nous plutôt que de se jeter en désespoir de cause dans la gueule du loup.

— Où est ce type, à présent ?

— En prison. Il a pris dix ans. Autant dire qu'il sortira dans un an ou deux pour bonne conduite…

— Je comprends, c'est assez décourageant. Mais que veux-tu ? Notre société repose encore sur des principes archaïques et fortement patriarcaux. Tu n'y peux rien. Il faudra des années pour changer tout ça. Enfin… on peut éliminer ce dossier. Notre détraqué jouit bel et bien de toute sa liberté.

— J'ai ici un cas qui sort de l'ordinaire, continua-t-elle en soupirant. Cette fois, la victime n'est pas la femme. C'est le mari qui est venu me consulter. Il voulait sauver son mariage et son épouse était d'accord pour suivre une thérapie. Tous les deux ont fait de gros efforts pour comprendre l'origine de leurs problèmes conjugaux. A la fin de la thérapie, la femme l'a quitté.

— Comment a-t-il pris la chose ?

— Pendant quelques mois, il a paru s'habituer à son célibat. Jusqu'au jour où il s'est suicidé.

Elle referma le dossier et baissa les yeux.

— Finalement, mon job est assez ingrat. J'accompagne la détresse humaine, je ne la guéris pas. Autant dire que mon pouvoir d'intervention est extrêmement limité. Rares sont les exemples de métamorphoses complètes. Au mieux, mes patients ressortent de mon cabinet en ayant appris à vivre avec leur souffrance. Au pire, ils finissent par laisser tomber. Que pensent-ils de moi à ce moment ? Que pensent leurs proches ? Il serait légitime qu'ils m'en veuillent, qu'ils me reprochent de ne pas avoir fait mon boulot.

Brianna s'arrêta un instant pour masser ses tempes. Michael remarqua ses traits tirés et ses yeux cernés. Il aurait tant voulu qu'elle puisse oublier le détraqué !

— Tu vois, tous ces dossiers sont des cas dramatiques, reprit-elle. Toutes ces familles auraient des raisons de s'en prendre à moi. Mais je perds de vue beaucoup de mes patients. Comment savoir s'il n'y a pas quelqu'un, quelque part, qui m'en veut depuis des années de ne pas l'avoir tiré de misère, ou bien de n'avoir pas su aider celui ou celle qu'il aimait ? Quelqu'un que j'ai traité il y a des années et dont je ne sais plus rien ? Franchement Mike, j'ai l'impression qu'on recherche une aiguille dans une meule de foin !

— C'est un peu le cas ! répondit-il. C'est un grand classique, dans mon boulot. Mon principal adversaire, c'est le découragement. Aussi étrange que cela puisse paraître, compte tenu du nombre immense d'êtres humains qui s'agitent sur la surface du globe, on finit presque toujours par retrouver celui qu'on cherche. A croire que chacun, en tissant le fil de sa destinée, laisse une trace de son parcours.

— Un peu comme dans la salle de gym du Q.G. ? La ligne verte sur le sol ?

— C'est un peu ça, en effet. Bien, donne-moi tous ces dossiers. Je les éplucherai ce soir. En rentrant les noms dans la base de données, on obtiendra peut-être quelque chose.

Brianna ouvrit un placard et en sortit un carton vide.

— Nous rentrons au Q.G. ? demanda-t-elle.

— Sans attendre. C'est Cunningham qui est de garde ce soir ?

— Non, c'est mon tour. Pourquoi ?

— Pour rien. Simple question. Ça veut dire que l'hôpital peut t'appeler à n'importe quel moment ?

— C'est ça. J'espère que mon garde du corps n'a pas le sommeil trop lourd. Il arrive souvent qu'on me réveille en plein milieu de la nuit !

— Ne t'en fais pas. Je ne dors que d'un œil.

Ils allaient sortir lorsque la jeune femme s'immobilisa devant son bureau, le visage blême. Michael referma la porte du bureau, revint sur ses pas et ne tarda pas à comprendre la cause de son changement d'humeur. Dans la corbeille du courrier entrant se trouvait une enveloppe. Une enveloppe de papier kraft. Une enveloppe identique aux quatre autres…

— Tu veux que je l'ouvre ? intervint-il, devant le désarroi de Brianna.

— C'est bon, je vais le faire, répondit-elle d'une voix blanche.

Elle déchira l'enveloppe et sortit la photo avant de la poser d'une main tremblante sur le bureau.

— Kristin ! s'écria-t-elle, horrifiée.

On reconnaissait en effet l'adolescente en train de descendre un escalier, souriant à quelqu'un qui se trouvait hors cadre.

— Mon Dieu, Mike, tu sais comme moi ce que ça signifie !

— Du calme, Bria. Il essaie de te faire flipper, c'est tout. Il pense que tu lui échappes, alors il passe à la vitesse supérieure. Ne s'est-il pas déjà servi de ta jeune patiente pour t'attirer à l'hôpital ? C'est une tactique, rien de plus.

— Tu te trompes complètement ! s'emporta Brianna. Cette fois, il ne s'agit pas d'une simple menace. C'est un vrai chantage. Puisqu'il ne peut pas m'avoir, il va s'en prendre à Kristin.

Depuis leur retour au Q.G., Mike avait passé une heure au téléphone. Il referma son portable et s'approcha de Brianna qui regardait par la fenêtre de son bureau, l'air absent.

— A partir de maintenant, Kristin McFarland est sous surveillance discrète. Tu n'as plus de raison de t'inquiéter pour elle. Liam s'en occupe.

— La morgue est remplie de gens qui se croyaient en sécurité, répondit Brianna, incapable de rester en place.

Mike lui prit les mains et lui déposa un baiser dans les cheveux.

— Allons, Bria, essaie de ne plus y penser. Fais-moi confiance.

— Comment veux-tu que je pense à autre chose ? s'exclama-t-elle. Par ma faute, une jeune fille innocente est en danger. Une jeune fille qui est venue vers moi pour solliciter mon aide. Et tu voudrais que je reste là sans rien faire ?

— Je sais, c'est difficile à supporter. Mais notre détraqué a sûrement misé là-dessus. La pire erreur serait de te précipiter chez Kristin. Il n'attend que ça.

Brianna sentait la chaleur corporelle de Michael l'entourer. Comme elle aurait aimé se réfugier dans ses bras, *oublier*…

Il savait si bien la rassurer. Seulement voilà, celle qu'il fallait protéger, réconforter, c'était Kristin ! Et puis Dieu sait où la mènerait encore sa faiblesse. C'était vrai, dans les bras de Mike, elle oubliait tout. Jusqu'au plus élémentaire bon sens ! Entretenir l'ambiguïté ne constituerait qu'un leurre de plus. Puisque, de toute façon, Mike et elle n'avaient aucun avenir commun.

— Je vais essayer de dormir un peu, déclara-t-elle en se dégageant.

— Madame Kent, au secours !

Brianna courait, hors d'haleine. Encore un pas vers l'endroit d'où venait le cri. Chaque enjambée lui coûtait. Elle trébuchait, ses talons glissaient sur le carrelage du long couloir. Un couloir sans fin, obscur. Un couloir d'hôpital où grésillait un néon. Sous ses pieds, noire et épaisse, une mare croissait, rampante, contrariant sa course.

— Kristin ? Où es-tu ? Réponds-moi !

— Aidez-moi, je vous en prie !

— J'arrive ! J'approche. Mais il faut me dire où tu te trouves !

Son sang refluait contre ses tempes, sa tête était lourde, lourde. Où avaient-ils donc caché l'interrupteur ? Pourquoi faisait-il si noir ?

— Elle est ici.

La voix masculine avait déchiré la nuit. Une voix glaciale, morte. Elle se retourna brusquement. Derrière elle, Leonard Braewood, immense, la toisait de son regard haineux. Elle ne vit rien, d'abord, que ses deux yeux cruels. Et puis l'image se fit plus nette. Le monstre tenait Kristin ! D'une main serrée autour du bras de la jeune fille, il l'obligeait à rester à genoux, devant lui, tandis que de l'autre il agitait un couteau autour de son visage, un couteau animé d'une étrange lueur. Tout à coup, la lame étincela. Un cri. Et puis, devant les yeux écarquillés de Brianna, la chair, ouverte, pendante, d'où le sang dégouttait en long ruban.

— Non! hurla-t-elle.

Mais aucun son ne sortit de sa bouche. Tout était fini. Elle ne pouvait plus rien. Sinon crier, dans le silence. Dans l'odeur âcre du sang. Déjà, il n'y avait plus rien. Personne devant elle. Que ce liquide épais, visqueux, envahissant la pièce. Elle allait se noyer.

Brianna se réveilla en sueur et tâta dans l'obscurité pour trouver l'interrupteur. Seule dans le grand lit, vide et froid. Quel affreux cauchemar… Elle passa une main dans ses cheveux et se redressa sur ses oreillers, hagarde. Où était-elle ? Il lui fallut quelques secondes pour reconnaître la chambre. Mike dormait, de l'autre côté du couloir. Elle était en sécurité. Et Kristin allait bien. Elle l'avait eue au téléphone juste avant de s'endormir.

Elle avait rêvé… Mais elle avait beau se convaincre que rien de ce qu'elle avait vu n'était réel, les images persistaient. Ce sang. Ces yeux terribles. Elle en tremblait encore. Braewood n'était pas seulement le fruit de son imagination. Il était bien réel. La haine qu'elle avait lue dans ses yeux était bien réelle. Et il était là, dehors, quelque part, tapi dans l'ombre, prêt à bondir sur sa proie. Un dément, assoiffé de sang et qui ne s'arrêterait pas avant de s'être rassasié.

Elle sentit des larmes couler sur ses joues. Des larmes qu'elle avait trop longtemps retenues. Elle en avait assez. Assez de devoir paraître forte, alors qu'elle mourait de peur.

Ces dernières semaines, elle avait vécu l'enfer, jour après jour. L'insomnie, le doute, l'angoisse permanente, et la nécessité de donner le change pour n'inquiéter personne, pour prouver qu'elle faisait face. Mais elle avait atteint ses limites. D'autant que ses retrouvailles avec Mike étaient venues ajouter encore à son trouble, réveillant de bien douloureux souvenirs. Attisant aussi des désirs inavoués.

Elle essuya ses larmes d'un revers de la main et se leva, sans plus réfléchir. Elle regretterait sans doute sa décision, mais, cette nuit, elle avait besoin de lui pour ne pas perdre définitivement la raison.

Michael ne chercha pas à comprendre. Elle était là, près de lui. C'est tout ce qui comptait. Il releva la couette et elle se glissa contre lui. Son visage était humide de larmes, elle paraissait perdue. C'était une chose qui l'avait toujours ému chez elle. Il y avait tant de force en elle, et pourtant une peur enfantine, parfois, prenait le dessus.

Il se souvenait du jour où, au début de leur mariage, elle s'était ainsi réfugiée dans ses bras, pâle, tremblante, la poitrine soulevée de lourds sanglots. Quelques jours auparavant, elle pensait être enceinte. Ils avaient couru les magasins, juste pour intégrer l'événement, le rendre plus réel. Ils étaient heureux. Mais elle n'était pas enceinte. Quand le verdict était tombé, elle s'était littéralement effondrée. Comme un enfant qu'on abandonne et qui n'a plus rien, plus personne. Et il n'avait pas trouvé les mots pour la consoler. Il s'était mis à raisonner, à parler de leur situation financière, à jouer l'article de la prudence en considérant qu'après tout, rien ne pressait, bref, il n'avait rien compris. Elle attendait de lui qu'il la console, quitte à la bercer d'illusions…

— Fais-moi l'amour, Mike, l'entendit-il prononcer.

Il la tenait dans ses bras, il sentait sa peau douce contre

la sienne, il brûlait de répondre à sa demande. Quitte à la perdre de nouveau. Mais, dans le même temps, il refusait cette demande. Parce qu'il attendait bien plus d'elle, parce qu'il ne voulait pas la voir partir une deuxième fois. Parce qu'il n'y résisterait pas.

— J'avais tort, Mike, ajouta-t-elle en caressant son torse. Inutile de faire des projets d'avenir, de vouloir absolument construire du solide. Qui sait de quoi demain sera fait ?

— Une aventure, hein ? répondit-il, un rien amer.

— C'est ce que tu voulais, non ?

Il posa ses lèvres sur les siennes pour ne pas avoir à lui répondre. Il n'était plus sûr de rien. Sinon qu'une seule nuit ne le rassasierait pas. Sinon qu'il avait envie de lier ses jours aux siens. Sans faux-semblants, cette fois. Il était prêt à se battre pour ça. Mais elle ne le croirait jamais.

12

Le souffle de Brianna sur son cou l'éveilla. Il resta un moment immobile, à l'écouter respirer. Elle était dans ses bras, il ne rêvait pas. Jamais, en sept ans, il ne s'était autorisé à penser qu'une telle éventualité puisse un jour se reproduire. Question de survie. S'en tenir à cette règle : pas de regrets, aucune illusion. Et elle était là…

4 h 12. Il n'avait fait que somnoler, maintenu éveillé par son désir. Mais elle dormait si bien… Ce n'était pas le moment de la réveiller. D'abord, parce qu'elle était épuisée et qu'elle avait vraiment besoin de repos. Et puis parce qu'avec le jour s'évanouissait la magie de la nuit, c'était bien connu. De leur plaisir, il ne resterait plus, à leur réveil, qu'un vague sentiment de culpabilité, un malaise en somme que l'un et l'autre préféreraient esquiver. Brianna, il en était convaincu, s'en voudrait de s'être donnée à lui. Son amour-propre reprendrait le dessus sur son élan spontané. Ses angoisses, aussi.

Qu'attendait-elle de lui, alors ? Il avait bien des fois gambergé autour de cette question. Et d'expérience, plus il croyait tenir la réponse adéquate, plus il se trompait ! En l'occurrence, elle serait sans doute rassurée qu'il minimise ce qui s'était passé entre eux la nuit derrière. Simple attirance physique, contrecoup d'une journée riche en rebondissements… Il connaissait le refrain par cœur. Cependant, il n'avait pas envie de lui mentir. Quoi qu'elle soit en mesure d'entendre, ou d'accepter, il voulait avant tout être sincère. Et lui faire savoir à quel point il tenait à elle. Et cela, même si elle le croyait définitivement incapable de s'engager.

Le téléphone, sur le chevet, émit une petite sonnerie. A cette heure-ci, ce ne pouvait être que son associé. Il se saisit du combiné.

— Mike ? C'est Liam, entendit-il.

— Mmm ?

— Il faudrait que vous rappliquiez. Je suis chez Kristin McFarland. Elle s'est disputée avec son petit ami et je viens de la retrouver en bas de l'escalier, sans connaissance. J'ai prévenu la police, et les pompiers sont en route mais…

— Reste où tu es. On arrive.

— Mike ? murmura Brianna d'une voix embuée de sommeil.

— Habille-toi, Bria. Liam vient d'appeler. Kristin a eu un accident.

— Braewood ? s'exclama-t-elle en s'éveillant tout à fait.

— Je ne sais pas. Je t'expliquerai en route.

Les gyrophares des voitures de police et de l'ambulance projetaient leurs lumières crues sur les visages des badauds, attroupés devant l'immeuble où habitait Kristin. Sur le trottoir, Liam était en grande conversation avec un officier de police. Brianna sauta hors de la voiture. Descendant du véhicule de secours, deux ambulanciers entrèrent dans l'immeuble, une civière à la main.

— Que s'est-il passé, Liam ? s'enquit-elle, rongée d'inquiétude.

— Kristin et son copain ont commencé à s'engueuler. Comme les fenêtres étaient ouvertes, tout le monde en a profité. Apparemment, le gars lui avait pris de l'argent. Enfin, il a fini par s'en aller, fou furieux ; il est sorti de l'immeuble en trombe, sans prendre la peine de claquer la porte. Le calme est revenu, pendant peut-être cinq minutes. C'est là que j'ai entendu un cri. Je me suis précipité à l'intérieur. La lumière était éteinte et Kristin gisait en bas de l'escalier. Evanouie.

— Un accident ? demanda Mike.

— Elle a repris ses esprits assez vite et m'a dit avoir été poussée. Selon elle, il y avait un type dissimulé sur le palier, dans l'ombre. Mais elle essaie peut-être de couvrir son mec, si c'est lui qui a fait le coup. Je ne suis sûr de rien, mais il a vraiment l'air d'une petite frappe. Le genre à avoir un casier.

— Tu n'as vu personne ?

— Pas un chat. Mais le temps que j'aide Kristin à reprendre pied et que j'appelle les secours… S'il y avait vraiment quelqu'un, il a eu largement l'occasion de filer.

— Comment ça, *si* ? s'insurgea Brianna. Pourquoi Kristin mentirait-elle ?

— C'est une éventualité, répondit Liam en haussant les épaules. Une hypothèse de principe. Le fait est en tout cas que quelqu'un a pu s'échapper par l'escalier de secours sans aucun problème.

— Il vous paraît donc possible que ce ne soit pas son petit ami qui l'ait poussé ?

— Je reste prudent. Disons que c'est une éventualité qu'on ne peut pas écarter.

Brianna bouillait littéralement. Elle commençait à en avoir assez de cette rationalité de convenance. Braewood avait été clair. Son projet était de s'en prendre à Kristin. Il ne pouvait s'agir d'une coïncidence ! Les secours ressortaient, emportant la jeune fille sur le brancard.

— Nous pouvons suivre l'ambulance en voiture, proposa Mike en la retenant par le bras, alors qu'elle se précipitait vers sa patiente.

Elle se dégagea brusquement. Il *fallait* qu'elle voie Kristin.

Que l'adolescente sache qu'elle pouvait compter sur elle, qu'elle n'était pas seule.

— Madame Kent…, murmura la jeune fille, les yeux mi-clos.

— Je suis là, Kristin, répondit Brianna en suivant la civière. Ne vous inquiétez pas, je viens avec vous à l'hôpital.

Mike se retourna vers O'Shea.

— Tu crois que quelqu'un était dissimulé dans l'immeuble ? J'ai besoin de le savoir, Liam.

— Franchement, Mike, je n'en ai pas la moindre idée. Tout ce que je sais, c'est que la fille est prête à tout pour protéger son petit ami, quoi qu'il lui fasse endurer. Elle ne voulait pas que j'appelle la police, de peur qu'ils l'arrêtent. Elle a l'air plutôt accro, si tu veux mon avis. Au point de mentir pour le couvrir.

Les brancardiers fermèrent les portes et l'ambulance se mit en route, toutes sirènes hurlantes.

— Allons-y, dit Michael à Brianna, lui prenant le bras.

Ils attendaient dans la salle d'attente des urgences depuis quatre heures. Le médecin de garde était simplement venu les prévenir que la jeune femme était entrée au bloc avec de multiples fractures et des contusions, ainsi qu'une entaille assez profonde à l'arcade sourcilière. Rien qui mette ses jours en danger. La bonne nouvelle, c'est que le bébé n'avait pas souffert.

D'après le récit de Liam et ce qu'elle savait de la situation de Kristin, Brianna se figurait assez bien ce qui avait dû se passer. Liam avait suivi la jeune femme et son petit ami, de retour d'une fête. Ils étaient arrivés à l'appartement vers 4 heures. Ensuite, ils s'étaient disputés. Apparemment, le type avait besoin d'argent et il venait de mettre la main sur les quelques dollars que Kristin avait économisés. Non content de la mettre enceinte et de la laisser seule, il fallait encore qu'il la vole ! Enfin, il avait sans doute pris le dessus et s'était enfui avec l'argent, à peine un quart d'heure plus tard.

Du pain bénit pour Braewood ! songea-t-elle en crispant les mâchoires. Qu'avait fait ce malade pendant tout ce temps, sinon guetter, attendre son heure ? Son passe-temps préféré, en somme. Puisqu'il avait décidé de s'en prendre à Kristin, il s'était certainement mis en position dans la cage d'escalier bien avant qu'elle ne revienne de sa soirée.

— Je ne comprends pas pourquoi vous persistez, Liam et toi, à supposer que Kristin a menti, s'interrogea-t-elle à voix haute. Alors qu'il est évident que son petit ami n'est pour rien dans tout ça. Puisque Liam l'a vu sortir de l'immeuble *avant* que Kristin ne tombe…

— Il a pu rentrer par une autre porte, allégua Mike. Peut-être avait-il oublié quelque chose.

— Pourquoi ne pas emprunter la porte principale ? Elle était restée ouverte, ne l'oublie pas. Et puis il ignorait que quelqu'un surveillait Kristin. Non, ça ne colle pas.

— Et si c'était un accident ? Ta protégée avait peut-être bu ? Ou bien avalé une substance illicite ? Elle a voulu le rattraper et est tombée dans l'escalier.

— Pourquoi se serait-elle inventé un mystérieux agresseur ? Je veux bien admettre qu'elle cherche à couvrir son copain ; elle lui passe tout, d'ailleurs, et accepte de lui n'importe quoi. Mais s'il s'agit d'un accident, elle pouvait le dire. C'était la manière la plus simple de le disculper.

— Ouais, je sais que nos conjectures ne tiennent guère la route, avoua Michael.

— Il n'y a qu'une manière de voir les choses, Mike. C'est

Braewood, ou appelle-le comme tu veux, qui l'a poussée. Il a mis sa menace à exécution.

Michael resta un instant silencieux.

— Bria, dit-il enfin, je sais que je n'ai pas été à la hauteur. Tu as sûrement raison, Braewood nous a filé entre les doigts une nouvelle fois. Mais j'aimerais qu'on rentre ensemble au Q.G. Je sais que tu t'inquiètes pour Kristin, mais tu devrais te reposer un peu. La petite est entre de bonnes mains ; elle va sûrement dormir. Tu reviendras la voir plus tard. Rester ici n'a aucun intérêt, sinon d'ajouter à ton stress.

— Parle pour toi, Mike. Je suis l'évolution de Kristin depuis trop longtemps pour la laisser seule dans un moment pareil. Je ne quitterai pas l'hôpital avant de lui avoir parlé.

— Bria, te rends-tu compte que tu entres complètement dans le jeu de Braewood. Ne te trompe pas. A travers ta patiente, c'est toi qu'il vise. Il joue avec toi et il pilote tes réactions. En agressant Kristin, il s'est arrangé pour que tu sortes de ta tanière, pour que tu viennes ici, dans cet hôpital. Crois-moi, il a tout prévu. S'il avait voulu la tuer, il l'aurait fait. Non, son seul but est de t'amener là où il a envie de te conduire. D'abord, pour vérifier qu'il exerce toujours le contrôle sur toi.

Brianna savait que Michael avait raison.

— C'est vrai, j'ai l'impression d'être une marionnette dont il agite les fils.

Elle s'interrompit et prit une grande inspiration.

— Faisons un marché, reprit-elle enfin. On attend d'avoir vu le Dr Andrews, on prend des nouvelles de Kristin et on y va. Mais j'aimerais plutôt qu'on passe à SafeNet. Je crois que Liam s'y trouve. J'aimerais lui poser quelques questions.

— Brianna, soupira Mike. Celui qui te traque semble bien te connaître. Peut-être même le croises-tu régulièrement. En tout cas, il sait combien tu t'es prise d'affection pour cette jeune fille. Qui nous dit qu'il ne se trouve pas dans cet hôpital, en ce moment ?

— Cesse de m'effrayer, Mike ! J'ai en tête tout cela, mais je n'abandonnerai pas Kristin. Elle n'a que dix-sept ans ! C'est une gamine ! Elle s'est coupée de sa famille, elle n'a plus d'amis depuis qu'elle fréquente ce délinquant, elle n'a que moi. C'est déjà un miracle qu'elle n'ait pas abandonné sa thérapie. Et tu voudrais que je pense d'abord à moi ? Désolée, mais je ne suis pas d'accord.

Avant que Michael ne puisse lui répondre, les portes battantes au fond du couloir s'ouvrirent et un homme grisonnant, en blouse blanche, se dirigea vers eux. Il paraissait épuisé.

— Madame Kent, dit-il en lui donnant une poignée de main.

— Bonjour, docteur Andrews. Voici Mike Landis.

Le médecin esquissa un signe de tête un peu las et serra la main de Mike.

— C'est une jeune femme solide, déclara-t-il en les observant derrière ses lunettes. Ses fractures se répareront très vite. Elle n'a pas perdu trop de sang et le fœtus semble ne pas avoir été atteint. L'entaille qu'elle a au-dessus de l'œil a été recousue, il ne devrait pas y avoir de complications. Nous lui avons administré de quoi calmer la douleur, si bien qu'elle risque d'être un peu groggy en se réveillant. Mais vous pourrez la voir dans quelques heures.

— Merci, docteur. Avez-vous prévenu la famille ?

— Nous n'avons pas leurs coordonnées. En fait, vous êtes la seule personne que la petite a indiquée aux pompiers, sur le trajet. Elle a aussi demandé qu'on ne laisse pas un certain Kingston l'approcher. Son petit ami, d'après ce que j'ai compris.

— Peut-être Kristin s'était-elle enfin décidée à rompre. Jusqu'à la prochaine fois…, commenta Brianna, désabusée.

— J'allais oublier, dit Andrews en leur serrant la main pour prendre congé. Anna, à l'accueil, m'a demandé de vous prévenir qu'elle avait reçu quelque chose pour vous.

Elle échangea un regard inquiet avec Mike et ils se hâtèrent vers la réception.

— Je suis madame Kent, annonça-t-elle à l'infirmière de garde.

— Ah, oui. Ceci vient d'arriver pour vous.

La standardiste fit pivoter sa chaise et lui tendit une enveloppe.

— Si vous voulez bien signer le récépissé.

Brianna s'exécuta et prit l'enveloppe. Format lettre, papier blanc on ne peut plus ordinaire ; et de plus petite taille que celles qu'elle avait reçues auparavant.

Elle remarqua tout de suite que le papier faisait une légère bosse au niveau du coin inférieur droit. De quoi pouvait-il bien s'agir ? Etrangement, elle n'osait pas la décacheter. Mike, lui aussi, retenait son souffle. Il se tenait tout près d'elle, parfaitement immobile, aux aguets. Enfin, elle se décida à l'ouvrir et regarda à l'intérieur. Elle contenait une feuille de papier jauni, pliée en quatre, d'où tomba un minuscule anneau d'argent ; un K miniature y pendait, au bout d'une chaînette.

— Une boucle d'oreille ? demanda Mike.

— Non, balbutia-t-elle, tremblante. C'est le piercing de Kristin. Elle le portait à l'arcade sourcilière.

Elle se sentait comme pétrifiée. Incapable du moindre mouvement. Surtout, elle redoutait par avance de déplier la missive qui était jointe au bijou. Sa tension devait être perceptible, parce que Michael tendit le bras et s'en saisit. Il la parcourut, une fois, deux fois et resta un instant comme pétrifié, avant de reposer le papier sur le comptoir de l'accueil.

Brianna y jeta un coup d'œil et sentit son sang se glacer, comme si chaque mot était un coup de poignard :

« ASSEZ JOUÉ GARCE.

» MAINTENANT C'EST TON TOUR. »

— Où est Liam ? s'enquit Michael en pénétrant dans les locaux de SafeNet.

— Il a reçu un coup de téléphone et a filé il y a une heure environ, expliqua Bailey. Il a dit qu'il appellerait vers 14 heures. Il ne devrait pas tarder, ajouta la secrétaire en regardant sa montre.

— Nous devons repasser à l'hôpital. Je le contacterai de mon mobile.

Ils sortirent du bureau et s'engouffrèrent dans un taxi. Brianna se sentait épuisée. Ils étaient passés au Q.G. vers 10 heures pour prendre une douche et déjeuner, puis Mike avait tenu à passer au peigne fin l'appartement de Kristin.

Sans succès. Braewood était un fantôme. Ils n'avaient trouvé aucune empreinte, aucune trace de sang, rien de suspect. L'impasse complète. A St. Luke, déjà, ils avaient fait chou blanc. Le dingue avait réussi à déposer une lettre à l'accueil sans que personne ne s'en aperçoive ! D'après la standardiste, elle avait trouvé l'enveloppe adressée à Mme Kent en revenant de sa pause. La collègue qu'elle avait remplacée n'avait rien remarqué de louche. Il avait donc fallu que Braewood profite de deux minutes tout au plus, entre les deux services, pour déposer son petit « cadeau » et déguerpir. C'était à s'arracher les cheveux. Brianna était partagée entre deux sentiments contraires : d'une part, elle savait que, en se rapprochant d'elle, son traqueur prenait de plus en plus de risques et qu'au fond il se préparait à l'assaut. L'acte barbare qu'il venait de commettre montrait assez sa détermination. D'autre part, elle avait l'impression que son numéro de marionnettiste n'aurait pas de fin. Qu'elle était vouée à vivre sous sa menace jusqu'à la fin de ses jours.

Elle sentait aussi que Michael doutait. C'était perceptible. Rien n'est plus terrible que de redouter une situation imminente à laquelle on ne peut donner de contours.

Ils étaient devant la chambre de Kristin, gardée par deux agents de la police new-yorkaise, quand le bipeur de Mike sonna. C'était un message de Bailey.

— Il faut que j'appelle Liam, dit-il. Reste près de Kristin, le lieu est sûr. Je te rejoins tout à l'heure.

Il redescendit à l'accueil, entra dans une cabine téléphonique et composa le numéro de SafeNet.

— Bailey ? Du nouveau ?

— O'Shea est au labo. Je te le passe.

Deux secondes plus tard, Liam prenait l'appel. Son ton était inquiet.

— Ça n'a pas l'air d'aller fort, risqua Michael. Tu as découvert quelque chose ?

— Ça se pourrait bien. Comment va Brianna ? Elle encaisse le coup ? Bailey m'a appris pour la lettre.

— Elle assure. Mais on dirait que ça se précise. Je t'avoue que je patauge complètement, alors si tu as du neuf, accouche !

— O.K., vieux. Accroche-toi. D'abord, je suis passé au Département d'Etat ce matin. Washington m'a faxé la liste que j'avais demandée. On tient quelque chose…

— Je t'écoute…

— J'ai épluché un sacré paquet de patronymes. Et bingo ! J'ai trouvé un soldat de première classe : Leonard Braewood appartenant au 183e régiment d'intervention spéciale, des durs à cuire, si on en croit les rapports qu'on m'a fournis !

— C'est donc son vrai nom ? Il n'aurait donc pas utilisé de pseudo ?

— Attends, je n'ai pas fini ! Il y avait aussi dans la liste un sous-lieutenant, Patrick Halloran…

— Alors là, je ne comprends plus !

— Mais si ! On a tapé dans le mille, mon pote. Notre gars a bien été soldat, peut-être même un fumier de tortionnaire. Le dossier du 183e ne sent pas très bon. Sans l'intervention de Stevenson, je ne suis pas sûr qu'on m'aurait refilé le bébé. Il y a là-dedans un certain nombre de mecs qui ont complètement disjoncté et qu'on a dû rapatrier dare-dare, si tu vois ce que je veux dire. Mon idée, c'est que notre cinglé en fait partie. Il s'est servi du nom de ses camarades de chambrée pour se couvrir. Ça lui fait une sacrée liste de pseudos…

— Si je comprends bien, on a le choix entre une cinquantaine de noms…

— A peu près, oui. Mais ce qui me reste à te dire va sûrement te plaire. J'arrive à l'instant du cabinet de ton ex-femme. Ce matin, à 9 h 37 précisément, une des alarmes s'est déclenchée.

— Quoi ? Tu veux dire que quelqu'un a forcé la porte ?

— Non, il avait la clé. Mais la caméra a rempli sa fonction. Si on ignore toujours son nom, on a sa tronche, mon vieux !

— Tu l'as reconnu ? demanda Michael, bouillant d'impatience. Il est dans tes dossiers ?

— Disons qu'on a sa physionomie générale. Tu sais, la coupe militaire a tendance à uniformiser l'apparence. D'autant que les années ont passé. J'ai éliminé les profils qui ne me semblaient pas correspondre, mais il reste encore du choix. J'aimerais que Brianna le voie. Peut-être pourra-t-elle l'identifier.

— D'accord, on arrive. Au fait, qu'est-ce que l'intrus est venu faire dans le bureau de Brianna ?

— Il a planqué un micro dans la bouche d'aération du plafond.

— Tu y as touché ?

— Tu délires ! C'est une preuve.

— Je te reconnais bien là, Liam. En plus, j'aime autant qu'il pense qu'on n'est pas au courant.

— J'ai extrait des images de la bande vidéo. On a un portrait à peu près correct. Je vais interroger la base de données du Pentagone. En recoupant nos informations, on va bien réussir à lui coller un nom. Je parierai que d'ici quelques heures, il fera moins le malin !

Mike raccrocha. Soulagé. Excité, même. Enfin, les choses avançaient. Ils avaient un visage, une preuve, de quoi envoyer le type à l'ombre pour un bon bout de temps. D'autant plus s'il avait un passé sulfureux.

Tout à coup, Michael crispa les mâchoires. Evidemment, il restait un problème. Et de taille. Dans la précipitation des événements, il n'avait pas pris le temps de prévenir Brianna que Liam avait installé une caméra…

Brianna referma doucement la porte derrière elle. Lorsqu'elle posa la main sur l'avant-bras de l'adolescente, celle-ci ouvrit les yeux. Sans son maquillage gothique et ses cheveux ébouriffés, Kristin ressemblait plus à ce qu'elle était. Une enfant. Fragile. Innocente.

— Bonjour, Kristin. Comment vous sentez-vous ?

— Je… je ne veux plus jamais voir Billy. C'est un salaud. Il m'a fauché toutes mes économies. C'était pour le bébé…

— Calmez-vous. Nous en reparlerons plus tard. Pour le moment, ne songez qu'à vous reposer. C'est aussi important pour vous que pour le bébé. Vous avez eu de la chance, mais vous auriez aussi bien pu perdre votre enfant. C'est extrêmement grave.

— Mais Billy n'est pour rien dans mon accident. Un type m'a sauté dessus, je vous jure.

— Je sais, Kristin. La police s'en occupe. J'essaie simplement de vous faire comprendre qu'il est temps que vous vous fassiez un peu plus confiance. Votre petit ami ne vous apportera que des ennuis. Vous êtes jeune, la vie peut encore vous sourire. Si vous tentiez de reprendre contact avec votre famille ? Je suis sûre que vos parents s'inquiètent, même s'ils n'ont pas trouvé les mots pour vous le dire. Donnez-leur une chance, à eux aussi. Vous voulez bien y réfléchir ?

L'adolescente resta silencieuse, mais des larmes lui montèrent aux yeux.

— Si vous le voulez, je peux essayer de les joindre, de leur expliquer…

— Merci, répondit-elle simplement en baissant les paupières. Je ne sais pas ce que j'aurais fait sans vous.

— Reposez-vous. Je vous appellerai dans la soirée pour prendre de vos nouvelles, promit Brianna en lui souriant.

Lorsqu'elle sortit de la chambre, elle trouva Mike en grande agitation. Une tasse de café à la main, les cheveux passablement ébouriffés, il faisait les cent pas devant la porte.

— Comment va-t-elle ? demanda-t-il.

— J'ai l'impression qu'elle va s'en tirer. Et pas seulement physiquement. J'ai senti qu'elle était prête à faire une démarche vers sa famille et…

— Brianna, il faut que je te parle.

La gravité du ton qu'il avait employé l'étonna. Selon toute apparence, il avait du nouveau.

— Bien, balbutia-t-elle en jetant un coup d'œil aux deux flics. On va trouver un endroit plus tranquille, si tu veux bien.

Ils s'installèrent dans une salle de repos destinée au personnel hospitalier.

— J'allais t'en parler, commença Michael. Si j'avais su que les événements se bousculeraient si vite…

— Me dire quoi, Mike ? Sois plus clair, tu m'inquiètes à la fin !

— J'ai demandé à Liam d'installer une caméra de surveillance dans ton bureau.

— Tu plaisantes ?

— Un appareil ultrasensible qui se déclenche au moindre mouvement, continua Mike. Nous avons obtenu un mandat auprès du juge. Si je ne t'en ai pas parlé plus tôt, c'est parce que je savais que tu serais contre. Pourtant, je n'avais pas le choix. J'étais certain que ton traqueur essaierait de nouveau de te mettre sur écoute. Ton cabinet constituait le lieu idéal. Et le fait est que, ce matin, quelqu'un y a pénétré pour installer un nouveau mouchard. La caméra a tout enregistré. On tient notre homme.

— Tu sais qui il est, alors ?

— Liam a fait un tirage photo d'après la vidéo. On compte sur toi pour l'identifier.

— Très bien. Je suppose qu'ensuite ma vie pourra reprendre un cours normal, déclara-t-elle en se levant brusquement et en s'écartant de lui.

— Je savais que tu serais en colère, argua Mike. Mais comprends-moi, j'essaie de te sauver la vie.

— Tu crois que je l'ignore ? éclata-t-elle. Oui, je suis furieuse, Mike, mais pas pour les raisons que tu crois. Cette histoire de caméra m'indiffère. Ce que je ne supporte pas, c'est que tu sois incapable de me faire confiance ! Comme toujours, tu as agi à ton idée, sans me consulter. Tu te moques pas mal de mon avis. Si rien ne s'était passé, je suppose que tu ne m'aurais rien dit. Je me trompe ?

— Oui, tu te trompes. J'attendais l'occasion, c'est tout.

— Ça t'a permis d'obtenir ce que tu voulais.

— Que veux-tu dire ?

— Que tu n'as pas pris le risque de me prévenir avant d'avoir couché avec moi, voilà ce que je veux dire !

— Brianna, tu es injuste…

— Ah bon ? tonna-t-elle en ouvrant la porte. Venant de toi, je prends ça pour un compliment !

— Va-t'en, si c'est tout ce que tu as à me proposer. Mais ne viens pas me reprocher ensuite d'être incapable de communiquer !

Elle s'immobilisa, la main sur la poignée.

— Je te rappelle que ce n'est pas moi qui suis partie…

— Peut-être pas, mais tu n'as pas dépensé beaucoup d'énergie pour me convaincre de rester !

— Qu'en sais-tu ? Tu n'étais pas là ce jour-là ! Je tournais en rond dans notre appartement miteux, en attendant que tu rentres de ton travail. D'habitude, tu appelais, quand tu avais un contretemps.

Les souvenirs affluaient, amers. Et, à mesure qu'ils remontaient à la surface, elle sentait sa gorge se nouer. Elle avait l'impression qu'ils s'étaient quittés la veille.

— Au lieu de ta voiture, c'est celle de mon père que j'ai vue arriver, reprit-elle, haletante. Et il n'était pas seul. Marcus Boynton, l'avocat de la firme, était avec lui et m'apportait les formulaires du divorce pour que je les signe. Quand j'ai reconnu ton paraphe, j'ai cru que j'allais m'évanouir. Et l'encre était à peine sèche que tu avais déjà disparu.

— C'est vraiment ce que tu crois ?

— C'est la vérité, Mike ! C'est comme ça que les choses se sont passées !

— De quoi te plains-tu ? C'est bien ce que tu voulais, non ? Tu viens de le dire, on vivait dans un trou à rats, tu gambergeais toute la journée. Tu devrais plutôt me remercier de t'avoir libérée ! Tu as pu reprendre une existence décente, après. Des études brillantes en Angleterre, enfin, tout ce dont rêve une fille de ton milieu. Je ne me suis jamais fait d'illusions, Bria. Je sais très bien que tu ne m'as épousé que pour provoquer ton père.

— Arrête, Mike. C'est faux, et tu le sais. Je n'ai jamais compris que tu aies pu signer ces papiers, que tu sois parti sans même essayer de tenir tête à mon père.

— A quoi bon ? Tu crois que j'ignorais ce qu'on disait en ville ? J'en avais assez du mépris des gens, d'être traité comme un opportuniste.

— Si l'avis des autres comptait tant pour toi, pourquoi m'avoir épousée, alors ?

— Parce que j'étais jeune, naïf. Parce que j'y croyais. Je pensais qu'on avait une chance, qu'on était plus forts que tous ces gens bien-pensants. Parce que je t'aimais. Quand j'ai vu ton père débarquer à l'usine avec son avocat, j'ai d'abord pensé l'envoyer au diable. Et puis j'ai réalisé qu'il disait vrai. Tu n'étais pas heureuse. Tu détestais la vie que je t'obligeais à mener.

— Tu n'étais pas obligé de travailler autant. L'héritage que m'avait laissé ma mère aurait pu…

— On en a parlé mille fois, Brianna, trancha Michael. J'ai tous les torts, j'ai baissé les bras, j'ai été lâche, tout ce que tu veux. Mais je t'en prie, ne dis pas que je ne t'aimais pas, parce que c'est faux.

— L'amour ? Que connais-tu de l'amour ? Tu es incapable de faire confiance à qui que ce soit !

— Peut-être, mais j'ai toujours été sincère, moi. Je t'ai épousée pour toi, et non pour me prouver que je pouvais me passer de l'avis paternel.

— On ne se comprendra jamais, Mike.

Brianna sentit la colère l'abandonner. Elle se sentait abattue. Au point de ne plus chercher à lutter. Tout était perdu, alors à quoi bon ?

— Cette histoire de caméra ne m'aurait pas contrariée, Mike, conclut-elle. J'en aurais compris la nécessité. Ce qui me met hors de moi, c'est qu'une fois encore tu ne m'aies pas fait confiance.

Elle le regarda longuement avant de s'engager dans le couloir.

13

— David Malden ? Il doit y avoir une erreur ! s'exclama Brianna tandis que Liam lui tendait la photo noir et blanc qu'il venait de tirer.

Elle entendit derrière elle Mike, qui frappait du poing sur la table de conférence.

— Le copain de ta secrétaire ! Dire qu'il était juste sous nos yeux, qu'on le tenait ! Ce n'est pas croyable !

— Ça explique qu'il ait eu accès à certaines choses, intervint Liam, qui se replongea dans ses dossiers.

— Que cherchez-vous ? s'enquit Brianna.

— Vous vous souvenez, la piste des militaires ? expliqua-t-il. J'ai fait ma petite enquête et j'ai trouvé un régiment de cinglés. Des types qu'on a envoyés foutre la pagaille dans les villages du Sud Viêt-Nam dans les années 70-71. Dans les rangs, on trouvait un Leonard Braewood et un Patrick Halloran.

— L'infirmier et le prêtre ?

— Votre traqueur, *alias* David Malden, ma chère, fit l'Irlandais. Ça y est, je l'ai ! Malden : 183e, lui aussi, affecté au déminage. Brillants états de service. Ah, flûte !

— Qu'est-ce qu'il y a ? demanda Landis.

— Malden est mort en opération le 27 septembre 1971.

Un silence se fit dans la salle.

— Bon, déclara Mike en s'asseyant. Tâchons de raisonner.

Nous savons à quoi ressemble notre type. Nous savons même où il se trouve. Ce que nous ignorons, c'est son nom. Selon toute apparence, ta secrétaire l'ignore aussi. A moins qu'elle ne soit dans le coup, mais ça m'étonnerait. Notre théorie s'est plutôt avérée exacte, jusqu'à présent, Liam. Ce qui signifie…

— … que le gars appartenait bien au 183e et qu'il a pris l'identité de ses copains de régiment. Son nom se trouve donc dans cette liste, fit O'Shea en brandissant un feuillet.

— On a considérablement restreint les possibilités, acheva Mike. Surtout si on recoupe cette liste avec ce qu'on sait de lui par ailleurs. Formation aux techniques d'espionnage, séjour en hôpital psychiatrique. On devrait pouvoir le coincer.

Brianna écoutait les deux associés échanger des conjectures. Elle vivait un cauchemar. Simone Twardzak, complice ? Elle ne pouvait pas le croire. Elle baissa les yeux vers la photo. Inutile de nier l'évidence, c'était bien Malden qui était venu poser un micro dans son cabinet. Que lui fallait-il de plus ?

— Et pour la secrétaire ? Qu'est-ce qu'on fait ? demanda Liam.

— Je pense que le type la manipule, fit Landis. Qu'en penses-tu, Brianna ?

— Je… je ne sais pas, balbutia-t-elle. J'ai tellement de mal à croire à tout ça. Disons que je ne vois pas Simone faire du mal à qui que ce soit. Pour le reste, c'est vrai qu'elle est naïve, plutôt faible avec les hommes. Ce type est particulièrement intelligent. Il a pu se servir d'elle sans qu'elle se rende compte de rien.

— C'est aussi mon avis, enchérit Mike. Aussi, pour ta sécurité, mieux vaut considérer Simone comme sa complice. C'est d'ailleurs ce qu'elle est, par omission. Que lui as-tu dit de ta situation ?

— Rien de particulier. Elle ne sait pas pour les lettres. Ni pour les micros. Je ne lui ai rien dit de vous, ni de ce que je faisais ces temps-ci. Elle sait seulement que je n'habite pas chez moi en ce moment, qu'elle peut me joindre sur mon portable. Je l'ai avertie du changement de serrures, ce qui est normal, compte tenu qu'elle a besoin d'entrer dans mon bureau.

— C'est certainement par son entremise que le traqueur a pénétré dans votre cabinet, fit Liam. Il n'y a jamais eu d'effraction ; c'est donc qu'il avait les clés. On peut imaginer que ce type est sorti avec Simone pour le seul but de vous approcher.

— Il aurait pu l'interroger plutôt que de mettre mon téléphone sur écoute, allégua Brianna.

— Ce genre de cinglé opère seul. Il se sert des autres mais ne veut pas s'encombrer de complices qui risqueraient de craquer ou de le trahir. Votre secrétaire est *clean*, j'en suis sûr.

— Je demande tout de même à Bailey de se renseigner sur elle, dit Mike. On ne sait jamais. Il serait intéressant de savoir comment ils se sont rencontrés, par exemple.

Mike sortit son ordinateur de la poche intérieure de sa veste, le posa sur la table et se plongea dans ses fichiers.

Brianna ne pouvait quitter la photo de Malden des yeux… Comment n'avait-elle pas fait le lien quand ils l'avaient croisé dans le couloir ? Le front large, les lèvres fines, les prunelles d'acier… Tout en lui rappelait le portrait-robot du prêtre.

— Oui, murmura-t-elle pour elle-même. Avec une perruque, une fausse barbe et quelques postiches, on reconnaît Braewood. Si seulement je savais ce que ce type me veut…

— C'est une bonne question ! intervint Liam. Ce dont je suis convaincu, pour ma part, c'est que cela a un rapport avec votre boulot. Par l'intermédiaire de Simone, il a certainement eu accès à vos dossiers. A une information importante pour lui. Nous savons qu'il n'a pas été directement en lien avec lui. Il doit donc s'agir d'un de ses proches.

Soudain, Brianna eut comme un flash.

— Mais j'y pense ! S'il comprend qu'il a été démasqué, il risque de s'en prendre à Simone ! Après tout, il serait en droit d'imaginer qu'elle l'a trahi !

Elle se leva et se mit à faire les cent pas dans la pièce.

— C'est à moi qu'il en veut. Il me l'a signifié très clairement. *Assez joué, maintenant c'est ton tour.* Je suis sa prochaine victime… à moins que Simone ne découvre la vérité…

Mike leva le nez de son ordinateur, lentement, et la fixa avec une intensité qu'elle ne lui avait encore jamais vue.

— Considère ce que je vais te dire comme un ordre, Bria. Que ça te plaise ou non, Simone et Malden sont associés. Tu ne la préviens pas, tu ne lui donnes aucune information. Rien. Je veux que tu me le promettes.

— Mais Simone ne sait rien de lui ! Elle est en danger, Mike !

— On va la protéger, ne t'inquiète pas, dit-il. On peut embaucher une équipe de professionnels.

— Mike a raison, ajouta Liam. On ne peut pas risquer de compromettre l'arrestation de Malden en prévenant Simone.

Brianna resta silencieuse quelques instants.

— Malden m'en veut personnellement, on est bien d'accord ? Alors pourquoi ne pas lui tendre un piège ?

— A quoi penses-tu ?

— Je me souviens de ta théorie sur la chasse à l'homme. La clé de la réussite consiste à anticiper suffisamment sur la stratégie du traqueur pour renverser le jeu. Eh bien, je n'ai qu'à jouer les appâts ! décréta-t-elle.

— Quoi ? s'exclama Mike.

— Malden a installé un micro dans mon cabinet, et il ne sait pas que nous l'avons démasqué. On peut donc penser qu'il va prendre pour argent comptant tout ce qu'il entendra. Imaginons que je parle de me rendre quelque part, à une date donnée. Un endroit isolé, de préférence. Il sautera sur l'occasion ! On l'attire dans nos filets et on le coince !

— Il n'en est pas question, trancha Michael, les sourcils froncés. Je ne prends pas ce risque.

— Mais Mike, nous serons nombreux ! S'il a pris la peine de poser un micro, c'est bien qu'il cherche un moment propice pour passer à l'action. Et que, pour lui, ce moment dépend directement de mon emploi du temps…

— Il a peut-être seulement en tête de savoir où tu habites.

— Ça revient au même ! On a les moyens de retourner la situation à notre avantage. De le manipuler à notre tour.

Un silence pesant s'installa. O'Shea avait baissé les yeux, se retenant visiblement d'intervenir. Mais alors que Mike allait ouvrir la bouche, il prit la parole :

— Il est vrai que ce stratagème comporte des risques, allégua-t-il. Mais il n'est pas sans fondement. Disons qu'il est un peu tôt pour prendre une décision. Attendons de voir ce que Malden va entreprendre. Pour l'instant, contentons-nous de réagir. Nous sommes mieux en mesure d'assurer votre sécurité au Q.G., à New York, que dans un lieu indéterminé.

— Si vous le croyez…

Brianna était déçue. En fait, et malgré la terreur qu'elle éprouvait à l'idée que son traqueur l'avait pour ainsi dire côtoyée depuis des mois, elle prenait goût à l'aventure.

— En attendant, poursuivit Liam, je vais me mettre en quête.

— A quoi penses-tu ? s'enquit Michael.

— Eh bien, à mes dossiers. Il faut que je consulte les fichiers des hôpitaux psychiatriques du pays, et en priorité celui de St. Luke. Notre homme semble s'y déplacer comme un poisson dans l'eau. Et je vais m'arranger pour récupérer les empreintes de Malden. On pourra les comparer avec les documents fédéraux. Certains soldats de la liste ont été jugés pour crimes de guerre. Avec un peu de chance, notre type en fait partie…

— Tu trouveras l'adresse de Simone dans ce dossier, informa Mike en indiquant une chemise bleue. Si toutefois tu en as besoin.

— A plus tard, lança Liam en quittant le bureau. Et soyez sages !

Brianna sourit. Mike avait raison : son associé était parfois un peu lourd…

— Dis-moi, Mike, tu n'aurais pas envie de manger un morceau. J'aimerais qu'on parle…

— Avec plaisir. Une pizza au Clancy's, ça te dit ?

— Mike, tu sais très bien que mon idée tient la route. Je crois même que nous avons là une opportunité unique de mettre la main sur ce type.

Michael était en train de déguster sa quatrième part de pizza. Ils étaient au Clancy's depuis près d'une heure, mais ni l'un ni l'autre n'avait encore abordé le sujet. Pourtant, Brianna n'avait que ça en tête : piéger Malden.

— Tout à fait d'accord, déclara Mike en avalant une gorgée de bière.

— Quoi ?

Il acquiesça d'un signe de tête, l'invitant à continuer. C'était tout bonnement incompréhensible. Il s'était pourtant montré intraitable, tout à l'heure. Que manigançait-il ?

— Voilà mon plan, continua-t-elle prudemment. Demain, je vais au bureau et j'appelle Larry pour lui dire que j'ai besoin de quelques jours de repos. Je lui explique que tu m'emmènes à la campagne, dans un endroit calme dont je lui donne l'adresse. Au cas où il ait besoin de me joindre pour le cabinet. Malden chope la conversation, et accourt. On n'a plus qu'à le cueillir.

— Pas mal. A un détail près, cependant.

— Quoi ?

— J'ai réfléchi à tout ça, depuis tout à l'heure. Je suis d'accord pour que tu appâtes notre client, mais ensuite, je veux que tu disparaisses du dispositif. Tu nous laisses, Liam et moi, régler seuls cette affaire. On te trouve une planque sûre qu'on sera seuls à connaître, le temps qu'on arrête le type.

— Et tu crois que Malden va mordre à l'hameçon ? Il est suffisamment intelligent, tu l'as dit toi-même, pour prendre des garanties. Je ne peux pas te dire comment, mais je suis certaine qu'il saura s'assurer que je me trouve bien où je suis censée être avant de rappliquer.

— Peut-être, mais…

— C'est tout vu, Mike ! Ecoute-moi. Tu te souviens de la propriété de tante Nora dans les Catskills ? Deux cents acres de bois au milieu de nulle part. Simone est venue y passer des vacances avec nous en octobre dernier. Si Malden la questionne, elle pourra parfaitement le renseigner. Ça lui semblera crédible.

— Soit. Si je me souviens bien, la propriété est située au bout d'un chemin, près d'une rivière.

— Oui, Norton Hill Stream.

— Nous nous arrangeons pour installer nos filets avant même que Malden n'entende parler de ton projet. On le coince et on le livre au lieutenant Jeffries. Ça peut marcher…

Pour la première fois depuis des jours, Mike avait l'air détendu.

— On a assez de preuves pour l'envoyer à l'ombre pour quelque temps, déclara-t-il, satisfait. Tentative de meurtre, ça va chercher dans les quinze ans. Et pour un récidiviste…

*
* *

Assis au bar, Liam n'avait pas quitté Simone Twardzak et David Malden des yeux depuis qu'ils s'étaient assis à leur table. Ça devait bien faire une heure qu'ils étaient là. A les regarder manger, il sentait son estomac crier famine. Mais il ne voulait pas quitter son poste d'observation, ni commander quoi que ce soit. Il suffisait d'une fraction de seconde d'inattention pour rater l'occasion qu'il attendait.

Soudain, Malden se leva et, galamment, prit la main de Simone pour l'inviter à danser. Quelle aubaine ! La belle serveuse rousse à qui il n'avait pas cessé de faire les yeux doux depuis son arrivée se dirigea vers leur table, posa leurs verres vides sur son plateau et revint vers le bar. Lorsqu'elle passa devant lui, Liam lui offrit son plus beau sourire.

— Vous voulez une table, monsieur ? proposa la serveuse en lui rendant la politesse.

— Une autre fois, répondit-il en sortant un billet de vingt dollars. En fait, ce qui me ferait plaisir, c'est de vous acheter un verre.

— Un verre ? Mais…

Liam posa le billet sur le plateau, s'empara précautionneusement du verre dans lequel Malden avait bu et le glissa dans un sachet en plastique.

— Je ne vous connais pas, lui chuchota-t-il à l'oreille. Mais je suis sûr que vous êtes d'une nature discrète. Je sais que les patrons de bar n'aiment pas trop qu'on s'en prenne à leur vaisselle. Comment vous appelez-vous, beauté ?

— Stéphanie.

— C'est charmant, ça, Stéphanie. Et quand terminez-vous votre service ?

— A minuit.

— Si vous m'écriviez votre numéro de téléphone là-dessus,

déclara-t-il en lui tendant son paquet de cigarettes, je me ferais un plaisir de vous inviter à boire un verre. Et je vous parlerais de ma collection…

La serveuse étouffa un petit rire et griffonna son numéro.

— On peut dire que vous avez une façon drôlement originale d'aborder les filles, vous !

Liam l'embrassa sur la bouche et fila avant même qu'elle ait eu le temps de réagir.

14

Brianna raccrocha et s'assit devant la baie vitrée. La nuit new-yorkaise l'avait toujours fascinée. Toutes ces lumières, les sillons rougeoyants des voitures ; les buildings, dressés comme des oriflammes… Elle soupira. Elle venait de joindre sa tante, à Denver, pour lui donner des nouvelles.

« Mike a la situation en main » s'était-elle entendue prononcer. C'était du moins ce qu'elle espérait. Mais elle ne parvenait pas à se débarrasser d'une sorte de pressentiment. Peut-être s'inquiétait-elle seulement pour Simone. Imaginer sa secrétaire aux prises avec un pervers comme Malden la pétrifiait. Pour une fois que sa secrétaire croyait avoir trouvé l'amour… A croire que certains êtres étaient prédestinés à souffrir toute leur vie.

Elle redescendit vers l'appartement. Sans doute Mike en avait-il fini avec ses coups de fil. Ils étaient rentrés depuis trois heures maintenant, mais il avait passé tout ce temps à mettre en place leur opération. D'après lui, il fallait agir vite. Malden ne serait pas long à sentir que quelque chose clochait.

En passant devant les écrans de contrôle, dans le salon, son regard fut attiré par un homme qui, devant le porche de la maison, promenait un petit chien en laisse. Son visage était en partie dissimulé par la visière d'une casquette de base-ball qui lui tombait sur les yeux. Une idée folle lui traversa l'esprit.

Et si c'était Malden ? L'homme aux multiples visages… Elle le vit sortir un paquet de cigarettes de sa poche. Lentement, il en prit une et parut hésiter avant de la mettre à ses lèvres. Brianna retenait son souffle. Qu'est-ce qu'il fabriquait ? Soudain, elle sursauta. Il y avait quelqu'un derrière elle.

— *Cool*, ce n'est que moi, fit Michael en souriant. Tu observes Joe ? C'est un voisin. Il essaie d'arrêter de fumer depuis des mois, mais je crois qu'il est mal parti. Chaque fois qu'il sort son chien, c'est-à-dire toutes les deux heures, il s'en grille une. Remarque, il hésite, il lutte. La tentation est trop forte, je suppose.

— Je dois être un peu sur les nerfs, concéda Brianna en regardant le bonhomme s'éloigner. J'ai cru…

— Je sais, coupa Michael. On le serait à moins. Peut-être un verre de vin t'aiderait-il. Je te promets que ma cave est mieux fournie que ma cuisine.

— Merci, Mike, mais je vais plutôt opter pour un bain moussant. Je préfère garder les idées claires.

— Besoin de quelqu'un pour te frotter le dos ? demanda-t-il avec un sourire malicieux.

— Ce ne serait pas raisonnable.

Déjà, il avait posé ses lèvres sur son cou et la tenait par la taille.

— Non, Mike, reprit-elle en se dégageant doucement. Je ne veux pas revenir en arrière.

— En arrière ? Mais c'est de l'avenir, au contraire, qu'il s'agit !

— C'est une impasse, tu le sais comme moi.

— Tu m'en veux toujours pour cette histoire de caméra ?

— Il y a de quoi, non ?

— Je suis désolé de ne pas t'avoir prévenue. Je le reconnais, je ne t'ai pas fait assez confiance.

— Inutile de revenir là-dessus. Je te pardonne, si ça peut te faire plaisir.

— Ce n'est pas la question. Et j'aimerais que tu prennes cette discussion un peu plus au sérieux. Arrête de jouer les femmes de tête, tu veux ? Je sais que sous tes airs de raisonneuse se cache un tempérament de feu.

Elle le fixa intensément. Contre toute attente, il n'avait pas pris la mouche. Mieux, il riait ! Et dans ses prunelles bleues, elle crut reconnaître cet éclair de passion qu'elle aimait tant provoquer jadis. Se pouvait-il qu'il l'aime encore ?

Sa réflexion tourna court. Michael prit possession de sa bouche, puis la souleva et l'emporta dans ses bras jusqu'à sa chambre.

Mike leva les yeux du fax qu'il était en train de lire et accueillit Liam avec un sourire.

— Croissants pour Brianna, pains au chocolat pour toi. Le reste est pour moi, déclara ce dernier en posant un sac rempli de viennoiseries sur le bar. Tu as reçu mon rapport, à ce que je vois ?

— A l'instant. Tu as fait un superboulot.

Liam avait scanné les empreintes de Malden après les avoir prélevées sur le verre et les avait confrontées au fichier central, ainsi qu'aux dossiers du Pentagone. La réponse ne s'était pas fait attendre.

— On tient notre homme, dit-il sans rien cacher de sa satisfaction. Et avec les informations dont on dispose, on ne devrait pas avoir de mal à trouver son mobile.

Brianna fit son apparition, vêtue d'un peignoir rouge d'inspiration chinoise. Apparemment, elle sortait de la douche.

— Génial ! lança-t-elle à la cantonade, devant le petit déjeuner servi. Liam, vous êtes parfait !

— C'est que vous travaillez dur, en ce moment, répliqua ce dernier avec un rien d'ironie. Alors je pourvois à l'essentiel. Et puis c'est jour de fête !

Il fit une courte pause et se tourna vers Mike.

— Allez, dis-lui ! insista-t-il en s'emparant d'un beignet.

— Nous savons qui est ton traqueur, Bria. Son véritable nom est Samuel Fox. Quarante-huit ans. Ex-appelé du Viêt-nam, passé en cour martiale en 1972 avec douze membres du 183e pour tortures infligées à l'ennemi en dehors du périmètre d'intervention. Il avait tout juste dix-neuf ans. Réintégré ensuite dans les marines, où il s'est distingué jusqu'à sa mise à pied en 1980. Motifs inconnus. Ensuite, on le retrouve étrangement dans les rangs de la CIA, au Chili puis en Afghanistan. Là encore, il a eu des problèmes. On l'a viré à la suite de crises délirantes. C'est de là que remontent ses premiers séjours en hôpital psychiatrique. Liam a retrouvé sa trace dans les fichiers de San Monica, un asile du Nouveau-Mexique, et accessoirement à St. Luke. Dans les années 90, il semble qu'il se soit fait embaucher au département de police de New York.

— Ce type est à proprement parler ce qu'on peut appeler une ordure, fit remarquer Liam. Comme flic de quartier, il s'est illustré en passant des mecs à tabac. On l'a même soupçonné de meurtre. Mais étonnamment, il a toujours su rebondir. A croire qu'il s'est fait suffisamment de contacts dans le milieu pour se tirer d'embrouilles quand ça tournait mal.

— Aujourd'hui, il bosse pour une entreprise qui fournit la côte Est en matériel de surveillance : Spender Electronics, ajouta Mike. Pas étonnant qu'il ait à sa disposition du matériel de pointe.

— C'est effrayant, intervint Brianna en se versant du café. Mais pourquoi m'a t-il choisie comme victime ?

— C'est aussi la question que je me pose, figure-toi, répliqua Michael. La réponse est dans ce dossier. Il ne nous reste qu'à la trouver.

— Il est marié ? Il a des enfants ? s'enquit la jeune femme.

Mike poussa la chemise cartonnée vers elle et but une gorgée de café.

— Divorcé, d'après ce que j'ai vu. Il a un enfant, qui est resté vivre chez son ex après leur séparation. Feuillette le rapport. Peut-être que certains noms te diront quelque chose.

Il se prit la tête entre les mains et s'efforça de tempérer son impatience. Maintenant qu'ils l'avaient à portée de main, il voulait en finir. Et sans attendre.

— Tu n'as pas bien lu, Mike, déclara soudainement Brianna. Son fils ne vit plus avec son ex-femme. Il est mort en prison.

— Ah, oui ? Et le nom de Fox ne t'évoque rien ?

— Non, mais il se peut que l'enfant ait pris le nom de sa mère. Attends, je cherche. Tu sais, j'ai bonne mémoire, en général, mais peut-être devrais-je consulter mes archives. Il se peut que quelque chose m'échappe.

Michael ne savait pas pourquoi, mais il avait un mauvais pressentiment. Pourtant, il aurait dû se réjouir. Jamais ils n'avaient été si près du but. Mais son intuition lui disait qu'ils n'étaient pas encore au bout de leurs peines. Comme s'ils passaient à côté d'un détail important. Il se leva, rassembla les feuillets du rapport et quitta la cuisine.

— Mike n'est pas dans son état normal, dit-elle à Liam dès qu'il se fut éloigné. Et je crains de ne pas y être étrangère.

— C'est normal, dit Liam en se servant un verre de jus d'orange. Il veut la peau de ce type. On commence à sacrément se rapprocher de lui.

— Justement, je n'ai pas envie qu'il se fasse tuer pour moi.

— Mike est un grand garçon, Brianna.

— Je sais, mais je ne suis pas une cliente comme les autres…

— Je sais ce que vous représentez à ses yeux. Je l'ai su avant même de vous connaître. Je peux même dire que personne n'a jamais compté autant pour lui.

Brianna considéra un instant l'Irlandais, confuse. Se pouvait-il que son ex-mari se soit confié à son ami ?

— En fait, reprit-elle, je crains qu'à vouloir trop bien faire, il ne prenne des risques excessifs.

— Mike m'a décrit votre plan ce matin, acquiesça Liam. Il est parfait, à l'exception peut-être d'un aspect disons… organisationnel. Vous avez raison sur un point : il veut être sur tous les fronts. De peur, sans doute, que son équipe ne soit pas à la hauteur, qu'on ne vous protège pas assez bien. Il ne raisonnerait pas ainsi avec un client ordinaire, c'est évident. Or, il ne peut pas à la fois superviser les opérations de Catskills et être à New York pour s'assurer que vous décollez sans encombre. Vous ne serez pas sur les lieux quand on arrêtera Fox mais sur un yacht sécurisé, au large de Long Island. Ça devrait suffire à le rassurer !

— C'est bien aussi mon avis. Que proposez-vous ?

— Il faut le convaincre de ne pas quitter Catskills. Nous ne serons pas trop de deux pour avoir raison de son entêtement, croyez-moi. Il faut pourtant qu'il se décrispe ! Il sait qu'au Q.G., vous ne craignez rien. D'autant que Bailey sera avec vous le temps que je rapplique avec l'hélicoptère.

— Je vais tenter ma chance, conclut la jeune femme. Peut-être qu'un ou deux croissants sauront l'amadouer ?

Elle en doutait, mais cela ne coûtait rien d'essayer.

*
* *

La salle de crise du Q.G., au quatrième étage, ressemblait exactement à ce qu'elle avait imaginé. Un serveur qui centralisait l'information, des ordinateurs affiliés au calcul et à l'enregistrement de données paramétrées, des cartes numériques à échelle modulable, il y avait là un équipement digne d'une tour de contrôle ! Mike, les jambes allongées sous la table de conférence, avait les yeux fixés sur l'écran d'un portable posé devant lui.

— Tu n'as rien avalé, risqua Brianna en venant s'asseoir près de lui. Ces croissants sont délicieux.

— Merci, mais je n'ai pas très faim, dit-il sans lever les yeux. Regarde plutôt ce que j'ai trouvé. Le fils de Fox a effectivement repris le nom de sa mère. Il s'appelait Dysart.

— Dysart ? murmura-t-elle, ce nom ne m'est pas inconnu.

— J'ai pu accéder à son dossier judiciaire, expliqua-t-il. Après le divorce de ses parents, le gamin s'est avéré difficile. A dix-sept ans, il s'est engagé dans la marine pour déserter quelques semaines plus tard.

Mike cliqua sur un bouton et un visage apparut sur l'écran : un jeune homme au crâne rasé, avec des tatouages sur le cou et les yeux hagards.

— Sonny Dysart ! s'exclama Brianna. Je me souviens maintenant. C'était le petit ami de la fille d'une de mes patientes, Bonnie Princeton. C'est elle qui l'avait surnommé Sonny. En fait, je crois bien qu'il se prénommait Samuel, comme son père.

Elle revoyait très bien à présent cet adolescent au corps noueux, bourré de tics, incapable de contrôler ses pulsions agressives.

— Bonnie a fini par porter plainte quand elle a senti que

la vie de sa fille était en danger, expliqua-t-elle. Comme je connaissais bien la situation, j'ai été chargée par le juge de produire une expertise psychologique. Comme tu peux t'en douter, mon témoignage a pesé lourd dans le dossier. En fait, il a certainement conduit le jeune homme en prison.

— On peut imaginer que son père était dans la salle…

— Sans doute.

— Et puis Sonny est mort en prison. Battu à mort par d'autres détenus, au cours d'une promenade, sans qu'on en connaisse la raison. Les faits se sont produits il y a un peu plus de deux ans. Depuis, on imagine assez bien ce qui a pu se passer dans l'esprit torturé de Samuel Fox senior.

— Il me tient donc responsable de la mort de son fils…

— On a notre mobile, Bria…

— Je suis tellement nerveuse, Mike, que j'en tremble, avoua-t-elle en descendant de voiture.

— Ne t'en fais pas, je suis là. Tout va bien se passer.

Brianna s'était mentalement préparée à appeler Larry et à lui servir le mensonge censé appâter Fox. Mais en vain. Non seulement mentir n'était pas son fort, mais le faire sous le contrôle d'un ancien G.I. rodé aux interrogatoires policiers, c'était perdu d'avance ! Il fallait pourtant qu'elle soit convaincante. Elle n'avait pas droit à l'échec. Il suffisait qu'elle bafouille, ou que sa voix la trahisse pour que Fox sente le coup venir.

— Prête ? demanda Mike quand ils furent au pied de l'immeuble.

Le compte à rebours était lancé. Dans quelques minutes, ils seraient dans son bureau. Il n'y aurait plus moyen de faire machine arrière.

— Prête, assura-t-elle après avoir pris une profonde inspiration.

— Je devrais être de retour d'ici à une semaine, dit-elle à Cunningham en triturant nerveusement le fil du téléphone. Les dossiers Shapiro et Parker sont prioritaires. Je laisserai une note à Simone pour qu'elle te les prépare.

Debout près de la fenêtre, Mike écoutait en silence. Elle lui jetait des coups d'œil de temps à autre, histoire de se rassurer. Apparemment, elle n'avait pas commis d'impair. Jusqu'à présent, du moins.

— Oui, répondit-elle, c'est une propriété de famille au cœur du Catskills. L'endroit idéal pour se reposer. J'ai tellement besoin de grand air. Je suis épuisée, tu sais ?

Elle but une gorgée de thé et reprit :

— J'y allais souvent quand j'étais petite avec mon père et mon oncle. Mais depuis que j'habite New York, je ne prends jamais le temps d'y faire un saut. La dernière fois que j'y ai mis les pieds — ça doit bien faire un an —, c'était avec Simone et ma tante Nora. On y a passé un week-end en octobre.

Son cœur battait à tout rompre. Au point qu'elle craignait que Fox n'en entende les battements. D'après Liam, la mouchard qu'il avait installé était particulièrement sensible. Elle avait l'impression d'en faire trop. De tendre trop ostensiblement des perches. Larry, lui, paraissait pourtant trouver la conversation naturelle. Spontanément, il s'était mis à lui raconter ses projets de vacances pour juillet, comme si tout était normal. Tout *était* normal, voilà ce dont il fallait se convaincre.

Elle avala une nouvelle gorgée de thé. Mike l'avait prévenue que le moindre bruit parviendrait aux oreilles de Fox. Elle tenait donc à ne pas contraindre ses gestes les plus ordinaires. Mais, Dieu, que c'était difficile… Elle finit tout de même par prendre congé de son collègue, non pas avant qu'il lui ait souhaité au moins trois fois de bonnes vacances.

Larry pouvait être lourd, elle le savait. Mais le moment était particulièrement mal choisi !

Les mains moites, elle reposa le combiné tandis que Mike la regardait. Elle lui sourit et décrocha de nouveau pour appeler Simone à son appartement. Que ferait-elle, si c'était Fox qui décrochait ? Après quatre sonneries qui lui parurent interminables, le répondeur se déclencha. Elle regarda Michael avec effroi. Que faire ? Elle eut envie de raccrocher et de s'enfuir à toutes jambes.

— Simone, c'est Brianna, improvisa-t-elle, au bord de l'évanouissement. Dites-moi, quelques jours de vacances, ça vous dirait ? Rémunérés, bien entendu. J'ai l'intention de prendre un peu de repos dans la propriété de ma tante, à Catskills. Mike doit m'y conduire mercredi matin. J'ai laissé quelques instructions sur votre bureau. Rien d'urgent, simplement les numéros de téléphone dont M. Cunningham pourrait avoir besoin pendant mon absence. Il faudra aussi lui préparer les dossiers Shapiro et Parker. A bientôt, Simone. J'espère que vous… que vous profiterez bien de ces congés improvisés, vous aussi.

Elle s'empressa de raccrocher. Elle avait bafouillé. L'idée de laisser Simone seule avec Fox lui avait tout à coup semblé si épouvantable qu'elle avait failli tout faire capoter. *Simone, fuyez*, voilà ce qu'elle brûlait de dire.

Ça faisait longtemps qu'il ne s'était pas senti aussi bien. Depuis Saigon peut-être bien. Demain, il aurait sa victoire. La garce ! Il avait vraiment du mal à contenir son excitation. Il avait remodelé son plan. L'important, c'était que la punition soit longue. Et douloureuse. La réplique exacte de ce qu'elle avait fait subir à Sonny. Avec un bonus en prime. Un petit extra dont il avait le secret. Il allait se payer ce freluquet de Landis !

Ces deux idiots avaient voulu lui tendre un piège. A lui ? Vraiment ! Il éclata de rire. Le bellâtre avait dû découvrir le micro qu'il avait caché dans le plafond. Et alors ? Ils l'avaient cru assez stupide pour mordre à l'hameçon. La garce mentait mal, c'était sa seule qualité. Vraiment, ils ne doutaient de rien. Enfin… on ne pouvait pas attendre beaucoup mieux de ces cloportes. Il éclata de rire, de nouveau. Vraiment, c'était une belle journée !

Bon, mercredi, Landis serait dans le Catskills. Il fallait qu'il demande l'adresse à cette idiote de Simone. Au cas où. Parce que, bien entendu, la garce n'y serait pas. Pendant que son bellâtre attendrait le renard, avec son équipe de bons à rien, le renard, lui, volerait vers d'autres cieux ! Rusé, non ?

Il chantonnait en traversant l'aéroport. Maggie, derrière son poste de contrôle, lui adressa un petit signe auquel il répondit. Il sauta dans l'ascenseur qui menait à son bureau. Il lui restait à vérifier les ordres de vol de SafeNet pour mercredi. Et il saurait tout ce qu'il voulait savoir. Le type d'engins qu'ils avaient réquisitionnés et leur feuille de route. Un vrai jeu d'enfant !

15

L'hélicoptère qui emmenait Mike et Liam à Catskills décolla du Q.G. à 18 heures. A 2 heures du matin, Brianna n'arrivait toujours pas à dormir. Elle aurait mieux fait d'écouter Bailey et de se coucher tôt, mais l'idée de passer la nuit seule l'angoissait. Depuis presque une semaine, Michael ne la quittait plus et, si elle en avait d'abord été contrariée, elle avait fini par s'habituer à sa présence. Pis : à la souhaiter !

Enfin, à force de se retourner dans son lit, elle finit par sombrer dans un sommeil tortueux, peuplé de cauchemars plus horribles les uns que les autres. Elle devait retrouver Mike à un bal masqué. Elle le cherchait parmi des figures terrifiantes qui, toutes, lui barraient le passage et lui riaient au nez. Elle finissait par l'apercevoir et se jetait à corps perdu dans cette foule visqueuse et nauséabonde. A mesure qu'elle avançait, son amant semblait s'éloigner, et de nouveau elle devait lutter, lutter dans l'espoir de l'atteindre. Enfin, elle fut devant lui, qui lui ouvrait ses bras. Hagarde, elle s'y précipita, pensant avoir trouvé la quiétude si ardemment désirée. Il releva alors son masque et elle reconnut, déformé par un répugnant rictus, le visage de Samuel Fox, qui se penchait pour l'embrasser.

Elle se réveilla dans un cri. Son cœur battait à tout rompre et elle avait la gorge sèche. Elle alluma la lumière et respira profondément, faisant des efforts surhumains pour se raisonner.

Sans doute son angoisse croissait-elle à mesure que l'heure fatidique approchait. Pourtant, elle n'avait plus à intervenir ; le drame allait se jouer sans elle. Dans quelques heures, elle se trouverait sur un yacht, en pleine mer, entourée de gardes du corps, tandis que Mike coffrerait Fox.

C'était peut-être là la peur qu'elle ressentait. Son sentiment d'inutilité. Elle ne pouvait plus agir sur le cours des événements. Et si leur plan échouait ? Si Mike ou Liam avaient commis une erreur ? Elle repensa aux écrans de contrôle de la salle de crise. Le périmètre de Norton Hill Stream était parfaitement quadrillé, le radar couvrait une bonne partie de l'espace aérien new-yorkais, tous les agents étaient en liaison permanente avec l'unité centrale. Au moindre pépin, Bailey en serait immédiatement avertie et pourrait organiser une riposte. Rien à craindre, donc. De toute manière, il était trop tard pour reculer.

Elle se glissa de nouveau sous ses draps et, laissant la lampe allumée, essaya de se rendormir. Mike lui manquait. Atrocement. D'autant que, bientôt, tout serait fini. Il leur faudrait une seconde fois se dire adieu, pour de bon, sans doute. N'était-ce pas ce qu'elle avait voulu depuis le début ? Elle n'était plus sûre de rien, maintenant.

Il était 10 heures quand elle se réveilla, la tête lourde. Elle se leva, prit une douche et boucla son sac. Un dernier coup d'œil à la chambre qui l'avait accueillie. Une page se fermait. La dernière de son histoire avec Michael Landis.

Elle trouva Bailey dans la salle de contrôle.

— Je viens de recevoir un message de Mike, annonça-t-elle, excitée. Tout le monde est en position. Nous n'avons plus qu'à attendre que Liam vienne vous chercher avec l'hélicoptère. Il devrait être là vers 13 heures.

— Ça nous laisse encore trois heures, fit Brianna en regardant sa montre. D'après Mike, le yacht mouille tout près d'ici ?

— Oui, dans le sud de la baie. Je vous suivrai à la trace sur cet écran, expliqua Bailey. Le Tiger — c'est l'appareil dans lequel vous allez embarquer — est équipé d'un émetteur qui permet de le localiser en permanence. Enfin, dans un certain rayon. Il est truffé de gadgets plus sophistiqués les uns que les autres. C'est Michael qui l'a fait équiper.

— Je vois. SafeNet possède ce genre de machines ?

— Allouées par le gouvernement. Nous avons quatre hélicoptères de combat. Deux pour les missions à l'étranger, deux postés ici, à New York.

Brianna eut un sourire amer. Comment pouvait-elle rivaliser avec la vie trépidante que menait Mike ? Qu'avait-elle à lui offrir de bien excitant ? Une vie de famille ? Une maison ? Des enfants ? Quelle morosité à côté de l'aventure permanente que représentait la vie de Mike ! C'était bien un signe de leur incompatibilité. Elle était totalement incapable de vivre dans son monde. Comme lui dans le sien.

— Liam a appelé de l'aéroport hier soir, dès leur arrivée à Catskills, continua la jeune femme. Tout a l'air O.K. Je ne serais pas étonnée que Mike cherche à vous contacter.

— Je lui ai demandé de ne pas le faire. Je pense que…

Avant qu'elle ait achevé sa phrase, le téléphone sonna sur la ligne Harpo.

— Vous voulez parier ? demanda Bailey, tout sourire, avant de décrocher. Oui, Mike, elle est à côté de moi. Je te la passe.

— Bria ? Je n'ai pas beaucoup de temps. Je… j'avais simplement envie d'entendre ta voix.

— Où es-tu ?

— Dans une voiture de police banalisée. Je vérifie une dernière fois le matériel. On est quasiment prêts ici.

Elle supposait qu'il n'avait certainement pas dormi de la nuit, lui non plus. Mais pas pour les mêmes raisons qu'elle.

Au moins avait-il la chance d'être actif. L'attente, la passivité à laquelle elle se trouvait consignée, la rongeait. Enfin, ce n'était pas le moment de craquer. S'il avait appelé malgré ses recommandations, c'était pour recevoir un peu de soutien. Et s'assurer que tout se déroulait comme prévu. Pas pour entendre des jérémiades.

— Ici aussi, tout va bien, répondit-elle en s'efforçant de donner à sa voix une intonation légère. J'attends Liam.

— Ce ne sera plus très long, maintenant. Tiens bon.

— Je sais.

— L'ex-agent du FBI qui joue ta doublure est arrivée. On la briefe en ce moment même.

— Tu crois que Fox va se laisser prendre ?

— La ressemblance n'est pas parfaite, mais dès qu'elle aura passé tes vêtements, je suis sûr que le leurre fonctionnera.

— Pourvu qu'il ne lui arrive rien…

— C'est son boulot, Bria. Et j'ai choisi la meilleure. Fais-moi une faveur, tu veux ? Cesse de t'inquiéter pour les autres et prends plutôt soin de toi. Je sais ce que je fais.

— J'ai confiance en toi, Mike.

Elle n'était pas totalement sincère. Son ex-mari, bien qu'il cherche en permanence à démontrer le contraire pour la rassurer, n'était pas invulnérable. Mais, aujourd'hui plus que jamais, il avait besoin de se convaincre du contraire.

— Je te manque un peu ? risqua-t-il en baissant la voix.

— Je n'avais même pas remarqué que tu étais parti ! plaisanta-t-elle avant de reprendre. Je crois que tu connais la réponse…

— J'en ai une vague idée. Dis, Bria… il faut que je te dise un truc… Je t'aime, tu sais ?

Elle ferma les yeux pour contenir son émotion.

Fais attention à toi, Mike.

Elle raccrocha d'une main tremblante. Elle aurait voulu lui

parler encore, lui dire ce qu'elle avait sur le cœur. D'accord, il tenait à elle, là, au moment de l'assaut. Mais l'aimerait-il encore lorsqu'elle lui demanderait d'abandonner un style de vie auquel elle ne pouvait pas souscrire et qui l'effrayait ? La suivrait-il sur la voie qu'elle imaginait pour eux ? Certainement pas. Il avait trop goûté à la liberté pour cela.

Mike raccrocha et sentit son estomac se nouer à l'idée que Brianna, une fois Fox en prison, allait sortir de sa vie aussi brutalement qu'elle y était réapparue. Elle l'aimait pourtant, il en était certain. Alors pourquoi ne le disait-elle pas ? Pourquoi fallait-il qu'elle refoule ses sentiments ?

La vérité lui tomba dessus comme une chape. Quelle femme voudrait d'un homme sans avenir ? D'un homme qui passait son temps entre deux missions et risquait sa vie comme d'autres jouent au golf ?

Il secoua la tête. Liam avait raison. Se torturer l'esprit pour une femme et mener à bien une mission étaient incompatibles.

Un air de country sortait de la petite radio portative. Samuel Fox traversa le hangar de maintenance de l'aéroport, pour s'assurer que la cabine du superviseur était vide. Parfait. Il était parti déjeuner. Les quelques types qui n'avaient pas pris leur pause se trouvaient de l'autre côté.

Un coup d'œil à sa montre : le *timing* était bon ! Il consulta le tableau des sorties. Liam O'Shea devait emprunter l'hélico de SafeNet à 12 h 30. Il avait tout son temps. Le registre de la maintenance était bien tenu. Un bon point, les gars ! Il ne lui fallut que quelques secondes pour trouver le nom du mécanicien en charge de l'entretien de l'appareil : William Lennon.

Il se rendit à la stalle 18, où stationnait le Tiger. Une belle machine, vraiment. Le mécanicien était affairé à l'arrière de l'appareil.

— Lennon ? lança-t-il en lui mettant sous le nez son badge d'agent de sécurité. Vous avez cinq minutes ?

— Oui, bien sûr. Je vais couper la musique.

Le gars attrapa un chiffon, s'essuya les mains et éteignit le poste.

— SafeNet vient de nous contacter, dit-il. Il faudrait que vous déplaciez l'hélico sur la voie alpha. Il paraît qu'il y a un problème sur le système de ventilation.

— C'est n'importe quoi, déclara Lennon en relevant la visière de sa casquette. J'ai tout vérifié. En plus, le pilote a appelé y a pas dix minutes. Il a pas parlé d'un problème.

— L'information ne sera pas passée. Tu sais comment sont ces gens-là : ils croient entendre un petit bruit dans le moteur, et il faut qu'on accoure. C'est bien Landis que tu as eu ?

— Non. O'Shea, qu'il s'appelait. C'est lui qui vient chercher l'…

Samuel asséna un coup de crosse de son revolver sur la tête du mécanicien, puis il s'assura que la voie était libre avant de déplacer le mécanicien derrière une pile de pneus.

L'heure approchait. Bientôt, il serait en tête à tête avec la garce. Rien que lui et elle. Il avait tellement attendu ce moment… Et il allait s'arranger pour qu'il soit inoubliable !

Debout sur le toit du Q.G., Brianna regardait l'horizon, l'estomac noué.

— Vous ne préférez pas attendre à l'intérieur ? lui cria Bailey. Il ne fait pas très chaud, ici.

— J'ai besoin d'air, répondit Brianna. Mais vous n'êtes

pas obligée de rester. Rentrez prévenir Michael que j'aurai bientôt décollé.

— J'ai des ordres, désolée. Mike serait furieux, s'il savait que j'ai déserté mon poste. Je dois m'assurer que vous avez bien pris place dans l'appareil avant de rejoindre la tour de contrôle.

— Le voilà ! annonça Brianna en pointant une tache sombre droit devant elle. Il vient vers nous.

— Avec un quart d'heure d'avance, c'est curieux, remarqua Bailey, perplexe.

Brianna remonta la fermeture Eclair de son coupe-vent et souleva son sac de voyage.

— Liam a dû décider qu'il n'y avait pas de raison d'attendre.

Mais ses paroles se perdirent. Déjà, l'appareil s'était posté au-dessus d'elles, ses pales soulevant une véritable bourrasque. Les deux femmes se firent un signe de la main et Brianna monta à l'arrière de l'hélico.

Bailey se décida enfin à rentrer pour avertir le capitaine du yacht que son hôte serait bientôt là. Quand elle entra dans la salle de contrôle, le téléphone sonnait. Elle hâta le pas, certaine que c'était Mike. Elle se réjouissait d'avance de lui annoncer que son ex-femme était hors de danger.

Liam vérifia de nouveau son ordre de vol. Stalle 18, c'était bien ça. Où donc était passé le Tiger ? Et où était Lennon ? Il s'apprêtait à composer le numéro du superviseur sur son mobile lorsqu'il perçut un gémissement qui semblait provenir d'une pile de pneus de rechange. Il s'en approcha prudemment et découvrit derrière le mécanicien étendu sur le sol.

— Lennon, tu m'entends ? Qu'est-ce qui s'est passé ?

— Un… un type…, marmonna celui-ci en se tenant l'arrière de la tête.

— Ne bouge pas, j'appelle la sécurité.

— Le type… justement. Il… était de la sécurité.

Liam le dévisagea un instant, perplexe. Et puis, soudain, il eut comme un déclic.

— Qui est en charge de la sécurité ici ?

— Spender Electronics, pourquoi ?

O'Shea poussa un juron. Pourvu qu'il ne soit pas trop tard… Il composa le numéro du Q.G. en espérant se tromper.

Le bipeur de Mike sonna alors qu'il s'entretenait avec le shérif. Le Q.G. essayait de le joindre. Il rappela et tomba sur Liam.

— Ah, c'est toi ? Il était temps. Qu'est-ce que tu fabriques ? Brianna est sur le yacht ?

— Fox a assommé Lennon, le mécanicien chargé de la maintenance du Tiger. Il est parti aux commandes de l'hélico.

— Où est Brianna, Liam ? Réponds, bon sang !

— Eh bien… Elle a embarqué dans l'hélico, sans se rendre compte que je n'étais pas aux commandes.

— La police de l'air est prévenue ?

Michael avait l'impression que ses mâchoires étaient bloquées.

— Evidemment.

— Bailey suit l'hélico ?

— On l'a sur nos écrans, en effet. Pour le moment, il est au nord de l'Hudson.

— Saute sur ton téléphone et appelle l'aéroport de Kingston. Qu'ils me trouvent n'importe quelle machine en état de voler. J'y serai dans vingt minutes tout au plus. On n'a pas beaucoup de temps. Si le Tiger atteint les montagnes, on perdra son signal.

*
* *

Bailey avait dit vrai, songeait Brianna en bouclant sa ceinture. De son siège, elle apercevait le tableau de bord : un miracle de technologie ! Liam mit les gaz et l'hélico s'éloigna du Q.G. à une vitesse hallucinante. Jamais elle n'avait survolé New York. Elle savait que certaines compagnies proposaient cette promenade dans les airs à prix d'or pour les touristes, mais elle n'avait jamais eu l'idée d'en profiter. Elle se concentra sur le paysage, d'autant que le bruit rendait toute conversation impossible. Et puis O'Shea paraissait très affairé. Sans doute était-il attentif aux informations qu'on lui transmettait depuis la base. Le Tiger survola le pont de Brooklyn et l'East River. Puis elle reconnut l'Hudson et la route du New Jersey.

Etrange… Mike lui avait pourtant dit que le yacht mouillait au sud, derrière Long Island. Pourquoi, dans ce cas, quittaient-ils Manhattan par le nord ?

Le vent violent qui s'était levé vers midi obligeait peut-être Liam à modifier sa trajectoire. D'où sa parfaite concentration. Son mutisme, aussi. C'était la première fois que l'associé de Mike faisait preuve d'autant de sérieux.

Inutile de se prendre la tête. Dans quelques minutes, ils seraient arrivés.

Mais c'était plus fort qu'elle. En voyant que l'appareil poursuivait sa route vers le nord, elle ne put se contenir plus longtemps. Si les ordres avaient changé, elle voulait être au courant. Elle se pencha en avant et tapa sur l'épaule de Liam.

— Je croyais que le yacht était dans la baie ? cria-t-elle pour couvrir le bruit du moteur.

Le pilote tourna la tête. Elle crut un instant qu'elle rêvait. Il souleva ses lunettes et la fixa. Elle reconnut Samuel Fox ! Le cauchemar n'était pas fini…

— Surprise ? lui dit-il, un horrible rictus en guise de sourire.

L'instinct de Brianna lui commanda de se taire. Surtout ne pas répliquer. Ne pas risquer de le contrarier. Il fallait qu'elle réfléchisse. Qu'elle se force à réfléchir. Qu'elle ne panique pas.

— Je vais te laisser un peu de temps pour que tu imagines tout ce qui pourrait t'arriver de pire, espèce de garce. Voyons... Je pourrais te jeter de l'hélico, par exemple. Et égrener les secondes jusqu'à ce que ton corps s'écrase en bas. J'adorerais ça !

Elle ferma les yeux et prit une profonde inspiration.

Ce type était cinglé ; inutile de prêter trop d'attention à ses délires. En revanche, elle devait rester concentrée. En éveil. Peut-être allait-elle mourir, mais, pour l'instant, elle était bien vivante, et décidée à le rester.

Que faire ? Un coup d'œil autour d'elle ne fut pas pour la rasséréner. Rien. Aucun objet dont elle pût se servir comme d'une arme. Fox avait certainement inspecté les lieux avant de décoller... Il fallait qu'elle attende qu'ils se posent sur la terre ferme. Là, elle imaginerait un moyen de défense. Une parade. Il devait bien y en avoir une...

16

La main gauche sur le levier de commande de l'appareil, la droite entre ses genoux, Fox semblait de nouveau concentré sur ses cadrans.

Brianna se raidit. Que préparait-il ? Etait-ce une arme qu'il cachait ? Brusquement, il balança son bras droit en arrière et elle sentit une aiguille s'enfoncer dans sa chair. Elle baissa les yeux : une seringue était fichée dans sa cuisse droite.

— Début des hostilités ! lança-t-il, sardonique. Dans une petite minute, tu vas te sentir fatiguée, très fatiguée.

Déjà son rire infernal refluait vers les profondeurs. Le monde vacilla. Elle tenta de lutter mais ses membres ne lui obéissaient plus. Elle tomba dans la nuit d'un puits sans fond.

Les battements sourds de son cœur la tirèrent de sa léthargie. Ainsi qu'une odeur étrange, entêtante. Semblable à la naphtaline. Elle ouvrit péniblement les paupières. Avait-elle dormi ? Avait-elle seulement jamais quitté son appartement ?

Des bruissements confus lui parvinrent aux oreilles, sûrement sa tante Nora, dans la cuisine… Elle avait mal à la tête. Et ses yeux ouverts ne distinguaient rien, que la nuit. Peut-être ne s'était-elle pas encore réveillée. Elle tenta de se redresser. En vain. Tout son corps semblait engourdi, privé de sa motricité habituelle. Elle dormait encore, c'était sûr. Elle ferma de nouveau les yeux, pour les rouvrir aussitôt.

Elle revit le rictus de Fox, l'hélicoptère… Où était-elle, maintenant ? Plus de bruits de vol. A l'évidence, ils s'étaient posés. Sous sa joue droite, une sensation familière. Une surface rêche et chaude. Une couverture de laine, imprégnée d'antimite. Elle était à plat ventre sur une couverture, à même le sol. Ses pupilles s'accoutumèrent à l'obscurité. Elle aperçut des planches à claire-voie. Etait-ce un chalet, une cabane ? Une forte senteur d'humus, mêlée aux exhalaisons résineuses, montait maintenant à ses narines. Lentement, elle tenta de remuer les doigts, puis la main et, enfin, tout le bras. Apparemment, elle n'était pas attachée.

Où était-il, maintenant ? Si au moins elle parvenait à tourner la tête. Peut-être épiait-il ses moindres mouvements, assis dans la pénombre, derrière son dos. Il fallait qu'elle s'en assure et qu'elle trouve le moyen de fuir.

C'était sans doute ce qu'il attendait d'elle, d'ailleurs. Comme le chat joue avec une souris. La cruauté suprême. Fox jouissait sûrement de la voir se débattre ; il la laisserait courir, se jeter dans une course absurde et la rattraperait. Juste pour lui signifier qu'il était le maître, qu'il la tenait entre ses griffes…

Un sentiment de colère l'envahit. Même si tout était perdu d'avance, elle résisterait ! Au moins ne resterait-elle pas à attendre la mort sans avoir rien tenté. Il se croyait malin ? Eh bien, elle n'était pas sans ressources non plus !

D'abord, ne pas bouger, au cas où il la surveillerait. Ne pas lui donner d'indice. Et mettre tous ses sens en éveil. Où pouvait-il bien être ? Aucun bruit apparent, aucune respiration. Elle semblait seule. Pour l'instant. Seule dans une masure de bois. Isolée de tous. Surtout, ne pas paniquer. Respirer, régulièrement, se défaire de la drogue. En contractant ses muscles régulièrement, elle pouvait lutter contre le sommeil qui alourdissait ses paupières. Surtout ne pas paniquer. Respirer, lentement.

— Je vois que tu es réveillée ? entendit-elle une voix aigre prononcer. Tant mieux, je commençais à m'ennuyer. On continue ?

Ne pas paniquer. Ne pas bouger. La voix semblait provenir d'en haut. Oui, il était au-dessus d'elle. Il l'observait. Peut-être était-il en train de la tester. Feindre le sommeil. C'était sa force. Il avait beau tirer les ficelles, une chose lui échappait : *il n'était pas elle* ! Tôt ou tard, il faudrait bien qu'il s'approche pour vérifier. Et là… Ne pas bouger. Feindre l'inconscience. Se préparer à l'assaut. Le prendre à son propre jeu. Espérer aussi qu'il n'ait pas décidé de la tuer à ce moment-là, froidement.

Les minutes s'écoulèrent sans qu'il ne bouge. Non, il ne la tuerait pas immédiatement. Il voulait d'abord se délecter de sa peur. Un guetteur, tapi dans l'ombre.

Le temps jouait en sa faveur, elle le sentait. Ses muscles se détendaient. Si seulement elle n'avait pas envie de dormir. Lutter. Elle se mit à faire du calcul mental, pour rester éveillée. Les soldats faisaient ça, aussi, avant l'assaut. Vider son esprit. N'être qu'un corps, qu'une puissance d'action. Soudain, elle se souvint du visage de Mike. Souriant. Amoureux.

Vivre. Ne pas bouger, et puis se déplier comme un ressort.

Elle entendit grincer les gonds de la porte et garda les paupières mi-closes. A travers ses cils, elle entrevit la clarté du dehors. Il faisait encore jour. Il s'approcha d'elle, sans prendre garde au bruit qu'il faisait. Sans prendre garde à la manière dont il se penchait sur elle. Il devait la croire endormie. Elle le vit avancer sa main, comme s'il voulait prendre son pouls.

C'était le moment. Dans un geste précis, violent, elle enfonça ses ongles dans ses orbites. Fox hurla de douleur, lâcha sa torche et recula, les mains devant les yeux. Maintenant, bondir, s'enfuir.

Elle s'empara de la torche juste avant qu'il ne se jette sur elle. Elle lui asséna un coup de pied sous le nez et se leva d'un bond, tandis qu'il perdait l'équilibre. Elle ouvrit grand la porte et se jeta dehors.

Courir, ne pas se retourner. Ses jambes, encore, étaient lourdes, comme entravées. Elle trébucha, roula dans les feuilles mais se releva. Elle vit la forêt sur sa droite. Courir, s'enfoncer sous les arbres. Courir à en perdre le souffle. Elle agrippa le tronc d'un arbre et tenta de reprendre haleine, l'oreille aux aguets. Pas un bruit. Le coup qu'elle lui avait donné avait dû le sonner, mais il reviendrait bientôt à lui. Il fallait qu'elle continue. Bientôt, il ferait nuit, de nouveau.

Surtout, ne pas se perdre, ne pas revenir sur ses pas. Le sous-bois était dense, griffait ses bras, ses jambes. Où fuir ? Quelle route emprunter qui soit la plus droite possible ? Elle leva les yeux vers le ciel. Le soleil était bas mais la mousse, sur les troncs, lui indiqua le nord.

Soudain, elle vit le ciel s'éclaircir. Ce n'était pas le crépuscule comme elle l'avait cru d'abord. C'était l'aube. Elle avait donc dormi toute la nuit ! Cette clarté pérenne lui sembla comme un espoir nouveau.

Elle se souvint d'un conseil que lui avait un jour donné son oncle. *Si tu te perds dans les bois, marche à droite du premier arbre, à gauche du second, et ainsi de suite*. Elle s'élança. A suivre la route droite, elle finirait bien par croiser un chemin, une habitation, quelqu'un qui lui viendrait en aide. Et puis Mike était forcément à sa recherche.

*
* *

— Toujours rien ? s'enquit Liam en passant la tête dans l'encadrement de la porte.

— Non, répondit Bailey en enlevant son casque.

Sa voix tremblait. Liam vint s'asseoir près d'elle et observa les écrans de contrôle.

— Je crains que Fox n'ait atterri, avoua-t-elle. Avec ces montagnes, je n'ai aucune chance de détecter le signal du Tiger. Heureusement, il n'a pas beaucoup de temps devant lui. Il a beau être intelligent, ça m'étonnerait qu'il puisse mettre tous les émetteurs hors service.

— Quelle est la position de Landis ?

— 43e degré ouest, indiqua Bailey en montrant un point sur la carte. Je lui ai donné les dernières coordonnées du Tiger il y a environ dix minutes. Il est en train de balayer le périmètre.

— Il tient le coup ?

— Tu connais Mike, c'est un roc.

Liam se blâmait de ce qui était arrivé. D'habitude, sur les opérations difficiles, c'est lui qui remontait le moral des troupes avec ses blagues de potache. Mais, cette fois, il restait silencieux. A cran.

— Tu n'y es pour rien, déclara Bailey en posant une main sur son épaule. On ne pouvait pas savoir que Fox travaillait à la sécurité de l'aéroport.

— Si j'avais fait mon boulot correctement, j'aurais sorti le fichier clients de Spender. Quand je pense que cette ordure a un bureau sous la tour de contrôle !

— On aurait disposé de deux jours de plus, rien de tout cela ne serait arrivé. Mon père disait toujours qu'il ne faut pas attendre d'un homme plus qu'il ne peut donner. Tu as fait de ton mieux, Liam.

— Merci, Bailey, tu es gentille. Mais tant que cette histoire sordide n'aura pas trouvé une fin favorable, je me sentirais coupable. Il faut que j'appelle Mike.

Il s'empara du talkie-walkie.

— Mère poule à Ranger, Mère poule à Ranger. Tu me reçois ?

— Ranger à Mère poule, cinq sur cinq.

— Tu veux que je vienne en renfort ?

— Négatif, Mère poule.

— Comment ça se présente ?

— Des bois, très denses. Je pense que le Tiger a passé Catskills et s'est dirigé vers Adirondacks. C'est là qu'il a dû se poser. Il nous nargue, vieux. Contacte les aéroports, même secondaires, qui se trouvent sur l'itinéraire supposé de l'hélico. Demande s'ils ont vu ou entendu quelque chose. Donne-leur le signalement. Un engin de l'armée ne devrait pas être passé inaperçu.

— O.K., Ranger. Autre chose ?

— Négatif. J'avance en cercles vers le nord. Prochain briefing dans dix minutes. Terminé.

Brianna prit une profonde inspiration pour combattre la nausée. En plus de l'injection de sédatif, elle n'avait rien mangé depuis vingt-quatre heures. Un coup d'œil au soleil lui confirma son intuition. Elle courait depuis presque trois heures. Et pas de signe de Fox. Elle l'avait semé. Ou bien il ne l'avait pas suivie. Elle était sauve.

Juste trouver une route, une maison. Et le cauchemar serait fini. Elle fit quelques pas de plus, mais ses jambes ne la portaient plus. Le sang coulait de ses genoux, les éraflures, sur ses mains et son visage, la brûlaient. Elle tendit l'oreille. Elle entendit un bruissement. Un murmure.

Le bruit d'un moteur ? Non, une rivière ! Dans un sursaut d'énergie, elle se rua en avant, vers l'endroit d'où provenait le son délicieux. Le sol déclinait en un petit vallon, au fond duquel l'eau miroitait. Elle se laissa glisser et roula jusque dans l'onde. Que c'était bon ! Elle but, longuement, avec délectation. Sa gorge était sèche, elle avait du mal à déglutir mais ça n'avait aucune importance. C'était comme si la vie entrait en elle, de nouveau. Un instant plus tard, elle s'évanouit.

Elle rouvrit les yeux, aveuglée par le soleil haut. Elle devait repartir, suivre la rivière. En longeant la rive, elle ne pouvait que retrouver la civilisation. Se concentrer sur chaque pas. La douleur n'est rien. Se répéter que la douleur n'est rien. Et rester dans les herbes hautes, ne pas risquer d'être repérée.

Avait-elle des hallucinations ? La fatigue et la faim aidant, il n'était pas impossible qu'elle se trompe. Elle cligna les yeux. Le petit cottage de chaux blanche était bien réel et paraissait abandonné. Des volets vermoulus, sortis de leurs gonds. Une porte entrouverte. Pas de ligne électrique. Elle regarda par la fenêtre. A l'intérieur, des draps blancs recouvraient les deux ou trois meubles qu'on avait laissés là. Peut-être trouverait-elle quelque chose. Une carte des environs, une boussole… De quoi se repérer. La porte du cabanon attenant était ouverte, elle aussi. Machinalement, elle passa la tête à l'intérieur. Sous une épaisse couche de poussière, un canoë en plastique orange paraissait n'attendre qu'elle.

Elle s'en saisit, rejoignit la rivière où elle mit le canoë à l'eau. Elle se mit à pagayer dans le sens du courant. Où allait-elle ? Elle l'ignorait. Combien de temps durerait son voyage ? Elle n'en savait rien. Ne pas perdre courage. Ne pas avoir peur. La nature, immense, hostile, autour d'elle, lui semblait une image de son propre destin.

Emportée par le courant, pour ce qui serait peut-être son ultime voyage et dans l'incapacité de revenir en arrière. Voilà à quoi elle était condamnée. A disparaître dans cette jungle, avalée dans la gueule des Enfers.

Ou bien s'en sortir. Trouver une île où se reposer. Tandis que les flots la portaient, elle posa un instant ses rames et entreprit de recenser ses blessures. Une mauvaise coupure sur l'avant-bras, des contusions, des égratignures sur tout le corps et, plus inquiétant, une entaille profonde au genou. Sa main droite était… Son sang se figea en découvrant sur son annulaire un anneau de métal blanc surmonté d'une perle minuscule qui ne lui appartenait pas.

Samuel Fox avait probablement profité de son inconscience pour la lui glisser au doigt. Mais pourquoi ? Elle regarda l'anneau plus attentivement et, tout à coup, elle comprit que c'était un mouchard ! Elle essaya de retirer la bague, mais l'anneau était très serré et plus elle tirait dessus plus sa peau gonflait, l'empêchant d'ôter l'espion de son traqueur.

Voilà pourquoi il n'avait pas pris la peine de la suivre. Il n'avait qu'à consulter son radar pour connaître avec exactitude sa position. Elle avait fait tout ce chemin pour rien ! Elle poussa un gémissement et éclata en sanglots.

Il ferait bientôt nuit. Avec un peu de chance, la lune serait pleine et lui montrerait la route. Elle pagaierait. Toute la nuit, s'il le fallait. La colère, maintenant, lui servait de carburant. La rage, même. Sa seule chance de salut était de croiser quelqu'un avant que Fox ne mette la main sur elle. Car il la trouverait. Il n'était pas loin, il attendait son heure. Tapi dans l'ombre. Comme toujours. N'avait-il pas prévu jusqu'à sa fuite ? Le jeu du chat et de la souris.

Elle tendit l'oreille. Elle entendit dans le lointain le bruit familier de l'hélice d'un hélicoptère.

Mike ! songea-t-elle avant de se raviser. Comment pouvait-il savoir où elle se trouvait ? Non, Fox l'avait retrouvée. Et il fondait sur elle, comme un rapace. Elle songea un instant à quitter le canoë pour se réfugier dans les bois, mais à quoi bon ? Il ne la lâcherait plus, maintenant. Le bruit du moteur se fit plus proche, assourdissant même et elle reconnut le Tiger. Juste au-dessus d'elle.

— Quel courage ! Je n'aurais jamais parié que tu irais si loin, entendit-elle Fox prononcer dans les haut-parleurs.

Elle agrippa fermement sa pagaie et se tint prête à lutter. Mais l'air déplacé par l'hélico rendait l'embarcation instable et la poussait vers la rive.

— Voyons comment tu te débrouilles à la nage, annonça-t-il en faisant descendre l'appareil tout près de l'eau.

Les remous furent si violents que le canoë ne tarda pas à se renverser. Elle tomba dans l'eau glacée, étourdie par le grondement du moteur, et la tempête qu'il soulevait. Ses jambes s'étaient engourdies, à rester des heures assise. Elle allait couler comme une pierre. Rien à faire. C'était la fin. Seule la pagaie, qu'elle n'avait pas lâchée, la retenait à un semblant de vie. A un semblant d'espoir.

Sans trop savoir comment, elle atteignit la rive, s'accrocha à des branches basses et parvint à se hisser sur la terre ferme. Elle sanglotait, certaine qu'elle allait mourir. Elle releva la tête vers le ciel.

Il y avait deux hélicoptères maintenant, comme deux dragons prêts à foncer sur elle. Elle ferma les paupières. Lutter. Un dernier effort. Elle essuya son visage avec le bas de son T-shirt et leva de nouveau la tête. Oui, dans cet enfer de bruit et de fureur, il y avait bien deux appareils. Et, dans le plus petit des deux, elle reconnut Mike !

— Jette ton arme, Fox, l'entendit-elle prononcer dans un mégaphone. Tu n'as aucune chance. La police sera là dans une minute. Tu fais un pas de travers, un seul geste suspect, et je me ferai un plaisir de te faire sauter la cervelle.

Elle cligna les paupières. Ses yeux la brûlaient. Elle avait du mal à distinguer ce qui se passait derrière les phares des machines. Elle vit Fox tenter de manœuvrer son hélico, mais l'engin, immobile à un mètre au-dessus du sol, refusait de répondre.

— Bien tenté mais inutile, Fox, cria Mike. C'est moi désormais qui contrôle le Tiger à distance. Je parie que tu n'avais pas prévu ce petit gadget de mon cru !

Fox sauta de l'appareil et tomba dans la rivière. Il se releva bientôt, de l'eau à mi-cuisses, mais, au lieu de se rendre, il se mit à tirer sur Mike. Puis, voyant sans doute qu'il n'obtiendrait rien, il changea de tactique et s'élança vers la rive. Droit sur elle.

Que pouvait-elle faire ? Lutter encore ? Elle s'en sentait incapable. Elle avait laissé ses dernières forces dans la rivière. Si Fox la prenait en otage, elle ne pourrait rien lui opposer. Mike posa l'appareil sur une sorte de gué, à quelque distance, tandis que le Tiger restait dans les airs, télécommandé par Michael. Fox, lui, commençait à paniquer. Il tourna la tête vers l'arrière, hésitant sur la marche à suivre.

Maintenant. C'était maintenant ou bien jamais. Bondir, une dernière fois. Elle rampa jusqu'à un bosquet, tenant sa pagaie dans son poing meurtri. Elle entendit un nouveau coup de feu, puis des branches craquer autour d'elle. Il la cherchait. Il se rapprochait. Par une trouée dans le feuillage, elle l'aperçut alors. A un mètre d'elle à peine. Il rechargea son revolver et, se tournant vers l'endroit où Mike s'était posé, leva son arme et visa.

Maintenant ! Brianna serra la rame dans ses deux mains et, dans un ultime sursaut d'énergie, se leva d'un bond et frappa.

17

Brianna jeta un regard désespéré sur la pile de lettres non décachetées qui attendaient sur son bureau. Messages en attente, dossiers en cours. Après bientôt une semaine de convalescence, elle avait encore le corps endolori. Mais la vie devait reprendre son cours. Et, d'abord, son travail. Jamais encore, elle ne s'était sentie aussi seule.

Mike n'avait pas appelé. En quittant son appartement, il lui avait juste dit : « A bientôt. »

A bientôt ? Quelle formule hypocrite ! Il aurait pu tout aussi bien lui dire adieu.

Pourtant il s'était montré tellement attentionné lors de leur retour à New York. Après l'épreuve qu'elle avait subie, il ne l'avait pas quittée. Il était resté près d'elle à l'hôpital, tandis qu'on la réhydratait et qu'on pansait ses plaies. Il avait passé la nuit à son chevet. Enfin, il l'avait raccompagnée chez elle et avait demandé à sa tante Nora de venir. Et puis plus rien. Il avait disparu.

S'il ne voulait pas d'elle, elle n'avait pas l'intention de le supplier. De toute manière, elle connaissait le remède : s'abrutir de travail, ne plus penser à rien. Au fond, ce qui arrivait était prévisible. Elle avait fait appel à Michael dans un dessein bien précis. Il avait rempli sa mission et préparait sans doute déjà la suivante.

Fox était en prison en attendant d'être jugé. D'après Liam, il devrait en prendre pour longtemps.

— Excusez-moi de vous déranger, Brianna.

Sa secrétaire avait dû frapper mais, perdue dans ses pensées, Brianna n'avait rien entendu.

— Entrez, Simone, invita-t-elle. Je ne faisais rien de spécial. J'ai l'esprit un peu embrumé, ces temps-ci.

— Je dirais plutôt que vous êtes fatiguée. Vous auriez dû écouter le médecin. Quelques jours de vacances vous auraient fait le plus grand bien. Mais vous n'en faites qu'à votre tête, comme d'habitude ! Avez-vous trouvé le message de Kristin McFarland ? Je l'ai déposé sur votre bureau.

— Oui, merci. Je suis heureuse qu'elle m'ait enfin écoutée. Apparemment, elle est retournée vivre chez ses parents.

— Elle était déçue de ne pas vous voir, mais je lui ai promis que vous l'appelleriez.

— Je le ferai dès que j'aurai l'esprit un peu plus clair.

— Si vous avez une minute, j'aimerais qu'on parle un peu, suggéra la secrétaire en s'asseyant.

— J'ai tout mon temps. Je voulais vous dire combien je suis désolée pour Fox… enfin, pour David. Vous avez été impliquée bien malgré vous dans cette histoire.

— Oh, mais Dieu merci, vous vous en êtes sortie, et ce sinistre personnage est en prison. Quand je pense que j'ai été assez idiote pour croire qu'il cherchait à m'impressionner ! Alors que ses mensonges n'avaient pour but que d'endormir ma vigilance. Je me souviens, maintenant, des questions qu'il me posait à votre sujet. Je n'étais pour lui qu'un intermédiaire. Un pion. De toute façon, j'avais décidé de me séparer de lui.

— Vous le lui aviez dit ?

— Oui, au restaurant. Pour éviter qu'il fasse un scandale. Il a commencé à me harceler de questions et je suis partie. Vous savez comme j'ai horreur de ce genre de scènes.

— Vous êtes quelqu'un de bien, Simone. Je suis certaine que vous allez trouver l'homme idéal.

— A dire vrai, je suis peut-être sur une piste, lui avoua sa secrétaire avec un sourire coquin. Un veuf, que je croise régulièrement à l'église. Il m'a invité à dîner. Je l'avais remarqué depuis longtemps. Vous comprenez, il est plutôt bel homme ! Figurez-vous que j'ai demandé à M. Landis de mener sa petite enquête. Je ne voudrais pas me tromper, cette fois. D'après lui, le monsieur est banquier, tout ce qu'il y a de tranquille.

— Ça manque un peu de romantisme, déclara Brianna en riant. Mais c'est peut-être plus sûr, en effet.

— C'est exactement ce que m'a dit M. Landis.

— Et… quand avez-vous vu M. Landis ? risqua la jeune femme.

— Hier soir. J'avais laissé un message sur son répondeur et il m'a rappelé en arrivant en ville. Il s'était absenté quelques jours, je crois.

Brianna accusa le coup. Mike était revenu. Sans rien lui dire. On ne pouvait être plus clair.

— Si vous voulez m'excuser à présent, j'ai du courrier à préparer.

Simone se leva, parut sur le point d'ajouter quelque chose, puis se ravisa. Elle sourit, gênée, avant de refermer la porte derrière elle. Une minute plus tard, elle frappait de nouveau.

— Oui, Simone ?

— Votre nouveau patient est arrivé.

Brianna la regarda avec étonnement. Elle lui avait pourtant spécifié de ne pas prendre de nouveaux rendez-vous dans les prochains jours.

— Voyez si M. Cunningham peut s'en occuper, Simone.

— J'ai peur que le patient ne soit pas d'accord, déclara la secrétaire en s'éclipsant, laissant la porte entrouverte.

Michael apparut sur le seuil.

Dans l'état d'émotion où elle était, elle ne se sentait pas prête pour la scène des au revoir.

— Que viens-tu faire ici ? Il me semble qu'on s'est déjà tout dit…, commença-t-elle.

— Voilà, l'interrompit-il en s'asseyant. J'ai un problème d'ordre affectif. Ma vie amoureuse est disons… un peu compliquée, ces temps-ci.

— Mike…

— Je suis divorcé, continua-t-il du ton le plus sérieux du monde. Une erreur, voyez-vous, la plus désastreuse de ma vie. Nous étions jeunes, j'étais fou d'elle, mais je n'ai pas su le lui dire.

— Arrête, Mike. Où veux-tu en venir ?

— J'ai tout gâché, je le sais. Mais j'ai changé, depuis cette époque. Je suis un homme différent. Le problème, c'est qu'elle ne veut pas le croire.

— C'est bon, je comprends mieux, maintenant, dit-elle, entrant dans son jeu. Vous dites avoir changé ? Peut-être. Vous ne m'avez pas parlé de votre style de vie, mais je l'entrevois. Avez-vous songé à votre femme attendant au foyer, dans l'angoisse, son mari, se demandant si on n'allait pas venir lui annoncer qu'il s'était fait descendre par un cinglé à l'autre bout du globe ?

Brianna se leva, incapable de rester en place, alors qu'elle trouvait enfin le courage d'exprimer à Mike ce qu'elle ressentait.

— Imaginez un peu leur vie de couple ! Les années passent, chacun devient pour l'autre un véritable inconnu. Des histoires comme celle-là, j'en entends tous les jours dans mon cabinet. Et j'en connais les dégâts.

Brianna s'arrêta de parler pour regarder Mike droit dans les yeux. Celui ci la dévisageait, une lueur sombre dans le regard.

— Je veux autre chose, Mike. Fonder une famille, élever des enfants avec un homme qui rentre tous les soirs.

Elle soupira et considéra son ex-mari un instant avant de conclure :

— Je sais que tu ne peux pas me donner cela. Tu m'en aurais voulu, si je t'avais demandé de changer de vie.

— C'était vrai hier. Mais aujourd'hui, tout est différent.

— Comment ça ?

— J'ai de nouveaux projets. Ces derniers jours, je suis parti en repérage dans la région et j'ai dégoté une petite propriété tout à fait agréable. Je pense que tu devrais la voir. C'est une bâtisse un peu ancienne, dans le style victorien, avec une bonne dizaine de chambres. De quoi loger quelques enfants !

Il se leva et la prit par la taille.

— Fini les missions, Brianna. A part une — et elle est de taille : celle de te rendre heureuse.

— Tu dis ça aujourd'hui…

— Brianna, je t'ai perdue une fois déjà, parce que j'étais un jeune idiot. Quand Liam m'a appris que tu étais dans cet hélico, seule avec Fox, quelque chose s'est produit en moi. Comme un déclic. Ou plutôt un séisme ! Si les choses avaient mal tourné, je ne m'en serais jamais remis. A ce moment-là, j'ai compris. Qu'une nouvelle chance nous était donnée et que nous n'avions pas le droit de la laisser passer.

— Et ton travail, Mike ?

— Tout est prévu. Je change de poste. Je deviens coordinateur des opérations, ici, à New York. J'ai cinq associés, ne l'oublie pas. Sans compter les copains du Clancy's. On ne manque pas de bras. SafeNet a de l'avenir !

Il prit sa main et y posa les lèvres, ses yeux plongés dans les siens.

— J'ai la ferme intention de ne plus te quitter, Bria. C'est-à-dire… si tu veux bien m'épouser.

— Mike !

Elle n'osait pas y croire tout à fait, et pourtant ses yeux scintillaient de bonheur.

— Tu ne crains pas les cataclysmes ? prévint-elle avec un sourire malicieux.

— Du style ?

— Frigo rempli, assiettes dans les placards, ce genre de choses.

— Ça devrait aller, je suis costaud, tu sais ! Et puis, si je me sens en danger, j'appellerai Liam à la rescousse… Alors, tu es d'accord ?

— Eh bien…

— Parce qu'il y a quelques personnes qui nous attendent pour fêter l'événement.

— Que veux-tu dire ?

— Eh bien, le yacht de SafeNet est à quai, les cales remplies de champagne. Bailey, Liam et ses sœurs et, bien sûr, ta tante Nora sont en ce moment même en pleins préparatifs de la fête de nos fiançailles.

— Comment ? Ma tante est au courant ?

— Non seulement elle est au courant, mais je l'avais chargée d'une mission de la plus haute importance. Si jamais tu refusais de m'épouser, c'est elle qui devait se charger de plaider ma cause.

— Oh, non ! s'exclama-t-elle en éclatant de rire. Comme si tu doutais de ma réponse, ajouta-t-elle, mutine.

— J'ai été trop longtemps aveuglé de certitudes, Bria. Aujourd'hui, je veux m'en remettre à toi, à tes désirs.

— Alors, prêt pour une nouvelle aventure, monsieur Landis ? murmura-t-elle en se jetant dans ses bras.

CARLA NEGGERS

Prise au piège

éditions Harlequin

Titre original : SHELTER ISLAND

Traduction française de CAROLE PAUWELS

Ce roman a déjà été publié en juin 2006

83/85 boulevard Vincent-Auriol 75646 PARIS CEDEX 13.
Service Lectrices — Tél. : 01 45 82 47 47
www.harlequin.fr

1

— Antonia !

Antonia Winter s'arrêta brusquement au milieu du parking souterrain de l'hôpital, presque désert à cette heure de la soirée.

Certaine d'avoir entendu quelqu'un chuchoter son nom, elle jeta un coup d'œil du côté des voitures garées près de la sortie mais ne vit personne.

Le cœur battant à tout rompre, elle fit quelques pas.

Après sa consultation, elle avait troqué sa blouse contre une tenue plus habillée, et le bruit de ses talons qui résonnaient sur le béton contribuait à rendre l'atmosphère plus inquiétante encore.

C'était la nervosité qui lui faisait entendre des voix, décida-t-elle. Le fait de se trouver seule dans ce parking, la perspective de ce rendez-vous à Back Bay pour le dîner…

— Antonia Winter…

Elle hoqueta et courut jusqu'à sa voiture, tout en enclenchant la télécommande d'ouverture des portières. Ses mains tremblaient. Elle souleva la poignée, se laissa tomber derrière le volant, et appuya sur le bouton de verrouillage centralisé.

Elle aurait voulu se convaincre que son imagination lui jouait des tours. Et, pourtant, ce n'était pas la première fois que des incidents étranges se produisaient autour d'elle.

Sans perdre de temps, elle inséra la clé dans le contact et démarra.

On était samedi, et il était presque 19 heures. Traumatologue au service des urgences d'un des hôpitaux du centre de Boston, elle venait d'assurer une garde de douze heures. Aucun des cas qu'elle avait eu à traiter aujourd'hui n'avait été facile. Mais c'était son travail, et elle l'adorait.

On pouvait dire d'elle qu'elle était une femme pragmatique. Elle n'était pas du genre à ruminer des idées noires, à imaginer des choses qui n'existaient pas, ou à tirer des conclusions dramatiques d'événements parfaitement innocents.

Tout au moins jusqu'à ces derniers temps.

Peut-être son entourage lui en demandait-il trop. A commencer par Hank Callahan. C'était avec lui qu'elle avait rendez-vous ce soir. Elle le fréquentait depuis quelques mois, mais leur relation était compliquée. Il ne s'était rien passé de concret entre eux. Il y avait son travail, sa famille, son passé… Et c'était la même chose du côté de Hank.

Hank…

Non, elle ne pouvait lui faire aucun reproche. Elle ne voulait pas.

Quoi qu'il en soit, elle n'entendait pas de voix. Et elle n'inventait pas d'histoires rocambolesques. Tout cela était vrai.

Quelqu'un avait bien murmuré son nom dans le parking.

Elle quitta son emplacement, tout en contrôlant ses rétroviseurs jusqu'à la sortie. Elle faillit demander au gardien s'il avait entendu quelque chose, mais elle savait que ce ne serait pas le cas.

Une fois dans la rue, elle profita d'un arrêt à un feu rouge pour prendre plusieurs inspirations profondes.

Hier, elle avait reçu un e-mail anonyme. Le troisième en quelques jours.

Vos patients vous font confiance, docteur Winter. Que se passerait-il si vous trahissiez cette confiance ?

Ils étaient tous sur le même sujet. La confiance et la trahison. Sans entrer dans les détails, elle avait demandé conseil à un ami informaticien. Celui-ci lui avait appris qu'il était très difficile, pour ne pas dire impossible, de remonter la trace d'un correspondant qui souhaitait rester anonyme.

Cela dit, il n'y avait rien de très menaçant dans ces messages. En tout cas, on n'y faisait pas mention de Hank Callahan, candidat au Sénat pour l'Etat du Massachusetts. L'élection devait avoir lieu dans moins de deux mois, le premier mardi de novembre. Si les messages avaient fait allusion à lui, Antonia aurait été obligée d'en parler. Mais, pour le moment, elle n'avait pas envie de semer inutilement la panique.

Ce qu'elle voulait, c'était une explication raisonnable à ce qui se passait. Si toutefois il se passait quelque chose. Elle avait toujours beaucoup de difficultés à croire que quelqu'un essayait de lui faire peur.

En effet, qui voudrait faire une chose pareille ?

Et pourquoi ?

Quelqu'un s'était-il mis en tête de la traquer ?

Non. Ce n'était pas possible. La tension, la fatigue et son imagination avaient dû transformer en chuchotement un bruit de moteur ou le soufflement hydraulique de l'ascenseur. Et peut-être les messages venaient-ils de quelqu'un dont elle avait oublié le pseudonyme. Un ami ou un collègue qui travaillait sur un article, ou se débattait avec un problème éthique, avait pu éprouver le besoin de lui demander conseil. Le but n'était peut-être pas de lui faire peur.

Lorsqu'elle arriva au restaurant, Antonia préféra cependant payer un supplément pour bénéficier des services du voiturier et ne pas avoir à se trouver de nouveau dans un parking souterrain.

Devant la porte de l'établissement, elle s'accorda un instant pour respirer à pleins poumons. Allons, s'encouragea-t-elle. Tout allait bien se passer. Elle allait y arriver.

La douceur qui flottait dans l'air parut agir sur elle, et ce fut d'un pas plus assuré qu'elle traversa la salle.

Elle portait une robe noire toute simple, avec des collants et des escarpins de la même couleur. Ses cheveux auburn, coupés au carré, étaient sagement lissés derrière ses oreilles. Elle ne portait ni bijoux ni rouge à lèvres. Elle détestait cela.

Comme promis, Hank l'attendait à leur table. Il était toujours aussi séduisant, songea-t-elle tandis qu'elle agitait la main dans sa direction. Quarante et un ans, les tempes légèrement grisonnantes, la mâchoire carrée, et les yeux d'un bleu si pâle qu'il en semblait presque irréel, c'était le plus bel homme qu'elle eût jamais connu. Elle l'avait rencontré en novembre dernier à Cold Ridge, dans le New Hampshire. Cela faisait presque un an, réalisa-t-elle. Hank était venu faire de la randonnée avec des amis de l'U.S. Air Force, Tyler North et Manny Carerra. Mais, au lieu de profiter de leurs vacances, ils avaient porté secours à Carine, la sœur cadette d'Antonia, qui était photographe animalière et s'était fait tirer dessus dans les bois. Un peu plus tard dans la même semaine, Hank, Ty et Manny avaient secouru un couple aisé de Boston, bloqué dans la montagne.

Hank lui sourit et se leva. Les autres clients tournèrent la tête dans sa direction. C'était un homme en vue. Il ne semblait pas y avoir de journalistes dans les parages, mais Antonia ne pouvait en être sûre. C'était une raison de plus pour se montrer prudente et ne pas crier au loup sans preuve. Non seulement sa réputation de médecin respecté en souffrirait, mais Hank risquait également d'en payer le prix. A quelques semaines de la fin de sa campagne électorale, elle devait bien réfléchir avant de parler. Heureusement, sa nature ne la prédisposait pas aux bavardages.

Mais ce n'était pas uniquement à cause des futurs électeurs de Hank qu'elle devait se montrer prudente. Il fallait aussi compter avec la famille de celui-ci, l'une des plus puissantes de la région, qui se faisait un devoir de servir l'Etat à différents échelons. Hank avait quitté l'armée de l'air deux ans plus tôt avec le grade d'officier. En tant que pilote d'hélicoptère, il avait mené plusieurs missions de recherche et de sauvetage. Et bien qu'il n'intervienne que rarement dans le domaine civil, sa mission la plus spectaculaire avait été le sauvetage de cinq marins-pêcheurs dont le bateau avait coulé. Cet acte héroïque lui avait valu la première page des journaux à travers le pays.

Antonia n'avait donc aucun doute à ce sujet : Hank lui viendrait en aide sans hésiter.

Et ce n'était pas uniquement parce qu'il s'agissait de son métier.

Dix ans plus tôt, il avait perdu sa femme et sa fille de trois ans dans un accident de voiture, alors qu'il servait à l'étranger. Cela le rongeait — tout le monde le savait. Il n'avait rien pu faire, et la culpabilité le poursuivait encore aujourd'hui.

Non, songea Antonia, tandis qu'elle approchait de la table. Elle ne pouvait pas se contenter de croire que quelqu'un lui en voulait. Elle devait en être certaine avant de faire part de ses craintes à quiconque. Même à Hank. Surtout à Hank.

Robert Balthazar observait la salle du restaurant derrière une des fenêtres. Cette garce était assise à une table éclairée par une bougie. Elle buvait du vin et parlait avec l'aspirant sénateur.

Elle n'avait donc rien compris ?

Robert dut faire un effort pour ne pas hurler.

Bon sang ! Elle ne voyait pas ce qu'elle lui faisait endurer ? La voir avec un autre homme. Savoir qu'elle ne prêtait pas attention à lui. Comprendre que ses rêves ne se réaliseraient jamais… C'était au-dessus de ses forces. Il allait devenir fou.

Il ne savait pas comment réagir. Ces derniers jours, il avait fait un peu n'importe quoi, agissant impulsivement. Mais c'était idiot de lui envoyer des mails. Il ne pouvait pas voir sa réaction. Tout ce qu'il pouvait faire, c'était imaginer son expression, sa curiosité à propos de l'expéditeur, et son inquiétude quant à ses intentions. Etait-elle en danger ? Quelqu'un essayait-il de lui faire peur ? Elle n'avait aucun moyen d'en être sûre. Il avait rédigé les messages de façon à laisser planer le doute.

Il savait qu'elle ne s'affolerait pas. Pas Antonia Winter. L'irréprochable Dr Winter. Robert l'avait regardée travailler pendant trois ans. Elle n'était pas du genre à céder à la panique. Son calme face au stress était justement ce qui le poussait à agir ainsi. Il voulait faire monter la pression, jusqu'à ce qu'elle perde les pédales, et qu'elle le supplie de lui laisser la vie sauve.

Il réfléchit un instant, tout en gardant un œil sur le couple qui riait aux éclats. Etait-ce vraiment ce qu'il voulait ?

Etait-il prêt à aller aussi loin ?

Ce soir, dans le parking, il l'avait entendue hoqueter. Mais il n'avait pas pu voir son visage.

Et il avait envie de le voir. Vraiment très envie.

Il avait entendu ses talons résonner sur le sol du parking. Elle semblait pressée de rejoindre le futur sénateur.

Avec ses patients, elle n'était jamais pressée. Toujours calme, attentionnée, sympathique…

Il avait bien vu comment elle était quand il s'était tiré cette fichue balle dans le pied. Elle l'avait sacrément excité. Evidemment, il avait dû s'expliquer avec la police. Et avec le psy. Il lui avait fallu pas mal de temps pour régler tout ça. Son pied le faisait encore souffrir parfois. Il avait fait ça uniquement pour attirer son attention, pour tenter de réduire le fossé qui existait entre eux. Elle était médecin, lui un simple agent d'entretien dans le même hôpital. Il s'était dit qu'il devait faire quelque chose de vraiment dramatique pour la tester, en tant que praticien. Et en tant que femme.

Il n'avait jamais aimé personne avant elle. C'était *elle* qu'il attendait.

Il aurait peut-être dû tirer sur quelqu'un d'autre. Un de ses collègues, par exemple. Il lui aurait alors amené la victime. Elle aimait les héros, pas vrai ? Il n'y avait qu'à voir l'autre idiot. Le pilote d'hélico qui se prenait pour Superman.

Mais il se rendait bien compte à présent qu'il avait complètement raté son coup.

Dès qu'il avait pu remarcher, il avait retrouvé son balai et sa serpillière. Mais aussi les infirmières, qui le houspillaient. Et les médecins, qui se prenaient pour Dieu… Ils n'avaient pas l'air de réaliser qu'un hôpital n'était rien du tout sans son équipe de nettoyage.

Et ses collègues… Quels abrutis, ceux-là ! Ils trouvaient que ce n'était pas un si mauvais job. De toute façon, il fallait bien que quelqu'un le fasse. Ils achetaient des tickets de loterie, regardaient les matchs des Red Sox à la télévision, allaient chercher leurs gamins à l'école, collectionnaient les bons de réduction des supermarchés et s'imaginaient qu'ils avaient une vie intéressante.

Mais lui, il avait un QI de 156. Il savait qu'il était capable de diriger cet endroit. Ses collègues ne s'en rendaient même pas compte. Ils se moquaient de son nom. *Melchior, Gaspard et Balthazar…*

Il ne leur avait pas dit que sa mère avait inventé ce patronyme de toutes pièces. Il n'avait jamais connu son père. Elle non plus, sans doute. Mais il avait fallu qu'elle lui donne le nom d'un des Rois mages. Ce n'était vraiment pas très malin. Elle était morte quand il avait onze ans. Bon débarras ! Il ne supportait pas les gens stupides.

Il avait cru qu'Antonia Winter, elle, reconnaîtrait son esprit, son potentiel. Il avait vu en elle son âme sœur. La femme qui le comprendrait.

Il s'était bien mis le doigt dans l'œil !

Il remonta la rue en essayant de contrôler sa respiration.

Non ! Il ne devait pas réagir ainsi. Il avait peut-être encore une chance.

Une toute petite chance.

Elle était si belle, avec ses cheveux auburn et ses yeux bleus. Il adorait son petit nez, et sa silhouette mince et musclée. Elle avait l'air d'une intellectuelle, mais elle était aussi très sportive.

Tout à fait son genre.

— Non ! dit-il à voix haute.

Il secoua la tête, conscient que les passants le regardaient comme s'il était fou. Il s'en moquait. Il avait des choses importantes en tête.

— Non. Elle n'est pas mon genre.

Car son genre de femme ne l'aurait pas trahi.

Et c'est ce que cette garce avait fait. En tant que médecin. Et en tant que femme. A tous les niveaux. Elle lui avait brisé le cœur.

Il s'était pourtant remis au sport pour elle. Avant l'histoire de la balle dans le pied, évidemment.

Et il avait fait tout ça pour rien !

Il faisait très doux en cette fin d'été, et il y avait foule dans les rues. La soirée idéale pour dîner en amoureux.

Robert songea que les deux tourtereaux en avaient encore pour deux bonnes heures à traîner au restaurant.

Ce n'était pas un problème.

Il savait où elle habitait.

Et il avait la clé de son appartement.

2

Hank Callahan disposait d'une heure entre sa visite au foyer des sans-abri de Cambridge et son rendez-vous avec un groupement de petits entrepreneurs locaux. Cela lui laissait suffisamment de temps pour essayer de soutirer des informations à la sœur cadette d'Antonia.

Antonia n'avait pas donné signe de vie depuis plusieurs jours, et il avait bien l'intention de découvrir ce qui se tramait.

Il se gara au pied d'un vieil immeuble d'Inman Square, là où Carine Winter avait décidé de louer un appartement au début de l'été. Sa décision avait surpris tout le monde. Car si quelqu'un n'était pas fait pour vivre à Cambridge, c'était bien elle. Carine était une fille de la campagne. Sa place était à Cold Ridge, dans le New Hampshire. Elle aurait dû continuer à prendre des photos d'oiseaux, à vivre dans son chalet en rondins perdu au cœur de la montagne. Elle était en effet photographe animalière. Plutôt douée, d'ailleurs. Mais sa vie s'était trouvée bouleversée en février, lorsque son fiancé l'avait soudainement quittée. Elle avait alors décidé qu'elle devait vivre en ville.

Et lorsqu'une Winter prenait une décision, rien ne pouvait la faire changer d'avis.

Tyler North, son ex-fiancé, était l'un des meilleurs amis de Hank. Carine et lui se connaissaient depuis l'enfance et n'avaient jamais éprouvé l'un pour l'autre que de l'amitié. En novembre dernier, Tyler était pourtant tombé amoureux de Carine après qu'un contrebandier lui eut tiré dessus. Presque aussitôt, il l'avait demandée en mariage. Cette décision avait évidemment surpris tout le monde.

Finalement, Ty s'était rétracté une semaine avant la date prévue pour la cérémonie. Il disait qu'il avait tout à coup repris ses esprits : Carine, qui avait perdu ses parents à l'âge de trois ans, aspirait à une vie calme, et compte tenu de son métier à hauts risques, il ne pouvait pas lui offrir ce qu'elle attendait.

A présent, Hank pâtissait du comportement de son ami. Antonia s'était éloignée de lui pendant des mois. Il n'y avait que très peu de temps qu'ils s'étaient retrouvés. Mais Antonia avait toujours beaucoup de mal à ne pas penser à la souffrance de sa sœur quand elle était avec lui.

« Les Winter sont de vraies têtes de mules, lui avait un jour expliqué Ty. Ne te laisse pas abuser par leurs chamailleries permanentes. En réalité, ils sont très soudés. Si tu en blesses un, tu les blesses tous. Ce sont les gens les plus coriaces qu'il m'ait été donné de rencontrer. »

Et c'était vrai. Le seul capable de rivaliser avec les sœurs Winter, leur frère Nate et Gus, l'oncle qui les avait élevés, n'était autre que Tyler North lui-même. Après plus de vingt ans passés dans l'armée de l'air, Ty avait tout vu, et il avait tout fait.

Sauf se marier avec Carine Winter.

Bien sûr, cela compliquait la vie de Hank. Mais il en fallait plus pour mettre à mal leur amitié.

En tout cas, il savait qu'il allait devoir faire preuve de patience. Antonia n'avait pas dit grand-chose de cette affaire, mais il devinait qu'elle avait l'impression d'être déloyale envers sa sœur en continuant à le voir.

Hank grinça des dents. Il aimait Ty comme un frère, mais

certains jours il avait envie de l'étrangler de ses propres mains. Avait-il vraiment eu l'intention d'épouser Carine ?

Peut-être durant cinq minutes, pas plus. Il ne changerait jamais.

Hank ouvrit brutalement sa portière et posa le pied sur le trottoir.

Il était allé au combat. Il avait fait des atterrissages forcés en hélicoptère. Il avait affronté la curiosité insatiable des médias depuis l'annonce de sa candidature au Sénat. Ce serait bien le diable s'il ne parvenait pas à faire parler la sœur d'Antonia !

Carine faillit ne pas lui ouvrir.

Hank grimaça un sourire devant le judas de la porte.

— Je m'inquiète pour Antonia. Je voudrais simplement te parler quelques minutes.

La jeune femme entrebâilla le battant. Elle était un peu plus grande que sa sœur et ses cheveux étaient plus foncés, mais Antonia et elle avaient les mêmes yeux bleus.

— Elle n'est pas là, répondit froidement Carine.

— Je sais. Je peux entrer ?

— Je suis occupée.

— Carine, s'il te plaît.

Elle soupira, et il vit qu'elle n'avait pas le cœur à le rejeter.

Ouvrant la porte plus grand, elle fit mine d'examiner le couloir.

— Quoi, tu n'as pas d'escorte ?

— Je suis venu seul.

— Vraiment ? Ils t'ont laissé faire ? Je croyais que ton entourage te tenait en laisse.

Hank desserra les dents et se força à sourire.

— Tu te fais une drôle d'idée du métier de sénateur.

— Oh, tu sais, moi, la politique…

Elle s'effaça pour le laisser passer.

— Bon, eh bien, entre.

Ils traversèrent un couloir étroit et mal éclairé, et débouchèrent dans la salle de séjour, dotée d'une cuisine ouverte.

— Je vois que tu as refait les peintures, remarqua Hank.

Les placards de la cuisine étaient jaune citron, et les murs, couleur mangue. La partie salon alternait, quant à elle, les tons prune et rouges.

— Le propriétaire a dit que je pouvais redécorer l'appartement à mon goût.

— Il devait penser à des coloris un peu plus discrets, dit Hank avec une pointe d'ironie. Beige, blanc… Enfin, ce qui se fait d'habitude.

De façon inattendue, elle lui adressa un sourire, et s'assit à la table peinte en lilas.

— Je n'ai pas posé la question.

La photo d'un aigle était accrochée au-dessus d'une commode achetée aux puces. Comme tout ce que faisait Carine, le cliché ne laissa pas Hank indifférent. Elle avait un don qui aurait pu faire d'elle une photographe très en vue à Boston. Il évitait de poser à Antonia trop de questions au sujet de sa sœur, mais il savait que Carine avait accepté un contrat avec une boutique plutôt modeste de Newbury Street.

Cependant, ce n'était pas sa principale préoccupation pour le moment.

— Je me demandais si tu avais parlé récemment à ta sœur.

— Pourquoi ?

Hank ne répondit pas à la question de Carine, qu'il sentait emplie de suspicion.

— Nous avons dîné ensemble, samedi, finit-il par lâcher.

Cela remontait à trois jours, songea-t-il. Trois jours, et pas un signe d'elle.

— Elle venait de terminer sa garde et elle était épuisée. Peut-être même un peu nerveuse. Elle donnait l'impression d'avoir des soucis. Elle a dit qu'elle pensait s'absenter quelques jours pour écrire un article médical. Je suppose que c'est ce qu'elle a fait.

Carine était la plus jeune de la famille, mais elle était loin d'être naïve et il n'était pas facile de la faire parler.

— Elle ne t'a rien dit de plus ? demanda-t-elle d'un ton suspicieux.

Il secoua la tête.

— Je n'ai pas dû faire attention. J'imagine qu'elle a mentionné l'endroit où elle allait. Quoi qu'il en soit, j'ai laissé plusieurs messages sur son portable et elle ne m'a pas rappelé.

Carine leva ses grands yeux bleus vers lui.

— Il faut peut-être y voir un message.

Il soupira.

— Carine, pour l'amour du ciel !

Elle se pencha, les coudes en appui sur la table.

— Comment se passe ta campagne ?

— Bien. Mais cela n'a rien à voir avec la raison pour laquelle je suis ici.

— Tu ne dois pas être habitué à ce que les gens te laissent tomber, je me trompe ?

— Antonia n'agirait pas ainsi, si elle voulait me quitter. Elle me le dirait. C'est une femme honnête et directe.

— Une mort propre et instantanée au lieu d'une lente agonie, remarqua Carine d'un ton songeur. Ça ne change pas grand-chose. Au bout du compte, tu meurs quand même.

— Je ne suis pas Ty North, Carine.

A ces mots, la mélancolie de la jeune femme disparut aussi vite qu'elle s'était manifestée.

— C'est vrai. Si tu l'étais, je ne t'aurais jamais laissé entrer.

Elle se redressa et prit appui contre le dossier de sa chaise.

— Je suis désolé, Hank, mais je ne peux pas t'aider.

Elle n'était pas du tout désolée, il s'en rendait bien compte.

Et son obstination à ne rien dire n'était pas uniquement due à sa nature taciturne, ou au lien étroit qui unissait les deux sœurs.

Carine savait quelque chose et elle refusait de le lui dire. Ou bien elle n'en avait pas le droit.

— Carine, normalement, je ne serais pas venu ici…

Hank bouillait intérieurement, mais il fit un effort pour que sa nervosité ne se communique pas à sa voix.

— J'aurais attendu qu'Antonia revienne, et je lui aurais demandé des explications. Mais elle n'était pas dans son état normal lors de ce dîner. Elle a mis ça sur le compte du travail, pourtant je suis persuadé qu'il s'agit d'autre chose.

— C'est peut-être à cause de toi.

Ty l'avait prévenu que Carine avait le don de pousser les gens à sortir de leurs gonds. Peu désireux de lui faire ce plaisir, il fit donc un effort pour se contrôler.

— Tout est possible. Mais mes sentiments pour elle sont sincères. Si ma campagne la rend nerveuse…

— Ce n'est pas ce que tu crois, l'interrompit Carine avec assurance. N'est-ce pas ?

— Tu as raison. Je sais que ce n'est pas la campagne.

— D'un autre côté, ce qui préoccupe Antonia ne te concerne peut-être pas…

— Mais s'il s'agit de quelque chose qu'elle n'est pas capable d'assumer seule ? D'une histoire qui la dépasse ?

Carine détourna le regard, et Hank comprit qu'il avait vu juste. Il se passait quelque chose d'anormal dans la vie d'Antonia. Il se garda pourtant de crier victoire trop tôt. Quelque chose de grave se tramait, son instinct le lui soufflait.

Mais le silence s'éternisait, et Carine ne semblait pas décidée à s'expliquer.

Hank laissa échapper un soupir d'impatience.

— Si tu ne veux pas me dire ce qui se passe, très bien. Je ne peux pas t'y obliger.

Il marqua une pause, le temps de laisser la jeune femme peser le pour et le contre.

— Il ne me reste plus qu'à appeler Gus, déclara-t-il enfin.

Cette décision parut contrarier Carine. Gus Winter les avaient recueillis, Antonia, Nate et elle, après l'accident de son frère et de sa belle-sœur, alors qu'il avait à peine vingt ans et que sa situation lui permettait difficilement de prendre en charge trois jeunes enfants.

Elle se leva et se dirigea vers l'évier en Inox, ses longs cheveux dansant sur ses épaules.

— Comment ça, tu veux appeler Gus ? A croire qu'Antonia et moi sommes encore adolescentes.

Hank prit appui contre l'un des plans de travail. Sa ruse fonctionnait.

— Je veux que tu comprennes que je suis sérieux. Il se passe quelque chose d'anormal avec Antonia. Et je pense que tu sais de quoi il s'agit. Mais tu refuses de m'en parler parce que tu as promis de garder le secret.

Hank esquissa un sourire et adopta un ton plus aimable.

— Je suis certain qu'Antonia te pardonnera de m'avoir parlé.

Elle soupira.

— Antonia a des ennuis, c'est ça ? insista-t-il. Ou bien il s'agit de toi, peut-être ?

— Ce n'est pas moi.

Les yeux de Carine lancèrent des éclairs.

— Je vais très bien depuis que je me suis débarrassée des militaires dans ton genre.

— L'armée, c'est bien fini pour moi. Il n'y a plus que l'accession au Sénat qui m'intéresse désormais.

Elle ricana.

— Ne crois pas que je vais voter pour toi.

Pas le moins du monde impressionné, Hank lui adressa un sourire moqueur.

— Tu le feras, et tu le sais. Tu m'aimais bien avant que Ty ne te joue ce mauvais tour.

Il fit un pas vers elle. Tyler North était l'un des hommes les plus courageux qu'il ait jamais rencontrés. Sauf quand il s'agissait de Carine Winter. Pourtant, elle était sans le moindre doute la seule femme qu'il pourrait jamais aimer.

— Laisse un peu de temps à Ty…

— Je ne lui laisserai rien du tout, répondit-elle d'un ton tranchant. Il ne fait plus partie de ma vie. D'ailleurs, je ne pense même plus à lui. Sauf quand des gens comme toi s'ingénient à faire allusion à lui en permanence.

Hank savait qu'elle mentait, mais il préféra ne faire aucun commentaire.

— Quoi qu'il en soit, reprit Carine, il n'a rien à voir avec ce qui préoccupe Antonia.

C'était la confirmation que Hank attendait. Il avait raison. Il se passait quelque chose.

Carine ouvrit le robinet et remplit un verre. Elle avait les joues rouges, mais le reste de son visage, marqué par les récents événements, était d'une pâleur effrayante. En dépit de ses efforts pour égayer son appartement, l'endroit n'en demeurait pas moins vétuste et peu pratique, et sa décision de s'installer là témoignait de ses difficultés financières. Elle aurait pu se résoudre à vendre son chalet dans le New Hampshire, mais Hank savait qu'elle ne l'avait même pas mis en location.

Malgré les apparences, Carine était une artiste, une fille sensible, et elle provoquait immanquablement chez les autres l'envie de la protéger. Mais, tandis qu'il la regardait boire son verre d'eau à petites gorgées, Hank songea qu'il devait maintenir la pression s'il voulait obtenir quelque chose d'elle.

— Dis-moi ce que tu sais, Carine.

Elle alluma un minuscule poste de télévision posé sur une étagère et chercha la chaîne météo. On y diffusait les dernières précisions sur l'ouragan « Espoir », qui menaçait de s'abattre sur la côte Est.

Carine lui jeta un regard en coin, avec une nonchalance étudiée.

— Je me demande qui a eu l'idée saugrenue de baptiser un ouragan « Espoir ».

— C'est vrai que c'est un peu étrange.

— Moi, je suis une fille de la montagne. Notre famille habitait déjà la région de White Mountains à l'époque où Madison était président. L'un des sommets porte d'ailleurs son nom, tu le savais ? Le mont Madison.

Hank ne put retenir un soupir d'impatience.

— Carine…

Mais la jeune femme ne parut pas remarquer son interruption.

— Tu peux m'abandonner de nuit dans la montagne, je retrouverai toujours mon chemin. Mais je ne sais vraiment pas comment je réagirais face à un ouragan.

Hank ne voyait pas du tout où elle voulait en venir, et il commençait vraiment à perdre patience.

— Qu'est-ce qui t'inquiète à ce point ? Tu es beaucoup moins exposée ici qu'en bord de mer ou dans les îles.

— Ta famille vit à Cape Cod, je crois.

— A Brewster, plus précisément. Et nous avons l'habitude des tempêtes. Comme tous les gens du coin, nous savons reconnaître les signes avant-coureurs et prendre les dispositions nécessaires.

— Bien sûr. Mais que se passerait-il si quelqu'un n'avait pas accès aux bulletins météo, aux ordres d'évacuation ?

Les yeux fixés sur la télévision, Carine s'humecta les lèvres.

— Imagine que tu ne sois pas habitué aux ouragans, et qu'en plus tu aies autre chose en tête. Tu es seul sur une île isolée, et l'ouragan s'abat justement sur cette île. Ça pourrait être catastrophique, non ?

— Sans doute. Mais c'est théorique. Je ne vois pas comment on pourrait être seul sur une île au large de Cape Cod.

— Ça peut arriver.

Hank plissa les paupières, conscient de l'émotion de Carine et de sa réticence à parler.

— Tu n'es pas en train de me dire qu'Antonia est seule sur une île, sans aucun moyen de communication ?

— Je n'ai rien dit du tout.

Mais sa respiration s'était accélérée, et elle semblait attendre de lui qu'il prenne une décision.

Hank attrapa aussitôt son téléphone portable et composa le numéro de Tyler North. Ty était stationné à la base de Hurlburt Field en Floride, et il était probablement sorti en opération. Hank s'apprêtait donc à laisser un message, mais Ty décrocha à la deuxième sonnerie.

— North.

— Où es-tu ?

— Au bar des officiers, en train de boire une bière. Et toi ?

— A Cambridge. Je suis avec Carine.

Ty garda le silence.

— Il se passe quelque chose d'étrange avec Antonia. Elle a dû faire jurer à Carine de garder le secret, et je ne peux rien obtenir d'elle.

— Inutile de perdre ton temps, mon vieux. Elle est plus têtue qu'une mule.

— Elle m'a quand même donné un indice. Antonia serait sur une île au large de Cape Cod, et Carine a peur qu'elle soit prise dans l'ouragan Espoir.

Ty ricana.

— Ce serait bien la première fois qu'elle aurait peur de quelque chose. Mais dis-moi, elle sait que tu m'appelles ?

— Evidemment.

— Alors là, tu peux commencer à t'inquiéter. Je suis la dernière personne à qui Carine voudrait demander de l'aide. Que se passe-t-il exactement ?

— J'aimerais bien le savoir.

— Carine va bien ?

— Très bien. Elle regarde la chaîne météo et elle fait semblant de ne pas se rendre compte que je suis en train de te parler. Elle a l'air de croire que tu sais où se trouve Antonia.

Tyler soupira. Il connaissait les sœurs Winter depuis toujours. D'une certaine façon, elles étaient la seule famille qu'il avait jamais eue.

— Shelter Island. Toi qui es de Cape Cod, tu devais connaître.

Hank se sentit confus.

— Bien sûr que je connais. C'est une petite île au large de Chatham. Mais il s'agit d'une réserve naturelle. Il n'y a plus aucune habitation, et le camping y est interdit.

— De toute façon, tu ne ferais pas dormir Antonia sous une tente. Et tu te trompes, il reste une maison. Sa propriétaire est une très vieille dame — elle a au moins cent ans, à mon avis — et même si elle vit à l'année à Boston, il n'existe aucun moyen de récupérer la maison avant sa mort. Antonia a fait sa connaissance quand elle était encore étudiante en médecine, et elle s'est souvent réfugiée au cottage pour réviser ses examens.

La jeune femme ne lui avait jamais parlé de son amie, ni de la maison sur l'île. Tandis qu'il faisait ce constat, Hank réalisa qu'il avait encore beaucoup de choses à apprendre au sujet d'Antonia.

— Tu vas y aller ? demanda Tyler.

— Oui. Le plus tôt possible. J'ai le sentiment qu'il se passe quelque chose. Antonia était étrangement nerveuse quand nous nous sommes vus samedi soir.

— Tu crois que Carine est au courant ?

— J'en suis certain.

— Tu veux que j'essaie d'en savoir plus ?

— Je te remercie, mais c'est inutile. Je suis capable de régler ça moi-même. Si Carine sait quelque chose qui peut aider sa sœur, elle me le dira.

Il jeta un regard en coin vers la jeune femme, mais celle-ci fit mine de ne pas avoir entendu.

— Les Winter ne fonctionnent pas comme les autres gens, le prévint Ty. Tu connais beaucoup de femmes qui iraient se réfugier sur une île alors qu'un ouragan menace ? Si Antonia a décidé de rester là-bas, tu ne pourras pas la faire changer d'avis.

— Toi qui la connais si bien, tu n'aurais pas quelques conseils à me donner ?

— Apporte-lui une de ces étiquettes qu'on utilise à la morgue pour identifier les cadavres. Ça la fera peut-être réfléchir.

— Ty, franchement, tu vas un peu loin !

— Elle est médecin. Elle doit donc savoir ce qui arrive à ceux qui ne respectent pas les consignes de sécurité.

Sur ces mots, il raccrocha.

Médusé, Hank fixa quelques instants son téléphone avant de le ranger dans sa poche, puis il se tourna vers Carine.

— Rassure-moi, tu n'avais pas vraiment l'intention de l'épouser ?

Elle esquissa un sourire.

— Ça paraît complètement fou avec le recul, n'est-ce pas ? Mais parlons plutôt d'Antonia. Tu as l'intention d'aller la rejoindre ?

— Evidemment !

— Elle est très indépendante. Elle va…

Carine s'interrompit, hésitante.

— Elle n'aimera pas l'idée que quelqu'un ait pu penser qu'elle avait besoin d'être secourue. Que ce soit toi ou moi, ce n'est pas le problème. Ce qu'elle va immédiatement penser, c'est que nous la croyons engagée dans une situation qu'elle ne peut pas gérer seule.

— Je sais que ce n'est pas facile, mais nous n'avons pas le choix.

Carine acquiesça sans dire un mot.

— Il n'y a pas que l'ouragan qui t'inquiète, n'est-ce pas ? devina Hank.

— Non.

Sa voix était à peine audible, et elle dut s'éclaircir la gorge.

— J'ai compris qu'il y avait autre chose, mais elle n'a pas voulu m'en parler.

Carine n'en dit pas plus et, pour la première fois, Hank perçut la tristesse qui l'envahissait. D'habitude, elle la dissimulait derrière la colère, l'entêtement et la détermination à ne pas laisser Tyler gâcher sa vie. Mais pas cette fois.

— Tu as peut-être une idée de ce que c'était, dit doucement Hank.

— Je crois qu'elle a peur, et ça ne lui ressemble pas, répondit Carine.

Elle se passa une main dans les cheveux et sembla faire un effort pour se ressaisir.

— Tu as l'intention de te faire accompagner par une escorte, ou tu y vas seul ?

En parlant d'escorte, Hank savait que la jeune femme ne faisait pas uniquement allusion aux personnes qui le secondaient durant la campagne, mais aussi à la patrouille de sauveteurs commandée par Tyler North.

Il secoua la tête.

— J'y vais seul.

Elle esquissa un sourire moqueur.

— Finalement, je dois reconnaître que tu n'as pas la grosse tête. Tu es encore capable de prendre des décisions sans le secours de tes conseillers. Espérons que tu ne changeras pas quand tu seras sénateur !

3

Le mieux à faire, c'était de suivre le futur sénateur.

Robert ne savait pas comment il allait réussir à ne pas se faire prendre, mais il était confiant. Avec 156 de QI, il trouverait bien un moyen de se débrouiller.

Comment avait-il fait pour laisser cette garce lui échapper ?

En fait, il savait. C'était à cause de sa sœur. Elle n'avait rien trouvé de mieux que de prêter sa voiture à Antonia pour qu'elle puisse quitter la ville.

Carine Winter. La photographe qui s'était fait plaquer par son petit ami.

Il était allé chez elle la semaine dernière, et il avait fouillé dans ses affaires. Il avait trouvé un jeu de clés appartenant à Antonia et les avait fait dupliquer avant de les remettre en place.

Puis il avait lu ses mails. Pitoyable ! Vraiment pitoyable !

Il s'était demandé s'il n'allait pas mettre le feu à l'appartement, mais il devait se concentrer sur sa cible.

Antonia Winter. Docteur en médecine.

Il voulait la voir effrayée. Le front couvert de sueur. A sa merci, comme lui l'avait été quand elle avait soigné son pied.

Le suppliant de l'épargner.

C'était cette image qui lui revenait sans cesse tandis qu'il réfléchissait à sa prochaine action. Il savait qu'il aurait dû élaborer un plan global, mais il aimait la spontanéité.

Le problème, c'est qu'il n'avait pas la moindre idée de ce qu'il devait faire.

Il ne savait pas s'il allait la tuer. Il pourrait le faire. Ou peut-être pas…

Il le ferait probablement.

Il se laissa tomber sur le lit d'Antonia. C'était une pièce très féminine. Elégante et luxueuse. Il y avait des photos de fleurs — sans doute l'œuvre de sa petite sœur —, des bougies parfumées et des draps ornés de dentelle. Il avait fouillé dans sa lingerie. Joli. Soyeux. Mais il ne devait pas se laisser troubler. Il devait penser à la façon dont elle l'avait traité. Elle était si douce et si attentionnée, lui laissant croire qu'il avait une chance !

Au début, il s'était réjoui. Il avait vu juste : elle n'attendait qu'un geste de sa part pour avoir enfin une occasion de l'approcher.

Mais elle avait appelé les flics. Il paraît que c'est la loi. Elle devait signaler toute blessure par balle. Foutaises ! On aurait dit qu'il avait commis un crime. Il s'était tiré dans le pied, et alors ? La belle affaire ! Elle aurait pu laisser couler. Ce n'était quand même pas comme s'il avait tiré sur quelqu'un.

Les policiers l'avaient laissé seul quelques secondes dans la salle de radiographie, et il en avait profité pour ficher le camp. Mais ils l'avaient rattrapé sur le parking. Ils l'avaient poursuivi comme un chien errant. S'il n'avait pas été blessé, il aurait pu les semer. Il connaissait cet hôpital comme sa poche.

Il se rendit soudain compte que le souvenir de son petit séjour aux urgences l'avait mis hors de lui.

Il avait trouvé des ciseaux et avait découpé les sous-vêtements de cette garce. Soutiens-gorge, culottes, déshabillés… Tout. Il en avait fait des confettis.

Elle aurait drôlement la trouille quand elle verrait ça.

Robert eut un sourire satisfait. Voilà de quoi on était capable quand on était surdoué comme lui.

Sa mamie — la brave vieille l'avait recueilli quand sa moins-que-rien de mère était morte d'une overdose — disait qu'il pouvait tout faire s'il s'en donnait la peine, parce qu'il était plus intelligent que les autres. Elle était morte d'une crise cardiaque quand il avait seize ans. Il l'avait trouvée la figure plongée dans son assiette de riz. Pauvre vieille.

Mais il ne voulait pas penser à sa mamie. Il avait besoin d'avoir les idées claires.

Il se mit à faire les cent pas sur l'épaisse moquette ivoire de la chambre d'Antonia. Voyons, comment devait-il procéder ensuite ?

Il devait suivre Superman. Voilà ce qu'il devait faire. Ça ne devait pas être bien sorcier. Il n'avait qu'à trouver l'endroit de son prochaine meeting et lui coller aux basques à partir de là. Il l'avait déjà fait. Ça, c'était de la stratégie ! Si le sénateur savait où se trouvait cette garce, il irait la retrouver.

Robert souleva le combiné du téléphone et appuya sur le *bis*, histoire de voir qui ce bon docteur avait appelé en dernier. Ça ne coûtait rien d'essayer.

— Résidence Winslow.

Qu'est-ce que c'était que ça ? C'était une voix de femme, mais on aurait dit qu'elle avait un million d'années.

Robert s'éclaircit la gorge et adopta son ton le plus poli.

— Bonjour, madame, excusez-moi de vous déranger. Vous êtes sans doute madame Winslow ?

— Oui.

Il adorait les personnes âgées. C'était tellement facile de leur tirer les vers du nez !

— Je me demandais si le Dr Winter était chez vous.

— Le Dr Winter ? Non. Elle est venue me rendre visite, il y a quelques jours. A présent, elle est à Shelter Island, dans ma maison de campagne. Mais qui êtes-vous au juste ? Je n'ai pas bien compris votre nom.

— Je suis un de ses collègues de l'hôpital. Ne vous inquiétez pas, madame Winslow, je me souviens maintenant qu'elle me l'avait dit. J'ai dû mal comprendre. Merci de votre aide. Bonne journée.

Il raccrocha avant que la vieille dame ait eu le temps d'ajouter quoi que ce soit.

Shelter Island.

Il n'en avait jamais entendu parler. Mais il saurait bien trouver cet endroit.

Après tout, il était un génie.

4

Tournée face au vent, Antonia laissa l'air salin lui fouetter le visage et se surprit à savourer la perfection de cet instant.

Il faisait un temps splendide, l'air était tiède et la brise légère. Les vagues venaient mourir à ses pieds en un doux clapotis qui ressemblait à un soupir, et les mouettes qui tourbillonnaient au-dessus de sa tête semblaient lancer de grands éclats de rire.

Elle inspira longuement l'air de la mer puis relâcha son souffle, apaisée par le calme et la beauté de l'île.

Elle était enfin en sécurité.

Elle n'était jamais venue sur l'île en cette période, mais c'était décidément une bonne idée d'avoir choisi cet endroit pour faire le point. Elle avait en effet décidé de s'octroyer quelques jours pour écrire, réfléchir et se reposer.

— Il n'y a plus de raison de s'inquiéter, dit-elle à voix haute. Tout se passera bien.

Comment aurait-il pu en être autrement par une si belle journée ? L'après-midi était déjà bien avancé, mais elle avait ôté sa montre en arrivant et ne savait précisément quelle heure il pouvait être. Cependant, il ne faisait aucun doute qu'on était en septembre. Le soleil se couchait de plus en plus tôt.

Shelter Island était un lieu de transit pour les oiseaux migrateurs et un refuge pour les oiseaux marins. Des dizaines d'espèces y vivaient et s'y reproduisaient : bécasseaux, pluviers, sternes, canards, goélands, chouettes, faucons, aigles… Elle avait appris à en reconnaître quelques-uns à leur cri, mais elle était encore novice dans l'observation de la faune. Elle n'avait pas la patience de sa sœur. Elle savait seulement que les oiseaux la considéraient comme une intruse en ces lieux et faisait donc tout son possible pour minimiser l'impact de sa présence.

Seule Carine savait où elle se trouvait. Elle avait fait jurer le secret à sa cadette. Sans doute avait-elle un peu exagéré dans le côté dramatique, mais cela lui semblait justifié à ce moment-là. Elle tenait à ce que quelqu'un sache où la trouver en cas d'urgence, mais, d'un autre côté, elle ne voulait pas que Carine soit impliquée dans cette histoire.

Elle n'avait rien dit de particulier à Hank. Simplement qu'elle avait besoin de prendre quelques jours de repos. Moins il en savait, mieux c'était. De cette façon, elle était sûre qu'il ne s'inquiéterait pas pour rien.

Tandis qu'elle marchait le long de la grève, le vent se leva et de lourds nuages assombrirent soudain l'horizon. Elle avait entendu à la radio qu'un ouragan menaçait la région de Cape Cod et des îles. Dans les trente-six heures à venir, il fallait s'attendre à ce que des ordres d'évacuation soient donnés pour les territoires aussi exposés que Shelter Island.

Mais elle n'était pas certaine de vouloir partir. L'ouragan pouvait perdre de la vitesse avant d'atteindre la Nouvelle-Angleterre. C'était un risque à prendre.

Cela lui laissait trois jours face à son ordinateur. Trois jours pour réfléchir et éplucher les dossiers de ses patients.

Qui pouvait bien lui en vouloir à ce point ?

A supposer qu'il se passe vraiment quelque chose. Le peu d'éléments dont elle disposait n'était guère convaincant.

Avait-elle vraiment envie que la police mette son nez dans sa vie privée ?

Elle devait penser à la carrière de Hank.

Samedi soir, après le dîner, il l'avait raccompagnée chez elle, mais elle lui avait demandé de la laisser seule. Elle était trop distraite, trop préoccupée par les murmures qu'elle avait cru entendre dans le parking. Elle savait qu'il n'avait pas compris sa décision et qu'il s'était senti vexé. Elle avait alors essayé de se persuader qu'elle lui rendait service en ne lui disant rien : elle préférait d'abord s'assurer qu'elle n'avait pas rêvé avant de lui faire part de ses inquiétudes.

Dès qu'elle était entrée dans sa chambre, elle avait senti que quelque chose n'allait pas.

Les rideaux flottaient au vent. Or, elle était absolument certaine de ne pas avoir laissé la fenêtre ouverte. Cependant, il n'y avait aucun signe d'effraction. Rien ne manquait. Rien n'avait été dérangé.

Elle avait failli appeler la police, puis elle s'était raisonnée. Si la presse avait vent de cette histoire, elle n'aurait plus un instant de tranquillité. En outre, elle allait quitter la ville, ce qui la mettrait provisoirement à l'abri de son poursuivant. Elle pourrait en profiter pour mener sa propre enquête, et essayer de trouver qui était à ce point obsédé par elle.

Avec un peu de chance, celui qui essayait de lui faire peur se calmerait pendant son absence et finirait par abandonner son combat contre elle.

Quand elle pensait à son poursuivant, Antonia imaginait systématiquement qu'il s'agissait d'un homme. Mais il était possible que ce soit une femme.

Ou personne.

Lorsqu'elle rentrerait à Boston, elle ferait changer ses serrures.

***

Un vent de plus en plus frais la forçait à maintenir une allure soutenue tandis qu'elle remontait le sentier sablonneux qui serpentait entre les pins et les genévriers. Le cottage était petit et rustique, typique de la région de Cape Cod avec ses bardeaux de cèdre patinés par le soleil et les embruns, ses fenêtres blanches et ses portes et volets bleu pâle. Il était situé sur la partie culminante de l'île, et sa terrasse ouvrait sur Nantucket.

Antonia avait rencontré Babs Winslow pendant ses études de médecine. Babs était bénévole à l'hôpital, et malgré leur différence d'âge, elles étaient devenues amies. Babs était le type même de l'héritière excentrique. Riche mais se moquant des apparences. Elle n'avait apporté aucune amélioration à son cottage depuis des années — en réalité, elle n'y venait plus depuis longtemps — mais Antonia aimait la simplicité de la maison et l'aspect démodé de son équipement. Un générateur fournissait l'énergie pour la pompe à eau, le réfrigérateur et l'ampoule unique fixée au centre de la pièce. Deux lampes à pétrole apportaient un éclairage supplémentaire. Il n'y avait pas d'eau chaude — elle devait faire chauffer l'eau sur l'antique cuisinière à bois pour la vaisselle et sa toilette.

Parvenue sur la terrasse, Antonia s'apprêtait à vérifier si la serviette de bain qu'elle avait suspendue sur la rambarde était sèche quand un bruit étrange la fit sursauter.

Elle était certaine d'avoir entendu quelque chose. Il ne s'agissait pas d'un oiseau. Ni du vent ni du reflux de l'océan.

Elle retint sa respiration et tendit l'oreille.

Quelqu'un sifflait.

Ça ne pouvait être qu'un oiseau, songea-t-elle.

Mais le son se fit entendre de nouveau, et elle n'eut plus de doute. Cela n'avait rien à voir avec un volatile.

Quelqu'un sifflait la chanson qu'entonnaient les sept nains pour se rendre au travail, dans le dessin animé de Disney.

En entendant cet air entraînant, elle eut d'abord envie de sourire. Mais elle devait se tenir sur ses gardes. Après tout, elle ne savait pas de qui il s'agissait.

Elle se glissa dans la maison en prenant soin de ne pas claquer la porte et s'empara d'un couteau. Juste au cas où.

Il était possible qu'une navette de surveillance ait repéré sa serviette et qu'un secouriste soit venu la prévenir de l'imminence de l'ouragan.

Par ailleurs, il était peu probable qu'une personne malintentionnée signale sa présence en sifflant le thème d'un dessin animé.

Mais elle ne voulait prendre aucun risque.

Les doigts fermement serrés autour du couteau, elle sortit par la porte de derrière en faisant le moins de bruit possible. Elle avait besoin d'un endroit où elle pourrait voir sans être vue.

Elle s'accroupit derrière un buisson d'églantiers et attendit.

Il s'agissait peut-être de Gus. A supposer que Carine ait laissé échapper l'information, leur oncle avait probablement sauté dans sa camionnette et pris la direction du sud. Il n'avait pas l'air de se rendre compte qu'elle avait trente-cinq ans, qu'elle était un médecin reconnu, et qu'elle pouvait parfaitement se débrouiller seule.

En tout cas, ça ne pouvait pas être Carine. Sa sœur était incapable de siffler.

Des bruits de pas résonnèrent tout à coup sur la terrasse.

— Antonia ? C'est moi. Hank. Hank Callahan.

Comme si elle connaissait un autre Hank !

Elle faillit perdre l'équilibre et tomber à genoux de soulagement. Comment l'avait-il trouvée ? Carine ? Ça venait forcément d'elle. Mais ce n'était pas délibéré. Il avait dû la coincer. Il avait d'ailleurs probablement fait appel à Tyler North pour la déstabiliser. Hank et lui pouvaient se montrer incroyablement têtus quand ils étaient persuadés d'avoir raison et que quelqu'un essayait de leur mettre des bâtons dans les roues.

Que diable Hank pouvait-il avoir en tête ?

Antonia réalisa soudain que son comportement avait dû éveiller sa suspicion. Elle avait réussi à lui donner le change pendant le dîner, mais sa soudaine disparition l'avait sans doute inquiété. Même s'il n'avait pas remarqué son agitation, Hank avait certainement dû se demander ce qui lui avait pris. Apparemment, elle s'était trompée en croyant qu'il serait trop occupé pour s'apercevoir de quelque chose.

Et puis il y avait Carine. Sa sœur avait immédiatement perçu sa nervosité et lui avait demandé ce qui n'allait pas. Evidemment, elle ne lui avait rien dit. Ce qui avait probablement attisé sa curiosité.

A présent, Hank l'avait retrouvée.

Et ce n'était certainement pas en restant accroupie derrière un buisson, un couteau à la main, qu'elle parviendrait à le persuader que tout allait bien !

Elle planta le couteau dans le sol et se redressa. C'est alors que sa manche se prit dans un enchevêtrement de ronces. En essayant de se libérer, elle se piqua l'index et son sang se mit à couler.

— Je suis derrière la maison, cria-t-elle.

Elle n'était pas mécontente de son intonation. Sa voix ne laissait rien paraître de sa nervosité.

— Comment m'as-tu trouvée ?

Elle l'entendit entrer dans le cottage. Il n'avait pas pris la peine de frapper ou d'attendre qu'elle vienne lui ouvrir. Hank n'était pas du genre à faire des cérémonies quand il avait décidé d'agir.

La moustiquaire de la porte de service s'ouvrit en grinçant, et Hank dévala les quelques marches qui menaient au petit jardin envahi par la végétation. Sous les fenêtres du rez-de-chaussée s'épanouissaient des massifs de rhododendrons et d'azalées. Du lierre avait colonisé le perron et la rambarde. Des lilas, depuis longtemps défleuris, dressaient, quant à eux, leur silhouette grêle sur le côté de la maison. Enfin, un petit bois d'acacias et de pins, tapissé de bruyère, marquait les limites du jardin.

Antonia remarqua qu'elle était passée à travers une toile d'araignée en sortant du bosquet de roses. Elle épousseta sa manche et tenta de décoller les fragments de toile accrochés à ses cheveux.

— Hank ! Quelle surprise !

Les yeux bleus de son compagnon se promenèrent sur elle. Il ne souriait pas.

— Vous avez l'air un peu pâle, docteur.

— C'est vrai ?

— Je t'ai fait peur ?

— Un peu. J'étais supposée être seule ici. Mais dis-moi, tu n'avais pas des engagements ?

— Je les ai annulés.

Son ton était difficile à interpréter. Etait-il en colère ? Inquiet ? En tout cas, elle avait piqué sa curiosité.

— Je n'ai pas entendu le dernier bulletin météo. Il y a du nouveau au sujet de l'ouragan ?

— Ce n'est pas très bon.

Il semblait soudain radouci. Son regard bleu était éclairé par le soleil déjà bas et ses cheveux châtains prenaient des nuances de miel dans la lumière dorée. Antonia ne put s'empêcher de le trouver superbe.

— Il gagne de la vitesse, expliqua Hank. Il pourrait atteindre

Cape Code avant de dévier vers l'est. Ce qui te placerait en plein cœur du cyclone.

— J'ai tout le temps d'évacuer, si ça devient nécessaire.

— Comment es-tu venue ici ?

— En kayak. Je m'en suis acheté un spécialement pour ce voyage. Je sais que je n'aurais pas dû partir seule à la rame, mais il y avait plein de bateaux dans les parages à ce moment-là, et je ne me sentais pas en danger. J'ai fait apporter mes bagages par un bateau taxi.

— Une véritable pionnière des temps modernes !

Elle ignora la moquerie. Elle comprenait son amertume. Après tout, elle ne l'avait pas mis au courant de son voyage.

Elle haussa les épaules et lui sourit.

— C'était amusant.

— La mer peut rapidement devenir dangereuse pour un kayak.

— Ce n'est pas loin du continent, et je suis une sportive aguerrie. De toute façon, j'aurais demandé de l'aide en cas de problème.

Il la considéra d'un air dubitatif.

— Vraiment ?

Il fit quelques pas sur l'herbe roussie par la longue canicule, et Antonia se fit la réflexion qu'il était plus grand que dans son souvenir. Il portait un pantalon de toile kaki, un polo noir et des chaussures de sport, mais il n'y avait rien de désinvolte en lui. Il avait la prestance quelque peu rigide d'un militaire, et cette aura de pouvoir propre à tout homme politique. C'était un homme fort, déterminé et intègre, capable d'affronter la vie sans jamais reculer devant l'adversité. Elle savait aussi qu'il ne supportait pas qu'on lui tienne tête, et c'était d'une certaine façon ce qu'il vivait avec elle. Elle lui dissimulait la vérité, elle l'évitait et elle lui mentait. Elle devait bien avouer qu'elle n'était pas très fière d'agir ainsi, même si elle estimait avoir de bonnes raisons de le faire.

Ses yeux bleus pouvaient être tendres et caressants, mais le regard qu'il portait sur elle à cet instant était d'une froideur difficilement soutenable.

— C'est ma sœur qui t'a dit que j'étais ici ?

— Rassure-toi, elle a su garder le secret comme tu le lui avais sans doute demandé. Heureusement pour moi, Ty s'est montré plus coopératif.

Antonia écarquilla les yeux.

— Il était avec elle ?

— Non, il est en Floride. Il m'a dit que Gus avait menacé de le tuer à la minute où il remettrait les pieds en Nouvelle-Angleterre.

Antonia soupira. Elle savait que c'était à peine exagéré.

— Je ne comprends pas : Gus voulait le tuer quand il a demandé Carine en mariage, et maintenant il veut le tuer parce qu'il ne l'épouse plus.

Hank esquissa un sourire.

— Ne cherche pas à comprendre. Ça nous dépasse tous.

Elle leva la main et ôta les dernières traces de toile d'araignée sur sa manche.

— Pourquoi sifflais-tu en arrivant ?

— Je ne voulais pas te faire peur.

— C'est raté.

Elle résista à l'envie de tourner la tête vers l'endroit où elle avait planté son couteau dans le sol.

— Je suppose qu'une personne malintentionnée aurait également pu siffler pour me faire croire qu'il n'y avait rien à craindre.

— Je ne suis pas une personne malintentionnée.

Sa réponse était si directe, si inattendue, qu'Antonia en eut le souffle coupé. En dépit de ses efforts pour ne pas y penser, elle songea aux mails anonymes qu'elle avait reçus, aux murmures qu'elle avait entendus dans le parking, et aux rideaux de sa chambre flottant sous la brise. Peut-être ne l'espionnait-on pas. Peut-être la cause de sa nervosité venait-elle tout simplement de Hank. Elle devait reconnaître qu'elle se sentait complètement déstabilisée en ce moment. Petit à petit, elle était en train de tomber amoureuse d'un ancien officier de l'armée de l'air, d'un héros national, de l'héritier d'une des plus riches familles du Massachusetts, d'un futur sénateur, et d'un homme qui avait perdu une épouse et un enfant. C'était un peu trop pour elle. Non seulement elle se sentait impressionnée par lui, mais elle devinait aussi que Hank pouvait bouleverser en un clin d'œil la vie qu'elle avait mis si longtemps à se construire.

Tout cela sans compter l'amitié que Hank portait à l'homme qui avait brisé le cœur de sa sœur.

Comment pouvait-elle s'autoriser à tomber amoureuse de lui ? Cela n'avait aucun sens. Et Antonia estimait être une personne particulièrement sensée en matière de sentiments.

Mais peut-être tout cela la dépassait-il.

Elle se souvenait du moment où elle était entrée dans le chalet de Carine en novembre dernier, et où elle l'avait découvert debout devant la cheminée. Elle s'était sentie immédiatement attirée vers lui. Elle avait senti de l'électricité dans l'air, son cœur s'était emballé, ses mains étaient devenues moites… Bref, tous les clichés du coup de foudre !

Hank fit encore quelques pas vers elle et elle se figea, consciente de sentir un petit pincement délicieux au creux de son estomac. Il tendit la main et ôta un dernier fragment de toile d'araignée accroché dans ses cheveux.

— Tyler m'a conseillé de t'apporter une étiquette d'identification de la morgue, au cas où tu refuserais de partir.

— Il se croit drôle, n'est-ce pas ?

— Je pense qu'il était sérieux. Il semblait croire que tu allais t'entêter.

— Pourquoi je m'entêterais ?

— A toi de me le dire.

— Je n'ai pas l'intention de rester là, si l'ouragan s'abat sur l'île, répondit-elle en haussant les épaules. Ce serait suicidaire.

— Mais tu y as pensé, n'est-ce pas ? Que se passe-t-il de si grave à Boston pour que tu préfères affronter un ouragan plutôt que de rentrer chez toi ?

Elle esquiva la question.

— Il n'y a pas encore de danger. J'ai le temps.

Comme pour la contredire, un coup de vent brutal s'abattit sur la maison et fit trembler les vitres.

— On ne joue pas à cache-cache avec un ouragan, protesta Hank.

— Ecoute, je sais ce que je fais. Tu devrais me faire un peu plus confiance.

Surprise par l'agressivité de son intonation, Antonia s'efforça de se radoucir.

— Je comprends que tu t'inquiètes pour moi, mais il n'y a aucune raison, je t'assure. J'étais un peu préoccupée ces derniers temps et j'ai voulu venir ici pour décompresser.

— Tu n'as pas de téléphone, n'est-ce pas ?

Apparemment, Hank n'avait pas l'intention de renoncer. Elle comprenait à présent qu'elle avait fait une erreur de jugement en ne lui disant rien.

— Les portables ne passent pas ici.

Elle grimaça un sourire.

— Mais j'ai des fusées de détresse.

— Des fusées de détresse !

Il hocha la tête avec commisération.

— Vous êtes vraiment un drôle de numéro, docteur Winter.

La plupart des gens auraient choisi un hôtel confortable pour faire le point, pas cette vieille bicoque.

— J'aime cet endroit, protesta-t-elle. Tu es venu seul ?

— Oui, madame. Tout seul comme un grand.

Antonia prit soudain conscience de l'intimité de la situation et son cœur se mit à battre plus vite. Elle baissa alors les yeux, de peur qu'il ne devine l'étrange faiblesse qui l'envahissait, l'envie folle qu'elle avait soudain de se blottir contre lui.

— Au moins tu n'es pas venu en hélicoptère. Tu ne me feras jamais monter dans un de ces engins ! dit-elle avec une pointe d'humour.

La jeune femme réalisa tout à coup qu'elle n'avait pas beaucoup de points communs avec lui. A bien des égards, elle se sentait plus proche de Ty que de Hank. Elle avait grandi avec Tyler dans le nord du New Hampshire et, en tant que secouriste, il possédait un certain nombre de compétences médicales. Mais il était impossible à vivre. Il suffisait de voir de quelle façon il s'était comporté avec Carine.

Et si elle n'y prêtait pas garde, elle pourrait bien connaître le même sort que sa sœur. Peut-être y avait-il quelque chose de spécial dans l'air la nuit de leur rencontre… Carine et elle avaient été happées par des forces qui les dépassaient. Ça expliquait qu'elles soient toutes les deux tombées amoureuses d'hommes qui ne leur convenaient pas.

Antonia fit un effort pour se ressaisir. Elle divaguait complètement. Hank et elle avaient partagé quelques soirées : trois ou quatre dîners, un film ou deux et un match de base-ball ennuyeux à mourir… Mais il n'avait jamais été question de mariage. Hank avait déjà perdu une famille, et elle comprenait combien il était difficile pour lui de s'engager avec une autre femme.

D'ailleurs, elle n'était pas sûre de le vouloir non plus. Davantage d'engagement voulait dire davantage de complications, et sa vie était déjà assez compliquée comme cela. Etait-ce pour cette raison qu'elle lui avait menti ? Pour avoir la paix ?

— Mon bateau est ancré de l'autre côté de l'île, remarqua Hank.

Le ton était détaché, mais elle voyait bien à quel point il était tendu.

— Nous pourrions partir demain matin.

Demain…

Le cottage était très petit. Il n'y avait qu'un seul lit. Antonia s'efforça de repousser au fond de son esprit un flot d'images indésirables.

— Ce sera dans tous les journaux, remarqua-t-elle. « Le candidat au Sénat Hank Callahan porte secours à un médecin bloqué sur une île en pleine tempête. »

— Tu détestes être secourue, n'est-ce pas ? lui demanda-t-il en la regardant droit dans les yeux.

— Je déteste surtout me mettre dans une situation qui m'oblige à faire appel aux autres. Mais je ne t'en veux pas d'être venu, au contraire. C'est gentil de t'être inquiété pour moi.

Il la considéra avec scepticisme.

— Tu es nerveuse.

Hank avait parlé calmement, mais il affichait une mine sévère et l'enveloppait d'un regard inquisiteur.

— C'est peut-être à cause de l'ouragan.

— Non, rétorqua-t-il avec assurance.

Elle passa devant lui et son bras effleura le sien sans qu'elle l'ait voulu. Ce contact furtif la fit tressaillir. Comment pouvait-elle réfléchir dans ces conditions ?

Elle monta deux marches et tourna la tête vers lui.

— Que ferais-tu si je refusais de partir demain ?

Il monta les marches derrière elle en souriant.

— Je ferais la même chose que toi.

— Tu veux dire que tu resterais ?

Soudain, il lui décocha un sourire si éblouissant qu'elle faillit perdre tous ses moyens.

— C'est plutôt excitant, n'est-ce pas ? Toi, moi, un ouragan, une seule chambre…

Elle haussa les épaules, feignant la désinvolture.

— Tes collaborateurs ne vont pas s'inquiéter ?

— Et alors ? Toi aussi, tu as des proches qui risquent de s'inquiéter. Ce n'est pas cela qui t'a arrêtée.

— Je ne vois pas comment je pourrais te contredire sur ce point-là.

Elle lui rendit son sourire et, prenant appui sur la rampe, fit mine de chanceler.

— Je suis toute disposée à me laisser secourir.

5

Robert décida d'établir son campement derrière la dune la plus haute de l'île, celle qui surplombait la baie de Nantucket.

Il se sentait intrépide. Incroyablement aventureux.

Il laissa tomber son sac dans le sable et les touffes d'herbe — il ne connaissait pas le nom de la végétation locale — et s'accroupit en prenant soin de remonter les jambes de son pantalon pour éviter les plis aux genoux.

Il était à peu près à cinquante mètres du cottage, mais elle ne se doutait pas qu'il se trouvait là. Il en était certain. Il était arrivé à peu près une heure avant que Superman ne débarque. L'arrivée du sénateur l'avait mis hors de lui. Il savait que Callahan la trouverait, mais il pensait avoir une bonne longueur d'avance sur lui. Il espérait avoir un peu de temps pour réfléchir à la situation.

— Merde ! cria-t-il.

Des tiques. Des millions de sales bestioles grouillaient sur ses chevilles.

C'était la faute de cette garce !

Robert utilisa ses ongles pour essayer d'arracher les vermines. Il n'avait pas de pince à épiler. Le Dr Winter avait probablement une trousse de premiers soins dans le cottage, mais il savait qu'elle refuserait de l'aider.

Une des tiques était implantée profondément sous la peau,

et il se fit saigner en tirant dessus de toutes ses forces. Il savait que ces saletés étaient porteuses de la maladie de Lyme. Cela pouvait se traiter avec des antibiotiques, mais il n'en avait pas sous la main. Il les avait récoltées en crapahutant dans les buissons tandis qu'il poursuivait le sénateur. Il n'était pas idiot, il savait que Callahan l'aurait repéré, s'il était resté sur le chemin principal.

A présent, il devait réfléchir, prendre une décision.

Avant toute chose, il lui fallait se concentrer sur sa cible.

Il pourrait peut-être tuer le sénateur. C'était un bon moyen de se débarrasser de lui. Il n'en revenait toujours pas de la vitesse à laquelle il avait rappliqué ici. Maintenant, il devait faire des choix, gérer deux personnes à la fois.

Il renifla et arracha une autre tique. Il allait devoir s'appliquer à trouver une stratégie. Mais il était malin, il savait s'adapter.

Ce type, Callahan, était assez bel homme. Il l'avait vu dans les journaux et à la télévision. Et aussi en compagnie d'Antonia. Ils formaient un sacré couple, tous les deux. Lui, le héros magnifique, elle, le jeune médecin aux yeux bleus. Il n'était rien pour ces deux-là.

Une pluie fine s'était mise à tomber, lavant le sang sur ses jambes. Mais le sol était détrempé, et ses pieds s'enfonçaient à chaque pas. Il se faisait l'impression d'être un crabe disparaissant dans le sable humide à marée basse.

L'océan roulait ses eaux tumultueuses jusqu'au pied de la dune. Un vent violent s'était levé, agitant les branches des pins de façon passablement effrayante. Il ne savait pas si l'ouragan se rapprochait ou si c'était normal. En tout cas, il n'était pas rassuré.

Si l'ouragan se déchaînait, il serait balayé comme un fétu de paille en restant derrière la dune. Le bateau de Callahan était ancré dans une crique de l'autre côté de l'île. Robert était, quant à lui, venu en bateau taxi. Il avait dit au chauffeur qu'il venait rejoindre un ami pour faire du kayak pendant que le temps s'y prêtait encore. A ce moment-là, il n'avait pas réalisé qu'il serait coincé là. A présent, la seule façon de quitter l'île, c'était de prendre le bateau du sénateur.

En venant, il avait repéré le kayak d'Antonia et en avait subtilisé la rame. Ça, c'était ce qui s'appelait en avoir dans le crâne. Antonia n'irait nulle part sans sa permission.

Sa mamie lui disait toujours qu'il ne pensait pas comme les gens normaux, ce qui l'exposait à bien des ennuis. Il pensait qu'elle n'était qu'une vieille casse-pieds, sans imagination et sans aucun sens de l'aventure. Mais, à cet instant, il n'était pas loin d'admettre qu'elle n'avait peut-être pas tout à fait tort. Il était coincé sur une île — une saleté de réserve pour animaux —, un ouragan était en route, il était couvert de tiques, il risquait sa vie… Et tout ça pour quoi ?

Pour un peu de justice.

Il s'était rendu malade à force de penser à Antonia — « Douce Antonia », c'était le surnom qu'il lui donnait. Jour après jour, il guettait un signe de connivence, une manifestation de tendresse, mais c'était peine perdue. Elle était sans doute timide. Ou bien elle n'était pas sûre d'être aimée en retour. Alors il avait employé les grands moyens. Il s'était tiré une balle dans le pied. Il s'imaginait qu'elle saisirait cette opportunité pour lui avouer les sentiments qu'elle éprouvait pour lui ! Au lieu de cela, elle l'avait traité comme un minable, un moins-que-rien. Elle avait l'air de le prendre pour un adolescent bêtement amoureux, un crétin qui ne voyait pas qu'il n'avait aucune chance avec une femme comme elle.

Après avoir appelé les flics, elle était certainement allée rejoindre Callahan.

Justice ! Revanche ! Voilà ce à quoi il aspirait.

Elle n'allait pas s'en sortir comme ça. Ce n'était pas juste. Elle l'avait trahi, humilié. A son tour de souffrir.

Pourtant, il avait cru en elle. Et où cela l'avait-il mené ? Sur cette fichue île.

Il ne savait pas encore ce qu'il allait lui faire, mais il fallait qu'elle sache que ça venait de lui. C'en était fini de l'anonymat. Il voulait l'entendre supplier. Il voulait voir la peur sur son visage et savoir que c'était à lui qu'elle devait cette peur.

— Aaaaaaahhhhhh ! cria-t-il.

Il ouvrit les bras et leva la tête vers le ciel, laissant la pluie ruisseler sur son visage, et répéta :

— Aaaaaaaahhhhh !

Il sentait le sel, la sueur et le poisson mort. Il sortit sa cape de camouflage de son sac humide et s'efforça de l'enfiler. Elle possédait une de ces capuches souples qui ne servaient à rien : elle ne faisait que basculer en arrière. Il essaya de la nouer, mais le cordon élastique lui glissa des doigts et le heurta au visage. Ça faisait un mal de chien.

Ce n'était pas vraiment un campement. Il n'avait pas de tente, pas de réchaud ou de feu de camp. Il n'avait même pas emporté de sac de couchage. Et il avait pris de la nourriture, mais pas assez. Quelques biscuits, des pommes, du fromage, un pack de six minibouteilles d'eau.

Dans ces conditions, il n'avait pas l'intention d'affronter un ouragan tapi derrière cette fichue dune, pas quand il y avait une maison juste au bout du chemin. Cette vieille baraque avait dû voir passer des dizaines d'ouragans, des décades de mauvais temps. Alors si l'ouragan atteignait Shelter Island avant qu'il ait eu le temps de régler ses affaires, il se réfugierait dans le seul bâtiment de l'île. Pas question de s'en laisser conter. Après tout, il avait une arme.

Une araignée grimpa sur sa jambe, comme si cette garce de médecin l'avait envoyée pour le tourmenter. Il la balaya d'un revers de main et l'écrasa sous un caillou. Puis il escalada la dune et contempla l'océan rugissant. Il n'avait jamais compris pourquoi les gens s'entassaient sur les plages. Ce n'était jamais que du sable et de l'eau. Pas la peine d'en faire tout un plat ! Cet endroit était, paraît-il, un refuge pour les oiseaux. Mais il n'en avait vu aucun. Ils avaient peut-être tous fichu le camp avant l'arrivée de l'ouragan. Ils avaient sûrement deviné qu'il allait s'abattre sur l'île. Il ne fallait pas faire confiance à la météo. Il n'y avait qu'à observer les oiseaux.

Il vérifia le fonctionnement de son arme. C'était un 38 Smith & Wesson. Basique. Il se demanda s'il pouvait s'en passer. S'il jouait finement, l'ouragan coincerait Callahan et le Dr Winter sur l'île. Et ils mourraient sans qu'il ait rien à faire.

D'une pierre deux coups.

Le beurre et l'argent du beurre.

Il éclata de rire.

Oui, cette idée lui plaisait.

6

Il avait vu juste, songea Hank. Il se passait bien quelque chose d'étrange avec Antonia.

Dès son arrivée, il avait inspecté le cottage. Celui-ci était semblable à toutes les anciennes maisons de plage où il avait séjourné quand il était enfant. C'était petit et rudimentaire, mais chaleureux. Il y avait là un vieux canapé défoncé recouvert d'un plaid qui sentait le renfermé, des chaises et de la vaisselle dépareillées, des pots en terre cuite remplis de pochettes d'allumettes, de clous, de bouts de ficelle et d'élastiques, un jeu de cartes déchiré, et l'incontournable Scrabble.

La salle de bains était des plus sommaires. Il nota la pile de serviettes-éponges élimées.

Le lit était, quant à lui, dissimulé derrière un rideau. Il s'efforça de ne pas laisser ses pensées divaguer tandis qu'il observait les draps de coton blanc.

Antonia lui avait dit que Babs Winslow avait quatre-vingt-dix-sept ans. A sa mort, le cottage serait rasé, et la parcelle de terrain serait rendue aux oiseaux. Il comprenait pourquoi Antonia se plaisait ici. C'était l'endroit idéal pour se ressourcer.

Il désigna d'un geste de la main l'ordinateur portable posé sur la table de la cuisine.

— Comment avance ton article ?

— Quoi ?

Elle le regarda sans comprendre, puis elle pâlit et se précipita pour rabattre le couvercle de l'appareil, sans prendre la peine de l'éteindre correctement. Hank sut alors qu'elle ne voulait pas qu'il voie ce qu'il y avait sur l'écran, ce qui lui donna naturellement envie de savoir ce qu'elle lui cachait. Il était certain qu'elle n'aurait pas sursauté ainsi s'il s'était agi d'un simple article médical.

— Ça avance tout doucement, dit-elle d'une voix incertaine.

Elle attrapa ensuite un carnet à spirale et le referma avant qu'il ait eu le temps de déchiffrer ce qu'elle avait écrit dessus. Elle l'enfouit dans un sac à dos posé à même le sol et lui adressa un sourire qui ne parvint pas à le convaincre.

— J'ai surtout pris mon ordinateur pour pouvoir jouer au Solitaire. Les soirées ici peuvent être désespérément longues !

— Pas ce soir, répondit-il d'une voix rauque.

Elle rougit, mais cela ne suffit pas à radoucir son humeur. D'un geste brusque, elle saisit l'ordinateur et le mit dans son sac.

— Je n'ai presque plus de batterie, dit-elle pour se justifier.

— Antonia, qu'est-ce qui ne va pas ?

— Rien.

Hank ne chercha pas à argumenter, espérant que le silence travaillerait pour lui.

Dehors, le vent devait être violent à en juger par le balancement des arbres. La pluie crépitait avec force sur les vitres, et le vacarme de l'océan avait quelque chose d'impressionnant. Face à la nature déchaînée, il se sentait tout à coup bien loin de sa propre vie. Le rythme effréné de la campagne, les sempiternelles questions, l'obligation de peser chacun de ses mots… Ce n'était pas qu'il ne se sentait pas lui-même dans cet endroit — il était toujours lui-même, il ne voyait pas l'intérêt de prétendre être quelqu'un d'autre. Mais ici, avec Antonia, les contingences matérielles paraissaient soudain moins importantes. Il se souvint qu'il aimait autrefois marcher pendant de longues heures sur les plages désertes de Cape Cod, inconscient de la vie qui s'écoulait.

Mais Antonia était visiblement perturbée par son intrusion, et elle semblait bien décidée à lui cacher le plus longtemps possible la raison de sa fuite.

Elle s'assit sur une chaise qui paraissait rescapée d'une salle de classe des années 40 et se tordit les mains.

— Tu étais sérieux quand tu disais que tu resterais avec moi, si je refusais de partir ?

— Je n'ai pas pour habitude de dire des choses que je ne pense pas.

Il haussa les épaules, pour chasser le côté pompeux de sa déclaration.

— C'est simplement plus facile pour moi. Je n'ai jamais été doué pour mentir.

— Penser ce que tu dis, dire ce que tu penses, récita Antonia d'un air pensif. Mais tu ne sais jamais ce que la personne en face de toi comprend vraiment.

— Quelqu'un te pose un problème ?

Elle semblait perdue dans ses pensées, et il n'insista pas. Soudain, elle se leva et se dirigea vers le perron. Hank la laissa faire. Posté derrière la fenêtre, il la regarda ramasser une serviette sur la rambarde et revenir à l'intérieur.

— Il pleut à verse. Je me demande si c'est à cause de l'ouragan.

Hank avait été suffisamment confronté à la peur durant sa carrière militaire pour la reconnaître, surtout chez quelqu'un qui n'était pas d'un naturel impressionnable. Face à ses patients, Antonia savait rester calme en toutes circonstances. La seule chose qui importait à ses yeux, c'était de soigner la personne qu'elle avait en face d'elle. Elle était souvent confrontée à des situations d'une grande dureté, mais elle ne pouvait se permettre aucune faiblesse. Quoi qu'il arrive, elle devait rassurer ses patients, leur donner de l'espoir et leur insuffler du courage.

Mais, aujourd'hui, quelque chose lui faisait peur et elle ne parvenait pas à se contrôler totalement. Il le sentait. Il le voyait à ses mouvements saccadés, à sa façon d'éviter son regard et de se cacher derrière ses cheveux.

Avait-elle commis une erreur avec un de ses patients ?

Non. Elle avait peur. Ce n'étaient pas des regrets qu'il devinait chez elle, ni un doute ni une contrariété. C'était bel et bien de la peur.

Soudain, elle parut sortir de sa torpeur et leva les yeux vers lui.

— Pourquoi es-tu venu ?

— Parce que j'avais l'impression que tu avais des ennuis, et que je voulais t'aider.

— C'est très aimable de ta part. Merci.

Son intonation était formelle, comme si elle s'adressait à un confrère à qui elle aurait demandé un avis sur un cas critique.

Elle ajouta dans un murmure :

— Ça me fait plaisir de te voir.

« Balivernes ! » pensa-t-il.

Il se laissa tomber sur le canapé et la regarda étendre sa serviette sur le dossier d'une chaise.

Il n'était pas sûr de grand-chose dès qu'il était question d'Antonia, mais il devinait confusément qu'il n'était pas responsable de son étrange attitude. Cela n'avait rien à voir avec lui, ni avec son amitié pour l'homme qui avait si cruellement blessé sa sœur. Toutefois, il savait qu'il devait y aller sur la pointe des pieds. Antonia était habituée à régler seule ses problèmes. Et il avait conscience du poids qu'il représentait pour elle, et qu'il portait lui-même sur ses épaules. Bien souvent, il avait cru qu'il romprait sous la charge, mais il avait tenu bon. Et il continuerait à résister.

Il avait été attiré par Antonia à la minute où il avait fait sa connaissance. Ça s'était passé à Cold Ridge, en novembre dernier. Le comportement de Tyler avait pourtant failli briser leur romance naissante. Lorsqu'ils avaient commencé à se revoir, quelques mois plus tôt, il n'avait pas songé à s'engager. Il avait déjà eu une famille. Une femme et une fille. Il les avait aimées de toute son âme, et il ne se sentait pas capable de s'investir de nouveau dans ce genre de relation. S'amuser avec Antonia, apprécier sa compagnie, contrôler ses émotions : telle était sa ligne de conduite.

Mais il était quand même venu. Parce qu'elle avait besoin de lui. Sans le savoir, il était déjà bien plus engagé qu'il ne l'aurait souhaité.

— Pourquoi n'as-tu parlé à personne de cette retraite sur l'île ?

Antonia se dirigea vers l'évier pour y rincer une assiette.

— Je travaille sur un article difficile. J'ai besoin de solitude.

— C'est l'écriture qui te rend si nerveuse ?

— Sans doute.

— Ça ne vient pas de moi, n'est-ce pas ?

Elle secoua la tête.

— Non.

Hank savait bien que ce n'était pas le cas, mais il croyait avoir trouvé un moyen de la faire parler. Malheureusement, elle n'en dit pas davantage.

Au bout de quelques minutes de silence, il renonça.

— Carine pense que tu es comme Gus et Nate.

Son oncle était guide de haute montagne, et son frère travaillait dans une unité spéciale de police à New York.

— Tu aimes le risque, l'aventure…

— Ma vie est beaucoup plus ordinaire que ne le croit Carine, répondit Antonia en haussant les épaules.

— Tout le monde a une vie plus ordinaire que ne le croit Carine.

Antonia s'essuya les mains dans une serviette usée.

— C'est parce qu'elle vit coupée de la réalité.

Elle soupira.

— Elle est tellement romantique ! C'est pour cette raison qu'elle a autant de mal à se remettre de sa rupture avec Tyler. Elle l'aimait tellement !

— Et pourtant, elle ne l'admettra jamais. Elle préférera affirmer qu'elle était possédée par des forces maléfiques.

— C'était peut-être le cas, remarqua Antonia d'un ton songeur.

Elle se laissa tomber sur le canapé et, sans prévenir, passa les bras autour du cou de Hank.

— Elle ne t'aime pas beaucoup.

— Ça finira par lui passer. Elle m'aimait bien avant que Ty ne lui joue ce sale tour. Et Gus m'apprécie.

— Ce n'est pas rien. Il n'aime pas trop les gens de la plaine.

Hank éclata de rire.

— J'ai dû l'impressionner par mes compétences d'alpiniste !

— Ce qui a fait la différence, c'est que tu sois pilote d'hélicoptère. C'est grâce à l'un d'eux qu'il a été sauvé au Viêt-nam.

Du bout des doigts, elle lui caressa la nuque.

— Qui est le véritable Hank Callahan ? Le pilote ou l'homme politique ?

— Ce sont deux chapitres différents d'une même vie.

— Je suis contente que tu sois là. Je me sens plus en sécurité avec toi. Mais si tu n'étais pas venu, je me serais débrouillée toute seule.

— Antonia…

— Tu n'es pas responsable de ce qui pourrait m'arriver.

— La culpabilité n'est pas toujours rationnelle.

Elle hocha la tête.

— A qui le dis-tu ! Pendant des années, j'ai cru que j'avais ma part de responsabilité dans la mort de mes parents. J'aurais dû leur demander de rester à la maison ce jour-là, au lieu de les laisser aller faire de l'escalade. Il faisait un temps épouvantable.

— Tu n'avais que cinq ans !

— Je sais.

— Tu ne dois pas culpabiliser.

— Non, je sais bien. Toi, tu étais en mission quand ta femme et ta fille ont eu leur accident. Mais tu n'aurais rien pu faire pour les sauver, même si tu avais été là.

Il la vit avaler sa salive.

— Excuse-moi. Je n'ai pas le droit…

— Tu as tous les droits.

Il eut à peine le temps de poser ses lèvres sur les siennes qu'elle se plaquait contre lui et le renversait sur le canapé. Il avait songé à cet instant pendant des heures. Durant le trajet de Boston à Cape Cod, durant la courte traversée en bateau depuis le continent… Il avait même imaginé le bruit de la pluie crépitant sur le toit. Mais il ne s'était pas attendu à une réaction si passionnée, à cette urgence presque désespérée qu'il sentait dans son baiser. Toutefois, il ne s'en plaignait pas.

Elle tira sur son polo, glissant ses mains sur sa peau, et enfouit son visage dans son col ouvert.

— J'espérais que tu viendrais, murmura-t-elle. Pas consciemment mais…

Il fit remonter sa main le long de sa cuisse et la referma sur sa hanche. Elle laissa échapper un petit gémissement.

— Hank…

Il sourit.

— Nous aurons tout le temps de parler plus tard.

Sa peau était douce et tiède sous ses mains, mais elle portait un de ces épouvantables soutiens-gorge de sport qui nécessitait une notice d'instruction pour pouvoir être enlevé.

— Antonia, ce n'est pas vrai ! protesta-t-il.

— Laisse-moi faire.

Elle se redressa et se débarrassa en un clin d'œil du sweat-shirt et du soutien-gorge qui l'habillaient.

Hank retint son souffle en la découvrant.

— Tu es vraiment la plus belle femme…

— Chut ! Souviens-toi de ce que tu viens de dire. Nous aurons tout le temps de parler plus tard.

Dehors, le vent redoublait de violence. La vieille maison laissait entendre des craquements sinistres. Jamais Hank n'avait éprouvé une telle sensation d'isolement. On aurait dit qu'Antonia et lui étaient les derniers survivants de la planète.

Lui couvrant le cou de petits baisers, il savoura le goût et l'odeur de sa peau. Il avait l'intention d'y aller doucement. L'après-midi était déjà bien avancé, il pleuvait, et les distractions n'abondaient pas.

Il fit glisser son short le long de ses cuisses chaudes et douces, et enregistra avec plaisir l'altération de sa respiration quand sa culotte de coton suivit le même chemin.

Lorsqu'elle voulut le toucher, il recula, sachant qu'il perdrait tout contrôle de lui-même à la seconde où elle poserait la main sur lui.

— Prenons notre temps, suggéra-t-il.

Elle ne protesta pas. Seul un gémissement étouffé lui échappa quand il glissa la main entre ses jambes. Elle palpitait sous ses doigts, humide et brûlante, et il comprit que ni l'un ni l'autre ne pourraient différer longtemps le moment d'unir leurs corps.

Lorsqu'il entra en elle, d'un mouvement profond et vigoureux, elle poussa un petit cri. Il s'immobilisa, craignant d'avoir été trop brutal.

— Ça va, murmura-t-elle. Ne n'arrête pas.

Elle s'adapta bientôt au rythme rapide et puissant qu'il lui imposait. Ils roulèrent au sol, où ils avaient davantage d'espace, et elle tenta de se contrôler, de ralentir la montée du plaisir pour ne pas chavirer la première. En vain.

Elle tressaillait, haletait, basculant dans un vertige de sensations éblouissantes et, tandis qu'elle se contractait autour de lui en criant son nom, il sentit qu'il la rejoignait dans l'extase.

Quand moururent les derniers soubresauts de leurs corps, elle se blottit contre lui, la joue pressée contre son torse, écoutant les battements de son cœur reprendre un rythme normal et sa respiration décroître. De nouveau, les doutes l'envahissaient. Devait-elle lui parler de la série d'incidents qui l'avait poussée à se réfugier sur l'île ? Ils étaient ensemble pour le moment, et rien d'autre n'aurait dû avoir d'importance.

Hank fut bientôt si calme qu'elle le crut endormi, puis elle sentit qu'il lui caressait les cheveux.

Elle hésita à parler, bien plus émue qu'elle ne l'aurait voulu. Elle s'était promis de ne jamais dépendre d'un homme, de régler seule ses problèmes…

Se hissant sur un coude, elle plongea son regard dans le sien.

— Je crois que quelqu'un m'espionne, dit-elle d'une voix étranglée.

7

Avant de s'expliquer, Antonia éprouva le besoin de s'habiller. Elle se glissa derrière le rideau qui séparait le coin chambre du reste de la pièce et enfila des vêtements propres : pantalon de survêtement, sweat-shirt, épaisses chaussettes de laine et chaussures de randonnée. Il faisait froid dans la maison depuis que le soleil s'était couché.

Elle s'assit sur le lit et tenta de reprendre ses esprits. Elle n'avait jamais passé une nuit complète avec Hank. Mais, ce soir, elle savait qu'il ne s'en irait pas.

Surtout depuis qu'il avait appris que quelqu'un l'espionnait.

Il voudrait forcément en savoir davantage.

Il n'y avait pourtant pas grand-chose à dire, songea-t-elle.

Elle le rejoignit dans la pièce principale. Il était habillé et préparait du thé. La pluie et le vent s'étaient calmés, et elle se demanda s'il fallait y voir un signe que l'ouragan s'éloignait. La radio était justement allumée, et le bulletin météo annonçait qu'« Espoir » avait perdu de la vitesse en atteignant les eaux plus froides du Nord. Il y avait de grandes chances qu'il bascule en catégorie 2 d'ici au lendemain matin, mais il n'en restait pas moins dangereux.

Tandis que Hank versait de l'eau dans deux tasses dépareillées, Antonia prit place à la table bancale de la cuisine. Il lui jeta un regard interrogateur, et elle inspira profondément avant de se jeter à l'eau.

— Ecoute, j'ai fait mon possible pour minimiser les événements, mais j'ai constaté des choses étranges ces derniers temps.

Elle lui raconta tout, avec le détachement d'un médecin transmettant le pronostic vital d'un patient à l'un de ses confrères : les mails anonymes, les murmures dans le parking, les rideaux qui flottaient au vent…

Hank ne l'interrompit pas une seule fois.

Finalement, elle se laissa aller contre le dossier de sa chaise et soupira.

— Ce n'est sans doute qu'une série de coïncidences.

Hank lui glissa un regard en coin.

— Tu as déjà reçu des mails anonymes auparavant ?

— Non.

— Tu as déjà entendu quelqu'un murmurer ton nom dans un parking ?

Elle secoua la tête.

— Mais je l'ai peut-être imaginé.

— Et les rideaux ? Tu n'as pas de femme de ménage ?

— Non.

Il sourit.

— L'influence de Gus. Vous, les Winter, vous êtes tous de sacrés radins.

— Nous sommes économes, corrigea-t-elle en esquissant un sourire.

— Et vous aimez couper les cheveux en quatre.

Elle éclata de rire, sortit son sachet de thé de la tasse, et le déposa sur la serviette en papier que Hank avait pensé à poser sur la table.

— Je ne suis pas assez souvent chez moi pour mettre

beaucoup de désordre. Et j'aime bien faire le ménage. Ça me donne l'impression d'être utile.

— Contrairement au fait de recoudre une plaie ou de réduire une fracture ?

— C'est différent.

Il but une gorgée de thé et l'observa par-dessus le rebord fumant de sa tasse.

— Tu avais fait le ménage, ce matin-là ?

— Non.

— La fenêtre ne s'est pas ouverte toute seule, Antonia.

— Carine possède une clé. C'était peut-être elle.

— Tu lui as demandé ?

— Non.

Elle but un peu de thé et grimaça. C'était amer.

— Elle se serait inquiétée.

— Elle s'est inquiétée quand même.

Antonia ne put s'empêcher d'éprouver un vague sentiment de culpabilité.

— Je sais. J'aurais préféré qu'elle ne soit pas impliquée dans cette histoire.

— Tu n'as parlé de ces événements à personne d'autre ?

— Bien sûr que non. Et si je ne t'en ai pas parlé, c'est…

— Parce que tu ne voulais pas que je m'inquiète, je sais.

Il se pencha vers elle et chercha son regard sous la lumière blafarde de l'unique ampoule.

— Tu n'as pas à me protéger parce que je fais actuellement campagne pour le Sénat. Ce qui te concerne m'importe davantage que ma carrière politique.

— Ce n'est pas aussi simple.

— Mais si, c'est aussi simple !

La plupart des gens se seraient contentés de cette affirmation. Mais pas Antonia.

— Et si la situation était inversée ? Si je travaillais sur un projet important qui ne tolère aucune distraction ? Si tu pensais que tu pourrais nuire à ma réputation ?

Il secoua la tête.

— Tu n'arriveras pas à me convaincre. Tu n'as pas l'habitude de te confier, c'est tout. Ce n'est pas moi ou ma réputation qui sont en cause, mais ta façon d'être.

Elle soupira.

— Tu as probablement raison.

Une lueur d'humour s'alluma dans les yeux bleus de Hank.

— Probablement ?

Elle agita l'index sous son nez.

— Ah, vous, les militaires… D'accord, je l'admets, je ne savais pas quoi faire. Je ne suis pas sûre d'avoir réalisé à quel point j'étais déstabilisée avant d'arriver ici.

— Ça ressemble à une fuite.

— Sans doute. Je pensais que tout serait rentré dans l'ordre lors de mon retour à Boston. C'est d'ailleurs possible.

Hank serra les poings et son visage se figea.

— Bon sang, Antonia ! Et si quelqu'un t'espionnait vraiment ? Ne me dis pas que tu préfères te faire attaquer plutôt que porter plainte pour épargner ma réputation au cas où tu te serais trompée !

Elle avala une dernière gorgée de thé et l'observa par-dessus le rebord de sa tasse.

— Tu n'es pas responsable des choix que je fais.

— Ce n'est pas ce que j'ai dit, et tu le sais.

— Franchement, je crois avoir agi de façon très sensée.

La lueur de révolte qui s'était allumée dans le regard d'Antonia fit comprendre à Hank qu'elle était prête à se lancer dans une argumentation sans fin.

— Ecoute, nous n'allons pas continuer à nous renvoyer la balle comme ça, dit-il pour calmer les choses. Tu sais très bien ce que je veux dire. Je n'ai pas l'intention de développer davantage le sujet. Et maintenant, dis-moi si tu as une idée de l'identité de ton espion.

— S'il existe.

— Il existe.

Antonia réprima un frisson de crainte.

— J'ai apporté une disquette contenant les dossiers de mes patients les plus récents. Je suis souvent confrontée à des cas difficiles : victimes d'agression, meurtriers, psychopathes… J'ai pensé que quelque chose pourrait me revenir, qu'un indice me mettrait sur la piste.

— Et alors ?

— Je n'ai rien trouvé pour le moment. Je ne pense pas que cet individu ait l'intention de me faire du mal. Si c'était le cas, il n'a pas manqué d'occasions jusqu'ici.

Hank secoua la tête.

— Ce n'est pas parce qu'il ne t'a pas attaquée qu'il n'a pas l'intention de le faire. Il se peut qu'il soit en train de jouer avec toi au chat et à la souris.

Antonia se leva et prit soudain conscience de l'obscurité qui l'entourait. Seule l'ampoule de quatre-vingts watts créait un halo lumineux au centre de la pièce. Elle se demanda si elle devait allumer les lampes à pétrole. Elle n'avait pas la moindre idée de l'heure qu'il était. Celle du dîner était assurément passée. Elle avait faim, mais elle savait qu'elle ne pourrait rien avaler.

— Je pensais y voir plus clair en venant ici, remarqua-t-elle.

Tandis qu'elle cherchait à mettre des mots sur les pensées et les émotions contradictoires dont elle était la proie, elle évitait soigneusement le regard de Hank.

— J'hésitais entre prévenir ou non la sécurité de l'hôpital, appeler ou non la police…

— M'en parler ou pas.

Il n'y avait pas de reproche dans la voix de Hank. Il se contrôlait parfaitement.

Antonia se tourna vers lui.

— C'est exact.

Il se leva et, avant qu'elle n'ait le temps de deviner ce qu'il allait faire, il la prit par les épaules.

— Antonia, écoute-moi. Je ne veux pas que tu voies en moi un sénateur, ou un officier de l'armée de l'air, ou un homme qui a perdu sa famille et ne peut plus affronter la souffrance. Je veux que tu me voies, moi. Rien que moi. Est-ce que tu comprends ?

— Bien sûr, Hank. Mais tu es tout cela à la fois. Tu ne peux pas séparer…

— Ce que je ne peux pas faire, c'est laisser quelqu'un qui compte à mes yeux prendre des risques à cause de moi. Je ne peux pas laisser une femme dont je suis amoureux me cacher des choses parce qu'elle veut me protéger.

Il l'aimait ! Antonia faillit en perdre le souffle.

L'expression médusée de la jeune femme n'échappa pas à Hank, et il grimaça un sourire embarrassé.

— Oui, je t'aime. Je sais que c'est bizarre. Le moment ne pourrait pas être plus mal choisi avec ta sœur qui annule son mariage, ma campagne, cette histoire d'agresseur invisible… Mais c'est comme ça.

Après un court moment de silence, il se pencha pour venir effleurer ses lèvres d'un baiser furtif.

— La prochaine fois que tu as un problème, parle-m'en, insista-t-il.

— J'essayais de faire pour le mieux. Tu le sais, n'est-ce pas ?

— Tu es une Winter, Antonia. Tu adores prendre des risques. A l'avenir, prends des risques avec moi : parle-moi.

— Je le ferai. Mais dis-moi quelque chose : tu as dit que tu m'aimais, cependant tu ne me l'as pas beaucoup prouvé. Essaierais-tu de lutter contre tes sentiments ?

— Tu as préparé quelque chose pour le dîner ? demanda-t-il d'un ton badin.

Elle fit mine d'être choquée.

— Hank !

— La seule chose contre laquelle je lutte, c'est la faim. Je me demande si je vais dîner d'abord ou te faire l'amour.

Elle éclata de rire.

— Chaque chose en son temps. Mais si ça peut t'aider dans ta réflexion, je n'ai rien prévu pour le repas.

8

Un bulletin météo alarmiste fut diffusé durant la nuit et des consignes d'évacuation furent données pour toute la région de Cape Cod et des îles avoisinantes. L'ouragan se classait toujours en catégorie 2, et le risque qu'il frappe la région avant de bifurquer vers l'est était très important.

Hank savait que personne ne songerait à l'unique habitation de Shelter Island, et il avait décidé de partir dès le lever du soleil.

Il marqua une pause pour rajuster son sac à dos et vérifia qu'Antonia le suivait toujours sur l'étroit chemin qui faisait le tour de l'île. La pluie avait cessé, mais le vent était de plus en plus violent, et le fracas des vagues sur la grève était impressionnant. Jamais Antonia ne serait parvenue à parcourir en kayak la distance qui séparait l'île du continent.

Elle avait enfilé un jean, un sweat-shirt et un coupe-vent pour la traversée, et semblait moins préoccupée que la veille. Hank se plaisait à croire que sa présence y était pour quelque chose. Elle était enfin parvenue à se confier à quelqu'un. Ils avaient passé une nuit passionnée, et il pensait que leurs ébats nocturnes étaient également pour quelque chose dans son changement d'humeur. Cette pensée le fit sourire.

— Où est ton bateau ? demanda soudain Antonia en contemplant la crique avec inquiétude.

Hank n'avait pas pensé à son bateau, certain de le retrouver où il l'avait laissé. Mais il n'y était pas.

Il scruta la plage.

— Je ne comprends pas. Il devrait être là.

— Il a peut-être rompu ses amarres.

— Elles auraient dû tenir, même avec ce vent. Bon sang, j'ai grandi au bord de la mer ! Je sais comment ancrer un bateau.

— Je ne sais pas quoi dire, répondit Antonia avec une pointe d'angoisse dans la voix. Qu'est-ce que nous allons faire ? J'ai toujours mes fusées de détresse…

Hank continuait à scruter l'eau, le regard fermé. Il n'aimait pas être pris en défaut, et supportait mal que les choses lui échappent.

— Où est ton kayak ?

— Nous ne pouvons pas l'utiliser à deux. Il n'est prévu que pour une personne.

— Antonia, je n'ai pas fait d'erreur. Mon bateau devrait être là, et il n'y est plus.

Il la vit blêmir et sut qu'elle pensait comme lui : son bateau n'avait pas disparu tout seul.

— Tu sais que je n'ai pas commis d'erreur, n'est-ce pas ?

Elle ne répondit pas.

— Mon kayak est là-bas, derrière ce bosquet.

Elle rajusta son sac sur son épaule et, levant fièrement le menton, se dirigea vers l'endroit qu'elle venait d'indiquer.

Le kayak était effectivement abandonné au pied d'un arbre. C'était une embarcation fine et légère, d'un rouge éclatant, visiblement chère et visiblement neuve.

— La rame ! s'écria-t-elle d'un ton horrifié.

Elle tourna vers lui un visage affolé.

— Hank, la rame a disparu.

— Tu l'avais laissée avec le kayak ?

Elle hocha la tête.

— Ça remonte à quand ?

— A mon arrivée. Je ne suis pas revenue ici depuis.

Hank retourna l'embarcation, mais la rame n'était pas dessous. Antonia fouilla les bosquets environnants sans succès.

— C'est peut-être le vent qui l'a emportée, remarqua-t-elle.

Prenant conscience de la nervosité qui transparaissait dans sa voix, elle prit une profonde inspiration et fit un effort pour se raisonner.

— Si quelqu'un trouve ton bateau en train de dériver, les secours auront peut-être le temps de lancer une recherche avant que l'ouragan ne s'abatte sur nous.

— Ce ne sera pas évident de rassembler les pièces du puzzle. Le bateau appartient à des amis qui vivent à Chatham. Ils m'ont dit que je pouvais l'emprunter quand je voulais, ce que j'ai fait. Ils sont à Prague pour le moment. Cela prendra du temps aux autorités de rassembler toutes les informations.

Antonia assimila son commentaire sans plus montrer aucun signe d'anxiété.

— On verra bien. Faisons-leur confiance. En tout cas, je préfère croire que tu as fait une erreur plutôt que…

— Je n'ai pas fait d'erreur.

Elle avala sa salive et hocha la tête.

— Je sais.

— Tu sais ce que cela signifie. Nous ne sommes pas seuls.

Robert jura violemment. Il souffrait le martyre. Sa peau le brûlait et le grattait. Il était couvert de cloques, d'écorchures et de croûtes sanguinolentes. Et voilà qu'il venait de se piquer le bras à un buisson de roses.

Comme s'il n'avait pas assez de problèmes comme ça !

L'air était lourd et chargé d'humidité, et il ne pouvait plus supporter cette fichue cape. Il avait l'impression de se trouver dans un sauna.

Il ne pouvait plus réfléchir. Il était incapable d'élaborer un plan.

Mais, au moins, il était armé pour affronter cette garce et son petit ami. Il avait failli en crever, hier, de les savoir ensemble dans la maison. Mais, maintenant, il ne se faisait plus d'illusions. Il n'avait plus de doutes. Bien sûr qu'il avait eu raison de la pourchasser et de débarquer ici en douce avec son Smith & Wesson. A présent, il savait qu'il aller la tuer. Et le sénateur aussi.

C'était la seule chose à faire. C'était juste et nécessaire.

De toute façon, elle ne l'aurait jamais accepté dans son monde. Il n'était rien du tout pour elle. Il n'avait même pas le pouvoir de la tracasser comme une de ces tiques qui lui suçaient le sang, répandant probablement la maladie en lui. Il n'était qu'un homme de ménage qui, pour une raison dont elle se moquait, s'était un jour présenté devant elle avec une balle dans le pied.

Evidemment, il avait réussi à lui faire peur par la suite. Les mails anonymes, les murmures dans le parking, la fenêtre ouverte et les sous-vêtements déchirés… c'était une vraie trouvaille. Un travail de professionnel. Mais elle ne savait pas que ça venait de lui. Et elle ne savait pas non plus que c'était lui qui avait volé la rame et laissé dériver le bateau de Callahan.

C'était pourtant d'une importance primordiale. Elle devait savoir que ça venait de lui. Il ne pouvait pas se faufiler jusqu'à elle et la tuer comme ça. Il n'en éprouverait aucune satisfaction. Il avait besoin de reconnaissance.

Soudain, il aperçut quelque chose dans la terre. Qu'est-ce que ça pouvait bien être ? Il tira dessus et découvrit qu'il s'agissait d'un couteau à découper la viande. Une arme de choix.

C'était un signal. Il devait les tuer.

Il essuya la lame sur sa manche humide. Il devait se montrer patient, se rappela-t-il. Mais il n'en pouvait plus d'attendre !

C'était sa faute, aussi, s'il devait se cacher derrière ce fichu buisson de roses. Il avait absolument voulu suivre ses otages — car, à présent, Antonia et le sénateur étaient ses otages — jusqu'à la plage pour voir leur tête quand ils découvriraient qu'ils étaient coincés sur l'île.

Il avait largué le bateau pendant la nuit. Ça n'avait pas été une partie de plaisir. Il avait dû entrer dans l'eau et creuser un trou dans la coque avec l'ancre. Il s'était coupé la main.

Ce fichu rafiot avait mis un temps du diable à couler. Il était resté assis dans le noir pendant une éternité, tandis que les moustiques le dévoraient.

Lorsqu'il avait regagné son campement, il était couvert de milliers de piqûres. Il s'était demandé si le Dr Winter accepterait de le soigner s'il attrapait la malaria ou quelque chose comme ça. Elle y était obligée. Ce serait contraire à l'éthique, sinon. Et même illégal.

Ah, la tête qu'ils avaient faite en découvrant que le bateau avait disparu ! Cela valait vraiment la peine de voir ça.

Ils avaient regagné le cottage avant lui, mais ce n'était pas grave. Il aimait bien l'idée de leur laisser quelques minutes pour apprécier la gravité de la situation.

Il n'empêche qu'il devait trouver un plan. Seulement, il n'arrivait pas à réfléchir avec cette douleur, ces démangeaisons, et la joie qu'il avait à les imaginer morts de peur à quelques mètres de lui. En plus, il s'était remis à pleuvoir et il détestait ça.

Soudain, la porte s'entrouvrit.

Robert se tapit derrière son buisson et retint sa respiration.

Callahan dévalait les marches d'un air assuré. Il n'avait pas du tout l'air effrayé. Il ressemblait à un sniper en mission.

Robert détestait l'arrogance de ces militaires.

Superman aurait pourtant dû trembler de tous ses membres. Il aurait dû mourir de peur.

Robert sentit ses narines s'agiter, tel un taureau furieux dans l'arène.

Merde !

Il ne savait pas s'il l'avait dit à voix haute, mais il s'en fichait. Il n'avait plus envie de prendre la moindre précaution. Il était temps de mettre ce guignol hors d'état de nuire.

Il avait pris soin un peu plus tôt de détacher la rame en son milieu pour en faire deux petites. C'est qu'il n'était pas idiot ! Cela faisait une arme tout à fait pratique. C'était moins lourd comme ça, et il ne risquait pas de se cogner la tête avec l'autre extrémité. Il prit donc la rame dans une main, son couteau dans l'autre, et se redressa.

Il glissa dans l'herbe mouillée et laissa échapper un juron. Par chance, il ne perdit pas l'équilibre.

Callahan regardait dans la direction opposée. Le vent et l'océan faisaient tellement de bruit que Robert pouvait s'approcher sans qu'il l'entende.

D'un geste parfaitement calculé, il le frappa dans les reins.

C'était comme frapper un mur. Le major n'avait pas bronché.

Robert en resta quelques instants pétrifié. Il avait prévu de le ceinturer et de lui donner un coup de couteau en plein cœur, mais Callahan n'était même pas tombé à genoux. Il avait encaissé le coup et fait rapidement volte-face, prêt à combattre. Ce type-là était visiblement capable de tirer son épingle du jeu dans une bagarre. Ce n'était pas le cas de Robert. Quand il était petit, c'était toujours lui qui prenait les coups.

Un sentiment de panique familier l'envahit.

Il agita le couteau en tous sens, entaillant au passage le bras de Callahan.

Comment cet imbécile avait-il fait pour s'emparer de la rame ? Robert n'en avait pas la moindre idée. Tout son corps se couvrit soudain de sueur. Voyons, il devait réfléchir.

Son arme. Il l'avait glissée dans la ceinture de son pantalon. Bon sang ! Elle n'était plus là. Elle avait dû tomber dans les buissons.

Il pointa son couteau vers Callahan. Il devait tenir bon, ne pas renoncer.

A présent, ils étaient tous les deux trempés et faisaient des efforts pour lutter contre le vent. Des flaques d'eau se formaient à leurs pieds. Et l'herbe était si glissante qu'il devenait difficile de garder l'équilibre. S'il tombait, Robert risquait de s'empaler sur son couteau. Après ça, il se viderait de son sang. Et cette garce ne l'aiderait pas parce qu'il avait blessé son fiancé. Tant pis pour le serment d'Hippocrate. Tant pis pour la loi. Elle le laisserait crever.

Ce serait la fin de l'histoire pour lui. Il s'en irait sans avoir eu sa vengeance.

— Posez ce couteau, ordonna Callahan.

— Pour que vous puissiez me tuer et dire à la police que c'était de la légitime défense ? Pas question !

Superman ne réagit pas. C'était étonnant. Robert n'avait jamais vu un tel contrôle de soi.

— Comment vous appelez-vous ? demanda-t-il.

— Allez vous faire voir !

— Je vous en prie, posez ce couteau. Vous n'avez encore blessé personne pour le moment.

— Si, vous.

— C'est sans importance. Je n'en parlerai pas, si vous acceptez de poser ce couteau et de rentrer avec moi dans la maison. L'ouragan se rapproche.

— Je n'ai pas peur de l'ouragan.

Robert jeta un coup d'œil vers le cottage. Le Dr Winter se tenait derrière la moustiquaire. Elle était tellement belle ! Ce n'était pas facile d'être fort et d'aller jusqu'au bout de ce qu'il avait prévu de faire.

Il n'arriverait pas à s'en sortir face à Callahan.

Cela ne lui laissait que deux solutions : se rendre ou prendre la fuite.

Or, il n'avait pas l'intention de se rendre.

Il fit brusquement demi-tour et se mit à courir à travers les buissons, le sable et les déjections d'oiseaux en priant pour ne pas tomber.

Mais il ne tomba pas.

Il ne regarda pas en arrière. Il préférait se concentrer sur sa course. Et il devait veiller à ne pas perdre son couteau afin de pouvoir se défendre, si Callahan le suivait.

D'une certaine façon, il avait accompli sa mission. Callahan n'était pas mort, mais il était blessé. Et il savait que Robert ne plaisantait pas.

Antonia et lui devaient trembler de peur à présent.

Robert traversa le bois de pins et de genévriers, s'enfonçant jusqu'aux chevilles dans la boue, puis il bifurqua vers sa dune.

Dieu du ciel ! L'océan était arrivé jusque-là.

Une vague monstrueuse le frappa de plein fouet, et il tomba assis sur le sable. Il recracha de l'eau salée et de la pluie.

Le vent essayait de lui arracher ses vêtements. Le sable lui dévorait la peau.

Il hurla de douleur et de frustration, sachant que personne ne pouvait l'entendre.

Puis il fit le tour de la dune pour rejoindre son campement. L'océan ne tarderait pas à passer de l'autre côté.

Le ciel charriait d'énormes nuages noirs, annonciateurs d'un déluge, et le vent soufflait en rafales de plus en plus violentes. La mer avait pris une couleur vert-de-gris qui ne lui disait rien qui vaille. L'ouragan était sur le point de déferler.

Seigneur !

Il devait retourner au cottage et trouver son arme. Il fouilla dans son sac et vérifia ses munitions. Douze balles, c'était tout ce qu'il possédait. Il aurait bien aimé avoir un fusil mitrailleur, mais il devrait faire avec ce qu'il avait. Avec un peu de chance, il n'aurait même pas besoin de les tuer. L'ouragan ferait le travail pour lui.

Toussant et crachant, il reprit le chemin du cottage. Le bon docteur devait être en train de soigner la blessure du sénateur.

Il devait agir maintenant, pendant qu'ils étaient occupés.

Il plongea derrière le buisson de roses. Le pistolet était bien là, dans l'herbe détrempée. Il ricana. Les deux idiots à l'intérieur étaient sûrement bien loin de se douter qu'il avait une arme !

Il enleva le cran de sécurité. Ainsi, tout ce qu'il avait à faire, c'était appuyer sur la détente. Il ne connaissait pas bien les armes, mais il en savait assez pour s'en servir et faire des dégâts. N'importe quel idiot savait utiliser une arme. Donc, puisqu'il était plus intelligent que les autres, il n'aurait pas de problème. Il n'avait pas la patience d'apprendre, de s'entraîner. Il préférait passer immédiatement à l'action.

Il courut se réfugier dans le sous-bois. Il était trempé. D'un revers de main, il chassa la pluie qui lui tombait dans les yeux et scruta le cottage. Il y avait deux fenêtres de ce côté. Il se demanda s'ils pouvaient le voir de l'intérieur. Probablement pas. De toute façon, il avait un avantage sur eux : il avait une arme.

Quelle chance y avait-il pour qu'ils soient également armés ? Un médecin, un candidat au Sénat… Non, ce n'était pas le genre à posséder une arme.

— Vous êtes cernés, cria-t-il.

Il aimait bien cette expression. Il l'avait entendue dans un western avec John Wayne.

— Vous n'avez aucune issue. Faites un pas vers la fenêtre ou la porte et je vous descends. C'est bien compris ?

Il n'y eut pas de réponse.

Il se demanda s'ils l'avaient entendu, s'ils étaient toujours à l'intérieur.

Il pouvait le faire. Il pouvait tuer Antonia.

Il savait viser — ça allait de soi — et il avait attendu assez longtemps pour la voir souffrir.

— On a peur ?

Il attendit mais n'obtint aucune réponse.

— Tant mieux. Moi aussi, j'avais peur quand je suis venu vous demander de l'aide. Qu'en pensez-vous, docteur Winter ? Imaginez que je vous administre le même traitement que celui que vous m'avez donné. Ça vous plairait ?

Il se rappelait ses mains sur lui tandis qu'elle l'examinait. Sa douceur, ses paroles de réconfort. Il lui avait fait confiance. Il pensait qu'elle s'ouvrirait enfin à lui. Il était sûr qu'elle l'avait reconnu.

Mais non. Elle lui avait demandé comment il s'appelait, comme si elle ne l'avait jamais vu auparavant. Et puis elle l'avait livré à la police. Il avait alors compris qu'il avait bien mal placé son affection et sa confiance.

Il n'était rien pour elle.

Tout à coup, il pensa qu'ils ne le prenaient pas au sérieux. Forcément, ils ne savaient pas qu'il avait une arme.

— Au cas où vous ne me croiriez pas, cria-t-il, voici un petit échantillon de ce qui vous attend.

Il tira dans la fenêtre. Le pistolet eut un rebond, comme il l'avait fait quand il s'était tiré dans le pied. Le fracas de l'impact le surprit. Le vent soufflait trop fort pour qu'il puisse entendre la vitre se briser. Mais il la vit voler en éclats et cela le fit sourire.

Il ne savait pas encore ce qu'il ferait après. Mais, pour le moment, c'était lui qui menait la danse.

9

Le vent faisait entrer des feuilles et des brindilles par la fenêtre brisée au-dessus de l'évier. La balle était allée se loger dans la porte de la salle de bains. Elle n'avait heureusement blessé personne.

Hank était hors de lui. Pourquoi leur donner un coup de semonce ? Simplement pour les effrayer ? Pourquoi ne pas plutôt faire irruption dans la maison et les tuer tous les deux avant qu'ils aient compris qu'il avait une arme ?

Ce type, dehors, avait visiblement sa propre logique. En tout cas, maintenant qu'ils savaient pour l'arme, ils se tenaient sur leurs gardes.

Accroupi pour éviter de se trouver dans la ligne de tir, le bras en sang et le dos douloureux, Hank barricada rapidement la porte de devant avec un fauteuil et la porte arrière avec une chaise. Cela ne suffirait pas à arrêter leur assaillant, mais ils seraient au moins avertis de ses intentions, et Hank aurait ainsi le temps de réagir. Il avait, lui aussi, un couteau, ainsi que la rame du kayak, et il était prêt à en découdre.

Malgré sa frayeur évidente, Antonia gardait son calme. Après qu'ils eurent pris les dispositions nécessaires pour se protéger en cas d'attaque, elle proposa de soigner son bras. Hank accepta, à condition de pouvoir surveiller le fou qui se cachait dehors.

Elle acquiesça.

— Si j'étais lui, je me dissimulerais dans le sous-bois sur le côté du jardin. De cette façon, je pourrais voir les deux entrées et les fenêtres. Etant donné qu'il a tiré vers la cuisine…

— C'est logique.

Ils tirèrent la table contre le mur, de façon à ce que Hank puisse s'asseoir à une extrémité tout en ayant une vue sur l'ensemble du jardin sans s'exposer à la fenêtre.

Antonia posa sur la table une vieille mallette de premiers secours qu'elle avait dénichée sous le lit et fouilla dedans. Hank devinait qu'elle était tendue, mais il savait qu'elle avait suffisamment d'expérience pour se concentrer uniquement sur ce qu'elle avait à faire.

— On devrait te poser des points de suture.

Hank grinça des dents. Son bras le faisait souffrir, mais il avait connu des blessures plus graves.

— J'aurais dû faire manger son couteau à ce malade.

— C'est ce que Ty aurait fait.

Il savait qu'elle faisait ce commentaire uniquement pour le dérider.

— Ty est un sauvage, répondit-il sur le ton de la plaisanterie. Moi, je suis un pilote d'hélicoptère, c'est déjà plus noble.

— Ah ! s'écria-t-elle.

Elle venait de trouver un désinfectant, une pommade cicatrisante, un morceau de gaze supposé stérile et une bande jaunie. Tout cela semblait avoir dépassé depuis longtemps sa date de péremption.

— C'est ce que j'ai pensé quand tu lui as pris la rame, remarqua-t-elle, que tu étais quelqu'un de très civilisé.

— Il fallait bien que je tente quelque chose.

— Je sais, mais c'était quand même dangereux.

— Ecoute, tout va bien pour le moment. Inutile de paniquer.

Elle avait pâli, mais elle restait impassible.

— Voyons ce qu'on peut faire avec ce bras.

Elle l'aida à ôter son polo et le soigna en quelques gestes rapides et efficaces.

— Ça ira, doc ? Je ne risque pas l'amputation ? demanda-t-il d'un ton léger.

— Sauf si la blessure s'infecte.

— Merci. J'apprécie ta franchise. Tu aurais pu dire : « Non, rassure-toi, tout ira bien. »

Elle esquissa un sourire.

— Non, rassure-toi, tout ira bien.

Il fit un faux mouvement et grimaça de douleur.

— Merci. Je me sens beaucoup mieux maintenant.

Il ne s'inquiétait pas pour la blessure. Il s'était fait bien pis en travaillant sur les bateaux quand il était adolescent. Ce qui l'inquiétait, c'était le fou furieux qui les tenait en joue. Il essaya de distinguer quelque chose à travers le rideau de pluie qui s'abattait devant la fenêtre mais ne vit personne.

— Je n'arrive pas à croire que j'ai laissé ce crétin m'atteindre !

— Tu as eu de la chance. L'entaille n'est pas profonde. Heureusement, parce que je ne suis pas équipée pour recoudre des plaies ou réduire des fractures.

— J'aurais dû l'attraper, remarqua Hank en suivant le fil de ses pensées. Je ne crois pas qu'il avait son arme sur lui quand il m'a attaqué. Sinon, il n'aurait pas utilisé un couteau.

— Tu n'en sais rien. Qui peut savoir ce qui se passe dans la tête de ce genre de forcené ?

Antonia jeta un coup d'œil par la fenêtre.

— Dis-moi à quoi il ressemblait.

— Tu l'as vu.

— Pas d'assez près. Et j'étais trop inquiète à ton sujet pour bien le regarder.

Hank rassembla ses souvenirs.

— Blanc, la trentaine, un mètre quatre-vingts environ, blond. Il a les cheveux longs et bouclés. Il pourrait les attacher en queue-de-cheval s'il voulait.

Antonia ajouta un dernier bout de sparadrap pour fixer la bande et contempla son œuvre.

— Je ne peux pas te garantir l'efficacité du désinfectant et de la pommade, mais le bandage est parfait. Tu ne souffres pas trop ?

— Le bras, ce n'est rien. Mais j'ai atrocement mal au dos.

Elle grimaça.

— Malheureusement, je ne peux rien faire avec ce que Babs a laissé. N'hésite pas à me prévenir, si ça se remet à saigner.

— Comptez sur moi, doc. Je suis bon pour le service ? Je peux attaquer des hordes de méchants, si je veux ?

— Il me reste encore plein de bandages.

Il lui adressa un clin d'œil.

— Ça me rassure.

— Hank…

— Nous nous en sortirons, Antonia.

Il se leva et enfila son polo. Celui-ci était humide et couvert de sang, mais il n'avait pas de vêtements de rechange.

— Tu as reconnu ce type, n'est-ce pas ?

Elle soupira et hocha la tête à contrecœur.

— Robert Balthazar.

Hank ne l'avait jamais entendue prononcer ce nom auparavant.

— Tu es sûre ?

— Certaine. Il fait partie des patients dont j'ai commencé à étudier les dossiers.

— Qui est-il exactement ?

Elle ne sembla pas entendre la question.

— Je croyais avoir pris toutes les précautions pour que personne ne puisse me suivre. J'avais même emprunté la voiture de Carine… Et tu sais, le couteau, c'est le mien. Je l'ai pris quand je t'ai entendu siffler. Je me suis cachée derrière un buisson de roses. Ça me paraît tellement ridicule à présent !

— Imagine qu'il se soit agi de ce Balthazar au lieu de moi. Ce n'était pas si ridicule que ça.

— Tu as peut-être raison. Mais quand je vois ton bras…

Elle ne termina pas sa phrase.

— Je ne voulais pas avoir l'air d'une idiote quand j'ai compris que c'était toi, et j'ai caché le couteau dans l'herbe.

Hank haussa les épaules.

— Tu n'as pas à t'en vouloir. Balthazar aurait pu s'introduire dans la maison pendant que nous étions de l'autre côté de l'île. Nous avons eu de la chance de ne pas le trouver caché sous le lit à notre retour ! Il doit s'en vouloir de ne pas y avoir pensé, maintenant qu'il se trouve à l'extérieur et nous dedans.

— Je suis désolée, murmura-t-elle.

Hank se glissa sur le côté de la porte arrière et regarda dehors. Il ne distingua aucun signe de vie.

— S'il n'avait pas eu le couteau, il aurait peut-être tiré sur moi. Ce couteau m'a sans doute sauvé la vie.

Il reporta son attention sur Antonia.

— Qu'est-ce que tu sais de ce type ?

— Je l'ai soigné pour une blessure par balle au pied gauche. J'ai dû le signaler à la police.

Hank hocha la tête.

— C'est la loi.

— Je ne crois pas qu'il l'ait compris. Il est surprenant de constater que peu de gens le savent. Il ne voulait pas me dire ce qui s'était passé. Tout indiquait qu'il s'était lui-même infligé cette blessure. Je l'ai envoyé passer une radio et il en a profité pour essayer de s'échapper. Je ne sais pas comment il a fait. Il était sous intraveineuse. Il a dû se l'arracher.

Hank n'avait aucun mal à imaginer le fou qui s'était jeté sur lui en train d'arracher sa perfusion et de détaler dans les couloirs avec une balle dans le pied.

— Ça remonte à quand ?

— Trois semaines environ. La police l'a intercepté dans le parking. Je ne sais pas ce qui lui a fait croire qu'il pourrait leur échapper.

Antonia soupira, visiblement tendue. Et sans doute inquiète. Plus inquiète qu'elle ne voulait se l'avouer.

— Il travaille à l'hôpital. Dans l'équipe d'entretien. Hank, j'ai beaucoup de respect pour les personnes qui font le ménage…

— Ce n'est pas le problème, Antonia. Ce qui importe en ce moment, c'est l'idée qu'il se fait de toi. Pas l'inverse.

— Je crois qu'il n'est pas bête, mais il a du mal à supporter les autres. Je ne l'ai pas reconnu tout de suite quand je l'ai soigné. J'étais concentrée sur ma tâche. Ensuite, j'ai essayé de me montrer aimable. Je ne voulais pas le mettre dans l'embarras ou aggraver sa situation. C'était un moment assez étrange, je l'avoue.

— Tu crois qu'il est amoureux de toi ?

Elle haussa les épaules.

— Je ne sais pas. Je ne fais jamais attention à ce genre de choses.

— Si c'est le cas, il a dû se sentir trahi quand tu as appelé la police. Et surtout quand il a appris mon existence. Il a dû en conclure que s'il ne pouvait pas t'avoir…

Elle frissonna.

— Je sais. J'y ai pensé. J'aurais voulu que tu ne sois pas impliqué dans tout ça. C'est une histoire qui ne te concerne pas.

— Si ça te concerne, ça me concerne, répliqua-t-il fermement.

Elle ne répondit pas.

Il lui adressa un clin d'œil.

— On a perdu sa langue, docteur Winter ?

— Tu me surprends. Et quelque chose me dit que ce n'est pas fini.

Hank enfila sa veste et grimaça de douleur. Ç'aurait pu être pire. Il ne voulait pas imaginer ce qui se serait passé si Balthazar l'avait mis hors d'état d'agir.

— Je crois qu'il ne sert à rien d'essayer de comprendre la psychologie de ce type, dit-il. Il a l'air un peu dérangé. Tu lui as sauvé la vie ?

— Je lui ai évité une infection mais à part ça, non, je ne peux pas dire que je lui ai sauvé la vie.

— Il est venu de lui-même ?

— Il avait appelé une ambulance.

— Il voulait que tu t'occupes de lui. C'était sûrement une ruse pour gagner ta sympathie.

Une violente bourrasque fit trembler la maison, et la pluie s'engouffra par la fenêtre brisée. Ils allaient devoir la réparer ou ils ne tarderaient pas à être inondés. La radio n'émettait plus, mais il y avait fort à parier que la région avait reçu l'ordre d'évacuer.

— Nous devons réfléchir à un moyen d'échapper à l'ouragan, dit Antonia.

Hank attrapa son épaisse serviette de plage et la coinça dans la partie de la fenêtre qui avait volé en éclats au-dessus de l'évier.

— Avant toute chose, il nous faut neutraliser Balthazar.

10

Robert avait de l'eau jusqu'aux chevilles. L'océan était déchaîné, la pluie, torrentielle, et le vent soufflait à une vitesse vertigineuse. Il ne savait pas si c'était l'ouragan qui se manifestait, mais il n'avait pas l'intention de rester une minute de plus dehors. Pas quand un cottage douillet l'attendait.

Il serra autour de lui les pans de sa cape en plastique. Il en bavait, mais il ne détestait pas l'idée d'être un martyr. Il n'en éprouverait que plus de satisfaction à les tuer.

Tuer quelqu'un devait forcément avoir un coût. On n'avait rien sans rien.

Sa mamie lui répétait toujours que les meilleures choses demandaient de grands sacrifices.

La pluie était intolérable. Il grelottait. Il avait l'impression que ses poumons se gorgeaient d'eau à chaque inspiration. Il toussa. Il avait un goût de sel sur la langue.

— Robert ! Robert Balthazar !

Il sursauta et s'accroupit au pied d'un arbre. Antonia l'appelait comme dans ses rêves. Il retint sa respiration et tendit l'oreille.

Elle le reconnaissait. Elle avait compris que c'était lui qui avait attaqué son petit ami.

Oui, il était dans ses pensées à présent. Il n'était plus un agresseur anonyme.

Parfait.

Il ne pouvait pas la voir à travers le rideau de pluie. L'appelait-elle depuis la porte arrière ? D'une fenêtre ? Il ne pensait pas qu'elle se trouvait sur le perron en façade. Il ne l'aurait pas entendue avec ce vent.

— Robert ! Vous ne pouvez pas rester dehors.

Bien qu'elle fût obligée de crier pour couvrir les bruits environnants, elle semblait calme, raisonnable, concernée... Mais c'était un médecin. Elle était douée pour simuler la compassion.

Il ne lui répondit pas. Qu'elle aille brûler en enfer ! Ce n'était pas comme dans ses rêves. Elle lui tendait un piège. Elle essayait de se servir de sa faiblesse à son égard.

— L'ouragan est sur nous, continua-t-elle. Ça va encore s'aggraver. Robert, vous allez être tué si vous restez dehors.

— Qu'est-ce que ça peut bien vous faire ? cria-t-il, malgré sa détermination à garder la bouche fermée.

Il savait qu'il lui indiquait ainsi sa position. C'était sans importance. Callahan et elle ne feraient rien du tout. Ils savaient qu'il était armé.

— Je suis médecin, mais je suis aussi une de vos collègues de l'hôpital. Je sais que vous travaillez dur...

— La ferme ! Vous ne me connaissez pas. Vous serez contente quand je serai mort.

Il avait l'air d'un fou, réalisa-t-il. Il devait se ressaisir.

Voyons, comment faire ?

S'il se ruait vers le cottage, ils le verraient arriver. Ils auraient le temps d'organiser une riposte. Il devait donc faire diversion. Un cocktail Molotov, voilà qui pourrait l'aider. Pendant que ses otages lutteraient contre les flammes, il pourrait s'approcher.

Comment diable fabriquait-on un cocktail Molotov ? Il

fallait de l'essence, une bouteille, un bout de tissu pour faire la mèche…

Mais cette garce ne lui laissait aucun répit.

— Robert, je vous en prie. Essayons d'en discuter avant que les choses ne tournent mal. Je sais que vous êtes là à cause de moi.

Il crut entendre de l'hésitation dans sa voix, des regrets.

— Je sais que j'ai fait une erreur. Venez me rejoindre. Nous affronterons l'ouragan ensemble.

Etait-elle sérieuse ? Ses interventions l'avaient-elles aidée à y voir plus clair ?

Robert sortit de l'ombre des arbres. Il sentait le Smith & Wesson peser dans sa ceinture. Il réalisa alors qu'il n'aimait pas tellement transporter une arme.

— Si je viens, cria-t-il, Callahan et vous serez mes otages.

— Nous le sommes déjà, Robert. Venez ! Vous ne pouvez pas rester dehors par ce temps.

On aurait dit qu'elle était désespérée, qu'elle avait vraiment envie de le sauver.

Est-ce qu'elle s'inquiétait, maintenant qu'elle savait qui il était ? Peut-être aussi que Superman lui paraissait moins séduisant depuis qu'il était blessé.

Il s'efforça de refouler l'élan de sympathie qu'il éprouvait pour elle. Pour qui se prenait-elle, à vouloir ainsi diriger les opérations ? C'était lui qui commandait.

Il s'empara de son pistolet. Le croyait-elle assez stupide pour ne pas profiter de son avantage ?

Il devait revenir à son plan initial.

Il était tout à fait capable de les tuer. Après quoi, il se ferait une bonne tasse de thé et attendrait que l'ouragan se calme.

Fini de tergiverser.

Il n'avait plus envie de prolonger leur supplice. Ils avaient eu assez peur comme ça. Maintenant, ils devaient mourir.

Ensuite, il devrait trouver un moyen de quitter l'île.

Il y réfléchirait plus tard. Chaque chose en son temps.

Il profita du manque de visibilité occasionné par la pluie pour se ruer vers le cottage, arme tendue, prêt à faire feu.

Le vent souleva la porte de devant et faillit la faire sortir de ses gonds, mais Hank s'y attendait et il parvint à la bloquer avant qu'elle ne cède. Il ne se déplaçait dans la maison que plié en deux, hors de la ligne de tir de Balthazar. Pour le moment, celui-ci semblait se trouver dans le sous-bois sur le côté de la maison. C'était un bon poste d'observation. Il aurait pu y rester indéfiniment s'il n'y avait pas eu l'ouragan.

Antonia avait proposé de servir d'appât. Il n'aimait pas beaucoup ça, mais ils n'avaient guère le choix.

Il entendit soudain un coup de feu à l'arrière de la maison.

Il s'y attendait. Comme convenu, Antonia avait entrouvert la porte avec un manche à balai. Balthazar avait répondu par la provocation en tirant au lieu d'attendre de voir si quelqu'un allait sortir. Visiblement, il n'avait pas peur de manquer de munitions.

A tout hasard, Antonia avait également fait bouillir un chaudron d'eau sur la cuisinière à bois. Si Balthazar parvenait à s'introduire dans le cottage, elle n'hésiterait pas à le jeter sur lui. En tant que médecin, elle rechignait à l'idée de causer une blessure à quelqu'un, mais elle n'avait pas le choix.

Hank se concentra sur sa propre tâche, retrouvant les mécanismes du combat. Il sortit par la porte de devant. Le perron était envahi de sable et d'eau, et le vent se déchaînait.

Il avait l'intention d'utiliser la fureur des éléments à son avantage. Le bruit, le manque de visibilité, le sens de l'urgence… Balthazar devait être en piteux état, aussi bien mentalement que physiquement.

Hank fit le tour de la maison, profitant du bosquet de lilas pour se dissimuler.

— Antonia ! Espèce de garce !

Balthazar avait quitté sa cachette pour se rapprocher de la maison, mais Hank ne pouvait le voir.

— Sors de là ! Je veux te voir trembler de peur et me supplier de t'épargner.

Hank grinça des dents et renforça sa prise sur le couteau et la pagaie.

— J'ai peur, répondit Antonia. Mais pas de vous. J'ai peur de la tempête.

Elle avait pour mission de le faire parler. Hank écarta les feuilles des lilas et distingua une silhouette à quelques pas.

— Sors, que je puisse te voir, cria Balthazar. J'ai plein de munitions. Tu ne peux pas gagner.

— D'accord.

— Attends !

La silhouette s'immobilisa.

— Où est le sénateur ? Dis-lui de me parler.

Antonia l'ignora.

— Robert, je vais sortir.

— Je t'ai dit d'attendre. Il n'est pas avec toi, n'est-ce pas ? Espèce de garce !

Il se rua vers la maison, faisant jaillir des gerbes d'eau sous ses pas. A présent, Hank distinguait sans peine l'arme qu'il tenait dans la main droite.

Hank bondit dans sa direction. Balthazar l'aperçut et tira. Mais pas sur lui. Sur la porte de la maison.

Hank plongea en avant et le frappa au plexus solaire avec

la pagaie. Balthazar vacilla et Hank lui porta un second coup, faisant voler son arme. Mais l'homme était toujours debout. Et il tenait toujours son couteau.

Antonia jaillit alors de la maison et, sans la moindre hésitation, écrasa de toutes ses forces le pied gauche de Balthazar, celui-là même qu'elle avait soigné quelques semaines plus tôt. L'homme poussa un hurlement, lâcha le couteau et tomba à genoux.

Hank ramassa l'arme tombée dans la boue et la pointa sur Balthazar.

— Debout. Les mains en l'air.

L'homme obéit en gémissant.

— Vous ne me tuerez pas. Cela vous ferait perdre toutes vos chances de gagner les élections.

Hank l'ignora.

— Antonia ? Ça va ? Tu n'as rien ?

— Je vais bien. Il ne m'a pas touchée.

Elle mentait. Il y avait du sang sur son bras droit.

— Tu peux rentrer toute seule à l'intérieur ?

— Evidemment !

Hank eut envie de sourire. Malgré les circonstances, Antonia restait toujours aussi indépendante.

— Je vais avoir besoin de quelque chose pour l'attacher.

— Gus prétend qu'il n'y a rien de mieux que du câble électrique, répondit-elle en se dirigeant vers la maison.

Hank ne put s'empêcher de se poser des questions sur l'éducation que Gus avait donnée à sa nièce. Il attendit qu'Antonia soit à l'intérieur, puis il fit signe à Balthazar d'avancer. Celui-ci avait perdu de sa superbe. Il était blême et gémissait de douleur. Sa chemise était déchirée, sa peau ravagée, et ses longs cheveux plaqués par la pluie. Du sang coulait d'un côté de sa bouche. Il avait dû se mordre la lèvre. Hank savait qu'il ne l'avait pas frappé assez fort pour provoquer une hémorragie interne.

Il lui ordonna de s'asseoir sur une chaise.

— Allez vous faire voir, riposta Balthazar.

Mais il s'assit quand même.

Antonia fouilla sous l'évier et trouva un rouleau d'adhésif renforcé. Hank ne pouvait s'empêcher d'observer le sang qui coulait sur sa manche, mais il ne fit aucune remarque avant d'avoir attaché leur prisonnier.

Antonia l'examina avec soin. Elle était décidée à le soigner, même après tout ce qu'il leur avait fait endurer.

Finalement, elle se laissa tomber sur une chaise, tremblante.

— Une balle m'a atteinte au bras. Je crois…

Elle grimaça, visiblement embarrassée à l'idée de ce qu'elle allait lui demander.

— Je crois que je vais avoir besoin de ton aide.

Hank lui adressa un sourire rassurant.

— Ne tombez pas dans les pommes, doc. Il va falloir me dire ce que je dois faire.

11

Hank n'eut finalement pas besoin d'aide pour soigner la blessure d'Antonia. Il avait effectué de nombreuses missions de sauvetage durant sa carrière militaire, et il avait de bonnes notions de secourisme.

La balle ne s'était pas logée dans le bras, mais la blessure était beaucoup plus sérieuse que la sienne.

— Que faisais-tu derrière la porte ?

— Je n'y étais pas. Je ne comprends pas comment la balle a pu m'atteindre.

— L'enquête le déterminera.

Encore la police ! songea Robert avec hargne. On en revenait toujours à la même chose. Il se tortilla sur sa chaise, mais il était trop bien ligoté pour tenter quoi que ce soit. Dommage. Les deux autres ne faisaient pas attention à lui. Antonia était assise sur le canapé, le visage blême, et suivait les gestes de Callahan. Comme si cet idiot savait comment s'occuper d'elle !

— Tu vas regarder ? demanda Hank.

— Bien sûr.

Il travailla avec rapidité et efficacité. Antonia ne put s'empêcher d'admirer sa concentration.

— Contrairement à moi, tu auras vraiment besoin de points de suture, conclut-il.

— Je sais. Malheureusement, j'ignore quand nous pourrons quitter l'île. Espérons que le bandage tienne jusque-là. Tu as fait du bon travail, Hank.

Il parut embarrassé.

— Antonia…

— Nous ne pouvons rien faire de plus. Comment va notre prisonnier ?

Elle voulut se lever pour vérifier par elle-même, mais ses jambes ne la portaient plus et elle retomba sur le canapé. Hank la dissuada d'entamer la conversation avec Balthazar. Il n'était plus une menace.

Et pour le moment, il y avait plus urgent. L'ouragan se déchaînait. Le cottage de Babs Winslow avait essuyé des dizaines de tempêtes, mais rien ne prouvait qu'il résisterait à celle-ci. Hank avait collecté toutes les serviettes et les couvertures qu'il avait trouvées pour les caler sous les portes et les fenêtres, au cas où l'eau s'engouffrerait dans la maison. Antonia n'osait pas songer à ce qui se passerait si le toit s'envolait.

— Vous m'avez trahi, fit soudain remarquer Robert.

Sa voix était calme, détachée.

— Vous avez manqué à votre serment. Vous serez radiée de l'ordre des médecins. Je dirai au procès comment vous m'avez traité. Je ne serai pas condamné, vous savez ? Le jury aura pitié de moi.

Hank attrapa le rouleau de ruban adhésif.

— Un mot de plus et je vous bâillonne.

— Ta gueule ! éructa Robert.

Il n'en fallut pas plus pour décider Hank. D'un geste brusque, il détacha une bonne longueur d'adhésif. Mais au moment où il allait l'appliquer sur la bouche de Balthazar, celui-ci promit de se taire.

Hank adressa un clin d'œil à Antonia.

— Il sera condamné.

Tout à coup, il s'immobilisa et tendit l'oreille.

— J'entends un hélicoptère.

— Tu es sûr ? demanda Antonia. Je n'entends rien.

Elle se redressa soudain sur le canapé. Elle venait à son tour de percevoir quelque chose. Un ronronnement ininterrompu qu'elle avait pris pour le murmure de l'océan.

— Tu crois que nous devrions lancer les fusées de détresse ?

Mais ils n'en eurent pas besoin. Quand ils sortirent sur le perron, l'hélicoptère entamait déjà sa descente sur l'île.

Hank ne put s'empêcher de sourire.

— Ça fait bizarre de se trouver dans la peau de la personne secourue.

— C'est Carine qui a dû donner l'alerte.

— Je crois qu'il s'agit de Tyler.

— Impossible ! Il est en Floride.

— Rien n'est impossible pour Ty.

Hank rouvrit la porte et cria à l'intention de Balthazar :

— J'ai hâte de vous présenter mon ami le sergent Tyler North.

Antonia sentit une main de glace lui étreindre le cœur. Son bras la faisait souffrir, mais elle n'y prêtait pas attention. A cause d'elle, la carrière de Hank risquait d'être compromise.

— Hank, je t'ai placé dans une situation embarrassante.

— Je m'y suis mis moi-même. Tu n'as pas à te sentir responsable. J'ai simplement fait ce qu'il y avait à faire.

Il lui passa un bras autour des épaules, en prenant soin d'éviter sa blessure.

— Eh bien, doc, je crois que vous allez quand même devoir monter dans un hélicoptère !

Elle parvint à rire.

— Pour une fois, ça ne me dérange pas. Je préfère ça à un ouragan.

L'hélicoptère se posa sur une zone découverte et relativement stable près du cottage et, quelques instants plus tard, Hank sut qu'il avait vu juste.

Petit, trapu, Tyler North se rapprochait inexorablement et, à mesure qu'il avançait vers eux, son charme et sa puissance s'exprimaient. Les épaules larges, le teint hâlé, les cheveux noir de jais, le regard limpide : tout en lui respirait l'assurance et la vitalité. C'était un homme déterminé, quelqu'un qui savait ce qu'il voulait dans la vie.

Les petites rides au coin de ses yeux se plissèrent, et ses dents brillèrent tandis qu'il se postait devant Hank.

— Alors, qu'est-ce qu'on dit à son ange gardien ?

Hank jura entre ses dents.

— Je vais en entendre parler toute ma vie, n'est-ce pas ?

— Jamais, monsieur le Sénateur, ironisa Ty.

Puis il se tourna vers Antonia et redevint sérieux.

— Ça va ? Tu as besoin d'une civière ?

— Je peux marcher.

Mais elle avait présumé de ses forces. Ty s'en rendit compte avant elle. Hank également. Ils la placèrent sur une civière et l'installèrent dans l'hélicoptère, tandis qu'un autre secouriste s'occupait de Balthazar.

— Tu ne voudrais pas épouser Antonia ? demanda Tyler à Hank. Ça occuperait Gus et il me ficherait la paix.

— Et Carine ?

— Elle ne dira rien. Tu peux me faire confiance. Elle ne voudra pas gâcher le bonheur de sa sœur.

— Elle est là ?

— Evidemment. Et Gus aussi. Maintenant, tu m'excuseras, mais je dois filer.

Lorsqu'il rejoignit Antonia dans le box d'examen de la salle des urgences, Gus était à son côté, et il semblait furieux.

Antonia ignora tout le monde et demanda les instruments nécessaires pour se recoudre elle-même le bras. Comme on essayait de l'en dissuader, elle rappela avec agacement que c'était son métier.

Têtue, impossible à vivre, follement indépendante… Hank sourit. C'était comme ça qu'il l'aimait.

Il fallait encore répondre à la police. Antonia menaça de faire semblant de s'évanouir pour y échapper, mais elle finit par se plier à ses obligations.

Ainsi qu'ils l'apprirent plus tard, Carine était allée chez sa sœur. Elle avait découvert l'appartement sens dessus dessous et la lingerie d'Antonia saccagée. Elle avait immédiatement appelé la police. Les indices laissés sur place avaient permis de remonter jusqu'à Robert Balthazar. Les enquêteurs avaient obtenu une commission rogatoire pour fouiller chez lui et avaient trouvé son appartement tapissé de photos d'Antonia. Il y en avait quelques-unes de Hank également, barbouillées de peinture rouge.

— Quelle aventure ! conclut Carine un peu plus tard, tandis qu'ils prenaient tranquillement un verre dans l'une des tavernes du coin.

Gus se dandina sur sa chaise. Personne ne faisait attention à lui. Il interpella l'aînée de ses nièces.

— Pourquoi tu n'es pas venue à la montagne ? Tu ne connais rien à l'océan. Tu aurais pu balancer ce cinglé du haut d'un pic.

Antonia lui sourit avec tendresse.

— Je t'adore, Gus. Tu as toujours d'excellentes idées. Heureusement, j'ai pu compter sur l'aide de Hank.

Le vieil homme grommela.

— Mouais, Hank…

Carine leva son verre empli d'un liquide rose — un cosmopolitan.

— Je trouve que vous formez un beau couple. Je bois à votre mariage.

— Carine !

Antonia rougit et s'enfonça dans son siège.

— Je crois que les événements nous ont tourné la tête.

Le vent était toujours aussi fort, et la pluie crépitait avec violence sur les vitres. Mais la taverne qu'ils avaient choisie datait du XVIIIe siècle. Elle avait été transformée pour l'occasion en poste de contrôle pour les différentes équipes de sauveteurs qui se tenaient prêtes à intervenir en cas de besoin.

Carine n'eut pas du tout l'air gêné.

— Oh, je t'en prie, Antonia. Il n'y a plus de temps à perdre. Hank est amoureux de toi, et tu ne rajeunis pas, ma vieille. Si tu le laisses filer, qui sait si une autre occasion se présentera ?

— Carine ! intervint Gus d'un ton tonitruant. Surveille ton langage. Et vas-y doucement avec l'alcool.

Hank prit la main d'Antonia sous la table et se pencha à son oreille.

— Ta sœur a raison. Je suis fou de toi.

— J'ai la tête qui tourne, affirma Antonia.

Elle but une gorgée d'eau et se passa la main sur le front.

— Ça doit être les médicaments. Je ne sais plus ce que j'ai pris.

— Tu sais très bien ce que tu as pris.

— Non, dit-elle en souriant.

Elle se mit à glousser.

— Oh, mon Dieu, je t'aime tellement ! avoua-t-elle. Je t'ai aimé à la seconde où j'ai posé les yeux sur toi chez Carine. Tu te souviens ? Tu étais devant la cheminée.

— Je m'en souviens d'autant mieux que moi aussi, j'ai eu le coup de foudre.

Carine renifla.

— J'adore les histoires qui se terminent bien.

Les deux sœurs se mirent à glousser, et Gus leva les yeux au ciel. D'un geste autoritaire, il fit signe au barman.

— C'est fini, les boissons roses, déclara-t-il.

Puis il plongea son regard sombre dans celui de Hank.

— Je vous préviens, si vous fixez une date, vous vous y tenez. Je n'ai pas l'intention de me retrouver avec un autre cœur brisé à rafistoler.

— Ne faites pas attention à moi, affirma Carine. Si vous voulez que Tyler assiste à votre mariage…

Antonia poussa un petit cri horrifié et se redressa.

— Carine, nous ne te ferions jamais ça. Je veux que tu sois ma demoiselle d'honneur.

— Me faire quoi ?

Elle redressa le menton, selon cette attitude butée propre à tous les Winter.

— Je connais Ty depuis l'enfance. Ce n'est pas la première fois qu'il m'en fait voir. Je ne lui en veux pas. Il peut assister à votre mariage.

Soudain, quelqu'un dans l'assistance pointa le doigt vers le téléviseur fixé au-dessus du bar. L'ouragan « Espoir » se dirigeait tout droit sur Cape Cod.

Il y eut finalement plus de peur que de mal. L'ouragan s'affaiblit très vite et ne causa aucun dégât sérieux dans la ville. On nota bien quelques tuiles envolées, quelques arbres déracinés et quelques bateaux perdus, mais tout le monde fut d'accord pour dire qu'ils avaient eu de la chance.

Un hélicoptère des gardes-côtes survola Shelter Island quand le calme fut revenu, et Antonia apprit avec soulagement que le cottage de Babs Winslow avait tenu bon.

Elle eut cependant un petit pincement au cœur en songeant que son refuge était devenu une scène de crime.

Après le départ des sauveteurs, ils étaient tous restés dans la taverne. Le barman leur avait préparé des sandwichs et s'était chargé de refouler les journalistes à la porte.

Gus grimaça un sourire.

— Ils doivent être venus pour moi.

Carine, qui somnolait sur l'épaule de son oncle comme une fillette, lui donna un léger coup de coude dans l'estomac.

— Gus, tu n'es pas drôle.

Antonia réalisa alors qu'ils essayaient de la distraire. Durant tout le temps qu'avait duré la tempête, ils n'avaient cessé de commenter les événements qui s'étaient déroulés sur l'île. Et ils avaient beau élaborer des hypothèses, personne ne comprenait les motivations de Robert Balthazar. Il semblait souffrir de déficience mentale, ce qui ne le rendait que plus dangereux encore. Qui pouvait dire comment tout cela se serait terminé si Hank n'avait pas été là ?

Antonia frissonna rétrospectivement.

Devinant son émotion, Hank repoussa gentiment une mèche de cheveux derrière son oreille.

— Je crois que je vais devoir organiser une conférence de presse au pied levé.

Elle acquiesça.

— Les journalistes voudront tout savoir.

— Et j'ai l'intention de tout leur dire. J'étais inquiet pour la femme que j'aimais, et je suis allé lui porter secours.

Il déposa un baiser sur son front.

— Tu veux y être ?

— A tes côtés ?

Elle sourit et lui effleura les lèvres d'un baiser.

— Toujours.

Le 1er juillet

Black Rose n°91

Le lac maudit - B.J. Daniels

En voyant Augustus Riley s'installer à Oakway, Charlotte Larkin s'interroge. Que vient faire cet homme raffiné ici ? Décidée à en apprendre plus sur lui, elle découvre qu'il écrit des romans tirés de faits réels. Désormais, le doute n'est plus permis : Riley n'est pas là par hasard et doit croire, comme beaucoup de gens en ville, qu'elle est une meurtrière...

Le venin du soupçon - Jo Leigh

Lorsqu'un inconnu l'enlève un soir et la séquestre, Jade Parker est terrifiée. Peu à peu, cependant, elle se prend à espérer. Car son ravisseur se montre attentionné envers elle... Mais quand il lui déclare soupçonner son père, un éminent sénateur, d'être corrompu, elle refuse de le croire...

Black Rose n°92

La femme traquée - Carol Ericson

Alors qu'elle est sur le point de se faire tuer, à l'hôpital, par un homme qui vient d'assassiner son patron, Lacey Kirk ne doit son salut qu'à l'intervention de Nick Marino, un éminent chirurgien esthétique. Un séducteur qu'elle a jusqu'alors toujours cherché à éviter...

Troublante attirance - Jenna Ryan

Policier à San Francisco, Vanessa Connor refuse de céder à la terreur quand, une à une, ses anciennes camarades d'université se font assassiner. Persuadée que c'est elle qui est réellement visée, elle est très contrariée de se voir imposer un garde du corps. Car non seulement l'agent Josh Maguire la gêne dans son enquête, mais il dégage également un charme des plus perturbants...

Black Rose n°93

Le piège du mensonge - Linda Winstead Jones

Envoyé à Somerset pour surveiller la maison de Reva Macklin, dont l'ex-petit ami vient de s'évader de prison, l'agent Dean Sinclair est déstabilisé, lorsqu'il rencontre la jeune femme pour la première fois, par la douceur qu'elle dégage. Il ne peut donc s'empêcher de se sentir coupable quand il est obligé de lui mentir, en lui faisant croire qu'il est son nouveau voisin...

Une étrange disparition - Gayle Wilson

Persuadée que Chad, son frère, a été assassiné, Kelly Lockett décide de faire appel à une agence de détectives privés pour l'aider dans ses recherches. Quelle n'est donc pas sa surprise quand elle découvre que c'est John Edmonds, un homme avec qui elle a partagé une nuit de passion quelques jours plus tôt, qui est chargé de son affaire...

BLACK ROSE

Composé et édité par les
éditions Harlequin
Achevé d'imprimer en France (Malesherbes)
par Maury-Imprimeur
en mai 2009

Dépôt légal en juin 2009
N° d'imprimeur : 145728 — N° d'éditeur : 14309